世界传世藏书

世界禁书文库

马松源 ⊙ 主编

线装書局

目　　录

世界禁书文库

好色一代男

【日】井原西鹤◎著

蒋旭京◎译

线装書局

第 一 篇

一 恋情在灯熄火灭中产生

那即将凋零的樱花,一时成为人们感叹的话题。月亮普照大地之后,便又沉没于山际。只有两性之间的恋情绵绵不断。且说此地,人们只要一提起月落便会想起入佐山所在的但马国,国中一个有着银矿的村里,生活着一位男子,然而他却置赖以生存的家业于不顾而前往京城,终日沉浸在女色与男色之道,妓院的人给他起了个"梦介"的绰号。

去京都游乐的梦介,与当时知名的风流男士名古屋的三左和加贺的阿八等人结为兄弟,因为他们同是和服上有七处菱形家徽的,因而身份地位相同。他们终日沉湎于酒色之中。让我们看看深夜时他们路过一条通往人工河大桥的路回来时的模样吧:有时打扮成深夜嬉皮模样;有时又乔装打扮,变成身着墨染僧衣的和尚;或者梳起颇具侠士风格的高高的发髻,俨然像一个豪侠义士。据说,从古至今此地经常有鬼怪出没,然而,只有深夜途经此地的他们才是真正的魔鬼神怪。尽管如此,他们像身背美女妖的大森彦七一样不动声色,声称只有被妓女们折磨致死才是最高理想。所以,就在每天必到岛原妓院的过程中,依依不舍之情十分强烈,梦介便为当时最红的妓女葛城、薰和三夕三位太夫赎身。此后,他与几位美艳的妓女或者深居于嵯峨别墅,或者悄悄地住在东山的后面,或者住在京都的藤之森,独自品味佳人花容月貌。时间久了,三位美人中的一人腹中有孕,为梦介生下一个儿子,取名世之介。详情需在此一一赘说,知道底细的人自然也清楚了。

父母对世之介极其偏爱,有时让他拍拍小手,有时让他摇摇头。他的头慢慢挺直起来。四岁那年的十一月,父母为他举行了留发庆祝仪式,五岁那年春天为他举行了着裙祝贺仪式。多亏曾向天花神祈祷过,他只出了一少些天花,但是没留一点儿斑痕。六岁这一年便平安无事地度过去了。第二年,即七岁那年夏天发生了一件事。世之介午夜时分突然醒来,推开了枕头,打开叩着的门,打了个哈欠。隔壁房间服务的女佣人发现世之介醒来,手持照明的烛台,带着他沿长长的走廊,踏着声声是音向前面走去。在宅院东北

的房后面南天竹枝叶繁茂的地方有一厕所,世之介往铺有松树叶的便器里撒了一泡尿。在他洗手的木板窗外的窄走廊里,地上有许多开裂的竹子,因而女佣人觉得若露出个竹钉子什么的太不安全了,便手持照明灯靠近了他身边。世之介说道:"把灯熄掉,靠得更近一些!""我害怕您的脚,才举着灯靠近您的,您偏偏要使四周一片漆黑的话……"女佣人答道。世之介很老练地说:"你难道不知道恋爱是在暗中进行的事情吗?"

世之介这么一说,手持护身短刀的女佣人按照他的话,一下子把灯吹灭了。于是,世之介拉住那女佣人的衣袖说:"奶妈不在那边吗?"女佣人听后,感到十分奇怪。

将此事如果打个比方,这就像伊奘诺尊和伊奘冉尊在天上的浮桥下的事情一样。世之介在一般孩子尚不了解两性之间是怎样一回事的时候,却早就有了这种的心情,所以女佣人一五一十地向世之介的妈妈讲了此事,他妈妈大概也为此而开始感到高兴。

从那时开始,世之介对于性的兴趣就愈加浓厚起来,即使偶尔游戏时,也收集美人画之类可笑的东西。如《徒然草》中所云"繁多杂乱的书车上的书",世之介的美女图繁多而纷杂,便说:"我不想见的人不要到我这香草居室来。"他严格禁止人们出入的做法真让人接受不了。有时候,世之介用纸折些东西,就说:"比翼双飞的鸟儿就是这样。"说完就给了侍女;有时做一朵花,把它系在树枝上,说:"这是连理枝,给你吧!"

世之介无论做什么都忘不了男女色情之道。兜裆布也从汴别人帮忙而自己系,和服带子也是自己在前面系好再转到后面去,身上带有兵部卿香袋,和同样的香熏衣袖,那情窦初开的风情连成年人也自叹不如,足以打动漂亮女人的心。即便与一般大小的朋友一起玩耍,也不瞧天上飞着的风筝等,却说道:"虽然将可望而不可即的爱情叫作'云梯',但自古至今天上就有偷情的故事吧! 一年只能相会一次的牛郎织女星假如恰恰遇上阴雨天,那心情会是怎么样的呢?"

世之介在仰望遥远的天空时,也怀有一种空虚失落的感觉。他从由衷受到恋情的吸引,直到五十四岁为止,共玩弄女性三千七百四十二人,男妓七百五十二人。这数字来自他自己写的日记中。自从在用什么东西围着不易被人察觉的地方做些模仿男女色情之事的儿童时代起,他一直永不停息地消耗肾水,用一句绝非情歌小调的词来说,世之介"居然活到今天的六十岁"。他的命真算够大的了。

二　不好意思只好用书信

在七月七日的早上,陈旧的注油壶、铜座灯、小桌和石砚等物品都要清洗干净,因此平时清澈见底的芥川河的处处浅滩,都变成了尘埃。在这芥川河的北侧有一座叫金龙寺的庙宇,傍晚钟声响彻四方。世之介的父母每每听到钟声,便回忆起后醍醐天皇的皇子恒良亲王八岁时作的和歌:"朝思暮恋无已时,每闻晚钟倍思君。"世之介也已经八岁了,也该上小学了。

当时,世之介正在山崎的伯母那里生活。古时的俳句大师山崎宗鉴居住过的一夜庵遗址的庵内住着一位僧人,他精于泷本派书法,所以,伯母便让世之介前往那里当他的弟子,有幸被收下。可是,那天世之介把请僧人写字帖用的纸递到老师面前说:"真是太麻烦您了,请您依照我的话写成书信!"为其师的僧人大吃一惊,反问道:"虽然你这么说,然而,我怎么写才好呢?"于是,世之介叙述内容道:"我们虽然早已熟悉,不拘礼节,但是,现在我仍忍不住而如实讲出来。大概你从我的眼神中也可以理解到的吧!几天前,在伯母睡午觉时,我并不知道那里有你的缠线板而踩坏了它,可你却说没关系,本应发脾气的事情你却一点儿也没生气,一定是因为有什么话想偷偷告诉我,如果有,我想听一听。"

世之介喋喋不休地说了书信的内容,老师早已厌倦极了,毫无办法地写到这里说道:"已经没有纸了。"于是,世之介拜托说:"那么,以后再请您给我写吧!""反正以后还要写嘛,今天就写到这吧!"老师这么说。老师虽然感到此事非常奇怪,但也并没在意,便给世之介写了"伊吕波"字帖,让他练习书法去了。

夕阳西下,已近黄昏,接他的人一到,世之介便跟着他回村去了。入秋的头场风使劲吹,榨油绞杠吱嘎吱嘎的响声连绵不断,还夹杂着捶打捣衣石砧的声音,听起来杂乱无章的。在伯母家中,女佣人们正在拆卸绷紧浆洗丝绸及展宽布幅的工具,其中的一个女佣人问道:"这件如此漂亮的和服是小姐平时穿用的服装,可是,在腰部带有红瞿麦家徽的橙黄色和服是谁的呢?"另外一个人答道:"那是世之介少爷的睡衣。"于是,订有一年合同的女佣人急匆匆的一面叠一面大声说:"如果是他的,一定要用京都的水洗,可是……"世之介听到女佣人讽刺的话语后,说道:"让你们给我洗了这全是污垢的衣衫真有些不好意思,不过,俗话说'在家靠父母,出门靠朋友'嘛。"世之介这么一说,女佣人顿觉羞愧,便不再挖苦他了,只是连连地说:"请您不要介意。"说完,刚要离开这里,世之介拉住她的衣袖恳求她说:"请将这封信送给阿阪表姐。"

女佣人毫不顾虑地遵照世之介说的将信交给了阿阪,可阿阪却一点儿也不记得能有谁会给她写信,所以羞得面红耳赤,她严厉地对女佣人说:"是谁让你送给我的?"母亲极力地劝住女儿,拿过那封信一看,便肯定地说这是那个出家人写的。信的文字虽幼稚并很滞涩,但母亲仍认为那可能是僧人写的信。僧人没写却被怀疑。那位僧人对此事越是辩解,越是令人感到不可思议。世间事本来就是如此,本来一点小事也被炒得沸沸扬扬,所以便传出了一些不着边际的传闻。

世之介主动向伯母说出了心意,伯母心想:"迄今为止,我一直以为他仍是个不懂事

5

的孩子,如今可真出乎我的意料。明天我要把此事告诉妹妹,让她在京都也大笑一场。"伯母心中虽然这样打算,表面上却不露痕迹,她又想:"我女儿因为相貌出众,已经和别人定了婚事。本来,只要年龄般配,即使嫁给世之介也是可以的。"伯母把一切都藏在心里,从此以后,仔细察看,但越看越觉得世之介纯粹是要弄小聪明。

"不管怎样,象不着边的事情,即使他求你写,你也不该写呀!"让世之介给添了麻烦的那位僧人遭到了人们的指责。

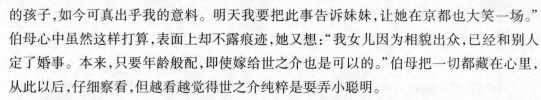

三　不愿让人看到的敏感部位

鼓也是乐器中的一种,但是,世之介整天不停地敲打谣曲《松风》中的"之后恋情折杀人"一段极难的鼓法,最后,连他父母也受不了他的干扰,后来干脆叫他不再练鼓,而希望他去学习男人养家糊口的本领,因此,便打发他到钱庄街一家铺号为春日屋——母亲的亲戚家开的钱庄去学习等等。但是,过了一段时间后,人家便把早已写好的如果父亲死后,世之介继承了遗产就要加倍偿还的借据写成三百目银子。虽然金钱无所不能,以这样的孩童为放债对象也实在是太没有人情味了。

那时,世之介还是个孩子,九岁那年的五月四日。多层菖蒲铺顶的屋檐前面的杨柳枝繁叶茂,树荫下已是薄暮时分,光线很暗。屋檐下的檐滴石旁,以筱竹围成的遮挡别人的围篱内,一位像是贴身的女佣人,刚刚脱去带有竹叶图案的夏衣和贴身裙,刚要洗菖蒲热水澡。她以为:"除去自己之外没有别人,听到的也不过是隔壁的一点儿动静,绝对不会有人看到。"于是,露出儿时留在臀部的伤疤也全不在乎。她冲洗了肚脐四周的污垢,进而又用米糠袋尽情地搓洗肚脐以下那最魅力十足的部位。搅动洗澡水而泛起的泡沫显得油乎乎的。

这时,世之介爬上了亭子,用望远镜仔细观察,清清楚楚地看到了女人洗澡的动人姿态。盯着女人那认真洗澡的样子真是趣味无穷。不一会儿,女人突然发现了世之介,显得特别不好意思,却没有说什么,只是双手合十一拜再拜。然而,世之介依然皱着双眉,指指点点地发出笑声。女人实在难以忍受,就急忙洗完澡,慌忙穿上鞋,出了澡盆。于是,世之介从篱笆的缝隙里招呼那个女人说:"今天,在初更过后夜深人静时,请事先打开小门,我要请你知道我的心里话。"女人说道:"太不像话啦!"于是,世之介说道:"如果你不照办,我就把那些事告诉给其他女人。"那女人以为自己秘密被他发现了,心中感到奇怪。她觉得很为难,便说道:"好吧,就暂且照你说的办吧!"

说完,女人就返身回去了,也没有将此事放在心上。当天夜里,她蓬乱着一头黑发,以为反正不会有人看到，便随意地扎上。当她刚刚穿好素日穿的衣服时，传来了世之介的脚步声，他偷偷地来了。女人没有办法，只好心平气和地招待他，随后又拿出玩具箱，将不倒翁、小玩偶和云雀笛子等等全部拿了出来，说道："这些都是我珍藏的东西，但是，只要是给您玩儿，我一点也不介意。你拿去玩吧！"女人想用玩具像哄其他孩子似的哄他，但是，世之介一点都不领情："以后，等你有了孩子，还是用它们来哄他别哭吧！喂，你看那个不倒翁好像爱上你了，它总是向你身边靠。"世之介说着话就一歪身子，躺在她的大腿上，那副神态俨然一副大人的样子。

女人的脸唰地一下红了。这种情形如果被人发现，未必会被看作是区区小事。女人慢慢地静下心来，轻轻地抚着世之介的肚子，说道："去年的二月二日给你灸天柱穴的时候，为了使伤口止痛而涂了盐。和那时相比，你现在愈发招人喜欢了。喂，到这里来吧！"

说着，她穿好和服就把世之介紧紧地抱在了怀里，就这样抱着他跑了出去，尔后用力敲着格子拉门，喊道："世之介少爷的奶妈！"奶妈出来后，她说："这孩子天真地想吃奶。"说着，将事情的原委叙述了一遍，说道："原来我还一直认为他什么也不懂，可竟然干出这种事情来。"说着，便捧腹大笑起来。

四　幸而阵雨打湿衣袖

世之介的聪明过人的举动，绝对可以用"十岁之翁"这句谚语来形容吧！他本来就相貌英俊，而且还是喜欢男色的少年。那时，下坂小八发式是最惹眼的，这种发式是把两鬓剪得很短，将头发竖着扎起。梳着下坂小八发式的世之介颇富男性魅力。只要有人注意到他并给予赞扬，他便主动相约。他随时准备同男少年周旋。但是，人们仍然说他尚不具备对色恋的区别能力，大家像盼着花儿的盛开静观世之介的一天天长大。

有一天，世之介要去捕捉小鸟，顺便带着奴仆去拜访家住鞍马山脚下的一位熟人。他有时拿涂有粘鸟胶的竹竿惊扰枝头小鸟，有时打开细网，有时在筱竹上涂以冬青皮胶使它几乎弯过来，有时草铺屋顶的檐头僻静处置以蒙了红头巾的猫头鹰作为鸟囮子等等。自己藏在松树或桂树的树荫下，或者隐身于草丛之中。他玩了整整一天，但仍没玩够。回来的路上，走到一处山脚下，天空乌云密布，竟下起雨来。然而，雨并不大，雨点如碎了的露珠洒落下来，这种景致别有一番情趣。

四周的树挡不住雨水，他想，反正已经淋湿，干脆以袖遮雨吧，便不顾雨淋，继续赶路。然而，跟随的仆人那以墨染成的假胡须被雨水一淋实在令他感到很难堪。这时，有一位隐居在此山中的男人，寻着世之介的足迹而来，偷偷地为他撑上了一把雨伞。世之

介突然感到心里晴空四野,回首观看,说道:"您这深情厚谊,我十分感激。今后我们还会再见面的,所以请您将姓名告诉我。"然而,那男人根本不理会他,而是递给他一双替换的草屐,又从怀里掏出一个非常精巧的梳子交给了他的仆人:"梳理一下你那乱蓬蓬的拢不上的头发。"

这时候的世之介意外地兴奋:"阵雨过后,天晴了,彩虹也消失了。我听了你许多足以使我无比幸福快乐的热情的话语。从前,没有什么人牵挂我,我因而虚度了年华,这完全是因为我没有讨人喜爱的地方缘由,我真有些恨自己。像今天这样的相见,的确可以说是奇缘。今后,请多加厚爱。"世之介如此说了一遍,可是,那男人并没做什么反应,只是平静地说道:"我不过是解除了你途中遇到的困难而已。关于男色之类的事大大出乎我的意料之外。"

那男人根本不想和他再继续说了,所以世之介感到非常扫兴。完全不知如何是好的世之介心中怨恨着:"上了年纪也不懂得恋情的死板板的,让他一个人成个老朽的废物就好了!"他坐在了一棵枯老的松树下。

"你是一个多么少情寡义的恋人啊!打湿衣袖的泪水,与方才流出的激动的泪水不同,这是未能满足恋爱欲望的伤心的眼泪。著名歌人鸭长明即使隐居于山中,也会不时地挑逗门前的美貌少年。方丈房内的灯被熄灭后,他便会为恋情感到心情烦躁。那美貌足以使月亮黯淡无光的侍童万作在濑田桥头与情人幽会,使兰麝的芳香染于情人衣袖,难道这些不都是为了迷恋男色的情感吗?"世之介又说了上面一番话。那男人仍然不动心。少年世之介絮絮叨叨地叙说秋夜长话,他感到那位名叫白系的少年说服长者的口才同自己也是不能相比的。

不一会儿,那男人说道:"那么,改日我们在中泽村神社正殿前见面后再说吧!"男人草草约定后就想返身而归,世之介跟在他后面,抓住分开矮竹叶前行的男人的衣袖说道:"中国古代有美男子李节推先一步去风水洞等待盟兄苏东坡的故事,我也要像节推那样,再次欢迎您的光临。"此时,夜幕降临,世之介只好停下脚步,目送着那位男人渐渐消失于夜色中。

后来,那男人将这件事讲给长年与他相爱的男人听,并说:"再也不会有那样的事情了。但我仍然记得他与我之间的恋爱经过。不再理他吧,那未免太残酷了!嗨,怎能就这样甩开他呢?"后来,他与世之介又好了起来。另一个男人只好放弃自己的感情,退避三舍了。

五　初踏妓院知真情

九月十日的晚上，世之介凭着重阳节时痛饮的"隔日醉"的酒意邀了专卖进口商品的老板濑平，想让他体验一下"男女初欢"的乐趣，于是一起去了伏见妓院区去嫖妓。

刚一听到东山街南端东福寺的晚钟，片刻便到了伏见妓院区的撞木町。他们在孙右卫门的枪屋茶馆一带下了轿，匆匆赶路，不由地气喘吁吁。他们甚至来不及尝一口日莲宗派墨染寺内的著名泉水，便直接来到花街柳巷的南口。"这里的妓院街为什么堵了东侧入口呢？""这才叫寻美不嫌路远呢。"他们一边闲聊，一边窥视着妓院街内的景象。有一位男人，好像是京城内的官员，有些发白的肤色，留着可戴冠冕的发型，他大概是偷偷来嫖妓的。还有一个男人好像是宇治茶馆的二掌柜，对，就是他。此外，还有六地藏的赶脚人和等候去大坂的航船的旅行者，他们的大口袋里面包着爱宕土特产佛前草和粽子。他们把口袋背在肩头，同时点着成串的钱，在换家逐户地巡视了妓院，又转向廉价妓女所在的泥町方向去了。那表情十分有趣。

世之介与濑平一面等待着观望渐渐离去，一面在街上散步。妓院街西侧中部向外突出的带横木格窗标志的一家妓院，糊在隔扇上的印着龙田川红叶图案的纸已乱七八糟，室内弥散着香烟的烟雾。就是在这家破落的妓院里，有一位温柔女子。她看上去沉默寡言，也不忸怩作态。她此时正在伏案写字。她写下了"今日之菊花，为衣袖添香"之后，便停笔不动了，只是望着写好的字显出思考的神态。那神态格外令人神往。于是，世之介问道："如此美丽的女子为什么在这样的妓院里呢？"濑平说道："这家妓院的主人在这个妓院区内是最贫穷的，所以这位姑娘才如此可怜。即便是不太好看的女人，如果衣着和饰物高贵，也会使人感到高雅漂亮。如果把岛原的高级妓女们穿旧的菖蒲色八丈岛绢丝织品或仿中国绸缎的旧和服等拿来给这所妓院的妓女们穿上，她们也会显得格外令人神往。"不错，看来这是个花费低廉、较简陋的地方。

世之介随意地坐到那家妓院门前，他将短刀和手纸夹随意放在地上，开始仔细望那位妓女。越端详越觉得她是一位姿色出众的尤物，便说道："你为什么呆在这家妓院呢？尤其是还得讨好客人，想必是很苦的吧？"女人说道："被别人看透了心思依然干这行当，想当然是因为下流的原因吧！总之就是因为穷，所以就会不知不觉地萌生一些欲望，向客人索取金钱、日用品之类的事就不用说了，甚至连室内墙上糊的纸也要求别人来给换，以便挡住从外面吹进来的贼风。像小野木炭啦，吉野出产的纸啦，用悲田院村出产的蔺草编成的草履啦等等，都要自己掏腰包来购买。不仅如此，碰上下雨天、刮风的天气更不

见有客人到来。即使御香宫举行传统祭祀活动,或者端午节的五日、六日等等各种节日,也没有一个能带上我和他一同游乐的、靠得住的客人。还有,我还常常受到老板的责骂,我总是抱着对付的想法过日子。两年多以来我就是这样过来的。一想到将来如何,心中就产生一种恐惧。住在遥远农村的父母究竟在如何度日呢?自从我来到这里之后,就始终没有他们的消息。当然,他们也不会到这里来看我,所以……"女人一边叙说,一边流泪。世之介问道:"你的父母住在什么地方?"她答道:"住在山科的乡下,那儿叫源八。"世之介说道:"以前,我们互不相识,那就不用说了,如今我们既然已经熟悉了,哪天我就到你家里去,将你正在平平安安做事的事情转告你的父母。"女人听了世之介的话并未如何高兴,而是说:"您绝对不能去我家!我实在不敢当。以前,他们靠挖茜草根勉强度日,如今已经衰老了,依靠向别人乞讨为生。而且,更不幸的是,他们都已染上了疾病。"

从妓院出来之后,世之介便去了那女人的故乡。来到山科的源八她的家,只见牵牛花正温柔地缠抱在小柴门上。架在两根立柱上的横梁上挂着一支长轭,马鞍光洁明亮,没有一点儿尘埃。看起来,主人并没有把装在过时的朱漆刀鞘内的大刀、短刀视为无用之物,而是依旧保持着武士的生活原则和精神。与主人一番郑重的寒暄之后,世之介讲述了他们女儿的情形。父亲说道:"身为女子,干了那种无耻的事情,还有脸提我们这做父母的,真让我感到羞愧。"说着老泪纵横。世之介给予安慰之后便起身离开。回来的路上,他对那位女子决心隐瞒自己身世感到钦佩。不久,父母便为女儿赎了身,她重新回到自己的家乡。此后,世之介一直和她保持联系,常常去山科拜访她。这是世之介十一岁那年冬天发生的事情。

六 澡堂妓女太粗俗

八月十三日夜晚的月亮称夜月,十四的称待宵月,十五的称中秋明月,无论什么地都有许多关于月亮的传说,可是,须磨之月也许更引人入胜。世之介等人包租了一条小船,向须磨出发了。绕过和田海角,便是西宫松树林。不久,便到达了西须磨的盐屋。这里是熊谷直实制服平敦盛,而平敦盛是用熊谷沾过嘴的酒杯饮酒的地方。

他们租了一间能看得见海上风光的小屋,启开从京都带来的舞鹤酒与花桔酒的酒坛盖,畅饮开怀。夜晚,大家一起欢畅地嬉闹着,可是,随着夜色越来越黑,连月光也显得特别冷清,间或有鸣叫着飞过的一只海鸟也让人感到它是没有配偶的孤鸟。这里的一切都显得十分寂寞。

"即便是一天晚上,假如没有女人也很难度过。难道年青的海女也没有吗?"有人嚷道。他们打算让某人去找一位海女来。不久，果真来了一位海女，她头上没插梳子，脸上也没涂脂粉，衣服的袖口很窄，下摆又小，而且浑身散发出一股强烈的海腥味，简直让人感到恶心。世之介感到很奇怪，说道："过去，在原行平究竟让什么样的海女给他搓脚，并消除了他那沉闷的心情呢？而且，他还在分别之际，将香包、香道用的香炉及小勺与研钵，甚至连过去三年间用过的所有家庭用具全都送给了她，到底为什么呢？"

次日，他们来到兵库的妓院，一看才知道，这里的妓女接客有白昼之分，但所说的"昼"只是半夜，而且要和客人限定时间。原因是，停留在这个港口上的客人，多数要根据风向的变化不知什么时候就要起程。他们只要一听到船老大的呼叫声，即使正在听着情歌小调也要起身离开。一般来说，妓女给倒了一杯酒，客人要回敬一杯，可是，当妓女尚未接过回敬的酒杯时，客人就要起身，那番恋恋不舍之情自别有一番滋味。这种情况至今还存在。怀着这样一种落空的心情，以这样的妓女为对手而寻欢取乐是愚蠢的，所以他们决定马上去洗澡。于是，有位澡堂妓女说："若传出艳闻，就泼冷水。"说话的是位下唇长得突出、高高的鼻梁、潇洒漂亮的女子。世之介抓住她，以谣曲《忠度》的词调问道："尊姓芳名？"她立刻答道："忠度。"世之介与她临别时约定："当然，这不是白干的。"从送浴后净身用温水的方式来看，这位女子的确跟别人不一样。大致来看，让客人喝香米粉、送浴衣、送供客人抽烟用的小火罐、送头油、送镜子等等，这里的服务与其他地方的澡堂都基本一致。

这里的澡堂妓女只穿一件和服外衣，并且下摆提得很高，腰间紧紧地系着一条白腰带。有人嚷道："如果腰带破了，老板就亏了。久三，快把灯笼点上！"边说边取出草鞋。她们刚从小门出来就开始大声说同伴的坏话，并且还说酱汤过稀之类的事。"剪刀当然是给啦，但不知快不快。"全部是无聊的内容。一进住房，她们就立刻摘下棉布帽子挂在墙上，站在那里摆弄着方形纸罩灯的方向。然后，便坐到略显昏暗的房间里，不断地吸着烟，直到烟袋锅中成了一团火才停，还不住地打哈欠，一点不客气地起身去小便，开关拉门的动作也显得十分粗俗。即使躺下身去之后，仍和屏风隔壁的伙伴搭话，或者摆动着身子找跳蚤，或者算计本来无大必要的时间说："现在是午夜呢？还是凌晨二时呢？"只要是自己不顺心的事情，就不予以回答，马马虎虎地应付着客人，连擤鼻涕用纸也用客人的。男女交欢完了之后便打起鼾来。睡梦中，不知不觉地把冰冷的小腿搭在客人身上，口里还咕哝着"烧火呀""打水呀"等这些梦话。虽说是临时应付一下，但不知从何时起，这些妓女竟然变得如此下流了。

谈起"丹前风"这种打扮来，还有个故事。从前，江户的村上老爷的公馆前面有一浴室，一位叫胜山的女人，她是一个知情达意的澡堂妓女，她首创了名为"胜山髻"的发型。她举止温柔妩媚，所穿和服的袖口宽松而大方，并高高提起下摆两端。她为人处事与别人大不一样,十分惹人注意,因此她创立的这种装束便从此在社会上流行开来。据称,以后此女子成为吉原妓院区的太夫,并接待过地位显贵的嫖客。这是一位无法可比的高级妓女。

七　皇族府邸女佣人

女裁缝用竖条纹薄丝织品的零头儿给世之介缝制了一个挂在前腰的钱包。世之介在钱包内积存了一些碎银子。一天晚上,他将学徒出身的二掌柜约了出来。两个人寻欢作乐的心思都很旺盛,便来到了所谓"水是源头清"的清水和八坂附近。这里是有妓女的茶馆特别多的地方。

"不就是这一带吗?也记不清是什么时候了,你曾经说过,这里有善于唱歌,会饮酒,而且长得特别可爱的女人。是菊屋,是参河屋,还是常春藤屋呢?"他们到处寻找着,沿着胡枝子篱笆之间的小路向里面走。寻着一间房子,进去一看,里面立着一个带有梅花黄莺图案的屏风,地板上放着一把用青冈栎木制作的三弦琴,一根琴弦已断。这把琴也许是某人在弹断琴弦之后,随便丢在那里的。涂了黑红漆的烟盆内,埋在灰里的木炭依然是红的,草席好像湿漉漉的,使人感到有些别扭。再向里走,便有人端出了常见的放酒杯的托盘,出自祇园工艺的带腿儿的圆盘里放着烤熟的鱼、咸梅、红姜等,而且备有竹筷子。这个女人,身穿适于晚春时节的淡紫色中国花纹绸料制作的和服,腰间系一条美丽的宽幅茶色缎带,未打扣,带子两端掖在腰间,依稀可见用朝鲜带卍字花纹的下等丝绸做的紧身衣裙。从薄软的小杉原手纸缝间可看到便宜的牙签儿,头发打了四折之后,松散地扎着。左手还提一只带有朱红漆盖的烫酒锅。刚一进来她就说:"诸位,请喝点儿酒吧!让我满上。"说话的口气显得有些卑俗。世之介开始还挑着籽粒饱满的榧子吃,但是,也不能总是这样伪装着,所以就接过女人递来的酒喝了下去,又用筷子笨拙地夹了一块烘烤好的鲜鲷鱼段送到嘴里。女人说:"再来一杯,怎么样?"

开始的时候,世之介还真有些难受,想换个地方重新开怀畅饮一番,就在女人匆忙起身去换酒壶的功夫,他突然注意到此女子的腰姿有一种说不出的魅力,总觉得此女子好像很懂得妓女兼陪酒女的待客方式,听到她把木枕放到对折的彩席上去的声音也让我感觉格外不同凡响。女人脱去了带有中国式花纹的那件淡紫色和服,换上有一点污垢的浅葱绿色睡衣,先一步躺进被窝中,哼着小调儿,等候客人。

世之介从去年十二岁时起就已经变声了,他早已成熟到成年人都无与伦比的地步。他一点儿也没有羞愧,说道:"你我之间的这种短暂的缘分应该认为是普通人之间的缘分，这一定是观音菩萨撮合的。从今以后，我们将会更加亲密起来。如果你腹中真的怀上了我的孩子，附近幸好有能够保佑顺产的地藏菩萨……钱当然要花了，但是，上供用的百块年糕之类自然要由我这个当父亲来操办了。就请放心解开你的腰带吧！"

女人二话没说，就宽衣解带。两个人尽情地快活了一番。

世之介和那女人有了亲密关系之后的一天，女人低头不语，暗自流泪。世之介发觉之后便问她什么原因，最初那女人一声不吭，过了一会儿她才静静地说："目前，我虽然干了这营生，可是，直到上次宫中更换佣人的时候，我一直是某位皇族府邸的佣人。不过，出人意料的是那位公子哥爱上了我，最后竟然偷偷地跑进了我住的房间，向我表示他的爱慕之情。那天夜里的事我至今还记得清清楚楚。十一月三日那天下了冬天第一场薄雪，使我感到恐慌的是，他竟然亲自揉了一个雪团儿说：'你的皮肤就像这白雪！'说着便把雪团扔到我的怀里。我把您与那时的他联想在一起，所以回忆起那时的事情。"于是，世之介风趣地说："可是，你说我像那位皇族公子，究竟像在什么地方呢？"女人立刻说道："您说什么地方像？简直没有一个地方不像。您和那位皇族公子简直一模一样。他在一个寒风凛冽的清晨特意跑来问我日子过得怎么样，然后，送给我一件白绫子衣服。并且说，你母亲一个人在西阵过日子太可怜了，便派人给我家送去了米、酱、木柴和房租。仅仅十一岁的年纪，难得对别人照顾得如此周到细致。因为我看到您也非常像他，事事留心，所以，就觉得您十分讨人喜欢。"

女人根据世之介的年龄，说出像上面那些合乎对方胃口的甜言蜜语。这或许就是京城人的特点吧！

第 二 篇

一　男妓们陋室的被褥

十四岁的那年春天,从夏服开始更换的四月一日起,世之介便开始穿上了把裉缝紧的成年人的衣服。人们总希望他能再穿一段时间长袖服,因为他那身着长袖服的背影的确是太英俊了。

世之介因有求佛保佑的想法,便去位于大和初濑的长谷寺参拜。他带着两名男佣人,沿着云井坊一带的坡路向上走。纪贯之诗句"他人之心可入,故乡之花香如故"所欣赏的梅花,早已凋谢,梅树已是枝满叶茂。世之介边向这绿色浓郁的山之深处走着,边自言自语道:"我虔诚地祈求:在感激莫名的神佛保佑之下,我到底什么时候才能收到女人垂青的回信呢?"

听了他的祈祷,两个男佣人暗暗地想:"原来,这次也是为了达到满足爱情的欲望才来祈祷的呀!"

在回家的路上,世之介途经樱井镇,正这里樱花盛开。这里是他一直怀念的地方。他向北眺望了一会儿十市町和布留神社,傍晚时来到了掠桥山山脚下。因为此时正是麦收时节,贫穷农家打麦的连枷声起伏不断。村子里的孩童们用麦秆编织着养雨蛙的方锥形小笼子。

在堆满垃圾的地方长出的刀豆爬满篱笆墙。从墙外向里看,只见里面有一些身着和服的年轻貌美的男妓们正让男仆为其梳妆打扮。从头发打髻的方法来看,可以认为他们是行家里手,还有那带纸绳的草笠的样式等都让人感到"他们的装束在农村中是少有的"。世之介向就迈的一个人打听情况,对方摆出一副啥都知道的样子说道:"这里是仁王堂,是京都、大阪的流动卖身的男妓们的聚集地。"世之介心想:"虽然只是一个晚上,但是如果住在没有恋情的地方同样太寂寞。这里才是我休息之处。"于是,世之介悄悄地背后做了安排。

他一走进客厅，老板便逐一介绍了男妓们的姓名。思日川染之助先生啦、花泽浪之丞先生啦、袖岛三太郎先生啦，都生有一副可爱而又滑稽的样子。当然就要在一起饮酒，于是召来了伺候男妓们的角内和九兵卫，赏给他们银两，酒宴上立刻欢快起来，杯盏交错之中免不了你争我吵。大家随心所欲，尽情开怀，从月亮圆缺到采花盗柳之类的话畅谈不已。看看时辰已经晚，便开始做睡觉的准备。

　　一只用截下的楝木段做成的枕头放在横条纹的棉褥子上。说是，由于有去年夏天活下来的少许蚊虫，所以将钵研里的稻谷壳熏蚊子。一想到反正都是烟，就觉得这也像燃起沉香一样，世之介便不自觉地将身体挨近了男妓，于是，男妓那疥癣刚愈不久的手便抚摸过来，使世之介的心情悲喜交加，感觉实在微妙极了。一想到只因是职业关系他才这样做的，世之介心中便产生了怀悯之情，于是问道："从前，你都到过哪些村镇和地区呢？"男妓答道："既然我们有了这层关系，我也就没什么可瞒你的了。起先，我属于京都纺线的权三郎，后来，又转到吹笛子的喜八方那里，成了宫岛的爱好戏剧的人们的玩物，还去过备中的叫宫内的地方以及赞岐的金毗罗。就这样，没有一个固定的安身之处，有时在吉安立町的藏身之处住下，有时去河内的柏原，这不，现在又到达这个村子里。这是为了欺骗今井和多武峰的和尚们。跟这些人周旋还没什么，最悲惨的没有能超过于落入八幡的学仁坊和豆山的四郎右卫门等贪婪男色者的手中。对于流动卖淫的男妓来说，这两个人就像必须越过的惊涛骇浪的大海一样难以应付。只要经受过这两个人的摧残，在这个行当里就没有什么不能对付的了。有时候，还要想方设法哄骗孤山上的砍柴樵夫赚点儿钱，或者剥去渔夫满是盐的衣服，自己也脱光衣服……这全是为了多挣一点儿钱的方法。可怜的是，这个行当里，自尊之类的东西已被不复存在了。"

　　即使他说的这些全是谎言，但是，世之介也不认为他完全是为了骗钱才说的。

　　"那么，你夜间接待令你讨厌的客人，你的心情怎么样呢？"听世之介这么一问，男妓说道："即使是对满脚皲裂的人或有生以来从没用过牙签的人，也不能说'讨厌'二字。不但这样，在漫漫秋夜里，从傍晚到天明，所有事都要任人摆布。也许曾多次感到气愤懊悔，曾经独自流泪，但是，这样的岁月总会悄然地过去的。我的合同期来年四月就满了，现只盼望那个时刻的到来，我现在只能用期待来使自己安心，而且，从后天起金命的人就开始走运了。那么，我就可以过上七年的幸福日子。"

　　"如果是金命的话，那么他今年是二十四岁，大自己十岁。"世之介暗暗地想着。他知道，在这种风花雪月的场合，一定不能询问对方的年龄。

二 断发难断情

俗话说："人世间的风流韵事无止境，寡妇最容易受到勾引。"长年共同生活的丈夫新近辞世去时，新寡女人由于想不开，自杀或落发为尼者有很多。但是，随着时间的逝去，紧张的情绪渐渐放松下来，她们之中也不乏改嫁者。不过如果有丈夫留下的孩子则受到爱子之心的推动，如果有遗产则受到物质欲的诱惑，因而有的人虽然觉得痛苦却仍旧守寡，这也是符合情理的事。

寡妇认真收藏着仓库的钥匙，让店铺与内宅之间的穿堂门经常上着闩，在火灾多发季节轮到自己值防火班的时候也求别人帮助，这些对于寡妇来说都可以将就对付过去，但是，令她们最头痛的是，院内悄然地落叶满地；忘记该重新铺屋顶，因而房屋漏雨了……而且，每当天降大雨、雷鸣电闪的深夜，她们就会回忆起紧紧偎依在丈夫身边入睡、于恶梦中被丈夫"喂喂"唤醒的情景，因而更为寡居之凄苦伤心不已。此时，便想步入佛门，也不想穿那带花纹的衣服了。常说生意是谋生的本领，所以她们特别珍惜以前的老主顾，但是，拨动算盘计算是否盈亏或鉴别金银成色等等，从一个女人看来，这类事总不是她的长处，因而一切事都托付给二掌柜，于是，二掌柜不知不觉间高兴得手舞足蹈，招呼女主人也不再加敬称了。尽管如此，寡妇还是千方百计使他高兴，加以笼络。如此一来，窝心的事情逐渐少了，但这时又听到了伙计与女佣人之间的那令人心动的艳闻，于是，自己心有所动，最后便传出了和二掌柜的风流韵事。

"过去，我曾俘虏了好几位寡妇。我的做法是，第一，向参加葬礼的人们探听清楚这一家的情况，即使与死者没什么关系，你也可以身着上下分身的礼服前去拜访他的遗孀，对她说：'我与您死去的丈夫像兄弟一样，可他……'以后要常去询问一下她的子女的境况，在她家有困难时一定要赶去帮忙，必须使她觉得你事事都靠得住。待关系亲密之后，便不时地用好纸写情书。好几个寡妇都上了我的圈套。"世之介十五岁那年，曾很有兴趣地偷听了一个男人的上述谈话。

去年三月初六，世之介的前额发际的鬓角便剃整齐了，这标志着他已进入了有旺盛情欲的年龄段。正在这时候，他借举行观赏萤火虫活动的时候去参拜石山寺。那天正好是四月十七日，琵琶湖的湖水美丽而清澈，气候也凉爽宜人。有一位女人来到这里，她身着淡蓝色丝绸做的薄薄的夏衣，为了不过于显眼，用相同颜色的线在衣服上缝了四个菱形图案；腰上系着是一条用中国丝绸制作的宽松的和服饰带，在前面打结；时髦的斗笠上搭一条毛巾，笠下那张面孔特别动人。就连陪她前来的女佣，一举一动也不像是干打水或推磨之类杂活的女人。那位女人不慌不忙地登上石阶，对侍女们大致讲了紫式部在这座寺庙中写成《源氏物语》的过程后又走到佛龛前短栅处，求了观音签。她说道："我接连三次都抽中下等凶签，实在可恨！"

从旁边看她的侧影，可惜的是她已经剪去了黑黑的头发。果然不出所料，她是位漂亮的寡妇，真使人感到仿佛紫式部又来到人世一般。世之介顿生爱慕之心，那美妇也投来毫无恶意的目光，两人擦肩而过。

那女人不用别人而是自己叫住了世之介，说道："就是方才的事。您腰间饰物的柄刚破了我的丝绸衣服，真是太可恨了！请您马上把它修补得像原来一样。"世之介深表歉意，她还是不答应："不管怎样我也要和原来相同的绸料。"女人死乞白赖地这样要求，世之介感到进退难容，便说："那么，我打发人去京都给您买。买来之前，请先到这边来……"他一边安慰那女人，一边领他来到松本村内，临时租了一间较隐蔽的房间。进来之后，那女人说："实在对不起，只是因为想接近您，才自己把袖子撕破了。"

于是，她和世之介尽情欢爱。那女人说："您如果总是思恋我的话，就……"她立刻把自己的住址告诉给世之介。然后，他们就分手了。后来，世之介不断到她家去，慢慢地，女人的肚子有了变化，不久便生下一子。他们这才不由自主地想起了小野小町作的和歌所描述的悲惨的人世："弃儿夜半无哭声，只缘梦中生母在身边。"世之介虽然感到孩子很是可爱，但是还是把孩子扔在六角堂旁边转身而去。

三　出乎意料的谨守贞操的女人

小盐山那远近闻名的樱花现已落英遍地，人们为那一闪即逝的美景感到特别惋惜。从前，这儿有一位名叫吉冈宪法的烈性忠义的男子，他擅长捕缚术和盘坐快速抽刀武艺。当时，社会上普遍流行的男子装束是：把鬓角剃成窄窄的线鬓，再系上两条扎发髻的细绳，保留着唇髭，身着袖长不到一尺九寸的衣服，系一条用颜色不同的线编织而成的腰带，腰带上佩带一口用背上有梅花纹的鲨鱼皮作鞘的长腰刀。人们一致认为，只有这样打扮，才算得上真正的男子汉。假如要去参拜北野天神庙，会使梅花散落；如果去大谷，拎着折取远近闻名的紫藤花。鸟部山上的火葬场升起的青烟，他们觉得就像特大烟袋锅冒出的烟一样，因此让随行小童拎着葫芦，腰间披上一只毛皮制作的烟包。那时男子的装束确有一种独特的乡野气派。

东山相连接的地方叫冈崎，有一座由法名妙寿的比丘尼建造的草庵。此庵背阳，室内阴暗，隔扇门用旧信纸裱糊，写着收件人姓名的部分都被撕掉了，看来这其中一定有什

么原因,而且把一间房子弄得特别昏暗也使人感到奇怪。

"这里是什么人家吗?"世之介问朋友。"类似于京都的卖娼旅馆。小川街线铺的卖线女和室町和服绸料店的女经纪人,还有专门负责染白花纹的染坊女工,都在这个地方受到过关照。"

话音刚落,一位年纪在二十岁上下的矮个女人走过来。她的两眼水汪汪的,脸上却有很多雀斑,从神态上看,特别像是个贪爱男色的女人。她把附有海棠花的魔芋豆腐送给妙寿,尽管看到有很多人而略带羞涩,但她还是说道:"今天,主人说让我去买一趟熊野一带正在卖的眼药,我马上去办这件事。"说着,慌慌张张地走了。有人问妙寿:"她是干什么的""她是乌丸大街某隐居人士家的佣人。提起那位隐居人士的名字众所周知。那女人已和管理这家正房主要事务的二管家定亲了。这是人们梦想不到的事。""那么,这女人就是不结果子的柿子树了,没有任何用处了。有没有什么吃的呀?"正在开玩笑的时候,壶里的水开了,妙寿擦净了茶碗说:"是啊,是想弄点儿什么美味佳肴啊!"

中午时分,已无法穿得住外衣,就是穿夹衣也觉着热得厉害,世之介却依然蒙着头巾,显出很有礼貌的样子。看着实在有些呆板,所以大家鼓励他说:"摘掉!摘掉吧!"但不管大家怎样说,他也不愿摘掉头巾。

"你已经十六岁了,已举行了元服仪式,众人都叫你刚出世的当代业平,我想看一看你那剃成半月形额头的面孔。"那人说完,不怀好意地拽下了世之介的头巾,于是露出了左鬓角上一条红红的、四寸来长的血道子。很明显,这是为人所伤。众人大吃一惊,不约而同地问道:"是谁让你吃了这样大的苦头?男子汉大丈夫的伙伴受了欺侮,我们决不能放过肇事者。哪怕他是目中无人的金兵卫、敏捷的清八或烟花店的万吉,我们也陪着你去,一定要报了此仇!"尽管大家这样撺掇,世之介却仍不为所动:"不,不,你们都想错了。我进行了不道德的恋爱所以就导致了这样的结果。"众人追问道:"这又是怎么回事呢?"

世之介说:"说起来,此事与大家想象的不一样了。事情是这样的:川原町有我的另一所住宅,那里有个女人用品杂货店,老板叫源介,他常去丹后的宫津做生意。他一想外出,便托我为他看家。因受人之托我就常去照看一下,指示他家伙计当心火灾。他的老婆原来在椹木町某公馆当过仆人,是一位举止文雅的女人。一见到她我就忍不住了,写了很多不讲道德的情书勾引她,却没有收到她一次回信。因此,有一次我就面对面地直接向她表白真情,她说:'我即使不是有夫之妇,这也是不可想象的事,何况您明明知道我和丈夫已有了两个孩子。哎呀,您的做法太下流了。'虽然我蒙受奇耻大辱,但我仍然耐心地告诉她说:'你所说的不能成为我们两人相恋的阻碍。如果你不允诺我,我马上让你见识一下什么是地狱的刀山!'女人想了一下,说道:'我原不知您是这样爱慕着我。那么,今天晚上是二十七日,夜晚没有月亮,大概不会被人发觉吧!您秘密到我这里来吧!'

说完,她就走了。待到深夜无人之时,蹑手蹑脚来到她家大门外,这时便门儿从里面打开,就听她说道:'请您进来吧!'我刚要抬脚进门,突然,头上重重地挨了一劈柴。迷迷糊糊中,只听她说:'我坚守法操不侍二夫。你太不成体统了。'说完,砰的一声关上了便门。"

像她这样谨守贞操的女子是真有的。

四　誓文上永不变色的朱印

过去是在奈良坂,这次是在奈良买齐了当地产的漂白布。到越中和越前的多雪地带卖布,会通知那里的人们夏天的到来。为此,世之介的父母考虑,一定让儿子懂得经商之道。正好他们在春日之里有几位交易客户,便决定派儿子去学习经商之道。但是,世之介来到奈良三条街的批发店,白天去观赏若草山的新绿,天黑之后又在萤火虫飞舞的田野上游玩。想到再过几天就必须回京城了,就对这种欢乐时光愈发依恋不舍了。

那天,正是初夏的四月十二日。传说中古代有一位十三岁的孩子在这一日杀死了春日神苑的神鹿而被处死,这就是为什么兴福寺的钟敲十三响的原因,现在听那钟声仍然觉得很凄切。不过,即使今天有人杀死神鹿,他的罪过也是不能被饶恕的,要拖着他围着兴福寺的围墙转一圈后再杀死他。鹿也许知道人们不敢惹它们,便为所欲为地在山上、田里奔跑,甚至在城内的街道上到处乱窜。到了雌鹿发情期,雌鹿、雄鹿不择场所,随处交配,这种情景实在有趣。那个季节,这里的胡枝子和狗尾草花想必正是花旺盛的时候,世之介从花园街道向西走去,便看到一群人在自娱自乐。他们腰插一口腰刀,头梳高雅的厚鬓发髻,并且都会用笛子或大鼓演奏乐曲。这些人可能是"谢任而居住在此地"的八百零八个中级神官的孩子们和各地汇集到此地来的流浪武士们。他们边戏耍边举起遮阳扇以掩盖自己的面孔,这大概是在躲避什么吧!对当地风俗无所不晓的男人夸耀乡土说:"这里是著名的木辻町妓院区,北侧是鸣川,恐怕那里的妓女的情趣不亚于京都。人们只要听到了她们弹奏起的美妙动听的三弦琴声,就一定要一睹芳容,否则是不会回去的。"

听他这样一说,世之介便来到了七左卫门的妓院。挑选妓女是随便的,他便招来了正好无所事事的志贺、千岁和牧等三个妓女,但她们给世之介斟了杯酒之后离开了。之后,他又招来了妓女近江。论容貌,近江如果在大坂,可算是玉井等级的妓女。世之介尽管同许多妓女有过交往,但也感到今天住在此地是十分有趣的。那天夜里,近江没有别的客人,世之介便和妓院女老板定好,让近江陪他直到深夜,所以,他和近江一开始谈得很投机。当地的妓院内没有女仆人,妓女要亲自照管温酒等。世之介对近江的忙忙碌碌感到不太习惯,总觉得她很别扭。

"请您休息吧!"一位男仆说着,便领先带路,领世之介和从仆来到一个局促的房间。这是一个六张草席大的房间隔成的小间。在糊着淡黄色的日本纸隔扇的底部有一些随手书写的文字,如"君命""我虽想念"等等,字体并不那么歇息。究竟是谁睡在这里,并写下了这些文字?世之介边想边坐了下来。他还不丑陋。方才那男仆又来敲门,他打开门说:"您如果喝茶的话……"说着,把装有开水的茶桶和天目茶碗放下就走了。

这欢快劲儿简直像乘上沿淀川顺流而下的客船一样。他与从仆事先约定:"因为只是一夜,即使脚碰到了也要相互原谅。"但是,他们安安稳稳地睡一个好觉。

一听隔壁传来的声音可知,嫖客是伊贺上野的米店老板。从他们的谈话中得知,米店老板和妓女大崎已经亲密过四五回了。明天,米店老板要回老家,大崎恋恋不舍,于是送给他二月堂的牛王护身符和西大寺制的春药丰心丹作为赠品。米店老板也是个风趣的男人,说道:"当我见了家乡的山神的面,他发怒而我浑身颤栗时,凭着这个就可以驱邪了吧?"说着,就大笑起来。那位嫖客将要走的时候,把妓院的老板叫出来,说道:"总的来说,近来我玩得很好,却又未花多少钱。我觉得,大概现在我也是寻花问柳的高手了。"但是,妓院的老板也是个很幽默的男人,他说道:"还不是十全十美啊!真正的花柳界的行家里手,根本不会到我这儿来,而是在自己家里数金币。"

听他这样一讲,在场的人都赞同地说:"此话言之有理。"

世之介从旁听了上述交谈,感慨在如此偏僻的地方,竟然有这样精通于世故的人,因而觉得十分有趣。天亮了,他与从仆起来道别。不知怎么搞的,世之介的心被那女人吸引住了,他把近江招到住处,让她在漂白布上缝上自己的家徽,让她留作纪念,并表示彼此永结同心。他又在海誓山盟的誓文上盖了朱印,两人双双祈祷要像那永不变色的朱印一样永守誓言。

五　旅行中的一时冲动为两女人赎身

在江户的大传马町三号街,有世之介家的一处分号,专营丝绸之类的物品。那年年底,世之介听从父命去查对年终结算账目。十二月九日,年满十八岁的他从京都出发,前往江户。翻越了被和歌誉为"云雾升腾之山"的粟田山,在经过被和歌咏为"杉树一片银白的逢坂关"的关口时,水珠浸湿了他新穿上的草屐。为了磨炼自己的意志,所以他不避艰险越过了一座高耸的岩峰。今天是外宿的第二天,他住在了铃鹿坡下一家名为大竹屋的旅店内。该旅店是当地最大的一家客栈。世之介为了解除旅途中的劳累,先洗了一个澡,他一从澡桶中爬出来,就问道:"那么,在这家旅店里有没有绝色的美人呢?"

世之介又生发了对女人的兴趣。阿鹿、山吹和阿蜜三位美人声名远扬,据说在附近山上打柴的樵夫们,竟哼着小调赞颂她们的美貌。于是,世之介召集他们。他们像潺潺不断的山泉流水不停地饮酒取乐。直到东方发白的时候,他才召集她们与女人们作别,重新启程。

之后几天,他又同御油、赤坂的娼妓同枕共眠。每次投宿,世之介都与相伴的女人纵情欢乐,度过一个个销魂之夜。好容易来到了骏河的江尻地区。总之,反正到今天为止世之介每日风流之事不断。明天就要通过一片波澜壮阔的海域,说不定自己会长眠海底。世之介一边这样寻思着一边向南极目远眺,三保入海口的景色尽收眼底。旅店的老板名叫舟木屋甚介,对世之介真诚相待。他将当地海边出产的羊栖菜和西施舌等做成可唯肴,与世之介一起开怀畅饮。其间,他还向世之介详述了当地的几桩官司和风俗习惯等。

"一步金能兑换多少钱?"世之介问明之后,吩咐准备明天用的零钱,然后让人支好木板套窗,换好衣服准备睡觉。这时,有人唱起了说经曲,那声音听起来悲悲切切。

在那歌声中,世之介拿手当枕头昏昏入睡。也许那歌声太刺耳,世之介又醒了过来。他问正在为明天早晨准备动身的客人做早餐的女人:"那是什么人在唱歌?""啊!您是指那个唱歌的人吗? 是我们旅馆的若狭、若松两姐妹。如果白天,我真想让您一睹她们的芳容。""那么,能不能设法让我现在就见到她们?"世之介急不可耐地问。女人说道:"现在就想见她们? 这真是天大玩笑。有些客人为了能见到两姐妹,在这一里住就是五六天,有人甚至假装生病……"

世之介一听,顿时感到去江户没意思,便打算在这里多住几天。幸而这带上没有像霞之关一样的关口,无须考虑什么。一旦住下来,自然无日不对那姐妹朝思暮想。约会的夜晚终于来了,三人同床共枕,左有若狭,右有若松。三人同宿的样子仿佛古时候召来松风、村雨两姐妹的今中纳言行平一样。此事一传开,于是人们便称世之介乃当代今中纳言行平。

世之介对二姐妹的老板说:"我回京都时,不管怎样也要带她们走。"他为两个女人赎了身。如今过关口时,因为托了人情,两姐妹顺利通过了过关检查。这一天,天又黑了下来,他们投宿在三川这个地方。姐妹二人谈起了让来往于东海道的客人驻足的故事,听来感到很有趣:"六月份的时候,蚊虫猖獗。无法消遣的夜晚,我们一边在客人隔壁的房间内吊起一个两张席大的蚊帐,一边自言自语地说:'如果我的肌肤没人看,索性光着身子睡吧!'这时,肯定会有客人接上话茬说:'那么,我来陪您吧!'这样,谈成了;立刻就有

事情或者在严冬季节的夜晚,说好要把被子借给客人,却就是不给他,让客人干着急;或者深更半夜往公鸡栖息的竹架上的竹筒里灌满热水,让公鸡打鸣,借机把客人叫醒,半夜里就把他们赶出去……如此千方百计地整治客人,我们以为将来会遭到什么恶报呢,可是,如今您竟让我们逃出了苦海,这实在是令人庆幸的事。"两个女人说着,显出一副十分快乐的样子。

不过,他们遇到了一个非常大的难题:去京都的旅费已经用完了。他们不知道什么时候才能见到京都清水寺后面的音羽山的影子。出于无奈,两位女人只好卖掉自己的外衣。好不容易走到了三河的芋川村,他们才松了口气。在这个村子里,有若松的一位熟客。多亏了他的帮忙,世之介把一间破破烂烂的木板顶房屋收拾了一下,他们住下来了。两姐妹学会了当地有名的食品扁平面条的手工制作方法,开了一个小客店。古歌唱道:"歇马掸衣袖。"他们的小店专门接待过往的客人。二姐妹给掸去衣袖尘埃的客人唱起"若见到吉野山如同白雪"等小曲,烧着火的那只手也不离开三弦琴,这样勉强度日。可是,不久这个小店也渐渐支撑不下去了。世之介便抛弃了两位女人,一个人离去。两位女人看着生活没有着落,便在花园山脚下的村子中落发为尼,从此脱离了尘世,而成了地地道道的出家人。

六 必须出家

阳光透过窗子照进室内,才知道天明;见到烛光,方知日暮。世之介几乎是不分昼夜地贪恋女色。最后,他落得个瘦弱之躯,带着一副可怜相好不容易来到了江户。分店的人见到他,十分高兴,又告诉他说:"因为不知您的下落,您的母亲悲伤得不得了啊!"

大家非常体谅世之介的旅途之苦,对他关怀备至,但是,世之介对女色的迷恋却没有收敛。他去深川的八幡、筑地,本所的三目桥旁和目黑区的茶馆等处寻妓;到品川的连飞、白山或三崎一带去嫖那些低级娼妓。在浅草桥一带,他学会了与女人眉目传情,最后竟与缝衣女在外幽会。他逛遍了板桥一带的驿站妓院,进而终于找到了通往桥场这色情发源地的道路。他的行为实在令人恐惧。

世之介在江户的放荡行为完全地传到了京都他父母的耳朵里。父亲丝毫不念亲情地通知分店与他断绝了父子关系。

"这实在让人怜悯,但是,如果把你留在这里而任你放荡的话,你的性命可能不保啊!"管理江户分店的老板凭他那精明干练的才智,拜托某寺院的把持,让他出家为僧。他虽然住在了谷中东部延命院内的七面明神旁边,但是,除了能使人心智空灵的武藏野的月亮以外，他没有任何朋友。在南竹竹林中，世之介踏平忍冬花和日本天剑草，开辟一条小路，在一间草顶的临时住房便建在竹林深处，把此处作为自己的栖身之处。此地吃水极为不便，要从遥远的山岸通过竹筒引水。孤独幽闭，他的心有所收敛一些，最初的一两天，他还真的念诵阿弥陀经，显出道貌岸然的样子。但是，他仔细思索，感到信佛毫无意思，来世如何，无人知道，最终还是觉得以往那种既不近鬼神、也不见佛院的世俗生活更好些。于是，他断然放弃信仰，卖掉了珊瑚念珠，琢磨着出去重新享受人生。这时候，出现了一位十五六岁的美少年。他身着一件表里均为黑褐色纤细花纹绸料的衣服，腰系有小鹿图案的缎子饰带，在后面打结，胁下插一把中等长度的腰刀，带在腰间的小药盒和荷包均精巧可爱，脚上穿着高崎产的短腰布袜，脚穿一双廉价竹皮屐，头上梳着略微突出的燕尾，顶髻高而大。紧随其后是个精明男子，背着梧桐木衣箱，衣箱上有小小的账本和算盘。少年的衣着打扮虽然并不醒目，但是，越看越有一种俊逸的风度。有人说："这是卖香具的。"

早已被吸引住的世之介把这位英俊少年叫回来，说想要买沉香。但是，那少年总是拖拖拉拉的，实在令人感到不可思议。买卖做成之后，那少年说道："您如果有什么事的话，请来找我！"世之介问道："住在哪儿？""我是五郎吉，住在芝神明前面的花露店。老板叫十左卫门。"少年说完就走了。世之介也不明真相，只觉得费解。

之后，世之介向某位知情人打听那位美少年的情况，此人对他说道："如果，你买一只京都产的便宜酒杯或是一支贝壳薰香，而给他一步金币。然后你拿出酒劝他喝，陪伴他的男人便明白你的意思，退在旁边假装入睡。如果你对这位少年有情，最好一开始就砍价。这种卖香具的，品位也有相当的差异，和少年男色一样。香店老板从那些给人家当从仆的年轻人之中选拔出相貌俊美的少年加以训练，让他们去引诱每年轮换一次的、东国西国的诸侯宅邸内的单身近侍。有时，出入宅邸，会受到认真的盘问，那些少年便向门卫行贿，并向负责监视的官员献媚。一遇麻烦，他们就彬彬有礼地行事，只谈一些正经的话，以欺骗别人。"世之介又问道："那么，他带着随从有何目的呢？"那个人说道："这种人各有各的盟兄弟跟着，照顾他的日常生活。随从都是非常靠得住的人。这些男妓也是只向相熟的客人出卖肉体，除此之外绝不乱搞。他们也常出入于其服务的宅邸，每月大概有四五次，供近侍狎戏。这几年，自由出入宅邸遭到禁止，他们又由寺院方面包下来了。"

世之介难忘这番话。他在寺院内收了一个年轻的随从葛西的长八，和他鬼混；在卖香具的少年中，他又看上了池之端的万吉和黑门的清藏。世之介日夜迷恋着这三位少年。渐渐地，他的头发也披散开来，向后拢着，法衣也变成了抹布。厨房里到处都是整只的雁骨架和吃剩下的河豚汤之类的东西。所谓"烧焦的木头一点就着"的俗语，指的就是他这种人。昔日的放荡面目又暴露出来。

七　陋巷破屋为住处

"父亲把我逐出了家门，否则，和心上人一同赏月，哪怕是这边远地区的发配之地的月亮，是多么美好的事情啊！"这是一位美女留传于后世的诗句。到如此地步的世之介感到这诗句所描写的，正是他此时的心境。在夜晚的大风中，只听到檐角处的荻草不停地响着；而清晨，卖豆腐的人也很少光顾此地。所以，那每天只吃素食的肚子常觉得空空如也。

在旁人看来，会以为世之介根本不知道儿女情长。他把佛前香炉里的香火烧得很旺，实际上他并不想这么做。世之介认为人的生命是短暂的，说不上什么时候就会停止。他认为这才是考虑人生的主要依据，于是他舍弃草庵，趁天还没有黑，朝着太阳将要落入的山岗出发了。确巧最上家领有的羽黑山上的山野修行僧要进大和的大峰山修行，他们有事一般地列队从此经过。队伍以羽黑山修验道的修行僧大乐院为先导。世之介抱住大乐院的衣袖，请求把他也带去吉野。大乐院看他这般模样，说道："这不正像古时歌中所唱'休戚与共且相怜，除却山樱无人知'吗？在这金秋时节，怎么能没有朋友呢？"当场与世之介结拜为师兄弟。

世之介心情激动。一越过冈崎大桥，他就回忆起从前与若松、若狭一起过活的情景，感到心中不忍。他放下那顶用柏木片编的斗笠走了过去。经过几天的晓行夜宿，队伍来到了有前鬼山与后鬼山之称的十分险峻的大峰山中。因为必须对以往所造罪孽表示忏悔，所以他对自己以前的一切行动感到耻辱，一时间竟相信只有来世才是最真实的。为了全心全意步入佛道，他便踏着怪石前进。但是，在归途中，一来到娘子茶馆，那难得的、值得称赞的向佛之心又不知跑到哪去了，以为反正自己的心境已像这里的地名泥川一样难以恢复原来的纯净了，所以他离开队伍，改变路线，前往大坂去了。在位于大坂东南的藤之棚，他租了一个房间，用鲸鱼须子制作耳挖勺谋生，开始了凄惨的生活。尽管很是贫穷，他仍然不肯脱离嫖道，去小谷或者去有告示牌的十字路口找个人娼妓，包月小妾，甚至挑逗人家的女佣人，真是色欲无边，纵欲无度。他沉湎于嫖道，即使艳闻四起，他也满不在乎。最令人难以置信的是，他竟然当了妓女们的名义上的丈夫。

这到底是怎么一回事呢？原来，妓女们害怕官府调查她们的身份，所以就随便找个男人，让他做自己名义上的丈夫，以保住面子，暗地里却照样去嫖客。这种女人在中寺町或小桥一带挑逗和尚们，她们甚至不放过那些年龄很大、不能再逛花街柳巷的隐居老人，将他们珍藏的、可贵的私房钱搜刮一空。

污垢是无论如何也无法摆脱的令人烦恼的东西。有一类女人，她们为人妾，其住处的屋檐下的竹帘上模模糊糊地写着"洗衣店"的字样，透光的拉门总是关着，室内铺着新的草席，这其中必有某种说法。即便同样是小妾，有的是为有钱有势但无后者生儿育女，有的是为妻室长期患病者解除烦闷，店中的女人则不然，若提起她们的下流劲儿，你越知道内情就越觉得恶心。以一个女人的肉体，今天与北滨批发商的二掌柜同床，明天又与某个收买棉线的商人同床，每夜都要在某处侍奉男人，她们向着各式各样的男人出卖肉体。男人们则是"眼不见心不烦"，因为不晓得她们的底细，所以一心一意地迷恋着这种女人。

世之介与这种给人做妾的女人也发生过关系。一天，他专程去探访这种女人。他来到一家零售酒店，这家酒店挂着杉树叶招牌。酒店旁的小胡同里建有一排排狭长的房屋，入口一个挨一个，所有的房间的北侧都开有一个采光的窗户。通过窗子向室内窥探，里面有换笭底的篾匠、凿磨槽的石匠，还有托钵化缘的和尚，也有变戏法的……总之，这里住着各行各业的生意人，但是，各处都显出生活困窘的样子。看到这种情况，那拈花惹草的心也会收敛一些吧！

这里有一条深沟。一些人家便在阳光充足的沟坡上架起晒衣杆，晾晒贴身丝绸裙或洗澡用的糠包。这些人均属社会下层人士。《徒然草》中有这样的句子："寿长则多辱。"但是，有一位老媪，如果《徒然草》的作者吉田兼好见到她，便会称之为"苟且偷生者"。她有一个老实本份的女儿，似乎会写些字，家里摆着砚盒之类的东西。特别引人注目的是，在佛像挂轴下面放着一只两头扎紧、中间装满荞麦皮一类东西的枕头。屋内还有一块长久不用的大切菜板，另有一只锡制酒壶。看到这些奇异的物件，世之介猜测她们从前一定是很有地位的人，尽管现在已到了穷途末路。于是他一心期望能做这家的东床快婿。古代的小栗法官，因迷恋相模国横山郡郡司的女儿照手郡主而强求入赘，最后竟被毒死。世之介到这一家为婿，会不会重蹈小栗法官的旧路呢？

第 三 篇

一 恋情的预付金

凡人生活在人世间,免不了有身着和服裙或者无袖上衣与人们进行交往的麻烦。因为人们注重自身仪表,所以,每天早晨要让人梳头,这也是麻烦的事儿。于是,就有人便剃掉头发,身着袖根缝死的短身和服,做和尚或隐士。过去,曾有这么一个人,他原本是一个大家庭的主人,但是,后来他却做了没有任何烦恼的逍遥隐士。隐居于男山脚下的八幡町,专心于攻读诗书文字。

又有一个人,他在宅邸的东侧建造了一处仓库,里面存有价值三十万金币的贵重物品,西侧则建起一幢以装饰银箔的住房,室内装有画着春画的隔扇,从京都召来很多美女,过着随心所欲的快乐日子。有时候,他让女人们都脱光衣服互相摔跤,或者让她们仅穿一件薄纱贴身裙,那白嫩的肌肤和那黑乎乎的部位都可一览无余。传说中的无所顾忌不拘礼节尽情放纵的聚会大概就是这样的吧!此人原本是若狭小滨人士,他在鉴赏了日本北方各港口的妓女和敦贺的妓女之后,现在定居于在京畿。

世之介已经与父母断绝了关系,无依无靠,就像那没无所依靠的波浪也会发出歌声一样,他边走边唱,沿着淀川河岸流浪于交野、枚方、葛叶各地,来到桥本后暂住下来。此地是大和的耍猴艺人、西宫的木偶戏艺人和挨门演唱的乞讨艺人的栖身之所。因此,这些人真可谓是一路货色,而他们没有一个不隐姓埋名进行了种种的伪装。这里也是那些出卖肉体的男妓和卖淫比丘尼们的聚集之处。所以,世之介白天挣来的钱财,晚上就全部用光了,剩下的只有旧扇子和草签等谋生的工具而已。他戴着那顶草笠渡过放生川,来到位于柴之座附近的草盘町,侧目观察,在竹林深处发现了和尚侍童模样的人。世之介问当地人说:"这里是什么地方?"当地人告诉他说:"是高官显贵们的游乐场所。"

世之介认为如果在此地唱谣曲好像显得古板,于是,他高声唱了一曲弄斋调"抛弃我"。世之介效仿着歌唱名人忠兵卫的唱腔,面对柴扉,拼命地唱着。于是,听到歌声后,某位有鉴赏能力吩咐仆从说："这是非常悦耳歌声。把歌者人叫进来！"那人一看世之介的面貌，看他生得文雅端庄，判断他可能是官宦人家的私生子。便说道："大概是因为把钱花光了，而被父亲断绝了父子关系，由于生活逼迫，才落到这般田地吧！"世之介心想，还是住在京都附近的人有鉴别能力，感到很尴尬。

正好在这时候，开始玩杨弓射箭游戏了。但是，不论是谁，射二百支箭充其量只射中五十至一百支。他的射技也就是朱书的水平。某位先生的弓箭被世之介借来，四支箭一次射了出去。他箭无虚发，四支箭全部中的，而且，恰好有一支命中靶心，所以，在场的人无不震惊，瞠目结舌，接着要求他再演练几次。有一位先生把琴摆在面前调好琴弦欲弹拨一曲，但是，感到遗憾的是没有带来拨子，世之介便从破烂的衣衫里面掏出了一只淡紫色绸料方巾包，打开来，取出一个带有红瞿麦家徽的拨子，说道："这个可能您戴着合适吧！"便递给了对方。这一举动简直被认为是污泥中发出了美玉的光芒。所以，人们对他改变了说话语气，挽留他说："在这里耽搁一些时候吧！""明天，我们将去京都纳妾，咱们结伴去吧！"众人热情相邀，世之介便说了很多内幕："京都的情况，我大概知道一些。到底是京都的水清净啊，因为水清，所以从少女时代开始，京都女人的皮肤就很美丽，而且她们又用热气蒸脸。同时，为了不使手脚粗大，她们手上都戴着戒指，脚穿皮革短袜就寝。她们用易于使头发伸直的南王味子汁梳头，常用洗身粉冲洗身子，每天只吃两顿饭，她们还懂得了全套的女人礼节，不穿棉织品……总而言之，她们是非常适于做小妾的人。她们都不是出于天然的女人。生来就符合全部做妾条件的美女几乎是没有的。符合当今人们兴趣的美人是圆脸庞、皮肤系樱花色的……但是，只要各方面看着都满意就可以了吧！"

于是，他们一同前往御幸町甚七开办的专门介绍做妾女人的事务所。他们宣称自己是为九州的某位诸侯办事，吩咐说："请你们找些岁数在为二十岁到二十四五岁之间的美女，我们想对照画像挑选一下。"于是，甚七的老婆立刻传话出去，当天就聚集了七十三名女人，其中也有坐着轿子带着下女或仆人来的。她们都精心梳妆打扮。这些人就像中国古代的唐玄宗集合起来进行竞赛的花军。从七十多人里选出了来自柳马场的漂亮刺绣女阿札，妆奁费给了一百五十两银子。世之介则挑了家住七条斗笠店的阿吉。事务所的甚七除根据规定收取十分之一的手续费之外，还得到了一份满意的酬金。今天是良辰吉日，大家从京都满意而归。能如此自由活动，只因是在京都。

二　小仓海岸的卖鱼女

为了参加石清水八幡神宫的日之头祭神仪式，小仓的人们都赶往到这里。但是，世之介却因柴之座的樱花失去了魅力，而被人邀着一同前往九州。他们沿淀川而下，来到鹈殿堤。鹈殿堤的芦苇已经发芽，样子恰如遍地朝天之笔。暂且以此当笔，继续将旅游者的情思写成日记。在这里已能够眺望到左方天野川的流水和矶岛的乡村。据说，这儿也有专门向船老大卖淫的土娼。右方是被西行法师作歌咏为"惜暂宿之君堂"的江口君堂妓院遗址。在朴树和柳树的树荫下，至今仍然存在着一间孤独的草庵。据说，在同一岸边的三岛江村，过去也是妓女们栖身之所。由此地再向下游而去便是神崎中町，听人说这里是妓女白户和白目的发源地。这些都是差堪思念的往昔。

波涛汹涌。在河水与海水的分界处换乘了小型快船，恰好赶上顺风，很快就在备后国的鞆港上岸了。在这里，世之介由三名正当红的妓女花鸟、八岛和花川陪伴。他迫不及待地与妓女匆匆上床。他们本来也想互诉衷肠，却不知说些什么好。尚未表达心愿，山盟海誓，就听到观察天气的船老大的催促。于是，他们在卷帆声、卖酒声嘈杂声浪之中，匆忙成全了男女之间的鱼水之好。当晚相逢，第二天一早又恋恋不舍地匆匆离别了，甚至都没有记清楚对方的面孔，就随着"如果有缘，我们再相会"的告别声踏上了登船跳板。小船向左前行，行出两三里路之后已到海上，世之介突然想起没有拿手纸袋，为此而感到无限遗憾。人们问其原因，他说道："昨夜，我让花川写了誓文，而且让她挤出小拇指的血，在姓名下按了指印，偏偏……"众人说道："在那种匆忙，你还让妓女立下誓文。你可真是令人敬佩的老手。"众人敲着船帮哈哈大笑。

催船前行，不久便来到小仓。观望港口清晨景物，一群女人非常惹眼。只见她们身穿染有凸起的白色圆圈花纹的棉布和服，染成暗红色的里子包住和服下摆的边，腰系产自京都绸饰带，并在前面打结，头上扎着竖长粗大的平发髻，而发梢向后垂着……她们头顶浅浅的木桶，木桶中装有混杂着海藻的樱贝、青箭鱼、竹蛏、石碟、纺车鲷等等。她们走过大桥，各自慌慌忙忙地赶自己的路。经过询问才知道，她们是此地的卖鱼女，来自大里或小岛。当地方言称之为"嗒嗒女"。"嗒嗒女"的意思是卖鲜鱼的女人。这种女人在伊势方言中被作"呀呀"。地域不同称呼也有各自不同，这真是有趣极了。听人说，无论在何处，只要一买鱼，她们就脱去草鞋进到你房间里来。那带有海腥味儿的贴身裙，有时反倒觉得独具魅力。

有一次，世之介和他的同伴儿把一只没有篷的小船沿海滨划得飞快，前往下关的稻荷町，去见识那里妓院的情况。稻荷町的妓女们具有明显的上方妓女风格，举止文雅大方，秀发低垂着，大抵都身着裆长罩衫。她们的地方口音，使人觉得别有一番趣味。目前，此地最有身价的妓女是长崎屋的蟋川、茶馆的越中、香烟馆的藤浪。如果招妓狎玩，当属此三名妓女为最优秀，即使在上方的太夫之中也没有这样端庄的可人儿。询问她们的身价，据说是三十八目银子。一到妓院，与世之介同来的嫖客好像都付了钱，所以被直接让进了大客厅。老板和老板娘一个劲儿地向他们客气着,曲意奉承:"我们简直不知道该如何让上方的贵宾满意,只好让诸位看看我们这里的土劲儿,回府以后好作为消闲时的话题。"

不多时,陪客的妓女们全都到了,长颈酒壶便开始周转起来。此地还保留着古老的传统,每喝一杯酒都要按住被斟酒的酒杯而劝对方再接着喝一杯,这种互相敬酒的方式确实有些拘束。菜是接连不断地往上端,使人感到讨厌,但是,这都是菜单以内的。吃醉了酒,大家就显得放肆起来了,唱歌啦、弹三弦琴啦,一味地玩闹。这样的宴会气氛自然是吵吵闹闹安静不下来。

当妓女上床之后,为了让嫖客高兴而百般奉承。无奈嫖客却已醉的不省人事,烂醉如泥,不省人事。他们探问妓女是不是经常与情人幽会,妓女便百般解释或者大耍手腕。所有的床上大概都是这样的。因为不能和其他人交谈,拘谨得使人感到死板、别扭。在此停留的五六天内,世之介变成了这里的所有妓女的情人。不过,不管怎么说他这种做法也属于不明智之举,所以,没过多久事情露馅,世之介遭到众人的唾弃。他自知没趣,便不辞而别,一个人悄悄回上方去了。

三　讨来穿的衣服

世之介身穿旅行者的衣服,边走边向人打听前方的道路怎么走。过了丰前的中津,因为不知在哪里投宿,所以,那天晚上,世之介只好在路旁的小佛堂内睡了一夜。明天是吉日,他希望能交好运。这时,从村子里传来高台鼓声。他出来一瞧,只见戏园子验票的正在大声叫卖着:"这是藤村一角巡回演出的戏。"看了看节目板,演员中有伴奏庄七的名字。在京城时,世之介曾经照顾庄七,并送给他一件短外罩。他马上去投奔该人,向他说明了自己现在的困境。世之介刚说完,庄七就诚恳地对他说:"人生就是这样变幻不定。事情既然这样了,您不必叹息!"接着规劝世之介说:"您也懂得一些歌唱的门道,就干干演戏这行当算临时糊口吧!"

从那天起,世之介就穿上了旧长褶裙。尽管脚底不稳,有些摇摇摆摆,却煞有介事地摇头晃脑唱起主角品之丞出场时的台词。扮相虽很幼稚可笑,但总算糊弄过去了。

狗改不了吃屎,由于世之介贪于情色,他竟然忘记了自己现在的处境,竟唆使年轻的扮演女角的男演员,不要和其他好男色的客人交往,所以又被从这里赶走了。尽管如此,令人惊奇不已的是他没被饿死,辗转数日之后,今天来到了大坂浮世小路。他记起了一位女人,便动身去寻她。一条小巷内,在卖花的、卖碎烟叶的和轿夫等人住处的西边,住

着一位单身女人，她的门上挂着一块柿子色布帘，人们一点也不知道她以何为生。此人是世之介奶妈的妹妹。两三年前，奶妈已不再人世，但是，独身女人说，世之介家对她姐姐有恩，所以很热情地接待了他。

那天晚上，来了一位衣着华丽的女人。她身穿一件黄里透红的丝绸紧身衬衣，外罩一件深蓝色棉布和服，腰系一条半幅的条纹缎子饰带，并在左胁下打结，扎一条红色围裙，脚蹬一双泡桐木屐，手提一束牛蒡和一些小柚子。进门后便小声问道："前些日子，我托您当的那件竖条纹和服的当票在您手里吧？"世之介感到很惊奇，便问奶妈的妹妹说："她是什么人？"女人回答说："她是人家的佣人，在厨房里做活的。"世之介道："如果是个佣人的话，她的衣着可是够阔气的。手工织造女工的收入我也约略知道，在这个地方，能与主人签半年合同的女佣人大概不多吧？"

世之介问后，奶妈的妹妹便把一切情况和盘交代出来："您如今和以前不一样了，连细小的地方也注意到了，真是让人惊奇。那个女人是批发店的莲叶女。批发店雇佣有姿色的女人陪从东国、西国来的客商睡觉。她们随心所欲地去找男人，去各处的旅馆与男人鬼混，不分昼夜地到处去陪男人，甚至当着丈夫的面也肆无忌惮、泰然自若。如果有了孩子，就随随便便打掉。她们的衣服都是让人家给做的，零花钱也是有多少花多少。今年正月上身的漂亮和服，等不到夏秋就被她卖掉，换成了荞麦面条或者美酒。只要有三人在一起就只顾高声说笑玩乐，甚至忘记已过了高丽桥。去参拜神社或佛寺也戴着棉帽子，所穿的带有蔷薇色带子的竹皮屐发出很大的声音。就连在道上说话，竟矫揉造作地把嘴贴近对方的耳朵，谈的都是'昨晚夜深之后被唤醒也不知道，信写了个开头就睡着了'或'插在头上的玳瑁插梳上饰有泥金画，有三目五分银子就够啦'之类极空虚的内容。一听，大概就会让人从迷恋中幡然醒悟。返回来的时候，也不直奔家里，而是投宿旅馆，叫来花钱大方的男人，以不惹人厌烦为度，向人家索要钱财。她们就是这样轻浮地过着时日。最终，便与搬运工或船上的装卸工成为夫妇。一旦正式为人妇，她们一下子就变得粗俗了，前面抱着或身后背着婴儿，手上领着大孩子，如果去米店就吵吵闹闹地与人计较斤两，实在没意思。我的家就是这些女人与男人鬼混的地步。即使瞒着不说，您早晚也会晓得的。"

世之介又将兴趣转移到这类女人身上来，做尽了各种愚蠢的事。他的前途将会怎样呢？反正二十三岁这一年就这样稀里糊涂地混过去了。

四　忘我狂欢的一夜

如果提到世之介的生活之拮据，可以说是已达到了极点，他甚至感到大年三十的天空都是可怕的。世之介被人们称为欠账不还的无赖。他为了躲债,常常隐藏在二楼。即使这样,每当听到敲门的声音,他都抑制不住剧烈的心跳,塞住耳朵。他想,现在的处境真够惨的,可是,如果长寿的话,这些也许是回忆的内容呢。他听到了街上"卖扇子啦,卖扇子啦""请财神啦! 今年的财神爷来啦"的叫卖声,总算感觉到了一点过年的气息。

他出外一看,毕竟刚刚大年初一,外面沉静而又舒畅。有钱有势的大户家在门前装饰着碧绿的松树,看上去鲜艳异常。"过年好! 过年好!"拜年人的问候之声不绝于耳。有拍球的,还有打羽毛毽子的,毽球板上画有夫妇、子女的图像,实在令人羡慕不已。按常理来说,买来情书阅读的女人大概是想男人了,历书的开头部分就写着"正月男女首次房事"等内容,非常有趣。世之介的心情逐渐好了起来,早已将昨天除夕之日的烦恼忘得一干二净。今天又稀里糊涂地过去了。

都说正月初二是辞旧岁迎新年的好日子,世之介受别人的邀请,到鞍马山去游山玩水。一走过爱宕郡的市原,就看见有穿大街走小巷唱喜歌驱邪的乞讨者,还可以听到叫卖画有□图案、驱除恶梦邪气的护身符和宝船的声音。每一家都在门前插上了驱邪的沙丁鱼头和刺叶桂花,撒下了驱除鬼邪的红豆。为了防妖怪进宅,所有人家一入夜就紧闭门户,挂好了窗钩、门闩。穿过悬金坡,正欲抓住鞍马寺的鳄鱼口的绳子弄出点动静来时,世之介突然触到了一只柔嫩的女人玉手。这是勾引女人的大好时机。世之介回忆起历史上中将贞平的故事:中将贞平与宽平法皇一同鉴赏一把扇子,见到扇子上画的美女,便为她痴迷,于是在寺院祈祷,以求与美人相会。还有和泉式部的故事:和泉式部因为被丈夫道贞抛弃,到神社祈祷,并留有著名的"如有所思,请从我始"的诗句。世之介不知不觉冲动起来。这时有参拜者模仿鸡叫,接着,人们便恢复了常态,各自回家去了。这是此地神社的规矩。这时候,世之介悄悄地告诉同来的男伴说:"真的,按当地的风俗,今天夜里在大原的乡村有'杂鱼寝'的活动。无论是村里的太太、女儿、女佣人,还是男仆人,也不分老少,大家都睡在大殿上。唯独今夜无论怎么干都行。怎么样,咱们去瞧瞧吧?"从位于寂光院的朦朦胧胧的清水河边,沿着山后的小路,拨开小松树,他们来到了大原村。夜色漆黑,但仔细观察,就可以发现天真无邪美丽的少女四处逃跑的身影。还有即使被抓住了手仍然在表示拒绝的女人,也有的女人在主动引诱男人,还可以见到一男一女正在一起卿卿我我地交谈着,更有恣意所为的是两个男人正在争夺一个女人。有的男人抓住了年过七旬的老妪而大吃一惊,还有的男人竟然制服了伯母,也有的男人故意找主人老婆的麻烦。最后,人们放荡不羁地闹做一团,有哭的,有笑的……这充满欢乐的场面,真是叫人看得一清二楚。

黎明,各式各样的人返回村庄的人们,那模样形形色色。其中,有一位手拄拐杖、躬腰驼背的老太婆。她头戴一顶把脸盖得严严实实的棉帽子,有意绕开人群,从别的路走。

离去稍远一些之后，她的脚步便加快了，那弯曲的腰也伸直了。石灯笼的光映出了她回眸的剪影。世之介感到奇怪，便紧紧跟在后面想看个究竟。果然不出所料，此人是一位二十一二岁的女人。她肤色洁白，一头秀发十分漂亮，举止温柔文雅，即使作为一名京都美女，也绝对够格。世之介向她求爱，她说道："您既然是京城的人，那就请您多加原谅了。村里迷恋我的人特别多，可是，我讨厌他们，所以才化妆成这副样子逃了出来。"听她这么一说，世之介更兴奋，发誓要终生相伴。她说道："您可不要抛弃我……""我怎能抛弃你呢？"说着，两人海誓山盟。之后他们躲在一棵千年老松下，野合交欢。这时，有五六个男人，紧接着又来了三四个，都是健壮汉子，正在到处找人，边找边嚷："村里最漂亮的女人不见了！"他们说的正是这个女人。他俩把身子缩成一团，大气也不敢喘。世之介这时的心情，简直与昔日干了别人的女人而逃到武藏野的在原业平当时的心情一模一样。骚乱过去之后，世之介带着这个女人来到下贺茂一带，投靠某人定居下来。早晨起床，生起炉灶，炊烟缕缕……两人过起了幸福的小日子。但是，若被头顶木炭前来叫卖的大原村女子发现，那可就糟了。这种背着人偷恋的滋味的确其乐无穷，而且又是如果靠近花都这样一个地方。

五　各种开销超过五目

世之介与在辞旧迎新参拜神社的夜里从大原村偷来的女人甜甜美美地过着日子。但是，米柜里的米只吃到他二十五岁那年六月的最后一天便见底了。纸制的蚊帐也已出了洞，看来，不管怎样也生活不下去了，所以，他丢下那女人，怀着一线希望到佐渡的矿山去了。来到距佐渡还有十八里的山云崎，在这里等待好天气的到来，以便渡海登佐渡岛。世之介也不肯一天到晚闲呆着，于是把港口旅馆的老板叫过来问道："这里有可供玩乐的女人吧？"老板说道："此地虽说有点偏僻，但请您别小看我们。距此地三里的寺泊地区就有妓院。好，我带您去瞧瞧吧！"傍晚，他们便到那边去了。此地的妓女并不像京都妓女那样有格子妓女与局妓女之别。在一排排建起的稀疏的木板做顶的房屋里，妓女们三三两两地坐着。她们那副样子的确很有趣。

此时正值八月十一，中秋时节的晚风已微微有点寒冷，当地人已经穿上了夹衣。妓女们也穿上了条纹和服。她们一律穿着捻线绸条纹和服，那上面镶有带金线的衣领。和服饰带是时下流行的较短的金线织花锦缎，勉强地在身后打个小结，贴身裙料为染成暗红色的越后漂布。即使不施脂粉，她们也显得很漂亮，但是偏偏要涂抹大量的白粉，前额剪得圆圆的，用墨将发际涂得浓黑，秀发一圈一圈地卷起后再高高束起，前面的头发稍稍分开,用花纸绳扎好。脚上穿着带有红色屐带的竹皮屐。她们从怀中伸进手去轻轻高提着和服的下摆,迈着小碎步走路,那样子虽然有些让人有点看烦了,但除此之外也就没什么毛病了,所以,从她们之中选出有姿色的也是很花得来的。所有妓女的嫖资一律定为五目,由此可见这里人非常诚实。

在这里,世之介定好要召当地被称为"迷倒男人"的艳妓小金。因为除此处之外不再有别的妓院所,所以,他们就在小金的老板七郎太夫家中鬼混。铺着全新带边草席的卧室里,煞有公事地围着屏风。贴在屏风上的画很多种:有扛着鲜花去参加吉野藏王堂法事的偶人,有木版印刷的弘法大师画像,有老鼠娶亲的场面,有镰仓团右卫门和多门庄左卫门扮演随从的戏剧场景等等。所有的画都是大津的追分绘制的作品。看到这些画,使人不禁想念起京城来。老板将饭盘端上来放好。世之介奇怪:天刚黑就要吃夜宵吗? 他先打开碗盖一看,里面盛着红豆饭,还有一盘把青花鱼切成片配上寥花穗的菜肴,令人感到特别雅致。用完餐,又喝酱汤,却不见有咸散端上来。妓女们都不动筷子,似乎表现她们那温尔雅的风度。大概是有人给她们讲述过一些上方妓院中的规矩礼节吧! 她们就餐的样子娇柔可爱,可是,却常用手指挑座灯的灯芯,并且接着用沾有油污的手指整理鬓角。看到她们这种荒唐的举止,世之介忍俊不禁,却只能捂住肚子,强忍笑意。这时,老板又出来了,说道:"为了过一会儿肚子也不会饿,请尽量多吃一些吧!"还没等世之介回答,他已经把正在打盹儿的那些男人叫醒。一旦决定让他们饮酒,世之介也就把刚才那可笑的事儿忘到脑后了。

在邻居的房子里,人们开始饮酒作乐。六七个人一同唱起老掉牙的小曲《三国中数第一》。他们反复唱同一句歌词,也不管合得上合不上拍子。世之介向老板打听其原委,老板说:"近来,上方流行起《娑娑》小调,所以,这里的年轻人也亦步亦趋,可是,总也唱不好。"说起来,好像现在才联想到世界之大,于是世之介接着问道:"你们知道篱笆舞吗?"老板道:"从未耳闻。"世之介感到好晦气,只好说道:"若是这样的话,只好去睡觉了。"在一张包了边儿的草席上放有染着松竹鹤龟图案的破棉被褥,尽管如此,枕头倒是有两个,老板道了声"晚安"便退出去了。世之介头南脚北地躺下来,把棉被扯过来盖在身上。正在焦急等待的时候,外面响起了女人的细碎的脚步声。小金站在铺前罗带轻分,之后一边往被子里钻,一边说:"这个也不需要。"说着,又解下了贴身裙。世之介紧紧地搂住小金的玉体,寻找着她能产生快乐的洞底。小金剧烈地扭动着身子。世之介感到这滋味实在舒服极了。

自己在江户,曾遭到名妓第一代高尾的三十五次拒绝,那以后也一直没有与她见过面。直到现在想起来,世之介依旧觉得很遗憾。当然,现在这个女人不是名妓第一代高尾,但她就这么心甘情愿地献上肉体,却令世之介感到索然无味。一回想起那段旧事,他

就怒火中烧,因此,猛地坐起来说道:"我要回去了。"说着,就托陪伴的男人发一些小费。陪伴者心领神会,给了老板三百文、老板娘一百文、佣人们二百文。总共散发了六百文钱。大家都赞叹不已,说道:"您是非常大方的客人。"妓女们以袖遮光送他到船边。船儿渐行渐远,她们仍然挥着手依依惜别。妓女小金在世之介登船时,曾俯在他耳边小声说:"您是日本这块土地上不曾有过的人。"世之介虽然很重视这句话,但是,至今仍百思不得其解。

六　妓女的布棉袄也是租来的

据说,干鲑鱼要在霜降以后吃,因为它是寒冬养生的好食品。人们说,那年冬天佐渡岛上没有混饭的门路,而且,也没有适宜的船可以渡人上岛。所以,世之介就托云崎港船夫旅店的老板,替自己找到了一份卖干鲑鱼的活。世之介穿北国的群山,挨村挨镇。转过年,他就二十六岁了。在他二十六岁的这年春天,他初次来到出羽的酒田港。这里的海滨,樱花与波涛辉映,景色真是太迷人了。从前,西行法师曾作歌云"渔夫的钓舟轻荡在花海上",赞美的就是这个地方。从寺院门前远眺,化缘的比丘尼齐声唱着歌走来。世之介很奇怪,仔细一看,只见她们身着褐色棉袄,腰系半幅宽的黑绫子饰带,在前面打结,以黑巾包头。本来,比丘尼原来不干那种不体面的事,但是,从那次一个人带头做了伤风败俗的事之后,她们也就随着变得和妓女一样了,真是太可笑了。

世之介迎上去,与一位比丘尼搭话:"我好像认识那个人。她是江户的一个小尼姑。那时候,她还是个孩子,好像曾经戴着菅草斗笠走路。现在她已经长大成人了。"对方询问说:"那么,您怎么搞成这样?"世之介只好说:"因为过于贪恋游乐,以致胸中不畅。为了散散心,正在做生意。"他说完,马上去找另一个商人。酒田港的繁荣是非同一般的,与日本各地的交易多得很。这里的人都是生意人。老板的热情款待,老板娘的阿谀奉承……总而言之,完全是金钱起了作用。

在上方,有十几个叫"莲叶女"的人,她们并排坐在起居间内。她们的装束也十分特殊:头发一圈一圈地卷着,嘴涂得鲜红,身着染出白色凸起圆圈花纹的小袖和服,腰间系一条素花缎饰带。不管哪一位女人,只要你一注意她,她马上来勾引挑逗你。她们一人服侍一位客人。在客人逗留期间,或许十天,或许二十天,甚至三十天,她们把客人侍奉得很周到。客人可以随时唤她们给揉腰、刮胡须等。客人临走的时候,赏给她们一步金币。钱对她们来说太重要了,因此非常高兴。这些人不是商人的女佣,据说她们各有各的家,只是为招揽客人才聚集到一起。仔细琢磨,这种不检点的行当与摄津国有马温泉澡堂的妓女没什么区别。人们都叫她"勺"。世之介问当地人："'勺'的意思是要舀取人的心吗？"可是，谁也说不出个中缘由来。

世之介受到冷落只好去找那个仆人，于傍晚时分来到海滨，欣赏景致。有些有夫之妇，故意让船老大抓住，两人便在船上共枕同衾。女人从不拒绝船老大的赠品；如果不给，她便空手而归。当地人称她们为"干葫芦"。这是一个幽默的绰号，意思是葫芦风干后随风飘摆。这些女人和妓女一样。

世之介试着问人道："这类女人的行为举止怎么样？"回答说：她们都是些不讨人喜欢的姑娘年岁已大的寡妇。她们白天睡觉，到了晚上便梳妆打扮起来，脱去平时穿的衣服，换上灰色开裆和服，腰系黑色饰带，扮成年轻姑娘的样子，在一片黑暗之中，哄骗男人。在距自己的家四五条巷子的范围内，她们用衣服遮住脸是怕人认出，等男保镖到来后，便伫立在那边的十字路口或者这边的沿岸大路上。待到夜深人静时，她们便唱着《为君睡衣愿添香》的歌，她们挑逗脚夫，船老大更夫之类的人，或者去迷住马夫，或者去找那些来自乡间的运货船员套近乎。一夜之间多次接客，头发蓬乱不堪，步履蹒跚，腰身不稳，不住地打哈欠。男保镖保护着这些女人。

天快要亮的时候，店铺就要开门营业了。于是，他们加快了脚步，钻进小胡同，以免被人发现。她们都有自尊心但是被生活逼得无路可走。小姑娘是为了赡养生身父母，有夫之妇是为了自己的丈夫、孩子。有的女人把自己的孩子托给母亲而出外做妓女，姐妹一起做这种事，也有让伯父做保镖，做侄女的和伯母一起出来拉生意的。人们被生活逼得只有干这事。说起来，这真是一个悲惨的世界。在仿佛是老天因同情她们而流泪的雨夜里，从穿的到用的都需要钱。这就是所谓的人世无情，即使租一间陋巷内的破房子，因为被人逼讨房租或为躲避人的耳目，不能长久住下去，东藏西躲。她们还要讨租房保证人的高兴，用酒笼络左邻右舍。虽然临时买来一捆木柴，燃起缕缕炊烟，但是，不久，灶中炊烟大概就会消失。这些妓女没有欣赏过夜色和雪景，她们也从未体味到过盂兰盆会和新年的快乐。

七　世之介做尽荒唐事

驱邪女巫摇着敬神令，边走边唱："哎哟，有趣的灶神呀，在您的灶前植松树。……"女巫的白衣里面夹有一条红褐色的衣领，穿在外面的薄纱衣上印有日月图案，外边穿一件马夹，一条红色悬挂饰带打了结下垂着。她像是画了眉，但是双眉画得浓黑，秀发自然地向下垂着。这些服饰是需要很多钱。世之介感到不可思议，便向人询问。对方说："她

们的出色之处您已经注意到了，她们很特别。如果谁愿意，她们就会像妓女一样任其摆布。"世之介把女巫叫来，让她脱去女巫所有的装束，露出女人漂亮的身段。世之介从厨房拿来敬神酒给她喝，她稍有醉意，便开始讲述神谕。还要等待神谕吗？索性抱着女人睡觉等待神谕吧！从美梦中醒来，作为谢礼，世之介悄悄塞给她钱。这时，世之介越看越觉得这是位美丽漂亮姑娘，简直让人觉得她就是淡岛明神的妹妹，于是问道："你多大了？"女人毫不隐瞒地回答说她二十一岁。世之介听后很兴奋。这时正好是他二十七岁那年的十月，他想方设法说服女巫道："本月是无神月，各处的神仙都不在家，所以，哪一位也听不到。"后来，他们便一起到了常陆国的陆岛，世之介成了传教士。

有一天，世之介来到水户的本町，说了一些无了的话。他说："初到宝地，请照顾一下。在刚刚过去的二十五日那天的枕边争吵中，天神遭到了打击，因而非常生气，也就是说要刮起一股恋爱风。他撒下谣言，要折磨死那些从十七岁到二十岁之间的不懂得感情的姑娘和妒忌心很强的妻子们。这太恐怖了。你们如果害怕的话，就快给恋人写信，或者让迷恋着你的男人高兴高兴。"他向当地人打听："此地有没有什么供人消遣的女人？"这里禁止妓女活动，不过，却有受雇在粮仓干活的碾米女郎。这种女人是在别人家做工的女佣人，闲暇时又出来干碾米的活。她们很多人结伴而行，可你即使拉住她们的衣袖，她们也不答应你，顺从者多是很一般的女人。可爱的女孩大都名花有主人。可见，人人都有自己寻欢取乐的对象。天至傍晚，碾米女郎就要回去了，她们系着围裙，掸去和服下摆的米糠。干重活的女人太累了。她们怨恨自己缺乏姿色，否则，就可以和长相漂亮的女人一样舒服地睡午觉，哪会来干这些会使手脚变粗糙的活呢？漂亮女子头上插着玳瑁梳子，身上洒一点儿名为花露的化妆水。只要她们能给老板挣回钱，老板才不管她们怎么打扮呢。

世之介和这种碾米女郎也熟悉起来，但是，听说碾米女郎早已怀了孩子，他只好独自前往澳洲去了。在澳洲他逛遍了那里大大小小的妓院，不久又到了仙台。此处的妓院街早已绝迹了，世之介面对遗址，抒发感慨，怀念不已。他想暂且去欣赏一下松岛和雄岛女人的美貌吧！世之介到处寻花问柳，身上那块兜裆布就如同海边的石头从来没干过。他决心只要身体允许他就不离开妓女。今天，他又来到了盐釜的守护神社。在女巫用小竹叶和热水为他净身时，他发现了一位小女巫，立刻就迷上了她，于是他便谎称："我从鹿岛远道而来参拜贵神社。为了圆那次神梦，我将在此祈祷七天之后再回去。"神社的人一同说道："您实在可敬可佩。"世之介引诱这个有夫之妇的小女巫，同时变换手法恐吓她。那女人生性软弱，世之介强行拉她入室，她也不敢喊出声音来。她很痛苦！"这是不道德的！"女人边哭边说。她努力不让世之介如愿，尽管世之介已压在她的身上，她仍然在尽力扭动身体，拼命反抗。女人的丈夫本来正在外面值夜班，他突然精神恍惚，心神不宁，还做了一个有强盗闯入自己家中的恶梦。于是,他慌慌张张地跑回了家,正好看到了世之介向自己女人施暴的场面。他狠狠地捧了世之介。家丑不可外扬,那男人当天夜里只把世之介赶走了事。

第 四 篇

一　因果报应过关难

　　占卜当年时运的预言已全部应验了。去年十二月,有一位名叫安部外记的,据说能预测世界变化的算卦先生对世之介说:"你在二十八岁这一年,会爱上别人的女人你可能会遭受到几乎落下残疾的灾难。一定要小心行事。"当时世之介并不以为然:"你说什么?你说谎!"他未把算卦先生的话当一回事,为所欲为,可算卦先生的话却分毫不差地应验了。如今的世之介真是狼狈透顶。世之介把那被剃掉的鬓角遮挡起来,但还是不好意思见人。他又踏上了通往信浓的路。一日,越过碓井岗,来到了追分地区。这一地区,所谓的妓女,是山村女子。她们把浅黑色的皮肤认真地洗净,把手脚上的老茧磨掉,把平日穿的带补丁的衣服脱下来,穿上木曾麻布和服。世之介早已忘记了京都的女人,这样的妓女他也很满意了。难道是偶尔与她们同宿的见识多广的男人曾开导过她们吗?她们对酒席上的推杯换盏的礼节都很在行。这可以给世之介点儿安慰。他想,这比总是和粗鲁的男人打交道可强多了。

　　世之介在这里过了一夜,第二天清晨很早便动身赶路了。驿站附近的山后面新设了关卡,严格盘查带伤人员。过往行人必须把头上的斗笠或包头巾都摘下来接受检查。因被剃掉了鬓角,世之介也被拦了下来。他感到难堪,便问道:"发生什么事了?"关口上的官员严肃地对他说:"说起来……有个强盗闯入我区西部的柏原村,不仅偷了东西,而且还杀了人。在他要逃跑时,那家的主人正好醒来,使强盗身上多处负伤。由于天黑没看清强盗长什么样。为此,各重要路口都设了关卡,对过往行人进行严格盘查。你的一边的鬓角被剃,是很可疑的。如果有什么要申辩的,请你趁早说明白。说不清的话,在我们抓到强盗之前,您是不能过去的。"于是,世之介只好说出真相。他刚说完,守卫便说:"我觉得你很像那个罪犯。要重新查问你。"世之介被抓了起来。世之介遭受到如此意外灾难,这也是上天对他的惩罚。

世之介一想到早晨晚上都要吃监狱中的饭菜,就感到十分悲痛。他有些不知所措,痛苦得要死。过了不久,从牢房深处传来十多个男人的喊叫声:"刚进来的小个子,你听着! 按照监狱里的规矩,我们要把你横着抛到空中!"他们跑过来。那些人肤色黝黑,衣着不整,双目闪着凶光。看他们的相貌,简直就像画在世界地图上的牛鬼岛上的居民。他们把他扔了起来。世之介知道反抗也没有用,只好任凭他们摆布。身体腾空时他止住呼吸,掉下来时才喘出一口气。这样折腾过后,世之介意识到自己还活着,好容易从地上爬起来,那伙人又抓住他,用强迫的口气说:"为了表示与我们的亲近,给我们随便唱个歌吧!"世之介没办法,勉强站起来,唱起时下京都正在流行的嘲讽妓院的小调:"长腰刀砍在长刀上,压呀! 太妙啦!"但是,众人却显出茫然不解的神情。他觉得唱这个不行,就改变个花样儿,跳起《越过松原》舞蹈给他们看。这个舞蹈跳得非常美。

此后,就像"知己遍天涯"的谚语所形容的那样,世之介与这伙男人们也成了朋友。他和他们睡在一起。他们对世之介说:"我们都不是本案的案犯。我们以伏屋森林为根据地,干着拦路抢劫、图财害命的营生,人称我们是当今的长范。我们被官兵抓住了。"天黑了,因天黑而沉闷;天亮了,又因天亮而寂寞。那些人用手纸做成了双六棋棋盘。玩棋时,一个说:"切断这里!"这个"切"不好理解。在棋盘的边缘摆上棋子以便防守,若说"封闭门户,不让出来"之类的话,他们就更讨厌了。"在中国古代,听说杨贵妃与虞美人还玩双六棋,以便争得唐玄宗的宠爱呢!"正在这时世之介看见隔壁有个美女,便问道:"你是怎么回事?"她老老实实地对世之介说:"我讨厌自己的丈夫而从家中逃了出来,被检查人员抓住了,所以……"这真是太有意思了。以后世之介想方设法勾引这个女子,最后,两个人竟相互交换了誓文,内容是:"如果有幸活下去,只要从牢房中出去,就……"他们背着人的耳目暗中传情,一到夜深就彼此抓着牢房的铁栏杆,任凭跳蚤、虱子叮咬。他们不顾一切地相爱了。

二 成为死别纪念的黄杨木梳

由于大将军家做法事,所以,释放了一些罪过不大的人。十分幸运,世之介于危难之中得救了。他背着隔壁牢房中的女人,渡过了筑摩川。当天晚上,天上下起了大雪。女人快饿昏了说话也有点儿语无伦次了:"顺着草屋顶的屋檐,成串地落下来的不是酱团子什么的吗?"世之介把女人丢在车上,一个人到村子里找吃的东西去了。世之介回来时,手上托着小米饭和两个腌茄子。他急忙往回赶,在距柴车还有两尺远的地方,他突然听到了女人的哭喊声:"世之介先生!"他大吃一惊,慌忙奔过去,只见四五个粗野的男人正

挥舞着尖尖的竹枪、吓鹿弓和扁担,在抽打女人。他们边打边说:"可恶的女人出了狱为什么不回家。你竟说忘记了回父母家的路。你这是被一个什么样的小子带着,要去什么地方啊?还给兄弟们带来了麻烦。打死你这妇人!"世之介拦住那些人,求他们原谅。"原来就是你小子啊!"说着,他们又围过来殴打世之介。世之介被打倒在荆棘和山栀子丛中,奄奄一息。

荆棘上的水珠滴进世之介的嘴里,他这才恢复了知觉,喊道:"那女人不能给你们!"他支撑起上身寻找,但是,哪儿还有女人的影子。只剩下那辆柴车,使人想起女人的样子。世之介悲痛欲绝:"本来,今天才是我们初夜共枕的日子。如果在天上,我们就以明月为床,如果在地上,则以土地为床,盖上我的衣服,然后就……可是,我们从没有肌肤相亲"他越想越悲伤。巡视四周,见有一只黄杨木梳子掉在那里。世之介拾起梳子,仔细把玩:"还带股油味儿,说明这是那女人用惯了的什物。这东西太珍贵了。至少,我可以凭它站在十字路口,在祈祷了指路神之后,根据第一个走来的人的话占卜凶吉。"他自己对自己说话,一边顺着山后的小路行走。前面走过来一个男人,那男人扛着的火枪尖上挂着一只雌野鸡。"命短呀!那只雄鸡该有多么悲伤啊!"男人走了过来。男人的话勾起了世之介的无限伤感。此后,世之介连续六七天风餐露宿,四处寻找那位女人。阴历十一月二十九日的夜晚,世之介盲目地走着。他来到一片长着狗尾草的原野上。举目四望,借着微弱的篝火光,看到不远处竖着几块墓碑。这里埋的是什么人呢?如果是心有遗憾而死去的人,那么,那个小石塔太值得怜悯了。想必坟中埋的是因天花或抽风,先于父母而夭折的子女吧,这大概是最令父母伤心的了。世之介边想边躲在旃檀树影下仔细观看,有两个农民,正打算把棺木挖出来。一想到他们那残酷的心地,世之介开始感到恐惧了。

世之介走过去。觉察到有人来,那两个人便想躲起来,这就更可疑了。世之介呵斥道:"你们在干什么?"说着,走上前去。对方吓得不敢说话。"你们若不如实交代,我就杀了你们!"他一声怒喝,就要拔刀。那两人大惊失色,说道:"别杀我们,我们是没办法才做这种事的。我们想把刚葬在这里的美女挖出来,取下她的头发和指甲。"世之介问道:"要这些干什么?"对方答道:"我们每年都去京都的妓院街,偷卖这些东西。"世之介问道:"妓女还要这些东西吗?"对方答道:"妓女若是真心,要剪下头发或指甲赠给嫖客。她们一般是将自己的头发或指甲赠给情人,但对其他的嫖客,则送买来的指甲或头发。包好后说这儿您该知道我是多么爱您了吧!嫖客本来就是背着人来妓院的。他们将其视为最珍贵的礼物,把它装进贴身的护身符袋子里,感激不已。说来这也是十分荒唐的。所以,不管怎么说,到这时候,你一定要亲眼看到她们剪下来。""从前,我真不知道这种情况。不错,大概真有这种事。"世之介看了眼脚下被挖出来的尸体一下,惊呆了,这正是自

己要找的那个女人。他只说了一声"是她"，便俯下身紧紧地把女尸搂在怀里："你落到如此悲惨地步，这是什么因果报应啊？如果我不带你逃跑，你也许不会死于非命。是我害了你。"世之介悲痛欲绝。奇怪的是，那女人竟睁开了双眼，露出了笑容，但立刻又恢复了原状。"我已经在人世间活了二十九年，如今，我没法活下去了！"说着，世之介抽刀就要自杀。这时，站在一旁的两个男人拼命阻拦。待世之介清醒以后，两位男人便回家去了。

三　睡梦中的刀光剑影

世上的一切都是由地、水、火、风、空组成的，人也是由这五种物质生成。世之介回想起来，自己已经走过来的这三十年的人生，其实就是一场梦。以后就任其自然吧！世之介没有固定的住处，又陷于穷困潦倒的境地，于是他忆起少年时代自己倾心相恋的一位男友。他的家就住在最上地区的寒河江。世之介从遥远的地方来到他这儿。他们没有忘记十九年前分手时彼此的面孔，两人相见，热泪盈眶，畅叙友情。男人之间的感情更深更重。想当初，在大和的中泽正殿内两人初次发生肉体关系时，世之介曾赠给他一个慈觉大师做的一寸八分大小的十一面观音护身符，作为永不变心的信物。他还保存着这是多么令人高兴的事啊！

这人没做官，而且连一个佣人也没有。一个小炉子和一只锅的日子倒是满逍遥自在的，不过，明天烧的柴，还没着落。炉边仅仅扔着一些芋头，此外连滤酱的筛子也见不到。若提到墙上挂的东西，只有一把用纸捻儿做扇轴的旧扇子，做大米糊糊的竹片、辣椒、拴马鼻子的小木棒和法绳。看来，他活得很惨。"到目前为止，你一直做什么事情呢？一直过着这样的生活吗？"世之介问道。"如今，江户流行捕蝇蜘蛛，我趸一些那玩意儿。有时也削一些能卖一文钱的、哄孩子的长刀。老天保佑我终于活下来了。你远道而来，好久没见，总得喝点酒。"说着，他摘下腰刀的护手，好像有意不让世之介看到似的提着酒壶就要出门。世之介不让他出去，然后说："我旅途劳顿，先让我歇一歇。今天晚上咱们就这样睡吧！剩下的事情，明天说吧！"说着，以放在手边的一块细磨刀石为枕躺了下来。夜深之后，主人打开了藤编衣箱，拿出打猎工具，说道："附近的山后有狐狸，我去捉一只来，弄点儿好吃的。"说完，便出门去了。

世之介躺在被窝里。在身体尚未暖和过来，没闭上眼睛这时，他发现沿着二楼的楼梯走下一个头为女人、长得很可怕。声音如涌向海岸的波涛声一般的怪物，这怪物发出一种瓮声瓮气的声音："世之介先生，您把我忘记了吗？我是来复仇的。"世之介立刻抽出枕边的腰刀砍了过去。他确有砍中的手感，然而怪物却消失了。接着，从身后又来了一

41

个长着鸟嘴的女人,她狠狠地说:"我是拉大锯的吉介的女儿阿初的灵魂。您曾经说,我们两人如比翼双飞的鸟儿,可是,由于你的不衷我死了。我要报仇雪恨……"说着扑上前来。世之介又挥刀将她当场杀死。这时,从门厅的角落里,又出现了一个身长两丈左右、手足如枫叶的女人,她细声细语地说:"我被您邀去看了高尾红叶之后,便毒死了本来是终生相伴的丈夫而爱上了您,可是,您立刻又抛弃了我。我是次郎吉的老婆,您还记得吗?"说着,她扑过来就要咬啮世之介。世之介把她也杀死了。经过这番折腾,世之介眼冒金星,精疲力竭,他想自己快死了。就在这时,从空中垂下一条十四五间长的绳索,绳索的部有一个女人头,头朝下飞舞而来,说道:"我曾在上醍醐一带身着法衣,脱离凡世,您偏偏使我再次留起长发。不久,您却抛弃了我,我恨您。现在我要报仇雪恨。"说着,那绳索缠住世之介来咬他。世之介用力挣脱,一闪身,使刀插入她的胸腔。世之介认定自己的一生到此为止了,于是,口诵佛经,抛下腰刀,伏拜西方净土。就在这时,出去打猎的那位流浪武士回到家来,他非常惊恐:世之介神志昏迷,倒在一片血泊之中。他马上把口贴近世之介的耳朵,反复呼喊。世之介苏醒过来,武士便询问他为何弄成了这等模样。世之介告诉了他事情的原委。主人莫名其妙上楼去一看,世之介让这四个女人写的表示爱情的誓文均被撕得粉碎,但是,其中请神降临的句子却完好无损。看到这些,这东西不是轻易为他人而写。

四　与众不同的男妓

说起来,世上最可怜的人莫过于受某诸侯太太使唤,连太阳都见不到的上房女佣人或干杂活的婢女。当国灰她们还不懂爱情,便在夫人身边服侍。她们甚至连男人也很少见过,更不用说和男人睡觉之类的事了。真可惜,她们虚度了二十四五岁以前的光阴。看了令人心旌摇荡的春画,她们便说:"这些人真可怕。"但却脸色绯红,两眼发呆,呼吸也急促起来。之后,便咬着牙,扭动着那纤细的腰身,嘟囔道:"哎哟哟,还真有那样可恶的女人啊!男人不喜欢她,她却将那只不太漂亮的腿压在男人的肚子上,那双眼睛好像眯成了一条缝儿。别人都看得见,她一丝不挂。从侧腹到屁股,这样难看的身体,下面的人会觉得沉吧!即便是春画,可这种老婆呀……"她们的确是打心里厌恶,于是将春画撕碎了。

上房女佣人的头目也是这种女人之中的一个,她把一只锦袋交给内府值班的侍女,吩咐她说:"长短比这个长一些,精细随便。快点儿做完。"侍女让男仆拿了一个包袱皮儿,让门卫看了写有"请让此女与男仆二人通过"的通行证,从后门一出来便跨过常盘人桥。在堺町一带住着一位手艺高超的制作女性自慰工具的工匠,他们找到她。一进到小房间内,工匠便让一个七岁的女孩子拿出那种工具给她们看,却都不喜欢。于是,女侍说:"没有关系。"便把工匠叫出来,当面向他订好大小尺寸便走了。

正好是戏剧开场的时候,戏院入口的看门人大声喊着:"杉山丹后掾的净琉璃,开场白已完,正戏开始啦!"那时候,世之介又来江户,得到本地面上的侠客唐犬权兵卫的关照。他的发型与众不同,颇有男子气派,活脱脱一副讨女人喜欢的样子。他刚要进屋,方才那位侍女让带来的男仆走过来对世之介说:"有人想见见您,她有话要对您讲。"世之介虽然是丈二和尚摸不着头脑,但是,仍然走过去问道:"您有什么事吗?"女人小声讲:"非常冒昧,给您添麻烦了,可是,我觉您品行很好,所以,无论如何想请您帮帮忙。我在某大公馆当佣人,是夫人的贴身侍女。说来话长,就在今天,我看见了爸的对手,但是,凭我一个弱女子的力量是不能替父报仇的,您能帮我一下吗,以了结这桩心愿。"她不住地流着泪恳求世之介。世之介虽然不明事情的真相,但是,他此刻想脱身却无法脱身,就说:"这里不方便讲话到别处去吧,请您悄悄地把事情讲明白一些。"说着,他们走进附近的茶馆。世之介告诉她:"请在此稍候!"于是,马上回到住处,穿好连环甲,又缠上带有防护链的包头巾,检查了一下固定刀身与刀柄的竹钉,然后,返身回到方才那家茶馆。问道:"他是谁?"

女人慢慢地取出了那只锦带,说道:"这个可以表示我的心情。请您过目。"话没说完,她就已经羞得把脸藏到衣领中去了。世之介解开红绳一看,原来是一个七寸二三分长、根部较细的阴茎模型,因长期使用,尖端已经磨秃了。世之介失望地说,问道:"这是……""因为,我用它的时候,那种心情简直就像要死了一样,这就是我的敌人吗?请您设法整治一下我这个仇敌!"说着,她紧紧地搂住世之介。世之介还没反应过来,便被她按在了身下,有什么东西甚至将三张草席洇透了。女人站起来,从装小镜子的袋子中取出一包金币,交给世之介,并说道:"七月十六,我请假回家,到时我们一定再见面!"说完就走了。

五　形形色色的幽会机关

一面唱着歌舞伎短舞十六番的舞曲《加贺大圣寺的报时鼓》,一面期待天明以观赏日出。梦山也进行这种活动,他既无父母亦无子女,是连续七代的大财主。难道他的祖先为他敲过无间钟吗?他的钱取之不尽用之不竭。他无休止地沉迷于游山玩水、嫖妓取乐,但是,他没玩过妓女,听说世之介要去京城,他要同去。于是,他把路上的一切事都委

托给世之介，两人一起从江户出发了。到达京城之后，在知恩院的古门前町租下房子，纳了一名订好十天合同的小妾以供寻欢作乐。白天则招来十名舞妓取乐。说定，舞妓每人赐金币一枚。舞妓从小就很美，后来她们成为舞妓，动作举止颇具男子风采。在十四五岁以前，她们也应女客之召，去参加酒宴，陪人饮酒。这个年龄一过，就剪掉前面的头发，平时发出像男人一样的嗓音，随便地佩着插在樱花斑点鲨鱼皮套内的大小刀，低低地戴一顶能遮住脸的斗笠，威风凛凛地脚踏一双粗带子的竹皮屐，身后跟着一名拿草履的仆人，这时她们被称作每天去寺院的侍童。再大一些，便成为不伦不类的女人，连妓女也不是。以后，便成为一家旅馆的老板娘，尽管如此，也要亲自接客。年龄再长一些，便成了老太婆，最后结果谁也不晓得。

"无论干什么事情，都是年轻时最好。"一位怀念舞妓生活的女子，世之介听了她一生的经历："所谓'四条通道相互贯通厕所'……有身份的寡妇，她们总有女佣、侍女及其他许多随从相伴，因而不能随心所欲地行动，贵夫人一进入这种内设岔道的厕所，男女便可亲热。所谓'隐蔽柜橱'，是里面设有一条暗道的设施。事先让男人偷偷进去，再把女人叫来。所谓'活动草席'，就是一个密室。如果见势不妙，就让男人从席下暗道逃跑。所谓'装睡的恋爱外衣'，即放在隔壁的小房间柜子里的大棉帽子、带穗的念珠和白地上绘有水墨画图案的适合寡妇穿的和服等物。把这些东西事先放好，然后，让男人先于女人进入房间，要让他换好衣服，谎称是某位隐士的夫人，使佣人麻痹大意，男女便在室内偷偷幽会。所谓'来世的引诱'，还要男扮女装，身着黑色僧衣，跟在好像颇有身份的太太后面，说：'寒舍就在这里，请您赏光。'这样与夫人相会。所谓'见记号而站着晕眩'，即在幽会茶馆的布帘上系一块红手巾，女人从此经过时，要装病，说：'我租下这间屋子。'尔后进去与男人幽会。这些做法，您只要稍一留心就可以明白。还有称作'男女情交隔板'的玩艺儿。房屋里暗处，事先铺好一块擦得干净平滑的隔板，女人想做爱时，则在板上留有一个可使男人的阴茎通过的小孔，在薄板一面只要留出能让男人仰面躺着的一尺左右的空隙就可以了。还有所谓'洗澡间折叠梯'的设备，这是早已装好的，从外面看，连一只带提梁的水桶也无法通过，但是，待女人脱光了衣服进去之后，从里面把门锁上，房顶上挂根绳子，女人爬上去，享受完毕之后，再顺软梯下来回到洗澡间。这些幽会的方法算在一起，大概有四十八种。这很恐怖？这可绝对不能讲给人家的女儿或太太听。你们可要保密！"

六　空饱眼福

难怪称京都为花都，四条、五条的桥上行人川流不息。以往见到的东山，已经变样了，原来位于城中心的顶妙寺，已搬到别处。在鸭川两岸建起了石墙，甚至连慈镇法师在和歌中咏为"我之恋"的真葛原一带，也建起了房屋。梦山说："无论怎么样，我所迷恋的就是朝臣官邸的女佣人。"梦山边对世之介边说，边走进位于石垣町的名为浪屋的茶馆内。他看着来往的女人说："真是与乡下不同。哎呀！那个，向那边走着的……"世之介仔细一看，那女人里边穿一件染有淡蓝色凸起圆圈花纹、白色小袄，外面罩一件紫色布料带有海浪花纹的和服，用银箔剪的帆形家徽缝在和服的五个部位，闪闪发光，紫色和服，带有向左旋的斜线条纹，在后面打结，饰带下垂部分的缘边角落内饰有铅坠。秀发上卡有一把蘸水梳头的梳子，以黑缎子的奇特头巾蒙头遮面，脖子很白。头戴一顶木头骨架的藤斗笠，白色帽带并没有在上面打结，白缎袜衬有红色里子，并带有别扣。有许多女人在一起走。她们均脚踏一双带有细线捻的粗带的草屐。她们穿着一样年龄一样。陪同的男人和女人远远地跟在她们后面。梦山问道："她们是什么人？"世之介答道："这是某朝臣家的女佣人。不知哪个是主人。她们每日都出去游山，的确有与众不同的爱好。"

"太有趣了。从前，松本名左卫门曾说过关于与贵夫人同床共枕的事。与其抱有这种既见不到也听不到的不着边际的愿望，凭您的聪明才智，立刻去叫一个可随便取乐的女人来。"听梦山这样一说，世之介便让一位扇子铺的女店员给送来一张扇面，把女店员叫来。世之介问梦山："她怎么样？"梦山只看了一眼便贬斥说："如果是为了雨天解闷，或者在没有女人的高野山之类的地方见到这种女人，我会很高兴，可现在是到了京都，而且是见过漂亮女人的眼光了，所以，我不会喜欢这样不美的女人。因为受到梦山的贬斥，那女人立刻回去了。依梦山先生的愿望，咱们无论如何要去岛原吧？"世之介这样一说，精通于此道的善吉说："世之介也是初次见到的善于嫖妓的高手，所以，我让你们见识一下。"于是，这个打扮得英俊漂亮的大个子男人善吉带着挑衣箱的仆人和随从，提起和服裙两侧的下摆，模仿着旗本豪侠义士的义也集团的装束，腰插长、短刀，低低地戴着斗笠，来到岛原。这天正好是正月十六，这里的妓院街上，像往年一样佳人林立，妓院人已满满的，几乎无法从门前通过。每个妓女都会得到客人送的钱，所以，在这一天，嫖客们可就要不吝钱财了。在如此丰富而又热闹的气氛中，甚至本来没有灵魂的偶人藤六、见斋、粉德、麦松等，也很高兴，真是非常有意思。

善吉正值壮年，在江户曾被吉原的小太夫迷住，他不管别人怎么看他仍要做别人望尘莫及的事。有一天，天上稀稀落落地下着雪，善吉要回家，太夫便卷着衣袖为其撑伞，光着脚送他，此事被世间视为前所未有的奇闻。太夫的老板从中阻挠他们的关系，但是，太夫完全置之不理。在这位被女人舍生忘死地深爱着的男人身上，他一定有很多让人喜欢的地方。江户的妓院街上，没有不知道善吉这个名字的。但是，在京都的岛原他却没有熟悉的人，所以，他坐在妓院门前，远远地看着妓院内的情景，见只是妓女聚集在一起饮酒。太夫石州接过一杯喝干了，指着呆坐在妓院门前的善吉，吩咐侍女说："把酒送给那个男人。"善吉说："这实在难得！"说着，他喝了两杯，将酒杯还了回去。在石州接过酒杯时，善吉说："请以此为下酒菜。"说着，他打开衣箱，拿出琴来弹唱。他对同来的男人说："伙计们，唱啊！"于是，世之介郑重其事地唱了一曲《弄斋》。当然是歌声动听，琴声悦耳。不愧是石州看中的人，人们都很喜欢他们，便把善吉请了进去。

就在当天，石州无论如何要与善吉相会，拒绝其他人，与善吉亲热地交谈起来。善吉不愧是嫖妓的行家里手。世之介却遭到伴唱妓女的拒绝，于是下定决心："真后悔，无法尽兴。我也要这样风流地嫖一次给你们看看。无论如何不能就此罢休！"

七　渔家女的情欲

在幽深豪华的房间内，发出了称量金银的天平指针对准刻度的声音。一听到这种声音，世之介觉得十分没趣，他想："现在无论让我拥有多少金钱，都花在妓女身上，我要把钱花得漂漂亮亮，我要让世界上所有的妓女大吃一惊。我只要喊一声'来呀'，马上会有许多妓女愿侍奉我。要让他们看看！但是，我丝毫没有怨恨父亲对我的态度的意思，他没死时非常讨厌我。我懂得自己干了坏事应该受到惩罚。我也曾想，无论隐居于什么样的深山之中都可以，过起不食鱼肉的斋戒生活，不让随缘真如的喧嚣涛声再起，但是，如果要这样的话，就该去纪州拜访无音川山谷后面那位令人尊敬的净心修道的和尚。这人是好色之徒，后来幡然改过，步入佛门。我要访问这位名僧以求佛道。"世之介想到这里，便出发了。

他沿着海岸，来到了泉州的佐野、嘉祥寺和加太，这一带均为渔民居住的海滨。这里也是女人出卖肉体的地方。因此，这些在乡村长大的女人也打扮成城市女人的样子，人人都头戴一顶紫色棉帽子。男人忙于出外打鱼，所以，当他们不在家的时候，女人可以随便做什么，也没有人管教她们。男人们在家的时候，作为标记，她们在家门前竖起船桨，所以，任何人都明白其意思，不会进去。

到了傍晚，世之介想起淡岛明神这个女神来。从这里极目远眺，可以望到由良的海峡，于是他便想起"前途莫测的恋爱之路啊"这一诗句。做诗人早就品尝到爱情痛苦的滋味了。

世之介在这海滨渔村，与当地女人多次发生关系，认为这里很适合他。天长日久，很多女人找上门来诉说苦衷。无论对哪位女人，他都无法一本正经地予以答复，都是不在意地说一下，因此，反倒使女人感到更加苦闷。他一人是应付不了这么多女人的。为了

46

解除女人们的苦闷，哪怕是自己的努力微不足道，或者劝她们喝酒，或者讲一些对往日的回忆，只要使她们得到宽慰，忘掉生活的艰辛，他就乐意干。于是他让人将这里的好几只小船并排着划向了遥远的海面。时间正好是六月末，天阴了下来，刚一想到会不会突然下起傍晚的雷阵雨来呢，雷便朝着人们的胸口打来。大风不断，闪电雷鸣，女人们乘坐的那几只小船已经不知被风吹到哪里去了。

世之介一个人在海浪中飘荡了两个时辰之后，被冲上了一个名叫吹饭的海滩。他一时间完全失去了知觉。因为有人大叫，他才清醒过来，隐隐约约地似有鹤鸣之声传入他的耳中。他好容易越过了生死关活了下来。他挣扎着走到堺地区。在大道街的柳町住着从前他家雇佣过的伙计的父亲，他一路找来，夫妇大喜，说道："我们一直牵挂您。您的母亲派了很多人分头到各地去寻找您。因为，初六那天晚上，您爸爸死了。"

正说着，从京都又来了人。来人说道："简直是奇迹，真没想到您到这儿来了。您母亲悲痛欲绝，您一定要回家！"说着，让他坐上了一顶快轿，不久便回到了他出生的老家。母子抱头痛哭，他们的心情有如枯木逢春。母亲说道："我什么也不留了？"说着，便把所有的库房钥匙都交给了世之介。长期以来，世之介一直过着不体面的生活，如今一下子就变得与以往截然不同了。母亲灵机一动，说道："这些金两你可以随意使用。"于是，将两万五千贯的遗产一分不留地交给了世之介。母亲的话就像转让文书上写的词句一样，明白准确，分毫不差。他向神发誓："我要把这些钱都花在妓女身上。实现我平生愿望之时就在今日。我要将所有思恋的女人赎出来，而且，所有名妓，我怎能不一个不漏地去嫖她们呢？"于是，世之介召集了一百二十名帮闲，开始了挥霍无度的生活。这些人都恭维他。

第 五 篇

一　名妓吉野

某人咏诗云："都城沦为无花乡,只缘名花吉野移黄泉。"留得传世芳名的太夫吉野是一位绝世无双的妓女。她长得倾国倾城,而且很重感情。

在此地七条街上,有一位名叫骏河守金纲的打制小刀的铁匠。他的徒弟一见吉野便喜欢上她,得了相思病。有一首古诗云："我那秘密的恋爱小路上的守关人,每晚守关,有时也醋睡吧!"然而,徒弟每天做小刀,竟在五十三天之内打制了五十三把小刀。在积攒够了太夫的嫖资五十三目银子后,等着与她相会的时候。但是,这就像鲁班的云梯无法攀登一样。不过,可以对天发誓,由于苦恋的凤愿难偿,他哭得很动情。五谷神社举行风箱节那天傍晚,他偷偷来到妓院区岛原,心想:"本来是有钱就可以办到的事情,为什么不能如愿?……"他为自己身份的低下而叹息。有人将此事转告了吉野。吉野被打动了,暗地里与他相会。这个男人浑身颤抖,那略显肮脏的脸上沾满了泪水,说道:"您如此厚待我,我将永世不会忘记。我终于凤愿已偿了。"说完,他起身离开座位就想逃走。这时,吉野拉住他的衣袖挽留了他,熄了灯,没脱衣服就扑到他怀里。她说:"我满足您的愿望,愿以身相许。"吉野乱动身子。可是,男人一边着急地解着胜间产的优质棉布兜裆布,一边说:"有人来了!"说着,就要站起身来。吉野紧紧地抱住他说:"我们做不成,你就别想走。说真的,您不也是男人吗?你趴在我吉野的身体上,虽然纯属偶然,你也不想就这样走吧?"吉野边说,边揉捏男人的腋下,抚摸男人的大腿,扭扯他的脖颈,同时又胳肢他的腰窝……躺了很久,好好歹歹,勉勉强强,总算了却了这桩美事。之后,两人又一起推杯换盏,玩够了才分手。

妓院对吉野的做法非常不满,责怪说:"不该这样做!"吉野说道:"今天的客人是对花柳界情况了如指掌的世之介先生,所以,什么事都不要隐瞒。我决不把错误归咎于你们。"

正说着的时候,已经很晚了,有人通知世之介说:"请世之介先生入内。"于是,吉野把事情又对世之介说了一遍。世之介立刻称赞道:"这才是妓女最为可贵的品质。我决不会抛弃你!"当天晚上就谈妥,世之介要为吉野赎身,与她结婚。

吉野天生丽质,聪明伶俐,而且深谙为人处世之道,因此再没有像她这样聪明的了。在祈求来世幸福的佛教方面,她也随从丈夫世之介信奉法华宗。为了丈夫她再不吸烟了。无论做什么事情,她都让丈夫称心如意。

但是,所有世之介家族的人都以不能娶妓女为由,提出与世之介断绝来往。吉野很伤心。因此,吉野屡次向世之介表明,想告辞离开世之介家,她说:"哪怕让我住到别处的宅子里做您的外室小妾也行!"世之介反对。她又说:"那么,让我来调解您与家族之间的矛盾吧!"世之介说:"就是出家人或神官出面调停,他们也不会听的。你不能说服他们?"吉野劝世之介说:"首先,请您发出一份邀请函,以谦恭的语言表示寒暄之意:'我不娶吉野了明天就把她送走。'然后说:'因此,趁院内樱花盛开之际,诚请各位女客光临寒舍。'"邀请函刚刚发出去,大家就说:"原本就没有什么特别的恩怨。"于是,大家当天就乘车坐轿一一来到世之介家。大家并排坐在许久未来过的筑有假山和水池、并在池上建起的巨大书院的厅堂内。宴会进行了一段时间,在适当的时候吉野出来了。她身着浅黄色布棉袄,腰系红色围裙,头蒙一块手巾:一身女佣人的装束。她手托一木制方盘,盘内放有切碎的干鲍鱼片。这是最后一道菜。来到长辈面前低声说:"我本是住在三筋町、名叫吉野的妓女。我登此大雅之堂实在不合身份,但是,今天我已告退,就要回娘家去了,作为临别留念……"她为了使人们高兴,而唱了一首歌,人们很兴奋。尔后,吉野弹琴,咏诗,点茶,插花,调整时钟的钟摆,给姑娘梳理头发,与她们一起下棋吹笙,与人们谈论宗教信仰和家庭生活的安排,自始至终,行为都很稳重,众人感到非常愉快。结果,他们很愿意和吉野谈话。因为吉野的热情招待,众人甚至忘记了回去的时间。天亮以后,大家告辞回家时,有一位女客人提出:"世之介一定要留下吉野。我们同样是女人。再说,就连我们女人见到她,都觉得乐趣无穷,何况男人呢? 她这么优秀配得上任何男人。即使在我们世之介家族的三十五六个女人中,也没有一个能与她相媲美的。我们大家希望能得到您的原谅,请您一定要做世之介的妻子?"

不久,他俩结婚了,表示祝贺的酒桶和装在薄杉木板盒内的礼品堆积如山。婚礼上摆放了蓬莱山形的盆景。人们为他们献上贺歌一首:"连理松,松涛声飒飒,乐融融!"祝吉野长寿。

二　想吃的千年糕片

世之介说："我不是硬套谣曲歌词'虽有三井古寺钟,依旧难闻逝去声',可我却是'虽有随意挥霍钱,依旧难得半日闲'。我还没见过紫屋町,这太遗憾了。据说,从前长柄山的山芋变成过鳝鱼。不过,如果那里真有什么新奇事儿的话,一定很好玩,我一定要去!"他的话一出口,帮闲甚六便说:"知道了!"世之介坐上了从白川桥到大津的轿子,问了声:"甚六,坐好了吗?"出发了。他们越过了逢坂关口,很快来到堪称大津门户的八町。"您不住店吗?"旅店的迎客女郎迎上世之介。世之介住进了旅店,问道:"哪位女人最出色?""石山上的观音菩萨最受欢迎。"女人答道。世之介心想:"看来,这个女人太小瞧人了。"尔后,他见到老板说:"我要去妓院。"老板说道:"那地方请您不要去了吧! 走一趟六七目银子是不够的。"甚六气得咬牙切齿,说道:"为了避人耳目才这个样子,可你偏偏……"世之介觉得很滑稽,便笑着说:"把放在你那里的金币拿出来给他们看看。"突然,厨房里高声喊道:"高等客人来了!"再看甚六,他望着窗外,显出很惊奇的样子。

世之介忍耐不住,到外面一看,人山人海。人们吵嚷着:"从京都来了参拜伊势神宫的了不起的人物啦!"人们拥拥挤挤,像有什么重大的活动。大坂的名马黑舟、伏见的名马涟波和淀的名马樊哙,共有名马三匹,用白色丝绸的马带将七层坐垫绑在马背上,马蹄也有套子,马上各坐着一位十二三岁的女孩子。她们身着前身和后背各分左右、共四种颜色的长袖和服,头戴一顶红绸子做里儿的菅笠,带子系在菅笠上。这时,马夫口中正起劲儿地唱着请客人下马住宿的小室调,每匹马有两个勇武马夫在左右两侧抓着马缰绳。

一见世之介,姑娘们跳下马来。三个姑娘都过来依偎在世之介身旁,说:"我们是来参拜伊势神宫的。您怎么也到此地来了呢?"世之介说道:"我是来为甚六嫖妓做帮闲的。我病了能帮个忙吗?"于是,三个姑娘一人揉头,一人揉腿,一人揉腰。一时间,她们连自己的旅店也不想去了。

"让我去看看此地的紫屋町吧! 看有什么怪事。很想去看看!"一位姑娘说道。世之介说:"那就带你们去吧!"说完,他带着她们进了紫屋町。即便是距京都很近的地方,妓女们的习惯也截然不同,下等妓女在她们的房间里大声说话,无所顾忌,行为很讨人嫌;和服穿得邋邋遢遢,饰带系得松松垮垮,却浓妆艳抹,模样难看。妓女们不分等级的高低,所有人都手持一把三弦琴,摇头晃脑地唱着歌。凑在妓院门前的人是一些马夫、独木船的船老大、海边的渔民、相扑力士、饭馆儿的少掌柜和小批发店的二掌柜等,他们与妓女说话毫不顾忌,任意漫骂。在这条街上,到处都有血气方刚的男子在吵架。用脚踹的,用拳头打的，抢头巾的，还有找不到外衣的，到处乱糟糟的。披头散发脱下一只袖子，怀中插着一根拴马鼻子的木棒，手持明晃晃的刀子，妓院像个闹市。这里完全是不要命的人聚集的场所，而不是有家有室者的夜间去处。

晚上住在了妓院，世之介他们召来了兵作、小太夫和虎之介等妓女，玩得很开心。第二天，为了给她们践行，特备了酒宴，幸而此处距逢坂关口较近，这就算送她们出关的仪式了，所以将这个妓院区的高级妓女一个不漏地包了一天。世之介喝酒过量而略有醉意，他对三位妓女的侍女说："我们现在要分开了，无论有什么要求，请提出来，我一定答应。希望你们不要客气！"于是，她们说："什么都准备好了，所以，我们再没有其他要求了。但是，我们骑的马总是有先有后地分开行走，因而不能随心所欲地交谈，太无聊了。我们三个一边烤干年糕片儿一边走路。如能让我们这样开心地回去就好了。"

世之介说："这好说。"说着，他立刻让人将两顶轿子并在一起，把中间的隔板拆掉，用钉子和镯子将其组合在一起；在轿内放一只火盆，吊一个架子，又放一架枕边小屏风和一个手巾杆儿，挑选了十二名轿夫。轿子像房屋在移动。无论什么事情，只要世之介想做就没有办不到的。

三　多情妓女的品格

日本国最早的妓女始于江洲的朝妻和播州的室津，如今已扩展到全国各地。朝妻已经没妓女了，这是个穷地方，女人织条纹布，男人拉大网打鱼，以此度日。而室津，即使今天，仍是西国第一大海港，妓女也比从前更美，习俗和大坂一样。

有一天，世之介邀来了放弃生意、宣布歇业的金左卫门。这两个都喜欢游玩的伙伴让船快行。傍晚，他们到达了"恋情之港"室津。暂且在此地抛锚停泊。那天正好是七月十四日的夜晚。当地有一种习惯，七月十三之前必须结账，所以，到了十四日晚人们早已沉浸在盂兰盆节的气氛之中了。男人头戴小小的草编斗笠，有的女人把头巾两端折向后面蒙在头上，并腰挎大刀小刀，一派男人装束。妓女也混杂在人群中跳盂兰盆舞。世之介立刻被妓女吸引住了。

他们前往妓院区。在这里，名为"桔香浴池""丁香浴池"之类的地方就是妓院。他们来到名为广岛浴池的妓院，让老板八兵卫带领着，把丸屋、姬路屋和明石屋三处的八十多名妓女看了个遍。选了几个较好的妓女，但并未决定嫖哪一个，而是先一起饮酒。世之介对老板低声说道："她们之中必须有一个陪我休息。"

妓女们听到世之介与老板的低声私语，便各自梳妆打扮起来。真有趣。为了醒酒，

在名为千年川的香炉中燃起厚厚的沉香木让妓女们闻。妓女们并无香道修养，她们匆匆拿起香炉，一个人一个人地传下去，很不得体。

坐在最后边的妓女，从表面上看，她长得并不是非常漂亮，衣服穿得很不整齐，贴身麻布夏衣上的家徽是带有地藏菩萨的图样，这让人觉得新奇。当香炉传到她面前时，她沉静地仔细闻了闻，稍稍歪着头，看了看香炉："现在想来……"说着，她稳稳当当地放下香炉。世之介接着她的话问道："你以为这是什么香木？"她说："这是真正的葵。"世之介说："的确有极为出色的鉴赏力。"说着，他又将手伸到怀里，想掏出别的什么东西，被女人拦住，并说道："不，不！我们这些妓女是不识货的呢？您这块香木是不是与江户吉原的若山小姐有什么关系？"世之介说："的确，的确。这是她给我的相逢纪念物。"那女人说："果然不出所料。我之所以能说出香木的名称，因为我的一个客人曾给我看过若山小姐给的香包，而那天他又使用这种香熏了衣袖。那天夜里，我比往常感到兴奋，所以，我忘不了这种香，至今依然记得。"世之介表示赞同地鼓起掌来。他说："缘分这东西真是令人琢磨不透的。愿你能喜欢上我。"

于是，老板立刻铺好被褥，吊起蚊帐，说道："来吧！请到这边来。"

世之介说："那么，今晚会共享美梦吗？"接着，他便躺下了。正当他为流出汗水而烦恼时，女人让一位侍女把许多一直活到秋天的萤火虫包在纸里拿了过来，让它们在蚊帐中飞舞，并且把插着荷花、水桔梗、睡莲的桶也放进蚊帐里，世之介觉得很舒服。她说："这里是乡村？"说着，她也进了蚊帐。她那准备就寝的身姿极为美丽，世之介"见到她的柔姿，怎么也忍受不住了"。她那凤戏龙游的技巧实在高明，她对男人一点儿不粗俗。世之介觉得她非常可爱，便说："我所希望的就是你这样的。"说着，他给了她一些钱，但是，她无心去看那些钱。不久，天色大亮，当他们正要分手时，一位云游僧人来到面前，对女人说道："想请您布施一些。"女人便将袖中的一包钱币原封不动地给了僧人。云游僧毫不客气地收下来，但是他走出四五町远之后，又返身回来，对世之介说道："我没想到会有这样的事。贫僧只要一两文，这些请还给方才那位女人。"他丢下钱币便扬长而去了。她原来是做什么的？必定是很高级的。世之介觉得这个女子很不平常。询问其身世，据说是某知名人士的女儿。他立刻为此女赎了身，并送她回到家乡丹波。后来再没有消息了。

四　舍命的水晶球

花柳界的同伴们劝说世之介道："男人也很有趣。"便邀请他来到东山的灵山。能乐排演结束,人们离去之后,只听到傍晚的松涛声和寺院炸素食面筋的声音,在寺庙里不能饮酒。不知是谁说道:"喂,现在是该动动脑筋的时候了,下面的时间怎么打发呢?""今天,稍微变变玩法,叫玉川千之丞、伊藤小太夫等四五个人来吧!"

于是,派人用快轿前往宫川町去接他们,去的人一会儿的工夫便来禀报说:"已经来了。"谁都喜欢她们美丽的容貌。有人打比方说:"嫖男妓有如在凋零的樱花下面睡一只狼,而嫖妓女的心态犹如明月刚刚落下、夜色变暗时没有灯笼一样。"看来,这是经验之谈。

他们一夜没睡尽情地玩,偌大年纪却玩起贝壳陀螺,用手指玩互相拉扇子的游戏,还玩相互猜手中物品数目的游戏等等,人们像孩子一样闹起来,玩得汗流浃背,所以,他们决定到外边凉快一会儿。眼下正巧是五月初,漆黑的夜色,院内有一棵茂盛朴树,从它那繁茂的枝叶间可见到许多发光的球形物体。人们吓得跑进屋。有的吓得大惊失色,也有被吓倒的。有一名男子,觉得自己略有膂力,便将一支带有鸟舌形箭头的箭搭在短弓上,从走廊跳到院子里。但是,一个名叫泷井山三郎的男妓跟在其后,阻止他说:"没必要这样怕吧!你等一会。我要设法用手捉住它。"说着,他走到远离房间的树荫下,向上一看,见到了如星星般闪光的东西,另外,有一团黑乎乎的东西在蠕动。

山三郎平心静气地说:"你是谁?"树上的人说:"如果我中箭而死,也许就不会吃这种苦头了。谢谢您制止了他。烦恼折磨得我肝肠寸断。现在我像生活在地狱里。"说着,他那横流的热泪滴落到山三郎的衣袖上,如滴滴温水一般热乎乎的。

于是,山三郎问他说:"那么,你究竟在恋慕何人呢?"他回答说:"被您这样一问,我更难过了。我每天看戏时瞻望您的面孔。我跟踪您回家。从前不知曾有多少次伫立于您家门前。只想听一听您的声音。今天,我去东山的庙会,听到了几位提草鞋的随从的私下谈话,想再次拜谒您一面,然后就死,所以,才上了这棵树。而且,现在你我能面对面交谈,所以,我已毫无遗憾了。您若怜悯我,就请您在我死后为我祈求冥福。"说着,他将一颗水晶念珠丢了下来。

山三郎说道:"其实我早就注意到你了。因为担心,所以才阻止了那位觉得您可疑的人,而亲自来到树下弄个明白。我们彼此能理解太好了。我怎么能让您的诚意付诸东流呢?我要满足您的愿望。现在请您等到天明,明天一定到我家里……"

山三郎的话还没有说完,众人便点起火把,一起围拢过来,粗暴地将树上的人拉下来。谁也不理山三郎。仔细观看树上人的面孔,他原来是贫寺中的修行僧。世之介认为:"男妓应重感情。"于是,他制止了人们的行动,并为修行僧和山三郎当红娘,使他们得以自由相会。据说,日后这位和尚因为能够进入山三郎的内室与之相会而得意起来,甚至怀疑互换的表示情意真挚的誓文,让人在山三郎的左臂上刺了"最珍重庆"四个字,因

为这个和尚的名字叫庆顺。后来,作为朋友的世之介与歌舞伎演员们在江户一起谈关于男妓的往事时,谈到山三郎的往事,也谈到了上述的事情。世之介谈起这件往事时,对庆顺和山三郎深表同情。这是一个真实的故事。

五 伪装兴隆的妓院

"我要让你们看一看用拖网从堺的海面上打捞出的活蹦乱跳的樱鲷的样子。"于是,世之介带着帮闲们走了。一行人走过历代都是津守一家任神官的住吉神社,进入堺地区的北端乡,这里就是高州妓院区。经过中之町,抵达袋町,他们改变了招妓的方法,这里妓女不多,而且偏偏要按天神、小天神等不同的等级支付嫖资。

在二楼的房间里,刚刚确定了某位妓女陪哪位客人,还没等酒杯传到末座,便有女人来叫:"葛城小姐,暂借你一下!"葛城便走了。方才的女人再次出来喊道:"高崎小姐!"

妓女刚刚坐下,又有人来叫,这样轮流不断地在一个时辰之内,都出去过。世之介想:"哎呀,她是不是有客人?"

世之介边想边向楼下观看,实际上,那里连一个男人也没有,女人们头枕手臂躺在那里,喝着水。若打哈欠便上二楼,一到楼下就看净琉璃剧本。其实她们根本没有其他客人,却白白地搅了在座客人的兴致。这种做法是本妓院的老规矩,好让人觉得生意很好。这里事事让人感到别扭。难得的一次游乐,可是整个晚上的心情却像很多人挤在淀川上的三十石新渡船上一样。

被褥短得盖不住整个身体。有位帮闲说:"哎呀,世之介先生,这次我可体验了出外旅行的苦楚了。还是设法讨东京女人的欢心吧!"世之介说道:"这可成为将谈论的有趣话题。我担心睡了会感冒,所以没有和女人尽云雨之欢,而是系着带子睡的。"他向四周一看,同宿一处的伙伴中,有个人正要绘图,另一个人看起来无所事事,实际上他是躺着捻斗笠上的纸捻儿绳,还有一个人从自己的小药盒里取出艾卷,正在灸足三里穴,面部呈现痛苦的神情。妓女们在一起玩到深夜。人人都盼着这令人无聊的夜晚赶快过去。这状况简直像幽居在神社或佛堂中一样。

这样呆着实在没趣儿,有个人便开了话匣子:"有钱人都当过嫖客,或者攒足了钱,在岛原全部花光,这是很平常的事。世界上再没有像嫖客的吝啬和蹩脚理发师给剃头顶那样令人讨厌的事了。妓女穿什么衣服都无所谓。那是只知吝惜一文钱,却不知珍惜四十六目银子的做法。即便是仅仅一次,也是见一见太夫那身着睡衣的柔媚身姿为好。她们的衣服都是新的,也不可能使用脏枕头。干脆说吧,那可是大不相同的。所以,如果是乡下人偶尔逛一次妓院也就罢了，然而，常去妓院的嫖客不要用那些别人盖过的被子。在京都，有的人在七左卫门的丸屋妓院放一只带有家徽的、漆着梨皮斑点花纹的大躺柜，里面放着备齐的四季用的被褥，甚至枕边的盒子、烟盆、其他容器和水杯也新置办一套存放在那里。这样做很对。仔细一想，这可以不得传染病，所以，这类事情，世之介先生也该……"世之介表示理解地说："如此说来，某位患有令人讨厌的病症的嫖客与某太夫相会之后，第二天，就算大官来也不会细问。只要回到京都，我自己也会有注意的。"据说，世之介果真置备了几只大箱子，里面装入与妓女们相会时用的器具，送到别处去。

六　不识当代风流士的蠢妓女

　　像菅公厚爱的梅花一样，世之介来到九州后就去参观柳町。从前，此地曾有一位名为博多小女郎的颇具特殊情致的妓女。当时，在袖之港发生大暴乱之后，晚上不让人进妓院，甚至白天妓院也紧闭大门，而让人们一个一个地从小门出入，尤其是武士更要受到严格盘查。让人很不高兴。

　　从未见过这么繁荣累累。正巧，这里正在举行有名的夏季市场交易，人们从五六里路之外的地方聚集到这里来。有的正在引诱在严岛神社大经堂的神像前暂宿一夜的小姑娘，有的爱上了年轻演员，还有两个客人因想嫖同一妓女而争执起来……总之，这里不分昼夜，热闹非凡，六月初世之介到宫岛旅行。即使是妓院，房子的进深也很浅，从外面就可以看清室内。妓女们身着染有浴衣花纹的十分美丽的丝绸夏衣，故意显露出暗红色的贴身裙。非常俗气。她们好像最近才学会了《冈崎的妓女们》这支曲子的弹奏方法，可弹得很难听。听她们唱的是："矮竹虽然不如意，却能做成好竹帘"，那腔调十分古怪。各处巡视一遍之后，世之介选定一家妓院走了进去，吩咐说："无论是哪一位都没有关系，我要那种有个性的、甚至拒绝接待男人的妓女来！"不久，来了两位太鼓女郎和一位天神级妓女，她们并排坐下来。世之介与金左卫门、甚六都身穿一件浅柿色夏衣，外穿一件马夹，在直径四寸五分左右的家徽上有个由镰刀和车轮以及"奴"字组成的图案，完全一副土里土气的打扮。他们说："连我们自己都觉得难看。"妓女们奇怪地看着他们这身打扮，连酒都不给他们斟。她们之间使用暗语相互交谈，刻薄地挖苦着世之介等人。这时候，山里人把正应时的苹果装在提篮里来出售，世之介说道："给我买苹果来！"说着，他拿出钱来，妓女高声说道："昨天晚上，就这样嫖野妓来着吧！"接着，哈哈大笑起来。

　　世之介问其中的一个装模作样的妓女说："你觉得我们怎么样？"对方答道："像人。"世之介又问道："你这是俗气的俏皮话，你以为我们是做什么生意的吧？"于是，妓女想了

想说："以我带有偏见的眼光判断,你们都是在草席上谋生的人。大概这位是做毛笔生意的,这位是专卖纸盒的,另一个人是卖色线编织的和服饰带的。""没想到你猜对了三分之二。卖色线编织饰带的,你可没说对。其余两个人你都猜中了。"世之介说着,故意装出吃惊的样子给她们看,她们更高兴了。

于是,世之介又说:"本来,不论人们的穿着如何,其身份凭随身佩带的腰刀和小药盒的做工以及手脚的样子,也猜个差不多。尤其是,本人带来的这位堀川的胜之丞,即使在偌大的京都,也是无可比拟的年轻随从,是谁看了都觉得出众的仆人。你们过低地估价我,这是因为你们太愚蠢了。你们这种女人即使在床上也是毫无趣味的。还是木偶更有意思。"说着,世之介让人从衣箱中取出折叠舞台组装起来。上部幕布、遮面幕布、下部幕布都齐全。这是个小舞台,镶金嵌银。准备好后,世之介他们按正规的六幕古净琉璃的剧情舞动起偶人。

"可是,请您看,《信太妻》中的这位夫人一派江户打扮。"一个人说了开场白。另一个帮闲说:"世之介先生,这偶人是吉原的一个妓女吧!"世之介说:"你一下子就看出来了。这是我让人仿照她的样子制作的。据说,关于这位太夫曾有一段故事:一个有钱的诸侯悄悄与这位妓女约会时。诸侯说:'三人之中,请按你的判断给你的主要客人斟酒。'太夫不慌不忙地说:'我并非神人,请多多原谅!'说着,她来到厨房,低声与仆人耳语几句,仆人放走黄莺后又大声叫喊:'喂!喂!……'三位客人齐声说道:'什么事?'当他们打开拉门向外走的时候,太夫仔细辨明了他们的情况,给真正的嫖客斟满了一杯酒。她这种聪明的做法受到了人们的赞扬。有人暗地里向她寻问:'你是怎么知道真正的嫖客的?'她说:'虽然三个人都穿着淡黄色布袜,但是,其中仅有一个人的袜子上没有被木屐带磨过的痕迹。可以判断他不是穷人。无论怎样也不会错的,于是便给他斟上了一杯情意绵绵的酒。'"

七　正在此时出虚恭

虽然还有尚未亲眼目睹过的花街柳巷,但是,偏远乡村妓女的那种乏味绝不想再去尝试了,世之介在天气晴朗时回到大阪。他见到难波海面,非常兴奋,航道上的木桩式航标渐渐接近,船不久就到达了三轩屋。以前,这里也有妓女,她们曾唱着"常去淡路的雄鹿毛做毛笔"等小调。但是,一切都已经过去了。

眼下正当秋风吹拂芦苇的季节,那些自由的町人们毫无顾虑地吹着笛子,敲着鼓,划船游玩,那景色太美了。在屋形舱的船里,有外山千之助、小岛妻之丞和小岛梅之介等青年歌舞伎演员。松岛半弥、坂田小传次、岛川香之介等人坐在那边的船上,手中酒杯上的红漆可与如血的残阳媲美。水面上的喧闹气氛使人心情愉快。对面河岸上,松本常左卫门、鹤川染之丞、山本勘太郎、冈田吉十郎等人正在伸长钓鱼竿钓虾虎鱼,那情景颇值得观赏。在随行的船中,还有洗澡的地方。游船还拖着一只养着活鲷鱼及鲈鱼的笼子。这些人白天将写有随意文字的扇子放入江中令其自然漂流,以此取乐;夜晚则放起烟花,映红天空,天空显得如此迷人。

世之介说:"哎呀,在河上乘船游乐确实胜于在京都游山,让人们都来欣赏吧!这里的火,虽然不是宫中卫士燃起的篝火,但在火上架起薄锅,煮味道清淡的菜粥,好酒之人才能享受这种快乐。我总算能喝上一两杯。在大坂短期逗留期间,和男妓们玩了一两天,也不错嘛!尽管如此,怎么会喜欢看男妓呢?"有个男人听到世之介的话,便问道:"这不是世之介先生吗?"世之介一看,说道:"你是何人?"对方答道:"是被小仓喜爱的男人。"

"后来去哪儿了?""啊,我有很多话要对您说,请到我船上来吧!"那个人邀请世之介说。

虽然不情愿,世之介还是应邀转到对方的船上。那里坐的都是自己的朋友。他们正在用带有记不清在什么地方见过的家徽的小酒杯,以种种戏闹的方式饮酒取乐。谈笑间船到了目的地。

"好,咱们上岸吧!"

"又去花街柳巷吗?"

"哎。大致看看就回去。这里的夜景可以和樱花比美。"

一行人边说边从东口进入新町,来到了九轩町的吉田屋妓院。向厨房内一看,一个老头正在大声叫女人们。于是,曾邀请世之介的男人问女老板阿成说:"那个人是谁?""是我丈夫。"她答道。男人说:"我经常来这儿怎么没见过他。这是因为凭您阿成的才智,一切事都可以办妥的缘故吧!总之,今天晚上,只要是有鼻子有眼的妓女无论谁都将就了。"他这么一说,一些无人要的妓女都来了。世之介点名叫了某位天神,这是从前没有过的。

上到二楼的大房间,见月光像往常一样,从南方的天空洒进室内。以前,这里曾是一个叫三郎的人和一个妓女住过的房间,但是,那时墙下半部贴着金箔,如今则贴上廉价的蛋黄色的糊墙纸了。"当时曾见过的东西,有放在四尺长桌上的大砚、笔架和香盒等进口用具。虽然放在这儿,可是,谁也没动过。现在,连木枕都不够用,甚至烟盒里也没有烟草,烟袋也不见了,莫非女佣人拿去了吗?"他们说得正起劲儿,盲艺人城春拿着一个写有捐款人姓名和所捐钱数的小册子走进来,他是在为购买三弦琴而募捐。大家讽刺他说:

"不就是要钱吗：给你？"大家又接着说："妓女们还没来吗？ 如果来了，仅仅看看脸蛋儿，不让她们陪坐就让她们回去，那……"正说着，世之介熟悉的妓女来了。

妓女在别处喝了很多酒。很快就铺好了被子。世之介说道："难得睡个新鲜。"说着，连带子都没解，就打着鼾睡了一觉。醒来后正在无精打采地绸缪时，同来的男人站在门厅叫喊道："该走啦！"

"马上走。"世之介应声起了床。

那妓女好像还没醒酒，依然睡着，不知道世之介要走。世之介为了驱散睡意，手不离烟袋，就着坐灯上的火一连吸了七八袋烟。这时，妓女的臀部从被子中露出来。世之介觉得好笑，刚转眼一看，她便放出两个惊天动地的臭屁，世之介立刻把热烟袋锅杵到她的屁股上。她也知道在客人面前放屁太不雅。不过是情不自禁，释迦牟尼不也难免放屁吗？

第 六 篇

一　袖中蜜橘传情

　　岛原的妓女三笠生来多情,但非常傲慢,具有出色的太夫风采,服装也很讲究,从下处应召去妓院途中的姿态也与普通妓女截然不同,对客人满不在乎。所以,胆小的男人不愿和她约会。但是,如果与她熟悉之后,再一观察,就会发现她是一位颇多优点的女人:对酒席上的应酬十分热情,谈吐开朗,与人同宿时有一种深沉的气质,她对客人照顾得很周到,每逢寒风凛冽的夜晚,她会出于真诚而绝无造作地让他们喝上一杯酒。这虽然是小事,但是,它常使太夫的关怀直接通达最低层。即使对在酒席上的演奏女郎,她也很宽厚,对她们的风流韵事从不追究。但是,她提醒她们不要与妓院里的男人发生关系。她从来不听人们出于私心给妓女下的结论,也从来不沾钱的边儿。即使女佣人打盹儿了,她不怪罪,而是对人说:"直到深夜很晚还有事找她,所以,困是人之常情。"她把一切事情都处理得恰到好处,替对方想得很周到,让人心情舒畅,常使人有"只要是为了太夫,就……"的想法。她经常暗地里和情人相会。

　　世之介从那年起,已不能再包固定的妓女了。他在三文字屋权左卫门的妓院与三笠太夫初次相会之后,就发誓:一生一世与你相伴。

　　世之介与三笠开始交往时,两人之间乐趣无穷,过了一段时间,他们的幽会有些不正常,最后竟屡屡出现障碍。妓院方面把世之介很早以前拖欠的账单摆在他面前,三笠的老板也从中阻止他们的关系。他曾有过自杀的念头,但是,他一想到三笠太夫的无限忠贞,就放弃了死的念头。因为他再不能自由地与太夫幽会,所以,只得背着人的耳目,在认为是太夫前不久刚经过的地方走来走去。他边走边琢磨:"能捡到钱该多好呀,或凭加贺阁下的一句话也能万事如意。"他忍受着欲望无法实现的折磨,不知有多少次在梦幻中见到三笠太夫的面容。

　　三笠太夫每到世之介往常该来相会的时候,便偷偷地溜出来。她对世之介说:"今晚

在经纪行竹屋的七先生举办的宴会上,与纪州名为吉如的人初次相会,但是,我讨厌他,追问我与您的关系,让我和你一定要彻底分手,这实在太残酷了。我离不开你?"说着,她把手伸进世之介的左袖口,拧他的侧腹,痛哭流涕。她忘记了如今已是梅雨季节,蜜橘已很少见,却以为现在蜜橘正应时,便掏出一只蜜橘说:"这是我尚未吃完的蜜橘……"说着,将它交给了世之介。"您还记得吗? 去年秋天,您揪下我的一根头发,把蜜橘皮捆成小猴子的形状。在那个夜晚,谁都无所顾忌,十分热闹,负责按摩的休斋还从二楼上滚了下来。"正当她快言快语地叙述往事的时候,传来了寻找她的喊声:"太夫小姐在哪儿啊?"三笠太夫悲伤地说:"以后不要来这么早。"于是,她与世之介洒泪相别。正在这时,又传来"把大门关上"的喊声。

世之介只好混在随从或者不便在此住下的人们当中,走到妓院街的出口处。他尽量不在灯光处走怕被人认出来,他低着头匆匆地走着。如果是从前,当然会有人送他到这里。想起往事不胜悔恨,他回到了先斗町的小旅店。

不久,风声传开了,他与太夫三笠的关系几乎无人不知了。所以,老板斥责太夫三笠,但是,她不肯中断与世之介的关系。老板越是残酷地对待她,她的态度越坚决。老板无可奈何,把她贬为打扫门厅的女佣人,给她穿一身破烂不堪的衣服,干那些拿着滤酱筛子滤酱、买豆腐渣之类的粗活儿。但是,她并不以此为耻,为了爱情她什么罪都能受。那年阴历十一月,第一场雪就大得出奇。老板对三笠恨之入骨,扒光了她的衣服,把她绑在院内的柳树上,喝问道:"答应我别和他约会了?"

但是,三笠太夫决不说出"不想见"三个字。她抱定一死的决心,一连绝食五六天。有一天,一位比她年轻的妓女看到她在流泪,便说:"看你一眼都觉得痛心。"太夫便说:"我想我这样做他会知道为什么呢?"

正说着,卖梳头油的太右卫门正好来到跟前,见状非常伤心。她想起,这个人平素常常出入世之介的家,便对人说:"我承认是我做错了不要绑我了。"被松绑后,她从自己的白绫子贴身裙上撕下一块布,咬破了小手指,在那块绸料上,写了一封血书,尔后,将它交给太右卫门,说:"求您把这个交给他吧!"

写完信后,她又让人像原来一样把自己绑在树上。正当她感到活不过今天想咬断舌头一死了之时,世之介收到了她的血书后,身着剖腹自杀时穿的白衣赶来了。很多人聚拢过来,说明道理,事情得到圆满解决。此后,世之介终于有了财力把她迎进家门。这样的爱情世间少见。大坂屋的妓女三笠的名字因而流传后世。

二 会情人何惧火烧身

每年七月十一日都要按照惯例割掉生玉神社水池中的荷叶。人们划着小船在塘里荡来荡去，挥镰割荷叶声惊得鲤鱼、鲫鱼和甲鱼乱窜，鹧鸪乱飞，此时的人们毫无顾忌。这情景实在有趣。

那一天，初秋的早晨，新町越后町扇屋妓院的老板很早就让人提了装有黍米年糕和美酒的多层提盒，和朋友一起。这些朋友是住吉屋的某某、吉田屋的相好、名为野平的名角代理人和佐渡岛的传八等，也有世之介。人们并排坐在伸进水池内那个小岛的东南方，一同打着拍子唱起了当时的流行小调："阵雨打湿了松荫，打湿了，打湿了。"节奏整齐，歌声嘹亮，这是些很潇洒的男人。他们要把以往会过的妓女们那些骗人的甜言蜜语和欺骗手段抖搂出来，于是大家都取出带在身上的情书让人传阅，任何一篇都不是妓女们寄来的复信，是她们写的情书。她们作为从事悲凉行当的人，仍以迷恋一个男人而感到高兴，所以才寄来了此类书信。这些嫖客们在一起，各抒己见，对当今的太夫们品头论足。他们以此作为今天的消遣内容。

——背山太夫年纪已大了，令人难禁惜别之情。她的职业年限已届满，虽然身材矮小也算不足之处，但是，她生得貌美，气质高雅，心地善良。大桥太夫身材修长苗条，长得漂亮，眼睛非常漂亮，但是，言谈不太高雅，身着盛装在妓院区行走的样子也不尽如人意。不会咏歌的小野小町，胆子很小，事事都要借助于侍女阿纯的智慧。太夫阿琴那张面孔并不漂亮，虽有令人讨厌之处，可有人偏偏喜欢这类型的。她过于聪明，而嫌贪心不足，且脖子上有一疙瘩，这是令人惋惜的。但是，在酒宴上她却善于应酬，有条不紊，处处具有太夫风度。太夫朝妻身材苗条，那姿色尤其讨男人喜欢。侧面脸庞更美，高高的鼻梁，但可惜的是鼻孔很黑，像刚刚扫完马路。不过，她会摆出一副文雅的样子，人很温和，有时显得有些狡诈。以上的无论哪一位妓女，作为太夫都可以说上是不错的。

从一日到三十日不停地陪客，有位太夫堪称妓院"繁荣的福神"。她是自神代以来的妓女们的典范。她的姿色美丽绝伦：就算她一点儿不施脂粉穿上佣人的衣服都不能掩盖住她的美，手指柔软而纤细，容姿端庄，胖瘦适度，一看她那眼睛就觉得她聪明伶俐。她举止文雅，皮肤白嫩。顺便提一下，她精于床上技巧，而且性欲旺盛。因此，她具有使男人陶醉的本领；能喝酒，歌声悦耳动听，作为有名的琴师，她最善于操三弦琴，在酒席上的应酬绝无疏漏，文章写得流畅别致，善于写长篇书信；她不向嫖客乞求钱财，非常大度，柔情脉脉，因能甜言蜜语而闻名。若问"此人是谁"，五个人便齐声说道："虽说日本国土辽

阔,除了扇屋的夕雾,还会是谁呢? 就是此女。不会有第二个这样的妓女!"……

他们各自谈了从这位太夫那里得到恋情时的感受。与客人的关系处理得恰到好处,当得知出现了与她有关的艳闻时,客人常常表示理解,对于那些被恋情冲昏头脑的客人,则向其说明世间的常理,之后,便不再理睬他;劝那些有妇之夫要为妻子想一想;就连鱼店的常兵卫,她也允许他攥攥自己的手,对蔬菜店的五郎八也说上几句温情话,而使他们非常高兴。说真的,回忆起这位妓女对任何人都不歧视地施以温情、真诚的心灵时,他们开始时还在高谈阔论,但是,不久,大家都沉默不语热泪盈眶。就连平常被人嘲笑的传八也迷恋上了这位太夫。

世之介听了他们的谈话之后,再也坐不住了。他谎称有病,比众人先行一步回家去了。他将自己的倾心思慕修成书信一封,求人送到夕雾身边。随后,他便风雨无阻,日夜兼程,踏着积雪的道路,在自己的恋情得到实现之前,一刻也不停止地赶往她所在的地方。于是,夕雾被世之介的真情所感动。趁着人们忙乱的机会悄悄与世之介约会。

夕雾比往常更早地来到妓院,特意等待世之介。她心中很高兴。她与打扫房间的女佣人商量好,让世之介进入小房间,要与之相互畅谈郁积在心中的恋情。夕雾不知想起了什么,把被炉中的火熄灭了。这么冷的天为什么要灭了炉火呢? 世之介终于来了。正当两人情真意切地交谈时,这天事先约定好的客人来了。有人便不断地喊着:"权七先生到!"

夕雾毫不慌张,把世之介藏到被炉下面,这就使人理解了夕雾方才熄掉被炉的用意,她太机灵了。世之介心想,即使烧死在这里也心甘情愿。不久,嫖客权七胡猜乱想,夕雾便拿着没什么内容的私信逃到厨房去了。权七追了过去:"让我看看!""不准看!"世之介趁机跑了。世上竟然还有这样的恋爱之术呢!

三 忠诚盒中妓女情

期待凉风的傍晚,世之介远眺着四条河河滩上的纳凉床,看见长七四处张望着什么。世之介便询问道:"喂! 蠢货! 那么远怎么能看到呢? 你在找谁呢?"

世之介朝着长七一言不发地独自发笑并用手指给他看的方向一望,只见长七的老婆打扮得非常漂亮。与以往太不一样了,甚至带着临时雇来的侍女和佣人。长七是一副男仆装束,而他的老婆反倒成了主人。世之介说:"你们怎么是这样的装扮。"然后,世之介问他究竟是怎么回事。

于是,长七说道:"她太爱我了,所以,平时从烧菜煮饭到用拴绳子的吊桶提水她都一人承担下来。我经常晚归，从不用敲一下门，她立刻就把门给我打开，还说：'今天晚上，并不是等得不耐烦才把门关上的。当家的，您没生气吧？今天的事情都很顺利吗？'令人感到可爱的是，无论外面的事情还是家里的事情，她都仔细地提醒我。因此，是我让她这样打扮的。我打算天黑以后，就让她这样睡觉，让她享受到世上的快乐。她从不为独守空床而有怨恨情绪，这是很难得的。她似乎未把自己当作帮闲的老婆之类的人。"长七的话颇有道理。

此女原来是岛原的妓院里陪伴太夫藤浪的阿春。"你们双方情投意合，而且后来成为夫妻，那么阿春手里一定有很多钱吧？"世之介这样一问，长七便面露难色地说："钱已花没了，幸好没要小孩！"说着，他一边颤抖，一边诉说了日子的艰难。

"能去我家吗？进行彻夜长谈，我也想打听一些往事，而且，有些事我想讲给你们听听。"说着，世之介带着长七夫妇二人回到家中，让他们坐在客厅里。他们在不知不觉中闻到一股清香味儿，长七说道："挺大的油味儿。老婆，你以为这是什么味？实在莫名其妙。"这时，世之介走出来说道："今天，我要趁立秋前十八天晾一晾秘藏的东西。"

他们一看，客厅的小书斋里有一只盒子，盒上写着"忠诚 自承应二年始"的字样，其中装有妓女或男妓们表示忠诚的誓文，都是用血写的。从壁龛柱子上拉着一根琴弦，还有女人的长发。读过前八十三绺头发上的小牌，再往下看的确太麻烦了。右侧的多宝格上，放有不计其数地带着肉的指甲。除此之外，一个小方绸巾包中还有许多东西。这些东西是有讲究的。看房间内的情况，简直如同女人向寺院敬献头发和镜子以表虔诚的铸钟现场。那根琴弦更是突出，简直是打开佛龛供人参拜之日拉起的、把人们引向光明的大缆。

还有，在隔壁的小房间里还可以见到随意地写了一些文字的里外都是绯红色布料的和服、写有血书的表里全白的和服。那血书仿佛是用血染的花纹一样。用墨汁写下了分手时的情景的衣服。那件染上了十六子跳棋棋盘格纹的紫地和服必定是岛原的太夫花崎小姐的纪念品。有带家徽的三弦琴，还有以贴身裙的布片做天地、以和服饰带绸料镶两边而装裱成的美人画轴。这样的东西很多。

"既然您使这么多的女人苦苦思恋，您一定也深陷进去了？"长七的话音未落，置于地板上的女人头发突然向四面八方蓬散开，之后又缩了回去。如此反复两三次，那头发像是活了一样。长七被吓得毛骨悚然，便问世之介说："这是怎么啦？"

世之介说道："这个……大概阿春还记得吧！这是出于种种原因，让藤浪剪下来的头发和指甲。我不认为我们分手了，所以，就连摆放它的地方也格外慎重考虑过。我对此一刻也没有忽视过。藤浪小姐有时出现在我的梦中，有时出现在我的幻觉之中，或者出现在现实中，甚至和我谈起她与为她赎了身的男人之间的关系，所以，我从来没有以为我

们已经断了关系。有些事情是不能对他人讲的，尤其是昨晚临别之际，藤浪说：'如果把这块新织出来的条纹绉绸做成短外罩让您穿上，一定很漂亮。'说完，放下绸料就回去了。说这是一场梦，可现在那块绉绸就在我手边，实在令人奇怪。我就是想说一说这件事，才叫你们来的。"阿春和长七都大吃一惊："真的，藤浪为什么那么爱您。这件事在京都是家喻户晓的。"说完，便出门走了。

阿春直接去藤浪那儿了。藤浪原来还在纳闷："那种绉绸怎么会少了一卷呢？可是……"正当她到处寻找的时候，阿春来了。阿春悄悄地把方才世之介的话讲给藤浪听了，于是，太夫哭了，说："我想，没法把它送给世之介先生的诚意大概感动了神吧！我深爱着他，所以，今后还要继续活下去，而今后继续维持眼下这样的夫妻关系已是毫无意义的了。"说着，她剪掉了顶髻，以出家为由辞别了丈夫。她看破红尘，跑到尼姑庵，步入祈求来世幸福的佛门。藤浪作为一代名妓，受到世人的称赞。

四　选择菜肴以驱除睡意

在新町京屋妓院的院子里，有一棵使老板仁左卫门引为自豪的松树，这天的大雪却将它的枝条压断了，他觉得很可惜。在这样的大雪之夜，寒风刺骨，所以，人们自然而然地饮起酒来。世之介说道："我现在就要睡觉。"身体躺到被褥上，世之介和御舟两个人立刻摆出睡觉的姿势，甚至几乎同时打起鼾来。在用屏风隔开的邻床上睡着新屋的金太夫和槌屋的万作天神。御舟没想过他们会笑话自己的鼾声，所以仍做着美梦。不久，御舟眉头紧锁，睁开眼睛，语调粗暴地说："八幡菩萨，现在正是关键时候，七左先生，你不能逃跑！"说着，咬住了世之介的左肩头，泪如雨下。世之介大吃一惊，睁开了眼睛。他慌忙提醒说："我是世之介呀！"于是使劲摇晃御舟。御舟好容易从睡梦中醒来，说道："请您多多原谅。关于我的艳闻也不必隐瞒，您是知道的。我梦见了我的情人，他说因为考虑到舆论，所以，提出分手。只因过于悲痛，我才……实在不好意思。"

说着，她流露出想要自杀的神情。世之介极力安慰，她的精神才振作起来。世之介听了她与丸屋七卫门亲近之后的辛苦，觉得这个女人在什么时代都是值得敬佩的女人。

起床分别时，御舟显得十分高雅，酒也能喝得适度。其他妓院派人来请说："有请您……"她不去理睬，决定要陪好客人。即使和妓院的老板娘、负责监督的人和女佣道别时，也客气得使人高高兴兴。穿着漆木屐走路的声音非常轻。身体露在男仆为其撑的伞外面，雪落在和服袖上她也毫不在意。她打扮得那么漂亮得体，实在令人钦慕。

"为什么她在京都没成为太夫呢？"世之介这样一问，陪伴他的人答道："大概是因为没有什么姿色吧!"

"蠢货! 太夫难道是仅凭姿色好坏而决定的吗?"世之介边说,边久久地凝望着御舟那娇美的背影。

过了一会儿,他无精打采地上楼。妓女屋来接的人迟迟未到,妓女们聚集在楼下烧水锅周围等待,因而给正在将木碗收拾到盒子中去的女佣人造成麻烦。她们把盘子里的鲫鱼冻吃得乱七八糟,什么汤啦、水啦不住地往嘴里送。把圆盘打碎了却装作不知道的样子悄悄地再把碎片拼在一起,或者将盲人乐师城浪的三弦踩断了,却一点儿不在乎……在暗处看到这些情况,让人讥笑。因为如此可笑,连厨房里的干鱿鱼也动起来,甚至干海参也不由得跳起舞来。接她们的人终于来了,她们衣着古怪。她们刚一出门就被房檐上滴下的水滴吓了一跳,便高声叫骂道:"哪怕是只在门口架上竹子导水管儿也好! 这个愚蠢的仁左卫门!"她们太没修养了。

某位太夫在吉田屋妓院,从毛马村的乡下嫖客那里硬拿来了不少绯红色绉绸兜裆布,据说,第二天就用它做了贴身裙。还有一位太夫永不离身地带着斜纹绸料荷包。世之介看到里边装的是钱,因此,曾挖苦她说:"在夜间发生火灾的紧急关头,要逃跑的话,这可太让人担心了。"这样的人实在不招人喜欢。

"在这五年多的时间里,我所看到的不顺眼的事不计其数。——点名道姓未免显得太刻薄了,所以,就不讲了。但是,她们无论在什么时候都应该有一个良好的品行。"为了使妓女理解自己的苦心,世之介又出发了。

从位于越后町北侧中部妓院的格子窗内传出了如呓语般的声音:"我想吃生鲳鱼片。"尽管不懂这话的意思,但是,世之介说:"大家还是仔细听听!"

世之介侧耳细听,说话者大都是自己熟识的太夫。"我真想把那有核桃的年糕吃个够!"话音刚落,另一个妓女又说:"真想吃脱骨鸡!"还有人说想吃"红烧山芋""炖山鸡""炒芹菜""糖瓜儿""清炖鲍鱼、海参和章鱼"等。她们各自提出想吃的菜,听起来十分滑稽。世之介问道:"这些都听到了吧?"以新町西口初音茶馆老板太兵卫为首的四个人齐声说道:"世之介请客吧!"他们哈哈大笑一通,便回去了。

今年夏天,世之介请吉冈太夫吃西瓜,看见她有一颗很难看的牙;请妻木小姐吃洋粉时,她说出了"忒香"这句方言。这都是世之介故意干的。那一年,在九轩町住吉屋妓院的储藏室里,他曾见到妓女初江和初雪在吃炉上烤热从供桌上拿来的饭团子,边喝茶边聊天,非常有趣。和女人相处是能做到的,这是完全可能有的事,不过,就连伏见堀那位好吹毛求疵的老兄也说:"不要紧。"

五　远眺身着盛装的妓女

轿夫加快了脚步，年初一的一大早就赶到了岛原的入口——丹波口。茶馆的小六子跑过来，首先向世之介祝贺新年。因为这里靠近朱雀的郊野，所以，新年以来第一次听到鸟叫。今天，世之介无论如何想看一看身着盛装拜年的初音太夫，于是，他坐在了岛原妓院区出口处的茶馆里。茶馆老板娘佐吾三次献上加了黑豆、梅干、花椒的取意一年无病无灾的大福茶以示欢迎。世之介品茶时，曾有人三次到茶馆恭请。世之介问道："是谁找我？"回答说："是鹤屋传左卫门派来的。"世之介说："那么，我们去那里看看吧！"

于是，世之介让佣人带路前往妓院街。此时，到处都是美丽的妓女。有人向他介绍："那位是小太夫小姐，这位是野风小姐，那位是初音小姐。"

初音小姐身着富于青春气息的天蓝色贴身衬衣，在衬衣与外衣中间，穿一件带有梅花缤纷图案的赤黄色缎子服，外边穿的衣服是粉色，带有五色补花图案，佩饰的羽毛、键子板、驱邪弓和玉片等物闪闪发光。外衣上印有新年驱邪的稻草绳、交趾木叶、相思叶等吉祥图案。她身披紫色罩衣，系一条鲜红色缲边儿带子，罩衣上染有黄莺栖白梅的图案。她那轻手轻脚袅袅娜娜走路的娇态，不得不让人想入非非。妓女屋的又市郎曾经说过："看着风流妖媚而心地贤惠者方为上等妓女。"说话很对。

初音小姐的客人都已排到正月二十五。所以世之介无法约到她。他好容易约定好，于二十六日或者二十七日来与初音相会。

见面那天，初音小姐在初次见面的寒暄中说："我确实挺喜欢你的。谁和您相会过我可不知道，可是，我要说，凡是和您相会过的人都很幸福。您一点儿不讨厌。"

见面之初便说了这样一番话，所以，世之介兴奋得不得了。他也想说些什么，但是，已处于被动地位，自然而然地注意起自身的仪表来。他激动得连话都说不完整，不觉浑身冒出冷汗，屋里很安静。这样一来，世之介饮酒时也装腔作势，竟毫不吝惜地燃起沉香。他看到楼房很破就对老板说："这个样子可不行！"他主动提出要承担其修缮工程的费用，又给了老板娘很多新年贺仪，还特意给了正在演唱岛原流行小曲的妓女一把紫檀活杆三弦琴。他在初音太夫面前，装作很有钱的样子。他那副样子简直像一位来自乡野的嫖妓狂。陪伴他的金左卫门也不知如何是好，有好几次当世之介想更大手大脚地摆阔气的时候，被他阻拦住。

素日，世之介是令人崇拜的嫖妓里手，但这次在初音面前却一败涂地。初音的应酬手段不落俗套，是其他太夫根本无法比拟的：酒席的气氛沉闷下来，她会使人发笑，她很会使嫖客欢心,也能使初涉秦楼楚馆的男人喜悦得热泪横流;她能够根据嫖客的情况,每次都改变接客手法,只要稍一大意,即便是神仙也可能被哄骗过去。床上的技巧也不下流,她说:"我累了。"这是婉转地催人准备被褥,自己则开始梳妆打扮。金左卫门留心观察她梳妆打扮的情景,发现她多次含水漱口,清洁口腔,披开长发,用两只香炉熏衣服袖口,用写着"室津八岛"字样的盒子中冒出的烟将和服下摆包围起来,连侧脸也用镜子反复照过。

刚一进屋,她就让人打开隔扇拉门,让伺候她的妓女退出去。她只带一个女佣人进来。在摇曳灯光下,她走到世之介枕边,说道:"哎呀!哎呀!很少见的蜘蛛,有一只蜘蛛!"于是,世之介醒来,口中说道:"真讨厌!"没等世之介坐起来,初音用力抱住他,说道:"是一只雌蜘蛛缠住了你!"

她帮世之介宽衣解带,自己也解开了和服饰带。她又说:"这样您生气吗?"她把世之介拉到自己怀里,双手沿着他的背向下抚摸,并说:"以前,曾有女人触摸过您这里吗?"当她的手触到了世之介的兜裆布时,他已神情恍惚了。

现在,他已无法控制自己,二话不说,便趴在了她的身上,用双臂搂住她的胸。她说道:"您这样太冒失了。"世之介说:"我已不能自制。请原谅!"

"您别太急了,我会使您满意的……"初音故作反抗。世之介说道:"在吉原,我也曾在这种情况下被抛开过,那种懊悔至今难以忘怀。我自己下不去了,我要让你抱我下去。"

正当世之介唠唠叨叨时,他那关键的东西却变柔软了,什么作用也发挥不出来。他想要起身,初音太夫从下面抓住了他的耳朵说:"到目前为止一直趴在人家的肚子上……干不成好事,你就别下来!"说着,她任凭世之介摆布,心花怒放。这的确是极少见的床上技巧。之后,他们大吵起来。最后,世之介被初音太夫踢到一旁去了。——是因为世之介的一句话惹怒了她。

六 美妓的送别礼品

使京都美妓具有江户妓女的气度,并与之在大坂的妓院中相会,这大概是世界上最美妙的享受了。有一位闻名于江户吉原妓院区的妓女,名叫吉田,此人最善于辞令。容貌是倾国倾城,书法像大坂屋的野风一样出色,而且在和歌方面具有颇深的造诣。有一次,一位名叫飞入的俳谐名师咏出和歌的第一句:"凉爽呀,昨夜吉田陪我坐。"吉田小姐

则即兴配句："萤火虫呀,飞进我的被子里。"

吉田的天资令人赞赏。她既能开口歌唱一曲,又能操三弦琴演奏,可谓天生一位适于做妓的女人。她气质是出类拔萃的。

山之手的一位富家子弟非常喜欢她,给予她无微不至的关怀。所以,她对他难以说出"不"字,曾为了他而回绝其他的熟客,并弄破手指写出誓文。吉田渐渐从内心深处爱上了这位客人。但是,这位富家少爷又有新欢想丢开吉田,他想方设法却无论如何也挑不出吉田的任何毛病,因而没有借口抛弃她。

有一天下午,那位挥霍无度的大少爷邀上世之介,只带了一名专卖短刀鞘外的小刀的小兵卫,三人便上路了。他说:"无论怎样都行,反正今天是最后一次。我向她提出无理要求,然后体面地与她断绝关系。我要另寻新欢!"

他们到了尾张屋清十郎那里与吉田太夫相会。大财主从一开始就显得蛮不讲理,但是,吉田立刻就觉察了他的别有用心,来了个"逆来顺受"。在酒席上,这位少爷处处与吉田找别扭。

这位挥霍无度的嫖客故意装作大醉,粗暴地在室内胡踩乱踏,酒从踢翻的烫酒锅里流出来淌到草席上,场面极为狼狈。酒全洒到了吉田的衣服上,佣人小林用自己事先脱下来的黑色薄丝和服将其吸干,收拾停当。大家心想,不愧是吉田太夫手下的佣人,心地善良。大家虽然未说出口,但都很佩服。吉田非常喜欢小林这样做。

到了"花蕾欲绽"的傍晚时分,太夫起身去厨房。当她刚刚走到走廊中间时,不小心放了一个屁。千真万确是放屁的声音。世之介告诉富家少爷:"这下您可以和她大吵一下了。她如果再次回来,你就对她说,屋子里臭得没法呆了!""不,不,与其那样,还不如我们都捂住鼻子。她问是怎么回事时,就说今天是来闻香味的!"他们商量好对策,只等太夫回来,但是吉田太夫一直没从厨房里出来。

"现在她根本没法露面了!"正当两个人大笑的时候,吉田以新的形象出现了。两个人瞪眼瞧着,见她来到方才放屁的地方,走路格外小心。她打开拉窗后又回到草席上。这个时候对她来说很关键。小兵卫觉得若说出蠢话不太妥当,便一时未开口。世之介也犹豫起来,为了慎重起见,他仔细踩了踩那段铺地板的地方,什么声音也没有,然而他却什么话也没说。屋内一片沉默,吉田太夫打破了僵局,她怒视大财主说:"这段时间您的行为很不好。我有一事要向您说明,从初次相会到您厌烦我为止,我的心始终未变。我很不喜欢您。所以,今后我再也不想见到您了!"

说完,她便到外面房间去,若无其事地逗着小狗玩,让它站起来拜一拜。他们觉得她那神态有点可恨。三个人闻了屁味儿,要吵架又被人家钻了空子,没办法偷偷地溜走了。

据妓院反映,世之介和小兵卫的做法欠妥,而那位挥霍无度的嫖客也终于未能与他想得到的那位太夫相会。

吉田太夫并未隐瞒此事，她将最下等的妓女、妓院的老板娘、名为重都的盲人乐师和负责陪伴监督妓女的阿漫等人召集起来，对他们说了真相："若他们为难人，我就说：'那种事是格调低下的寻衅借口，除此之外的吵架借口不是要多少有多少吗？'因此，我不再按原路走，避开了那块铺了木板的地方，对方也十分小心，竟然什么也没有说，这的确令人不可思议。确确实实，放屁的正是本太夫。"

谁都喜欢太夫，反倒对她的聪明才智表示钦佩。太夫空闲时，许多人争着与她相会。就连来自八王子的卖柴人、伫立神田桥上的化缘僧、全杉的马夫也因思恋此君跣足徒步而至，伫立于街头的十字路口。甚至那些被人称作"流浪汉""轿夫"之类四处漂泊的人，一见到太夫的模样就惊呆了。

七 写有和歌的漂亮纸外衣

男人的时髦服装是带红色、浅蓝色条纹的棉布服。妓女的流行装讲究潇洒，让人在衣服上画上《源氏物语》故事的水墨画。家徽也成双成对地绣在衣服上，连袖子也是黑色的，下摆染成山道形状。以前，她们头戴小网眼斗笠，脚穿绗成方格、带有红色缲边袜带的短袜，但是，现在的妓女可不是那个样子了，那种装束早已过时。看来，服饰打扮是跟着时代走的。

如今的嫖客越来越追求奢侈，攀比着焚名香，最后越烧越多，以至于让女佣人用焚香火温酒。

那天雪后，世之介身穿一件纸外衣，这件外衣是用写有经了佐鉴定确属真迹的古墨迹断片帖中的藤原定家和歌手稿、原赖政亲书的三首和歌、三十六歌仙之一的素性法师的长歌以及其他历代歌人黑迹的纸缝合而成的。把这件纸外衣穿在身上，荒唐得不知道身在何处。尾张的传士也不亚于世之介，他将二十三位妓女写的誓文缝合在一起，制成一件外衣穿在身上，两个人互相攀比风采。为了太夫他们争风吃醋。这两个人均为嫖道老手，所以，之后又攀比花钱那就不用说了，甚至连性命都要豁出去了。

野秋认真想过。这样的事情也曾发生过，两个男人最后都自杀了。如今的世之介与传七就像那两个人一样。她并不喜欢哪一个，也不讨厌哪一个，所以，只好分别与他们相会，也就是每隔一天会一个人。野秋生来聪明伶俐，闲言碎语从来不说。她写信给他们两人，同样表达忠贞的情意，誓文也事先说明要写给他们两个人。这的确是令人佩服的做法。

尖酸刻薄乃世之常情。有人对野秋恶语中伤："她对客人从不真心只是表面上让人感到舒心罢了。"这是涉世不深的人的肤浅推断。有此推断是因为他们不了解妓院中恋情的深度。多少懂得一些嫖妓的感受，至少嫖过一次高级妓女的人就可能有所体会。野秋无论选定两个人中的哪一个为自己的常客，他们都不间断地与她约会。时至今日，这样说并非偏袒太夫。

某个雨天，没有客人光顾，也没有什么可供消愁解闷的，而且正好是二月十五日的涅槃会的日子。老板娘温好了煎茶，为了款待野秋小姐，不必等樱花盛开，便揪下了吊在柳枝上的年糕片儿，用砂锅儿炒得香香的，说道："你们就放开量吃吧！"

女佣人和陪伴、监督妓女的阿久也夹杂在中间，她们忘记了羞耻，毫无顾忌地谈起了姐妹们之间的隐私。野秋强忍眼泪呜咽着说："我和世之介传七都有缘分，所以，我才如此恋慕、怜悯他们。我若再有所求的话，那就是希望能有两个身子。"

"这种亲密的恋情，绝不是出于卑贱的目的而建立起来的。"专在酒席上说笑话、演余兴的艺人清介听了野秋的话，一本正经地在众多妓女面前这么说。这是事实。

三月二日是野秋与世之介相会的日子。由于世之介大醉不醒，没能离去，第二天，以曲水之宴为由约好的传七如约前来。于是，他俩见面了。他们相互交谈之后，便与野秋一起三人同床共枕而眠。当然，他们绝没有狎戏之举，完全是一种高雅潇洒的风度。这两个男人，他们都是风度翩翩之士，有金钱，无父母，无所事事，他们拥有享不尽的荣华富贵，把很多人比了下去。他们的嫖妓手法也就愈加高明。

至于野秋本人，在评价妓女的书籍《胜草》和《怀中小镜》中都如实予以记载。然而，除了书中记载的内容之外，她还有两个如不亲身与之相会就体味不到的迷人之处。她的美貌就是她的资本。在男女交欢时呼吸急促，即使发髻蓬乱了也毫不在意。不知什么时候已撤去了枕头，那目光中微微带有丝丝青光，左右两侧腋下湿润，睡衣也被汗浸湿，腰部成弓形离开草席，脚趾尖向下弯曲，无论哪个部位都无故作姿态之嫌。这是让人喜欢的原因之一。更有魅力的是第二点，她做爱时，时而哭泣的声音有如画眉鸟的叫声，哪怕蚊帐钩掉下九次之多，她都能应付自如。无论多么强悍的男人，最终都会精疲力竭。

时间过得真快，转眼就要分别，如点亮灯而观其容貌，就是画中的虞姬也相形见绌。当她与人说"再会"时，甜润的声音使人陶醉。如问此女是何方人士，据说她是京都辰已、宇治的朝日山附近村落中的人。那是茶叶的著名产地。因此，野秋的那个别名为"御茶"的最富魅力的部位极其出色也是理所当然的了。尽管不是"初昔"，但是，喝它也是一种享受。

第 七 篇

一 容貌如初昔

　　男人们都爱恋高桥。与高桥小姐共枕过的某男人说："她天生具备做太夫的容姿,有令人疼爱之貌:长着一双水灵灵的大眼睛,腰姿有一种不可名状的诱人风韵。此外她还有很多优点。谁都知道,她那发髻扎结得非常漂亮,言谈举止温柔文雅,为人聪明伶俐,即使今天,在各个方面,妓女们都应该像她那样。"

　　某个下雪的早晨,高桥突然为装满新茶的茶罐启封举办茶会。上林的太夫们也在座,以世之介为主客,用屏风将八文字屋喜右卫门家的妓院二楼围出了做茶室的地方。墙上贴着一张白纸,使人觉得有更深的含义。喝茶时吃的小点心放在一个女儿节时使用的提盒之中。天目茶碗或装洗茶碗水的用具上都带有高桥家的家徽,那些只使用一次就扔掉的新茶具也因使用场所不同而有所差异,所以很有意思。

　　过了一会儿,有人在厨房那边说:"久次郎刚刚从宇治回来。"人们立刻开始过滤打回来的水。大概是特意派人打来了宇治桥第三桥墩的上游之水,人们非常兴奋。客人们一到齐,高桥便开始研墨,并说道:"我们不能仅仅欣赏这首场雪的美景吧?"说着,让客人在众人面前写诗。众人在那张仅是一张白纸的挂轴上各自命笔抒怀,从第一句到第五句全部写上去了,而且句句都是特别美妙的佳作。

　　客人们吃过后,暂时离开了座位。当响起催促人们重新入席的梆子声时,三弦琴奏出"狮子舞"舞曲,所以,人们饶有兴趣地出了会场。这次仅挂了一只竹筒,却缺了最重要的插花,实在令人莫名其妙。揣测其用心,因为今天是美丽的太夫们的聚会,她觉得太夫们的容貌会使鲜花褪色。

　　那天,高桥穿的服装是染着红梅的内衣,外面罩一件绣有能乐中戴着黑色假面具老人图案的白缎外衣,外套是葱芽绿色的薄纱短外罩,袖子上绣着两支花串儿,并有长尾鸡飘散着尾羽的图案。秀发打成蝴蝶髻,用带金箔的丈长纸扎结,妩媚的风姿几乎使人认

71

为是仙女的化身。上茶的方式之高雅,简直会让人误以为千利休转世。喝完茶人们毫不拘谨,不顾及敬酒的顺序,痛快地大喝一顿,有人从纸袋里倒出了所有的金币银币,用手捧着说道:"喂,太夫,我喝了茶,这个给你吧!"

当着这么多人的面,按规矩,太夫是不能接受钱物的。那些不太成熟的妓女虽然与此事毫无关系,但是,她们也觉得脸有些发烧。高桥沉静地笑了,说道:"我就不客气了?"说着,用身旁的圆盘接过来。"我现在收下您的钱和向您要钱性质是一样的。"边说边把女佣人叫过来,说:"拿好这个有用的礼物。"哪个时代能有高桥这样处理事情如此巧妙的人? 真是十分难得。

她在茶会上的所作所为无不使人乐趣横生,妓女和客人们都为这颇有感触的一天将如一枕黄粱般转瞬即逝而感到遗憾。这时,丸屋妓院多次来人催促高桥说:"尾张的客人早就到了!"那位客人偏偏是一位初来嫖客,不好通融。她哭着说:"做妓女的悲伤就在于身不由己。我出去一会,表示拒绝之后立刻就回来。暂时冷落世之介先生,这是不得已而为之的,你们帮我照顾一下他。"说着,走出门去,但又转回身两三次,吩咐说:"如果没有我在你们让他少喝点儿酒。"她把女佣人留在这里,自己到丸屋妓院去了。

即便到了丸屋妓院,她也未立刻到房间里去,在第一个地方给世之介写了封长信。丸屋的老板和老板娘都好言相劝说:"哪怕是很短的时间也可以,请您到客厅去一下吧!"她不愿听他们的劝说。不久,帮闲们过来,多管闲事地说:"菜都摆好了,请上二楼吧!""你们如果是真正的帮闲,就该懂得岛原妓女们的气度。和如此性急的客人相会也没有什么趣味。"说完,她就走了。无论七左卫门的丸屋妓院怎么来请,她也不去了。

世之介理解对方渴望相会的感情,便劝说道:"您一定要去!""唯独今天,我向全日本的神佛发誓:决不去!"高桥说道。世之介说:"你可不要太固执了。他们不会答应的。他如果诉诸武力来抢你,把你截为两段,把带头的一半放在这儿怎么办?"高桥说:"我已经决定了!"说着让世之介弹起了三弦琴,她则枕着世之介的膝头,唱起了妓院中流行的情歌:"慨慨叹叹度时光,哎哟哟,虽然活着……"尾张那个挥霍无度的嫖客赶来,他说:"我是无论如何不能默默地忍受下去的!"说着抽出刀就要劈过来。但是,高桥太夫仍坦然地唱着歌。

人们拦住那怒气冲冲的嫖客,向他道歉,但对方无论如何不肯答应。两方的妓院和地方上身着礼服的官吏正式出面调解。正当双方申辩声、抗议声乱作一团时,高桥太夫的老板赶来说道:"高桥太夫谁也不陪。"说着,揪住高桥的发髻就把她拉走了。尽管如此,高桥仍向世之介告辞说:"世之介先生,再会!"她是少有的女子,而被这样的女子迷上的世之介的确令人羡慕。

二 帮闲们纵情游乐

和昔日的薰太夫相比,现在的第五代薰更胜一筹,上林家因为有了她而发达了。尤其是她对服装的兴趣是格外高雅的,《胜草》一书的作者素仙法师曾说:"美丽会得到大家的承认的。"秋天的花草最鲜艳,她请狩野守信在白缎子夹衣上画了秋天的原野,并请八位高官为此画各赋和歌一首,写在这件衣服上。这样的作品即使在当今的传世挂轴中也是不多见之物。既然穿上了就不要在乎什么,即便是色压群芳的妓女,这也未免太过分了。但是,有许多人都来看她的这身打扮,而且得意地说,只有在京都,也只有薰才敢穿这样的服装。

嫖客们随着社会而有所变化。几乎众人皆知、挥霍无度的嫖客竟然穿深红色的隐条绸衬衣,外衣则在淡黄色绉绸面料上遍饰关系亲密的妓女的家徽,腰系浅灰色仿中国织法的带子,外罩则以黑色粗毛纺织品作面料,以条纹天鹅绒衬里。腰刀是很惹人喜欢的,稍向后翘着挂在腰间,靛蓝的鲨鱼皮刀鞘,刀上带有铁制小型古老护手,刀把也不短,刀柄两侧各打着两只镀金穿钉,以京都鼠屋的淡紫色合股丝线缠刀把,扁平形的小药盒和彩色革制腰包上均有玛瑙佩物和硬木工艺品坠子。扇子是带画像的。身上带着最上等的小张卫生纸,穿着里面均为袋状无跟的运斋式袜子,脚踏一双稻穗秆编的细带草屐。二十多岁的仆从拿着手杖和斗笠。若有著名帮闲陪伴,即在任何时候都知道是去妓院。

"那地方不是日常仅穿一件洗过的日野绉绸衣服,连一条替洗的日野丝绸的兜裆布也没有的男人们去的地方。"如果认为藤屋的市兵卫说的这话正确,就不要再乱花钱了。但是,世之介认为市兵卫早已不在人世,活着就不能对自己太苛刻了。有一天世之介包下了澡堂,不准其他人入内,把众多帮闲召集来,说是要痛痛快快地玩一天。他让所有人都穿上有他家家徽红瞿麦的浴衣,披头散发,不系兜裆布,九个人排成一行,进了妓院,大肆喧闹。于是妓院街内的人们都觉得奇怪,立刻鸦雀无声。人们以为,这是些精神不正常的人,否则,不会出现这种情况。

首先,顾西的弥七把祭神驱邪幡挂在棕榈笤帚上,挂在了窗外,于是,丸屋妓院二楼就挂出了财神像。见到这个,从柏屋妓院二楼马上挑出了正月悬挂的小鲷鱼,神乐庄左卫门在砂锅上画出翘梢胡子的人头像。接着,从隔壁的妓院打出天照大神、八幡菩萨、春日明神三个神社的神谕让人即拜。于是对面就当作天谴伸出铁锤。与此相呼应,外号叫鹦鹉吉兵卫的便点着了吊灯盘里的灯给人看。妓院里又出现了佛像,从柏屋又伸出了捞吊桶的钩子。因此,八文字屋便伸出切菜板,丸屋妓院伸出一束牛蒡子。人们看见了带

着刀的猫和衔着牙签的鲑鱼。一方刚一拿出绑了避邪草绳的灭火罐,对面的房子里就伸出了挂在吹火竹筒上的买酱油的账本。弥七戴上一顶黑漆帽子把头探出去,从对面房子里就扔出了一个包有十二文钱的小包。从北面伸出一根缠上棉帽子的研磨杵,南边的窗户上挂着卖药和接生的牌子。从妓院街西侧中部的八文字屋妓院二楼一伸出幡、宝盖等葬礼用具,人们就哭泣或大笑。……这一天,正好在妓院街的妓女和嫖客们一个不剩地全跑了出来,一直全神贯注地看着这三家妓院二楼发生的一切。从没见过这样的情景。兴犹未尽的看客们直喊:"再来一个! 再来一个!"最后,帮闲们都跑到大路上,彼此即兴地大说俏皮话,大家都开怀大笑。其他的游乐都变得乏味,没人对它感兴趣,只有这种喧闹却无休止地继续下去。"难道没有办法使这喧闹安静下来吗?"有人这样说。于是,东侧中部的妓院面向道路的栅栏房子里有人说道:"我立刻去让他们停下来给你们看看!"这是一位挥霍无度的嫖客。他拿出一把金币,说道:"太夫们,为了取乐,我让他们拾金币供你们观赏!"说着,吩咐小伙计们把金币撒出去。谁也没捡他撒的金币大家仍然专心地看帮闲们的表演,真不愧是傲慢的京都人的气派。那位挥霍无度的嫖客见抛出的大量金币无人理睬,因而感到非常扫兴。他遭到了人们的嘲笑而躲到房间里面去了。之后,他撒的金币被捡破烂的拿走了,拿到东三条天部村去了。

三　贪得无厌的妓女

"喂,喂! 请回来一下!"世之介被高岛屋妓院的女佣人叫住。不知道是什么事情,他回过头来。女佣人说道:"给您的。"世之介把她手里的信接过来,什么也没说便匆匆离去了。有件事情世之介总是惦记着:很久以前有个男人迷上了高岛屋妓院的太夫泷川,自己便从中说合,并一直在等她的回音。他想肯定是泷川的信。世之介等不得回家,便悄悄来到庆顺街十字路口的路灯下看信上的内容,但有些地方没有读懂,就又认真看了一遍。读完以后,他才明白,这并非泷川对那件事情的回信,是另一个爱慕他的人在对他诉说哀肠。略感洋洋得意的世之介对陪伴他的男人说:"瞧这信……有些事尽管我出面劝说也照旧无效,却偏偏有人主动对我表示恋情。这封信是一位太夫给我的。她为什么喜欢上我,这大概是我留着厚鬓的缘故。你最好是仿效我世之介吧!"说着,他洋洋自得地扬了扬那封信。于是,陪伴他的男人笑着说道:"只有你心里明白。"

世之介十分着急,说道:"你认为是我说谎吗? 你看看这个!"说着将信摆在他面前。

"我知道是那位太夫给你的信?""你怎么知道? 你快说说!"世之介催促说。

"不,不! 如果是那女人的信,你就用不着这么高兴。原因是,不仅仅是对于您,就在前不久，她还像给您写信一样给半太夫的客人和萨摩太夫的客人写了情书。抢别人的客人是她最近采用的新手段。我不喜欢她的性格。这根本不是恋情。她专对那些每逢节日必逛妓院的挥霍无度的嫖客耍这种手段。有证据表明，她不在乎男人心胸开阔与否。河州有一个村长，是个没鼻子的人，她甚至给这样的人也写了情书，让他偿还了这三年之间因她不去接客而欠下的妓院的账款和赊购商品的欠款。她和那位村长亲热时从不看他，后来却以'我不喜欢你这张脸'为借口与他吵架。那男人气愤地说道：'你早就知道我的容貌？为什么还让我为你花了那么多钱，现在又这样说，真是太狠毒了。我没有变心，证据就是你要我给老鸨的小麦。今天我就把刚打下来的小麦运两草袋来。以前，我给你爸妈那么多好棉花。除此之外，还把芜菁干、瓜和茄子不断地送到遥远的大坂天满去，这都是为了让你称心如意。今年夏天，仁和寺的淀川大堤决口，我的农田遭水淹没，你以为我的农田减产了，就看不起我了，真是让人太伤心了！'那男人流着泪回家去了。当时有很多人在场，并听到了男人说的话。你不要理这样的女人！"

世之介听了他的话，说道："这真是个可恶的女人。这种人，能白白地饶了她吗？"说完，马上写信给她，约定要做她的情人偷偷与她相会。有一天，当那位太夫与丰后的某客人初次相会时，世之介也来到那家妓院。那位太夫一见到世之介，就立刻写了个"请您绕到后面去"的小纸条交给了他。世之介想，先和她约会以后的事再说。于是，他躲进放柴的房子里，从隐蔽处偷偷窥视：只见那女人连酒杯也拿不稳了，并且突然说肚子疼，表现出十分痛苦的样子。这时，丰后那位有钱的嫖客打开小药盒，给了她几样药，她把药偷偷扔了，起身去院内的厕所。但是，她让女佣拿着纸捻儿灯在厕所门口等候，自己却偷偷来到后面，紧紧依偎在世之介身旁说道："这样来相会真让人高兴。"那位有钱的嫖客还以为女人真是去了厕所，便打开朝向院子的拉门问道："小姐是不病得很严重呀？"女佣人说："不久就会回到您那里去的。"虽然这是女人惯用的手段，但是无论谁都免不了上一次当。

女人和世之介从木炭包中间站了起来。将要分手时，由于衣服弄脏了她很不高兴嘟嚷道："这可太不合算了。"世之介在旁边看着，她也毫无顾忌，让女佣人用笤帚给她扫背上的尘土。她没回房，而是坐在佛龛前，就着咸鳕鱼吃起了茶泡豇豆饭。吃完之后，她又抽开了钱串，心里记着数儿，一文一文地数起来。妓女通常是不数钱的。那位有钱的嫖客受不了冷漠，实在呆不下去了。他起身要走的时候，看到女人正在数钱，便说了一句："看到你能够数钱，我可就放心了。"他向妓院道了一声谢，便回家去了。妓女并没在意他却问小伙计："如今借金币的利息是多少？"世之介真想把水泼到她脸上去。这样的女人也当太夫，而且居然走红了，真没想到。这的确是个令人讨厌的女人。

后来，世之介又与她暗暗相会了四五次之后，她终于开始要钱了。世之介给她写了如下的回信："拜读了您所需正月花销的信，值此年末繁忙之际，不胜惶恐之至。我是不会花钱和喜欢我的妓女亲热的。您曾来信说让我去您那儿免费玩一玩,所以,我虽然忙于与女人的爱情周旋而不得空闲,但出于同情之心偶尔与您相会了。请您找其他男人去挣钱吧!您如果想借当日偿还的高利贷的话,我愿意给予关照。因为我非常忙,只谈你的事,其他的事情就不提了。敬复如上。"

四 一百二十里以外敬情酒

世之介为会会色道中的第一人、正驰誉吉原的太夫高尾的绝妙风采,抛开一路的疲劳,身着红叶图案的旅行衬袍,坐上八人抬的大轿,带有五名帮闲,从京都出发了。这样的兴师动众,简直使人感到仿佛是号称爱欲之神的在原业平乘轿出行一样。不久便抵达骏河的宇津谷山冈。世之介琢磨着,要是有一个能给京都岛原捎个信儿的人就好了。恰巧三条通龟屋的清六来到这里。清六急忙说:"唐土仍旧在接客。我在江户见到了从前在三浦屋呆过的小柴,因为恋情的交往,她敬了京都一位相好一杯酒,我现在就是替她取来那杯回敬的酒的。"世之介一听,她觉得江户充满了爱,而京都的儿女恋情更使人难以忘怀,便对清六说:"请稍等!"他用黑色粘土笔在手纸上写道:"今天,在遍布爬山虎的小径上巧遇清六,发现他很疲劳。我对您的恋情无法言表。人生如朝露,只要一息尚存,我希望能再次见到您。这就是我们再会之前的爱情标志。"世之介掐下缠在岩石上的爬山虎的叶子,与信一起封好,委托清六转给岛原上林的金太夫。五位帮闲也都各自挥泪委托清六转述问候,他们吵着说:"喂!喂!有件事还是忘了。这件事不好启齿,但还得说您让小曼讲点儿卫生……"大家哄笑着各自上路了。

沿着长满青苔的小路向山下走去,看到那在小草房里卖十个一串的年糕团子的女人,长得挺漂亮的。世之介边向她打着招呼边走过去。不久便到了手越村,于是,见到了将树叶揉成团儿作招牌的酒店。世之介说:"这是很久以前父亲的住过的地方。"渡过安倍川,听到东方有人合着编木拍子板的拍子唱道:"等不来的先生真可恨……""哎!那里好像是此地的妓院区。我们得进去看看吧?"说着,他们放下披起的衣服下摆,手持绘有旅程地图的扇子走了过去。然而,他们认为最好不要看了,并未逗留便又起程上路了,大概是因为这里太没趣了吧!此处的妓女比岛原北端的廉价妓女还粗俗。他们住下来想找到曾经是妓院的地方,之后又越过了严格盘查过往女子的、真正应该称之为恋爱之关的箱根关口,来到了江户。他们来到了染房老板在平吉家。

"我们想先听听吉原的情况。"他们这么一说,老板便将新版《妓女家徽大全》提供给他们看。一看到"红叶家徽及三浦屋太夫高尾家家徽"一行字,他们高兴得不得了,齐声说道："说不定何时会刮起清晨风暴,要趁红叶未落时抓住此君!"他们马上走向"恋爱之山"。他们以金龙山为目标,趁两个橹的快船直下浅草川,越过驹形堂,抵达日本堤。这一带人们称作三野。

他们在大门口的茶馆里重整衣装,来到尾张屋清十郎的妓院,一说是"从京都方面来的客人",马上说:"久闻大名。您是来住宿的吧!您看,我们已经恭候多时了!"说着,打开隔扇门,只见一个八张草席大的小客厅整饰一新,客厅里放着一个牌子,上写"京都世之介先生之榻"。老板真是煞费苦心。不仅如此,甚至在酒杯、温酒锅和汤碗上都贴上了世之介家徽红瞿麦的图案。老板是个聪明的经营者。

"太夫小姐呢?"这么一问,老板说道:"她已被人包下两个月了。十一月也排得满满的,已约好到利右卫门那边去。十二月年终的三十天和我们这边订了合同,生意定下来。因此,今年她是一天空闲都没有。您几位就在我们这儿过年,等明年春天好好玩玩!"众人一听,目瞪口呆,问道:"那些客人都是什么样的人?"据说,他们不知道金币是怎样产生的。世之介本打算这次在此挥霍黄金千两,可现在看起来,这个数无论如何也是不够用的。从十二月初二起,好说歹说再加上清十郎与平吉多方奔走、苦苦哀求,世之介终于和高尾相会一次。

因为是避开他人耳目的幽会,所以世之介只带了平吉一位帮闲,傍晚才出门。高尾一回来人们就开始注意她了:她穿一件带凸起白点花纹仿中国丝织面料的和服,饰带高高扎到胸部;那稳重大方的步履与京都人截然不同,见到熟悉的人她也不打招呼;她身边跟着两人仆人,甚至负责陪伴及监督的女人和男仆也都穿着带有高尾的红叶家徽的服装。这装束华丽的一行人走动起来宛如一幅美丽的画面在缓缓移动。

世之介焦急地等着,夜半的钟声无精打采地响起。就在他百无聊赖地数着那钟声时,进来了一个轿子。为了不使高尾的身影被别人看见,有人特意熄掉了厨房内的灯。妓院老板娘摆下引见酒席。吃罢酒宴,老板娘说良宵苦短请世之介早些休息。帮闲平吉也和一位名叫鹿背山的妓女情意绵绵地一起睡下了。稍过片刻,高尾匆匆忙忙地进来说:"我要先躺下!"说着,把世之介拉了起来,也搅了平吉与鹿背山的美事。她把人们喊过来,让大家坐在被褥上,做猜谜之类的游戏。她这样太令人心急了。高尾又说:"这也没什么意思。"便让鹿背山和平吉去睡了,然后对世之介说:"请解开带子吧!"但是,世之介早就心急如焚了,连带子也未解就抱住了高尾。高尾说道:"喂,那样,我的打算不就落空了吗?原先被褥冰冷,所以尽管没事,我还是把侍女叫过来给暖一暖。这样不是白暖了?"说着便与世之介亲热起来,尔后又说:"最近我们不会相会了,请您尽情享乐吧!"初次相会,就予以热情"款待",世上恐怕不会再有这样性急的太夫了。

五 多情的日记

妓女们盼望客人早点走，自己在中门处与情人偷偷幽会、悄悄道别，或者负责陪伴、监督的女人因病卧床不起，而自己偷偷给客人寄去长而又长的情书。世之介最后也收到了情书，他的心情无比激动。情书是新町木村屋的太夫和州寄来的，她自己觉得比别人漂亮。她给世之介寄来的是她在阳春三月三十天的活动记录。这才称得上是"恋爱之山"的长信。世之介捧着情书，越读越起劲。这时候，世之介正在与"恋爱之山"一词有关的出羽国名叫庄内的地方做大米生意。那去大坂的船，来得很晚，令他心灵如焚，妓院的事就更令他怀念了。世之介贪婪地阅读着长信。信的内容是：

"天刚亮就来人了。已经光临的客人是中之岛盐店宇右卫门的二掌柜。因为我今天的安排排得满满的，早上就去接客。身体仍感到十分疲劳，虽然拿起了纸和笔，但是，却感到精神困乏。在曲肱为枕的梦境中，我很清楚地看到你。正当我感到无限欣慰的时候，格子窗被人敲响了。我有多么厌烦，您是可以理解到的吧！若不马上予以回答，敲门窗的声音就会再次响个不停，甚至连贪睡的八千代太夫也会被吵醒了。'喂！喂！'外面不停地呼唤，所以，我不得已只好吩咐女佣人说：'我要洗澡准备好水！'可是，来接我的男人没等我洗完澡，竟气鼓鼓地一个人出去了。车铺的大黑狗又狂吠起来。那个男的到街上去了。心爱的男人与厌恶的男人之间的差别就这么大，连我自己都觉得自己的心太可怕了。妓院的男人来了，我到哪。可是，初一这天净是吵嘴的事。

"初二那天，我在川口屋初次与肥后的八代那地方的米商们相会。在座的有八木屋的雾山、伏见屋的吉川，还有'净琉璃'太夫清水理兵卫。大家谈起'净琉璃'里面有青年为爱情而离家出走，我听了'东方之空在那边'一节，不由地一惊。一想到如果自己是一个去找世之介的人……其实那并不是什么悲惨的场面，我却流了眼泪，旁人也许以为这是由于恋爱的剧情感动了我。只有那一天不陪客，回家很早，有人在暗地里嘲讽我说：'灯笼上的家徽竟然是红瞿麦，难道你还迷恋着那男人？'我辨不清是何人的声音，折回去一看，是天满的又先生。他曾经询问我：'世之介先生何时归来？'他不知怎么了，已有好长时间不来了。在道顿堀，他又爱上了峰野小曝，因而每天去那里，这也是一种富有情趣的快慰。

"三日和四日都去住吉屋的长四郎那里了。来的人是庄介。他是去年盂兰盆节那天曾关照过我的客人。白天他去住吉海岸赶海，亲自捡来了亮樱贝和空贝壳，他说我'尚未相会便泪染衣袖'……他的性格很好。

"五日,在茨木屋妓院,见到了那位您早就知道的让人讨厌的男人。这是他给我的誓文,随信寄给您,请代我收存。六日,从从容容地艾灸,所幸这天没有客人。七日,原在茨木屋妓院,后又被叫到并筒屋去接待了一位地位很高的客人。八日,又接客了。九日,正好是母亲去世十三年的忌日,在千日寺建起石塔,做了佛事。十日,经八郎右卫门调停,与鼬堀的客人重修旧好。十一日,在木片盒铺子与播磨的网干的客人初次相会。我了解了他与以前的相好分手的原因之后,才接待了他。十三日,我在自己家中。我悄悄托漆器泥金画店的治介给做的砚台盒已做好,而且给送来了。砚台盒上的图案很美,的确别具一格,特别是用各种笔法画的毛见铺的松林,更令人称心如意。今天我第一次用它给您写了这封信。

"您曾留给我一件带有春画的贴身衬衣。十四日突然想起您,便把它穿在里面出门。刚刚出了门,由于庄介也非常喜欢只好送给他了。这并没有其他什么原因。他写信说,过一两天送给我一卷手头现有的、带木纹图案的印度绸,在那封信中还装着重一步的金币五十个,他只字未提衬衣一事。我把那些金币原封未动地给了讨厌的丝绸店催账的佐兵卫。我很孤独,希望您能在身边为我排忧解难……"

和州太夫把妓院的事详详细细不断写来。世之介看着信感动得哭了,和州太夫的幻影出现在他眼前,只听她说:"搬到岛原去的事,我很快就可以谈妥,但令人遗憾的是,我后天离开大坂。"她接下去哭着说:"即便最近客人稍稀一些,也觉得去京都是非常凄惨的事。我想活着的放太不能去京都。"

"那么……"世之介伤心地抬起头来,突然听到了离去的脚步声。他满腹悲怨地刚转过身去,幻影便消失了。即使是幻影,世之介也难以放心,所以他再次回到难波的花街柳巷。

六　多情女子痴情汉

所谓爱情,正像《大杂书》所载:开始为吉,最后为凶。有一位金命男人,但是,他的金命也就是三百两黄金的福分,他用这笔钱赎出了新町妓院区的妓女吾妻。两人住在村庄里过上幸福的生活。但是,吾妻并不以此为快,却沉浸于忧郁苦闷之中,为自己不能遂心如意的前途而叹息。据说,她不能忘记与世之介昔日的情怀,甚至曾经留下遗书,拿起剃刀欲寻短见。她的丈夫虽不是她真爱的人,但他毕竟对她有恩,她也不能辜负他的恩情。然而,她最后仍然决定采取——自杀来了此一生。那年春天,她为了使自己年纪轻轻的生命尽快地结束,便断绝汤水,就像鲜花凋谢一样,没有多久她的身体就衰弱不堪了。延

宝五年五月八日清晨,她离开了人世。

真是太可惜了。想当初,这位太夫为人热情,温顺伶俐,且举止端庄。入席之后从不起身去厨房,也不像仆人交头接耳。给客人写书信从不背人。以流畅的笔调写出程式化的词句,为的是不引起当天所接待的客人的不满。接待初次到来的客人时,她总有办法调整情绪,即使偶尔离座去厕所,也是不动声色地走到院子里。一边走,一边平静地眺望联结大门的胡枝子篱笆墙,提起被露水打湿的和服前面下摆的两端。当打开野根山产薄板制成的厕所门时,不让发出任何响声,不从厕所壁上留出的竹格窗向外看。方便时从不吝惜,而从厕所出来之后也不立刻回到酒宴上去,却像有什么思虑似的看着远处的景色。不知何时已洗过手脸,尔后点上一炷香,熏一熏和服下摆处,然后才重新入席。太夫就应该这样注重举止。

素日,吾妻太夫除接客之外,连手也不许他人握一握。而且,在等待客人的日子里,她总是在人多的地方,决不躲在隐蔽处。她品行如此端正,所以,人们都认为,她决不会有情夫什么的,但是,世之介就在这两年里,与她有了极为亲密的交往。这种关系是越后町某妓院的老板娘从中撮合而成的。即席舞蹈结束后的某天傍晚,妓女们很不讲究,吾妻拿过要换的浴衣,正想冲个澡,发现连贴身裙都被汗水弄湿了,便匆匆解开脱了下来。她那美丽的线条,简直无法形容,久米的仙人失去神通大概就是因为看到了吾妻的裸体。世之介偷偷地站在屋檐下走廊边上装罗汉松板窗的格子处,但是老板娘却故意熄掉了方形纸罩灯,说道:"喂!在那边儿!"极不情愿地进了浴室。因心情急躁,在与女人匆匆成全美事之后就出来了。这时,陪伴、监督吾妻的阿吉发现了他。他为封住阿吉的嘴,答应给他买一块布料。这实在让人糟心。这次幽会之后,每天都有令人庆幸的美事发生。以如今的世之介的眼光看来,那些花费金钱热衷于嫖妓的男人,通通是傻瓜。

那年十一月二十五日,在九轩町的纸屋妓院,吾妻与平野村棉花店的吉左相会,但是,吾妻偷偷地告诉世之介:"晚上吉左一定回家,请你悄悄地前来相会。"所以,世之介便来到妓院,藏于花草丛中,静观室内。吉左把音乐师久都留下吩咐说:"你好好陪太夫吧!"

吉左本人回家去了,盲乐师久都却忠于职守,寸步不离太夫身边,实在令人讨厌。世之介在暗中寻找时机。可是,下半夜开始飘起的雪花却越来越大,因此,他便以石板上的低齿木屐为枕而卧,虽寒冷难忍却不知不觉睡着了。在楼下房间的被窝里,扇屋的长津太夫陪熟悉的客人睡了一觉醒来,打开拉门,问女佣人道:"我的木屐呢?"听到这话,却发现世之介地板上睡觉。便阻止女佣人说:"不必找了。可以了。"长津太夫的确是十分理解恋情的人。世之介心里十分高兴,并且默默祈祷:"但愿神佛保佑您七代、八代也能成为太夫。"

在二楼上，久都甚至连上下楼梯的声音都非常留神，真是令人讨厌透了。吾妻心情郁闷已极，将纸撕成条做成一根绳，以此做成一个不大的吊篮，篮内放一只天目碗，碗内斟满烫热的美酒，自己抿一口之后，用吊篮送给世之介。世之介亲自体味到这女人细致入微的体贴之情，以酒表示谢意，之后，才把酒喝了下去。酒香使她忘了一切。一下子喝了一半，正要歇息片刻时，长津太夫拿来一串腌花椒，低声说道："菜肴在此。"这再次使世之介深受感动。然后，长津太夫拉着世之介的手上了二楼，紧紧挨靠在久都身上说："多么可爱的光头先生啊！我有点心口烦闷，给我按摩按摩吧！"说着，为使久都高兴而拿起他的手放入自己怀里，说道："是这儿。是下面。还要往下！"说着，一直让久都的手触到了自己那最可贵的部位。很长时间就动情了，心无旁骛，便使吾妻和世之介如愿了。这真是非常巧妙的安排。瞎眼的人才真是"眼不见心不烦"的菩萨呢！久都还在忘我地抚摸着太夫那黄金般宝贵的肉体，突然听到了催嫖客们离去的声音："诸位客人，请回吧！"

七　新町的夜景，岛原的晨曦

茶馆的老板身着浅黄色上下分身的麻布礼服，加上茶色小花纹外褂，腰挎一口小刀，打扮得与平常不一样。看他稚气的面孔，根本想不到他竟是俗世上的人，从不愿和人打招呼的张三郎来这儿拜节了。他首先说了一番祝贺节日的话，又说今天是九九重阳佳节，花街柳巷要举行九九重装纪念活动，参加这种活动很开心。据说，在很久以前，菊慈童被菊花的露水打湿了衣衫，于是吸收了山水之香，因而得千年之寿。新町妓院区对有这一传说的重阳节非常重视，重阳节的夜色十分美丽。

世之介也想看看夜色的美，所以来到新町妓院区。只见茶馆莺之太兵卫家让人在檐头挂上了竹帘。透过竹帘隐约可见妓女们的身姿。今天就连那不知名的围女郎都十分漂亮而令人动心，大概因为今天是佳节的缘故吧！在节日气氛的衬托下太夫和妓女们更是光彩照人。的确，妓院区是一片极乐世界。金吾太夫的衣箱摆在院子里，凡是在井筒屋妓院出出进进的人，甚至负责陪伴、监督妓女的女人也得到闪闪发光的重一步的金币，以作为节日的庭院钱，所以，人们都十分高兴。

世之介又换了个地方，前往九轩町住吉屋妓院。他让口吃的老板四郎右卫门说了一番玩笑话，又让小侍女喝酒，之后又让她坐在靠近门口的地方，抓住由此通过的妓女，说一通惹她们厌烦的话,想方设法让她们喝酒。这时,兼好太夫说:"我喜欢能喝酒、有男子气的人。"

那天,世之介正在扇屋妓院与某太夫愉快相会,但是,他又想起了岛原。这是他那心猿意马的风流荡子之心在作怪。他丢下这位太夫,立刻从那里动身前往道顿堀。到达叠屋町时,驻足于某位熟悉的演员家之后,又开始上路。他虽是正派之人但还是想避开人们。坐上这顶四人抬的轿子,他突然想起自己和哥们儿吉弥有约。他急忙托人转告吉弥取消约会,继续赶自己的路。当初更的钟声敲响时,轿夫说:"到佐太的天神了。""没有女人就喝酒吧!"说着,他们折断木柴,燃起篝火,温上美酒。烤酱也成了别有风味的菜肴。他们趁着酒劲儿上路,经过了交野、禁野等地,淀河上的小桥已在晨雾之中了。不大工夫,轿夫说已到达鸟羽的"恋爱之冢"。世之介睁开眼睛应声道:"知道啦。"很快又到了四塚茶馆。用力敲开竹门,进了茶馆,轿夫说:"给点儿水喝吧!"

轿夫们七嘴八舌地说起来,以前一个有钱人为赶路累死了一个轿夫。一想到这个,他们便更加怀念岛原的天空。晨星的余晖尚未消失的时候,他们来到丹波口小兵卫的茶馆。小兵卫立刻就把茶馆的半边腾了出来。收拾完之后,他对世之介说道:"您能来可真是不容易。昨天高桥太夫还说急切地盼望您来呢。她若知道你来一定高兴得不得了。"说着,敲开大门,来到街口的茶馆,立刻派人到三文字屋去了。

"此处的晨景非常美丽,难怪僧人西行会那样深情地赞美松岛的曙光和象潟的晚霞。昨天夜间和今天早晨您欣赏到不同的景色,这是一种很好的享受吧? 世之介先生,难道不是吗?""确实是这样。"世之介与伙伴们谈着话,来到街口的彦右卫门的藤屋茶馆。茶馆里整夜亮着的方纸形灯,此刻已经熄灭了。在角落里,有一只用久了的锅,锅里的水沸腾着。他们边吃边喝,连说:"这儿可太美了!"

正说着,幸运地被人赎出来的歌仙打扮成有夫之妇的样子来到了这里。世之介问:"我走后您怎么办?"她说:"我到小庵。"说完,就出去了。"她去了宇治? 我明白了,她是被赎到六角堂后边那一带去的人。"

刚说完,太夫派来的人到了,有引舟女郎对马、三芳和土佐等。妓院也派来了人。男佣人说:"请到那边去吧!"

简直像举行祭神仪式一样,妓院方面不断地派来佣人。看来高桥非常受人重视。

世之介他们白天睡了一觉,消除了昨夜的旅途疲劳。傍晚,把椅子放在院子里,这是要举行九月十日赏月活动。这是京城妓女的独特之处。在座的有高桥、野风、志贺、远州和野世。女佣藏之介极为乖巧,对马则聪明伶俐。伴着三芳和土佐的美妙动听的合奏,世之介开怀畅饮。因为他们本来就关系亲密,想起往事历历在目——从被唐土太夫笑过的旧事、向太夫薰传送秋波,到让太夫奥州点头应允等等,别有一番滋味在心头。岛原的妓女以温柔著称,而且服饰应有尽有,所以,如果领略了此处的光景,就会觉得其他地方都过于简陋。夜深人静之后,开始铺被褥。妓院为她备有三床被褥。太夫用的东西都很独特。从解带子开始,一切都由陪伴的引舟女郎服侍,连烟也用不着自己动手装,被子也由别人给盖。世之介被太夫服侍很周到,满意地睡了。

第 八 篇

一　舒舒服服睡觉的车

很多人家有年过六旬依然健在的老太太。虽说最好不要拘泥于形式,但是,家里没有女人是很无聊的。妓院不知是什么人首创的,这里才是能使人返老还童的场所。与其向往那遥远的龙宫净土,去找娇小姐还不如找个通情达理的中年妇人,于是帮闲们聚集起来。帮闲神乐庄左卫门说道:"再没有像今天这样轻闲了吧? 怎么样,咱们马上去参拜一下岩清水八幡神宫如何? 可能神仙也知道我们不诚实,但是,至少我们可以去消消灾吧!"另一个人说:"明天人那么多会把衣服弄脏的。索性马上去参加节日前一天晚上举行的小型活动吧!"又有一个人说:"尽管如此,我们在路上还要一起饮酒,一起聊天,那样,是不是就可能参拜不成呢? 看看世之介的想法如何。"

"这比修行者洒水净身还容易。"世之介说着,向随从的管事招呼道:"那个!"于是,随从明白他的意思,从隐蔽处伸开双手让帮闲们看。帮闲神乐明白这姿势表示一贯钱的意思,于是,没办法地摇着头。接着,管事又从怀里掏出十两黄金说:"这是香资!"便扔给了他。

"这回遂愿了。我们每次都让您破费……"帮闲说着,高兴得手舞足蹈,欢呼起来。他们决定先租几辆车。有人找来了三辆准备回鸟羽的返程牛车,车内铺上花毛毡。太夫们也知道了这事。大家都穿上相同的淡蓝色带凸起白色圆点花纹的和服,头戴四方形袋状"投头巾"。两辆车载人,每四人乘坐一辆车。另一辆车装着酒菜和生活用品。烛台上插了一支大蜡烛。车从岛原的大门口一出来,他们就弹起三弦琴,并不断地喝酒,还唱歌:"令人怀念的朱雀小径啊……"很快就走了一条路了,又让牛车沿着大宫街一直向南行驶。他们即使见了诸侯的车马行列也不必伏跪在地。"只有京城才有这事,其他地方怎么能行呢?"他们心中觉得难得而又感激。不久,明月东升,晚上微风吹拂着竹林,衣袖在不知不觉之中已被露水打湿,不知何时,三弦琴声已停止,只因刚才过分开心,此时此刻，却使人感到莫中的烦躁。

忽然看着南方，在小枝桥桥头上发现了灯笼光，而且，灯笼上均有岛原太夫们的家徽。世之介等人问道："怎么了？"九位妓院管事的叫住牛车说："太夫们吩咐，为给诸位饯行，在此特备美酒。"

作为风掠竹林的寒夜中的款待，她们从京城拿几双被褥，在附近草铺屋顶的房子里放上被炉，甚至准备了两头扎起来的枕头。劝世之介等人说："在这儿打个盹儿吧！"

说着，她们烫上酒，用本色的木碗盛上了茶水泡饭，同时摆好了雁肉鸡素烧和咸沙丁鱼。照顾得十分周到。饭后，众人各自用彩色方绸巾垫着茶碗喝茶，有人还逍遥自在地抽起了烟，烟盆也是太夫们特意带来的。

世之介表示感谢说："这人一会儿就全部准备好了，可以说是特殊的关怀照顾。你们还准备了被炉，改日再致谢意。"说完便欲催车赶路。

可是，世之介又像想起了什么，说道："今晚的美味佳肴太让人高兴了。难道没有什么能送给她们的礼品吗？大伙想一想办法！"愿西弥七说："有日本首屈一指的豆沙包。"世之介问道："它怎称首屈一指呢？"愿西说："据说定做一个得五目银子，因为上面装饰着金银箔。"

于是，世之介向室町今出川的二口屋点心铺定做了九百个豆沙包，让他们在一夜之间做好，每位太夫送一份。帮闲们买的是小小的驱邪弓，上面挂着祛病消灾的护身符。说道："祝你们永远无病无灾；连嫖客花的钱都是公钱；希望您的从业年限能比合同书中写的十年更长；祝愿你们在接客时不会因争风吃醋而发生口角。"

他们将礼品赠给了太夫们，并祝愿她们能"永为名妓"。

二　情的赌注

十藏事先让将要骑乘的马在三条街大桥等候，匆匆忙忙地吩咐随从说："钱袋挎在马鞍上了吗？我马上就来！"

"世之介先生，我特来向您辞行。"世之介平时曾予以关照的成衣铺的十藏因马上要去江户，特意来向他告别的。他神色慌张地站在门口说："详细情况，我回来之后再跟你说！"

世之介让人给了他旅资。刚要出去时，世之介又把他叫住，问道："你这次为什么要去江户？"十藏说道："老实说，我要见江户吉原的小紫太夫。我想，她也不会因初次相会而拒绝我。我要前走时，有个人愿与我赌个输赢。他让二十日鼠宇兵卫做见证人，和我

一起去江户。"

"你可真够逍遥自在的。你们怎么个赌法?"世之介问道。

"我若不遭到拒绝,就可以得到他那座木屋町的别墅;万一遭到拒绝……"十藏说到这里,有些变声了。

"该说什么就说什么!"世之介说道。

"订的合同是,我如果遭到拒绝……也没有生命危险,就把他给割了。"十藏说道。

那个人以为十藏是个傻子,把他看成可以拿钱来寻开心的人。所以,世之介又问他:"跟你打赌的是什么人?"

"已约好不准对别人说。"十藏答道。

"那可是养人的东西。你可想好了,如果您那玩意儿已是一个无用的东西的话,那就莫如在龟头上挂一条念珠。割下来怎么办。这样你就没什么可惜的了。前几天我送给你的那块绯红绫子的兜裆布,这次就把它用上吧!"世之介这么一说,这是个老实的人,方才那十足的劲头突然消失了,此刻不由地落下泪来。他道了一声"再见",心情矛盾地走过去,一副意志消沉的模样。

世之介见此情景感到可笑,说:"我很喜欢我和你一起去!"说着,他连衣服也没换,就让人备好车马,带着十藏前往江户去了。

一来到本町四号街的江户分店,世之介立刻把十藏和宇兵卫打扮成大财主模样的嫖客,派他们去了吉原。尽管如此,他仍然有些担心,便让人带上一封自己的亲笔信去找妓院的利左卫门。那信上说,十藏可畏是大色鬼,还说:"小紫的事就拜托你了。"妓院的老板娘保证,在四五天之内一定让小紫与十藏相会。约好了十藏给老娘点礼物,他说:"这是在江户见不到的稀罕物。"

这时,宇兵卫斥责说:"你给钱还太早!"

"啊,不! 那不是钱。那是很贵重的东西。"

纸包上写有"古释"二字。老板娘打开纸包,只见里面包着扇轴、将刀身楔在刀柄上的竹钉、针、丝线、年糕糯糊、耳挖勺和一端劈成数瓣的牙签等物品,价值不过三文钱左右。

"不管怎么说,这是每个人都喜欢的!"十藏这么一说,宇兵卫便气得够呛,根本没搭理他便把他带回来了。

约好的日子终于来到了。他们见到小紫太夫之后,高兴地饮酒。十藏伸手说道:"小紫小姐,我敬您一杯。"说着,便起身给太夫斟酒,因为动作笨拙而把酒洒在了太夫的衣襟和膝盖上。很不自在的表情,那模样实在滑稽可笑。小紫太夫却说:"您不必介意。"说完,她离开座位吩咐说:"给我准备洗澡水!"

她走进洗澡间,出来还是原先的样子,仍然着一件白绫子贴身衬衣,外面是一件红地儿带白色凸起圆圈花纹的表里一色的衣服,再外面罩着一件浅黄色上等八丈岛绸和服。其气派是京都妓女所无法比拟的。很显然,装束虽同,这却不是原先那套衣服。

吉原的妓院有个习惯,无论对谁,初次来相会时都不为之提供被褥。小紫太夫随便躺下去,同时把十藏叫过来,与他亲密攀谈,自己也脱衣服,也让十藏解了带子,很高兴地答应了。二人成全美事之后,作为表明始终不忘的证据,小紫拿过笔砚,在十藏的兜裆布的一端写道:"以身相许于十藏,此事千真万确。"又在此文字下面签上"紫书"二字,尔后交予十藏。这种事绝无先例,宇兵卫也觉得非常奇怪。世之介与小紫相会时问起这件事,小紫答道:"他是和人打赌后才来这儿的。我非常痛恨那个同他打赌的人,所以,虽然他毫无情趣,但还是和他相会了。"

世之介佩服得拍手称赞,坦率地说道:"实话告诉你吧!在京都和人打赌后来这里的。"此后,小紫再也不肯与十藏相会了。她的确是一位爱记仇的女人。

三　酒未足而前往恋乡

大坂的一位商人为购买绸缎来到京都,住在室町。他前来拜访世之介说:"久疏问候。"于是,世之介邀他说:"我今天请你去看法会,可以吗?"

东寺法会的主办人是常到世之介这里来的纸店的吉介。他备好了五个人的饭菜,在畜生门一带支起了幔帐。那天确实是"佛法盛行之日",所以前来参拜的人确实非常多。他们边谈着人生无常的话题,如"人的生命是有限的",边就着凉拌菠菜或红烧香菇等素菜喝酒。在谈到令人肃然起敬的佛教信仰时,大家都有些醉了。法会将散,世之介给主办人斟了一杯酒,说:"我敬您一杯!"吉介说道:"那我就领受了。"要倒酒,却一滴也没有了。"这太扫兴了,给我拿酒来!"吉川又差人去买酒。酒买回来后,他们重新以烤盐花为下酒菜畅饮起来,最后都喝的酩酊大醉。

"不能这样回去? 咱们一起去岛原!""说得对!"大家说道。于是,众人来到八文字屋妓院,说道:"多来几个妓女陪我们!"但是,今天恰逢节日,所以有名的太夫没有一个人闲着,来的只是不能令人满意的天神级妓女。世之介说:"这不行,我不能让朋友不尽兴,那可不行!"

虽然到各处去请太夫,却始终未能请到,于是八文字屋喜右卫门的太太亲自出来说:"吉崎太夫第一次接客,正在丸屋妓院七左卫门那里。刚刚去问过她是否方便,并说因为我们这儿有特殊情况,好像可以请来。""不就是因为初次接客要高价吗? 我有钱叫她来

吧!"世之介刚一说完,便三番五次派人到七左卫门那里去请。吉崎终于来了。与嫖普通的妓女不同,按规矩,初次接客的太夫要有引舟女郎和天神级的妓女陪伴,而且连续九天都需排得满满的。此外,还要处处打点。总之,不管怎么说,只因此事有最舍得花钱的世之介关照,一切都痛痛快快地吩咐下去。所有的花费列成一份清单,由世之介来结算,大家没有不痛快的。

八文字屋的老板身穿和服裙和无袖上衣。老板娘也更换了衣着,头戴棉帽子。厨房里灯火通明,卖菜的和卖鱼的人在灯光中兴致勃勃地跑前跑后,厨师也按规矩制作菜肴。这样的气氛太少见了。期间,来了四位下等妓女,特意为太夫准备房间,她们将十二件丝绸衬裙挂在衣架上被褥放了一床。地板上放上画轴、书橱、香盒、文卷匣、烟盆及其他日用工具等,都是古香古色的泥金漆画工艺品,使人看了眼花缭乱。

过了一会儿,从门口传来了喊声:"太夫到啦!"话音刚落,太夫以两支手持的烛台为先导,平静地来到上座坐在正中间。左侧坐着同一家的妓女十一人,她们是特意送太夫来的;右侧从太夫身后直到末座共有围女郎十七人,她们都穿着同样的衣服。在太夫面前有引舟女郎和佣人双手挂席听候吩咐。这时,妓院的老板娘向客人介绍太夫,她说:"真是巧合。"这位原本是世之介他们在大坂曾经见过的太夫。彼此问候时,人们把蓬莱山形的盆景和金色大素陶酒杯摆了出来,简直像举行婚礼一样。他们用长把酒壶和涂漆酒具倒酒,互相交杯为盟。太夫又换了一套更加妩媚的衣服。

从太夫到妓院,都应赠予应时服装,还要给佣人们一笔可观的小费。甚至女佣、管事的和陪伴来的男人也都来到大客厅,真是热闹非凡。人们都送来了贵重礼物。看到这些礼品,小气的人定会感到万分惊讶。

四　京都美女偶人

有人要去长崎采购进口货,世之介要晚去几日就让人把钱先带走。那人问世之介:"您打算要什么?""这是嫖专门伺候日本人的妓女的钱。"世之介答道。"那么说,您的目标只是丸山妓院区啦? 那么我在丸山妓院区等您。"

说话的那天是六月十四日。这一天,京都祇园要举行月矛游行,但是,那个人连这也不想看了,他说:"我自己去举行'月矛'旅行,因为买卖不等人呀!"他比别人先走了。

世之介说要办些有益的事,所以在京都大肆挥霍:出资修建神社、寺院或佛塔,奉献长明灯,给歌舞伎的青年演员买房子,为熟悉的妓女赎身……他的钱真是取之不尽用之不竭。如何花掉才好呢? 于是,他想直下长崎,说不定那里会有某种别有情趣的事情。

八月份他起程了。古时候，据说在唐代的中国留学的阿倍仲麻吕深切怀念故乡之月，曾咏歌一首，而世之介却与之相反，他向往唐土之月，便乘淀川的船慢慢抵达大坂南侧的道顿堀，在一位熟悉的演员家中玩乐了两三天。为了表示谢意他给了那位演员很多钱。歌舞伎青年演员的生活，大都是今日光华耀眼，而明天就烟消雾散，仿佛柳枝上的积雪转瞬之间就融化一样。落魄的演员，呆头呆脑，毫无风情。他们的爱好经常转移，但不久就得变卖家产。京都、江户、大阪都有过他的落脚点，一生没有一个固定的住处。演员兵四郎来送世之介上船，他打趣地说："我是一无所有之人。"清风徐来，海浪缓缓，船抵达了目的地长崎港。

世之介心情舒畅地望着远处，进了旅馆也没有休息就立刻去了丸山妓院区。到那里一看，妓院的样子比耳闻的更为出色，在每间朝向街道的门厅内都并排坐着八九位妓女。据说，有的妓女只陪中国人。中国人对人亲切热情，甚至讨厌别人看到自己所嫖的妓女，他们不分昼夜地服用春药，不厌其烦地与日本女人在床上嬉闹。这使日本男人感到自卑。荷兰人要把妓女叫到他们的居住地去取乐，中国人可以把妓女带出去玩。

曾在京都的四条河原和岛原游乐过的人们，都为世之介的到来感到高兴。他们让世之介欣赏歌舞。妓院的院子里有常设舞台，能乐中的伴奏和伴唱就不用说了，就连能乐中的主角和配角都由妓女们来扮演。她们仔细地安排节目，确定了《定家》《松风》《三井寺》三个节目。其曲调格外低沉，但听来却十分典雅。这实在是难以再有的游乐场面。

此时正好是红叶刚刚泛红的季节。酒锅吊在树上。可以说，中国诗人白居易赞美美酒功德的诗的意境移至此地了。妓女们打扮得花枝招展，每人都系个漂亮的围裙，披一条金线织成的窄绶带，头插一片绫杉的相思叶，唱起"岩间流出的水呀，源远流长"。这是喜庆的一天。世之介说："在京都我曾把价值三十五两金币的烤鹌鹑肉串送给太夫做菜肴，但是，我仍为今日酒宴的气氛感到吃惊。而且，妓女们的装束打扮各异，人人都温柔可爱。"妓女们说："请世之介先生告诉我们京都的姐妹们漂亮吗？"世之介说道："幸而这次我带来了这类物品。"说完，让人搬来了十二只长方形大箱子，从中取出了穿着太夫服装的偶人，这是几个地方的妓女偶人，大坂新町的十九个。一一写上太夫们的姓名，把它们摆设在演能乐的舞台上。偶人的着装、脸形、身段等均各有特色，所有偶人没有一处惹人讨厌的地方。人们都来围观。

五　闺房催欲具

　　世之介三十五岁那年,他母亲转给他总计两万五千贯的遗产,并允许他随意使用。他终日尽情挥霍,至今已有二十七年。他把这些钱大都花在了妓女身上同时他的身体也垮了。如今,他已经完全不再留恋这个俗世。他没有父母,没有儿女,也没有固定的妻室。仔细思量,他并不想永远沉迷于色道,只是不能自制,伴着无限烦恼仍不断嫖妓。明年,世之介将逾花甲之年。他年老体弱,腿脚不灵,眼花耳沉,只能借助于拐杖走路,渐渐变成了一个老态龙钟的人。不仅他本人如此,就连他以前认识的女人们也已霜染两鬓、头发花白,额头上出现了许多细碎的皱纹。她们没有一天不为自己的身体状况感到烦恼。曾经倾国倾城的美人也已步入花甲之年,真是岁月不饶人呀!

　　以往,因为不曾为了祈求来世的安乐而信仰过什么,所以离开人世到地狱中,只能成为恶鬼的口中物。想到这里,就算有悔改之意也不能入佛门了。可悲的前途啊!听天由命吧!世之介把自己剩余的六千两黄金埋于东山深处,上面压一块宇治石,石上刻和歌一首:"夕阳余晖中牵牛花开,六千两的光辉永留地下。"这只是传说,黄金到藏在哪谁也不知道。

　　此后,世之介邀来了有同样心境的六位朋友。令人在难波的江之小岛上造了一只船,取名"好色丸"。船上那鲜红的绉绸风帆,是用过去的吉野太夫遗下的纪念之物——贴身裙做的,船上还挂着用昔日关系亲密的妓女们作为纪念品赠予的和服缝在一起的账幕。船舱内铺着草席,四壁糊着格纸。船的缆绳是用女人们的头发和麻搓在一起制成的。

　　厨房杂乱不堪,养鱼槽内养着泥鳅,地板上放着牛蒡、山芋和鸡蛋。船的舱板上装有地黄丸五十罐,女喜丹二十箱,女性用工具"轮玉"三百五十个,男性用工具"荷兰绒"七千根,男用性工具"海鼠圈"六百个,用水牛角做的男性性器二千五百个,锡制男性性器三千五百个,皮革制男性性器八百个,春画二百张,《源氏物语》二百部,兜裆布一百条,杉原手纸四千五百斤……他们觉得这些东西还远远不够,于是又添了丁香油二百桶、花椒药四百袋、牛膝根千余支,外加水银、棉籽、辣椒粉百余斤,还有一些女性用的东西无法叫出名字来。又做了大量男人穿的漂亮衣服和小孩 裸装在船上。世之介说道:"我走后或许再也回不来了。来,我们喝杯登程酒吧!"

　　六位朋友闻听此言,都大吃一惊,说道:"您若不回来,那么,我们陪您去何方呢?""是啊!这个世界上的各式各样的男妓、妓女和风流女我都无一遗漏地见识过了。以我为首,男人在这里无法呆下去,所以,我们立刻起程前往只有女人的、男人去了就不能活着回来的女护岛。我要让你们见识一下极度贪婪男性的女人。"世之介说道。

听了这人们没有不高兴的。"即便是阴虚肾亏而死在那里,说不定也能再生出一代既无妻室又无儿女的男儿来。这就是我的本意。"世之介洋洋自得地说。选个好日子,他们便从伊豆岛出发了。到天和二年十月末,再也没得到他们的消息。

世界禁书文库

好色一代女

【日】井原西鹤⊙著

蒋旭京⊙译

线装書局

第　一　篇

一　栖身于深山之中的老妇人

古人曾说，女人是劈断男人性命的斧子。这正如凋落满地的樱花，到了晚上则成了委地之樵，朝气蓬勃的年轻人不久就会迎来人生的夕阳，于是化为一缕青烟。这是人生的必经之路，或者说谁都不能逃避的现实。仿佛清晨突如其来的狂风吹落了怒放的鲜花一般，青年人沉溺于女色而一命呜呼的古已有之，可再也没有比这更被人所不屑的了，但世间为此而献身的人却前赴后继，从没间断过。

新年伊始，在被人们视为可以准确地预卜一年之内运气如何的正月初七，我有事去了京都以西的嵯峨。

正值梅花初绽，春天将至的时节。在我路过以这样的梅花而闻名的梅津川时，遇到了两位衣着考究的男人。其中的一位精神萎靡，面色苍白，因酒色过度而形同枯槁，憔悴万分，让人很难估计出还能有多少的时光供他消磨，好像就要死去，把一家之主权力交给下一代的人。他最大的愿望是："对我来说没有任何的遗憾，如果说有的话，就是我没有那滔滔如河水般的肾水让我享尽人生的快乐。"他身边的另一个人似乎有些惊讶地接着说道："我和你的意见相反，我一直在想，难道真的没有只有男人的国家？ 到那里去，清心寡欲的生活，使宝贵的生命得以延续，远观这瞬息万变的花花世界。"

这两个人对人生的看法看似相反，却又有其相同之处。但都是可笑的。人生有长有短，这固然是正确的，但他们向往的却是一个梦，好像是在梦中发出的呓语。此时，两人谈笑风生地摇摇晃晃地走上河边的土道。刚刚出土的防风和小蓟被他们肆无忌惮地踩在脚下，发出人们听不到的声音。而他们却向荒无人烟的北山的背阴处去了。看着他们这异乎寻常的举动，好奇心驱使我尾随而去。在这片长满红松的树林里，坐落着四周围用篱笆围成的小屋，由于季节的原因胡枝子篱笆显得稀稀落落。竹子编的门下边，有一个让狗自由进出的"小门"，那个小门已经是破乱不堪。院子的尽头是靠着岩洞的小屋，

95

安静的坐落在那里。房檐下长着草。常春藤依旧挂着叶子,留驻了去年的秋色。

篱笆院的东边是导引泉水的竹筒,那哗哗的流水声使人感到有一股清爽怡人的感觉。我原以为这个院子的主人一定是位德高望重的隐士,或者是位得道的高僧,大大的出乎我的意料,走出的却是一位老妇人。脸上的皱纹遮不住昔日美丽的面容。苍苍的白发和略向前倾的腰肢掩不住往日高雅的气质。深陷的眼睛黯淡无光,上身穿一件蓝地儿重瓣菊花加小白点的老式和服,菱形花纹的幅饰带束在腰间,在腰前打了个结。年老的人这样打扮,却也并没有给人以故意掩藏自己年老色衰的感觉。由于这是间卧室,在两柱子之间的横板上,悬挂着一块有木纹的匾,上面写着三个大字是"好色庵"。晨香已经点过了,如兰的香气扑面而来。听人们说过,这叫"初音"。

透过篱笆墙,看见刚才在路边遇到的那两个男人,想必一定是老熟人,对着老妇人打了个招呼就往里走,老妇人却也不在意,笑着对他道:"怎么今天又来看我呢? 外边有许多的令人忘返的游乐场,有无数的温柔乡里,可你们二位却来到我这荒无人迹的地方,我这风烛残年的老妪能为你们做些什么呢? 我这耳朵也不行了,说话多了也嫌麻烦,和世人来往也觉多余了,这才在这里过隐居生活,到现在也有七年了。梅花开过,白雪覆山,我才能感到四季的变化。渴了喝口泉水,饿了吃些野果充饥。很久没有和外人接触。今天你们二位光临寒舍,想必有事?"其中的一个男人道:"他被色情所困,我被烦恼所扰,对于色情的深刻含义我们还不明其究理。有人说您深谙色情之道,所以我们才来此深山,向您讨教。望您能用通俗的语言给我们介绍一下您的出身。"说罢就往她那金制的杯里斟上一杯美酒,也不知道老妇人是否想喝,就劝起酒来。没过多久,老妇人喝醉了,弹起了挂在墙上平时只用来赏玩的琴,唱起了情歌,唱罢便讲起了她那如烟的往事和坎坷的经历。

原本我也不是一个下贱之人。母亲虽然不是生于官宦商殷的寻常百姓之家,可父亲却是出身于天皇时代名门望族,然而荣辱兴衰、盈亏之际,毕竟是人世间的常事。到了父亲的这一代终于落魄,以致到了穷困潦倒、求借无门的地步。感谢上天,由于我的漂亮和智慧,最终进了皇宫并当上了地位最高的女官。宫中糜烂的生活使我懂得:只要是循规蹈矩,即可平安无事,甚至过几年就可过上幸福的生活。可是在我十一岁那年的夏天开始,不知不觉地虚荣起来,我想这可能就是我这几十年来不幸生活的开始。别人梳的头总觉得不中意。后边不留燕尾地仰头翘髻和装饰繁多的顶髻这类发式,我也别出心裁地精心设计,别具风味受人青睐。宫廷里兴起的花样与染法,也是我潜心设计的结果。

但如果问起宫里的生活到底怎样,可以说,无论是吟诗和歌,还是踢球嬉戏,无不带有浓厚的挑逗色彩。男男女女在这样的环境里怎能不心浮气躁;所见所闻,每每使我爱欲难消,求爱之心如饥似渴,以为在这个世界上爱才是最重要的。事也凑巧,就在这时情书如雪片一样从各地寄来，可是内容却是大相径庭，反正是向我表白他们是如何的仰慕我，如何的寂寞，如何的空虚。这些情书在没有存放的地方的时候，托几个口风紧的卫士给烧掉了，可令人感到奇怪的是，有一封情书上写着神名对神起誓的那部分没有化为灰烬，而随风飘到吉田神那里了。

没有比恋爱更神奇的了。钟情于我的人，无不是风度翩翩、气度不凡的男人，可这些都没能使我动心。照常理说，任职于公侯府邸身着青袍的武士，不仅地位卑微，同时也是个缺少男子汉风采的人，根本达不到我选择的标准，可是他的坚忍不拔的个性打动了我，从他的第一封信开始，就表现了极大的热情，文笔又好，足以让我为之心动。后来又不停地写，倾诉思念之苦。这样一来我也难以自持，暗自生起爱慕之情。身为宫女与武士见面是很困难的，但我想尽办法，终于委身于他。外面虽是风言风语，然而我们已是难以自拔了。东窗事发，我被流放回宇治桥畔的老家，令人遗憾的是那位武士因此丢了脑袋。

在以后的几天里，恍恍惚惚地看到那个武士身影曾几次出现在我的枕旁。我感到恐惧，想一死了之，但日久了，渐渐地把他忘了个一干二净。女人的心变得太快了，每每想到这些总觉得害怕。可笑的是，由于我当时才只有十三岁，人们对我是否做过这事也产生了怀疑，以致最后的结果是"未必真有其事"。

以前，姑娘们出门，告别父母时总是泪流满面，不忍离去。现在的姑娘可不同以往了，她们变得聪明了，兴高采烈地在媒人的引导下，急匆匆地打扮起来，急不可耐地等待着轿子的到来，鼻尖儿上渗出的汗水就是证据。听老人们说，大约在四十年前，女孩子在十八九岁时还在自家的门口玩耍，男孩子到了二十五岁才能举行成人仪式，证明他可以娶妻成家了，可见这世道变化得太快了。我也有过含苞待放的年龄，经历过色情的熏染之后，有了更多的体会，心一旦被色情所困，就会把自己弄得身败名裂。即使后悔，但那颗污浊的心从此不会如以前那样清澈了。我住在这荒无人烟的地方也是无可奈何。

二　歌舞女郎

对于熟悉上京和下京人来说，在很多方面是不同的，就连穿衣服也是这样。当人们穿着浅蓝色的夏季服装感到鲜亮悦目时，不知什么时候秋天已悄悄地向我们走来了。这时，穿上用便服花样颜色的面料缝制舞蹈衣裳是很适合的。乡村里的姑娘们头上梳着总角式抓髻，穿着和服，和着鼓点，在小街上边走边舞。上京是从第一到第四大街，它安静古朴，的确有都城庄重、肃穆。过了这个界，仿佛是到了另一个世界，这里的人群熙熙攘攘、沸沸扬扬。脚步声，嘈杂声不绝于耳，使人明显地感到了上下京之间的差别。击鼓手

每打一下鼓似乎清楚地掌握了下一拍的调子,凡是那些出手不凡的鼓手,称之为打鼓名家也并不过分。

在万治年间,从骏河之国的安倍川一带来了一个艺人叫酒乐到江户,他是为了慰问武士来的。他在他的纸帐子里,一个人既奏乐又能同时演八个角色的曲艺。后来到了京都,在这里广收弟子传授艺术。为了迎合那里的人们,他对风流曲下了很大的功夫,并收了许多的女弟子,使她们相信这是她们的衣食之源。但这还不是古老的女歌伎。让女孩子们娴熟这种舞曲,为的是向上流社会的贵妇们献艺。

姑娘们的穿的服装是有严格规定的。红里的衬袍翻着下摆,配上白色的窄袖和服,和服的结是打在后面的,然后插上金色的木制短刀,手指药盒和钱袋。梳成燕尾式的发型,装扮成年轻人。她们唱短歌、跳舞、陪酒。各诸侯国的武士们或年长者来到东山酒家饮宴,六七个这样能歌善舞的女孩服侍左右,然而这些少女,和那些正当盛年的男人打交道就显得有些没有经验了。一个人的条子钱规定二钱五分银子,可以说是便宜的陪伴了。

这些十二三岁的美丽的少女,随便挑选一个,都是技艺娴熟。在都城,招待客人的方法比大坂妓馆中妓女的侍女还要高明。等长到十四五岁的时候,游客们就开始动手动脚了不那么老实了,但要想强行达到目的,那也办不到。她们会装作喜欢上了某位客人,脉脉含情,撒娇,不但到了关键时刻准会耍手段高明地把客人甩开。这样,把客人搞得晕头转向。或者说:"如果你对我有意,你就一个悄悄到老板那里去。然后看准机会,装成喝醉酒的样子,等我快要睡觉的时候,给伴奏的年轻人一点好处,趁伴奏的人高兴的时候,就有眉目了。"如此这般使客人完全相信。她们就是用这种考虑周到的假招子从那些远方来客身上捞很多的钱。外行当然无从知道,不论哪个舞蹈少女都很随便。出了名的女孩子也就是一枚银子的价。

在我被流放回家后,没产生当舞女的想法,但是我喜欢舞女们那种服饰打扮,专程从位于宇治的老家进城,不惜长途往返,学习当时的流行舞曲。因为有宫中习舞的基础,舞跳得比别人好,赢得人们赞扬,我也就更加努力学习,并且越来越有兴趣。有人向我提出忠告,说这舞蹈不久就过时,但是我没在意,结果成了我们这一行的佼佼者,有时出现在舞馆,有时出现在宴会上。不过,总是由我母亲伴我同行,所以,即使想象别的舞女那样轻佻一下也根本办不到。客人们则因为不能随便行动而更加苦恼,有的因此而患病,甚至死去。

一次,九州的一位贵妇人在河原町租了一座别墅,在这里疗养。从鸭川水畔的夏季到北山的冬季,整整住了将近一年。虽说她是个病人,可是病的并不是很严重。她每天坐着豪华的轿子出去游逛。有一天在高濑川附近看到了我。经过交谈,发现我们很是投机,并请人把我接到她那里去。在她的别墅里,因为我举止高雅,他们夫妇对我宠爱有加。这对夫妇对我说,如有可能最好嫁给他们住在家里的儿子。我想,嫁到这家,将来一定有个高贵的身份,便答应了下来。

我在京城里从未见过长得这么丑的人,即使乡下也没有见过。相比之下,她丈夫却是非常英俊,即使在宫廷里也没有见过。他们以为我年龄小不懂风流,便让我和他们睡在一起,他们两人做爱的动作和发出的声音使我无法忍受。这种事早在三年前我就亲身尝试过,日子久了倒也不常想起,在如今的场合下,情欲之强却胜似以往。所以只好咬着牙忍受。深夜醒来,发觉老爷的一只脚正在我的身体上移动,这时我已经把做儿媳的事抛到九霄云外去了。仔细听了听夫人的鼾声,确定夫人睡熟之后便钻进了老爷的怀里,忘情的抚摸,尽情地做爱,不一会被夫人知道了,她对她的丈夫说:"对京城的姑娘可不能大意。咱们老家,这个年纪的姑娘还骑木马呢,可京城的姑娘却已经骑在男人的身上享乐了。"说完哈哈大笑,打发我回家了,许久以后我才知道这对夫妇原是假扮的,特为骗我而来。

三　快乐的诸侯的艳妾

有一位来京参觐交替的诸侯。他死了夫人,却没有续娶,整天里郁郁寡欢,所以家臣们都为他担心。府里有四十多名相貌姣好、家世不错的侍女,便选定有做女官的,看准诸侯心情愉快的时候,派她们去诸侯寝室侍候,为了引起诸侯的欢心。这些都是含苞待放的樱花一般的美女,如经一夜春雨,立刻就会怒放枝头,喷芳吐艳,不论看哪一个,无不千种风情,动人魂魄。但是居然没有一位使诸侯满意的,家臣们自然为此十分苦恼。

说来奇怪,关东地带市井里巷的女子,大多平足,脖子粗,肌肉发僵。心地固然善良,但缺少的是艳丽的资质。恬淡无欲,胆子也壮,实心实意,这些无疑都是优点,不过作为恋人就没什么意思了。女人,无论怎么说还是京都的最好,从来还没有哪一个诸侯国的女人超过京都的。说起京都女子的好处,首先是善于辞令,这一点尤为可爱。也不是这里的女子在说话时故意做作,这天子脚下帝王之都的传统就是这样,久而久之就成了习惯了。出云地方的男女说话大多吐字不清,隐岐地方的人尽管形象粗鄙,但是说话的口齿却和京都没什么差别。而且就风流雅事来说,姑娘们大多喜欢弹琴、弈棋、香道、歌道。这种风俗习惯是因为从前的恭亲王被流放在此,由他把这些技能传播开的,并且随着人们对此道的不断熟悉而有所增益,所以当时的风习沿袭至今。

他们常常以为"到京都寻觅女人,也许会找到上司喜欢的",所以就派了一个在王府里干了很久、而今在内宅当监工的老头子来到京都。他已经七十多岁了,想看清东西得戴花镜。前牙已经差不多都脱落了,很早就嚼不动章鱼而不辨其味了,对他来说,最好吃的东西就是把山萸菜绞成菜泥而已,过着他那从早到晚无所事事的生活。对于男女之间的事,他已经是徒有男人的东西但无异于妇女的男人而已,有的时候不过是张着只剩下几颗牙的大嘴说说那些淫荡的话撩拨激发一下自己的情欲而已。尽管如此,但他毕竟还是一名武士,虽说他还是一副武士的装束,挂着披肩,由于他在王府的内宅侍候,不允许挎长刀和短剑,干的却是和武士不相关的差事,像保管银钱账本之类的琐事。派他去挑选美女,和派一个女人去没有什么太大的不同的,就是把女人放在他身边也用不着操心,如果他还年轻,情况就不同了,那就连释迦佛也不敢随便把女人交给他。

老家人来到京都室町的筱竹屋绸缎铺老板的家,对老板夫妇说道"我这次来是有件事请你们帮忙的,这事又不能让东家手下的人知道,我知道你们在京都住了一辈子了,对这里的情况熟悉。"老板在他进门之后心里就嘀咕,不晓得这位生活在王府里的老武士会有什么事能求到自己。随后老家人严肃地说:"东家的太太过世多年了,到现在东家一直是一个人,也没找到合意的侍妾,这次我来就是受主人的嘱托选一个美貌的女子带回去。"老板忙说:"这对大人物来说是常有的事。但不知要什么样的。"老家人从直木纹的装画长匣里拿出美人图,说:"和这画上的人物大致差不多就行。"

老家人看着那幅画接着说:"首先是年纪,要十五岁到十八岁,时下的姑娘们那种脸形。肩膀要圆一些,肤色要是那种淡淡的樱花色。五官要端正,不能是细眼,眉要浓,两眉之间要宽阔,鼻梁要渐渐地高,嘴要小,牙要白,排列整齐而且大小均匀,耳朵得稍微长一点儿,耳朵不能又肥又厚,要薄一些的最好,让人乍一看觉得仿佛和脸不是相连的,而且显得直到耳根都透亮。前额头发得自然,没加修饰。脖子挺拔。后颈上没有拢上去的短发。手指要细长,指甲得薄。脚最好是八文三分长,脚的大拇指不能翘起来,脚也不能扁平。个头儿得比普通女子高一些,腰可不能粗,不能显得结实呆板。臀部要宽而且丰腴。身段秀气,着装得体。姿态显得气质高雅。性格温柔。凡是女人应该具备的艺术才能必须全会而且精通和出众。浑身上下没有一颗黑痣。"

老板听罢,沉思一会儿说:"京城地广人多,有姿色的女人也不计其数,可是完全合乎这个要求的大概太少了。老爷既然有这样的要求,况且不惜重金物色,只要这京都有,就一定会找来请老爷过目。"

老板答应以后,立即马上行动,把这件事悄悄地托付给在筱竹町开鲜花店兼干荐头店生意的角右卫门。

一般说来,靠给大官介绍女人为职业的人,等事情办的有了眉目之后,如果交一百两定钱,他要留下十两手续费。这十两之中,要给跑腿的老太婆八钱银子。见面相看那天,需要穿漂亮的衣服,如果没有合适衣服,可以租来一件用,租金是:白色窄袖和服一件或清一色白色凸星花纹的黑绫子上衣,仿唐朝织造的特宽饰带,粉色绉绸的内裙,宫廷染法的戴头巾斗篷,再加上铺轿子的坐垫,一天的租金是白银二十目。这个女子如果被选中,经纪人就能拿到一锭银子的礼金。如果是穷人家的姑娘,那就得先认町人做临时父母,即使这町人是小户人家也没有关系,要以这家姑娘的身份进府。这临时父母家得到的好处是,从雇主那里得到一份礼金。以后这姑娘如果成了侧室生了小少爷,发禄米时,这门临时亲也能得到一份。

参选的女人当然希望自己能被选上,所以尽可能做好准备,但被召见却是很难的。租窄袖和服需要二十目银子,租用一辆两个人抬的轿子需要三目五分银子,在京城之内无论是谁都是这个价儿。如果伴娘是一位十四五岁的少女,那么需付佣金六分银子,如果是一位二十四五的大姑娘要八分,还得供两顿饭。这样,虽然是好不容易相看一次,可是假如选不上,那就要白白损失二十四目九分银子,这对于一个出身贫困的女人来说实在太可悲了。

有时候还会发生这样的事:大坂和堺町人们在无生意可做的时候在岛原或者四条临河街趁那些游乐场所把帮闲的和尚假扮成九州一带的财主,把到京都来愿意做妾的姑娘请到一起,说是慰劳慰劳她们。但是,对那些有几分姿色的姑娘就留下不放,悄悄地求茶馆老板给说和一下就在那里玩玩。对于这种意外的要求觉得实在令人生气而想回去的姑娘,老板们就想方设法地说服,姑娘们终于被那种下流的欲望驱使,和他们做一次露水夫妻,对方花二钱五分金子的寻欢之资,姑娘就把自己零刀切着卖了,这实在是让人深感遗憾的事。当然,如果不是穷人家的姑娘谁也不会做这种事的。

那个做经纪人的花店老板把他事先看中的一百七十多位姑娘挨个儿带来让老家人一一相看,可是老家人一个也没有看中,所以他感到十分为难。就在花店老板无计可施的时候,听到有关我的传说,就请木幡村的村民带路,跑到我的住处宇治来了,带我来到京城,也没容我刻意打扮一下,就穿着那身上路的衣裳不加任何修饰地去见那老家人,结果他认为比他江户带来的美人图上的人还出色,他决定不再另找别人。他对我的要求全都答应,进府的事通通说定。这样,我立刻成了诸侯的贵妇了。

我被带到离宇治十分遥远的武藏,住进浅草的别墅,在那里我们过着快乐的生活,不分昼夜地做爱。老王爷虽说年逾七旬却也精力过旺。刚到的时候,老王爷一刻也离不开我。从中国移植来的花在吉野开得特别好,而我自己就好像那盛开的花;根叶无损地移到这里一般。我欣赏着艳丽多姿的樱花,过着荣华富贵的生活,有时把堺町的艺人叫到别墅里来,把酒言欢中直到天亮。我过的日子和在宇治的时候比简直是天堂和地狱,想不出还有比这更好的快乐生活。女人毕竟生来水性杨花,男欢女爱之事无法忘怀。老王

爷毕竟老了,在我身上还没有坚持过五分钟的记录。武士之家家规很严,在内宅供事的女佣多男人少,更谈不到知道男人的兜裆布是什么气味的。看到菱川画的精美的春宫图,就神不守舍面红耳赤,不由得拧脚跟或者中指,无法自慰情怀,打心底地希望有个对象满足爱恋的情欲。总而言之,诸侯公务繁忙,自然而然与他身边专供自己驱遣的、额前垂着刘海的侍童,不知不觉地亲昵相狎。现在对小妾格外钟情,结果对于正室就疏远了。这大概也是因为贵族之家的女人不像市井乡里的女人们那样醋海生波的缘故吧! 不论身份高低,世上再没有比动不动就醋意大发的女人更可怕的了。

我虽然是薄命之人,所幸得到老爷深情厚爱,所以欢快愉悦地同他同衾共枕。但好景不长,他已经开始求助于壮阳补肾的地黄丸了。和他同床,没有一次有始有终的满足过。我已经成了无比凄凉之人,这事对他人还难以启齿,暗暗地寻找着可以发泄的对象。

在这期间他逐渐消瘦,容貌憔悴双眼无神。在性爱上麻木不仁,对我毫无理由的产生怀疑。每次都是他提出各种各样的性的要求,说各种各样是因为老爷总想尝试着用不同的方式和我性交,虽说是无始无终,但也需要花费大量的体力。而如今却说由于是城市女人贪色无度造成的。家臣们也专断独行,突然宣布要打发我回家,于是就把我送回宇治。纵观人世,男人生来精力不济,又有谁能永远满足女人的要求呢? 说来没有比这个更可怕的了。

四　名妓风采

清水寺的西门,有一个弹着三弦唱歌的女人。细听歌词,原来唱的是:

> 人世多艰辛,自叹命如纸。

> 只缘出身苦,甘作沦落人。

这是一个行乞的女人,她的声音优美而凄凉。无论冬夏,她总是那一身半棉半单的夹袄。即将入冬,透骨的冷风吹得她抱紧双肩,浑身被冻得发抖,其惨状目不忍睹。而今天正是个狂风漫卷的天气。问她"过去干过什么行当的",才知道,原来她是从前京城那条极具盛名的室町六务妓馆的、曾经以葛城为名而名噪当时,色艺双绝的一位头牌名妓。如今沦落到这般地步,也许是人世间荣枯盛衰变幻无常的规律所致吧!

有一年的秋天,樱花的叶子泛红的时候,我去看红叶。许多女人指手画脚地指着那行乞的女人嘲笑,我也曾夹在其中跟着笑过。可是,再也没有比人的命运更难以预测的了。我自己的事就够让我伤心的了,偏偏爹娘又碰上了糟心的事。事情的原委是,有人求我爹做生意上的保人,我爹满不在乎地就答应了,可是这位欠债人却一走了之,下落不明，这样，我爹就得替他还债。为了筹办这笔债款，五十两黄金的价就把我押到岛原一个名叫上林的妓院里，从此我就干起了从没想到的行当。那一年我十六岁。妓院老板说，论风度气质，在这京城里没有及得上我的，所以他对自己的生意极为乐观。

干妓女这行，用不着刻意去学它就知道怎么干，因为在给妓女当侍女的时候，就自然耳濡目染。等到可以做妓女的年龄就驾轻就熟了，但是我从没有给妓女当过侍女，而是刚到这里就当了妓女。妓女的打扮可不能像城市人家妇女那样，两者是有所不同的。比如，妓女的眉毛要剃光，然后用浓墨勾得黑黑的，头发根上不垫枕形的头发垫，而是梳个大岛田式的发髻，再在头发根处垫上叠得很细的桑皮纸，簪子要插得从外边看不到。因为脖子后面的短头发即使不多，看着也不干净，应通通拔光。要穿当下流行的二尺五寸的长袖和服，腰部不填棉花，不摆胯，臀部周围要像张开的扇子一般，看起来平滑。这样的服饰才符合时尚。腰部先随便束上不加芯的大幅宽带子，束得不松不紧，然后束上足有三幅宽的罩裙，但束得要比一般妇女高一些。要穿三层衣服。妓女在路上走的时候不穿袜子，走在路上的姿势是上身向后仰，脚尖往前踢似的慢步走，等快到妓院时，要加快脚步，等进了妓院大厅时脚步平稳不得出声，上楼梯时脚步加快，可以发出咚咚的声音。总而言之，草垫上的木屐是在大家都该穿的时候才穿上的。对面有人过来时不要躲避。对那些不想靠近的男人送一个秋波，即使他站在街头欣赏街景也要让他回头顾盼，让他觉得自己是个让女人一见倾心的男人。傍晚，妓女们坐在店前廊下，如果遇到陌生人，离他老远就频送秋波，却装作没事似的站在那里不动。只要他是个自由的人，他即便是街面上的帮闲也会拉着你的手闲聊。这时你只要看准机会夸夸他的家徽啦，说他的头发梳得怎么怎么好啦，目下流行的扇子如何啦等等。总之，凡是想到的都要眼到神到，然后说："你真是个让女人们害相思病的男人，谁给你梳得这么漂亮的头发？"说完"啪"地一下打他脊梁一巴掌，站起来转身就走。无论看上去多么正经的男人也不会不上套的。这位帮闲的人一定会认真地想："要是跟这个女人好好地聊一聊，一定会成了我的。"于是他就会摆脱掉必须捞到什么东西才甘心的想法，用大财主那一套搞得八面玲珑的手法，即使对他有什么不好的议论时，他也会心甘情愿牺牲自己的一切甚至是生命和妓女在一起。有时把没用的信撕碎，团个团儿向你的客人砸去，以此讨客人的欢心这类手法，也不用花什么钱，而且也简单，但是有些呆头呆脑的妓女就连这种手儿也不会使。

有一种类的妓女长相倒也不错，在规定的节日里概不接客，却在这天自掏腰包接自己的情人。虽然是装作等待熟客前来模样，可是妓院里的人却深知内情，当然也就漠然处之了。于是她就在屋子里的一角就着卤过盐的茄子浇酱油吃凉饭，而且连个饭桌也没有。好在别人也不管这种闲事，倒也没什么关系。等到完事之后从妓院回到老板家里，也得先偷偷地看着老板娘的脸色，如果发现没有异常的情况便对使女说"给我打点洗澡

水吧",说话时也得轻声点儿才行。除此之外全是一言难尽之苦,可是不能因此把花钱的客人慢待了,总是过那种游手好闲的日子,同时也对不住老板。凡是这样的都是不为自己以后着想的傻瓜。

每当妓女应召到酒席宴上陪酒时,可以斟酌当时的情况,随机应变地装腔作势耍一耍手段,摆一摆架子,不要多言多语,让客人看着好像不是那么容易得到,这种的态度比较适合这种场合。熟客自然另当别论,交往不多而且不太熟悉的客人,可不该毫无戒心地随随便便与客人乱扯。这种男人一旦上了床,办完事也只顾得喘粗气,身子像死猪一般不会动一动,偶尔说句话还带着颤音。这种男人,虽然他是花了钱的,却让人觉得心灰意冷,仿佛对不懂品茶的人当作雅士一样让到上座待以上宾之礼。

当然,对于这样的人也不要心怀厌烦、漫不经心地对待。假如是一开头就以风流雅士自居的人,我总是故意给他制造点儿麻烦,看他如何应付。带子也不解,衣服也不脱,十分殷勤地招待之后就背对着他假装睡着,在这种情况下男人差不多都是凑上来,把一只脚搭在我的身上。然后假装不知道,看他会想什么办法,偷眼看时,发觉他在抓耳挠腮,苦于无计可施而直擦汗。由于房间之间只用了两层薄板,隔壁房间的说话声音。以清楚地听到,竖起耳朵听一下隔壁房间的动静,不知道他是熟客还是头一次见面的,反正很会博得女人欢心。只听那妓女说:"你身上肉比乍看起来要多一些呢!"于是就听到和那男人亲吻、爱抚发出的声音,到这里的男人根本不在乎屏风和枕头,用力地往女人的身上撞击,动作越来越粗野,女的则发出痛苦的呻吟声,真好像是哭出声音。自己扔开枕头,哎哟! 哎哟地应和着,甚至听到装饰头发用的、用鳌甲做的拢发插梳折断的声音。二楼的铺位有人说:"啊,适可而止吧,明天再干吧!"于是就听到使手纸的声音。另一个隔壁呢,女人把睡得很香的客人胳肢醒:"一会天就亮了,做个临别纪念吧!"而后就听到那男人说梦话似的说"请原谅,姑娘,不能再干啦,干不动了,你看它已经起不来了,如果你能把它弄起来的话,就依你了。"这就好像说劝酒的话一般。随后就听到男人解腹带的声音。听起来好像那妓女很喜欢那男人。真心的爱恋一个男人,也是妓女生涯的短暂幸福。

周围房间听起来都挺快活很融洽。另一个房间的男人还没有睡,他把妓女弄醒说:"马上就到重阳节了,你肯定已经有约在先了吧?"毫无疑问这是些讨妓女欢心的话,试探一下她的心思。可是这女人已经猜透他那天真的意图,便冷冰冰地答道:"过重阳也罢,过新年也罢,自然有我愿意麻烦的人关照啦。"一来一去,就没有套近乎的话要说了。他很遗憾地和其他人一样爬起来,把头发梳成搅茶叶末用的圆竹帚式秃马尾辫,系好衣带,似乎实实在在地享受了一次艳福的那副模样,让人觉得很可笑。

这男人可是恨透了那个妓女,下次再来时他就会另找别人,整整玩了六七天,而且尽情尽兴地作乐。也许是让那位漂亮的妓女对他有个怀念之情吧,或者是下决心不再踏进这妓院的门槛,也许是恢复了他那野汉子的狂暴本性。总而言之,他不顾他带来的那帮伙伴天亮之后正和妓女依依惜别,就急匆匆地把人家喊起来,并且说:"适可而止,赶快走了!"好像从此以后决不再嫖妓。他抬腿就走,可就是这样,那妓女也有挽留的办法。

当着跟他的那伙客人的面,给他理了理零乱的鬓发,亲热地揪着那汉子的耳朵悄悄说:"真顽固!解开带子咱们睡吧,我还舍不得让你走,也不说就要回去,再服侍你一会儿,保证让你回味无穷,讨厌的家伙!"然后朝他背上轻轻地拍一掌就快步跑进卧房。

他的同伙看到这个女人对他们的朋友这么亲热就说:"初次见面就让女人这么倾心动情,可真是有手段的啦!"那汉子听了转怒为喜,十分高兴,便就势洋洋得意地说:"咱们本来就是让女人一见动心的高手嘛!"接着又说:"昨天晚上她对我的招待就别提多热情啦。这几天我的肩膀一直发酸,她给我揉了好半天。为什么待我这么热情?我实在想不出有什么其他的原因。一定是你们跟她说我手里有多少财产啦。"他这么一说,他的同伴忙否认道:"没有的事,没有的事!要只是为了贪图你的财产她不会这个样子。这人你还别说!"人们这么一激,后来那汉子终于归妓女所有了。

就像这样的妓女把不精于嫖道的客人牢牢地抓在手心里,让男人们为那些精明的妓女做一切事情甚至豁出身心地爱她,自然也是毫不奇怪的了。

但对于那些在各方面并不出众的客人,绝对不能因为头一回见面就不加理睬。但是常常有这种情况:客人有怯于大丈夫的名气,往往在关键时刻失去机会,觉得被女人们冷淡而扫兴,于是转身而去。妓女们既不能因为男人风度翩翩而跟他亲热,也不能因为客人的相貌平平而冷淡。如果是京城里的某位知名人士,或者说他是个老人,或者说他实际上等于出家不问家事的闲人,这些都没有关系。再有,如果是年轻人,不管什么节日,应节的礼品到时候必然送到,而且,如果长相出众,那就再好不过了。不过,好条件不可能完全具备,一样不缺。

当下,妓女们最喜欢客人的装束应该是这样的:衣服的里和面是用同一材料的细条纹黄色无花的面料做的衣服,外罩黑纺绸带家徽下摆略短一些的外衣,带子是稍浅一些的赤黄色,也就是浅蒲棒色绫子带,大衣是略显红色的花褐色、八丈岛原产捻线绸做的,而且是里和面用同一材料做。不穿袜子,精编稻草穰垫的无齿木屐,脚跟往后一些,好像在脚趾上随时都能甩出去的一种穿法。进了客室里的举止落落大方,腰间短刀有点往前探出一些,扇扇子时从袖口往里扇风,休息一会儿才站起来洗脸,即使石钵里已经有水也要让侍女换上新的,先轻声地漱漱口,然后告诉侍女,把随从带来的桑皮纸包的烟草拿来开始吸烟,把小杉原出产的上等手纸放膝盖旁边,随便使用毫不吝惜。把引舟女郎叫到跟前,说一声"请帮个忙",让她从袖口把手伸进去,挠一挠治肩酸时灸过的地方。让太鼓

女郎唱个加贺曲。但是对弹和唱概不注意听,歌唱到半途中就和阿谀奉承的帮闲们搭话,夸奖道:"昨天《割裙带菜》那戏里的配角,让专演配角的高安一演哪,简直绝了,没说的。"紧接着又说:"关于那古歌,最近我请教过大纳言老爷,和鄙人想到的一点都不差,确实是在原歌中的本方之歌。"一开头说上这么两三句聪明而又得体的话,这才显出沉静凝重,一副对万事一概泰然处之的态度。对于这样的客人,即使阅历很深的太夫也被他那气魄镇住,自然产生言谈举止必须谨慎的想法,觉得那客人的一举一动无不高雅,因而有畏惧的感觉。这样,端太夫架子的事就在这想法与感觉的制约之下退居次要位置,首先是争取客人的欢心。

不管等级高低,妓女决定是否装腔作势端架子,都是看客人的行为和举止行事,总之是由于娇惯。江户的花柳街吉原,在最繁荣时期时,有一名叫坂仓的善于寻花问柳的人,和一个花名千岁的太夫热上了。这个坂仓能喝酒,喜欢吃有盐腌的花蟹,尤以东边的最上种出产的花蟹最受青睐。

有一次,坂仓请画工以狩野派画家笔法在一只拇指大的蟹壳上用金粉画出他的家徽——圆形筱竹。每画一个给一步黄金,一年到头不间断地往花名千岁那里送。

有一位叫石子的风流人士,出身名门,家住京都,热恋上了一个名叫野风的太夫,他总是留心把世上稀有之物或者时下最流行的东西,抢先一步送给野风,当然野风也尽情地给石子表现的机会,她最喜欢把秋天穿的绸面薄棉袄的面料染成淡紫色,然后印上山鹿斑纹,在山鹿斑纹的顶端,用火头一个一个地烤焦变成窟窿,能够看见棉袄里面的粉红色棉絮。她把这事当作最大的乐趣来干。据说这样的一件衣服要花银子三贯。

这样的人大坂也有。一个名叫二三的男人,热恋上了如今已经过世的长崎屋太夫出羽。他曾去过一次九轩町的妓院,当时正值深秋,他因为怜恤那些没有客人光顾的众多妓女,全部叫来做出羽的客人,以此慰藉太夫出羽。院子里一丛胡枝子开花了,因为是白天,没有露水,所以让人洒上水,像花瓣上露水一样熠熠发光。出羽看到留在叶根的水珠,不由得很伤感,她说:"这花丛才是那思念妻子的公鹿长眠的地方吧!它虽然有角可我并不觉得可怕,我多么想看到它活着时的那个模样啊!"二三一听这话,立刻说:"这个容易办!"当即决定,立即拆掉后院的客厅,栽上许多胡枝子,把院子修成草场,当夜吩咐猎人弄来许多母鹿公鹿,第二天清晨让出羽来看。当然以后又恢复了原来的样子。

想想一个人如果毫不修善积德,即使过着高贵之人也无法企求的奢侈生活,迟早是要遭天谴的。作为妓女,对于不称心如意的男人,虽然卖身于人却并不能待之以热诚,使对方感到人世冷酷无情的一面。就在这般虚伪的故事之中,不知不觉地被人冷落,不论白天夜晚,她的客人渐渐稀少,失掉了太夫应有的资格。思忆往昔荣盛时期的情景,就不能不徒然怀旧了。能说喜欢哪个男人或者不喜欢哪个男人吗？这也只有在自己被人捧红时,才能有选择地看待自己的客人。一旦没有客人光顾,那就不该去考虑是公差小吏、还是敲锣打鼓之徒,甚至是瘌子还是兔唇了。不管什么人,到这里来的都是客人,都应热情对待。回想起来,再没有比干妓女这行当更可悲的了。

第 二 篇

一　从太夫到天神

　　沿着朱雀那里刚修过的小道往前走,你就会看到岛原大门口一副简直从未见过的奇妙光景。一个头戴竹皮小笠,身穿着竖条纹的布面棉袄,腰上插着不带护手的短刀,右手牵着缰绳,左手提着马鞭,马鞍下面挂着装四斗酒的酒桶。溜溜达达地牵着马走,马是大津驿站的租来的。来到妓院街上的丸屋七左门卫那里,赶马人上前一步把信递给门卫。信上说的是:持信人是从越后的村上专门进京玩妓的,酒饭饮食上务必请多多费心和关照。他本人希望在岛原尽兴之后还要到大坂一游,请妓院派人陪同前往吉屋或者井筒屋。反正,希望像接待他一样,让这位朋友玩个痛快。写这信的人是越后当地很有势力的人物,是以前吉野太夫的客人,当今少有的几个大财主之一。妓院里中院的二楼就是他一个人掏腰包给建造的。对于他的慷慨乐施,老板到现在仍然难以忘怀。门卫把信送到妓院老板手里,老板看过信后说:"既然是这位先生给介绍来的,我们是绝不会有半点儿马虎。先将这位先生请到里边来。"老板亲自替这位先生牵着马领他到处看看。老板偷眼从旁观察,发觉这人并不像嫖妓狂那类人。这位看惯城市风采男人们的老板觉得心里没底,不由得问道:"您打算找个绝色美人尽兴地乐一乐吗?"赶马人皱着眉头说:"是啊!我就是要找绝色美人!"说罢,从马鞍下拿出一个皮钱口袋,从中倒出打着桐花穗、重量为一步的方形金片,回过头来给那些帮闲们每个人抓了一把,分发了足足有三升。帮闲们可没料到倒出来的金片会给他们,而且居然给了一把,所以连忙称谢。有的望着黄昏时分的天空说:"这下子就能把昨天当进当铺的东西赎出来了。"

　　在请这位财主喝酒的时候,他对老板正经地说:"我经常喝家乡的酒,别处的酒我喝着不习惯。看到我带来的酒了吗?那是我从很远的老家带来的两桶酒来,酒够我喝到什么时候我就在外边玩到什么时候,请您千万给我保管好,我要在外边多玩一些日子,留着我一个人喝。"听他这么一说,老板笑着回答道:"要是京城的酒您喝着都觉不顺口,那么,

京城的姑娘那种柔美就未必中您的意啦。您究竟喜欢什么样的姑娘呢？请您先看看太夫们再说吧！您看行吗？"经老板这么一说，财主笑道："陪着睡觉的事嘛，好坏都没什么关系。再说，头一次见面，也不可能一下子就投缘对劲吧！这么说吧，用不着我一个一个地过目，你把这京都里独一无二的太夫叫来就行。"

"那当然一定会让您满意！"这天傍晚，老板请财主坐在店前的走廊上，让那些从别处来的妓女一个一个地在他面前走过，尽情地领略妓女们的风采。老板则站在一旁用金团扇和银团扇向财主暗示着妓女的等级：走过来的如果是太夫，就摇金团扇；如果是天神，就摇银团扇。想出这么个好主意真是难得。

我被称作太夫的时候，还以祖先的高贵而自豪。当然了，在这里已经是这里的妓女，是公卿之家的千金也罢，是捡废纸的女儿也好，谁都不会不计较的过去往事。那时，我依仗着自己的姿色优于别人，对于一看就知道他本领不高的客人多余的话都懒得说。居高临下。同欢后次日早晨分手时我也不送客。对所有客人我都表现出厌烦的神色，名声逐渐的不好了，所以，我的客人越来少。慢慢地丧失了太夫的资格，老板也就不再另眼相看，暗地里和他们那一伙人商量一番之后，决定把我降为天神了。从那天起，把我的引舟女郎也给撤了，三床被也减为两床，干杂活的女人们见了我也不再像以前那样弯腰施礼了。我对其他的人呢，从前称先生的这回得称老爷；排座次呢，再也不让我坐上座。让人心烦的事一天到度有几回，现在也记不清了。

从前作太夫的时候，连一天也不在老板家里呆，客人们每次都是提前二十天就托妓院的杂役传话定日子，一天的应酬总是去四五处地方。每到一处，刚刚应酬一会，老板总是派人来催着去另一处，从这个妓院到另一个妓院，迎是迎，送是送，人是特别的多，显得很有气派。现在降格了，只好带一个小使女，脚步轻轻地在人群之中跟大家一起去。就说从越后来到丸屋的那位客人吧，他一看到我就动了心，说："那个女人挺好！"老板告诉他："跟您说实话，她是从今天开始降为天神的。"客人说："像我们这样的，纯粹是为了回到家乡向人们夸耀自己见过世面才招妓的，不够太夫资格回去不好说。我看过你们这里所有的妓女，还没有一个像她这样漂亮的，不过降为天神总是因为有外边的人看不出来的缺点吧！"老板把嘴凑到客人耳朵边低声说了一阵。唉！背后给我造谣，实在让我难以应付。

过去我一直不喜欢的男人到了现在也只好强装笑脸，每当我想把他让进冷清的小屋以便把他笼络住，但马上有人站出来从旁破坏。使习惯了的酒具也好久不让用了，无论做什么事说什么话，别人总觉不顺眼不顺耳。客人们对我的床铺不再视为温柔之乡。无可奈何之余，为了讨客人的欢心，费尽心思，想了各种办法，比如说，梳妆打扮既要麻利又要快当，用沉香的时候也要仔细地动脑筋，想办法不让它很快地烧完。专在客室伺候的男仆按照主人的吩咐招呼说"床铺在二楼备好"，现如今他只喊一两声我就轻快地上楼。妓院老板娘紧紧跟到门口对客人说："歇着啦？"然后转身对我说："歇着吧！"就这么快嘴老婆似的扔下一句话，边下楼梯边对下女瞪着眼睛说："把这儿的蜡吹了，换上油灯！已经告诉过你，那泥金凸花漆食盒的酒菜送到大客厅，谁出的主意送到那儿去的？"我心里很清楚，她满不在乎地不管别人是否听见就这么叫喊，是因为我跌了身价，于是就变着法儿对付我，根本不管过去我为妓院招来过多少客人。除此之外让人窝心的事还多的是，就当没听见。要是在过去，和客人亲热之后，即使他还有要求我也不理会，可如今不同了，我刚要睡着时就被客人弄醒，我装作很喜欢他似的使出了以往从不使用或者说不愿使用的方法让他一遍一遍地得到满足，最后，累得他实在没有力气了他才亲切地问起我的家世，我是望今后有个照应的想法，便毫无保留地跟他说一切。他自然很是理解。我也毫不客气地向他要了新年用的服饰，他向我保证办到，这是这段时间以来使我感到最高兴的事了。到了第二天的早晨天还没亮时，他又来了劲，我也是无所保留地又满足了他一次，我破例地送他到门口，目送他直到看不见他时才回房，立刻写了整整三张纸的信，求人送到那位客人那里。

当太夫的那个时候，和有些客人有过六七次交往之后，虽然说这算很熟了，但我也没有给对方写过信，引舟女郎或者鸨子婆担心这样做会使那些钟情于我的客人伤心失望，有时也劝过我，或者是在我情绪好的时候，铺好桑皮纸，拿来砚台研好墨，向我请求说："给那位先生写个信问候一声吧！"只有在这时候我才会信笔写出几行陈词滥调官样文章式的话，让她们叠起来封好，然后我在封上写上收信人的姓名住址。收到信的客人即使对于这样的信也热情复信说："拜读来信，不胜感谢之至。希望无异于往昔而更加厚爱。"复信照例是由舟女郎转交的，给送信人三枚金币，说是给我买衣服用的。那个时候，世人无不盼望得到的金银，在我眼里从不视为稀罕之物，信手给人，一点都不觉得可惜。身为太夫的自己，把东西给人，那东西就像赌场上下注的钱一样。在为钱所困的今天，厚着脸皮向客人伸手，往往是毫无所获，甚至招来一顿责备。

大体上说，嫖绝色美女的都是和他们的身份不相符而硬充阔气的人。能毫不犹豫地用现款至少五百贯银子的不妨嫖太夫，二百贯以上的人不妨嫖天神，五十贯以上的就只能找三等妓女了。而且，这对于不动用这些钱就能坐着吃下去的人来说又是不可想象的。看看近来的世情，有的人疯狂地嫖妓女还不到半年，就开始大手大脚地挥霍，最后只好去借预扣二成乃至三成利息的钱，把财产全花在妓女身上，致使亲人或朋友陷于困境。明明知道结果必然如此，却依旧嫖下去，这又有什么意思呢？

大千世界，什么样的人都有，在我当天神的期间，可靠的客人有三位。第一位是大坂人，他囤积槟榔，结果把他原有的财产也给赔光；第二位是一个戏班财东，也赔了个精光；

第三位是开矿的,但不知是什么原因,他的希望全部落空。在二十四天时间里,这三个人相继破产,从此再也没有来过。他们的消息杳然,我也成了闲人一个,没有一个客光顾。这还不算,从十一月起,小米粒大的疖子层出不穷,奇痒难忍,特别烦人,留下了疤痕,人自然就丑了。接连不断的不幸本来就够我受的了,所谓祸不单行,偏偏在这时又染上了流感,黑发大多都脱落了,使得头发也薄了,人也变丑了。到了这步田地,再也没人来找我,每每梳妆时照照镜子也觉得万分沮丧,最后我连镜子都不再看一眼了。

二 众所周知的下等妓女

每一个町人都可以腰插短刀,根本用不着找碴打架和口角就能解决问题。自从规定了除武士之外任何人不能携带刀剑以来,单就小个子武士而言,他总是要耍有力气的大个子武士。看到腰里插一把短刀的,其他人就得留点儿神,如果你觉得自己的胆子大了,多黑的道一个人也敢走,那就须有非常的本事才行。漂亮的妓女总是喜欢潇洒而又勇敢男人,所以,对于因为她争风吃醋而引起的决斗心满意足,洋洋得意,即便把自己的命搭上也毫不在乎。我虽然是个妓女,但早有为义理而舍身的准备,哪怕是当场就义,决不含糊,这是日常不忘的思想准备。但是,你看我已经落到那般悲惨境地,也没有值得以身相殉的事情,很难有死的机会。在妓院老板把我从太夫降为天神,已经使我懊丧已极,现在我又被降到三等妓女围女郎,在这期间,我也改变了以前的习气,无论遇到什么事都能以平静的心态对待了。

"有个第一回来的客人。"每次妓院打发来人这样通知我的时候,我都以为能见到一位客人而庆幸,至于那男人是什么模样那就不去考虑了。如果客人说"不要"而解约,那就说不准今天再也没有客人光顾,也常常为此而备感凄凉,只好赶快跑去。一进妓院就听妓院跑腿的混账汉子指桑骂槐地嚷嚷道:"一个三等妓女,居然也要人去请,那就不如连她相好的也一起带来。下贱的东西,光供她梳妆打扮这一项就赔着钱哪。不管怎样打扮,按规矩十八目银子的过夜钱没有一个客人给十九目的,简直是个赔钱货。"听这些不三不四的话心里实在难过。老板娘装聋作哑,也不替我声辩几句,我也是一时的生气回到家里才想起来这些话原本就是老板娘想说的,我信步去了厨房,丹波口兼给妓女院拉皮条的茶馆那个汉子坐在那里。他批了指说:"上那边的二楼!"然后用那只手摸摸我的臀部。我虽然有些生气但没发作。走进客室一看,太夫和财主一般多,给财主拍马屁的一伙人照例由天神们陪着,另外还有四五个凑热闹的年轻人。我被叫到他们当中,因为还没说定谁是我的客人,只好在末座落坐。我伸手拿起一个没人用的酒杯,却没人给我

斟酒,更没有注意想和我取乐的人。没办法,我只好把酒杯递给弹三弦的妓女,奇怪的是酒杯放在她面前时就有人为她满上了一杯。好容易等到天黑,就钻进了为三等妓女准备的唯一的一床被里。对方是个年轻的男人,衣着时髦得过了头,我觉得他肯定是住在街对面那个梳头的。我看这人也就是只去过细奥町或上八轩那地方的下等妓院玩过而已,举止很是滑稽。他把带子解开然后放松,把手纸放在手容易够得到的地方,大概是为了让我看清他长得好看的地方吧! 他把枕旁的灯往近处挪挪,从腰包里拿出重一步的长形金币和三十目小银币,翻来覆去地数着而后报出数目来,似乎是让我听清似的。我觉得这是个自高自大的汉子,刚刚跟他搭话他立刻就对我说"我忽然肚子疼啦",我也不搭腔儿,转过身去躺下,我根本没有想过这种男人会说出什么牢骚话。他看到我不理他,过一会儿他又说:"你的手就是一剂良药,我看准有效。"结果我给他揉了一夜的肚子。天快亮的时候,我反倒同情起他了,想凑到他跟前让他高兴一番。我刚把他的手放在乳房上,就听财主在那边的屋里说:"快起来吧! 一会儿天就亮啦,你先回去,别让要梳头的人等急了!"他也抽回手,拿起他的小衣穿上,就这样被毫不客气地招呼起来了。我一听这话就没有了情绪,刚见面时我就觉得他像是个梳头匠,果然不错。我想到和这种人交往以后会传出丑闻,也立刻起身和他道别。

前几年当太夫和天神的时候,虽然知道作妓女这行艰苦,但是并没感到苦得那么厉害,可现在境遇之惨,当年吃的那点苦算得了什么呢? 最让人受不了的是那些粗野的下等客人,我现在的这种情况中等客人又很难碰上,偶尔碰上一个自己满意的漂亮客人,刚一进屋还没有个情感交流的过程就对你说:"姑娘,脱裤子吧,不要浪费时间了。"我半开玩笑地对他说:"哎呀,这么着急啊! 想当初你还不是在你老娘肚子里老老实实地呆了十个月吗?"虽然话说得有些诙谐,可也有些挑衅味道,可我的话还没说完他就马上反驳道:"能进娘胎不也是从办事儿开始的。从神治时代起,讨厌作这事的妓女是最多情的,妓女居然还会讨厌办事儿。"说来说去,他说:"我想这也没什么麻烦的,你还是让我走,我另外找个姑娘好了。"我看他那居高临下、盛气凌人的架势,也有些怕,再说这一夜的度资要我来负担那就更可怕了,觉得此人还挺潇洒、人倒也有些教养,于是马上就把话说得温柔可亲了:"为这芝麻大的事扯着玩儿,让老板知道了引起什么纠葛我可不答应你。"这些话是三等妓女必须会说的话。就这样进屋没有十分钟开始了。

三等妓女并不是最低档的妓女,当然还有比围女郎低一等的也就是四等妓女端女郎,她们的事说起来话就更长了,而且听起来也就更没什么意思。他们也有一套对付客人的办法,也有对客人说的一套话,不过相对来说要粗俗一些。首先我要说的是一夜度资只有三目银子的妓女并不都那么贱。当来了客人时,首先从从容容地把他们让进屋里,随后是穿布衣服的使女给铺好被褥。印着红花的红绸子被旁边放上摆着叠得整整齐齐的手纸,油灯捻子被挑得细细的,朝向灯的一边,褥子的下边放上两个底座有木匣的圆枕头。然后对着客人说:"请过来高兴高兴吧!"说完从旁边的小门退出去。同是在前面接客的妓女,但是花上三目银子的客人却不能一概视为乡野村夫之辈。有的就是把钱花光也进不了妓院,只好在妓院门前的暗处徘徊,幻想着也能在这里住上一夜,有的是富裕町人的伙计或是帮工。如果是武士,那也大多是中下等的。妓女躺下之后暂时不能脱下内衣,拍拍手把使女叫来,吩咐道:"把这衣服搭到被脚上,没办法,得盖呀!"然后注视着客人手里拿着的扇子温柔地问:"扇面上这位公卿用袖子遮着阳光看的是佐野渡口的雪地暮色吗?"这样的问话,往往成了拉近关系的开始。"说的对极啦。你这么一举袖子露出你那雪白的肌肤,让我摸一摸吧!"这样两人从此就热恋起来。

有身份的人一般来说,直到走时也不问姑娘的姓名。要想让这样的客人对姑娘留恋不忘是要使用些手法的,道别的时候要对客人说:"请您以后常来,那时候我们就以熟人关系相会啦!"并躬身站在那里目送他离去。无论什么样的男人都爱面子,常常假装和与他相识的妓女闹翻了,如果他还和这位姑娘相会,那么这个男人就成了这姑娘的人了。其次,客人如果看来明显是受雇于人的,可以说:"没有个伴儿也没带跟班的来,您这样一个人往回走,半路上我可不放心的。"经她这么一说,作为一个男人是不会说"我根本就没跟班的"。假使像这样捧他几次,以后关系就可想而知了。姑娘们这么做也是为了今后的打算,如果要求他给买些衣服的话,就让他把衣服装在跟班的背箱里,到这时他就再也不能说有跟班的了。

一次收二目银子的妓女什么事情都得自己动手,把油灯挑细,把枕头上铺上桑皮纸作枕巾等等的琐事。在听嘉太夫小曲的精彩之处时停止说话,等小曲唱完,便说:"你经常都是和什么样的姑娘约会? 您第一次到我这里,您觉得我是不是可心呢? 虽然没呆太久不知是不是舒畅呢? 您还要到别的妓院走走?"这是任何地方都常见的客套寒暄之词。

一次收一目银子的妓女,一边享着当时流行小曲,一边从屏风后面把用草编的睡席拿出来,悄悄地把带子解开,不管客人怎么个看法,按照老板的吩咐换上一套新衣服,脱下里面的衬裙,不让客人看见悄悄叠起,然后收起来。对着客人说道:"我还以为是前半夜哪,刚才的钟已经打过四点啦,您还要到哪儿去呀?"考虑到客人的着急心情,办完事之后吩咐杂工:"请拿两个天目碗给客人上茶!"快嘴快舌地说也挺逗乐。

一次只收五分银子的妓女就得自己关门。用一只手铺好丰岛产的衰草窄席,用脚把烟末钵子踢到该摆放的地方去,然后把客人按倒在草席上,说道:"你看你呀,那腰带旧虽是旧的,可到底还是绸子的,你真是个穿戴讲究的人。你是做什么营生的呢? 我不猜便罢,一猜准猜着。一到了有月亮而且不刮风的夜晚,你就准有工夫。是不是值夜班的?""不对,你竟然没看出我是做大买卖的,真是眼浊! 告诉你吧,我是一个凉粉经纪人。"妓

113

女就说："哟！你说得可真是好听，还想拿这话骗我，这么热的晚上，正是卖凉粉的好时候，况且今晚上又是主津神社的夏季祭祀之日，最少最少也赚它八十文。"这位妓女等级虽低，但她说的话无疑表明她是很精明的。

在京都做妓女时，从太夫降到天神，又从三等妓女降下一等，最后被卖到新町，做了两年的下等妓女。整整熬了十三年，在这期间，我看透了世间的一切。现在我已经是无依无靠的人了，只好乘河船重返故乡了。

三　委身和尚的妓女

回到家乡之后，我把长袖和服收起来的腰部重放出来，恢复从前做姑娘时的装束和打扮，人们亲昵地称我为女铁拐李，这大概是因为我生来小巧秀气的缘故。

在那个时候寺院的香火很盛，有的寺院却也藏污纳垢，有的和尚肮脏的很，在这些寺院里养着供和尚玩弄的化装成小童的姑娘，而且一律不避人耳目。我像男人一样剃去头顶中间的头发，让人冷眼看就是一个漂亮的小伙子，模仿男人的声音，对于男人的行为这些年来了看的很多了，花一段时间就习惯了男人习见的姿势与动作，扎上护裆带，居然很像。后来我又换上细腰带，插把短刀，但刀总是上下晃动，时常要用手握住刀把。穿上短外衣，戴上斗笠，这副打扮，我自己也觉得好笑。让给我带假胡须的给我拿着草垫木屐，带着老于世故的帮闲人，来到一所据说很有钱的花和尚当住持的寺院，装模作样去看寺院的樱花。进了中门，帮闲径奔方丈，帮闲来到住持跟前对着住持的耳朵嘀咕了几句，过了一阵帮闲就把我叫到客厅去把我介绍给住持："这是位流浪武士，到这里有些事要办，在这期间，要常常出来散散心。一切就请多多关照啦。"和尚却仿佛说梦话似的说："你一直想要的堕胎药的制作方法，我昨天晚上从一个人那里学到！"他糊里糊涂地脱口而出，自知说走了嘴，再去掩口已经来不及了，确实可笑。

然后就在住持的屋里摆上了一桌酒菜，一通大吃大喝，从厨房里飘来的荤腥味徐徐不断。定好价钱，每一晚上的夜资钱是两步金子，按这个价码我从一座山来到另一座山、从一个庙来到另一个庙，各宗各派的庙宇，都要归于女色之道这一宗一派，没有哪个寺院的和尚不亲近女色的。

后来，一个寺院的住持痴心于我，经商量签订三年的合同，合同期内共付给我三贯银子。这样，我就成了这寺院住持的姘头。在这段生活经历中，耳濡目染的也就懂得了这个藏污纳垢的寺院许多有趣可笑的事。以前，在同一寺院里修行的且交情彼此靠得住的僧人坐在一起，商定避开诸佛和本宗本派的开山祖师忌日，把每月八、十四、十五、二十

三、二十九(逢小建为二十八)和三十(逢小建为二十九)这六个斋日被定为破戒的日子,用他们的话说就是"除这六天之外必须谨慎",并定下誓文。从此以后,在这六天中白天吃肉喝酒,晚上疯狂地玩弄女人,有时还去三条町的活鱼店里去吃喝玩乐。可是平常像个出家人的模样,吃斋念佛,除了做佛事以外,再也没有别的什么事。但是这几年寺院香火很盛,收入的钱也多了,和尚们的行动越来越放纵,越来越肆无忌惮,白天僧衣僧袍倒也一本正经,但是到了晚上就换上俗家的外衣,装扮成医生模样去逛妓院。有些寺院里的和尚在不被人注意的地方修造藏女人的地方。在寝室一角挖一个深洞,安一个从外面不容易被看见的细长窗户用来透光,洞的顶板上培上厚厚的一层土,墙壁有一尺多厚,以免得泄漏说话的声音。我白天就被关在这里面,晚上到上面的寝室去。

　　回想起这种令人透不过气的生活,仅仅是为了根本不存在恋情的淫乱而徒然活下去,就更加心酸了。委身于那可憎的和尚,黑天白天的与之同床共枕,这就成了十足的泄欲工具。我的身体在日趋瘦弱,可是那和尚却毫不体谅,仍然要求与他性交,性交。当他说起如果我死了,他就要费点事挖个小坑埋了,说话时的那副若无其事的表情,不由得让我毛骨悚然。

　　但是,这一切在习惯之后倒也不觉厌烦了。有时住持为办丧事的人家去念殡葬前夜的经文而夜里迟迟不归,我等着等着不时地为之着急。有时他早晨出去收殓火葬后遗骨时,想起这短暂的离别,即便不过只是刹那之间的怅然,毕竟还是有的。何况,他穿的那种白色窄袖便服上的沉香气味沾到我身上来,对它渐渐地也感亲切了。时间久了也忘记了寂寞。过去听着震耳的铜锣、铙钹声,随着渐渐习惯反倒感觉到那是一种慰藉。对烧死人的气味已经满不在乎,反而觉得越多死人寺院的收入越多而为之高兴。傍晚卖鱼的来了,我做了几个菜,有带骨野鸭和脱骨野鸡、河豚汤、煎鱼肉。为了不让香味被外人闻到,在火盆上加了盖子。小和尚们也学会了这种自我酒肉穿肠过的生活,他们的袖子里藏着烤好的咸沙丁鱼,用印有佛门标记的旧纸包上,早晚当菜吃。由于营养丰富,小和尚的脸上才泛起红光,肤色红润,干起活来也痛快麻利,高高兴兴。相比之下,那些远离俗世,隐居于山林野莽,以木实果腹的僧人,或者因贫穷而不得不素食的僧人,他们的面孔形同槁木,这是一眼就看得出来的。

　　于是我在这个寺院从春天住到初秋。开始时,和尚还担心我会逃跑,所以他外出时总是把我关在屋里,而且把门窗上锁,可现在连方丈都放心地允许我进进出出。慢慢地对这里的和尚们也熟了,所以胆子也大了,即使被施主看到了,我也不再慌慌张张诚惶诚恐了。

　　有一个漆黑的夜晚,大风吹得树梢沙沙作响,芭蕉叶子翻飞飘舞。正是大风肆虐的时候,借着寺内街灯的灯光,想着自然景色的变化,岁月的流逝,内心的情感仿佛溶入了

大自然,在这低矮的小卧室曲肱而枕,一个人在朦朦胧胧沉思。突然一个满白头,满脸皱纹,手脚瘦得像火筷子一般,腰弯得不能再弯的老太婆像幽灵一样向我走来。她像幻影似的从竹廊爬上来,用极其微弱的声音呜咽着说:"我在这个寺院住了有多少年我也记不清了,同这个和尚母亲的年纪不相上下,出身也并不低贱,然而却弄得像现在这样面目丑陋:尽管和住持相差二十岁,说起来究竟难为情,为了在这个世上活下去,在夜深人静时同他共枕。尽管他对我赌咒发誓地说要和我白头偕老,可是谁会相信这话呢? 有一天对我说:"你老了,"然后把我抛在一边,给我吃的只是供过佛撤下来那一点饭。这还不算,他还用怨眼与仇视的面孔对待我这该殂而不死的人。不论他多么残酷地折磨我,我倒并不怎么恨他,每天每日恼恨的只是你,如果不是你的到来,他每天晚上还是要回到我的怀抱。你大概还不知道吧? 我听到了你同他在被窝里说的那些话。别看我上了点年纪,对于男女欢爱之事还是心怀留恋。我曾下决心把你咬死,以雪我心头之恨。今天晚上我就让你瞧瞧我是怎么把你弄死的!"她的话使我震惊。总而言之,无论是为了我,还是为了这位老太婆,我都不能再在这里呆下去了,琢磨着离开这个寺院的办法。终于想出来一个办法,不过很奇特。

第二天,我在经常穿的衣服里塞满棉花,装作很难受的样子对和尚说:"一直没跟你说,我怀孕已经几个多月了。不知道会在什么时候生。"听我这么一说,和尚很吃惊,赶紧对我说:"你赶快回娘家去,平平安安把孩子生了之后再回来。"于是便把积存的施主布施的东西找齐了,并且叮嘱我生孩子之前应注意的许许多多的事项。还说,什么地方的孩子夭折了,母亲非常悲痛,母亲的泪沾满衣袖,说是再看见那衣服就会勾起伤心,所以就施舍给寺庙了。他把这些施舍的窄袖服全都找出来,说是作婴儿衣服用。给孩子起名叫石千代,孩子还没生就预先祝贺了。

对寺里的生活我早已毫地留恋,尽管三年的合同未满,可是我却一去不返。出家人的悲哀之处就在于此,这样的事情他怎么也不敢诉诸法律,遇到这种事只好忍气吞声。

四 教习礼节的女先生

"承蒙惠赠美丽的菖蒲花,甚感高兴,一定细心欣赏。"这样的套话,在信上是常见的。京都有一行当叫女祐笔。因为她们曾在宫里当过差,所以对上流社会的礼仪规则很熟悉,这种人退职之后,多数着落都不错,人们都愿学她们教的礼仪规范,所以多有打发自己的女孩子去学习的。

我从前也在宫里呆过,由于生活没有了着落,加上对宫里的礼仪有所了解,因为这个缘故,于是我创办了女子习字所。让我感到高兴的是这里既可以作为我的家,又可以在这里生活下去。门框贴上写着"女笔指南"的条幅,一间小客室收拾得整齐、雅致。我还雇了一位来自山村的姑娘作我的助手。我觉得父母们把心爱的女儿送来学习,自己教好这些女孩子可是一件大事,这样才能对得起孩子的家长,所以每天兢兢业业地看留给她们的作业,教给她们必修的礼仪规范。有了这些年的经历,把自己过去的不正派行为全都改了,日子过得倒也清静。但是,就在这个时候,有一位坠入爱河的年轻小伙子托人请我替他写封情书。这对于我来说堪称驾轻就熟,因为我深谙妓女之道,懂得男女谈恋爱时的需要,所以写起来容易得像探囊取物一般。我用投其所好的语言使对方热情地投入了小伙子的怀抱。不用说已经看透了那姑娘容易为情所动的心,即使是对老于世故的现代派女人,我也有把她们说服的方法。总之,不论什么样的女人看了我代写的情书,没有一个不上钩的。

信可以含蓄地表达感情,也可以把当面不能说但又非说不可的话传达给对方。即使远在异国他乡,也能传寄悠悠的思念。但如果信写的多了,甜言蜜语多了自然也会使对方兴头大减,以致一怒之下把它扔掉。真心实意写出来的东西,当然能够打动人心,于是就产生和他直接见面的想法。当我作下等妓女时,有一个客人让我终生难忘,我十分喜欢他,和他在一起,像是在初恋一般,每次和那个人见面时,我就忘了我是一个妓女,把自己的身体交给他不算,而且和他还可以说说心里话,把自己的怎样入宫又怎样与武士私通的经历全都告诉他。他从不因此而轻视我。由于来得次数过多了,每次见面又那样倾心,造成了性器官的障碍。我很难过,只好每天悄悄地写信以慰相思。这样,那个客人就觉得又在和我相会,几番反复读信之后就把那信搂在怀里睡着了,仿佛进入梦境一般。在梦中那信变成了我而出现在他眼前,所以他一个晚都在说梦话,睡在同屋的人听了无不大吃一惊。后来他恢复健康,一如既往地前来相会,这时才把这事从头到尾讲给我听。由此可见,整日相思,那相思的精神当然会和对方相通的。我以为,写信时忘却一切,精神专于一,这种精神一定会相通于对方的。

我对那小伙子说:"我觉得不论对方多么冷漠,既然找我写信,我也会让你达成所愿的。"但是,就在我认真地替他写信的过程中,自己不知不觉地春心荡漾,好像是我在恋爱,我爱上了求我写情书的男人!有一次我拿着笔沉思了一阵子之的,终于下决心对他说出了心里话:"你追求的那个女人让你欲罢不能,她冷漠寡情,使你不能遂心如意,这是因为她根本不懂得感情。与其谈这种没有结果的恋爱,倒不如干脆改变想法考虑我如何?我这里提出来并且要和你商量的是,长相是好是差不该计较过多,性情总得好。最主要的是和我谈恋爱马上就能谈成,就眼前来说也是对你有好处的。"我这么一说,那男人吃了一惊,沉默良久。他说对我并不了解,不过对于我这么直截了当地提出这个问题,觉得有些突然,不知说什么好,特别是被我一头的性感的鬓发,翘起的大拇脚趾,樱桃小口吸引住了。于是吞吞吐吐地说:"我说老实话,即使是我自己谈成的姑娘,如果要花钱我也要拒绝她。对于你也是一样,送给你一条饰带我也办不到。等到熟悉了之后,如果你问我有没有熟识的绸缎店,我也不能答应给你买一匹绢子或半块红绸。这事假使开始就不说明白,以后免不了要麻烦的。"

我对他本来是一片好意,但他过于自私的想法,信口开河式的口头合同根本看不出他是个男人,着实让人听了不舒服,而且我也觉得他不但浅薄而且还有些胆小。我想:"这么大的京都,决不会缺少男人,除你之外有的是。"正在这么想,偏巧下起黄梅雨,四周安静极了,树丛中的一只麻雀飞进窗来,把灯扑灭。屋内黑了,他认为有机可乘,紧紧把我抱住。他呼吸急促,把小杉原纸取过来放在枕边,拍着我的细腰亲切地说:"愿你长命到百岁。"我说:"真荒唐可笑,你这个不知好歹的家伙,我能让你活到九十九吧?你方才说的话真讨厌。用不了一年我就让你挂拐杖,瘦成尖下颏,从这个世上消失。"由于不分昼夜地缠绵缱绻,他的身体垮了,真如我当初说的一样,于是就给他泥鳅汤、鸡蛋、芋头吃。这也不顶用,他渐渐地衰弱下去。到了次年四月,人们都换上春装了,他却可怜巴巴地穿着两件棉衣。看过几位医生,都说治不了。他胡须蓬蓬,指甲老长。我把手遮在他耳朵上说几句逗乐的关于女人的话,他只是颇有怨悔似的摇头叹息。

第 三 篇

一　绸缎庄老板的侍女

　　土用为十九天的年份夏天特别热,今年的地用就是十九天,所以这天就热得难熬。"难道就没有不过夏天的国家?""要是有用不着擦汗的地方该多美!"即使人们七嘴八舌地这么说,但还是无计可施。就在这时,敲着锣和铙钹的一队送葬行列缓缓而来。走在棺舆旁边死者的亲人们并没有悲痛的表情,也没有像是继承人的人。街道的邻里们只是出于礼节穿着礼服手拿念珠随着队伍前行,边走边谈的是关于赊账引起的官司或者稻米价钱,以及秋叶山三尺坊天狗的传说等等。年轻人走在行列的后边,他们议论游山茶馆的菜单如何如何,商量葬礼一完就从那里直接奔妓院去等等。最后稀稀疏疏地跟着的长长一串人,看来有点像是租房住的人,他们有的上身穿着武士常穿的无袖上衣,下身着麻布长裤;有的尽管穿着布袜但腰里没插短刀。这种打扮够滑稽的了吧,等等,还有人在手织麻布夏衣上罩着絮棉的短褂,那装束更是不伦不类。三个一帮两个一伙高声谈笑,说的无非是鲸鱼油灯是好是坏,带谜语的团扇如何如何。哪怕稍微想到死人之前的不幸而收敛一些也显得高尚了许多,然而他们全然不顾。哪儿都是这样。从旁听听他们谈的内容,只能让您感到这是一群冷漠无情的人。

　　参加葬礼的人大概相互都认识,他们都是住在御幸町大街誓愿寺上边那条街的人。既然如此,这条街的路西有一家铺子店号桔屋,那么,死者肯定是那铺子的掌柜了。我这样判断,是因为这位老板的妻子是一位非常漂亮的美人,有人只是为了看一眼这位美人,就到那铺子买他根本不需要的东西。这话说起来滑稽,听起来好笑。祇园町的媒人说:"老婆是一辈子都在一起而且天天看着的,可是娶太漂亮的美人做妻子并不好。"但是当时老板以为"介绍人这么说,是为了女子丑了不落埋怨"。但是成亲以后做了丈夫,漂亮老婆让人操心的地方反倒多了。因为,如果自己外出时让她看家,为了她的容貌实在费了不少的心思。

美女就像美丽的景色一样,看久的一定有看腻了的感觉,不相信? 实际体验一下就懂了。我就有这样的体会,有一年我去了雄岛,一个位于海中间的小岛,开头不禁拍手叫好,有一种远离人世的轻松感,心想,"如果让歌人、诗人看到这样的地方会有什么样的激情呢?",但是每天面对的总是它,后来就感到周围小岛有腥味传来,再往后,连浪击岩石的涛声也听得心烦意乱。盐灶的樱花开了也没去看,让它自生自灭了,金华山的白雪映射着黎明的曙光,也在不知不觉中过去了。也并不觉得松岛的月夜有什么奇异之处,最后只好捡来海湾的黑白石子和孩子们下六子儿棋,这倒觉得蛮有趣。

再比如,长期生活在难波的人去京都一趟,到东山看看风景,那种愉快的心情不言而喻。反之,在京城生活久了的人看到海岸,一定挺稀奇,兴致勃勃地看个没完,觉得什么都好玩。就是这个道理,做老婆的在丈夫跟前言谈举止和衣着修饰都很合适倒还没什么,但如果日子长了连梳头都应付了事,光着上半身也满不在乎,肚子旁边的痣露出来也不在乎,有时也不顾走路姿势随便举步,结果被丈夫看出原来左腿稍长。本来就一无是处,却又生了孩子,那就更让人厌恶了。想想这些,觉得老婆是要不得的,可是,既然要过日子,没老婆还真不行。

有一段时间我的客人都没有来光顾,我决定一个人到吉野的深山里去玩,可到了那里才发现那里连花都没有,除了去大峰的路有几个修炼的人以外,连个人影也没有。我沿着远处紧靠山崖的一条小路走,只见一个靠着崖壁搭的屋顶呈一面坡形的小庙,庙的主人白天听杉树枝的沙沙声,晚上静静坐在炉旁看着松木的火焰,除此以外再也没有别的乐趣。我问他:"外面是繁华的世界,你不留恋俗世的生活,为什么到这样一个没有人烟的地方?"这位隐居者笑了笑说:"一人在此虽然冷清,可这样也就忘了尘世的烦恼。"可能的确如此吧! 难以割舍又难以断绝的,正是男女之情。

一个女人过日子的确乏味,满怀信心办的习字所停办了,后来就到一家店号大的绸缎铺当侍女。过去这家店铺招的全是十二到十五岁的姑娘,可这几年出于价格的考虑,开始雇年纪略大的侍女。从十八到二十五岁的,既能铺床叠被,又能招待客人,带着出去时走在车前轿后看着也好看。

我最不愿意把带子的结随随便便地打在背后,但是我必须打扮成和一本正经的姑娘一样。穿上枯叶黄颜色细闪电纹的面料做的瘦瘦的和服,把高髻式中岛田发型改为平髻扎上头绳。总而言之,无论如何要让主人看来完全是个纯情小姑娘。比如说,看到下雪了就问管家老太婆:"雪是什么做的呀? 怎么总是下个不停?"她就对我说:"你已经不小了,可还跟个孩子似的,是不是在你妈怀里长大的?"此后她就放心大胆地使用我了。被别人捏住手我就脸红,袖子被人碰一下也大吃一惊,跟我开个玩笑,我就故意大嚷大叫,结果是人们不再叫我的名字,说我长得漂亮可是什么都不懂,是个"在树尖上蹦来跳去的小猴子",于是谁都叫我"小猴子",我也就成了个真正情窦未开的姑娘。

说来真是可笑,世间有些人本来是很愚蠢的。已经打过八次胎,对此内心深处的确觉得害臊,就在主人身旁服侍的几年中,知道老板娘每晚调情纵欲,特别是男主人的品行不端,根本不管别人是否能听到,他把枕头前的矮屏风弄得山响,老板娘更是狂声呻吟应和,弄得拉门隔扇直颤动,我实在有些难以忍受。尽管没事我还是去了厨房,但令人遗憾的是,那里一个男人也没有。

在这家干了多年的老头子为了准备酒席蜷着身子睡在紧挨饭厅的铺木板那块地方的一角,在这里只有他一个人,也只好凑合着让他以后想起来永远其乐无穷吧,就故意从他肋骨上踏过去。老头子不停地念"阿弥陀佛,阿弥陀佛",然后说:"明明点着灯,可净给老头子添麻烦。""对不起,把你踩了一下。如果受不住,就随便处置我吧!都怪我这只脚。"我说完就倒在他的怀里。老头子大吃一惊,蜷起身子,嘴里急急忙忙地念叨:"南无观世音,救苦救难!"看来这露水姻缘实在难结,我就打了他一个嘴巴。欲火难消,无精打采地回去,无可奈何地等待天亮。

好容易挨到亮。今天是二十八日,天还没有完全亮,老板就起来了。因为是亲鸾的忌日,所以吩咐我打扫佛坛。老板娘由于昨晚过于劳累,还没有起来。老板却精力旺盛,他用冰块融化的水洗脸,只穿着一件信徒背心。边洗脸边问我道:"供品准备齐了吗?"洗完脸随手拿起莲如上人的详解真宗教义的《消息集》问我。我靠近他说:"这是把男欢女爱全都写出来的书吗?"他有些厌烦,不予回答。我浅浅地一笑说:"还没人讨厌我哪。"说着就色眯眯地做出要解带子的姿势,让他看出我好像急不可待渴望同欢的样子,老板尽管穿着那件佛教信徒背心却被我完全迷住了,放下手中的教义,把刚刚穿上的裤子脱了下来,抱起我来到佛像后面,解开我的带子。激烈的动作,震得佛像直摇晃,真没想到老板会有这么好的体力,甚至把立在龟背上的仙鹤蜡台也震倒了。对女色的贪婪使他把佛事忘得一干二净。

自此以后,一有机会我就悄悄地勾引老板,老板也像色狼一样没有一次会拒绝我。由于有老板这层关系,逐渐地骄横起来,对老板娘的吩咐我都爱理不理。最后我跟老板说要求他们离婚,可是老板却不答应,这事如今想起来连自己都觉得可怕。

我恳求一位山僧把老板娘咒死,但是无效,没办法只好自己干。我妒火中烧,而且愈烧愈烈,我把牙用粉染黑,嘴里叼着中国竹子做的牙签诅咒,但是照样没有效果。不仅无效,反倒是自己遭到了报应。由于不小心说走了嘴,就把自己伪装成少女等等丢人现眼的事全都让人知道了。因此,老板与侍女私通的坏名声广为人知,于是我长期以来暗地里作的那些不仁不义的事也一下子暴露于光天化日之下。由此看来,人们在贪恋色相时特别应该注意。

经过这件事我变得疯狂了。今天满脸愁容地去紫野，今天又去五条街的桥上耍闹，像说呓语似的叫喊："男人！我要男人！我要男人！"把小野小町的狂舞搬到这里来表演，边舞边歌，每一句歌词都是关于男欢女爱的。于是周围的人们指指点点地说，"这位多情的侍女落得了这么个下场！"我挥舞扇子扇风，寒天里的风冷森森地刺入我肌肤，来到长着茂密杉树的五谷神神社的牌楼附近，这里阴森森的有些怕人，这时候我才发觉自己原来是一丝不挂。这一惊吓使我醒悟过来，排除邪念。说来说去，全是由于自己卑鄙无耻地"诅咒他人，自己遭报"。我在神社前忏悔一番之后就回去了。

再没有比女人更不可靠的了。据我看来人世实在是可怕极了。

二　恶毒的美女

男人们喜欢玩踢球这种游戏，从前我给某诸侯当内宅与外宅的联络女官时，有次陪伴诸侯夫人去浅草别墅，正值满院子的雾岛杜鹃刚刚开放的时候。诸侯的别墅坐落在山坡上，从别墅望去，原野，山上山下，到处是粉红色杜鹃花。一排穿着红裙的使女举步轻盈，衣袖飘飘轻拂着矮矮的球场竹栏，在唱《樱花重重》《越过群山》等十分动听的蹴球歌。我倒是第一次看到女人们极其认真地玩这种游戏。在京都，宫廷里的宫女们玩那种杨弓游戏我都以为未免玩过了头，但是，据说是中国杨贵妃喜欢玩的，后来传到了日本，既然如此，现在的女人玩它自然也合适吧！踢球这种游戏是圣德太子开始玩起来的，可此后也没有女人玩过的先例，但诸侯夫人却让使女们玩，由此可见夫人的思想如何的自由与解放，也可看出她的生活之豪华。

有一天，接近黄昏时分，风刮得很大，刮得树梢像是在抽打着什么，球被踢起后常常在空中偏离方向踢偏或者被风刮跑，不能得心应脚，结果是一场球没有像预先想象的那样踢好。夫人脱下球服，好像想起了什么似的，突然流露出愤怒的神情，使女们一时也找不到使她变得高兴起来的办法，使女们立刻鸦雀无声，一举一动特别谨慎，不敢弄出一点声响。这时，有一个在府里多年而今已够单住偏院资格的名叫葛井的女官，边摇着头部和膝部关节边用轻薄的口气进言："今晚还是请您主持泄愤会吧，直开到长蜡烛烧完为止。"经她这么一说，夫人立刻情绪缓和下来，连声说："对，对！就这么办！"看样子她挺高兴。和葛井资格一样的吉冈是使女们的头头儿，来到走廊的当中，拉动挂在廊下的红绸子作的缆绳，铃声就响了。于是，所有的使女，从干粗活的女人到专管杂项的女人一共三十四五个，训练有素似的围成一个圆圈坐好。我也夹杂在其中，静静地观看着事情的发展。吉冈向使女宣布："说什么都行，说说自己的不幸遭遇。比如别的女人阻碍你恋爱啦,男人对你粗暴无礼啦,你不妨狠狠地骂。讲有关爱情破裂的事更好。"我想,不管怎么说,这也是极其特殊的一种安慰,什么事都只能是唯主命是从,自然不能嘲笑。

吉冈走进一个画着垂柳的罗汉松做的门,拿出一个和真人毫无二致的女耍木偶人。这女木耍偶人不知道是出自哪个能工巧匠之手,那姿势之优雅,表情之自然,即使女人看着也不由得心荡神驰。然后让每个人把自己的想法说出来。

在这群使女中有一位名叫岩桥的侍女,她长了一副十分不幸的面孔,极其丑陋。她说她根本想不到白天还会有男欢女爱之事。正如古歌中一句歌词所说"岩桥夜夜姻缘绝"一样,现在她连夜里的男女欢乐之事也断绝已久,已经是个很久没见到男人的女人,所以她抢在别人之前讲述了她自己的遭遇。她说:"我出生在大和十市的乡村,虽说结过婚,但是我那十恶不赦的丈夫去了一次奈良城,都是因为春日神社的一位神官的女儿长得太漂亮,两人勾搭上了,我得知这一消息十分愤怒,我丈夫有一次去奈良,悄悄地跟在他后面,由于紧张心跳得厉害,站在门的外面偷听。那女人打开小门迅速地把我丈夫拉进去,她对我丈夫说:'今天晚上我眉根特别痒,眼皮跳得厉害,我想这可能是好事要来的前兆。'两人都不知道羞耻。那女人的细腰刚往我男人身上一靠我就闯进去了,我说:'这是我丈夫,你胆敢勾引我丈夫!'说着,张开用铁浆染黑的牙齿的嘴把那女人狠狠地咬了一口,直得她满脸是血。"她抓住女木偶人撕咬的动作,使人联想起当时的情景,实在太可怕了。

这个女人谈的是嫉妒漂亮女人的经历,接下来的女人仿佛十分激动,她也沉下脸来。开始叙述一个她遇到过的事,虽说女人心胸狭窄,可是根据她说的情况来看也怪不得她了。她愤愤地说道:"在我年轻的时候,住在播磨的明石,给侄女招了个女婿,原本以为他是个本份人,可生活在一起才知道,原来他是个好色之徒,连上了年纪的下人也没有逃出他的魔掌,就这样不论白天还是黑夜,也不出去做工,总是关门睡觉。我的侄女也不嫉妒,干脆不闻不问,真不知道她是怎么想的。让人替她着急。所以我每晚都去查看,把卧室房门关好,从外边插上插销,硬是把侄女和她女婿锁在里面,说一声'晚啦,睡吧',锁上门之后便回屋睡觉。可是我这样做了不久我那侄女就憔悴得很,看见她丈夫就没好气地说:'照这样,我就活不下去了。'说完浑身哆嗦。而且,我侄女是丙午年生的,命里本来是克夫的,可是不但没克死她男人,反而被他男的弄病了。我真想让那精力过强的男人魂灵附在这女偶人身上,马上把他杀了!"说完就把女木偶人推倒,接着是一片喧哗,久久不息。

下一个是名叫袖垣的人,她娘家住在伊势的桑名,没出嫁的时候就很嫉妒。她自己的使女化妆她都反感,而且在旁捣乱,把她们梳头用的镜子拿走,不让她们抹粉等等。原本长得挺好看的姑娘,她却千方百计给打扮得非常难看,这样她看了才感舒心。人们知

道了这种事以后,纷纷谴责,没办法只好以一个老大姑娘的身份到江户来给诸侯夫人作使女。她说:"反正这样漂亮的娘们儿机灵得过了头,丈夫夜不归宿妻子心急如焚,她全不放在心上!"她就这样把无罪的女偶人狠狠地骂了一句。

这些女人们信口开河地说了一通,也不知是真是假,但是,这种程度的嫉妒还远远不能使夫人满意,我突然感到了夫人的良苦用心。轮到我倾诉的时候,我突然一下子把那女木偶人扯倒,骑在它腰上,咬牙切齿地瞪着它,摆出一副发自内心深处的愤怒的样子说:"我告诉你,你这个小老婆,把老爷哄得言听计从,让他瞧不起他那结发多年的正室夫人,光和你逍遥自在地同床共枕。告诉你,我决不让你的阴谋得逞!"因为我是把夫人的心思摸透了,所以就把话说到点子上了。夫人说:"对!正是这样!这个女木偶人本事不小。老爷根本不再把我当回事了,从他的管辖地召来的美女,不论白天黑夜和这女人在一起把酒言欢,我含悲忍痛,有冤也无处诉,只好请上好的工匠按那女人的容貌做了这么个木偶人。好好地折腾折腾她……"她的话还没说完,稀奇古怪的事就出现了。只见那偶人睁开眼睛,伸着手环视四周。众人看它要站起来,吓得顾不上看它将要怎样,便踉踉跄跄地逃出去了。那女偶人一把抓住夫人的前襟,我好不容易才把它的手扯开,当场总算没出什么事。

没过几天夫人就病倒了,醒时疑虑重重,睡时呓语不断。下人们推测:"也许是那偶人作的怪,这以后,那木偶人是不会就这样善罢甘休的?"于是,大家商量道:"别的顾不上了,先把它烧了!"商量的结果就这么决定下来,在宅基地的一角将女偶人一烧了之。为了不留痕迹,用灰埋了。但是,这事没过多久,下人们有意无意地竟将那埋灰的地方看作是一座坟,过来过去的,都很害怕。随后又传说每天傍黑天的时候居然听见女人的哭泣声。这事传到府外,自然受到人们的嘲弄。

这件事传到中院,老爷也是大吃一惊,他要把这事弄个一清二楚,所以就下令传唤负责联系内外院的侍女,查问事情的来龙去脉。因为这事我也参与过,且对此知情,没有办法,只好应召前往。现在已经不能再遮遮掩掩,就把木偶人的事从头到尾如实禀报,结果是举座皆惊,侧室在旁听后,脸色变得苍白。老爷也说:"再没有比女人的嫉妒之心更讨厌的了。到了这个程度,侧室也因为这气愤过不多久就会一命呜呼了。老爷把这事对侧室的家人说了,然后把她送回她的故乡。"

我从没看到过像那位侧室夫人长得那么美的女人,而且举止大方得体性情温柔,跪坐时的那种神采,就连那被烧掉的女木偶人也远远比不上。我一直就以自己姿色秀丽而沾沾自喜,可是即便拿我这种女人的眼光来看她,也足以让我目眩神迷,自愧弗如了。这样一位绝色美人,正是因为她的美是自以为漂亮的女人们无法企及而只好用泄愤的办法诅咒他死。老爷深深懂得女人之可怕,自此以后也就不再进内院,正室夫人虽然如愿以偿地使侧室离开老爷,不过也成了守活寡的女人。

我亲眼目睹了这里发生的一切,觉得再在这里当差实在没有意思了,于是便请了长假,离开诸侯府,想着下一步干点什么呢? 甚至想到要出家为尼,再次回到上方。

决不能让自己的嫉妒之火越燃越旺,这可是女人应该永远牢记不忘的。

三　来往于歌船上的卖笑女人

《徒然草》上写道:"杂乱而不堪入目的,就是堆书车上的书,垃圾堆上的垃圾。"我想世上可能再没有比在人的住处堆积尘埃或垃圾更令人讨厌的了。

难波津的垃圾堵住了入海口,这就使航船看不见船路上的木桩航标。海鸥看到的全是陆地,难寻大海。捞蚬子的海滩成为海边居民的菜田。

这里的情景也不同以往了。新河一带的黄昏景色是很迷人的,银眼禅师的释迦殿也刚刚建成,从此佛法开始如日行中天一般。此时正好是下午的戏散场的时候,雇一条屋形船,带着酒菜,来到道顿堀西边的七福财神桥。从那里往西任凭船顺流漂下,刚走了五十多米船就搁浅了。船上的人想尽办法让它动起来,但也无济于事。本来打算今天好好地玩一玩,这一来也就没什么意思了。在这里等待潮水涨起,想象中的饭菜完全落了空,好不容易张罗到和人数一致的烧鱼。饭前的醋浸鱼肉末,没有加上煎好的鱼籽就拌了,大家都着急地问:"这么等不知道什么时候才能到达三轩屋。与其坐等,不如干脆就在这儿吃吧!"等凑合着吃完饭,太阳已经西下,这时看到船篙相连的几艘无篷小船很快地过去了,有人说:"这就是最近新造的疏通航道运垃圾的船,这真是个好主意,看来人的智慧是无止境的,不仅可以疏通河道,而且用过之后还可以拿这船当游船用。"大家正在高兴地等待着河道被疏通,发现一堆垃圾上有一封可以清晰可见的信,从船上伸手就够得着,一把扯了过来。一看,真可笑,是写自京城的借钱信。信写得十分有趣,信上是这么写道:

"我需要八十目银子,一时难以筹到,想请你按目前信用贷款的方法帮我这个忙,在偿还之前我把早晚拜谒的弘法大师亲手绘制的如来佛像放在你处,权作抵押。人世上的恋情苦恼大都是相同的,我长期以来受一个女人的欺骗,遭到的报应就是如今陷入进退两难的境地。这钱就是供她把孩子生下来的费用,请你无论如何也得帮忙。敬呈平野屋传左卫门先生。加茂屋八兵卫敬上。"附笔是:"这信的邮资十文钱,我已付给鱼货转人。"

大家读了捧腹大笑,真有一种同是天涯沦落人的感觉。有的说:"那信写得像诉状一样工整。把信寄到遥远的大坂来借钱,说句老实话,这位朋友也是实在没有其他的办法

可想了,结果如何当然无从知道,但收信人似乎没有把钱借给他。看来京城里也不是都有钱啊!"

今天负责接待的镇长助理一边看着这些捧腹大笑的人,一边端着铜勺子和汤碗,坐在那陷入了沉思,过了一会说:"仔细想想某些人,其处境比京城这位人写信借钱的主儿还要危险。有一位到下月底,就要用他的住房抵债;还有一位是用低价投标包工,结果失算了。眼下就有一位,在北部沿海买空卖空。他们一年到头靠撒谎、胡搅蛮缠、贪婪这套本事混世界,不停地东游游西逛逛,而且洋洋得意哪。"大家听了他那似乎是自言自语的话,都有些羞愧难当,便下定决心说:"今后一定制止和身份不相适应的野游!"但是他们忘了,好色之道是绝对刹不住的。

这个河口有一类出卖色相的唱小曲的比丘尼,她们的客人主要是来自九州的船上那些离开老婆的人。他们停船于此,独宿船上,清风凉面颇感旅途寂寞。这就需要女人来饮酒取乐,于是出卖色相的职业在这里开始形成,载着出卖色相的女人的船只,在这个港口出出进进十分拥挤。有的船上,年高的老人坐着掌舵。比丘尼一般穿浅蓝布衬裙,系着前面打结的中幅龙纹带子,黑纺绸包头,戴大坂深江一带出产的筱竹作骨营划纺织的加贺斗笠,都穿双层布纳成明线方格子的袜子。绸子内裙的下摆稍短。总之,打扮基本相同。手提箱里装着熊野牛王、醋贝、四竹。小比丘尼一定拿一个接钱或接米用的容量为一升的长柄的勺子。她们不停地喊着"化缘"。她们唱流行歌来勾引男人,即使在众目睽睽之下也满不在乎。一般要换乘到停泊中的大船上去。事毕,把百文一串的钱往怀里一揣。有的用木柴顶嫖资,两个一串的咸青花鱼也行。同是出卖色相的人,想到这些人,觉得她们的谋生之计也未免过于下贱了。但此地对这种事早已司空见惯,所以并不觉得奇怪。

人的机遇如何是根本无法预料。我也是不知不觉地干尽了荒唐事,现在只好剃掉一直珍爱的黑发,前往位于高津宫北边的高原镇。走过路旁尽是筱竹铺就屋顶的、非常寒酸的小门小户人家,在这样的道路尽头处找到老于上宾比丘尼头目,求她收留我当一个卖唱的比丘尼。就连我自己也曾经想过,难道我就下贱到这般地步了?当卖唱的比丘尼,不论下雨天还是刮大风的天,都不能歇工。对这样的比丘尼,官家还要税,规定一个人交纳白米一升,五十文钱。年轻的比丘尼也得每天交纳五合米。这样,比丘尼也自然低贱。从前她们不是这样,可现在和妓女一样了。既然如此,长得漂亮的就去了大坂的妓院街,容貌差的就趁麦熟之后和棉花采摘之后去河内村、摄津村转悠,装作纯粹是为了化缘,而事实上是出卖色相。

因为我的某些方面昔日的色香犹存,就被人从浅滩的船上叫下来去做露水夫妻,后来就在商人下处幽会。嫖客都以为:"一夜的嫖资三目银子,这个数微乎其微,没什么了不起！"可是没完没了地嫖下去，没过多久就把财产抖落个精光。这以后我自然不再理睬他们，哼哼着小曲对待自己。尽管他们觉得难过，恨我无情无义，我也只是对他们说："难道这不是理所当然的吗？不论嫖资多么便宜，只要嫖下去，花的钱自然要多，还是自己先记住这一点比什么都好。你这好色之徒，记住了！"

四　贵妇人的梳头工

大户人家的化妆房间我见过的也有很多了，可是那种装满已经脱落的漆黑头发的匣子以及并排两面明镜的化妆房间，我却很少看到过。人们常说，发型的好坏对于女人的容貌是最重要的。我也试着学别人的梳妆打扮，按时下流行的样式把岛田式发髻的根部放低，用布把两鬓包起来。我就靠这份手艺给一个富有之家的太太专门梳头，当了一个梳头工。

发型要时常变化。前几年流行的兵库髻过时了，五段髻也难看了。从前称这种循规蹈矩的发型是正派妇女气质的标志，可是近年来已婚的女人已经不那么保守了，净学妓女和歌舞伎演员的装束打扮，像讲究穿戴的男人一样，把袖口放宽；腰以上不动，脚尖踢着下摆走路，就像妓女太夫那种步行姿势。自己的身体不能随着自己的需要而装束，却要以外观为主甚至明明别扭也在所不顾，这种风气很盛。生来就有的半边脸上的痣要千方百计地遮盖住，脚脖子粗就穿下摆长的衣服挡起来，嘴本来大，说完话赶紧把嘴缩小，想说的话也不说。总之，只好忍受想不到的折磨，这就是现在的女人。只要与她成亲的男人能忍耐下去，即使稍微不完美，如果想到这是时尚如此，大概也就心平气和了吧？假如两个之中任意选一个，我想谁也不会放弃那个美的。大致可以这样说，脚、手、眼、口、头、鼻、立姿、肤色、声音等等所谓九容，全属上乘的极少，对于外表较好，长相一般的女人必须有妆奁金才能成亲的事，起于何时不得而知，可这纯属岂有此理的事。不过，凭女方的容貌如何，由男方给嫁妆费则是对的。

我跟一家雇主订了一年的合同，于是乎我就当上了梳头女工，一年的工钱八十目银子之外还给四季衣服。第一天上工我记得是二月二日，一大早我就到了公馆，太太正在晨浴，等了一会儿，把我叫进里面她的藏衣室，这是头一天的试工。夫人的年龄大概过不了二十，非常亲切，落落大方，性格温柔。我不禁想到："世间竟然会有这么高雅的女人！"看到这少见的人，不能不令我羡慕。一番毫无隔阂的谈话之后，她对我要求说："确实很难启齿，我这里的事不论大小一概不得外漏半句，为此，我向你要一份写着日本诸神的誓文。"将来如何当然无预测，但是，既然受雇于人，就不能违背她的意图，于是我就拿起笔

来。这时我心里念叨："我还没有属于自己的男人，所以，偶有轻狂还请神佛多多原谅。"按主人吩咐写好交给她。

此时她说："不如把我的情况跟你讲明白吧！说起容貌呢？我是不亚于任何人的，就是我这头发太少，稀稀落落，而且还经常脱落，这是最让我伤心不已的了。你看看……"她说着就解开头发，立刻有几个假发缕掉下来。"真头发还不足十缕哪！"她满腔哀怨，泪湿衣袖："和老爷成婚已经四年，有一次他回来得很晚，我认为这不是件小事，有些不高兴，把枕头放得远远的假装睡了，可是那时候如果把我的头发弄开，我们的爱恋之情一下子就会黯然失色了，我为此感到十分伤心，想起这些真是悲怨不已。这几年我就是这么遮遮掩掩不让他知道，天天提心吊胆，生怕不留意被老爷发现。这事你可千万别说出去。女人嘛，从来就是互相帮助的。"说完就把她心爱的一件窄袖便服送给了我。

"她确实以为这是她的无法明言之耻。"我想着想着开始同情起她来，所以在以后一段时间里和她形影不离，把一切事情都处理得井井有条，哪怕是微不足道的缺点也给她遮掩过去。但是，随着时间推移，这位夫人对我有了无法明说的嫉妒。比如，我的头发生来就是又长又黑的，可她却让我把头发剪掉，这真的让我为难，但主人发了话又不好违抗，只好剪得短到非常难看的程度，可是她却说："那也用不了多久就恢复原来的样子，干脆把额头那里的拔稀了！"主人虽然发了话，可我觉得这要求实在是不近人情，最后我要求辞掉这份差事，但是主人不同意。一天到晚受她的折磨。我的身心受到严重的摧残，积怨愈深，我就开始琢磨该如何报复她了。我想能用什么办法让老爷知道他的太太原来是个秃子呢，让她遭到老爷的厌弃。终于想到了连我自己都觉妙的好主意，这个办法就是养一只猫，训练它一到晚上就抓我的头发，训练到最后，每天晚上都跳到我肩上来抓我的头发。

有一天的夜晚，天有些冷清，老爷和夫人坐在炉边，兴致蛮好。夫人弹琴时我把猫偷偷放了进去，那猫不管三七二十一就上去抓拽夫人的头发，把夫人的簪子、夹在头发里的小垫枕全掉下来。老爷顿时大吃一惊，他们夫妇五年的爱恋之情立刻烟消云散。夫人忙抓起晚礼服蒙在头上，低头不语。此后的夫妻关系十分冷淡，后来老爷就以什么作借口，夫人就被打发回娘家了。

夫人走后，我就想尽办法地把老爷弄到手，时时刻刻地寻找机会向老爷表达情意。阴雨连绵的一天到傍晚，整个院子非常安静，我观察老爷有些寂寞无聊，便躺在寝室的草席边上，头枕着木框，迷迷糊糊似睡非睡地做他的梦。我暗想："如果勾引他，此刻正是时候。"我装做老爷叫我的样子，急急忙忙地跑向老爷的身边，其实他并没有招呼我，我就边回答"是""是"，边走近他把他叫醒："老爷方才招呼我了，有什么吩咐？"他说："我没招呼你。"他这么一说，我就说："那就是我听错了。"但是我就是不立刻走，而是一副含情脉脉的样子,扭捏作态,用被给他盖上脚,拿来枕头让他枕好,这时他问道:"那边有人吗?"我说:"只是今天谁都不在。"这样,他就把我的手抓住了,搂在怀里,用嘴把我的带子解开,我也是半推半就,含嗔带怒,就势钻进老爷的怀里。就这样我终于把老爷弄到手,使之成了我的掌上之物。

第 四 篇

一　奢侈的婚嫁

　　时下的嫁娶,连下层的町人、百姓也看着打听着有钱人家的操办情况,不顾一切地超过各自的承受能力,置办嫁娶的服饰家具等等,把喜事办得越显得奢侈越好。这是如今的世风,大概可以称之为不知道自己身份的一种表现。一般说来,都是因为做母亲的浅薄无知、鼠目寸光,对于仅仅是十里挑一的长相的女儿就足以感到自豪,刚到十一二岁就让她特别注意打扮,养得细皮嫩肉,教给她举止如何才显得优美,把她造就成引人注目的女人。

　　每演一出戏就要评说评说,把戏中的艳情部分当作确有其事,深信不疑,仔细琢磨。世间任何地方的嫁娶仪式无不趋于轻佻、奢靡,这样,人心自然走向邪道。专心致志地注重时尚,模仿演员,系一丈二尺长的带子还觉得不够味儿。从前女人的带子一定是六尺五寸,近年来人们偏爱长的了,所以长带子大为流行,这样一来反觉得长带耐看了。窄袖便服的样式也是一样,最近的新工是樱花色绸料绣上梅花鹿。冷眼看去仿佛是染上去的,其实是用各种颜色的丝线绣成的。光这一块衣料就花五两金子。像这样不为人们所知的费用还有好多,于是世风就渐渐崇尚奢华。

　　最近大坂的下寺町要重塑奈良东大寺大佛的金身,公庆上人读了重塑的缘由。向大家化缘时,人们不分贵贱联袂参加,富人多施一些,穷人少施一些。其中有一位青春年华已逝色香俱佳的女人,长脸、斜眼……一样一样看上去只有耳朵长得和普通人一样,其余的没有一样看着舒服。但是看起来她是生在富贵之家的,穿着打扮得非常时髦。贴身着的是白绫子衬衣,中层是里子面料一致的紫色有梅花鹿花纹的绸衣服,外穿菖蒲多正宗八丈岛产的绸子面、红绸里的外衣,系着条纹并行的宽幅带子。凡是女人的小件装饰,她应有尽有,什么也不缺。恰好这时候一位绸缎店的伙计看见她这身打扮,就以内行人的眼光估价说:"即使按进货价格估算,她浑身上下也得值一贯三百七十目银子。"走在街上,许多人都看着她。有的说:"这世道讲排场可真是讲得太厉害啦。我要是有置办那么一身衣服的银子,就在南边置六七间房。可真舍得打扮,真能摆阔气!"

春末夏初,我结束了当女仆的生活,并没有在大坂的横运河一带找个帮工人的下处住下。而是被这里那里雇去伺候新嫁娘。大坂这地方的人比想象的还要爱面子讲排场。他们不去想以后如何生活,嫁娶上特别喜欢铺张浪费。姑娘的父母总想找一个身份比他们家高的女婿,男青年的家长又想找有比他们自己家又大又阔气的深宅大院的人家的姑娘做儿媳。亲事一旦说妥,就立刻为那些没用的事忙得不可开交,无论是娶或是嫁都开始了长时间的操办,男方马上大兴土木,女方忙着置办服饰。因为这些事都是不知道日子该怎么个过法的女人们商量着办的,所以什么事没有不被估计错误,把所有的财产全部集中在一起,从一百贯银子的财产里拿出陪嫁金十贯,婚礼用款十五贯,这还不算完,还有结婚后的花费。一年之内的送礼的钱也不少花,送丹后的鲥鱼也要挑大的,送能登出产的成对的咸青花鱼也得选上等货,总之净为这些闲事操心。以后,到了她妹妹该出嫁的时候了,虽然不能像姐姐那样操办,总得像个样子。这件事刚完,紧接着就是弟弟娶媳妇,媳妇刚娶进门,大妇儿头胎又要生。孩子一落地,就得送去护身刀、成套成双的婴儿服,还得去这家那家会亲家、走亲戚,没完没了。不知不觉之间,家里的金银就一天比一天少下去,为了嫁女儿把家底花光的人不在少数,尽管如此,可是人们还是乐此不疲。

男方的母亲也一样,总想不顾身份、不自量力地摆阔。一辈子总是为这个为那个地操心,没完没了地絮叨着要节俭要节俭,现在也不提了。该点油灯的地方换上蜡烛,暖炉上的棉被也撤了。女婿本人说,把理应白头偕老的老婆看作和妓女相等的临时姻缘,不该隐瞒的话却缄口不提,过日子的事一概不管,只注意自己养尊处优,摆男子汉的架子。在自己老婆面前摆阔耍威风,实在是混账到一定的程度了。

我去好多地方伺候新嫁娘,过后才明白,夫妇之间的情爱姑且不论,单就从形式来说,我从旁仔细观察,连我都对这种虚荣心难为情,不论哪家都没有多大的不同。只有一处,那是我去中之岛一家铺号伺候新嫁娘,唯独这家的儿子,对我这个新娘的陪送人不够殷勤。本人不注意外表如何,只是凡事谨慎,重视节俭,即使新婚之夜也不特别修饰。婚礼完毕我也觉得自己未免有些寒酸气。这一家直至今天依旧家业兴旺,其余各家,还在我给他们伺候嫁娘时就看出衰落的迹象了:那些太太们外出时连一顶小轿也坐不起。

二　衣袖上的水墨画

供女人穿的衣服的样式,孝谦天皇年代就开始规定下来,从那以后,日本的风俗才得

以美化，女人们也不再为了服饰而追赶时尚了。那时，给贵人缝制窄袖便服得先计算针数，缝完再数一遍实际针数。无论是裁还是缝，干什么都谨慎小心，还要特别注意身体的清洁，经期的妇女是不得进入缝制衣服的屋子的。

不知道从何时起，我的手变巧了，裁缝女的活我全拿得起来，所以就当了裁缝。我静心修身，情恋之事抛在脑后，坐在明净的南窗之下做针线活儿，心情舒畅，我觉得很有意思。石菖蒲的绿色娱目怡神，空气也显新鲜，姐妹们凑钱去喝安倍茶，到饭田町鹤屋老铺吃馒头。一群女人的生活，既不负疚于任何人，也没有任何忧思萦绕的事。我想："这才是佛所说的常乐我净之身哪。"但是，说是要给一位少爷做贴身衣服，熟绢隐纹的料子画着男女性交时的样子：男的光着身子，不胖不瘦，那女的也露着美丽的肌肤，脚跟高举，脚趾弯着。不知是出自哪个画师的手笔，我一看到它立刻感到头昏眼花，简直认为那不是画的而是真的。从那并不张开的嘴里仿佛听到情话喁喁。我晕晕乎乎、心旌动摇，扶着针线盒。渴望男人爱怜的心骤然萌动，不去摸顶针、线穗，也忘了缝那窄袖服，终日只是想着男人。

从这天夜里起，孤枕独寝就觉得寂寞凄凉，过去的往事一件一件地被回忆起来，倍感悲伤。想到由衷的爱恋，不由得眼泪汪汪，想到冶游之恋就破涕为笑。但是，起初的虚假之恋，哪一个男人都是我喜欢的。因为我太爱他们了。有的相许不久，他就被纵欲狂饮弄坏了身体，本来是漫长的人生却因此而过早地告别了人世。现在回想起来，自己实在寡情少义。因某种关系而足以使我回忆起来的男人难以计算。人世上本来有许多妇女一生之中只和自己的丈夫相亲相爱，即使姻缘已断夫妇分手，也不再另嫁，如丈夫告别人世，她就出家为尼。像这样洁身自好，本是悟透爱恋与死别之苦的道理，而我为什么总是心地卑鄙下流呢？想到自己过去的所作所为未免过于残忍，便暗下决心："无论如何也要在这里忍耐下去。"有些决心，所以我黎明即起，把一个挨一个睡在一起的伙伴叫醒，自己把卧具叠好收起，等着吃那一餐一合米的饭，找来昨晚没有燃尽的木片点上烟粗野地喷云吐雾，并不是为了给谁看。我把满头黑发草草地束起来，扎上旧发绳，忙中出错把鬓梳歪了也满不在乎。

去打洗脸水的时候，我从窗前淡竹的竹荫里向外窥视，只见一个好像是长排房宿舍的武士们雇的人，一只手提着早晨买的装在篮子里的小鱼，另一只手提着醋瓶和引火用的木柴。他也不知道有人在看着他，站在那里撩起那件破旧不堪的蓝袍前襟就地小解，那声音像音羽瀑布一样，它冲刷着沟里的石头，立刻成了水洼。这又引起了我对男人的渴望，我想："这个汉子真可惜，他手中扎枪没有在岛原之乱中发挥作用，没有建什么功，就虚度日月上了年纪。"我总认为他很可惜，也为他遗憾，可是因此却勾起我的情欲，再也不想在这里干下去，合同还没有到期我就假装有病辞职不干了。我在本乡区第六胡同里开了个胡同小店。在胡同口的柱子上贴个告白："口内有万物缝纫店"，我纯粹是为了使自己能够无拘无束地找到男人才这么干的，心想："来个什么男人都算走运"，可实际上门找我的全是对我没用的女人，她们前来定做时下流行的服装。我虽然不愿意但又不能不接活，我就给它来个粗针大线，马马虎虎地应付过去。想起来那可是太不应该了。

一天到晚被邪念困扰，但是又不能公然说出口。有一次我突然想出个高招，带着使唤丫头，让她拿个小口袋去位于日本桥的本町、我以前在公馆干活时常去的铺号越后屋绸缎庄。我说："我现在是一个人过日子，家里连个猫也没有，东边的邻居家里总没人，西邻是一位年过七十的老太太，而且耳朵背。对面是五加树的树墙，连个人影也没有。您到那一带大公馆谈生意的时候，务必顺便到我那里歇歇脚。"我赊了半匹上等加贺生丝绢、一件红叶色的睡衣兼裤单、一条龙纹带。虽然说商店绝对不赊账，却架不住我缠住不放。年轻的伙计嘴里说不行，可是递给我东西的时候却没有提钱。

没过多久，快到重阳节时，九月八日绸缎庄开始收账，十四五个年轻伙计都说："这笔款我去要！"他们争着抢着要到我这个裁缝铺来讨债。伙计中有一个年纪大的，这人做梦也不忘算盘，打瞌睡也攥着带套匣的砚台盒，但是对恋情一概不懂，是京都总店老板最可靠的心腹，是被看作顶梁柱的人物。人的好坏他一看便知，聪明无比。他看年轻伙计争来争去很不耐烦，便说："那女人的账就交给我吧！她要是不给，我把她的脑袋揪下带回来！"他急不可耐地跑来了，口气粗暴地催我还账，但是我沉住气："这么一丁点儿事让您跑这么远的路，实在对不起。"不等把话说完，我就把用红绢作里子的外衬脱下来，"这是按我的喜好染的，只是穿了昨天和今天两天，带子就是这条！"说着就扔给他。"眼下没钱，给您添麻烦了，请带回去吧！"我说话时眼泪汪汪，身上只剩一条红衬裙了。

他看到我的身体白嫩漂亮，不胖不瘦，连个艾灸的痕迹也没有，油光滑腻，虽古板正经也不由得瑟瑟发抖："我，……我怎么能拿回去呢？我只担心你着凉啊！"他说着就把衣服给我披上。到了这个时候，说明他已被我征服了。我靠在他的身上说："您可真是个多情的人。"可是这位老先生却着了慌，他忙把跑腿的小伙子久六招呼进来，让他打开旅行箱，自己从里面拿出小板银五目四五分说："这个给你，去下谷大街的吉原溜达溜达散散心！"久六有些吃惊，他不敢相信这是真的，红着一张脸，张口结舌说不出话来。过了好一会儿，他才明白过来，心想，他这是要和女人亲热，怕我碍事啊！平常这是个小气鬼，此时不敲一下竹杠更待何时，便说："不管怎么穷，逛妓院总不能光穿着一条布裤衩去吧！"我说可也是，便拿出一块宽幅的日野绸，大致估量了一下，裁下一段，也没缝边就给了他，他接过来赶快系在腰上，兴冲冲地奔妓院跑去了。

久六走了之后，我就把门插上插销，窗户拿斗笠挡上，与他做了没有媒人的露水夫妻。从此以后，他就忘了做生意挣钱的事，光想着跟我厮混，绝不是因为幼稚无能，他终

133

于把江户的分店弄得彻底垮了台,他被赶到京城去了。我也借女裁缝这个名义四处寻找性喜渔色之人,说定一天的嫖资是一步银子。我虽然带着针线拿去,但只是障人眼目。我就是巧妙地用这种办法过日子,但是终究不是长久之计,没过多久就维持不下去了。

三　好色的老杂工

现在的女人喜欢把两端全是紫色带梅花鹿花纹的带子结得很低,仿佛挂在屁股上,这种打扮让人厌烦。我的年纪越来越大了,便自降身价,索性到一个武士家里去当饭厅的侍女,合同期是一年。平素的打扮是里面洗过多次的衬裙,外面是布衣服。干活的地方是主人家厨房旁边的一间屋子,干的是收拾平常使用的餐具。我的伙食是吃糙米就着没加什么东西的大酱汤。日子就是这么一天天过下去的,由于营养不良,所以不知不觉之中皮肤失去了光泽。我从来没想到自己会变成这样,深为姿色消逝而难过。

七月十五日盂兰盆节和过新年两次假期还是蛮有意思的。回到自己的家,和情夫见面时,那心情就像织女一年一度和牛郎相会一般,走过宫廷后门附近的板桥时,仿佛踏在织女走的鹊桥上,那番高兴的心情是无法言语的。快步走去的情景,和我平常的样子截然不同。表里一致全是黄色的内衣,套上一件有条纹的上衣,京都西阵出产的蓝地金花织金缎带子在后面打结,再在上面紧紧束上一条紫色布援成的束腰带。头发梳成偏下的发髻,束发绳两头翘起,前额的发妹修成上窄下宽的瓦灯形,眉描得重,戴上只露两只眼睛的奇特头巾,让干粗活的老仆拿着布块拼接而成的袋子,袋子里装着从禄米里抽头儿抽下来的三升四五合米,少量治妇科病用的盐炒鹤骨粉,还有舍不得扔掉而收集起来的双层点心盒。这些东西都是为讨好老妈店老板娘而准备的,是些不值钱的玩意。过了樱田门,我从袖子里拿出一些零钱给帮我拿东西的这位老爷子作为酬劳:"不多的几个钱,买烟抽吧!"我递过去的钱他不接,只说:"没想到您这样关心我。我就心领了吧!主人打发我送你,如果我不来送你,就得去挑水。您就别费心啦。"老爷子是干粗活的所谓下人,可是他这番话说得我感动不已。

从这里过了丸之内地区的许多大公馆,就到了大街。我走得不快,路远心急,紧迈脚步往前走,可是这老人不朝我在新桥那个方向的下处领我,而是在同一个地方来回转了五六个圈子。这一带的地理环境我不熟,只好跟着他迷迷糊糊地走下去。猛抬头只见太阳西下,我心里一惊,仔细一看,这老爷子皱皱巴巴的鼻子尖儿上表现出要说什么的样子。我心想,既然如此,索性问问他,便趁着路上行人一时断了的空子,带他到街和街交界的栅栏门背阴处,把嘴凑在他耳朵跟前小声问他:"你是不是要我替你办什么事?"他一听满脸高兴,不说话只是摆弄他那刀鞘已裂的腰刀,过一小会儿才说:"为了你,我不要这条老命了。就是老家的老太婆恨我也不在乎。我今年已经七十二了,不会撒谎。你要是认为我是个不要脸的家伙,那我也是实在不得已。我向神起誓,就算我以往念佛白念了。可是我没有想占过别人一根牙签的便宜。"他那长着髯胡的嘴作了长篇大论的叙说。

"既然是这样,你早说一句你喜欢我不就结啦。"我这么一说,这老爷子眼泪汪汪地说:"老是琢磨别人心情如何的人很多,这种人心术不好。让人家议论来议论去没完没了,那就太不像话了。"即使说了一大串过于认真的怨言,可是并不恨谁。我对这位万分耿直的老人的这份痴情觉得怪可怜的,所以很为之感动而心旌摇动。本来到了下处也能随心所欲,可是又等不及,便顾不得害臊跑进数寄屋桥的河旁一个面条铺里,要了两碗面条,给老板递个眼色,他马上明白,什么也不说,示意给我楼梯的所在。

一上楼梯老板娘就喊:"脑袋!脑袋!"她为什么喊"脑袋"? 原来天棚低,不能直腰。那地方只有两铺席大小,墙脚用柿子核的水涂在夹层的包装纸围起来,从墙角处的窗户透进亮光,放着两个木枕,看来不只今天,早就有个说道。

我躺在老爷子身旁,说了些这个那个没边没沿甚至令人腻味的话,但他只是把身子缩成一团满脸通红。等他认为时机已到而解开他那系得结结实实的带子时,略带冲动地说:"请你别嫌我脏啊,四五天之前洗的。"净说废话,让人觉得滑稽。他拉着我的耳朵,摩挲得我的腰骨直痛。他兴冲冲地开始操作,但是就是无效。这样一来,事情得不到解决也着实令人遗憾,所以我就说:"别着急,太阳老高哪。"把手伸到他的腋下,老爷子却一下子起来,我急等着"善始善终"呢,他倒来了一句谚语:"昔日宝剑今菜刀,徒入宝山空手归。"边说边系带子,要打退堂鼓。正在说说那时,面条馆掌柜站在楼梯上喊:"喂,喂,好不容易做好的面条可要放朽啦!"楼下一催,老头子更断绝了重整旗鼓的念头。

朝楼下望去,只见一个把头剃成半月形的武士带着一个留着头发帘的二十四五岁的跟班进来。一眼就看得出,这是一个喜欢男色的家伙,他知道这楼上有人占着,说了一声"那就催一下",从包袱里拿出一些散碎银子放在圆托盘的角上说:"谢谢啦"。说完就往外走。还没走出门,他又说:"现在那老爷子像做了好梦一般幸福,到底是大地面的江户城啊!"说罢大笑。

我心想:"肚子不疼却被他摸了又摸,真有些遗憾。什么事都得趁年轻,一上了年纪就弄不好。对这老爷子没什么可责备的。"我深切地感叹这离坟墓不远的老人的生命无常,不知不觉地到了新桥的下处,我问老板娘:"没有什么变化吗?"她说:"你知疼知热地关心的我家的阿龟呀,去年冬天得病才两三天就死了,直到咽气还一直大婶大婶地招呼你哪!"说完就哭了。我说:"他还是个没成人的孩子,结果如何倒没什么。好不容易歇几天假,我也不是专为打听这些事来的。我想问的是有没有比上次遇见的那个下级武士更

年轻的。"

四　愿做男人的老妇人

　　我觉得对于女人来说,常常挪动地方当女仆是非常有趣的。长期以来,我一直在江户、京城、大坂这三处换着地方给人家当女仆。秋天历来是佣工合同期满有进有出的季节,这时我去了大坂堺市,我想:"在这儿住下去,说不定也许会碰上什么新鲜事。"堺市锦町的中浜西侧有一个专干介绍女佣营生的善九郎,我便托他给我介绍干活的地方。一天的住宿钱、饭钱要共花六分银子。住了些日子之后,说是住在堺市大道的某位大老板隐居在家,他府上来雇一个人,侍女待遇,只在寝室收拾卧具。来人一看见我就说:"这个人年纪正合适,长相也漂亮,举止不错,没有一处不好。用她,东家一定满意。"预付款概不打折扣。来的这人似乎是在那家干过多年的奶娘,是她把我带了回去。半路上她给我讲了马上就用得上的注意事项。

　　虽然这人长相不讨人喜欢,可是心地善良,正应了那句老话:"普天之下没有鬼。"我很高兴,便诚心诚意地洗耳恭听。她说:"第一,老隐居非常嫉妒。女佣人和店里的伙计什么的一说话他就觉得讨厌。因此,不用说不能讲谁跟谁谈情说爱的话,就连看见鸡交尾也得装作没瞧见。因为他信法华宗,他希望别人最好不念佛。脖子上戴脖圈的白猫是他的心爱之物,即使它把鱼叼走,也不能追它。上房的太太自高自大,说话蛮不讲理,这时候你就这个耳朵进那个耳朵出。这位太太本来是以前的太太带来的名叫阿俊的丫鬟,太太得了流感去世之后,老板因为喜欢她就把她扶正了。她要是长得真漂亮,那倒也凑合着说得过去,可是长相并不怎么样,现在一步登天,十分任性,坐轿子硬要铺两层垫子,腰骨没弯倒让人觉得奇怪。"这老太婆边走边对我大讲特讲了一通太太的坏话。俗话说,要耳朵是为了听,要眼睛是为了看。我当然仔细地听了,可越听越觉可笑。

　　她老人家越说越兴奋,干脆把她知道的全抖搂了出来,她说:"早晚的饭,别处都吃红米饭,这儿吃的是播州的天守米,大酱汤足够,用多少就到她姑爷的酒厂去取。每天都烧澡堂,都能洗上蒸汽浴,只是她懒得不愿洗,觉得多得不得了。堺市虽然地面大,从东西大街到它的南面,没有一个不借这家钱的。从这儿往前走两町的路,东北角上那大宅门,就是这家的老伙计用这家老字号开设铺子发了家盖的两面临街大公馆。你大概没有看见过住吉神社的大祭。虽然离现在还有一大段时间,打前一天晚上的宵祭开始,全家人就去了。从那以后不久,就是去看藤花了。那时候,多层的大餐盒里铺上南天竹叶子,装的红小豆饭像小山。既然要当佣人,还是住这种人家能享点儿福。你最好想法子和这家攀上家属关系。你只要讨得老太爷一个人满意就行。不论什么事,他说的话你可别违背,而且秘密的事决不要漏出去。本来嘛,老年人都性情急躁,不过那像水壶里的水一样,倒出来就算完事,立刻就光了,依旧如初。你得一定让他很喜欢你。外人不知道,反正老太爷的财产很多,如果第二天他就两眼一闭,你也许会碰上什么好运气。他已经是七十岁的人了,身上满是皱纹。来日无多的老年人,无论怎么说也只是有心而无力。咱们还不太熟,因为我喜欢你才跟你说。"

经她这么一说,我心里就明白了个大概。我心里暗想:"像那么大年纪的老年人,我有的是办法对付。如果能在此年复一年地干下去,找个机会在外再找男人,要是怀了孩子,我就硬往老头子的身上推,让老头在遗嘱上写明遗产归我,那样,我就可以享清福了。"我正在想着,老太婆说:"好,到了。进来吧!"说着她先进去了。

我们在中庭处脱下草垫木屐,绕过厨房里饭厅铺木板的地方,刚一坐下,就看到一位年届七十身板果然结实的老太太过来。她上上下下前前后后把我打量个够,然后说:"哪儿都没毛病,我喜欢。"她这么一说,我马上就后悔了:"和我想的大不相同,如果是伺候老太太,不来就好了。"可是我又被她那很有人情味的话打动,觉得"半年的合同转眼就到期,在这里干活也并不坏。"想到这里就决心干下去了。从表面上看,好像和京城人家一样从从容容,实际上活挺紧,没有闲着的:打杂的男工踏臼捣米,女工忙着绣袜子。大致可以看出,这是一个规矩很严的人家。

这家里总共六七个女佣人,各有各的活做,由于我刚到,只有我没事可做,这里那里走走看看。到了晚上,老太太让我铺好被褥,我当然唯命是从,但不能理解的是她让我和她共枕。不过这也是主人命令,不能说"不"。我以为她准是让我给她按摩腰部,可是不是这么回事,而是她当男人,让我当她的女人,一个晚上没完没了地折腾,我可倒霉透了。

大千世界,宽广无际,我也到许多地方干过活。可这里的老太太说:"希望来世托生男人,干我希望干的事。"

第 五 篇

一 茶馆里身价大跌

我已经是厌烦了出卖色相，但是如果不这样做，无论如何也活不下去的，只好再当一次木阿弥，先跟胡桃屋的茶馆女招待们，学习之后我就当了都城的茶馆女招待。现在当然不愿意重新穿上开裆的长袖服，但是我这小个子女人还是沾它的光，因为尽管年纪大了一些，穿上它总算恢复了几分往日的风采。不管中国还是日本，喜欢妙龄女人却是毫无区别的，所以连苏东坡也写下了"二八佳人巧样妆，洞房夜夜换新郎。一双玉臂千人枕，半点朱唇万客尝"的诗。可真是"一双玉臂千人枕"，我没白天没黑夜地忙于和男人们性交。这对于好色的女人来说也许是一个有趣的行当。在我接待的客人中，有的是伙计、手工艺人、出家人，或者演员，客人虽然不时地变换，可也没有什么值得高兴的。其次，和各种各样的人相处久了，与他们熟识了，可是事后想一想，喜欢的人也罢，心上没有留下痕迹的人也罢，都像到达对岸之前的渡船一样。自己觉得中意的还有话说说，但也不是敞开心扉地说；对于讨厌的男人，就背过脸去，满足他一次要求之前，一边数天棚上的椽子边想别的事。在这人世间拖着肮脏之身，过着浮萍一般的生活。在石垣町一带干这下流行当的过程中，有一位皮肤白净、风度翩翩的人避着人们的耳目来玩。找的是优雅的房间，那被檀香薰过的肌肤，确有表达不出的数不尽的风情。后来向一位消息灵通的人士一打听才知道，他原来是都城里一位身份颇高的大财主，这样，自己反倒有些自惭形秽。此后，姿态优美的高雅客人还是有来的，凡是这样的，全是有名气的人物。

这石垣町的茶馆随便哪一家都有七八个出卖色相的女人，她们都是专找那些衣着讲究、身份高的客人。我记下了岛原妓院那些规矩，在交怀换盏方面很有一套，于是上京有财有势的客人都说我"是个乖巧伶俐很有趣的家伙"。那时候，我受过京城里帮闲人称中号称"四大天王"的愿西弥七的精心训练，跟神乐庄左卫门学过如何主持宴席，跟乱酒与左卫门学过酌酒敬盏等规矩，跟鹦鹉吉兵卫学会了应酬场面上如何讲小故事、笑话、风趣幽默话。总之，在茶馆女招待这行当上我成了一个响当当的人物。

随着年龄的增长，不知不觉之间我的容貌变丑了，于是被老板辞退了。同是茶馆女招待，同样也会有同样的遭遇吧！我去了祇园町和八坂，那里的妓女隔着帘子用娇滴滴的声音喊着正在喝茶的客人："请您进来坐坐！"我现在的处境觉得让我难以张口。那么，到这里来的嫖客又如何感想呢？他们都是从清水到高坡之下，下坡又下坡，来回跑六七次，反复比较妓女的丑俊，累得两条腿都弯不了的那种人。其中有为了出来散心的银匠，有下雨天干不了活的修理房顶的工匠。他们从家里出来之前就商量好，决定一个人顶多花两目银子。这对于他们来说，简直是千载难逢的豪游，正如谚语所说的"枯树开花"一般，是十分难得的壮举。

两个妓女招待五个客人，刚一落座就立刻抽决定先后次序的签。酒还没端上来就把下酒菜吃个精光。本来眼前就有废品桶，却偏偏要往烟末钵里扔榧子皮。梳子沾上花瓶里的水拢鬓角。喝酒的时候，把酒杯递过去，他又以新年饮酒的仪式，把酒杯送到原来的地方。这些不懂礼节的人会在长形的客室里，不时传出满不在乎在打哈欠声。简直让人无法忍受的时候，另一间屋子里又来了客人。只听得老板娘喊道："里边的客人过一会儿就走，先到这边坐吧！"还有一伙人坐在过厅的茶灶旁说："老板娘，生意可够好的啦！"老板娘说："那都是用不着客气的客人。好，请到这边吧！"这回把他们让到二楼。又有两三个人过门而入，说："我们去参拜灵山，回头到这儿来。"打个招呼就走了。

这简直是急急忙忙的野游。房间的一角放着用廉价的印花纸装饰的屏风，箱形枕头两个，妓女站着解带子，然后一扔，又快嘴快舌地哼哼一句"虽然苦啊可还得干"，似乎只是那曲子还能听得清。她揪着那个有点装模作样好摆架子的嫖客耳朵说："也不让你掏钱，把那些地方洗洗！跟我来！真讨厌！那么凉的手脚，快干！"草草了事。嫖客刚一起身，就从下边传来喊声："不管谁，来一个嘛！"女人已经差不多睡着了，正打着鼾就给捅醒，被叫去接客。刚洗把脸，又被赶去招待客人，事情一完，二楼又把手拍得山响叫人，而且气呼呼地嚷道："没有女人，这酒没喝头儿。要么，就来一个人，要么，就说你走吧！我在哪儿都是花钱，这么看不起人可受不了。这一溜儿一百一十九家茶馆，我不论到哪儿，也没有净给我蚬子汤和烂海蜇下酒的。我从来没有扔下孬钱抬脚就走过，也没有借了伞不还。看穿戴差就瞧不起人未免太差劲儿啦！别看我穿的是布棉袍，可我从来就没有穿过带补丁的衣服。"

他说完就炫弄他那时下流行的八寸五分的袖口。茶馆的人只好用好话安慰他，劝他别生气，姑娘们已经睡了，马上就叫醒一个过来。这时楼下又有人喊："阿龟，晒的围裙掉下去啦！"紧接着又有人喊："猫把给客人的鲫鱼饭叼走啦！"方才那位客人从里边出来，气呼呼地撂下一包银子转身就走。老板接过来赶紧掂了又掂，然后没等客人离开就用戥子

称分量,眼睛往上翻着看戥子星,而且还拿给邻居看成色如何。世上任何一种职业,都不像这一行当如此残酷糟践自己的身体,这般没有自己的尊严,如此地冷酷无情。尽管嫖资银子从三百目渐渐增加到五百目、八百目,但是衣服、饰带、衬裙、手纸、插梳、牙签、梳头油等等,全都得自己花钱买,所以根本攒不下钱。开销不仅这些,还要给父母寄钱,没有客人的晚上伙伴们还要凑钱吃吃喝喝,各种花钱的地方多得很。不论怎么节省,也置备不了嫁妆,多年来就是从早到晚地陪酒喝酒,连自己也无从知道自己的将来如何。

我的容貌显得苍老之后,这家茶馆客人很多,因为年轻的老板娘生病,所以老板又跟我订了三十天的合同。即使梳妆打扮一番,也难以掩饰形貌的丑陋。皮肤松得像鸡皮一样,净是疙瘩,接触过我的客人看到我还在这里竟说:"那个女人哪,她还挣钱,看到她我都厌烦。"我知道之后既气愤又伤心,心想,难道除此之外就没有别的生活之路了吗? 我不由得恨起爱染明王。

人渐渐地衰老,离爱恋之缘的距离也越来越远。但是人各有所好,偏偏就有客人喜欢上了我,而且情深义重,给我做了虎色精纺薄绸服,这简直是意料之外的幸运之事。而且还要我辞退这里的事,住进知恩院门前的别墅里做他的妾。他时常来此和我相会。

这位客人是京城无人不知无人不晓的真正大财主。目前,他和岛原的一个名叫高桥的太夫来往甚密,总让她给捶肩膀,两相欢爱依旧。即使这样,他仍然眷恋于我,不能不使我非常不理解。我想:"我什么地方值得他那么钟情? 特别是京都这地方找女人非常容易,像我这样年老色衰少人眷顾的人他竟如此厚爱,大概是他年老眼花造成的判断上的错误吧!"就像他家错出高价把茶叶筒和新作的画当作古董买下来一样。但是托他的福,我在这个家里受到褒爱。到手之前必须仔细斟酌的,就是要用钱买进来的女人。

二　快乐的搓澡女

一晚上嫖资六目银子的女人就叫"布谷鸟",也叫"传授女",我不明白这是什么意思,打听后方才知道,原来是在澡堂里给客人搓澡的女人。搓澡的女人是给客人搓泥垢的,因此又称她们为猴子。"古今传授"上也说布谷鸟是猴子,所以才有这么个名称。任何地方的澡堂搓澡女在气质、服饰上,都没有什么不同,她们精通打扮,每天洗澡,在梳得很低的大岛田发髻上再梳一个宽阔、平扁的菱形髻,端部要弯曲些,插上背厚达五分等于切菜板厚度的大梳子。为了傍晚糊弄客人,多施白粉,甚至把脸上的一切疤痕都能掩起来,还恣意地涂口红。系浅灰色加贺绸的绸裙,但系得下摆看起来很短,穿的浴衣上用扎染法在杨柳的图案上染上五个球形,或者在袖子上染上不同颜色相间的方格花纹,总之各随所好，但最短也得凑合达到脚跟。袖子要短，一分为二的龙纹带在后面打结。她们轮换地进入澡堂给客人搓背。

她们嘴尖舌快地招呼前来洗澡的客人，不停地说："欢迎""欢迎"。每晚都那么大卖风情。客人从池子里出来刚一坐上布垫，也不问是熟人还是初来乍到，脱衣场的女人们就走上前来，边动手边满脸笑容地问："您今天是去看戏啦，还是刚从妓院回来？"故意大声说话好让其他人听见，表现得非常亲切，一看出没有什么作用时，就从腰间的手纸夹子里拿出一张写了字的纸说"太夫的文章就是与众不同"，大肆炫耀一番。她们所说的太夫有：荻野、吉田、藤山、并筒、武藏、通路、长桥、三舟、三笠、巴、住江、丰等、大和、歌仙、清原、玉鬘、八重雾、清桥、小紫、志贺等人。纸上的文字一般也看不出个所以然来，实际上是下等妓女吉野的"杰作"，给这些人看，简直是驴唇不对马嘴，谁也不懂。这帮搓澡女们也没见过太夫和天神级的妓女，拿着有她们徽号的梳子等，当然有些不成体统，可是年轻时不能随便花钱，现在为了装点门面，这些人之中谁都这么干。还有，客人中不带随从的那些年轻人，有的炫耀新买的围腰，有的置备下自己专用的浴衣存放在这里，到时候让自己喜欢的女人取送，这也是一种炫耀，不过还算是与自己身份相符的自我欣赏。像这些还是比较文雅的风习。

客人从浴池一上来，搓澡女就一只手端着烟草钵一只手端着炒面碗过来，站在水边上伺候，表示对那位客人格外体贴，然后用仿友禅画法的扇子扇一扇，或者转到客人身后给换上针灸的遮盖布，把翘起的鬓发抚平等等。唯有似乎是第一次来的客人才显出对此不屑一顾的样子，但这只是一会儿。被这么一捧心里觉得挺舒服，结果是定好幽会的住处，然后招呼搓澡女陪宿。女人们等澡堂到了关门的时候洗澡，在化妆的过程中茶泡饭也就准备好了，吃完立刻匆匆忙忙地穿上租赁来的衣服，打杂的点上灯笼，夜深了就什么也不戴。夜间行路，脚步一定轻，进了约会的房间，一点儿害臊的神色也没有，一屁股坐下来就说："请原谅，穿了三套衣服，穿多了。"于是脱得只剩下贴身的衣服，露出脖颈，毫不客气地说："把那茶碗洗一洗给我来杯水喝，再没有像今晚上这么闷的了。房顶上没有天窗的地方热得受不了。"随随便便，喜欢说什么就说什么。举手投足一律大大咧咧，虽然搓澡女也只能是这副神态，可她们也未免太过分了。对于点心之类的东西概不伸手，酒也不多喝，酒杯总是歪斜地拿着，下酒菜虽然有生贝和煎鸡蛋，但是不怎么伸筷子。吃卤煮大豆时把豆皮和花椒皮拿筷子夹出来，使人觉得这是从妓院学来的。把酒杯递过去让她斟酒时，每递一次杯她都说："您多喝一点儿，我给您斟满。"像这般固定不变的套话，不论几个女人，决没有什么变化。

这对于我来说只不过是凑合一时的职业，所以才不得不忍耐下去。想起来，就像在难波久住吃惯了前海鲷鱼，到了熊野深山，九月吃上盂兰盆节时腌的背部开口的、成对的

青花鱼也感到珍奇一样，在这里应该把看高级妓女的眼光忘掉才对。让搓澡女给搓掉烦恼的污垢使之随流水而去，毕竟是轻松的游乐。

我们在各自兴高采烈地谈着当今流行的新词儿时，不知不觉之间传来夜半钟声，有人说："各位，该睡觉啦。我们每天晚上干活，身子骨儿也不是铁打的。"这时就听有人说："荞麦面条！这可太好了。"于是就摆好小饭桌。吃完面条就钻进被窝，三个女人只有一床经纬线不同颜色的布面棉被，两件棉睡袍，连木枕都不够用，完全是一副穷人家的寒酸相。没人谈食色的事，谈的是开凿新运河啦，自己的家乡如何如何啦，最后一定是不改旧例谈一通演员的传闻。碰到身旁伙伴的肌肤，没想到她手脚是凉的，可是人却打起鼾声了。自己的身子任人捉弄，所谓"男女淫乐，互相臭骸"大概就是指这种杂乱无章的睡相吧！我落到搓澡女这步田地，原本是一泓清水的心灵现在也浑浊不堪了。

三 一段姻缘

四条大街新町下边，住着一位门前挂着眼科招牌的女医生。外面是竹格子栅栏，进了门，里面显得深且幽暗，盆景里撒着那智山产的石子。让患眼病的女人们望着盘根错节的石菖蒲那郁郁葱葱地叶子养眼睛，让她们禁酒禁色，也不让她们舒舒服服地躺着，而是靠在墙上保养双目。医生告诉她们，学着低吟角太夫小曲和佐夜之画的短歌，说是还要起居动作不慌不忙，不生气、不发火，万事心平气和。

当大家都感到孤寂的时候，就各自讲起自己的经历了。一个人说她是在室町贩卖绸缎的，干这行就要到来自各地的游山客和装病者逗留的住处去，兜售各种颜色的绸子。不论有太夫的还是没有太夫的，都不做得十分显眼，要以对方的情况而定，设法讨对方的欢心。看准了对方是个轻薄的男人，那就先陪他喝酒，以后，关系假使有更进一步的发展，就和他同居。因为这是谋生之道，所以什么都要计算好。比如，一条前面打结的妇人腰带，本来卖九目五分银子，卖给这样的客人，要他十五目他也买下。

还有一个是线铺的，她是该线铺吸引顾客的招牌店员，老板让她招待武士顾客，根据顾客的情况，必要时让她把货物送到顾客的住处。有的时候不只卖了线，而且还能卖出名古屋织的腰带，或者细线编的刀鞘丝绦，做成意料之外的买卖。

这些人中还有一位扎染女工。她可不是大模大样地出卖色相，而是身穿红色或紫色衣服，打扮得相当妖艳，装得温柔和顺，像是个已婚少妇，很懂风情。有的男人就觉得别有风韵因而喜欢上她，给她做衣服或者给她钱。悄悄地和她幽会的人不乏其人。

再一种情况是这种女人为了钱，竟毫不吝惜地糟蹋自己的身子，以致身染恶疾，只好用土茯苓等药压着。但是每到三伏和八专的日子就犯病，非常难受。随着年龄增长，病往上身发展，就会得湿气眼的病。大家只好交谈过去引以为羞的往事，聊以自慰。

我也是因为得了这种病所以来找眼科医生。头发往上卷个髻，脸也不施粉，穿着早川面料的衣服，加上衬领，用黄色绸帕擦着并不难看的泪眼。稍微低着头擦泪的姿态，反而引起了男人的格外青睐。

不知什么时候，五条桥一带出现了一家大扇子铺。老板非常乖僻，带着大笔妆奁费的姑娘他不娶，京城这么大地方漂亮姑娘如云，他也不理不睬。他说"金银是该来必来无须强求"的东西。他唯一的嗜好是渔色。就在沉溺女色之中，不知不觉地到了五十开外了。这位老板对我真是名副其实的一见钟情。他与我仅仅一面之交，就朝思暮想，神魂颠倒，说："哪怕连一只装衣服的藤条箱、一只木梳盒子也没有，即使光着身子也可以，反正我娶她做老婆是确定不移的啦！"于是就托了媒人。没过多久，就把作为聘礼的酒送来了。

对于我来说，这是从来没有想到的福分。现在人们都称我"扇子铺的老板娘"。我和许多折叠扇面的女人们出现在店里。我对我引人注目的长相很自负，所以客人都奔我来，把五骨扇面说成三骨也没人还价，依旧买下。即使和尚也说为了送礼而定购扇子。顺道来看我一眼。客人络绎不绝，因而生意非常兴隆。因此，御影堂的扇子卖不出了，问津者日见减少，宫崎反禅斋画的人物花鸟扇面也不再盛行。本店新设计的品种是最适合当前世风的画中藏画式春宫画扇子，买主迎着亮光一看就能看见女人美的所在，这大大提高了铺号的声誉。

起初一个阶段，客人摸摸我的手，拍拍我的腰这类小动作，丈夫看见也装作没有看见。就在这期间，出现了一位男人，他每天来买一把价格高达一步银子的扇子，此人可称得起风度翩翩，英俊洒脱。开头只是随便闲聊几句，但是后来我们便不知不觉地热恋上了。从此，夫妇关系也渐渐疏远了，我一天到晚受丈夫的限制，结果是丈夫实在看不下去把我赶出家门。我去找那个男人，都也没找到他的家。我深深为自己的轻佻而感到可悲。

此后，我没有办法只好在御池大街一带过起流浪生活，卖掉我所有带出来的衣物权充生活费用。我想找个比较好些的活干干，可是京城最多的是寺院和女人，始终没有找到可心的地方。为了暂时糊口，只好到西阵当了一名纺线工，也有了每月六个斋日能够幽会的男人，但是也没有多少意思。

上长者町有一位身入禅门在家修行的隐居者，他有七八处吃租的房产，所得的租金就作为一年之内买日常生活用品直到游乐的经费，而且各项都规定个数目。从早到晚的菜肴只有干鱼，除此之外好吃的东西一律没有。游乐就是他的工作，过着有一个女人、一

143

只猫就足矣的生活。我跟他谈定,我一身二任,既给他当女仆又给他当妾,白天打水烧茶做饭,晚上给他搓脚。其实倒也没有什么可忙的,也没有什么烦恼事,除了老头子之外,无须看别人的眼色行事。不过,作为一个女人,我常常想:"更大的希望就是,这位隐居老兄假如再年轻些,四十岁左右年纪的话,夜里我就不至于那么寂寞了。"这种郁闷,真是无可奈何的烦恼,它始终缠绕我的心头。

这位老先生总是在衣襟上挂一个棉帽子,不论冬夏都戴着浅砂锅式的头巾。他行动不便,从楼梯口下来要花一段时间。我想:"他年纪也不大呀!"我有些可怜他,便适可而止地取笑道:"别感冒了。要是感到头晕什么的就把我叫醒,我在这儿睡。"我已经许久没有了男欢女爱的念头,只想着九月五日佣工合同期满是进还是退的事,可这位老先生精力非常旺盛,整夜不睡,而且还说:"现在年轻人的精力简直不在话下!"白天晚上贪欲无度,怎么说都不听。果然不到二十天,早上就起不来了,头上缠着毛巾,脸色铁青。好不容易请他准了我的假。我很害怕,只想"千万在他死之前离开这里",虽然有负于人,但我只好回到佣工下处。如果把这事告诉吃地黄丸的年轻人,他一定悔恨得咬牙切齿。

四　肮脏的批发店

难波海滨的大坂是当时日本第一大港,据文献记载,此地批发各种商品,各地商人聚集于此。以上游地区为交易对象的批发店和以下游地区为对象的批发店,难以计数。为了招待客商,批发店雇用了"莲叶女"。她们比做饭的女人外表要好看,下身穿薄棉布衬裙,上身穿蓝色没有花纹的衣服,系宽幅里带子,扎红色围裙;梳着两鬓膨胀的发型,插着京式簪子,用沉香油使头发不致紊乱,脚穿细带子的竹皮草屐。上等擦鼻涕的纸掖在衣襟处,但那只是显示给人看的装门面的东西。总之,她们的身份,让人一看便知。这行当的人脸皮挺厚,有许多人站在面前也不害羞,臀部高高挺起,用小碎步走路,故作娇态,举止轻浮、妖冶。这就是为什么管她们叫"莲叶女"的原因。这和我们习惯上把不好的东西称之为莲叶什么的道理是相同的。

她们比妓女更加自甘堕落的放荡。那才是真正的"半点朱唇万客尝。"她们在浮世胡同的佣工下处,随便出卖自己的肉体。面对的男人,既有给做一件过新年穿的衣服的人,也有答应过盂兰盆节给做件麻布夏衣的人;既有给过零钱花的人,也有一年到头送给扎头绳和胭粉的人。对于同辈的伙计,她们会死乞白赖地讨一条绸子衬裙,碰上打杂的久三郎也不白白地放过他,硬是把他那用黑斑竹做的能伸长也能缩短的旱烟袋杆儿没收,夺走他那桐油纸做的烟荷包。"能白捞到的东西如果不捞到手,那都算吃了大亏!"她们就是这样只为了满足欲望而强取豪夺，都是为了自己的将来而贪婪金钱。

上工下工交替时候的佣工下处的游乐，虽然说都是女工，可是很讲究。吃什么鹤屋老号的馒头、川口屋的蒸荞麦面条、小浜屋的药酒、天满号的大佛年糕、日本桥的吊桶饭卷，碗屋的鱼肉羹、栴檀桥的外送盒饭，或者包租游船。看戏还要轿子抬去，并且还付现款坐楼座。回来之后就迷上演员了，把岚三右卫门四角中间有"小"字的徽纹，荒木与次兵卫的舞鹤徽纹、大和屋甚兵卫的日香图徽纹……反正，把演员徽纹缝在自己的衣服上，或者用它打扮身子，让自己的一生葬送在梦幻之中。崇拜演员到了连父母的忌日都忘了的地步；因沉溺于游乐，连兄弟将死都不愿去见最后一面。所以说，她们全是无情无义的女人。

春天到了，人心也显得恬静。在漫步走过长长的淀屋桥时，举目远眺中之岛周围的景色，但见云在空中静止不动，一丝儿的风也没有，连福岛川的蛙声也显得那么悠闲。细雨无声，甚至不用打伞，这是个难得的好天气。百货行情稳定，米市的人也不多，伙计们认为今天等于放假，于是背靠着砚台箱，拿算盘当枕头，躺下来，打开《小竹集》，敲打着屁股，唱上一段。于是，不由得感叹道："再也没有比写风流韵事的这个段子好的啦。"说着说着，伙计们就把话题转到对各批发店干活的莲叶女的评价上来，而且对某一个莲叶女都给她找一个相类似的东西配成对，两相对照地大肆挖苦。他们说："一看那面孔就让人忍俊不禁的，是八桥的阿吉这个莲叶女和河边小戏院演的歌舞伎中的千岁翁。平常老是睡不醒的，是京下的阿玉和南御堂的海棠。一见就必须退避三舍的，是活像歌舞伎《金平》主角坂田金平那样勇猛无敌的阿初的梅毒和高津神社院内的纳凉台。夜间放光而为世人珍惜的，是绰号"小猫"的阿玲那双眼珠和手杖式提灯。乍一看挺有趣可立刻就觉得乏味的，是久米那头鬈发和座间神社举行夏季祓除时的敬神行列及其游行彩车。最善于哭叫可是谁都厌恶的，是绰号酒壶的阿满和今宫戎神社院里松树上的乌鸦。臭不可闻的，是绰号鳄鱼口的大嘴丫头小吉呼出的气息和靠近火葬场的那条长街路西一带的气味……"。

这人还真不嫌麻烦，把在东、北、南三个方向的批发店里干活的几百个莲叶女一一数过。这些女人也真够可怜，年纪一大，就像扔穿旧了的桐木木屐一样被人扔掉，死在何方也无人知道。

我从京城的扇子铺出来之后，孤身独寝，确实感到冷清。而来到大坂之后就同这些莲叶女为伍了。

马屁拍得好，善于讨客人的欢心，这里的行话称之为"会烧人"。我擅长此道，所以得了一个绰号叫"火葬场的琉璃"，意思是能把人活活烧死却八面玲珑。起初我还小心谨慎，尊重老板，端酒时加倍小心，连一滴都不洒，但是我看别的莲叶女都吊儿郎当，便跟着

学。从此以后，即使蜡烛台倒在被子上我也满不在乎，有时居然在榻榻米的木框上砸胡桃吃，把碗和托盘弄坏了也不管。本来该干活的时间，我却把隔扇上的纸撕下来搓纸捻儿，水湿了的地方抓起蚊帐就擦。至于铺子因此要受多大损失，我连想都没想过。总而言之，我对什么事都视同儿戏。这样一来，批发店也就被作践得很厉害。一般都认为批发店很富裕，实际上风险太大。我想，无论如何也得给这家批发店招个女婿。

我在这儿干了一二年，期间，我选中了一位来自秋田的我认为是最合适的客人。对于他，我不论白天夜晚都讨他的欢心，我总是把话说得合乎他的心意，结果他给我的回报是许许多多的衣服和铺的盖的。我趁他喝醉酒的节骨眼儿上，拿来纸笔墨砚，把墨研好，让他给我写下"终生不相弃"的保证书。我把这东西一拿到手，就吓唬这个傻乎乎的乡下佬说："不管你愿不愿意，您回老家的时候我得跟您走，和您一起化作北国的土。"我这么一说，这汉子担心对家里不好交代，只有连连道歉，央我谅解。根本没有怀孕，我就硬说："我怀上您的孩子了！"表现出喜气洋洋的神情给他看，"肯定是个儿子。名字嘛，就像您新左卫门这名字头前一个新字，就叫他新太郎先生。等过几天男孩节一到，我就挂上鲤鱼幡，插上菖蒲刀。"他听了一声不吭。后来，他悄悄地请了一位老谋深算的贴心老伙计，为了不留日后的麻烦，让他在结账时拨给我两贯银子，并且跪到地上向我道歉。

第 六 篇

一　白昼的怪物

　　秋分前后,夕阳快要落入西边的大海,红色映在波峰上,从人上町眺望去,这番景色尽收眼底,而且别有一番情趣。被赏花者视为名花的藤萝,已经凋零。在这足以引起人们悲秋之怀遥露冷风寒的秋景之中,传来令人产生无常之感的佛前钲声。钲响之后就是敲鼓念佛声。据说弥勒菩萨出现的那一天,人就从迷蒙中摆脱出来。念佛的人们就像雨夜的月亮一样,虽然暗云低垂,但月亮在云之上依旧西行。念佛能使人趋向极乐净土,所以人们才有感恩尊佛之念。伴着念佛节奏而敲响的鼓钲声很有趣,听的人云集如潮。住在附近长排出租房的女人们都喜欢看热闹,纷纷从小胡同里走出来,那形象并不龌龊卑微:即使不那么引人注目,但是各人脸上都抹着白粉画着眉,梳着扁平发髻,挂着宽幅的拢发纸,头发上抹着梅花香油,髻上插着装饰性的象牙大梳子。总之,面部和发型都是经过一番细心梳妆过的。但是,和头脸的梳妆相比,那身衣着打扮就显得过于随便了,就像只顾装点头部其余只求象形即可的玩具木偶一般。"这是什么女人?"我这样打听了一下,回答说全是暗娼。

　　听这个名称都会感到不快,但是我实在无容身之地,所以就去私娼馆当了和老板对半分成的私娼。这种私娼是在她的家接客,并不到外面去打野食。所谓对半分成就是把客人给的嫖资分给私娼馆主一半。按月付嫖资的客人,向私娼和馆主各付一步银子,但临时来客就由娼女和客人商定嫖资,如果超过嫖资定价,多余部分自然归娼女所有。

　　还有一种私娼是被人叫到住处的,这样的要付两目银子。长得漂亮的,有的客人给买漂亮衣服,给一两银子,稍微抬高一点价码。叫这种私娼的,大多属于把治家业之权交给了儿子,自己过起隐居生活,借口朝拜寺庙,出来嫖娼者;或者给人家当养子,觉得在家拘束,有些顾虑,于是偷偷溜出来的人。共实,没有一个是明目张胆大模大样到私娼这里来的。在嫖女人非常自由的大坂,明明知道嫖私娼也并不自由,然而却乐此不疲,细想一

下可能是出于省钱的打算吧！

这私娼馆的铺面是临街的，一间门面安着两扇拉窗，竹帘上边钉着半新的锣，以及铸铁加工的价钱便宜的穿钉，挂的是短外褂前胸的丝绦，古式扇子的扇子纸，还有狮子坠子等等，这些东西加在一起也不值二百文钱。把这些东西放在帘子上挂着，纯粹是为了充门面。夫妻二人穿着没有补丁的衣服，一家五六口，生活满宽绰的。到了五月，把冬天的铺盖码在大躺柜上。五月节前该付的款，初一或初二一律结清，包两挂三挂粽子的浮余钱还是不愁的。鲤鱼幡接上纸，上面求外行人给画上弁庆力斩千人的像。不过弁庆的眼睛画小了，牛若丸画得可怕。许多地方画错了，不该画上去的硬加上，弄得不伦不类。但是，手够得着的搁板上面摆着酒杯托盘和烫酒的壶，堀江瓷钵里干文鳐鱼，盖碗里是卤煮豆。总有这些常备的下酒菜，能喝两杯的客人一定高兴。

到这儿来逛的客人，十个人说的话都是一个调门，他们总是站在进门处的那块地上问："老板娘，能不能找到出众一点儿的？""有啊，京城石垣町茶馆女招待从那儿下来了。还有流浪武士的姑娘，或许就能找到您满意的。"她说的全是无根无据自己编的谎话。其实那客人也深知她这一套。尽管如此，他被勾起了兴头，就说："那流浪武士的姑娘多大啦？脖梗儿白不白？要说让你给找个挺好的年轻媳妇儿那是强你所难。这么着吧，只要漂亮的，你就叫她来。"老板娘说："这个您要是再看不上眼，我赔您一两银子！"她大包大揽了下来，于是就快嘴快舌地对自己那十一二岁的女儿悄声说："让阿花收拾打扮一下立刻就来。要是屋子里有别人，你就说，我妈裁麻布衣裳，请你去帮一下手儿。你这么一说她就明白了。等一下，回来的时候顺手把醋打来！"

她掌柜的抱着啼哭的孩子到隔壁去赌四文钱、八文钱的陡宫图去了。她立刻收拾了一下里间，拉过旧皇历糊的粗粗拉拉的屏风，把用小仓条纹布做的褥子被子放好，拿出两个新木枕。她之所以特别安排一番，是因为这么一会儿工夫她就从一两银子里拿到一目五分的提成。

工夫不大就从后门传来竹皮草履声，老板娘对那人以目示意，马上起身迎接。在后门门厅让那女人匆匆打扮一下。那女人身穿浅蓝带绿色袖长中等的布衣服，手里抱着个包袱，打开来，里面是一件白色麻布内衣，红地绣着宫乐图案的长袖服，金线织着牡丹、蔓草花纹的饰带。她正要在前面打结的时候，老板娘提醒她："我已经说你是流浪武士的女儿了。"于是那女人便把结打在了后面。由此可见，那老板娘精明得过头，可也实在可笑。让她穿好有绸带的纳成方格的布袜，手纸叠成两折夹在胸前饰前上，让她拿上扇面贴一层黄铜箔的黑骨扇子，这么一收拾，外表就整个变了。走到客人跟前，口音也变了。不知她什么时候学的，像武士家的姑娘那样，坐下来让衣摆敞着，特意让客人看见白纺绸内裙，这种举止也显得有些下流。

喝酒时侧一下身子接过酒杯,喝的时候装作初学乍练似的喝,在床上干脆听任男人摆布。她始终没有忘记自己此时是武士的女儿:"我把小樱花皮铠甲送到京城重新染了一下。"人家没问,她就说这种话,听来实在可笑。客人也不能一句话也不问她,于是问道:"你姓什么?"回答道:"净土宗。"她在穿长袖服,看年龄已经二十四五了。这些事她是应该知道的,可她满不在乎,也怪可怜的。她之所以没有急着进寝室,是因为她想到只挣四目银子的缘由吧?看来柔顺得可怜。

还有供客人片刻之欢收两目银子的女人,这种价格的女人大多是这样的:带条纹的漂白布内裙宽松地系浅黄色带子,一进下处立刻扭动身子显出难受的样子说:"今天热得受不了。我想洗个澡,先让打杂儿的把澡锅的火点着。我先告辞一下,等消了汗再来。"说着就脱去上身衣服。这种女人也让人扫兴。据说,这两目银子之中有八分还要交给下处。

还有一见面就在原地交欢的收钱百文的女人,其中的四分银子得给下处,自己只剩下八分。这样的女人更低贱,得设法别让客人看见衬裙的补丁。不过这类女人一见面就不客气,十分坦率地说:"干的是手工活,是纺奈良麻,实在腻味得慌。没有客人,吃不上饭就饿得慌。"看见放研钵的地方,便说:"现在可别吃夏葱,坏肚子。啊,越瓜,越瓜!今年我还是头一回看见,一个还卖五文钱哪。"这些话听起来实在烦人。这种女人接客人时,没什么悲戚之事就哭给人家看。事毕之后还没等男人系好带子就站起来说:"如果有缘,下次再见",临走一定催房主付给嫖资,总是那么匆匆忙忙。

二　敲旅客的竹杠

旅行是辛苦的,找到投宿的旅店之后就萌生找个一夜之妻的情怀。寻思一下,尽管是影响从容酣睡的急就之欢,它也能消除白天奔波之劳,忘掉故园之思。

出卖色相的行当我全都干过了,神佛已经抛弃了我,于是我来到了神风、伊势的古市和中地藏这些地方,在这里的游山旅馆落了脚。对外,我自称是游山姑娘,但偷偷地以当地的客人为对手,向他们出卖色相。衣着是当年我在岛原当太夫时不屑一试、久已不穿的那种老式服装。在不同的地点,我也唱一唱间山曲:"浮生真若梦,来往过客知我名。"这小曲不论谁唱都是这个调子,实在可笑。在表演方面,仲春季节定有巡回演出的戏班前来,我向来自京都、大坂等地演员学习,专学那些比较高雅的,以便有个宴会什么的可以周旋应付。我在这里落脚之后,就使用从前学的甜言蜜语地连哄带骗那一套,把此地土里土气的乡下佬儿们当成风流雅士好一通地捧,捧得他们云深雾罩、晕头转向。但是,

终于还是被人家看出了我眼角的皱纹。这一行当自然是年轻的才招人喜欢,所以后来招呼我的客人就少了。我越来越挂不住客,境况自然就越来越惨。

虽然是土里土气无异于乡野佬儿,但涉足嫖道的也越来越聪明,年纪大的女人是骗不了人的。明野原的茶馆女招待的习俗是很特别的,用在假紫颜料染的底子上再反复染上各种各样花纹的面料做的衣服上,挂上茜草染的红色衬领,以为这样特别好看,其实旁观者却觉得很可笑的。但是即便如此,就是因为那衣服开了衩是姑娘穿的服装,就招引了来自各地汇聚于此的参拜伊势神宫的虔诚者。

后来我退出古市,行当依然照旧,去了松坂,当了给轿子铺拉客人的女人。白天上午尽情酣睡,下午两点一过,我就梳妆打扮,脸上搽上当地特产伊势白粉。俗话说"神住在脑袋里",既然这样,头发上就不能不抹油。我好似是从高仓山之巅神仙所居的石室走出来的仙女一般,一副白白的面孔,把骑马过来的参拜伊势神宫的人们拉进院子,然后就向老板介绍:这位是播磨的老板,那位是备后来的同伴。我道出他们的家乡,没有一个弄错的,然后我就用他们的家乡话和他们交谈,使他们大为高兴。再来些甜言蜜语,对方连店钱多少也不问了,再也不想离开这里。我不过是适当地调侃几句,他们似乎就觉得这女人对他们这些客人喜欢得不得了。我紧紧缠住他们,于是他们立刻把行装搬了进来。等客人住进来,我那股热情就像哪阵风给吹散了一般,什么也不闻不问,冷冷淡淡,一般的事我都不回答。"请给我拿个火来,我要吸烟!"我就说:"座灯就在鼻子底下啊!""洗澡水可太慢啦!"我就笑着说:"在娘胎里你不是老老实实呆了十个月吗?"

"请帮一下忙。"一位客人把我叫进他的客房说,"对不起,请给我换一换贴针灸的膏药。"他脱下衣服露出肩膀。我说:"这两三天一直手疼。"我连看都没看。他的浴衣袖子绽线了,说:"借给针线用用。"我假装大吃一惊的样子:"不管我们干的活多么下贱,也不至于老是带着针线吧!难道你把我看成那种女人啦?"说完我就往外走。客人把我拦住:"已经是晚上了,干脆在这儿喝两杯吧!"说完就把他家乡的名产盐味鱼等等拿出来。一时之间,气氛融洽,我装作微有醉意,允许他把手伸进我的怀里。我说:"尽管旅途劳顿,你还是个可爱的男人。"说着话就抚摸他脸颊上被草笠带子勒下的痕迹,揉他被草鞋磨了的脚后跟。到了这时候,不论什么样的男人,他都把白天精打细算力求撙节的那一套忘个一干二净,把钱串拉过来,用纸包上一百文钱,塞进我的袖子里。可是,有时为了三文钱讨价还价而不能成交,尤其是那些不骑返程马的人,在这方面是另有一套招数的。

大体说来,接客的女人都不从老板那里领工钱。老板只供饭,交换条件是这些女人要给他留住客人。一个晚上她们只接一个客人时,老板不要钱,接两个时,第二个嫖资她就要提成了。日常生活方面,老板除供给四季衣服之外再没有别的。她们都有相好的,从相好的那里接些东西,已经是算不得秘密的老规矩。做饭的女人看着眼红便跟着学,客人一多她们就到里间给客人解闷儿。人们称她们为"兼营女"。

岁月如流,我在这里干了好长一段时间。年华已逝,容颜步入黄昏时分,憔悴丑陋,于是被辞退了。我去了同一地区的海边小镇桑名,在码头人多的地方卖些针头线脑胭脂香粉之类女人用的东西。这连我自己都觉得可笑。这就不能用在轿子店拉客的那套办法了,而且进入营草铺顶的停泊船上,有时不用打开包袱和小口袋就做成生意,看来世间沟通男女恋情的手段真是无穷无尽。

三　暗娼

现在,我已经把一个女人能干的行当全做遍了,因而脸上的皱纹特别刺眼,年纪也大了。我四处漂泊之后,不得不又回到堪称情场之海的摄津的大坂。我在花柳之街的新町一家妓院找到一个存身之处。这里是我从前呆过的地方,对街道等地方上情况早就了如指掌,靠着以往的情谊,当上了妓女管理人。比照从前当过太夫的身份,现在确实有些难为情。

管理人的服装是规定好了的,一眼便分辩得出来。扎着黄褐色围裙,中幅宽的带子在左肋打结,挂上一大串钥匙,从怀里伸进手去把后面的下摆往上稍微提一提,经常是头顶上放着一条叠好的手巾,走路悄声举步,不能有脚步声,总是皱着眉头,担心会出什么意外的事,认真地训练妓女们。就是那些生来就不爱动脑筋的女人,不久也变得聪明起来,讨得客人的欢心。来客不断也闲不着,因而给老板带来巨大的进项。但是,因为我过于了解妓女的内情,结果发现了她们和情夫偷偷地幽会,于是对他们大加训斥。太夫怕我,客人也觉得难堪,节日没到就每人送给我两步银子,仿佛是给我走上冥途时用的六道轮回钱。

因为做了不利于她们的事,她们都恨我,我不能在这里继续呆下去了。在新町也难以住下去,我就搬到名叫玉造的近郊小街。这里没有一家像样的铺子,全是小户人家,显得荒凉。我悄悄地住进了即使白天蝙蝠也飞来飞去的陋巷里的长排出租房。没有积蓄可供我呆着不动地吃下去,除了身上的衣服之外全都卖光,破柜橱也拆了做明天的烧柴,晚上这顿饭只好喝开水嚼炒豆,除此之外没别的办法。

晚上下雨的雷声十分可怕,如果雷神知道我如此可怜,就请你落在这里把我殛死吧!我这命也没什么值得珍惜的了。此时此刻,我对这个世界已经厌恶透了。我年纪大了,已经六十有五,可是人们说乍一看还是四十多一点的样子,之所以能够这样,完全是因为皮肤细嫩,再加上身材矮小的缘故。这话过去听了很高兴,如今再听到这样的赞扬可一

点高兴的心情也没有了。

回想起我这一生之中所经历的放荡生活,不由进入沉思的境界。蓦然从窗户向外望去,仿佛看到顶着莲叶形斗笠似的胞衣的婴儿,九十五个婴儿并排站着,从腰往下全是血,他们吐字不清地哭叫:"抱我!抱我!"我心想:"这大概就是听说过的那些死于难产的孕妇胎儿的亡灵吧?"我屏住气看着看着,就听他们异口同声地怨恨道:"绝情的母亲!"我一想到原来这是"被堕胎的无父母的孩子",就不禁悲伤之至,想到:"如果抚养得很好,比有九十三口的和田义盛家里的人还多呢!"我对过去的事总难以忘却。没过多久,幻影便消失得无影无踪了。有了这样的幻觉,我就下定决心:"活在人世上,也就到此为止吧!"可是第二天天一亮,又觉得难舍这条命。

我了解了隔壁的情况。那里有三个女人住在一起,看年龄都是五十岁左右。她们白天一直睡大觉,不知道做什么生意的。我觉得很奇怪,便注意她们的举动,于是发现,她们一天到晚吃的是和她的身份不相称的美味佳肴。堺市的海产小贩常来这里,她们常买他的新鲜鱼虾,或者毫不犹豫地买一升四分之一的酒喝喝。那些哀叹度日艰辛的话从来不谈,说的是:"这回过年的新衣服,我要做淡黄色的,隐纹面料染上扬帆的船和中国团扇图案。至于带子,为了夜间引人注目,灰地的底色上染五色的向左旋转的圆圈。"此刻离新年还远着呢,现在就谈这类问题,一定是因为钱包鼓的缘故吧!

晚饭过后,她们就开始梳妆。廉价的香粉翻来覆去涂几次,用研的墨西出前额的头发边缘,口红涂得光而且亮,脖子修饰得很美,从胸部到乳房周围,凡是聚集皱纹的地方,全涂上粉把它们盖住。头发稀的地方要掺上几绺假发,在扎紧的岛田式发髻上,扎上三条从外边看不出来的发绳,在这上面加上叠得宽些的桑皮纸。藏青的超水袖褂子,束上后面打结的白布带。脚上套粗线纳成方格的袜子,穿细菅草梗坐垫的薄底木屐。废纸加工而成的手纸斜插在怀里。束上兼作衬裙带子的腹带。这样梳妆打扮完毕,大家就坐等还能模糊地看出人们面孔的黄昏时分来临。这时来了三个健壮的年轻人。他们穿短外褂,头上缠着手巾,或者用手巾束住脸部,或者把头巾一直拉到眼角,让对方几乎看不到眼睛。手拿一根粗竹杖,穿细筒短裤,打裹腿穿草鞋,带着一块卷起来的草席,说一声"时候正合适",就把三个女人领走了。

南邻住着一家靠加工雨衣上的插扣为生的夫妻。男的让老婆打扮齐整,给差不多五岁的女儿买来年糕:"爸爸和妈出去一趟就回来,好好看家。"把大的哄好之后,父亲抱起两岁的小孩。这时母亲把一件旧的麻布单衣罩在外面,似乎生怕被左邻右舍看见似的匆匆出门而去。这夫妻去干什么呢?也不清楚。

隔壁的三个女人黎明时分回来,那神态和外表同晚上大不一样了。衣着不整,头发凌乱,身上像瘫了一样,仿佛坐都坐不稳,出气既粗且急。先喝碗盐开水,然后赶快喝白粥，喝完就洗澡，这时候才好不容易舒服一些。领她们走的男人从袖子里把零零散散的钱掏出来，粗略算一算，给她们一半，另一半作为佣金自己拿走。

男人走了之后，女人们就凑到一起说起各自的遭遇。一个人说："昨晚上运气真糟，带手纸的男人一个也没碰上。"另一个人说："我碰上的全是血气方刚的年轻汉子，接第四十六个男人时，已经是快要死了，心想可不能再继续下去了，可是欲望没有止境，完事之后还以为客人不断才是好运气，所以又接了七八个客才回来。"

另一个人只是嗤嗤地笑，因为她不说话，所以别人问她怎么了。她说："我从来没遇见过像昨天晚上那么麻烦的事。刚出门时，我站在天满的菜市那里，我想拉客就是那些从大坂东郊往城里运菜的船上的农民。一个大概十六七岁、头发帘还没有留鬓角、在乡下人看来还算漂亮的小伙儿，举止很可爱。可能感到女人非常稀奇，就被同村的老乡给带出来了。他的老乡帮他挑来挑去物色女人，对他说：'你既然豁出十文钱，说不定就能挑上个好看的。'那小伙儿等不及，就说：'我就喜欢上她了。'把我挑上之后就带我上了无篷的小船。自然是以浪花为枕青天为帐，风度缱绻之后，他用柔嫩的手摩挲我的侧腹，我感到十分舒服。他问我：'你今年多大？'我不想跟他说实话，便用假嗓说：'十七。'他很高兴地说：'那正好和我同岁！'天越是黑下来，就越能遮盖我的本来姿色。明明是五十九，却说十七，少说四十二，真是弥天大谎。来生来世，一定让鬼折磨，拔掉舌头。不过，我这是为生活所迫，应该原谅吧！从那里我又去了长町浪荡了一阵子，结果被叫进了朝山拜佛人住的客栈。四五个朝山拜佛人仿佛讲经说法一样，并排端坐。因为灯火通明，我背过脸去坐在一角。大家似乎很是扫兴，没人搭话。尽管是乡下人，像我这副样子，他们也不大可能看上眼，这时候我很难过，我只好说话了。我说：'我伺候哪位？要是留我住下那当然没说的啦，不然我得快点赶路。'我这么一说，他们听了更是怕得缩头缩脑。其中一个手指挂地跪拜着说：'姑娘，年轻人这样害怕，请千万别介意。说实话，我们方才讲了晚上猫妖变成老太婆的事，现在正在害怕呢。大家为求来世之福，要去三十三处烧香拜佛，可是因为年轻，想女人想得快要发疯，所以才把您叫来了。这也是观音菩萨给的惩罚。我们对您，既没爱恋，也没有遗憾，只求您快点回去。'我一听就生气了，心想，就这么一走了之也未免太亏了。我环顾院子。谚语说，家有万贯，不如一顶斗笠，我这十文钱的买卖做没做也不能白搭工，就把他们的一顶加贺斗笠拿来了。嗨，什么都一样，年轻的时候是花，是酷似天仙一般风采艳佳的女人。不管怎么说，当了我们这种女人是很糟糕的，没有上中下的区别，全都是十文钱的价格，这样，长得漂亮的就吃亏了。当这种路旁拉客的暗娼，衷心所愿的只是没有月亮的夜晚，以及不遇上故乡的人。"

她把她的经历说了个淋漓尽致，它本身就是个滑稽故事。

我留心地听着这个故事，心想，原来这些人就是传说的路易拉客的暗娼。我笑这些

女人们："虽说不得不以此谋生，但是那把年纪那么干也的的确确够可怕的了。何必那样，一死了之不就结了吗？"不过我又想到，命虽然毫不可惜，但是到了舍命一死的时候就万分维艰了。

同一栋出租房的后院住着一位年过七十的老太婆，贫穷的生活难以维持下去，一天到晚为她的脚和腰病不能随便行动而叹息。她劝我说："有你这份姿色，过着这样窝囊日子，简直是愚不可及的。你务必听我劝，跟她们一样晚上也出去挣钱。"我说："我这把年纪，还有谁搭理？"她红着脸说："我如果不是让这脚和腰病所累，也要在白头发上罩上假发套，打扮成寡妇，出去骗骗人试试看。行动不方便，实在窝心。你可千万听劝。"经她这么一说，我终于开了窍，心想："再苦也比饿死好受一点儿吧！"于是跟她说："那我就出去试试看。可是这浑身的衣服无论如何也凑合不过去呀！"我这么一说，她马上说："我有办法办到。"说完，立刻出门，转眼工夫带来一个长相并不坏的人，那人把我打量了一番后，显出十分满意的神情说："不错，傍黑天还能拿到钱！"说完，他就回去了，过了一会儿他送来一个包袱、一把伞和一双漆木屐。

包袱里的东西是长袖服一套，饰带一条，衬裙一件，布袜一双。这些衣物都是租给我的，租费是"长袖服一夜三分银子，带子一分五厘，衬裙一分，袜子一分；雨天打的伞十二文钱，漆木屐五文。这样，干这行必不可少的东西全齐了。我片刻之间就变成了路旁拉客的暗娼了。这行当我早有见闻，试唱一段"您的睡衣"小曲，声音不对头，只好让给我拉客的跟班用假嗓唱着小曲走过霜夜的长桥。虽说为活着迫不得已干这个，但也着实凄惨。

现在的人也变得精明了，即使花十文钱找个路旁暗娼，也比大财主在妓院里找太夫那类的妓女看得仔细、挑拣得厉害，或者等待过往的灯笼明亮了细看，或者带到自己住处在座灯下再看。人们为这类的片刻之欢认真仔细，这和从前不大相同，丑女人和上年纪的很难抓到客人。俗话说，世人贤愚各半，可是现在不机灵的人却一个也没有了。

天渐渐亮了，响彻天空的钟声响了七八下，不由得使我着急起来。这时，有赶驮子的人上路了，铁匠炉、豆腐房也开了门，我边走边看。也许我在别人眼里怎么也不像个暗娼，所以没有一个男人搭理我。这是我在这个俗世上最后一次干娼妓这个行当，从此我下定决心绝对不再涉足于此道了。

四　神佛的启示

山上的万木休眠,樱花树梢已经挂了雪花,又到了冬季。不过季节更替之后转瞬仍旧万木复苏,迎来又一年的早春。唯独人,一旦上了年纪,那就毫无乐趣了。特别是回首自己的往事,满身的耻辱,无可哀告。"但求来生诚实做人",只此一念,我重归都城,特别向往参拜堪称现世极乐净土的大云寺。值得庆幸的是正赶上忏悔罪障的佛名法会。我也口诵佛名从大殿向外走去,此刻却蓦然看见了五百罗汉堂。我往里一瞧,不知道是哪位雕刻师雕的,只见这些罗汉形象、姿势各不相同。据说,"这么多的罗汉,其中必有和你所熟悉的人面孔相似的"。

我想,"也许如此",便细心地看下去,果然发现其中有我风华正茂时代与我共枕的男人面孔,而且活灵活现。再注意看下去,还有一位罗汉它和我当妓女时曾经对我佛吐肺腑,并且在手腕上刺了字的长者町的阿吉一模一样。这使我情思绵绵地回忆起当时的情景。刚想起这些,又发现坐在岩石一片背阴处的那尊罗汉活像我在上京当侍女的那家老爷,我和他有许许多多的情结,现在依旧难以忘怀。

往对面一看,那罗汉和我曾经正式结为夫妇的五兵卫何其相似,连那鼻梁的高度也不差分毫。因为我和他是多年心心相印,所以回忆起往事倍感情殷意浓。往这边一看,但见一尊身材矮胖、上身祖露一半、着浅黄色衣服的罗汉,我也觉得它一定像一个我熟悉的人,但一时却说不出那人的名字。后来我忽然想起,啊,是他,是他! 没错,就是我在江户时每月幽会六次的团平。

再往里走,有一位坐在岩石群立之处的白面佛颜的罗汉,从那漂亮的长相,我想起它就是四条河原的演员,此人出师之后很有起色,我在茶馆时,我是他第一个接触的女人。从那以后,他享尽了闺房之欢,不久便卧床不起,二十四岁的他终于油尽灯灭、呜呼哀哉,被送往乌边野的墓地去了。忆过去他那尖尖的下颏、深深的眼窝,和这罗汉竟毫无二致。

还有一位留着唇胡、红脸秃头的罗汉,它很像我给他做姘妇时并受他虐待的那个和尚。如果没有胡子我会误以为就是他。我是怎么折腾都满不在乎,但是这和尚不分昼夜只图贪欢,结果得了痨病。人无论做什么都有个限度,这个曾经是精力绝伦的人,而今已经化作一缕轻烟了。

还有一个在枯树下边的罗汉,那面孔显得聪明机灵,大锛头脑袋仿佛是自己剃的。那表情似乎要说什么,手脚即将开始活动,我越看它越像一个我熟悉的人。我当卖唱比丘尼的时候,每天都碰到不同的人,其中有一位在九州某高官公馆供职的小吏,他舍生忘

死地恋着我。其间有悲有喜，迄今我仍不能忘记他。他把人们珍视的钱毫不吝惜地给我，把东西送到我的下处托管理人转交，无微不至地关怀我。

我平心静气地看着五百罗汉，觉得没有一个不是和我从前非常熟悉的人极其相似的。回头想想自己成年累月的卖笑生涯中的件件往事，感到再也没有比自己这样沉沦为娼的人更可怕的了。我这一辈子遇到的男人总有万人以上，而自己只有一个身体，老而未死一直活到今天，既觉得羞愧，又觉得自己浅薄轻佻。此时此刻，我脑袋像地狱的火焰在轰轰作响，泪水像沸腾的水流汩汩喷涌，立刻如进入梦魂迷离之境一般茫然自失，忘记了自己身在寺院，伏地不起。许多法师走过来说："眼看太阳就落了。"说话之间，入定的钟声响了，我为之一惊，这才渐渐恢复常态。一位法师非常亲切地问我："这位老太太为什么悲叹？是否因为这些罗汉之中有的像你那先走了一步的儿子或者老伴，因而落泪？"他这么一问，使我更加羞愧难当。

我没有回答他的问话，快步走出门外。此时我想到了我自身的一件大事。《九相诗》中说"名留貌无松丘下，骨化为灰草泽边"，我的实际情况应该如此。我好不容易来到鸣泷山的山麓，现在我要进菩提之山已经是没有任何羁绊了。所以我要渡过烦恼之海进入省悟之道，解开并扔掉佛法之舟的缆绳，为了投身于广泽之地而迅跑。但是，从前情谊深厚的人把我拉住，为我安排了一个筱竹铺顶的小庵，劝我说："死的事交给时间安排好了。抛却以往的妄念，复归本来这心，进入佛道。"我想这是很值得感谢不已的。于是我从早到晚排除杂念专心念佛，借此打发日子。这个板门迎接了稀客，我才借此机会和大家举杯。不过酒是乱性的，尽管现在我虽然省悟到现世的智慧，可是我还是讲了这么多没什么用处的陈年旧事。

啊！如果你们把我说的这些看作我对自己罪恶的忏悔，反倒使我的执迷之身由阴霾而转晴，感到心灵的月亮清澈澄明。你们好不容易造访小庵，在这春天的夜晚也是对我的安慰。我没有给我规定该走哪条道路的丈夫和子女，对于我这样一个孤身女人来说，我觉得不论隐瞒什么都是没用的，所以我把自己的内心清纯的莲花从它盛开直到枯萎的这一生一世的所经所历，毫无遗漏，直言相告。即使有人指责我这一生只是浪迹江湖为娼为妓，也不会使已经清澄之心再起波澜而为之浑浊不堪了。

第 七 篇
姬路的美男子清十郎的故事

一 爱恋使暗夜成白昼

　　春天的大海风平浪静,满载货物的船只停泊的播州室津,是一个繁华的大港。这里有一位以酿酒为业的商人,名叫和泉清左卫门。家境富有,诸事遂心,而且儿子清十郎,生来就是一副英俊相貌,风度翩翩,比著名的人物花鸟画家所绘美男子的画像还要漂亮。可以说丽质天成,光彩照人,难怪无数女人为之倾倒。他从十四岁那年就涉足花街柳巷。室津有妓女八十七人之多,没有一个不曾与他同欢共枕过。妓女愿和他同结百年之好的起誓文积成捆,为向他表明始终如一愿委终身而剪下的指甲装满了首饰盒,剪下来的黑发足够打成一条拴住大象的缆绳。它不仅能拴住大象,而且不管多么嫉妒的女人也全能被拴住。女人每天写来的信放在信堆里,日久天长成了小山。作为礼品馈赠给他的带徽纹的窄袖便服,他连摸都不摸就扔在那类衣服堆上。幽冥之途的三途河上那夺衣婆要是看到这种情况也会大吃一惊,夺衣的欲望也会消失。高丽桥那里的估衣铺也因为数量太大而无法给价。东西多了,清十郎干脆找间屋子把它们往里边一放,门上贴一张写着"俗世之仓"的条子了事。有的人说:"这浑小子这么干,是打算等有朝一日发一笔财呀! 瞧着吧,过不多久他爹就得和他断绝父子关系,他的名字就上了官家的记录簿。"即使人们为他担心,但是,他在好色这条道上依旧没有止步。

　　这期间,清十郎对一个名叫皆川的妓女情有独钟,热得晕头转向,好像把命搭上也在所不惜,对于别人的嘲讽,世间的评说,简直当成耳旁风。古代有一句形容奢侈浪费的谚语——"月明之夜打灯笼",清十郎竟然就这么干,他大白天偏要点灯,把拉窗一律关严,在人为的夜世界里纵情玩乐。他把专给他出馊主意的帮闲们请来,让他们模仿巡夜人敲着梆子打更,或者学蝙蝠夜啼,让干杂活的烧供养茶,施舍给过往行人。给他家干活的杂

工根本没死，就硬是搭起盂兰盆节的供棚，为他设灵堂，摆供品，祭奠亡魂，并且唱诵佛经。送灵之火烧的不是麻秆而是长牙签。凡是夜里的活动，什么都要做个遍，一项不漏。然后模仿世界地图上裸人岛的人那样，让在场的人一个不剩地脱掉衣服。妓女们不愿脱，他便令人强拉硬扯，不管她们是否觉得难堪。其中有一个名叫吉崎的端女郎，长年累月瞒着她那腰骨上的白癜，人们以为她是"活的辩才天"而对她肃然起敬，细看原来是白癜，于是大扫其兴。除她之外如果仔细看下去，越看越觉得裸体的人实在难看，最后举座冷漠，没有人觉得有趣。

清十郎的父亲对于儿子的这种胡作非为已无法忍受，找上前来。父亲突然闯了进来，清十郎猝不及防，整个屋子乱糟糟的一片，他来不及收拾，连忙哀告："只此一次，下不为例，请您原谅！"尽管他反复认错，但是父亲不听，只是说："你不用说三道四了，你马上给我走！去哪里我不管。其他人也一齐请吧！再见！"他立刻拂袖而去。皆川一伙妓女们都哭了，当时那场面实在凄惨。帮闲之中有一个绰号为"漆黑之夜"名叫治介的，他一点儿也不愁不怕。他说："俗话说'真正男子汉，身无分文也值万贯'，身上哪怕只剩一条裤衩，照样能混出个模样来。清十郎，你别着慌！"在这凄凉的场面下，这话听起来很滑稽。人们把他这话当成酒菜又喝起来，他们根本是为了借酒浇愁，想把这件不愉快的事忘掉。

清十郎被赶出家门的事，妓院很快就知道了，所以清十郎再拍手叫人，妓院的人一律装聋作哑。该上汤的时候也不给端来，餐桌上显得冷冷清清。说想喝杯茶，这才有人爱理不理地两手各拿一个天目茶碗送来，回去的时候顺便把油灯的灯芯往小里压一压。把去了客厅的妓女们一个个地叫回来不许她们再去。一切随着金钱而变化，这是妓馆的老规矩。人之有无和受人尊敬与否，全看有没有钱。

皆川一个人留下未走，她仍在哭。清十郎只叨咕："真后悔！"此外就什么也不说了。他想以死了之，但当他想到这女人一定说"我愿和你一起去死"时，十分悲痛。他正在为这个那个烦恼，皆川从他的脸色就看出他的心思，她说："看来您似乎是想一死了之，但这是实实在在的愚蠢。我本来想跟您说愿意伴君同行，但我对这人世依然情犹未了。做妓女的是因客人之不同而改变心情的，所以，一切都成了过去，咱们的缘分也就到此为止吧！"说完起身而去。皆川这番表现大大出乎清十郎的意料，他自然大失所望，心想："即使一个妓女，把过去那样的深厚情谊说扔掉就立刻一笔勾销，也未免心胸过浅了吧！她未必下得了这份决心。"他想到这里不免流下了伤心之泪，正要离开这里时，皆川一身白色装束跑了进来，她紧紧拉住清十郎说："不死又能上哪里去呢？好啦，要死，现在正是时候！"说完拿出两把剃刀。清十郎又是为之一惊，正为此而高兴，妓馆的人们出来把他俩拉开，皆川被带回老板家，清十郎被人们围上。为了以后让他向父亲道歉，人们把他送到菩提寺的永兴院。当时的清十郎才十九岁,他希望就此出家一了百了。这的确是令人可怜的。

二　暗缝带子里出现的情书

"喂,刚才发生的事……快请外科医生来,带上催醒药!"看到人们忙得人仰马翻,有人忙问出了什么事,一打听才知道皆川自杀了,于是无不扼腕叹息。就在大家都说"难道没救了吗?"的时候,皆川的脉停了。大家无不感叹这人世无常。这事被掩盖了十多天,所以清十郎才没有随皆川而死。想死但终究不能一死的就是人的生命。因为母亲传话过来,清十郎死不足惜的命才活了下来。他逃出永兴院,因为姬路有熟人,就偷偷离开室津,到那里打听消息。那人看在过去的情分上对他热情接待。没过多久,但马屋九卫门这家店铺要找一位足以把铺子交给他经营的可靠伙计,他寄居的那位朋友大力帮忙,他本人也觉得"将来可能有个发展",便开始了他的佣工生活。

清十郎素质很好,秉性谦和,精明能干,很能讨得别人喜欢,特别是风度翩翩更受女人青睐。但是他已经不再关心自己的服饰打扮,恋情的事早就使他感到索然无味,从早到晚一心扑到商务上,所以主人把什么事都交给他经营。主人因为他给商号赚了许多金银而非常高兴,便把清十郎看作极其可靠的人。

这位店主九卫门有个妹寻名叫阿夏,年方十六。这姑娘对于男人的长相如何非常计较,所以姻缘一直未定。至于姑娘本人,不用说乡下没有,就是城市里的一般姑娘中也从未见过,是个绝色美人。京城的人都说:"从前,京城的岛原有一个以张开翅膀的蝴蝶为自己徽号的太夫,而阿夏却远比她漂亮。"用不着一一列举她如何美,只要按这个标准思考,就可想象出她美到什么程度了。她对爱情的态度也一定深沉而高雅。

有一次,清十郎求女佣人阿龟给他修理一下常用的龙纹衣带,他说:"这条带子太宽了,不适合,你给我适当地重新缝一缝。"阿龟拆开衣带的时候发现,里面装着他当年耽于冶游时期收到的情书,她匆匆忙忙地浏览一遍,发现这些情书有十四五份之多,收信者写的全是"阿清先生",寄信者就不同了,署的名是花鸟、浮舟、小太夫、明石、卯之叶、筑前、千寿、长州、市之丞、小苇、松山、小左卫门、出羽、神苌等等。这都是室津的妓女的名字。可以看出,不论哪一篇都是叙述对他的朝思暮想,一片痴情,他简直成了妓女生命的寄托。从文字上看,丝毫也没有妓女那份轻浮,而是满怀纯真感情。阿夏看到这些情书,心想:"这些女人心地如此洁白,即便身为妓女也没有令人可憎之处。再者,就这个男人来说,他和这些妓女交往也有交往的价值。由此可见,这个男人一定有不为人知的特别魅

力。受到那么多女人的思恋,这事情本身就表明这个人最值得思慕的。"于是阿夏不知不觉地爱上了清十郎。从此以后,她一天到晚被恋情困扰,魂离身躯投进清十郎的怀抱。说话也颠三倒四,连自己也不知道说了些什么。看着春天的花,以为此刻是在夜里;仰观秋月,误以为这是白天。霜晨雪早的清辉视而不见,日暮黄昏的子规啼声充耳不闻。分辨不出此刻是盂兰盆节还是正月新春,终日丧魂失魄一般,相思之情已经在言谈举止的细微之处表现出来。她身边的女佣人们想:"这也不是世间没有先例的事,得想个什么办法成全这桩好事。"尽管她们都这么怜惜她,但是每个人却在不知不觉之中爱上了清十郎,并且陷于苦恋之中。做针线活的女工用针刺破手指挤出血来,把倾吐肺腑之言的血书交给她;干杂活的阿龟托人写了出自男人手笔的情书,悄悄地扔进清十郎的袖筒里;侍女特意把茶给清十郎端到店里来,本来是不必端的;看孩子的奶妈拿婴儿作幌子,抱着孩子凑上前来,让清十郎抱抱孩子,故意让孩子把尿撒在清十郎的膝上,故作娇态,以甜蜜的腔调说:"但愿你也有生这么个孩子的好福气,赶快结婚生个孩子吧!我生了个漂亮孩子之后就到这家当奶妈来了。我丈夫是个窝囊废,现在到肥后的熊本当伙计去了。我们分手的时候已经妥妥当当地办了离婚手续。我现在可是个单身女人哪。我是天天就这么胖的,不过我嘴小,头发还有点儿卷。"她仿佛是在自言自语,真有些可笑。至于那些干粗活的女人们也各用各的方法表达对清十郎的爱,有的人给他盛萝卜炖金枪鱼的时候躲开头和刺,光给他盛肉。这简直讨厌之极。

各种各样的关心使清十郎为之高兴,同时也使他感到麻烦。忙着应付追求他的女人们,自然而然地对店务疏于管理,最后不但是疏于管理,简直是讨厌了。虽然睁着眼睛,但和做梦一样茫然。尽管如此,阿夏却不断求人送来情书,所以清十郎也就头脑发热,顺从了阿夏。但是在这人口众多之家,好事非常难成。他俩被烦恼之火所困,彼此俱为恋情所苦,渐渐消瘦,出众的容貌也憔悴下去,在无可奈何之中空耗日月。甚至彼此听到对方的语声都成了难得的安慰。他们想:"不论什么事,只要能活下去就有一切,这爱情之树迟早必成连理之枝。"他们的心就是这样息息相通的,但是阿夏的嫂子对此早有防范,前店通向后院的门她是每天晚上必认真关好,而且特别注意防火。那关门时把两扇门拉在一起的滑轮声,在他俩听来比雷声还可怕。

三　大鼓声中的舞狮

尾上町住吉神社的樱花一开,不用说少妇们要乘此机会炫耀自己的美貌,就是漂亮的姑娘也由母亲带着前往展示风采。赏花,徒有虚名,根本就没有人好好地看花,而是去让别人看自己漂亮的容姿。这就是现世的女人们的虚荣。女人是很奇特的，一番化妆，穿上合适的服饰，风貌立刻就变了。传说女人凡是被狐狸数过眉毛的，就能变得漂亮。现在反过来了，於佐贺部狐狸还得请妇女给它数一数眉毛呢。

但马屋一家出来春游，妇女坐的轿子排成一列，行列的后面是清十郎，他是这次春游的总管。高砂和曾根的松树抽出新芽，一片青翠，沙滩的景色绝妙极了。乡村儿童用竹耙把地面积存的落叶扒开，采头茬松蘑。年轻的妇女们有的采紫花地丁，有的抽白茅花穗，各自采摘自己喜欢的草花。在各种嫩草稀疏的地方铺上编花的席子或毛毯。正好这天风平浪静，夕阳的红光映在大海上，和女人们衣袖红里子的红色争奇斗艳。许多赏花人却不看那藤萝或棠棣，对于用美丽的窄袖服挂成围幕的这边倒是特别注目，透过缝隙往里窥视，以致流连忘返。他们打开酒桶口，认为一醉方休才是人间至乐，万事扔在脑后，把这些女人们当作今天的酒戏，畅杯痛饮。至于这边，喝酒的全是妇女，男人只有清十郎一个。抬轿的轿夫们，用天目茶碗盛酒，大喝特喝，日后回想起来也是一番美好的回忆，个个醉得陶陶然活像梦中化为蝴蝶的庄子一般，把旷野看作为我所有，四仰八叉地躺下大睡，睡得昏天黑地。

这时候，人群围成一圈，随着鼓点儿，舞狮地过来了。那狮子摇头摇尾，对着赏花的人群，狂舞不已。因为舞技高超，所以里三层外三层围了很多人看热闹。女人们尤其好奇，把什么都忘了，只是一个劲儿地喝彩，狂呼"再来一个""再来一个"，唯恐马上就演完。舞狮子的一个曲子也不漏，把所有美妙的曲子全都演一遍给大家看。

阿夏不去看舞狮，她一个人留在围幕里。她说虫牙有些疼，因而显出有些心烦的神态，曲肱而枕，不管袖子是否零乱，带子松开也不管不顾。许多换下来的窄袖服摞在一起，她就在那高高摞起的衣服背阳处假寐，这副神态的确别有风韵。她忽然想："如果这时候迅速果断地见上一面……"她能想到这一点，就足以说明这位城市良家妇女是位极少见的精明女人。

清十郎发现只有阿夏一个人留在那里，就从枝繁叶茂的松树后面的那条道上绕过去。阿夏发现了他便招手叫他进去，也顾不得头发凌乱。两人什么也不说，只是鼻息急促，心跳加速。他们的眼睛不敢离开那围幕的缝子，生怕被她嫂子看见，但是他却没有注意到后面。当清十郎爬起来的时候，只见一樵夫把一担柴放下，手握着镰刀，弄平兜裆布，似乎歇了一口气，高兴地眺望着远处，原来他并没有发现清十郎和阿夏。顾头不顾腚，形容他俩此时的举措是最恰当不过的。

玩狮子舞的人看到清十郎从围幕里出来了，于是，一个很驰名的曲子——"太神乐"恰到高潮时戛然而止，看热闹的人大失所望，十分惋惜。这时，晚霞染遍群山，夕阳西下，但马屋一夜收拾好东西回了姬路。可能是好事已成，阿夏的臀部变平了。清十郎留下

来,向舞狮子的演员道谢:"今天,多亏帮忙,多亏帮忙啦!"由此可见,这太神乐是他有计划安排的,完全是为了与阿夏幽会而耍的手段。这个方法就连无所不知的神仙也未必知道,更不用说阿夏那头脑简单的嫂子了。

四　把信匣忘在驿站的信差

谚语说:上了路的船不能往回走。清十郎把阿夏叫出来,说是天黑之前从饰磨津上船。他们打算去京城一带度日。以为尽管贫寒,两口人过日子总能凑合吧,所以做好上路的准备,在河边的一个小屋里等待上船。同上这条船的人各自做登船前的准备,其中有参拜伊势神宫的人,有大坂的卖上工具的,有奈良的卖甲申胄的,有醒醐三宝院的山僧,有大和高山的制造茶刷的匠人,有丹波的卖蚊帐的,有京城的绸缎店的,有鹿岛神宫占卜一年吉凶的下级神宫……真像俗话说的十个人往往来自十个地方。乘这种班船的确很有趣。

船老大高声喊道:"好,就要开船啦。诸位对住吉大神献上一点儿心意吧!"说完就把接受捐钱的长柄勺子伸过来伸过去,而且还点点乘客的人数。不论喝酒的还是不会喝的,每个人出七文钱的份子,没有烫酒锅就用喝汤碗从酒桶里舀凉酒喝,撕干文鳐鱼下酒,酒喝得很快,大家三杯下肚就变得兴奋起来。船老夫说:"诸位运气真好,这风是顺风啊!"他扯上八成帆,船往海里行,刚刚走出一里多,从备前来的信差拍手打掌地说:"糟透了! 我全忘了! 我把捆在刀上的信匣子忘在旅店里了。"他望着海滩上的礁石大喊道:"对,对! 就靠在我自己的佛龛旁边呢。"有人问:"你在这里喊,人家都听见吗? 你带着睾丸了吗?"这汉子还真的认认真真地摸了摸裆下,然后说:"不错,确实有两!"引得众人大笑。人们说:"这家伙什么事都是这么吊儿郎当。没办法,只好把船头调回去吧!"大家这么一说,船老大只好调转船头朝码头开去。"今天出门,这运气实在糟!"就在大家发泄牢骚时,船靠上了码头。这时,从姬路来的追捕者吵吵嚷嚷地到处找人,有人说:"也许就在这条船上!"于是查点乘客。阿夏和清十郎自知难以躲藏,徒然悲叹,不知内情的乘客们也不闻不问。阿夏被押上一辆戒备森严的车子,清十郎也被五花大绑。同船的人看到他俩如此悲惨的境地不觉得可怜。

清十郎被关进要犯大牢,开始了他的悲苦日子,但他已经想通了,根本不考虑自己,只是不停地念叨"阿夏""阿夏"……他想:"如果那汉子不把信匣子忘了,此刻我们已经到了大坂。在高津一带租一间后院房子,雇一个年纪大的女佣人,暂且睡上五十天,连身都不翻,这原是和阿夏说好了的。可现在呢,很遗憾,什么都成了一场梦。真希望有那么一个人狠一狠心把自己杀掉。现在在这里度日如年……这人世实在可憎!"他咬着舌头闭着眼睛,曾经几度想死,但是对阿夏依旧怀念不已。他想:"哪怕只见一次面也好。最后告别这个人世的时候,真想再看一看那如花似玉的面孔。"他不顾羞耻,竟然号啕大哭。这真是男儿有泪不轻弹,只是未到伤心时。值班的狱卒也不忍看下去,想尽办法开导他,鼓励他,日子就这样一天一天地过去了。

阿夏也同样沉浸在悲叹之中,绝食七天未死,写下向室津明神为清十郎乞命的许愿文。那天半夜,恍惚中,她觉得有一位老翁站在她的枕旁,告诫她说:"你好好地听我跟你说。世间所有的人都是到了危难之时对神提出无理要求,这类要求即使此地的明神也不能使他们如愿以偿。比如说,赶快让我成大财主啦,让我得到他人之妻啦,把我痛恨的家伙赶快杀掉啦,别下雨改成风和日丽的天气啦,让我这天生的矮鼻子高起来吧……总而言之,提出种种一厢情愿的要求。这些无理要求压根办不到,却偏偏多此一举地祈求,这对神或佛是乱添麻烦。最近的五月祭礼,参拜的人有一万八千零十六人之多,没有一个不是欲壑难填地祈求自己幸福的人。听起来都觉得可笑之至,他们以为把供钱一扔进钱箱,神就一定高兴,以为神就一定尽职尽责地听她们那些祈求并且牢记于心。这些参拜者之中有一个唯一真信神佛的人,她就是高砂炭铺的女佣人。她没有任何欲望,她说:'让我手足无灾地过日子吧,那时候我再来参拜。'拜罢站起来就走,刚走出几步就折回来,说:'请神保佑让我找个好男人!'神的回答挺干脆:'这事你求出云大社的神去,我不管这种事。'可是她也没有仔细听就回去了。你如果听从父兄的话找个婆家,本来什么事也不会发生,可是因为好色,结果遭到这样的不幸。你不惜自己生命可是却能长生,你为清十郎乞命,可他过不多久就要一命归西。"因为梦中有的一切历历在目,禁水住悲从中来。她醒来十分难过,心惊胆颤,直哭到天亮。

果然,清十郎被带到白沙上,受到想象不到的审讯。原因是但马屋藏在内库房钱柜里的一两一个的小银锞子七百两不翼而飞。说这是清十郎让阿夏偷出去,然后两个人一起逃走。尽管清十郎百般申辩,昏官就是不听,四月十八日,二十五岁的清十郎被处死了。尽管这是个虚幻无常的世界,但是目睹这种惨状的人,无不为他叹惜,为他惨遭屠戮而悲痛。人们那被小眼泪浸湿的衣袖仿佛被傍晚的阵雨淋过一般。后来到了六月上旬,每年一度晾晒衣物的时候,发现那七百两小银锞子存放的地方变了,原来就在带轱辘的大躺柜里。但马屋的老头子只是表情深沉地说了一句:"存放东西可不能马虎。"

五　死后才知金银未失

什么事情都是"眼不见心不烦"。阿夏其实不知道清十郎怀着一腔愤懑离开了这个人世,当她沉浸在心绪紊乱的回忆之中的时候,一群街巷儿童高唱着顺口溜式的儿歌走来,他们唱道:"既然杀了清十郎,阿夏为何不该杀。"阿夏听了大吃一惊,她向哺育过自己的奶妈打听到底怎么回事,奶妈难以回答,只是泪流满面。她想清十郎果然已死,立刻疯了,她大喊:"与其活着永远揪心,不如一死了之!"于是加入孩子们的队伍,而且带头领唱,边唱边走。人们看她这副样子,都觉得着实可怜,想方设法地制止她,但都无效而终。阿夏泪如雨下,唱道:"对面走的是清十郎,那营草斗笠就很像,哎呀呀!"歌声未落旋即转哭为笑,而且哈哈大笑不止。往日那美好的形体而今已经粗鄙不堪。她到处疯跑,到处乱唱。有时进了深山,日暮不归,枕着草就睡着了,跟随她的女人们因为她的疯狂而感神经错乱,最后她们也差不多全成了疯人。

和清十郎年岁相仿并且友情笃厚的人们再三商议,认为无论如何也该为死去的好友做点什么事,就把被血染过的刑场上的草清洗干净,掩埋好尸体,在他的埋骨处立上墓标,种上松柏,命名为"清十郎冢"。此名一定,很快就成了习惯称呼。这对于人世来说也是一桩可悲的事。阿夏每夜都来此凭吊。夜夜如此。她一定会看到清十郎栩栩如生形象吧!

时光一天一天地过去了。百日这一天,阿夏坐在墓前露珠犹存的草地上。当她拔出护身的短刀时,被随从的人们费九牛二虎力夺了下来。她们说:"现在自杀,毫无意义,如果你确有这番心意,不如削发为尼,那才是对死者的绝好悼念。老实说我们也想出家为尼。"一番话说得阿夏的心平静下来,她很理解人们这番好意,便说:"一切就按你们说的办吧!"不久,她进了正觉寺,拜托上人把她十六岁的夏衣当天就染成黑色。从此以后,她每天早晨上山谷打水,傍晚去山峰折花献佛。按佛教传统,从阴历四月十六日到七月十五日的独居修行期间,每夜用手灯照明勤诵大经,成了一位受人尊崇的比丘尼。

看到如此真诚修行的她,人们无不为之激动,一致认为"传闻中的中将君又来了!"但马屋老板也油然而生佛心,把以前误以为丢失的钱捐出来作佛事供养,用以追悼清十郎。那时,京城方面把这事件编成歌舞伎剧,并且演到外地的穷乡僻壤,使阿夏和清十郎的名字家喻户晓。一首道歌唱道:"做一只小舟载阿夏,俊俏的清十郎把橹摇。"人们一边唱着,一边以为他俩真的做了一条小船,沿着新开挖的运河摇船而去。这其实仅是人们的一种自我安慰而已。

第八篇　情深义重的桶匠

一　桶匠为恋情所困

人的寿命是有限的,寿命已尽人就死亡,但是恋情是无限的。也就是说,身体虽然死亡然而恋情却常存。俗世的无常与虚幻,是从人亲手制作的棺材领悟到的。有这么一个男人,他以做桶为谋生之业,用的工具都是钻、锯、刨等,用这些工具干他忙不完的活,烧刨花的灶冒着轻轻的炊烟,这和大坂的天满这块地方倒是相适应的,所以他就在这里租了处简陋的房子住了下来。

他老婆名叫阿泉,虽是城郊的人,但是长得漂亮,脖子很白,脚已不再下地干活,所以显得周正。总而言之,浑身上下没有土里土气的地方。她十四岁那年除夕之日,因为她家凑不上税银,就到镇上的富裕之家当侍女,做了好长时间。因为生来聪明伶俐,很得那家老头和太太的欢心,而且所有的佣人对她都有好感,所以终于让她做了掌管内库房重要东西的出纳。许多人都说,这个家要是没有阿泉可不行。由此可见,她得到极大的信任。当然,这也是因为她秉性诚实的缘故。

但是这个阿泉对于男女爱恋之事就不大开窍,一直是一个枕头自己独睡,让一个个美好的夜晚从身边悄悄溜走。偶尔有人挑逗她一下,扯扯她的袖子和衣襟,她便不管不顾地大声喊叫,弄得那男的深感丢脸,垂头丧气,结果是再也没有男人和她搭话了。对于这一点难免有人说三道四,闲言碎语,不过,性格刚强的姑娘有此表现倒是蛮可贵的。

时间到了秋初的七夕节,按传统习惯要借给织女星窄袖便服,有财有势的人家的妇女要穿七层衣服,而且这衣服要么新做,要么就是现在的但从未上过身的,还得不同样式的才行。穿的时候必右下左上,也就是右边的衣襟在下,左边衣襟盖住右边的。在楮树叶上写下固定不变的歌献给牛郎织女。普通百姓人家也都供上与其身份相当的东西,比如黄瓜、带枝叶的柿子等等。反正,这是一种很有趣的习俗。

其次,这一天从住在小胡同直到住在出租的长排房的人家,一户出一个人帮助大户人家淘井。所以,这一天特别热闹而且稀罕。把井底的浑水全淘出来,让它泛起沙子的时候,就会发现,不知道什么时候丢失而怀疑别人给偷去的薄片菜刀,或者插着针的海带。这些东西到底是为什么和怎么到井里来的,很让人费解。再找一找看看的话,那就多了:有牵马钱,有缺鼻子少眼睛的光身子玩偶,有刀把和刀身固定在一起用的铜钉帽(显然那是卖给乡下而粗制滥造的货色),有补丁摞补丁的小孩儿围嘴等等,弄上来的东西各式各样。没盖子的井就是这样让人受不了。

渐渐地接近涌水的底部,等最下部的井筒框露出来的时候一看,原来的框的双头钉掉了,框也破了,就把那桶匠叫来,让他换个新框。这时打上来的水已经用堰围起来,一位年高的老太太正在看一个什么虫子在水泡子里游。桶匠看了看她便问:"什么?"老太太说:"这是刚才淘上来的蝾螈。我看你不懂它的用处。把虫子放在竹筒里烤焦,撒在你爱上了的人的头发上,她就跟你热上了。"说得就像真有其事一般。

这老妇人是夫妻池的人,名叫小三,本来专干打胎的生意,因官家严加取缔这个行当,她不得不改行,现在以磨做挂面的面粉糊口。尽管她的日子过得磕磕绊绊,干了些缺德事,但是仍对寺院的日暮钟声充耳不闻,丝毫不悟人世无常。她对桶匠絮絮叨叨地讲述,当年干的那些下贱缺德的事,现在遭到了因果报应,将来还不知怎样,想起来都觉得可怕,等等。但是桶匠对她这些话根本没听,只是起劲儿地打听把蝾螈烤焦就能把女人搞到手的办法。老妇人被他的话打动,便说:"我决不给你泄露出去。你那么朝思暮想的人到底是谁呀?"此时的桶匠已经到了忘我的境地。不过也难怪,忘我归忘我,对于朝思暮想的人是绝对忘不了的,便一边敲打着桶底,顺嘴顺舌地把实情全都抖了出来。他说:"这人不在远处,就是这家的侍女阿泉。我给她写了一百封信,可是全没个回音儿。"他说起来挺伤心,禁不住流下泪来。那老妇人边听边点头,然后说:"既然这样,那就用不着用蝾螈啦。我给你们搭桥,成全这桩好事,用不多久就让你遂心如意。"老妇人轻松地大包大揽,桶匠却吃了一惊。他说:"如今这世道什么都得花钱,尽管我想求您帮这个大忙,可要是花钱的话,我可一点儿办法也没有。只要有,还有什么舍不得的呢?就先说正月吧,总得送一套布衣服吧,染什么花样自然挑她喜欢的啦。到了中元节呢,还得送中等的漂白麻布衣料。悄悄地送点儿礼,最好花这么个数就算完事最好。"桶匠这么一说,老妇人却说:"那就是贪财图利才相好的啦。我答应给你办的可不是对方贪图你什么。我有秘方让女人先看中你。这么多年,我成全了几千人的好事,从来没失败过一次。九月重阳节之前一定让你们见面。"她这么一说,把桶匠胸中本来就有的那团恋情之火烧得更旺了。于是桶匠说:"大娘,你这辈子烧茶的木柴我全包了,保证准时送到。"

人究竟能长寿到多久还根本无从知道,只要为了爱情而到了发狂的时候,什么荒唐的事都敢大包大揽,实在可笑之至。

二　老妇人谎称遇怪物

天满有七种妖怪:大镜寺前的伞火、神明宫的无手婴儿、曾根崎的倒立的女人、第十一条街的上吊绳子、川崎的爱哭的和尚、池田町的会笑的猫、茑冢的自己出火的空石血。这些都是历经劫难的狐狸捣的鬼。但是相比之下,这世上再也没有比人更可怕的了。因为人能化为怪物而要人的命。

事实上,人心本身就是难以弄清的阴暗所在。说起阴暗来,七月二十八日的夜晚很暗,而且已到夜深时分,挂在檐下的灯笼已经灭了,参加盂兰盆节集体舞的人们兴犹未尽地说:"这节也就剩今明两天了。"唱得嗓子已经沙哑而仍在舞蹈的人们,一个两个地逐渐减少,各回各家去了,卧在十字路口上的狗也酣然大睡。就在这时候,那个受桶匠重托而答应给他张罗对象的荒唐可笑的妇人,看清阿泉东家正宅大门还开着一道缝,便闯了进去,然后粗暴地关门,撒腿就往里面跑。她在厨房的饭厅铺地板处跌倒,气喘吁吁地说:"真可怕,快给我水喝!"看起来仿佛快要断气的样子,可是气始终没断,于是人们连声招呼她,结果,她又莫名其妙地活过来了。

主妇和隐居老太太以下许许多多的人都来了,问她"究竟看见了什么? 怎么吓成这个样子?"老妇人说:"倒也不是年龄老了关系,晚上净想出去走走,反正晚上躺下也睡不着,我就去看盂兰盆节舞蹈去了。在锅岛大人府邸前边,有一个人唱盂兰盆节诵佛歌《山颂》和《松明颂》,唱的调门和京城专唱诵佛歌的名人仁兵卫一样。我听着很有意思就听了一阵子,于是就挤进许多男人们中间,用团扇遮着晃眼的光亮看人们边舞边唱。即使在婚暗之中人们也挺机灵,没有一个人错把我这老太太当成年轻女人。尽管我在白色夏布服上系一条黑色带子打个眼下流行的结,可是没人拧我的屁股。总而言之,女人还是年轻时候好,所以我就想起年轻时候的事,心里有些懊悔。正要回来,走到您府上的门口近处时,一个二十四五的美男子把我缠住,他说:'我被恋情折磨,想一个人都快想死了。也就是这一两天,我的命肯定一命呜呼。侍女阿泉无情! 我这痴情不会别有所恋。我在七天之内要把这家人杀个精光,一个不留!'听他说到这里,我看了看他的脸,这人马上就变了,高高的鼻梁,脸是红的,眼睛放光,就跟六月底住吉神社驱邪大祭时走在行列前头的猿田彦大神那个模样差不多。吓得我掉了魂,所以就立刻跑进你们家来了。"

听老妇人这么一说,这家人全部大吃一惊,隐居老太太流着泪说:"背着人偷偷地爱上一个人,这是常有的事,况且阿泉也到了出嫁的年纪。那男人要是有个正当营生,不赌不嫖,心性刚强,就配他也行。只是不晓得那人是谁,这可就没办法了。不过那男人也挺

可怜的。她说完之后好长时间没人说话。

这老妇人耍的花招可以说确实深懂恋情之道的。已经到了半夜,这家打发人搀着她送她回她的家。正当她想下一步该怎么办时,晨光爬上东窗。她听到邻家敲打燧石生火的声音,还伴着婴儿的哭声,也许是纸蚊帐破了钻进了蚊子,结果挨了一宿咬,早晨起来便恨得不行,那"啪啪"的声音就是在使劲扑打蚊子。老妇人一只手捉着衬裙上的虱子,另一只手拿出龛上的零钱想去买间苗时拔下来的菜。在忙忙碌碌的贫困生活之中,这夫妇两人倒是有说有笑,自得其乐。睡觉的细篾草席零乱,那是因为男人不顾昨夜甲子之日不许房事的规矩而做了什么事。

旭日开始普照大地,秋风依然砭人肌肤。老妇人关缠布手巾,似乎闹了病,她请冈岛道斋医生瞧了病,尽管药钱没指望还得上,还是自己把药放进药壶煎上了。头遍药刚开锅,阿泉从通后门的小道来探病,亲切地问她:"精神好吗?"从左边袖筒里拿出荷叶包着的半个奈良酱瓜,放在木柴捆上。她说:"如果要酱油汁的话……"说完抬脚要走,老妇人把她叫住说:"我为了你,差点把命丢了。我自己没女儿,所以我死之后请你悼念悼念我。"说着就从装麻纰的桶底拿出一双有红色织带的紫皮袜子,拿出一个碎布拼的念珠袋,把里边的离婚判决书掏出来搁在一边,然后把这两样东西作为礼物交给阿泉。姑娘单纯,以为老妇人出于至诚,所以感动得哭了。她说:"那人既然那么思念我,为什么不求您这深懂男女之情的人帮忙呢。如果把他多么想我告诉给我,我是不会让他的心白费的。"

老妇人见时机已到,就原原本本地告诉给她,并且说:"现在还有什么可以瞒着的呢?他很早就求我,那心情之恳切,情义之深厚,说他可悲也好可怜也好,总而言之是难以细说的,如果这个人你看不上眼,连我也要耿耿于怀呀!"

这老妇人多年来练得能言善辩,这一番说教,使阿泉不知不觉地为之心动,对那男人有了好感,她感情冲动地说:"什么时候都行,让我见见他吧!"老妇人非常高兴,小声地说:"我想起一个最好的见面之处。八月十一你就悄悄地去拜伊势神宫,路上你们就订下终身大事,躺在被窝里好好说说,互相保证白头偕老,终生相爱相恋,不弃不嫌,况且那人的长相还挺帅呢。"老妇人把话说得足够引起阿泉的冲动,所以还没见面阿泉就对那男人有几分相恋了。她也问过,"他会写字吗?头发是不是像现在时兴的往后一拢扎起来的?既然是工匠,是不是腰有些弯?"老妇人叮嘱道:"从这儿动身那天,别等天黑就在守口或者枚方找店住下,租好被褥早点儿睡。"老妇人和阿泉正这个那个地说得热闹的时候,东家的管家婆久米来喊:"阿泉姑娘,太太叫你哪!"于是阿泉说:"那就等十一那天……"撂下这么一句就回去了。

三　以拜神为名,行合欢之实

"早晨早早地起来看盛开的牵牛花,一定更觉得凉爽。"太太从前一天晚上就吩咐下来。于是在离正房较远的墙根处摆好凳子,铺上花毯。太太说:"多层点心盒里装上炒饭,配上削尖的牙签,别忘了煮茶的瓷瓶。明天早晨卯刻稍前一点我得洗澡。头发就给我梳成三折式的吧! 先把那件宽袖粉色里子的麻布夏装找出来。带子要灰缎子、圆圈里有花草图案的,饰带要白色散花的。我为何要这么注意服饰呢? 因为邻镇的客人要来呀! 下人们嘛,只是穿没补丁的麻布服就行啦。天神桥我妹妹那里,平常早晨起来的时候派轿子去接就行。"总而言之,她把什么都交给阿泉去办,然后进了宽宽大大的蚊帐。一动蚊帐,那四角的小铃铛就发出清脆的响声。在她睡着之前,佣人要轮流用团扇轻轻地为她扇风。看看房后的草花,就知道这家人家是怎样地铺张摆谱。

大体说来,世间的女人最喜欢摆阔气讲排场。这家的太太就是这样的女人,可她的丈夫更奢侈。岛原名妓野风,新町的名妓获野,他轮流地嫖这两个名妓。说是去津村的本愿寺拜神,让佣人给他拿着武士穿的无袖衣服随他前往,但是出了家门就直奔妓院,大清早就一头扎进去。

八月十一日天亮之前,一个人悄声地敲胡同里老妇人的板门,那人说:"我是阿泉!"话音未落就"刷"地一下扔进一个捆好的包袱转身而去。老妇人想,可不能把东西放在外边,便把包袱拿进来。点上灯一看,包袱里有顶一目银子的成串铜钱五串,小粒银子十八目,此外有白米三升五合左右,松鱼干一根,护身符口袋里装着一对插在头上作装饰用的宽背梳子,分色印染的整幅布做的宽腰带,黑红地加上银斑点的夹衣,水上漂着团扇图案的半新单衣,底部的里子已将掉下来的布袜。还有一双草鞋和一个加贺斗笠,草鞋带子不齐整,加贺斗笠上写着"天满堀川",这纯粹是浪费笔墨。老妇人想,这几个字不如不写更好,以免把别的什么弄脏。正要把它洗掉时,一个男人站在窗外说:"大婶,我先走啦!"撂下一句话就走了。

男人走后,阿泉来了,她直发抖,说:"东家那边现在正合适。"老妇人提着包袱,抄一条不为人知的近道一溜小跑赶上来。她对阿泉说:"显然我懒得动,但是因为参拜神宫,我送你到伊势吧!"她这么一说,阿泉便露出不高兴的神色。她说:"您年纪大了走长途,无论也不行啊! 您把那位介绍给我之后就从伏见坐夜船回去吧!"虽然她是想甩开老妇人。她们急着赶路,便快步走去。正要走上京桥的时候,碰上了她的一位同事——主人家跑腿的。他是为了看今天早晨大坂的值勤高官隔年换班的热闹而出来的。阿泉一见到他便大吃一惊：被此人看见，对此行肯定不利。

跑腿的对阿泉早就有所企图，所以此刻一见阿泉就特别亲切、殷勤。他说："我早就想参拜神宫，碰见你正好搭伴。行李让我拿吧！正好我带足了路费，决不能让你有半点儿为难之处。"

老妇人的脸色骤变："女人出门男人硬要做伴儿，简直不像话。别人看见，决不会看作简单的搭伴关系吧！特别是我们去参拜的神非常厌恶男女关系不清不楚这类事。我看见过世上为这类事丢人现眼的人，耳闻的这类事也不少。请你千万别跟着吧！"

跑腿的却说："你这是拿让我想都想不到的事责备我。我一点儿也没对阿泉姐有什么说不出口的想法。我只是出于对神的信仰才想起这么做。说起来，男女相恋这种事即使不求神拜佛，神也帮助的，只要按着正道走，日月之神也会怜悯，所以，只要阿泉愿意，她去哪里我都陪她。回头到京城停一停，在那儿呆四五天让她好好休养休养。那时候，有声红叶，有嵯峨的松蘑，正是最有意思的季节。河原町有我们老爷包下来的住处，如果住那儿，是有些不方便，所以还是在三条街的桥西边租个小而精致的房间。这位大婶尽管去参拜本愿寺好了。"他竟这样说话，仿佛阿泉已经完全归他所有了。这是他迷恋阿泉造成的错觉。

秋天的太阳朝山崎一带的山顶倾斜，全部路程已经走了一半。他们来到淀川大堤松林的时候，一个打扮得漂漂亮亮的男人坐在白杨树下似乎在等人。走近了一看原来是事先约定在此坐等的桶匠。老妇人对他使了个眼色，示意情况有变，于是他们就拉开距离先后而行。这完全是出乎意料的麻烦。老妇人找机会先和桶匠假装搭话闲谈，然后告诉他："你也装作去参拜伊势神宫，而且还要装作没有旅伴。看起来你这人很正派。住店时要和我们住在一起。"

桶匠说："俗话说：出门靠人情。一切就请您多费心了。"跑腿的一脸的不乐意，他说："姓氏名谁何方人士都不知道，而且同意他跟女人搭伴儿一起走，这简直是想都想不到的事。"老妇人却用情深义重的语气说："神是什么都看得一清二楚的。况且阿泉有你这么一位身强力壮的人跟着，根本没有什么担心的。"

动身的当天晚上，他们住在一个客店里，老妇人早就想方设法让桶匠和阿泉有个互吐衷肠的机会，可是跑腿的却严加提防。他把两个房间的中间纸隔扇卸下来变成一个房间。阿泉去洗澡间，他也探头看一看。天黑了睡觉时，四个人的枕头也一字排开。

跑腿的躺进被窝之前就把灯碗弄歪，让灯碗里的油把灯芯的火炮灭。桶匠把自己枕旁那扇朝外开的窗户打开："虽说秋天了，这么热得打开吧！"凑巧的是，当空的皓月照得四人的面孔清晰可辨。阿泉装作睡着轻轻地打鼾，跑腿的把他的腿往阿泉这边靠过来。桶匠看得明白，就拿折扇打着拍子唱起《嗣子曾我》中的那句唱词："谈恋爱的全是怪人哪。"他一唱,阿泉睁开眼睛就和老妇人聊天。阿泉说:"这人世上再没有比女人生孩子最可怕的了。我总是想,等合同一满我就到北野的尼姑庵出家,希望当一个佛门弟子。"老妇人闭着眼睛说:"那也好,反正这个俗世上总也没有遂心的事。"她睁眼扫视四周,只见睡下时头朝西的跑腿的现在头朝南了,兜裆布也解下来了。去参拜神宫的人,这副样子实在够粗心的。至于桶匠,手里拿着蛤蜊壳装的丁香油和手纸,那表情似乎很感遗憾。

夜间他们在恋情这桩事上互相干扰,第二天从逢坂出租了大津的驿马,马上不是鞍子而是可以坐三个人的长靠背椅子,两男一女坐在马上,旁人看着有些滑稽。但是一则是他们都累了,二则是各有各的打算,所以别人看着是否合乎体统就管不着了。阿泉坐在中间,桶匠和跑腿的坐在两旁。跑腿的捏捏阿泉的脚趾,桶匠就悄悄把手于阿泉的侧腰摩挲。他们的心理是十分可笑的。

他们一行人真实的目的都不是参拜神宫,所以,到了那里之后,他们连内宫和二见浦的御盐殿这些地方也没去,只在外宫拜了拜。为了显示确实去过,便买了消灾的神符和裙带菜。他们在路上互相紧盯着,一路无事来到京城。跑腿的找了客店住下。一住进客店,桶匠就估算了一下跑腿的给垫付的钱,如数结账,道过谢,说了声"这一路上给您添了不少麻烦"便走了。跑腿的现在以为阿泉完全成了他的了,于是一块石头落地,就按阿泉和老妇人所需不同而买了礼物。

跑腿的焦急地等到天黑,便去拜访住在乌丸附近的一位熟人。老妇人趁此机会说是去参拜清水寺,便带着阿泉急忙离开客店。

她们在祇园街一家专门送外卖盒饭的一家盒饭铺的布帘上看到一张贴在上面的纸,那上面画着锥子和锯的记号,阿泉便走进去。上了低矮的二楼,桶匠立刻迎了上来。她和桶匠在这里喝了决定终身的交杯酒。老妇人顺着那下面可堆放东西的梯子下来,直说"这儿的水可太好喝了",便一碗接一碗地喝煮茶。桶匠和阿泉成就了百年之好,桶匠就乘这天白天航行的船去了大坂。

老妇人和阿泉回到客店马上告诉跑腿的:"我们现在就去大坂!"跑腿的再三挽留,说要在京城再玩两三天,但是老妇人说:"不行,不行! 如果她东家奶奶说她是溜出来跟相好的男人瞎混,那可就不合适啦!"不听挽留便动身了。临走时说:"这包袱就请你老哥帮忙带回去吧!"但是跑腿的说他肩膀疼,不给带。至于给大佛和五谷神前上供的供钱、在藤森茶馆歇脚时喝茶的茶钱,她们俩的那份也各掏腰包付清,然后就去了大坂。

四　桶匠夙愿克遂

"要是参拜神宫,事前跟家里说一声,满可以坐包租的轿子或者坐带长靠背椅子的马去,可是就是喜欢偷偷地去参拜。这礼物是从哪里弄的钱买的? 就是两口子也不能偷偷地去呀! 你们可倒好,两个人偷偷地走,居然再偷偷地回来。跑腿的,为了庆祝阿泉回来,你快给她铺好被窝吧! 这事女人想不到这么干,全是你这个跑腿的怂恿的。给那个没脑子的家伙出馊主意,都是为了让她尝尝男人味儿。"

东家太太大发雷霆,对跑腿的极力申辩一概不听。他无罪而被怀疑,没等到九月五日合同到期就被打发了。后来,曾在大坂船场北部一个叫备前屋批发店货栈当过几年女招待的阿长给他做了老婆,眼下在柳树小街开了一个饭卷铺谋生。他把阿泉忘了个一干二净。男人都是见异思迁的东西。

阿泉倒没什么事儿,依旧在东家那里干活,但是,和桶匠的短暂聚首之情,她却没有忘怀,所以精神总是恍恍惚惚,好像丢了魂一般,简直到了分不出白天黑夜的程度。她不修边幅,女人必须的修饰整饬都懒得动手,样子难看,渐渐憔悴下去。

偏偏这几天东家的鸡也犯了糊涂,没到半夜就打鸣;紧接着,大锅不知什么时候烂掉了底,里面装好的,早晚必用的大酱变了味儿;雷落在内院库房的房檐上……如此不吉利的事接二连三。本来这是自然现象,并没有什么可奇怪的,但是东家心里就是不痛快。正在这个时候,不知谁传出了口风:"都是因为对阿泉一片痴心的那位苦恋男人作的怪。那男人就是桶匠。"东家听到这种传闻,立刻想到:"应该想办法把阿泉给那桶匠。"于是便把胡同里的老妇人叫来商量。老妇人说:"阿泉常说,即使找人家也不愿意嫁给工匠。这话是真是假可就吃不准了。"东家说:"这都是瞎挑拣,不管哪一行,只要学好谋生的手艺,什么时候都错不了。"并且摆了许多看法证明他的话不错,决定找桶匠提亲,于是定下这门亲事。不久,就让阿泉穿起了缝裉的衣服,用黑铁浆把牙涂黑,择定吉日打发她出嫁了。东家的陪送物品是:没上漆的大柜子一个、小藤箱一对、随身带的提箱一个、太太不穿的窄袖便服两件、带睡衣的被褥、紫红布镶的蚊帐、戴头巾的大衣……光东西总共二十三种,再加上陪嫁银子二百目。

男女投缘,生活幸福。丈夫一心一意地干他的手艺活,女人学会了用五倍子铁浆染的线织成条纹布的手艺。两人白天黑夜总干活,日子过得蛮好,根本不用担心中元节、年底还要躲账那类事。

阿泉待丈夫特别好,下雪或刮风天,总是把饭桶捂起来,免得丈夫吃凉饭。夏天坐在他枕旁给他打扇。丈夫不在家时,天黑了就把门关好,对别的男人连看都不看一眼。说不上两句话准提到"我家的那位""我家的那位",显得特别高兴。几年之后,这对美满的夫妻有了两个孩子,阿泉对丈夫更加体贴。

可是世间女人大多见异思迁,对甜甜蜜蜜、卿卿我我那一套往往不视为真实,而把道顿堀戏园子上演的胡编滥造的戏当作真有其事,而且深信不疑,不知不觉地意乱神迷。

她们在天王寺盛开的樱儿之前,和胜寺的藤萝花架之下,看到风度翩翩的男人就魂不守舍,一回到家就嫌弃相依为命的丈夫。世上再也没有比这个更不讲道理的了。从此以后,对于居家过日子的方方面面概无俭省之心:女佣人往灶里多填了多少木柴也不留心不过问。盐化成水了,无用之处也点着灯,如此等等也不算计,焦急盼望的是丈夫身体日衰以便离婚。再也没有比这样的妻子关系更危险的了。丈夫死别之后不出七天就寻找后夫。离婚之后再婚六次七次的也有。这类女人的心地之卑鄙下流,实实在在令人遗憾。上流家庭就绝无此事,这种人家的女人一生之中只委身于一个男人,如果不能白头偕老,即使年轻也要到河州的道明寺、奈良的法华寺出家为尼。可是,身为人妻而别有情夫的女人,这世间却也很多。于是,做丈夫的怵于将来影响自己的声誉,只能把这事遮盖起来而把老婆打发回她家了事;有的当场遇到老婆与情夫的暧昧之事,但出于贪图钱财的卑鄙欲望而私下了结。因为过于宽容,所以这类乌七八糟的男女私通之事也就层出不穷。人世上有神,对犯罪也有惩罚。坏事不管怎么隐瞒遮掩,总有一天必露马脚。看来,人最可怕的就是色情之道。

五 争风吃醋为哪般

"订于本月十六日略备薄斋,敬请光临。如能驾临,不胜荣幸之至。此致本街各位。曲店长左卫门谨具。"

这是一张传阅请柬。

日月如梭,快得像在梦幻之中,长左卫门的父亲逝世以来,到今年已是整整五十周年。自己到了这把年纪应该算长寿,还能够祭悼先人亡灵,应当引为庆幸。按老辈传下来的规矩,如果举办五十周年忌辰法事,早晨吃素,晚斋吃鱼,可唱歌,可豪饮。此后就不再作法事。

这是最后一次法事,所以多花些钱也不在乎,一切都按这个打算做了准备。因此,左邻右舍以及常到这家出出进进的妇女都来帮忙,把碗盏盆碟壶杯等一应家什都拿出来,挨个洗擦之后再摆回橱里。

桶匠老婆阿泉素来多承这家关照,关系密切,理所当然地也赶来帮忙。她主动要求:"厨房里的活是不是派我干些什么?"东家早就知道她是个机灵女人,就说:"你就把储藏室里的各种点心往高边木盘里装吧!"于是阿泉就照着现有的种类、数量,把那些小包子、奈良柿饼、糖核桃仁、米花麦芽豆粉糖、榧子仁等,适量搭配着装进许多木盘,这家主人长左卫门进来想从架子上取下成套的木钵,一失手套钵掉在阿泉的头上,阿泉梳得非常漂

亮的发髻马上散了。长左卫门十分遗憾,连声道歉,阿泉却说:"您千万别挂心!"说完三把两把就把头发卷起来束上,立刻去了厨房。曲店的老板娘看到阿泉的头发变了样,立刻多了心,指责道:"你的头发刚才还梳得那么漂亮,怎么去了趟储藏室就忽然散了? 这是怎么回事儿?"阿泉没有想到这小事一桩会招来什么怀疑,便大大方方老实地说:"老板从架子上拿家什,失手掉在我头上,就弄成这样了。"尽管她实话实说,但老板娘却压根不信:"说得跟真的一样,大白天从架子上拿套钵,它就会掉下来? 这邪气十足的七个套钵!不枕枕头急急忙忙地干那种事儿,头发当然要散啦。好年份给老爹办法事的日子竟然有这种事儿!"她大发雷霆,把人们好不容易煞费苦心摆成各种形状的生鱼片乱摔乱扔,抓种种借口足足大吵大闹了一天,最后人们只好任其吵嚷,不予理睬。

老板有醋劲如此十足的老婆,真是一大不幸。阿泉挨了一整天的骂,心想:"这婆娘让人越想越觉得可恨。反正已经遭了不白之冤,实在没有办法,索性移情老板。对于这种女人只有来个先下手为强!"她这么一想,心地就和以前完全不一样了,不久她就真的恋上了长左卫门。他们开始偷偷地交谈,后来阿泉就一心向往好机会到来。

贞亨二年正月二十二日之夜,给他们创造机会的是许多人都爱玩的名叫拉彩绳的一种游戏,这是最适合妇女春天消闲的娱乐,许多的人吵吵嚷嚷玩到深夜,输了的退下来回家,赢者乘兴继续玩下去,有的玩困了坐下来居然鼾声大作。

桶匠的家已经熄了灯,看家的桶匠白天干活累乏了,睡得捏他鼻子都醒不过来。阿泉玩够了拉彩绳便说要回家,长左卫门相随而来。阿泉对他说:"我们悄悄说过的事不如现在就……"长左卫门没说不同意,阿泉就把他领进家来。这是他们两人第一次也是最后一次亲热。还没等他们解开内衣的纽袢,桶匠醒来,见状大喝一声:"我看见啦! 你跑不了!"长左卫门吓得魂飞魄散,光着身子撒腿就跑。幸亏藤棚有他的一位熟人,逃到这里算是临时捡了一条命。

阿泉自知生命应该到此结束,她便用丈夫的扁铲刺透胸部自杀。后来,女人和她的奸夫的尸骸一起被暴尸于兔饿野刑场。他们的耻辱广为人知,人们把他们的劣迹编成各种流行歌曲,传到远方。

坏事不可能逃脱天罚,人间俗世的确是最可怕的。

第九篇　历书铺子的故事

一　评点美人

天和二年的历书上写着：正月初一，端笔大吉，事事如意；初二，夫妻交合大吉。从古老的神代鹡鸰教给伊奘尊和伊奘冉尊二神男女相爱之事以来直至如今，男女之间的胡闹之事就没断过。

有位大经师有一个美貌妻子，她的艳名远播，都城里的好多男人都为之倾心。她的眼眉酷似京城祇园节抬神舆游行时仪仗队高举的月牙儿矛头，美得无与伦比。那姿色和春雨润泽过而初绽的樱花一般，唇如高雄的盛时红叶，色泽艳丽迷人。这女人住在室町大街。她对时兴衣着特别喜欢，在当代妇人中，她的衣着最能体现时尚，大广阔的京城里再也寻不出像她这样的第二个美人。

诱人心旌摇荡的春季已经到了晚春时节，安井的藤花此刻盛开，像大片紫云一样透迤暧靆，以致把松树的翠绿衬得失去了本色。时近傍晚，赏花的人更多，东山上简直美人如云。那时，京城有一伙沉迷于冶游、无人不知无人不晓的号称"四大天王"的汉子，他们个个都风采超凡，引人注目。他们靠父母交给的财产，从年初一到大年三十，一年之内从来没有一天不沉溺于花街柳巷。昨天在岛原和唐土、花崎、董、高桥等地与太夫们厮混一夜，今天又和四条河原的竹中吉三郎、唐松歌仙、藤田吉三郎、光濑左近等人玩戏。既不分男色女色，也不分白昼黑夜，极尽淫乐。戏园子散戏之后，他们一伙来到一个叫松屋的茶馆，并排而坐，声称："再没有像今天这样热闹的了。城市妇女相率出游了，说不定我们会看到我们一致认为漂亮的女人。"他们选定一位当演员而且精明的人做鉴定美人的头儿，等着赏花归来从此路过的女人。这对他们来说也是另一种乐趣。

但是大多数女人是坐轿回来的，难以看见她们的容姿，他们颇感遗憾。凡是溜溜跶跶徒步而行的女人们，虽然不是个个都丑，但是却没有足以使人注目良久的女子。"不管怎么说，先把好看的画下来吧！"于是他们把砚台和纸拉到跟前开始画美人像。这时有一

妇人走来,看年纪也三十四五岁,后颈的头发长长的,鼻子似乎略高一些,但还算说得过去,眼睛大而有神,前额的发型自然且漂亮;贴身的表里同一的白色的薄而有光的丝绸内衣,中间穿的也是表里同一的浅黄色绸服,外面的是红黄色的薄而有光的表里一致的红黄色绸服,这件衣服上的画是正统的日本画,左袖上画的是吉田兼好法师的肖像,描写的是他在灯下翻阅古书的那个场景,其情趣看来的确别具一番风格,饰带是天鹅绒质地织出不同颜色相间的方格花纹。戴头巾的斗篷是宫廷染法染出来的,白地上染着色彩鲜艳的果实、花草、风景等等,尺寸合适,式样相宜,别具风采。脚穿淡紫色绸袜,登一双三色袢带的竹皮草屐。走路没有声音,腰部的扭动极其自然。他们想,有这样妻子的男人真是幸福无比。这时候,这女人和她的随从张口说话,他们发现她缺一颗下牙,于是恋慕之感不禁大减。

过了不久,一个十五六岁,未必有十七岁的姑娘和一位比丘尼一同走来。比丘尼在姑娘的左边,她身穿一身黑色衣服,看来似乎是那姑娘的母亲。这母女竟有许多女佣和轿夫陪着,那些随从们对她们十分恭谨。刚才还以为那是一位未婚女子,可是立刻发现她那牙齿已用铁浆染黑,眼眉也已剃去。那年轻少女长着一张圆圆的脸,很是好看,眼睛透着一股灵气,显得聪明,耳朵也合适,轮廓分明,手脚都胖乎乎的,皮肤细腻白净。至于衣着的质地和尺寸样式就更不同一般:内衣是黄色无花纹表里一致的绸衣,中层是扎染紫地白点的,外面是灰色缎子缝上去的百鸟补花长袖服;不同颜色相间而条纹宽窄相等的整幅带子,胸部略微敞开,显得风姿艳丽绰约;涂漆斗笠裱着里子,细线多股捻带。仔细看,那形象十分优美,可是,她的半边脸上有一块七分大小的伤疤,怎么也看不出那是数来就有的胎痕。"没错,她现在仍然怨恨那时抱她的奶妈吧!"在人们的说笑声中,那女人就过去了。

过了一阵,一个二十一二岁的女人走来,穿着手织的条纹布衣服,那里子补了又补,被风一吹卷了起来,整个人前便露出寒酸相。带子是用作外褂的剩料凑合而成的,窄得让人看着怪可怜。穿一双旧的紫色皮袜、一双不配对的奈良草屐,戴一顶旧布帽。头发大概是老早以前梳过,蓬蓬乱乱的头发只是马马虎虎地挽了挽,一点儿也不管像不像样子,但她却独自高高兴兴地走着。细看面孔,五官没有一项减色,而且优点具备。人们都惊奇地注视着她,认为世上不会再有第二个生来就如此妩媚姣好的女人了。人们都说:"如若用华丽的服饰把她打扮起来,准是一位令人销魂的美人。看来,穷富都有不遂心的事。""四大天王"也深为她的命运不济而遗憾。于是派人悄悄地跟在她的后面从而弄清了她的情况:这女人家住誓愿寺大街尽头的近郊,是烟草工厂的女工。

在她之后走来的是一位二十七八岁的女人。这女人的衣着十分华丽:三层窄袖衬衣全是黑纺绸的,红绢里子把下摆的边包上,配上金线缝的象征性的家徽;饰带是大髻在头顶、髻头上翘、尾部下垂的发型,并且以上等纸坐垫,插梳成对,发髻上搭一块两端垂于左右似乎用刷子刷色、涂成花纹的手帕,戴一顶吉弥式斗笠,那斗笠故意戴得很浅,走路姿势是轻抬腿慢落脚,腰部款款摇摆。人们都说:"看这个! 看这个!"其中一个人却说:"先别说话,好好看着!"于是大家都等着那女人走过来。等她走近一看,只见随行的三个女仆每人抱着一个孩子。人们这才明白,她挨肩儿生了三个孩子。这时她后面又有喊妈妈的,但她装作没听见就过去了。"像她那样爱装模作样的人,即使对自己的孩子也觉厌烦吧! 女人的风采,生孩子之前最好!"人们说罢哈哈大笑。那女人如果听见人们的说的话,一定会心烦。

后面又来了一顶轿子。那轿子走得很慢,坐轿子的是个十三四岁的。头发梳成长发型,前边折个弯再梳向后边,红绢叠成束扎住头发,额上的头发像男孩子一样弯曲,再用金色发绳扎起,插着一把漂亮的背部厚达五分的梳子。姑娘的美貌当然不必赘述,仅说服饰就别具一格;内衣是白绸子面料,画上水墨画一般的花样,上面是彩虹色闪光绸上缀着孔雀补花,罩着从中国进口的丝编织的网,然而它并不是简单的一张网,而是匠心独具的窄袖便服,仿佛让人透过这网看到孔雀补花的衣服;腰束一条无衬芯的、十二色的绸带;素足穿着高级纸带的草屦。流行式样的斗笠则让随从拿着,那上面簪着许多藤花花蕾,仿佛是为了给未去观赏藤花的人们鉴赏所用。

从今天早晨开始看过的许许多多美人,她与之相比毫不逊色。向一位过路的悄声打听这位姑娘的名字,据回答称:"她是室町某家的女儿,素有当今的小野小町之誉。"那人说完就走了。"四大天王"认为她是今天所见首屈一指的美人。他们后来才意识到,干这种事纯粹是恶作剧。

二 代写情书酿成大错

光棍汉的生活是单纯而轻松的,但是丧失老婆的人的夜晚就远比别人冷清寂寞。前面提过的大经师就曾经过了多年的鳏夫日子。因为是住在都城,可爱的女人当然不少,他总希望找一个品貌出众的做老婆,但是可心的女人却委实难以找到。正如小野小町的诗所说"凄凉之身如浮萍",鳏夫生活的寂寞冷清,就更使他对于素有当代小町之称的那位姑娘怀恋不已,于是求人帮忙前往看看姑娘长相究竟如何。恰好这年春天被人称为"四大天王"的一伙人在四条大街茶馆设"关",专门鉴别赏花归来的妇女容貌。搞这项活动的人们也认为斗笠上簪着藤花、温文尔雅的姑娘最美。根据这个鉴定,大经师便选定了这姑娘,于是想方设法地摆脱麻烦,一心一意加紧努力,急于成就这门亲事。那时,

177

有个地方叫下立卖乌丸上町，那里有个无人不知、特别能说会道、绰号叫"真响"的以说媒为营生的妇人。大经师千手托万手托地求她说媒，并送去定亲的酒桶。那姑娘名叫阿珊。好事多磨，亲事说成后，择定吉日，便把姑娘迎娶过来了。

从此以后，不论是鲜花盛开的夜晚，也不论晓月将没的清晨，大经师别无所恋，夫妻和和睦睦地过了三年。阿珊不论白天晚上总是勤勤恳恳，亲自动手搓捻绸线，灶里从不多添一块木柴，认真地记居家过日子的开销账，无用的开销一律省去。商人家庭最期望的就是这样精于持家的妇女。

因此，他们的家业日渐繁荣兴盛。在举家无不为之庆幸的时候，家主遇到一件事，他必须前往江户一趟。京城的家固然使他放心不下，但是总比不上世事之路的艰难。他决定非去一趟江户不可，便去了室町的岳父家，详细叙说情况，也请岳父考虑女儿看家期间的冷清寂寞，他说："有没有精明而又可靠的人？如果有，我不在家的时候铺面上的事让他给经营一下。家里的事，阿珊也有个遇事可以商量的人。"天下父母之心相同，做父母的爱儿女之情殷切，岳父反复考虑，决定派曾在他家干过多年的年轻伙计茂右卫门到女婿家帮忙。

这个年轻人正如俗谚所说"正直的脑袋里有神佛"一样，非常正直，他的头发任人随便梳理，理个什么样子就是个什么样子，额前头发是否整齐也不介意；袖口还不足五寸；从三岁蓄发以来，从来都是戴过去在妓院时为避人耳目的斗笠，不用说腰插装满得漂漂亮亮的短刀了。他的全部生活就是拨弄算盘，做梦都想着经商赚钱。

秋末的夜风劲吹，使人不由得想起寒冬将至。茂右卫门想到，为了冬天无病应该先灸一次。正好侍女阿铃善于此道，手又轻，所以就请她帮助，自己先揉搓好许多艾叶放着，在阿铃的梳妆台上搭上条纹布棉被。茂右卫门扶着梳妆台，于是灸起来。开关一两处就热得难受，奶妈、店员、使女都来帮忙，按着艾灸穴位的四周。人们看他龇牙咧嘴那副样子全笑了。越往后烟越多，而且闷热得难受，根本等不到最后的盐灸了。这时，阿铃一失手把带火的艾绒弄掉，火绒顺着茂右卫门的脊梁骨往下滑，烧得肉皮起皱，痛得他眉头紧皱，但是生怕阿铃难为情，只好闭上眼睛咬牙关挺下去。阿铃也觉得过意不去，便把艾绒弄灭，摩挲他的皮肤。她第一次抚摸男人的肌肤，不由自主地对茂右卫门有了爱怜之意，自己甘受不为人知的相思之苦。这事终于传开来，当然也传到阿珊的耳朵里。但是尽管如此，却无法制止阿铃思念茂右卫门。

阿铃家境贫寒，她不会写字，所以哀叹自己不能用书信表达心意。她对店伙计久七十分羡慕，因为他尽管识字不多，但能够把要说的话笨笨拙拙地用笔写出来。她于是悄悄地求久七代笔。但是久七想的是把茂右卫门抛在一边不管，抢先给阿铃写一封情书吧，于是唰唰写起来，一挥而就。最后又写上"致茂兄，亲笔"。她把这封信给了阿铃，阿铃非常高兴。她想找个适当机会把信交给茂右卫门。有一次茂右卫门在店里喊："拿点烟的火来！"偏巧厨房里此刻没有别人，阿铃趁此机会就把那封情书亲自交给了他。

茂右卫门根本不知道这封长长的情书是阿珊写的，以为阿铃亲笔所写，就写了一封滑稽的回信给了阿铃。因为阿铃不识字无法读这封信，所以就在女主人高兴的时候托她给念念。那信写的是："承你关心，给我写信，这是我没想到的。我也是年轻人，所以不会不愿意，但是如此睡了觉，那可就得请接生婆帮忙了，实在麻烦。不过，衣服、外褂、洗澡钱、化妆品钱等等你全包了的话，尽管我不大愿意，还是满足你的要求吧！"茂右卫门下流的居心非常露骨。

阿珊读完信，非常生气，她说："这实在可气！世界上男人还没绝种，阿铃生来就不比一般人差，像茂右卫门这样的混账男人我教训教训他！"于是她又写了一封信，数落了茂右卫门，为打掉他的威风，反复忠告。茂右卫门看了这封信很难过，后悔当初不该耍笑阿铃，便写了一封很有情义的回信。那信上说定："五月十四日晚是每年例行'待日'的日子，那时我定去见你。"看了这信的阿珊和女佣们无不放声大笑，有的说："准是借此机会办好事啦！"阿珊出了个主意，由她代替阿铃。到了那天晚上，阿珊在身上盖上一条布单，躺在阿铃的铺盖上等待天明，但是却不知不觉地睡着了，而且睡得很香。女佣们都按阿珊的吩咐，只要阿珊一声喊便一齐出动。她们人人不吭气，有拿木棍的，有拿手杖的，有的拿带把儿的蜡台的，事先在各处埋伏好。但是，因为从傍晚开始就闹腾，都觉累乏了，她们也不知不觉全都酣然入梦了。

天亮的钟声响过之后，茂右卫门脱掉下身衣服，只穿一件睡衣，钻进暗夜，悄悄溜进阿铃的房间。他急不可耐，连话也不说就办了好事。他只知道女人衣袖的香气让他感到十分温馨，给女人盖好之后就悄悄退了出来。他心想："这世界真讨厌！本来以为阿铃还是个处女呢，原来早就和别人有过这种事！"于是觉得非常可怕，决心不再和她幽会。

阿珊从梦中醒来，大吃一惊。枕头已经移位，带子解开了不在手边，手纸散落一地。她明白自己是在梦中失身的，感到十分可耻，她想："这事不可能不传开。一旦传开，那就不如豁出去留下一生一世的坏名声，走和茂右卫门私奔这条唯一的路。"她觉得事已至此，欲罢不能，便把心事讲给茂右卫门听。然而茂右卫门认为这是出乎意料的事，他已经跨上了阿铃这匹马，如今不能换上阿珊。尽管如此，他俩依旧每夜幽会，不顾别人的责难，在逆情悖理这条路上沉沦下去。过不多久，他们就必须做出生与死的选择。这真是十分危险的人生赌博。

三　投海自尽

人的理智思考根本能为力的就是情。《源氏物语》上就是这么写的。紫式部曾在自己写《源氏物语》的地点石山寺举行过启龛活动，所以，现在都城的人们不去东山赏樱花，而是成群结队地来到石山寺。这样，来的人和回去的人都要经过逢坂关。看那些女人们，几乎个个都是时兴装束，看不出哪一个是为祈祷来世幸福而前来拜佛的。因为大家仿佛是为了比赛服饰而神气活现地招摇，观音菩萨对于这些人的心态一定也觉得滑稽可笑吧！

阿珊和茂右卫门此时也来到这里拜佛。他们的想法是："花可以比作人的无常生命，什么时候凋谢很难说。这里的海湾和山岭，我们是否能够再次看到同样无法预料，所以今天想来就来了，既来了就玩个痛快。"于是，他们从濑田雇了一条双橹的小船。阿珊想："长桥虽然长，但自己和茂右卫门欢乐却长不了。"他们便在船上作乐。然而，阿珊那凌乱的头发和郁郁寡欢的愁容，也许连镜山也为之怆然欲哭吧！屡行不义，难逃法网，迟早一定受到惩处。他们在坚田的海滨听到有人喊渡船，也疑为可能是从京城追来抓他们的公差，吓得几乎魂飞魄散。阿珊希望自己的寿命能像长柄山的名字一样长久，但是自己的寿限可能到此为止，和比叡山、富士山不足二十个山峰一样，还不到二十岁的年龄，就要像雪一样从这个世界上消失。想到这些，她几次泪湿衣袖，想到自己难免和已不存在的志贺古城一样，成为过去，就更加悲痛。掌灯时分，他们来到保佑人益寿延年的白髭大明神神社，向神祈祷时，就更加感到自己生命的虚幻无常。

阿珊说："反正在这人世上活的时日越多，痛苦就越多，干脆投湖自尽，我们在极乐净土结为夫妻吧！"茂右卫门却说："虽然这命并不足惜，但是人死了之后究竟怎样谁也不知道。我想了个主意，我们给京城方面写个留言，谎称我们投湖自尽。先放出这个风去，然后，我们悄悄地离开这里，远走高飞，找个地方过我们的日子。"阿珊大喜，她说："我离开家的时候也有这个打算，所以就在衣箱里装了五百两金子。"茂右卫门说："这才是活下去的老本钱哪。我们赶紧悄悄离开这儿吧！"于是他俩各自写下留言，内容大致是："我们起了歹心，做了见不得人的事，天命难逃，眼下已无容身之地，本月今日告别人世……"阿珊把护身的一个一寸八分的如来佛像掏出来，配上事先剪下来的头发，茂右卫门把经常带着的那口由著名刀工关和泉守兼定锻打、红铜穿钉、蟠龙铁锷、长一尺七寸的大腰刀解下来，让人们看见东西就足以判定是他们两人的遗物。此外，两人又分别脱下外衣、足展，把这些东西全都扔在岸边的柳树下。又悄悄雇了两位精于水性并善于悬崖跳水的本地渔民,给以重金并向他们讲清楚两人佯装情死的计划。对方欣然同意,只等深夜行事。

阿珊和茂右卫门装束停当,然后推开给随从们租住的渔家柴扉,把他们叫醒,对他们说:"我们想现在就自杀,结束生命!"说完了立刻出去。这时,浪涛汹涌的海边隐隐传来诵经的声音,紧接着就听到两个人的投水声。就在随从们的哭声与喊声之中,茂右卫门背起阿珊,穿过山麓小道,退到杉树林的深处。水性极佳的两个渔民潜水于浪涛之下,从不为人知的浅滩上岸了。

他们的随从束手无策,只有长吁短叹,求渔民想尽办法寻找。这当然是徒劳的。天已大亮,随从们只好流着泪收集起茂右卫门和阿珊的遗物回京城报告家主。主人考虑到家丑不可外扬,悄悄商量,决定此事不要声张,消息不得外泄。但是纸究竟包不住火,风声立刻广为传播,成了人们游春时的话题。当然,这都是那家中特别喜欢传播闲言碎语的人泄露出来的。

四　途中遇险,不悟神示

阿珊和茂右卫门如今已是私奔而逃出京城的人了。茂右卫门拉着阿珊的手踏着山径荒草,好不容易登上一座山峰。回头看看走过来的足迹感到可怕。想一想,觉得虽然活着但如今却成了已经死去的人,尽管纯粹是心甘情愿,但毕竟是万分凄惶的。而且再往前走连个樵夫的脚印也看不到,现在痛切感到荒山云中迷路者的悲哀。阿珊那女人羸弱之身已经再也走不动路了,她无比痛苦,几乎上气不接下气,脸色铁青。茂右卫门很难过,他用树叶接住从石缝中滴下的水送进她的嘴里,极力救助,但渐渐失去希望,他觉得她差不多就要一命归西。没有可以当药的东西,茂右卫门坐等阿珊生命终结的时候,凑近她耳畔说:"再往前走不远就到熟人住的村庄了。如果能到了那里,那就好了。你会忘掉这时的痛苦,舒舒服服地躺下和我闲话家常……"他这么反复开导,这话让阿珊听得入耳,她说:"真让人高兴,是个肯于为我牺牲性命的好男人!"因此打起了精神。茂右卫门觉得这是爱怜之情使他的灵魂去而复返,以感情为重的女人实实在在令人疼爱不已,所以就又背起阿珊继续向前走,不久就到了一个小村庄,他把阿珊放在一户人家的墙根处。

这里是通往京城的一条大道,悬崖处有一条马刚刚过得去的道路。稻草铺的屋檐下挂着杉树叶子捆成的酒幌子,上面挂的招牌是"粮曲上等精工酿造"。茂右卫门扶阿珊走近铺子。铺子橱窗里的年糕是什么时候打出来的说不清,反正满是灰尘已经看不出白色了。整个铺一分为二,一边摆着茶刷、土偶、拨浪鼓等,这些东西还算有些习见的都城气

氛，阿珊也因此而恢复了元气。他们在铺前喝茶、稍事休息。因为过分高兴就给了老汉一两金子。出乎意料，那老汉看见金子却毫无反应，愣了愣，显出很不高兴的神色说："给茶钱吧！""哎呀，京城离此地只有十五里，可是竟然还有不知道金币的乡民。"

他们从这里去了一个名叫柏原的地方，拜访了消息断绝已久的茂右卫门的姨母。一谈起过去，毕竟是姨母与外甥的情意不同寻常，姨母对他们十分热情。他们说起茂右卫门父亲茂介的事，流着眼泪整整谈了一个通宵。到了早晨，姨母又看到了漂亮的阿珊，便悄悄问外甥："这位是……"茂右卫门一时张口结舌，原因是他事前没有想到姨母要问，便随口答道："这是我妹妹。在宫里干了好几年，最近得了病。她说已经过够了那种拘束的生活，要是有个安静的山村，有个合适的联姻的人，不妨降低身份干点儿乡村里院子里的活，所以我就把她带来了。她自己积攒了二百两银子。"他也没加考虑，只打算应付一时就这么编造了一通。任何地方都是人欲横流的所在，他姨母一听居然带来了二百两银子当然眼红，她说："这可太好了！我儿子还没有正儿八经的老婆。咱们之间是至亲关系，所以无论如何也要嫁给我儿子！"她当场提亲，茂右卫门就陷于窘境了。

阿珊忍气吞声，泪流不已："这样一来，如何得了啊！"正在一筹莫展之际，老妇人的儿子深更半夜回来了。看他那样子真的可怕：个子特别高大，头发卷曲像狮子的毛，胡髭蓬蓬，眼睛充血，凶光炯炯，手脚粗壮得像松树树干；身上穿的是旧衣服，用撕成布条编织的一条藤绳束腰，一只手拿着放火枪用的引火绳，一只手提着一条装着兔子、狸子的草袋，看样子准是个猎人。一问名字，他说名叫太郎。他是本村无人不知的无赖。听他妈说给他说妥城市的女人做老婆，这个浑身脏得要命的汉子万分高兴："好事就得快办，今晚上就成亲！"说完就拿来小镜子照了照脸，显出等不及的一副天真的神态。他妈也说马上就预备办喜事，找出咸鲔鱼和壶嘴碰破了的酒壶，用草编的屏风围出两铺草席的地方，摆上两个木枕头，没有褥子用两条镶边的草席代替，放上一床横条纹被面的被子，火盆里点上松树明子当灯……总之，今天晚上将是一个不同寻常的夜晚。

阿珊非常伤心。茂右卫门也愁眉苦脸，他说："我完全是为了应付一时而说的。造成这种局面，完全是前世的报应。今后发愁的事准没完没了。我本来应该投湖而死，没有死想活下来，可是老天爷不容我再活下去了！"说完就手握短刀站起身。阿珊连忙按住他的手说："未免太沉不住气了，何况还有许多办法可想。天一亮我们就离开这儿。一切的事情就请交给我办吧！"她先把茂右卫门稳住，当天晚上高高兴兴地和那汉子喝了交杯酒，然后对他说："我是任何人都讨厌的丙午年生的女人。"是太郎却说："丙猫年生的也好，丙狼年生的也罢，我都不在乎。我喜欢吃青蜥蜴，而且常吃，我是个死不了的命。今年已经二十八了，从来没有肚子疼过。茂右卫门老兄他最好学我这样。听说你们家遭了灾难，所以看在亲戚的情分上才留下你。"说完就枕着阿珊的膝盖躺下了。悲惨的遭遇中竟然还能遇到这么可笑的事。她焦急地等待是太郎睡沉。下半夜,她离开是太郎,与茂右卫门立刻逃走,先去丹波的偏僻之处落脚。

　　过了几天,他们到了丹后路,在切户这个地方的文殊堂彻底祈祷。半夜时分,两人困乏已极,打起盹来。茂右卫门做了一个梦:文殊菩萨说:"你们在人世上做了极其不仁不义之事,不论逃往何处,决不能免于惩罚。这样说是因为到了这个地步,已经无法挽回。但是,如果今后脱离俗世,剃掉以往珍惜的头发而出家,两人断绝尘世之缘,各自念佛诵经,弃恶从善,入菩提之道,可能对于你们的俗世之命有所帮助。"这是他在梦幻之中听到的菩萨救苦救难的忠告,但是他却回答说:"今后我们的结果如何,你就别操心了。我们喜欢这样,所以豁出性命做出这不义之事。文殊菩萨,从您法号上就可以知道你光知道男色,对于女色您可能一点儿也不懂。"刚说到这里,那烦人的梦就醒了。细听天之桥传来的松风,仿佛在说:"人生似浮尘,风吹渺无痕。俗世本如此,无常是本真。"然而他们却毫无警醒之意,依旧耽于悖理弃义的淫乐。

五　罪有应得

　　人做坏事,他自己心里明明白白,只是不说出来而已。赌博输了的,不声不响;嫖妓而被骗光了钱,却装作若无其事;爱打架的人打败了,对别人秘而不宣;投机商人赔了钱,自己要想尽办法掩盖过去……这都和"踩了暗处的狗屎"的那句谚语一样,在人所不知的场合遭到失败,自己装作若无其事也就瞒过去了。可是,对于娶了水性杨花女人的男人来说,隐瞒妻子与人私通,未免太痛苦了。大经师说:"阿珊这婆娘反正人也死了,没办法。"就按这个态度对邻里亲朋交代过去。想起夫妻往日的温情,尽管恨她,但依旧招请和尚追荐亡灵。可悲的是,阿珊那余香犹存的窄袖便服如今已成了菩提寺的幡和华盖,一任无常之风吹拂。睹物思情,就更令大经师哀叹不已。

　　但是,俗世之中再没有比人胆子更大的。茂右卫门本来是小心谨慎的人,入夜概不出门,如今在不知不觉之中已忘记了自己是什么身份。他怀念起都城的一切,意欲独身前往。他把阿珊托付给村里的老乡,一身下人装扮,把斗笠扣和深深的,根本没有要办的事却上了路。他特别害怕碰上熟人,所以走在路上总是提心吊胆。没有多大工夫就到了广泽池畔。这时已近黄昏,看到水池里倒映出两个月影,不由得想起阿珊,泪湿衣袖。走过瀑布从高处直下砸在岸石上化作无数零珠碎玉地响瀑山,经过御室、北野等地,按自己熟悉的地理信步匆匆走去,过不多久就到了京城的大街。可是,越到热闹地带他越害怕。

对于十七晚上的月亮之下自己的影子，也觉得那不是自己，时刻胆颤。进了老板所住的那条街，悄悄地踅进老板的家，只见好多人正在闲谈。有的说江户应该汇来的银子早就该到然而仍未收到；年轻的伙计则凑成一起谈论谁的头发梳得好，谁的布衣服做得好……这些都是和色情有关的议论。

再继续听他们还要谈什么，果然谈到了自己的事。有人说："说起茂右卫门这小子，他偷了一个绝世美人儿，毫不可惜地搭上性命，像他这样的家伙，死了才是报应呢！"另一个人说："一点儿也不错，这件事够我们回忆一辈子的了。"还有一位挺深刻地说："茂右卫门这小子根本就不能归到人堆里。他骗取了老板夫妇的信任，可做了如此下流的事，是一个十足的恶人。"人们有条有理地把他大骂一通。茂右卫门一边偷听，一边想："方才说话的准是大文字屋的那个喜介，这小子不懂得人的感情，光凭自己的怨憎说。他向我借了八十目银子，立有借据，凭他方才这番话就该掐住他的脖子把他的脑袋给拧下来解恨！"他恨得咬牙切齿，站起来、却抑住了自己的冲动。如今自己已是偷生于世之人，毫无办法，只好忍耐。这时有一个人接着说："据说茂右卫门并没有死，和阿珊老板娘住在伊势一带，还在卿卿我我哪！"他听了这些话吓得发抖，立刻感到浑身发凉，赶快溜了出来。他在三条街的马车客栈里住下，连带灶的木槽式澡堂也没进就躺下了。这时正是对月祈福期间，有专干跑腿代交祈福供钱的人前来，他便包了十二文钱的佛前灯油费交那人带走。他对会藏菩萨的祈祷是保佑他的秘密和今后的去向不为人知。可是菩萨如何能保佑一个作恶的人呢？

天一亮他就起来，想把京城看个遍，避开人耳目从东山看起，又从那里经过四条河原。这时对着把门的直喊："藤田小平次的歌舞伎，连演三出戏，头一出开始啦！"他想，什么戏呢？不妨看看，回去好对阿珊讲讲给她解解闷儿，便租了一张草垫坐在最后面。想到也许碰上熟人，心中便忐忑不安。原来戏的内容是说一个人把人家的姑娘拐走，这样的戏他越看越不舒服。他往前边一看，阿珊的丈夫正坐在那里，马上吓得他魂飞魄散，大有俗谚所说"一只脚已经跨进地狱之门"的感觉。万分危险，他赶紧逃出戏园，抹着汗珠冲出戏园的栅栏门。回到丹后的乡下以后，他就再也没胆去京城了。

正是菊花盛开将近九九重阳节的一天，大经师家里每年都有贩运票子的商人从丹波来。闲谈之余来客问道："太太呢？"家人因为不便说出实情，所以谁也不答话。沉默良久之后大经师才满脸愁容地说："她死了！"票子商人立刻说："长相一样的人，这世上还就真有呢。丹后的切户一带就住着一位和这儿的太太分毫不差的人，和她在一起的那个年轻人也和你们那伙计一模一样。"他说完就告辞了。大经师听了这话，一心想查个水落石出，便打发人去看个究竟。回来的人说，那两人就是阿珊和茂右卫门，于是大经师便请了许多亲属帮忙前去抓人。

他俩无法难逃罪责。经过多次审讯之后,当初把他们撮合在一起的女人阿铃被判处同罪,三个人一起在票田口刑场被处死。九月二十三日凌晨的梦果然应验。他俩临刑前泰然自若,因而成了人们闲谈的话题。直到现在,阿珊受刑前穿浅黄色窄袖便服的姿容和她的名字一起,仍然常留人意。

第 十 篇
青菜店老板家的故事

一 新年的烦恼

　　严冬季节寒风刺骨,腊月的天空,虽说是晴朗少云,但云来得快去得也快。人们都忙着置办年货。有的人家在捣年糕,有的人家在打扫屋内的尘土。称银子的天平准确与否,须用小锤敲一下指针孔才能知道,这种敲打金属的声音非常清脆悦耳。每到年终岁尾各家店铺要结算一年中的来往账目,这早已成了习惯,为此奔忙,也属当然。各家店铺人来人往,络绎不绝。有个叫花子领着一个小瞎子走过来,边走边叨咕:"给这个小瞎子一文钱吧!"那叫声实在令人厌恶。他们刚刚过去,就跑来了替人跑腿的人,他往复寺院神社送还当年护身符,同时领取明年新护身符。卖木制上供用具的,卖榧子、干栗子仁儿、镰仓虾的,来来往往川流不息。至于通町大街上,卖玩具驱邪弓的,卖新做的成衣、袜子、竹皮展的摊位一个挨一个,不由得让人想起吉田兼好法师描写除夕之夜的人们"双脚不沾地"这句话。即使是现在,有家有业的人家到了年底依然如此忙碌。

　　快到除夕的二十八日半夜闹起了火灾,人声鼎沸、吵吵嚷嚷。遭灾的人家从屋里急忙往外抬大躺柜,各种声音响成一片。帮忙的人中有的扛着藤条箱、账簿文具箱往外跑,有的先打开地窖的盖子把绸缎等值钱的东西扔进去,但是那也不会持续多久,烧个精光。如此在烧过的荒野上雄鸡寻找它的儿女一般,有的人面对废墟叫喊着葬身火海的妻子,有的悲怀老母。幸存者痛哭之余,便去投靠熟悉的亲朋旧友,寻找栖身之地。这的确是十分凄惨的场面。

　　江户的本乡一带有一位开青菜店的他叫八兵卫,他出身富有的大户人家,先辈身份相当高贵。他有一个女儿,名叫阿七,年方十六。如果把她比作一朵花,那便是盛开在上野的花;如果比作月亮,那也是隅田川上映出清影的月亮。人们几乎想不到世上还有这么美的女人。时代不同了,不能把阿七引荐给曾吟出著名诗句"决不负其名,竭诚问都鸟:我有钟情人,而今仍在否"的在原业平,的确遗憾。没有一个男人不喜欢她。因为大火逼近她家,她便扶持着母亲到她家皈依多年的菩提寺,暂且避难。来吉祥寺避难的不止她一家,而是很多人家,一时间长老的方丈里也有了婴儿的啼声,妇女们在佛前就乱扔内衣,或者从丈夫身上跨过去枕着母亲睡觉,横七竖八地躺着,胡乱地过了一夜。到了早晨,有的人拿供佛奏乐用的铙钹或钲当洗脸盆,有的人把佛前上茶的碗当了饭碗。遭此百年不遇的灾难,人们在混乱中的这般举止,佛祖也不会发怒的,释迦也要睁一只眼闭一只眼吧!

阿七细心照料母亲,小和尚们知道如今的世道万不可粗心大意,无论什么都加倍注意。更糟糕的是夜间起了大风,避难的人们难耐寒夜,双手抱住肩,在寒风中瑟瑟发抖,住持僧人慈悲为怀,把他们供换着穿的衣服倾其所有全部拿出来借给人们换御寒冷。阿七领到的是一件黑纺绸的长袖衣服,上面有桐叶和银杏叶的比翼徽。红色的里子,下摆镶着山形的起伏曲折的边,薰上去的香气也不知过了多久,香气还在。至于剪裁,完全是按照窄袖便服样式裁的,做工也十分精细讲究。阿七被这件衣服深深地打动了心,她想:"这是哪位年轻而过早谢世的妇女穿的呢?肯定是她家的人们睹物思人而倍感悲伤,所以才送到寺里来保存的吧?"她想到自己和物主的年龄相仿,就哀其早逝而百倍痛心,为本来无从谋面的人不幸早逝而生发了人生无常之感。她想:"人的一生真像一场梦。对于人世已无所求,只有祈求来世才是正道。"所以她无精打采,忧郁寡欢。打开母亲的念珠袋,提着念球丝绦,一心暗诵佛经。恰巧此时,她看到一个相貌美好、气质高雅的青年男子站在院子里,一只手拿着银镊子挑左手食指上可能有的刺。时近黄昏,她真想拉开那拉窗式的门走出去帮他一把,但实在难为情。正在为难,她母亲却看着不忍而走了出来,说:"我给你拔出来吧!"说着接过镊子,认认真真地花了好一阵时间,但终因老眼昏花无济于事,甚至刺扎在哪里也没弄,因而面露难色。阿七睹状,觉得自己眼力好,准能把刺拔出来,便靠近站了站,不过难以启齿主动要求代替母亲,也只好站在旁边观望,最后她母亲终于说"你给他拔出来吧",她才高兴地接过镊子。

阿七一只手捏着那青年的手把刺拔了出来。因为阿七的手也被那青年紧紧地捏着,她神不守舍,六神无主,又觉得有些难舍难分,但因母亲在旁无缘交谈,不得已,只好等在道别的时候故意把镊子带走,为的是送还那把镊子时再随后追上去,热情地同他握手。从此以后,两人彼此朝思暮想,魂牵梦萦。

阿七不知不觉中坠入爱河。她常想:"他是干什么的呢?家住在哪里呢?,也不知道以后还能不能再见到了。"向寺院管理施主捐献钱物的和尚打听,回答说:"他叫小野川吉三郎,他的先人很有权势也很正派,他本人现在是个流浪武士,为人忠厚,通情达理。"和

尚这么一说，阿七愈加思恋他，便偷偷地写了信差人悄悄送去。但是没等送到，吉三郎那里却接连不断地寄来表明深切思念的情书。既然两人都明确表示爱慕，那就是双方出自内心地相爱了。两人甚至等不到对方写来回信就深深地爱上对方的人，也是被对方深深所爱的人。他们在等待幽会机会的过程中，深感人世间的辛酸。

除夕之夜就这样在万般思念之中过去了，第二天便是新年的伊始，大门两侧用红松、黑松装饰起迎春松，一翻新皇历，那上面写的是"初二最宜男欢女爱"，觉得实在可笑。但是没有好机会，终于难结鱼水之欢。按古诗所说"为君赴春郊，细摘新菜芽"，要做七种菜的菜粥，来庆祝春光来临的初七。可是初七也白白地过去了，没有结果。过了初九、初十，一晃又过了十一、十二、十三，到了十四的傍晚，说话就要到十五，迎春松也撤下来了，但始终没有见到面，空怀向往之心，毫无所获。

二　情深义重无惧春雷

古诗说"鹅黄柳梢细如丝，穿起露珠更好看"，在润物细无声的春雨悄然无声地下着的夜晚，也就是十五的半夜前后，有一位自称是从柳原来的人，一声比一声紧地猛叩寺院的大门。和尚们都被这猛烈的敲门声惊醒，慌忙跑出来一问，对方说："米店老板八左卫门由于长年患病，今晚去世了。死者早就留下遗言，今天晚上必须把他送到坟地安葬。"因为出家人有这个责任，自然不能不去，所以和尚们都来不及换上衣服，各打一把雨伞就动身前往。留在寺院的只有在厨房干活的一位七十多岁的老太太和一个十二三岁刚出家的小和尚，此外就是一条红毛狗了。松涛阵阵，特别凄凉，偏巧又是第一次雷声彻四方，谁听了都觉得怪可怕的。那老太太便把过节炒好的驱邪用的黄豆拿出来作驱雷之用，找了个有天花板的小房间躲了进去。

阿七的母亲心疼女儿，轻声地安慰她，把她拉进自己的被窝，提醒她："雷声响得厉害时要把耳朵捂住。"阿七本来是怕听雷声的，但是她想到，要想和吉三郎见面，今晚上可是个最好的机会，错过了恐怕就没有机会了。于是她说："人为什么那么怕雷呢？大不了让它劈死，我可一点儿也不怕它！"女人家根本就用不着逞这个强，这纯粹是多余的话，所以连那些避难的妇女也背后嘲讽她。

夜逐渐地深了，人们都先后睡去。鼾声和檐头滴水声混在一起。月光从套窗的缝里照进屋里来，四周一片沉静。这时，阿七从寺院的客房悄悄溜了出来。她浑身打颤，脚步不稳，一不小心踩了一位睡梦正酣的人的腰部，吓得她心惊肉跳，头昏脑涨，一时说不出话来，只有双手合十一拜再拜地道歉。可对方却毫不责怪，她觉得奇怪，仔细看那人，原来是自家做饭的女工阿梅。

阿七正想从她身上跨过去，但是衣摆被阿梅拉住，阿七吃了一惊，心里暗想："难道她不让我走？"原来不是，她交给阿七一张叠起来的手纸。阿七非常高兴，心想："这顽皮的姑娘在这匆忙中还想到这个。"

阿七看了方丈一眼，吉三郎并没有睡在那，她心里很不痛快，便走进了厨房。老太太已经起来，叨咕了一声"今晚上这老鼠"，便用一只手归拢酱油煮的松菇、炸面筋、淀粉口袋等。这位老太太端详了一阵阿七说道："吉三郎和小和尚在那三铺席的小间睡。"她敲了敲阿七的肩膀小声告诉她。真没料到，这原来是个很明事理的老太太，觉得让她在庙里做饭实在是屈才。看她为人也挺可爱，阿七便把身上的紫色白斑点的带子解下来送给她，去了她指点的地方。这时，夜已经深了，可能已到丑时，常香盘上的铃铛掉下来，发出了几声清脆的响声。

大概是小和尚负责给常香盘填香，他起来给香盘挂上线，点上香，却磨磨蹭蹭地不走。阿七有点不耐烦，等他回寝室等得着急了，于是想了个坏主意，把头发弄散，装出可怕的鬼脸，从黑暗处吓唬小和尚。没料到这小和尚还真有佛心，根本不害怕，他二目圆睁地说："你原来是个不系带子、吊儿郎当的捣蛋鬼，你立刻给我滚蛋。你要是愿意给我和尚当老婆，那你就老老实实等和尚回来！"阿七难为情地跑上前来与他说："我想给你睡觉！"小和尚笑笑说："你去是找吉三郎吧？他一直和我一颠一倒盖一床被睡在一起，想证据就是这个！"他说着就把他的棉僧衣的袖子往她脸上蒙。果然，那上面有白菊牌香木薰过的香气。阿七说："这可受不了！"立刻显出很痛苦的样子就往那寝室里跑，小和尚喊她道："啊，阿七，干好事啦！"阿七吃了一惊，连忙说："你喜欢什么我就给你买什么。别嚷！"小和尚笑着说："如果是这样的话，你就给我八十六文钱，松叶屋出的一副纸牌，浅草的大米面豆沙包五个，除此之外再不想要别的啦！"阿七说："这容易办到。明天早晨就给你！"小和尚得到承诺便躺下来，嘴里不停地念叨着："明天就一定拿到三样东西。一定拿到！"一会儿工夫就迷迷糊糊地睡着了。

阿七进了吉三郎的寝室就再也无所顾忌了。她凑到吉三郎跟前，什么也不说，随随便便地靠在他身上。吉三郎身体发抖，把棉睡袍袖子蒙在头上。阿七把睡袍打开，说："你别把我的头发弄乱！"吉三郎窘迫极了，只说："我才十六！"阿七说："我也才十六！"吉三郎说："我害怕长老！"阿七说："我也害怕长老！"总而言之，初谈恋爱一定是很不自然。最后两人流着眼泪，一直僵着。这时，天又下起雨来，雷声更响了，阿七说一声"我害怕"，便搂住吉三郎。吉三郎当然难以自持，说："为什么手脚这么凉啊？"把她揽进怀里时，轻抚着阿七的背部，阿七颇感委屈地说："正因为你也爱我，所以才给我写了那样的信。现在你对我这么冷淡，这是谁捣的鬼？为什么不做那事？"说着就搂住了他的脖子，脱掉了

世界禁书文库　好色一代女

睡袍,就这样在不知不觉中自然而然地成就了好事。虽是初次交欢,却如胶似漆难舍难离,山盟海誓此生永远相爱。

不久天就快亮了,感应寺的钟声阵阵传来,从奥州古镇的朴树林刮来的晨风既猛且急。阿七说:"真是太可气了,刚刚睡着,还没有暖和过来就不得不分手。世界真大,要是有个能让我们永远亲昵的地方该多好。"这种异想天开的愿望当然是徒劳的,就在她这般徒然烦恼的时候,她母亲来找她来了。母亲见到女儿和一个少年男子赤裸裸地躺在一起,甚感惊讶,连忙把她带走。

吉三郎总是想传说中一个男人带着女人雨夜出走的故事,后来,那女人被鬼一口吃掉,伤心极了。

小和尚没有忘记阿七答应他的事,就对阿七说:"说好的那三种东西不给我,我就把昨晚上的事告诉别人。"阿七母亲返身回来,对他说:"我不知道你们说的是什么事,总之阿七说一定给你的东西我担保她一定给你的。"说完这话就回去了。

在阿七的母亲看来,自己已成了淫乱姑娘的母亲,事情的经过即使不问她也明白大概,这一来她比阿七还上心。第二天早晨她就把那哄孩子的东西置办齐全给小和尚送去了。

三 雪夜相会

不能疏忽大意随随便便地生活在人世上,尤其不能让人轻易看到的有三件事:一是旅途中不能让人看见自己带着的金银,二是不能让喝醉了酒的人看见短刀,三是不能让人看到姑娘身旁有个和尚。阿七的母亲从吉祥寺回到家以后,想了很久,决定把阿七看管严,决心割断两人的一夜情丝。但是,由于女仆的帮助,书信还是能互通,俩人的心还是相知的。

有一天傍晚,有一个板桥一带农村的少年提着篮子来卖麦菇和笔头菜。阿七家里买了下来。虽然已经进入春季,然而雪仍然不停地下,所以那少年为回不了他们村发愁。菜店老板觉得他挺可怜,忽然想起:"让他睡在堂屋的一角,等天亮以后再让他走。"他把自己的想法告诉了那少年,少年非常高兴,就在堆牛蒡、萝卜的草包片上躺下来,把笋皮斗笠盖在脸上,短蓑衣盖在身上,打算熬过这寒冷的一夜。

夜间的大风吹过少年的枕头,堂屋里很冷,那少年感觉简直要冻死。阿七惦记着那少年,她说:"刚才那个乡下少年可真可怜,哪怕给他点儿热水喝也行。"做饭的阿梅用干粗活的人用的饭碗舀了一碗开水让店伙计送去,伙计接过来给那少年,让他喝了下去,少年连声道谢。伙计趁着黑摸弄着他的前发说："你要是住在江户，这个年纪没有疼你的小伙子，真替你可惜呀！"少年说："我家很穷，我除了锄地、牵马、割柴以外什么也不知道。"伙计摸摸他的脚说："你可真让人佩服，脚上一点儿皲裂也没有。这样的话，让我亲一个嘴。"说着就把嘴凑过去。那少年很伤心，很后悔不该留在这里，咬着牙关直流眼泪。伙计只好打消念头说："啊，我以为你吃了葱和蒜呢。"幸亏伙计不再纠缠，他才放了心。

睡觉的时候，伙计们顺着吊铺上的梯子上了吊铺，那里的灯火拨小了。老板检查柜子是不是锁好了，老板娘反复念叨要注意防火。她还得为自己的小女儿操心，把内宅门锁得严严实实，就是为了切断女儿和那人之间的交往，真可谓用心良苦。

丑时的报时钟刚刚响过的半夜，有不少人敲打大门，听到门外有人一齐不住声地喊："大婶，大喜啦！生个男孩。老爷特别高兴！"家里的人全更衣起来，齐声地说："这可真是大喜！"简直是一出被窝就大队人马地一起上了路。当然，临走没忘了带去鹬鸪菜和甘草，不过忙中还是出错，有人竟穿了鸳鸯屐。他们嘱咐阿七要关好门，便匆匆地走了。

阿七关好门，回房时想到傍晚时来的那个乡下少年，就对女仆说："把蜡台递给我。"她端着蜡台去了堂屋，只见那少年睡得很沉很香，阿七更加觉他可怜。女仆说："他睡得挺香，就让他睡吧！"但是阿七没听，走近一看，只见他贴身带着兵部卿牌香荷包，那香气使人感到高雅，揭开盖在他脸上的斗笠，见他那气质高雅的长相显得很安详，鬓发也不散乱。阿七看了一会儿，觉得他和自己的恋人年龄相仿，便把手伸进他的袖子里，发现他穿着淡黄色纺绸内衣。阿七觉得很奇怪，仔细看一眼这个人，原来他就是吉三郎。阿七此刻也顾不得别人是否听见，拉起吉三郎声音哽咽地问："这是怎么回事？怎么弄成这个样子？"

吉三郎和阿七面对面地望着，好久没有说话，过了好一阵才说："我打扮这副模样，只是为了看你一眼。请你体谅我每天夜晚对你的思念。"于是他就把事情的原委向她讲了一遍。阿七说："那就先进来吧，我要好好听听你这番苦情。"她想把吉三郎拉起来，但是因为他已经被冻了半夜，怎么拉，他也起不来，实在可怜。好不容易借助女仆帮忙，阿七才把他弄到手推车上，把他安顿到自己常住的卧室，想尽办法给他按摩，又让他服了各种药，这时他才有了笑容，显得高兴。他说："喝上两杯酒，今天晚上把心里的话说个痛快。"正在他们无比高兴的时候，阿七的父亲回来，结果又少不了一场麻烦。

阿七把吉三郎藏在衣架后面，装作没事地问父亲："阿发真的母子平安吗？"父亲兴奋地说："我就这么一个侄女，为她操过不知多少心，这回我的重担子就算卸下来了。"他兴高采烈，甚至和女儿商量婴儿服上该做什么样的："大喜的事情，用金银箔做龟鹤松竹贴在衣服上怎么样？"阿七说："这个还不用着急，等明天从从容容地决定下来好了。"女仆也这么说，但他仍旧说："不，不，这事还是早定下来好，早定下来我就放心了。"于是立刻用木松作台,叠手纸剪出雏形,阿七也着实无计可施。

好容易等父亲剪完,阿七想方设法骗他马上去睡觉。本想和吉三郎好好叙叙久别之后的情怀,但是只隔一层隔扇,生怕透出一点儿声音来,只好拿来纸笔墨砚,两人在灯下把心里想的话你写出来给我看,我写出来给你看。细想起来,这真成了一对哑鸳鸯。两人足足写了一夜。次日天亮就分手了,但是,令人无比伤怀的相思之苦却没完。苦难重重的世间就是这样,令人万般无奈。

四　过早凋零的樱花

阿七对吉三郎满怀思念,对任何人都没说,只是每天苦苦相思。女人的这种心思很难琢磨。阿七根本没和吉三郎相会的机会。有一天的傍晚狂风登陆,阿七回想起以前因为起火她同母亲去寺院躲灾避难的经过,她对当时那乱哄哄的场面记忆犹新。"如果再有火灾,一定又能和吉三郎见面。"有了恶事肯定是恶念结果,这是因果注定的。但是刚刚冒一点烟人们立刻吵嚷起来,起火的原因让人感到可疑,仔细一查,那烟火里居然有阿七。一经盘问,纸包不住火,阿七全都招了。于是按放火罪对她判刑。她成了世间为之哀叹的话题。

管惩罚的第一步是游街示众,今天带到神田的昌平桥,以后又带到四谷、东海道道口、浅草桥、日本桥等处,介绍犯人的罪行,让众人围观。被带来带去的那种可怜相,看见的人无不为之惋惜。由此可见,人是不该做坏事的,不然,上天是不容的。

阿七知道自己难免一死,所以入狱以后并没有因怕死亡而消瘦,即使被带着游街的时候也和平常一样,一头黑发梳得整整齐齐,容颜依旧美丽。非常可惜的是,年仅十七岁如初绽的花蕾即将凋谢,杜鹃都为之悲鸣,狂风为之怒吼。四月初,她就要告别人世。但是她却头脑冷静,毫不神慌气馁,她想的是"人生只不过大梦一场而已",她唯一的愿望便是来生极乐净土,只有如此而已,却也正是她痛心的所在。人们让她拿上一枝迟开的樱花,作为她走向死亡之途时相依的伙伴。她拿着那花注视许久,随口吟道:"悲哉此人世,春风留我名。晚樱今凋谢,我身即落英。"听到她吟咏这辞世之诗的人无不为之悲哀,凝望着她一步步走上刑场。人世上这极其短暂的生命,就在晚钟声中,于品川古镇之旁的刑场上,被处以世上罕见的火刑,如花似玉之身终归化作一片轻烟,就这样一缕香魂随风散,愁绪三更入梦遥。人不论走的什么道路终不免化为一缕青烟,然而人人为之心动的却是阿七临终的从容。

这事就发生在昨天,清晨起来再看,既无灰也无烟,唯有冷森的阵阵松涛而已。行旅之人听说这事也驻足不去，久久凝望，停下来为死者祈求冥福，凭吊遗迹。那天阿七穿的丝织条纹窄袖便服的零碎片段也被人们十分珍爱保存起来，都想把它作为后世佳话的实物。

即便是素不相识的人，每逢她的忌日都折来木枝祭悼她。但是和她结缘的年轻人为什么没有在她走上刑场时来主祭，以后也未曾露面？人们对此百思不得其解，便纷纷议论，自然传扬甚广。其实那时候的吉三郎因过分思念阿七而身染疾病，正在昏迷之际。人们都以为他已经快就要告别人世了，活下来的希望不大。他周围的人说："如果把阿七被处死的事告诉他，那他肯定是要死的。从他老早说过的话中都可以看出，他是横下一条心打算一死了之以殉阿七的，身后的事都做了安排，只等最后咽那口气了。可是细想起来，人的生命也很难预料，偶然的几句话便成了他的救命草。实际上就是照顾他的人对他说了些可信的谎话：'今天或者明天，她就来这里和你见面。'因此他精神好了一些，不过给他的药他还是不吃，只是说胡话：'我喜欢她。她还没来，什么时候来？'在这个过程中，阿七被处死，我们不知道当然非常遗憾，算来到今天已经是三十五天了。我们偷偷地去祭悼阿七吧！"

阿七死后的第四十九天，阿七的亲人们带上供品去寺院拜佛，哭着要求住持："让我们见见阿七的情人吧！"僧人们谈了吉三郎的病状，并且恳切地讲清楚还是不见面为好的道理，最主要是："一见面肯定会引发另一出悲剧，所以最好暂时这样瞒下去。"阿七的父母说："听起来对方确为一位品质极佳的人，此刻如果听到阿七已不在人间，未必能活下去。莫如守口如瓶，等他的病完全好了之后，再把阿七的遗言告诉他，这对他也是一点安慰吧！现在，为了纪念死去的女儿，先立个佛塔式灵牌吧，以寄托对她的哀悼。"当场写下灵牌并竖立在墓前，祭灵的水和泪淋湿的那石头灵牌，仿佛是死去的阿七就在那里。满怀失女之痛的双亲，不仅为人世无常伤怀，更为自己的女儿先于自己过世而倍感痛心。

五　风流少年顿成和尚

再也没有像人的生命那样虚无缥缈的了，但是想死而也难遂心愿。

吉三郎想，不如一死了之，以谢天下，那样，既没有怨愤，苦恋也一笔勾销。阿七去世百日他才下了病床，拄着竹杖在寺院里慢慢走动。无意中看到寺院里新立了一幢灵牌，走上前去，仔细一看上面写的竟然是朝思暮想的阿七的名字，不禁大吃一惊。他想："自己一点儿都不知道阿七已经故去，但是，世间的人却不会知道我对此事根本毫无所知。如果众人嘲讽我出于胆怯，那就太遗憾了。"他伸手去摸腰刀，法师们把他的手拉住，百般

阻拦,劝道:"如果你一定要死,那也该和你要好的朋友告别,对长老说明原委,然后再死不迟。这样说,是因为你情同手足的人把你托付给本寺了,我们对于他们实在无法交代。请你再三斟酌,千万不要造成不良的议论。"他觉得言之有理,便打消了自杀的念头,但也不打算长此以往苟活下去。后来他向长老说了自己的心事,长老听毕大吃一惊地说:"和你亲密无间的手足弟兄千叮咛万嘱咐要求本寺给以照看,本寺答应把你留下来的,就要对你的生命安全负责。你那弟兄去了松前,最近还来了信,信中提到他今年秋天一定回来。你在他回来之前出了什么事,第一个为难的就是我。等你的兄弟回来之后,我把你交给你的朋友,你再处理自己的事也不算晚。"此外,长老还提了许多意见。吉三郎想到平素受长老多方面的照顾,万一自己死在寺里,岂不连累了长老,就承诺:"什么事决不违背您的吩咐。"但是长老仍不放心,收存了他的腰刀,并派了许多人日夜注意他的行动。所以,他万般无奈就只好呆在屋子里。和别人谈起来就说:"我空有此身却不能按自己的意愿行事,受到世间讥讽也真让人遗憾。原本走上男色之道成了和女人不能建立关系的人,可是偶然地遇到了钟情于我而又难舍难离的人,又让对方遭到灾难。这是多么可悲的呀!男色之神和神佛菩萨我抛弃了吗?"愤懑至极而流下眼泪。他说:"特别是一想到朋友回来之后的事,觉得实在是丢尽了脸面。真想死在他面前。可是,咬断舌头也罢,上吊也罢,世间的名声就更不好听了。请讲讲情义给一把刀吧!我即使再活下去也没什么意思了。"他边说边哭,在座的人无不泪湿衣袖,对他十分同情。

阿七的父母听说了此事,劝他说:"你的哀叹确实令人同情,但是阿七临刑前曾经说过这样的话:吉三郎如此真心爱我,他就该跳出红尘,出家为僧。这样追悼我,我怎么能忘记他的情义?夫妇之缘岂能仅仅止于此生?"虽极力规劝,但吉三郎根本不听。看他似乎下了决心要咬断舌头的时候,阿七的母亲凑近他的耳旁小声地和他说了一阵,到底说了些什么谁也不知道,但是吉三郎却频频点头,然后说:"好!就按您的话行事。"

后来吉三郎的那位朋友归来,他对吉三郎讲清道理并谈了他的意见,吉三郎终于出了家。剃度的僧人看到他那额发蓬散时的出色容貌,不忍动手。这就仿佛盛开的鲜花被突然袭来的狂风吹落一样,把剃度前后的吉三郎试做比较,他虽然留下一命,但比走向刑场的阿七更加可悲。人们看到这古今少见的美僧那潇洒的风采,莫不为之叹息。因情缘不遂而出家的人,一般来说都是出于至诚的。据说吉三郎那位弟兄回到他的故乡松前之后也出家为僧了。

这是男色女色纠缠在一起的爱情故事,是一桩悲怆的故事。人世间男男女女相恋之情就是这样虚幻无常,似乎既是梦中的现实,又是现实中的梦境。

第十一篇　源五兵卫的故事

一　合奏竹笛,悲悲切切

现代的流行歌曲中所唱的源五兵卫原是萨摩国鹿比岛人,在这样偏僻的乡村中,他可谓少有的好色之人。佩一口长腰刀要比一般人的出色,格外显眼,虽说有些怪模怪样,但这样装扮属于本地的风俗习惯,所以,也没人挑剔。源五兵卫整日地沉湎于男色,迄今为止仍不懂得挑逗体态婀娜的女郎。今年他已二十六岁。在他长年喜爱的男色之中,有一名叫中村八十郎的,自从相识之初,他就舍生忘死、情深意切地与之结下了不解之缘。八十郎的确是位绝代美男子,打个比方说,他宛如最先绽开花蕾的单瓣樱花,不过这花却是善解人意的花。

在一个风雨潇潇的夜晚,只有他们两个人闷坐在源五兵卫的小房间里,一起吹起横笛。也许是因为今宵格外冷清,那合奏的笛声也因景生情,更显特别凄凉。透窗而入的冷风掠过梅花送来的香气染于美少年的长袖上。淡竹随风摇曳使巢中鸟儿惊恐得飞来飞去,那拍打翅膀的声音听来令人感到十分忧伤。灯光变得暗淡凄凉,一切都摆出一副听其自然的样子。他们爽快地倾吐出的话语,句句脉脉含情。因此,源五兵卫倍觉八十郎可爱可亲,于是,便萌生了一种在人间根本不可能实现的愿望:"愿八十郎的媚姿永远不变,他永远是留着前发的少年。"

他们同床共枕尽情嬉戏。天亮之后,源五兵卫不知何时打起盹来。八十郎感到身体不适,叫醒源五兵卫,说:

"难忘的一夜,值得珍惜,难道您就这样睡了吗?"

源五兵卫在半梦半醒中听到八十郎的话,不解其意。这时,他又听到八十郎接着说:

"我们的交谈也只有这一夜了,对于我辞别人世,难道你没有什么想说的吗?"源五兵卫尽管睡得迷迷糊糊,耳闻此言也觉得无限悲伤,说道:

"你这样说,我就感到放心不下。哪怕只有一日不见,我也会见到你的影子,然而,你

无论怎样想让我感到焦虑,'只有今夜,这话也是不该说的。"说着,他们互相拉起手。

八十郎微笑着说:"人力所不能及的就是人生,难以定夺的就是生命。"话音未落,他的身上已经没有了脉搏,他真的离开了人世。

源五兵卫这时完全清醒了,不知道这是怎么一回事,顿时大惊失色,他完全忘记了他们在偷偷约会,放声大哭。人们听到哭声聚集到这里来,给八十郎灌了药,但毫无效果。八十郎已是万事皆休,与世长辞了,这样一个风度翩翩的美少年,实在可怜。由于人们将此事通知了八十郎的双亲,所以,他父母极度的悲伤。他们对源五兵卫说:"多年以来,您与他的关系亲密无间这个我们是知道的,所以,对于八十郎的死我们是没有任何可怀疑的。这可能也是天数如此,命尽寿终,自然也无可奈何。"他的父母为他送了葬,把尸体装在一只大缸里,埋在了春草刚刚发芽的背阴处。

源五兵卫伏在坟前,痛定思痛,感到无限悲伤。他前思后想,觉得除了自己以身殉葬之外再没有更好的悼念八十郎的方式,但是,他转念又一想:"啊!人的生命是十分短暂的呀!至少我要祭奠他三年才行,在三年之后的今天我一定到此,以结束我这晨露般转瞬即逝的生命。"说着,他在八十郎的坟墓前剪掉发髻,向西园寺的住持原原本本地叙述了事情的经过,表示诚心落发为僧。整整一个夏季内,他每天采来鲜花献给八十郎,为了给八十郎祈求赐福,他跪在坟前让香火长燃不灭。他恍恍惚惚中迎来了这年的秋天。

篱笆墙上的牵牛花初开,这脆弱的花使人想到了人生的短暂和变幻无常。源五兵卫忆起一去不复返的往昔岁月,叹道:"与人的生命相比,草叶上短命的露珠在消失前尚有一段存在的时间,可是……"那天晚上正好是盂兰盆节,这是祭奠亡灵归来的日子。源五兵卫折来千屈菜铺于地上,摆上各种水果,也摆上折来的一些干的毛豆。在盂兰盆会的暗淡光亮之下,他一遍一遍地念起招魂经。迎灵火所烧的麻秆火光已经消失,这是十四日的傍晚。寺院赊的款不被宽限,讨债的人摩肩接踵,加上寺院门前庆祝盂兰盆会的大鼓声响彻四方,他觉得这脱离尘世的寺院也使人心烦,便下决心要去参拜一次高野山。第二天是七月十五日,源五兵卫从故乡出发了。他那墨染的僧衣因泪水沾湿而褪色,衣袖也几乎破旧不堪了。

二　英年早逝的捕鸟少年

山村人家早已做好了过冬的准备,先砍来当柴烧的胡枝子,降雪之前用它做好防雪墙,把朝北的窗子用泥土堵起来。捶打衣服的声音不绝于耳。到野外一看,在红叶满枝的树林里,有一个正在捕捉争巢的鸟儿的年约十五六岁的少年。他身穿淡蓝色带里子的麻布衣服,腰系紫色的中幅带子,挎一所镶铜护手腰刀,头发随意地扎成圆筒竹刷状。他那丰满的身姿如同女人一般。他手握粘鸟竹竿中部,曾多次瞄准了一个又一个的小鸟,却一只也没有捉住,觉得十分懊丧。源五兵卫一时看得入了迷,心中暗想:"哎呀!这个少年生活得多快乐啊!世上难道还有这么漂亮的少年吗?年龄与死去的八十郎相仿,他的美貌更胜于八十郎。"于是,他忘记了祈求来世幸福的信道之心,远远地凝望着少年的一举一动,一直到傍晚。

后来他走到少年身旁说:"虽然我是位法师,但是,出家前善于粘小鸟儿,把这根竹竿儿给我试试!"他脱掉了一只袖子,像是自言自语地说:"被捕捉到的鸟儿们落到少年的手上可就没命了,可也没什么可惜的。真是不懂青年人情趣的人。"不大一会儿工夫,源五兵卫就给少年捉了许多的小鸟。这位少年无比兴奋,问道:"您是怎么出家的?"源五兵卫忘我地从头到尾讲出了事情经过。听着听着,少年那眼中噙满伤心的泪水,说道:"您为此而修行,实在令人钦佩不已。不管怎样,今天就请在寒舍一叙。"于是,两人便亲亲热热地一起往少年住处走。在一片森林之中有座豪华的住宅,并传来阵阵马的长嘶。穿过装饰着盔甲刀剑等武器的大厅,便是从走廊延伸出的一条长长的游廊。庭院内一丛丛茂密的山白竹丛中,有一个很大的鸟笼。白鹏、中国鸽子和锦鸡发出各种各样的鸣叫声。稍靠左侧有一座比普通两层楼稍低的二层楼房。从这里可以眺望院子的四方。室内的书架也令人感到文雅,据说这里是常用的书房。少年邀他进入书房,在书房就座之后,少年便叫来了家里的佣人,吩咐说:"这位客僧是教我朗读的老师,你们要盛情招待。"佣人们端出许许多多的美味佳肴。到了晚上,他们亲亲密密地相互愉快交谈,不知不觉充满了爱恋之情。他们以千夜之情度过一夜之时,深切地相爱了。

一夜很快地过去了,那少年依依不舍地说:"难得要去参拜高野山,不能把您留在这里。您回来时一定再来。"他们约定之后,彼此深情地流下了泪水。源五兵卫悄悄地离开了这座宅邸。他向村民们打听,人们说:"那是此地的代官。"并向他叙述了种种详情。源五兵卫想,那么他就是侯门子弟了。少年的真情使他感动。一路缓缓而行,他追忆起早逝的八十郎,又一心挂念着那位少年,佛道修行之类的事早已退居第二位了。好容易来到弘法大师为开山祖的高野山,只在南谷的斋馆逗留一天,连深山的寺院也不参拜就回了自己的寺院,然后直奔早已有约的少年的家。那少年风采依旧地出来迎接,把他让进一间宽阔屋子里。各诉离别后的思念。源五兵卫因旅途劳累沉沉地睡了。天一亮,少年的父亲觉得这僧人有点可疑,要详细地盘问一番,就把源五兵卫叫到了自己的书房。没办法源五兵卫便原原本本地说出自己落发为僧的前后经过及这次与其子相遇的全部过程。没想到这位一家之主竟拍手说道:"哎哟哟,这事真是难以置信。他是我的孩子,我以他的美丽漂亮而感到自豪。只因人生短暂无常,就在二十多天之前他不幸夭折了。他在临终之际曾念叨：'那位法师，法师！'我原以为他是因发烧说胡话，可是……看来念叨的就是您啊？"闻听此言，源五兵卫不禁连声哀叹。回想昨夜那出来迎接并与自己互诉衷肠的少年，竟是一个幻影，更觉伤心至极。

　　源五兵卫曾与两个心上人生离死别，在他的思想中终于不再认为生命是可贵的了，便想一死了之，在冥界中与心上人相聚。虽说如此地想，但人的生命仍是很难结束的。在短时间内，两位心爱的少年相继死去，源五兵卫精神上受到很大刺激，连他自己都觉得仍然这样活在世上实在可悲，但他也感悟到，这两个人让自己尝受到如此忧伤，大概有不同一般、令人悲痛的前世因果。

三　顷刻间顿失所爱

　　也许再没有像人这样卑鄙而薄情的东西了。你如果留心观察人世的话，有的人失去了正值青春时期的十分可爱的孩子，有的本来是能白头偕老的年轻妻子或丈夫突然死去，当人遭到如此不幸时，都会想以死相殉，在另一个世界中相会，别人可以理解这种心情。但是，在悲痛的泪水未干之时，也会有人产生别的急不可待地欲望，细想起来让人伤心。

　　有的出于被财富的吸引，有的因为偶发的欲念，即使生病的丈夫还没有断气，女人就已经倾听关于第二个丈夫的情况介绍了。她们对立刻让前夫的弟弟改做丈夫，或从同族中招一名合适的入赘后夫之类的话题颇感兴趣，对于亡夫的事早已抛之脑后，多少年来积累起来的感情还不如一夜的夫妻。她们为了顾及自己的一点面子，装模作样地念一道佛，为亡夫献一束鲜花，不过这只是当着人们的面装装样子。她们连亡夫的"五七"都等不到，便偷偷地在脸上抹上一层薄薄的白粉，头发恰到好处地涂些头油，里面穿着色彩诱人的衬衣，外面穿着素色窄袖便服，样子虽不引人注目，却别具魅力，楚楚动人。她们偶尔也装出看破红尘的样子，抛弃尘世而到山野寺中去生活，可是谁也没有真正地到山上去转一转。她们把用金银线绣的或染有凸起白圆圈花纹的和服弄得乱七八糟，说："这都不需要了，所以还是把它们献给寺院做宝盖、幡和铺吧！"实际上呢，她们是因为这些和服的袖子略显窄小。世界上再没有像女人这样可怕的了。在她们认为必定会对她们劝阻的人面前，她们的眼中会流出可怜巴巴的泪水，说些好像经过深思熟虑也想不到的话来吓唬人。因此，人世间如有妖魔鬼怪，那么女人就是这些妖怪。男人虽说不如女人那么急切，可也绝不会为一个女人守身如玉。即使死了三五个老婆，再续弦也是司空见惯了的。

如果说人人如此，却也不尽然。源五兵卫的出家是因遭到两个钟情少年相继死去的沉痛打击而致。他是出于真心所致。他在偏远的深山背后结草为寺，一心一意地祈求来世的幸福，断然告别色情之道。这的确令人钦佩。

这时候，在萨摩国的滨町，有位琉球岛某人的女儿，名叫阿万，她年方十六，生有沉鱼落雁之容，令十五的皎月也感到嫉妒。她为人心地善良，聪明伶俐，又正值风姿绰约的怀春年龄，凡是见到她的人没有不生敬慕之心的。这位少女从去年春天迷上了正当盛年的源五兵卫，用书信倾诉了她的爱慕之情，托人偷偷送给了源五兵卫。但是，源五兵卫是一生不近女色的，连一封简单的回信都没有给阿万，为此她极为伤心，朝朝暮暮思念着心上人，就这样一天天地打发着日子。几次有人前来提亲，她都感到厌烦，索性装起了疯癫，满口令人厌恶的脏话，好像真的疯了一样。

她起初不知道源五兵卫早已出家修炼，有时她听到有人谈及此事，不等别人说完，心里暗自想道："他可真是太无情无义了。我原来一直高兴地等待着，以为一有时机必能如愿以偿，如今一切都落空。他太可惜了，竟然出家了。他也太可恨了，让人空等。我一定要去找他，要对他倾诉我这满腔哀怨！"这意味着她将告别人世。她小心翼翼地背着人们，剪掉头顶上的头发，衣服是事先早已备好，把自己打扮成一个青年男子的模样，偷偷地走了。为了恋爱，她闯进了弯曲的山路，蹭掉了小竹子上的寒霜。那时正值秋冬交替的秋雨纷纷的阴历十月间，她虽然扮成男装，但是，仍有女人的恐惧。走了好久的山道，按照人们指给她的路，于是她进入了一片远离村庄的杉树林。身后是重重叠叠的群山峻岭，面前是一条山谷，山谷中流着湍急的水。她此时此刻的心情非常忧郁，只好找来三四根糟朽的原木搭起一座十分危险的"渡桥"，"渡桥"下的湍流拍击着岩石，令人心惊胆颤，仗着胆走过渡桥。一眼看见在仅有的一小块平地上有一间简陋的草舍，各种各样的蔓草爬在房檐上，自然而然滴下的露珠大概可称为仅降在此地的秋雨吧！

小草房的南侧有一个透亮的小窗，从这儿向里窥视，屋当中有一个小炉子，炉中烧着绿色的松叶，除了两个天目茶碗之外，连一把勺子也没有。阿万想："看起来，主人的生活也太简单了。大概只有生活在这样的地方，才能一心向佛吧！"她边想边环视一下四周，但是，可惜草舍的主人不在，她想打听一下主人去了哪里，但四周除了松树以外什么也没有，只得等待。好在门开着，进去一看，小书桌上放着一本书。她走向前去拿起书仔细一看，书名为《待宵的双袖》。这是一本探讨男色根源的书。阿万心里暗想："直到现在这人还没有真正放弃男色。"正在她不耐烦地等待主人回来的时候，天已经黑了下来。因为不能点起灯火，书上的字也渐渐地看不清了，慢慢地感到孤独寂寞起来，但是，阿万决定独自熬到天明。这也只是因为爱情才能使她这样的吧！

也不知过了多长时间，门外传来了脚步声，僧人源五兵卫借着微弱的松明光亮走过了长长的山道之后,回到草舍旁。阿万听到脚步声,顿感高兴,隔着枝叶枯黄而茂密的胡枝子仔细一看,原来是源五兵卫和两位美少年一同向这边走来。两位美少年年龄相仿,或如鲜花或如红叶,他们具有可与任何人媲美的美貌,使两人显示出男色的热情。源五兵卫一个人拥有两位情人,他因热恋着双方而受着感情的折磨。阿万见到他那痛苦地扭动身体的样子感到十分可怜,同时又觉得扫兴。她感叹:"他实在是太多情了!"略感厌恶之情油然而生。

由于她深深地迷恋着源五兵卫,当然不能就这样丢下他。她想:"我要把自身的烦恼坦率地向他说个明白。"她这样想着,刚走出草舍,那两个少年便被阿万的出现惊得马止消失得无影无踪了。阿万觉得莫名其妙,源五兵卫问道:"您是哪家少年,为什么到这里来?"阿万还没听完就怨气冲冲地说:"像您所见到的一样,我是一个正在逐渐使自己成为相公的人。对于法师的事早有耳闻,我舍生忘死偷偷来到此地,但是,您如此爱情不专,我却根本不知道。苦苦相思也是枉费心机,我看错人了!"源五兵卫法师鼓掌赞叹说:"这实在是难得的情意!"他为之动情,于是向她讲述了两个美少年是早已离开人世的人,方才出现的是他们的幻影。两个人一起流下了泪水。于是,阿万说道:"我来代替那两个人,您可千万不要抛弃我!"源五兵卫也流泪说:"我如今虽已成为僧人,但唯独此道决不会丢弃的!"说着,立刻与阿万亲近狎闹起来。佛不知阿万是女人,所以对她大概也会睁一只眼闭一只眼吧!

四 情截然不同

"我刚出家时,本来早就向佛祖发誓,决不接近女色。但是,我心里无论如何不能忘掉对留有前发的美少年的爱慕。从那时起,我就已向诸神讲明,唯有这一点还请他们多多宽恕,所以,如今当然不会有人责怪我。你既然觉得可怜我,而到这里来找我,就永远也别抛弃我。"源五兵卫说着,又与阿万嬉闹起来。阿万被胳肢得直想发笑,只有自己拧大腿、摩挲胸部忍耐着。阿万说:"请你听明白我说的话。我恋慕您过去的风采,如今看您身为法师的模样就更觉可爱了。为这我才如此难受,为了恋情而置生死于度外,所以今后请您断绝与其他美少年的关系。我的话即便不合您的心意,在得到您的表明决不背叛我的誓文之后,决心与您结为二世之缘。"源五兵卫写了一份漫不经心的誓文,内容是:"即使以后还俗,也不背弃你!"写完便激动得喘不过气来,把手伸进阿万的袖口。他发现阿万没有兜裆布,所以露出惊讶的神色。

后来,阿万见源五兵卫从手纸袋里取出什么东西放在嘴里嚼碎,便说:"您在做什么?"这和尚满脸通红,隐瞒不答。这可能是男色之道用的"碎木末"吧!阿万感到好笑,甩开袖子躺下去,源五兵卫也脱掉衣服,用脚把阿万推到一个角落里,开始和她嬉闹起来。双方都热衷于调情,源五兵卫一边解着阿万的中幅背后打结的带子,一边说:"这里和村庄不同,夜里的风很硬,所以……"他把一件肥大的棉布袍盖在了身上,又说:"枕这个……"他让阿万以他的手臂为枕。怀里拥着个美少年,似睡非睡的源五兵卫早已失去耐心了。

源五兵卫小心谨慎地把手转到阿万的背上,说道:"还没灸过,身上没有一处粗糙的地方。"因为他把手从阿万的腰部伸向她下身的地方摸去,致使阿万感到恐惧。阿万看他那副神态便假装睡着了,源五兵卫有些急不可耐地摆弄她的耳朵。阿万把一条腿搭在他身上,于是便露出了红色丝绸的贴身裙。源五兵卫吓了一跳,越留心观察,越觉得阿万脸型像个女人,所以,他惊呆了,十分扫兴,便一声不吱,想爬起身来。阿万拉住他说:"方才我们说定的事,难道你忘记了吗? 你曾说过,只要是我说的,无论什么你都不违背。我是琉球屋的阿万。从去年就多次给您写信,您却连一封信也没有回。我虽然怨恨,但是,却无法压抑对您的爱慕之情。我这样打扮,到这里来找您,您不至于因此而厌恶我吧?"阿万倾诉了自己真挚的恋情,于是,源五兵卫立刻认真地说道:"男色与女色不应该有区别吧?"说着,便粗暴起来。最容易改变主意的就是俗世中的人,可是信道之心反复无常的也有,不仅限于源五兵卫,很多人都这样。想来,女人就像使人不能逃脱的陷阱一样,即使释迦牟尼也会陷进去一只脚吧!

五　让人为难的巨大财富

一年之后,头发就长出来了,就像原来一样,换去僧衣,便与出家前没什么不同了。源五兵卫又恢复了从前的风貌。从这时开始,他结束了以山中梅花代替历书、糊里糊涂地过日子、正月依然吃斋的修行。二月初他来到鹿儿岛市郊,靠往日的熟人租到一间简陋的木板铺顶的小屋,与阿万两个人过起了俭朴的日子。他设法寻求谋生之路,但这也并非轻而易举;到父母家一看,房子早已几经易手,住的人早就变了,过去兑换银钱的天平响声已经消失了,如今,门口已挂上了酱铺的招牌。源五兵卫无限遗感叹地向自家的房子走了过去。遇到一位陌生的男人,问道:"曾住在这里的源五兵卫家的人呢?"那人便把他听到的传说原原本本地说了一遍:

"最初,源五右卫门家是富裕之家,他的子女中有个叫源五兵卫的,在我们这个地方

是个举世无双的美男子,也是个绝无仅有的大情人。据说他在八年之间,就花光了近一贯银子的家产。可惜的是,他的父母已经谢世,他本人也因恋爱受挫而当了和尚。世上还真有这样的傻瓜!此事已成为后世的人们茶余饭后的谈话材料,我实在想一睹他那副尊容。"对方经这么一说,源五兵卫心里说"那副尊容没什么好看的",因而羞得无地自容,把头上的草笠拉下盖住眉头,一声没吭,回到自己的家。夜晚连灯也不点,早晨烧饭的木柴也断了档,生活极其悲惨。人们的恋爱和一切风流韵事,归根结底只能是生活富裕之后的奢侈品。

落到如此穷困潦倒的地步,即使与阿万同床共衾,也全无卿卿我我温柔体贴的情话了。明天就是三月三日愚人节,邻居的孩子们都艾叶年糕,还玩斗鸡等多种多样的游戏,同他们一比较,自己家竟如此贫寒:佛龛中虽有上供的木盘,却没有供品;折来的桃花只好插在没有酒的空酒壶里。到了四日那天就更可怜了。因此,源五兵卫和阿万为了活下去,便模仿在城里看过的戏剧中的场面,三笔两笔画好脸谱,挂好胡子,学着《恋情俘房》那类戏中的人物,唱道:"你这浑球儿!你这浑球儿!"他的扮相与岚三右卫门一模一样,却没有人家的演技出神入化。他以粗鲁的声音唱道:"源五兵卫到哪里去呀?去了萨摩山!刀鞘三文钱,吊带两文钱,刀身却是柏木棍子不值一文钱!"就这样走街串巷赚孩子们几个小钱。阿万则模仿歌舞伎中的漂布舞。

为了这段恋情而一败涂地,甚至连一身的耻辱也不顾了,两个人一天天消瘦憔悴下去,完全失去了昔日的迷人风采。人世冷酷,所以,无人怜惜他们,他们就像自然枯萎下去的紫藤花一样。正当他们痛恨亲戚故旧无情无义,为自身的不幸自怨自艾,甚至要一死了之的时候,一直在寻找女儿下落的阿万父母,终于找到了阿万,他们欣喜若狂。阿万的父母说:"不管怎么说,如果女儿喜欢,就让你们结为夫妇,把全部家产都转让给你们!"很多家人来到这里,把两人接回家去,大家都喜出望外。阿万的父母将三百八十三把各种各样的钥匙交给了源五兵卫。

挑选良辰吉日打开仓库,里面写着"内装大判二百个"标签的箱子有六百五十个,内装小判每箱千两的箱子有八百个,装十贯银的箱子由于发霉而变了色,从底下发出的银币呻吟声听着让人感到恐惧。在东北角放有七个罐子,新铸的金子装得满满的,几乎盖不上盖子。铜钱像成堆的沙子那样散落地放着,令人感到脏乱不堪。再看院内的仓库中,从中国传来的纺织品堆积如山,沉香多得像木柴多。从一目五分到一百三十目的无瑕珊瑚珠有一千二百三十五颗,缠刀柄的鲨鱼皮和青瓷用具无数,美浓金华山窑出品的瓷茶叶筒之类名贵物品到处都是,就是破损了也无人管理。盐腌的人鱼肉、带梁玛瑙水桶、邯郸的捣米杵、浦岛太郎的菜刀盒、弁才女神挂在腰前的钱包、福禄寿三神的剃头刀、毗沙门天王的短矛、厨房神的选米筛子、财神爷的零用钱账本等等,物品很多,无法一一记住。总之,只要是世上有的宝贝,在这里便可以找得到。

　　源五兵卫激动万分,心情难以自制。细细想来,纵使将江户、京都、大坂的太夫们全部都赎出来,或者向戏剧界大量地投资,自己的这些财富这一辈子无论如何也用不完,那么他该怎么办呢? 他怎么也想不出如何才能用完这些钱的主意,这又是怎么一回事呢?

世界禁书文库

人 兽

【法】埃米尔·左拉⊙著

金　澜⊙译

綫裝書局

一

卢波走进房间，随手拿一斤面包一包卤肉，一瓶白葡萄酒，放到桌子上。早晨，维克多亚在上班以前一定给火炉盖上那么多煤屑，房间里简直热得令人室息。这位车站副站长打开窗户，两肘靠在窗栏上。

这是西部铁路公司提供给职员居住的一幢高楼，占去阿姆斯特街的一部分。五层楼屋顶室转角的窗子开向车站，车站一带是穿过欧罗巴区的广阔坑道，整个地平线一展无余。二月中旬那一天下午，灰色天空温和、湿润，阳光暖和，似乎显得更加广大。

对面，在这筛下的光线里，罗马路的许多房子互相混杂，互相隐没，看来好象很轻巧。左边，许多遮盖的停车场。门廊很大，顶上的玻璃都给煤烟熏黑，它们属于各个干线，场面很宽广，一望无际。邮政局和热水箱房，同其他支线——如亚尔双德伊、凡尔赛和环城铁路——的较小厂房分开，右边，欧罗巴桥星形铁架截断坑道，人们看这凹陷的宽阔路线重新显现，一直伸展到巴底尧尔隧道。就在窗子底下，占去整个广大面积的三条双轨道由桥底出来，自行分支，隔成开展的扇形，无数金属线条继续向前伸长，一直消失在各个厂房深处。桥的环洞前面，扳道员的三个岗舍显出赤裸裸的小园。铁轨上停满客车和机头。洁白的日色下，一个大红信号点缀在一片拥塞和混杂里。

卢波一会儿很有兴趣地想到他的勒·哈佛尔车站，每次他到巴黎来过一天进入维克多亚的寓所时，职业观念总重新浮到他的思想里。各个干线的厂房底下，蒙特火车到达总引起月台的颤动；他的眼睛留意着调配机头，带有煤水车的一部小机器，下面装了三对低轮子，它正开始拖拉列车，看它既忙碌又活泼，有时向前，有时向后，推着车辆向停备轨道驶去。另一部快车的机头很雄壮，有两对高大的车轮，它单独留下，烟囱里喷出一大股黑烟，缓慢地向天空笔直升上去。他尤其注意三点二十五分开赴刚城的火车，里面已载满旅客，正等着机头。这机头停在欧罗巴桥另一边。看不见。只听到它像不耐烦似的，发出急迫的小汽笛，要求开道。命令一发出，它马上答以简短的尖叫，表示它已听到。开动之前，它沉默了一下，放汽的龙头打开了，蒸汽向地面

207

喷射，发出刺耳的尖声。于是卢波看见这奔腾回旋的白雾，从桥边溢出，像雪白的绒毛飞舞在铁的桁梁之间。空间一角变白，而另一机头的浓烟则继续扩大，黑幕后面，还隐隐闻到号角的延续声，命令的叫喊声和转车盘的震撞声。接着，弥漫的白雾里忽而露出一道裂缝，凡尔赛火车和亚尔双德伊火车。一列上行，一列下行，交叉而过。

卢波正想离开窗口时，有人喊他的名字，他探出窗外。看见下面四楼平台上，一个三十岁左右的年轻人，他认出是车长亨利·陀凡涅。同他的父亲，干线的副站长，两个可爱的妹妹克蕾尔和苏菲亚，十八岁和二十岁的金发女郎，一起住在那里，她们靠两个男人的六千法郎薪水，主持家务，过着欢乐生活。人们总听见姊姊笑，妹妹唱歌，关满热带岛屿小鸟的一个笼子，发出争鸣婉转的叫声。

"怎么？卢波先生，您在巴黎吗？……啊！是的，为您同县长纠葛的事情吧！"

副站长重新靠到窗口上解释他是搭每天上午六点四十分快车，离开勒·哈佛尔。业务处长的一个命令召他来巴黎，说有重要事情等着他来面谈。他没有因这件事丢掉他的职位还觉得是幸运。

"那么太太呢？"亨利问道。

太太，她也愿意来购买东西。她的丈夫此刻就在他们每次到巴黎来旅行时，维克多亚妈妈总把房间开门钥匙留给他们，在房间里等候她；当这位女主人被她下面卫生室工作缠住不能上楼时，她总是喜欢借出这个卧室，让他们可以单独平静地吃午餐。那天，想首先办好事情，他们只在蒙特吃过一小块面包。可是三点钟已敲过了，他们已饿得要死。

亨利为表示殷勤，又提出一个问题：

"你们在巴黎过夜吗？"

不，不！他们将乘每天下午六点三十分特快车回到勒·哈佛尔去啊！是的，请假！人们打扰你，只让你放下包袱，而马上又要你跑回你的狗窝里去！

一会儿，两人摇摇头，互相注视。可是他们彼此听不见一部着魔似的钢琴爆发出响亮声音。一定是两位妹妹一起乱弹琴，她们笑得更响，像笼里的小鸟鸣叫。也轮到年轻人快活起来，亨利道声拜拜，走进住房，副站长一个人站了一会儿，两眼看着洋溢着青春欢乐的平台。接着他抬起眼睛瞥见那部机头已关闭放汽管，由扳道员送到刚城列车上。最后几缕白色蒸汽已消失在飞舞着、玷污天边的巨大黑烟中间。

卢波走到指出三点二十分的杜鹃钟前面，卢波做了一个失望的手势。真是魔鬼知道，珊佛琳怎么会这样迟迟不回来？她一走入店铺，好象再也不想出来。为缓和胃里难忍的饥饿，他忽而想去摆好桌子。他很熟悉这两道窗的宽阔房间：它同时是卧室、餐厅和厨房，里面有胡桃木家具，挂上红棉布的床铺，食具橱，圆桌和诺曼底衣柜。

他从食具橱里拿出饭巾、菜盆、叉子、刀和两口玻璃杯。这些东西都非常干净，他做着这些家务，觉得很有趣，好象他在玩儿时的分食游戏，看看洁白的饭巾心里很舒服。他很爱他的夫人，想到她开门看见，会爆发出快活的笑声，他将觉得欢悦。他把卤肉放到菜盆里，旁边摆上白葡萄酒瓶，他突然觉得不安，睁大眼睛找什么，接着很快从衣袋里抽出已被忘记的两包东西：一小盒沙丁鱼和一块格吕耶尔干乳酪。

三点半钟已敲过，卢波耳朵倾向楼梯，一听到些微声响，立刻就转过来。他等得无聊，在镜子前停下来，注视自己。他并不老，将近四十岁，卷发的鲜明赭色依然没有变淡，留下的胡须很繁密，显出阳光样金黄；中等身材，但非常强壮。他喜欢自己的人品，很满意自己前额低，后头厚，圆而红润的面孔，一对活泼的大眼，照亮稍平的头颅，他眉毛紧蹙，前额划满嫉妒的皱纹。他和一个比他小十五岁的女人结婚，这些屡次对镜自照的目光使他自信，他还年轻，他完全可以安心。

楼梯上传来脚步声，卢波跑去半开了门，但这是车站卖报女贩，走进隔壁房间里。他再回来，注视食具橱上一个贝壳盒子。他十分熟悉这个盒子，这是珊佛琳赠给她的乳母维克多亚妈妈的礼物，这小东西足以唤醒回忆，他的恋爱故事因而全部展现在眼前。不久就将近三周年了。他生于南方的普拉桑，父亲是一个车夫，他服过军役，获得特务长袖章，当了很长时间的蒙特车站搬运夫，后来升到巴朗丁车站的搬运夫领班，就是在那里他认识他亲爱的女人，她那时从陀恩维尔来，同格兰摩伦院长的女儿，贝尔蒂小姐，到车站来搭火车。珊佛琳·奥布利只是格兰摩伦家一个园丁的次女，但是院长，她的教父和监护人，很宠爱她，竟让她做他女儿的伴侣，把她们两人送到卢昂的同一所寄宿女学校去读书；她自己也保持那种出身高贵的气质。很长时间里，卢波只远远羡慕她，只存着不粗俗的工人对待小姐的激情想念她，认为她是个珍贵的宝贝，不会轻易落到他的手里。那就是他一生的唯一恋爱故事。他可以同她结婚而不要一个铜子，他可以只为占有她的快乐而娶她。他终于能大胆提出他的要求实现了超过他梦想的收获：除了珊佛琳和一万法郎陪嫁之外，已退休的院长，现任西部铁路公司董事会董事，还给他意外的庇护：结婚第二天，他就升作勒·哈佛尔车站副站长。不容置疑，他自己也具有好职员坚守岗位，准时上班，诚实，知识虽有限，办事却很灵活的种种优点，这一切特好的考绩可以解释他的要求很快就被接受，他的升迁很快就被批准的理由，可他宁愿相信他的一切都是靠他的女人。所以他一向都热爱她。

卢波开好沙丁鱼罐头后，的确不能再忍耐了。他们本是约定三点钟会面的。她可能到哪里去了呢？她不会对他说一双半筒靴和六件衬衫需要一天工夫吧！他重新走到镜子前面，发觉自己眉毛紧蹙，前额被一条粗硬的皱纹截断。在勒·哈佛尔，他从来不怀疑她。到巴黎，他想象种种危险，诡计和过失。一阵血浪涌到他的脑壳里，他旧

日工人的拳头，如他推车时一样，突然捏紧。

珊佛琳推开门，带着新鲜快乐的面容出现在他眼前。

"是我呀……嗯？你一定以为我迷路了？"

她二十五岁，光彩艳丽，身材苗条，若就她的小骨骼说，她又似乎很丰满。初一看，她并不漂亮，长脸孔，大嘴巴，露出可赞叹的洁白牙齿。要是你仔细注视她，她厚密黑发下的蔚蓝奇特的大眼睛，却具有诱惑的魅力。

她看丈夫不回答，继续用她所熟悉的昏乱和激动目光审察她，她就解释道：

"哦！我一直在跑……你可以想象，不可能搭上公共马车，不愿意花钱租一辆小马车，我一直在跑……

"算了吧！"他粗暴地答道："你不会要我相信你从便宜公司出来吧！"

但是她马上露出孩子般的可爱姿态，扑入他的怀里，并让她的肥厚和漂亮小手拊在他的嘴上。

"坏家伙，坏家伙，你住口！……你很知道我多么爱你！"

她的整个人品是如此深的诚恳，他觉得她还始终是那样天真，那样伶俐，他立刻狂热地紧紧将她搂在自己的胳臂里。他的猜疑时常是这样结束的。她自动地倒在他的胸口，喜欢得到抚摸。他不断亲吻她，而她却不还吻，这被动的大女小孩子，总以男女之爱没有觉醒的儿女情感接受他的亲热，这其实也是他的隐忧之一。

"哦？是的。我讲给你听……不过首先我们要吃东西。哦！我要饿死了！……啊！听，我买来一个小礼物，看我的小礼物。"

"快说：'我的小礼物'。"

他也像老好人一样对她笑道：

"我的小礼物。"

这是她刚给他买来的一把刀，为的是代替他已丢失的并且叹息了十五天的那一把。他惊异，这华丽的新刀，象牙柄和刀身，他觉得它妙极了。他立刻使用起来。她看他高兴也很喜欢，便开玩笑说，要他给她一个铜子，使得他们的友谊不能中断。

"我们吃东西吧，我们吃东西吧！"她一再说："不，不！我恳求你等一下，不要现在关窗。你看我是多么热！"

她跟他到窗口，站在那里几秒钟，上身紧靠他的肩膀，注视车站的广大场地。煤烟暂时飞散了，太阳这"铜盘"已降到罗马路后面的浓雾里。下面，一部调配机头拖着已经编组好的、将于四点二十五分开行的蒙特列车，将它推到厂房底下月台旁边停住，然后解掉扣索离开。底面，在环城铁路的厂房里，缓冲机的互撞声向人报告加上去的特别车辆。铁轨中间只有一部慢车重机头，同满身给灰尘沾黑的司机和伙夫。机

头一动也不动，好象很疲倦，喘着气，除了安全汽闸透出细小的一线，没有其他蒸汽。它等着人们给它开道，回到巴底尧尔停备站去。一个红信号闪出，随即消失了。

"这些陀凡涅小姑娘，她们非常快活！"卢波离开窗口时说："你听见她们乱弹钢琴吗？……刚才我看见亨利，他要我替他问候你。"

"坐到桌边去，坐到桌边去！"珊佛琳喊道。

她扑向沙丁鱼，大口吞噬。啊！蒙特的小面包已离她很遥远！每次到巴黎来，这样饱餐一顿间直使她陶醉。她还记得全身颤动着，在人行道上奔跑的幸福，她还保持着她到便宜公司里购买东西的狂热。每个春季，她一次花费了她冬季的全部积蓄。她喜欢到那里购买一切，说这样她可以省下她的旅行费用。她边说边讲滔滔不绝。最后心里有点惭愧，脸上稍红一下，把她所花的整个数目，三百多法郎，都说出来。

"啊！好，"卢波惊诧地说。"你真会花钱，你，一个区区副站长的女人！……那么，你不止买来六件衬衫和一双半筒靴吧？"

"哦！我的朋友，唯一的便宜机会！……一段花纹优雅的小绸！一顶很时髦的帽子，这是我所梦想的！几条完全制好的绣边短裙，这一切都十分便宜，要是在勒·哈佛尔，我要付出双倍价钱……人们将给我送来，你去看吧！"

她很快活，显得那样漂亮，又露出哀求的惭愧态度，他只好采取说笑的主意。再则，在他们单独留下比任何饭店都好。幽静的房间深处，这偶尔准备的小午餐又是多么可喜，他怎能不高兴呢！她平常只喝凉水，此时也让自己放纵一次，不知不觉倾空她的白葡萄酒杯。沙丁鱼已吃完，他们开始拿美丽的新刀切卤肉。刀那样锋利，切得那样好，这简直是一种胜利。

"那么，你呢，你的事情怎么样？"她问道。"你要我多嘴，乱说一气，有关县长的事情，你没有对我说，这到底怎样结束的？"

于是他详细叙述业务处长怎样接待他的情形。哦！这只是照例的训斥！他替自己辩护，他说了真实的经历，这荒唐的县长怎样固执地要带他的狗进入一辆头等车，而当时恰有一辆二等的专给猎人和他们的畜生保留着，就因此而争吵起来的，彼此相骂交换了些难听话语。其实，他要别人遵守规章，处长也是赞成的；不过，可怕的是他自己也招认的一句话："你们不会永远是统治者！"人们因而怀疑他是共和党人。一八六九年议会开幕时所发生的辩论和不久将举行普选的隐隐恐惧已引起政府的忧虑。所以，要是没有格兰摩伦院长的好意嘱托，人们一定会调动他。此外，他不得不在后者所劝告和所撰好的道歉信上签了字。

珊佛琳打断他的话，喊着说：

"嗯？我要你写信给他，今天上午你没有受训斥之前，我要你同我一起去拜访他，我确实是对的……我知道他一定会帮助我们，让我们摆脱困难。"

"是的，他很爱你，"卢波再说，"他在公司里的势力很大……，你稍稍想一下，做一个好职员到底有什么用处啊！人们并不吝惜对我称赞，为什么？虽然没有很多首创精神，可是行为很好，具有服从命令的本质，办事也很勇敢，总之，一切都好。那么，好！我亲爱的，如果你不是我的女人，如果没有格兰摩伦出于对你的友爱，竭力替我的事情辩护，我必然会完蛋。为了惩罚我，人们或许将派我到什么小站深处去受罪！"

她目光凝视空际，好象自言自语喃喃说道：

"哦！当然，这的确是一个很有势力的人。"

她沉默了一下，停止吃东西，睁大两眼，向远处注视。无疑的，她已想起她从前在卢昂十七余公里以外，陀恩维尔宫堡的童年生活。她从来不认识她的母亲。当她的父亲，园丁奥布利故世时，她已十六岁，就是这个时期，已经丧妻的院长要留她在女儿贝尔蒂身边，由他的妹子，一个工厂主的夫人，也已寡居的波纳洪太太监护着，宫堡今天已属这位太太所有。比她大两岁的贝尔蒂，在她之后半年结了婚，嫁给卢昂法院一个推事，一个干瘦而脸黄的矮个子，赖宣纳先生。前一年，格兰摩伦院长还是他这故乡法院的首脑，经过辉煌灿烂的法官生涯，他就在这里退休。生于一八○四年，一八三○年革命第二天，他是第涅的代理检察官，后来历任枫丹泊罗和巴黎的代理检察官，脱罗亚的检察官和勒纳的首席检察官，最后才当上卢昂法院院长。拥有数百万家产，从一八五五年起，被选为州议会议员。他退休那天，又取得荣誉团骑士勋章。向她所能回忆的更远处想上去，她重新看见他同现在一样，还是短大和结实。原来像刷子一样的金黄头发很早就变白了，嘴边没有八字胡，方形的面孔上，绕有一圈剪得很低的颊须，他的容貌因他的深蓝眼睛和大鼻子而显得很庄严。他是不容易接近的人物，会使周围的一切人都吓得发抖。

卢波只得提高声音，重复两次：

"唉！你究竟在想什么？"

她吃惊不小，不免微微颤栗，好象突然被恐惧震动一下。

"一点也不想什么。"

"你不再吃东西，你不饿了吗？"

"哦！不，……你看吧！"

珊佛琳喝空白葡萄酒杯子，吃完盒里的一块卤肉，但是他们感到恐慌：他们的一斤面包已被扫光，可以和干乳酪吃。他们推开一切，在维克多亚妈妈的食具橱深处发现一段放了很久的硬面包，不禁喜欢地叫起来，虽然窗还开着，房间里依然很热，少妇因火炉正在她背后，更不觉得凉爽。在这房间里，吃这意外的午餐，她的脸色变得更激动，更粉红。一谈及维克多亚妈妈，卢波又想到格兰摩伦：看，这又是一个受他恩惠的女人！本是被引诱的女郎，她的孩子生下来就死掉。珊佛琳母亲因分娩去世了，她就做了这孤女的乳母，后来嫁给公司一个火伕，吃光一切，她在巴黎只靠少许裁缝工作，过着艰苦生活，后遇见她哺乳的女儿，恢复旧日的关系，她已成为院长的一个保护人；今天他给她在卫生处得到一个顶好的位置，要她看守化妆兼盥洗室的女厕所。公司每年只给她一百法郎，可是由于赏钱的收入，她可以实得一千四百法郎左右，至于住宿，这冬季烧热的房间，还不计算在内。总之，这是一个比较有趣而报酬又很可观的工作。卢波估计，如果柏葛，她的丈夫，不在路线两端乱花钱，过着放荡生活，而能带回他做火伕的固定工资和奖金，约二千八百法郎，他们一家每年可以有四千余法郎收入，这比他在勒·哈佛尔车站副站长的所得，多了一倍。

"毋庸置疑的，"他结束时说，"一切女人都不愿意看守厕所。可是世上并没有下贱的职业。"

他们不像刚才那么饥饿了，只慢慢吃着，一小块又一小块，切下干酪，借以延长他们可爱的午餐。他们也逐渐变得徐缓了。

"话又说回来，"他喊道："我忘记问你……为什么你拒绝院长，不到陀恩维尔去过两三天呢？"

他的精神由于消化舒适，又想起他们上午到车站附近岩石路公馆去拜访；他重新看见自己在严肃的大书房里，听见院长曾对他们说起他将于第二天动身到陀恩维尔去。接着，好象突然闪出一个念头，他情愿当天晚上同他们一起搭六点三十分快车，然后领他的教女到他妹妹很久就想见她的波纳洪太太家里去。但是少妇提出种种理由拒绝了这个邀请。

"你知道。"卢波继续说，"我觉得这小旅行并不怎么不好。你很可以到那边，一直留到星期四，我会料理自己的事情……不是吗？像我们这样的情况很需要他们帮忙。拒绝了他们的好意，这是不大聪明的，尤其是你拒绝似乎使他确实的难过……所以我不断推促你接受，待你拉扯我的大衣，我只得跟你一样说话，可是不知道到底是什么理由……嗯？为什么你不愿意呢？"

珊佛琳露出犹豫的目光，不禁做一个不耐烦的手势。

"难道我能让你一个人回去吗？"

"这不是理由……我们结婚以后，三年之内你曾两次到陀恩维尔好好过了一个星期。没有什么可以阻止你再一次到那边去。"

少妇更加局促不安，她转过头来。

"总之，这引不起我的兴趣，我并不想去。你不会强迫我去做我所不喜欢的事

情吧?"

卢波张开胳膊,好象他并不强迫她去做任何事情。可是他又说:

"那么,你一定对我隐瞒了什么……再问一句,难道波纳洪太太没有好好接待你吗?"

哦!不,波纳洪太太一直对她非常很好。她是那样可爱,又高大,又强壮,头上盖满美丽的金发,虽然已五十五岁,看来还是那样漂亮!从她的寡居,甚至从她丈夫还活着的时期起,人们就叙述她的心往往有别的寄托。在陀恩维尔,人们都尊敬她,她使所住的宫堡成为欢乐的场所,卢昂整个社会,特别是司法界,都到那里访问。在司法界,波纳洪太太交了很多朋友。

"那么,你招认吧,是赖宣纳夫妇曾对你表示冷淡吧!?"

无疑的自从和赖宣纳先生结婚以后,贝尔蒂已不像从前那样对待她。这可怜的红鼻子贝尔蒂,那样不足重视的一个人,她现在已变得不大好。在卢昂,一般太太们都非常夸张她的高贵。她所嫁的一个丑丈夫又粗暴,又小气,仿佛生来就要他的夫人减色,而且使她的脾气变得很恶劣。但是,不,贝尔蒂对她旧日的女伴,还表示合适的态度,珊佛琳并没有切实的事情可以责怪她。

"那么,是院长在那边使你不高兴吧?"

珊佛琳直到那时,只以平静的声音慢慢回答他,听到这句话,又忽然被不耐烦的心思袭击。

"他!这是什么念头?"

她神经质地继续轻轻说下去。人们几乎见不到他。他在大花园里保留一个厢房,厢房的门朝着一条荒凉的小巷。他出出进进,都不让别人知道。此外,他妹妹甚至不知道他到达的确实日期。他在巴朗丁租一辆马车,总在夜间让人领他到陀恩维尔,他整天整天生活在厢房里,不被一切人知道。啊!在那边,不会是他会来妨碍你们!

"我之所以对你说到这个,因为你曾二十次告诉我,你非常小时,他就使你害怕。"

"哦!使我害怕,和平常一样,你总是言过其实的……他不大笑,这是事实。他的大眼那么固定地注视别人,别人立刻会低下头,不敢看他。我曾看见很多人慑于他著名的严厉和贤名,他们总感到混乱,不敢向他说一句话……但是,我,他从来不斥责我,我一直觉得他对我是特殊的……"

她的声音又变得缓慢,她的目光消失在远处。

"我记得……我从小的时候,我同许多小朋友在花园的林荫道上玩耍,如果他一出现,大家都躲藏起来,甚至他的女儿贝尔蒂也吓得不断颤抖,怕自己会犯什么过失,而我却平平静静等候他。他走过来,看见我鼻子朝天,露出微笑留在那边,他总轻轻

214

拍拍我的面颊……后来，到十六岁，当贝尔蒂要想从他那里得到什么好处，她总叫我去要求。我说话不低头，我觉得他的目光一直深入我的皮肤之下。但是我尽不管这一套，我是那么确信他一定会答应我愿意的一切！……啊，是的，我记得！我记得！只要一闭上眼睛，花园里每一个树丛、宫堡，每一个走廊或房间，所有的一切马上出现在我的记忆里。

她住口，眼皮垂下，涨红的脸仿佛掠过往事的震颤，她闭口不说往事。她就这样呆了一会儿，两唇微微掀动，似乎不自主地痉挛，痛苦地抽搐嘴的一角。

"他对你肯定非常不错。"点起烟斗的卢波再说，"他不但命人像培养小姐一样培养你，而且还贤明地管理你的少数金钱。我们结婚时，他扩大了这个数目……他当我的面说过，他要留给你若干财产，那还不计算在内。"

"是的。"珊佛琳回答，"这摩弗拉十字房子，这被铁路截断的产业。人们有时到那边去过八天……哦！我并不希望得到这个，赖宣纳夫妇一定设法不让他留任何东西给我。其实，我宁愿这样，宁肯不要他任何资产！"

她用那么尖锐的声音说出这最后一句话，他不免吃惊，从嘴里抽出烟斗，睁圆眼睛注视她。

"你这人真奇怪！人们肯定，院长很富，他的财产不止数百万，他将自己的教女列入他的遗嘱，又有什么不好呢？任何人都不会觉得奇怪。这会帮助我们，让我们好好安排我们的生活。"

接着，一个念头掠过他的脑海，使他突然笑出声来。

"你也许不怕人们把你看作他的女儿吧？……因为，你知道，尽管他态度冰冷，对院长的为人，人家还是偷偷说过不少坏话。据外面谣传，他女人没死之前，一切女仆都已落入他的掌心。总之，像他这样强壮的老家伙，就是今天也会偷女人哪！……啊！我的上帝！如果他有你这个女儿的话……"

珊佛琳粗暴地站起来，面孔气得血红，她的蓝色眼睛在厚密黑发下，射出恐怖的摇曳亮光。

"他的女儿，他的女儿！……我不想你拿这个来开玩笑，你听见吗？难道我可能是他的女儿吗？难道我像他吗？……看吧，这已够了，我们谈别的事情吧！我不愿意到陀恩维尔去，因为我不愿意，因为我宁愿同你一起回来勒·哈佛尔。"

他摇摇头，做手势平息了她的生气。好，好！既然这会刺激她的神经，他就不再说了。他微笑。一向没见她那么激动，无疑的，这肯定是白葡萄酒的功效。他想邀得她的饶恕，重新拿起新买来的刀，出神地想了一会儿，并细心地揣摩它，为了表明它像剃刀一样锋利，他切割自己的指甲。

"已是四点一刻了……"站在杜鹃钟前的珊佛琳喃喃说，"我还有几处地方要跑……应该想到我们的火车。"

她要安定自己兴奋的神经，在没有给房间稍稍整理一下之前，走去靠到窗口。他放下手里的刀和嘴上的烟斗，也离开桌边，走近她，从背后慢慢把她抱到自己怀里。他这样搂抱她，让自己的下颌放在她的肩膀上，头紧靠她的头，彼此都不再动，他们相互看着。

底下，调配的小机头仍然来往奔跑，毫不休止，人们几乎听不见它们的活动。它们像活泼而谨慎的主妇，只发出车轮的钝重响声和不停地汽笛尖叫。其中一部消失在欧罗巴桥底下，给一列已被解开的特鲁维尔火车拖去停备着。在铁桥对面，它遇到一部从停备站里开来的机头，又崭新又坚固，已准备出发，全身的铜和钢铁闪闪发光，简直和孤单的散步者一样慢慢行走。这缓步的火车头停下来，发出两声短促的鸣叫，向扳道员求路，后者几乎立刻送它到干线敞房底下那沿月台完全调配好的列车上。这是四点二十五分开赴第厄普的火车。一大群旅客拥塞着，人们听见载满行李的四轮车子滚动声响，许多工人把热水箱一个又一个推到车厢里。但是机头和它的煤水车，带着钝重冲撞，接触到前部的行李车，人们看见工头亲自旋紧交接棒的螺丝钉。朝巴底尧尔方面看去，天已昏暗，薄暮的细灰，淹没街上房子的正面，仿佛已降到轨道那像扇骨那样展开的广大面积上；在这模糊的空间里，远处不断有近郊和环城火车交叉驶过，越过遮蔽大敞篷的昏暗顶面逐渐向黑的巴黎上空飞舞着的破烂不堪的赭色烟雾。

"不，不！放开我！"珊佛琳喃喃说。

他逐渐被这年轻身体的温暖兴奋，更热烈地抚摸她，他就这样满怀搂抱她。她的气息引起他的陶醉。她想着挣脱自己，弯曲腰部，终于激发他的疯狂情欲，藉突然的动作，他抱她离开窗口，他的手肘随即关上了玻璃窗。他的嘴寻找她的嘴，两唇紧紧亲吻她。他把她抱上床。

"不，不！我们不在自己家里……"她重复说，"我恳求你！不要在这个房间里。"

她吃过食物和白葡萄酒，身上还颤动着她在巴黎奔跑的狂热，她自己也似乎已沉入陶醉。这太热的房间，这散乱着食具的桌子，这变成温雅娱乐的意外旅行，一切都燃烧她的热血，要她被柔软的震颤掀起。然而她拒绝，她抵抗，在惊骇的激动中，她的身体靠紧床木，弯成半弓形，而她却不知道自己因为何要如此抗拒。

"不，不，我不愿意。"

他的血已泛到皮肤上，停不住粗暴的巨手。他颤抖，简直要扼死她。

"傻瓜，难道人们会知道吗？我们将重新整好床铺。"

平常，在勒·哈佛尔家里，夜班下来吃过早餐以后，她总是和悦柔顺地让他摆布。

这对她好象没有什么快乐，不过，她总显出幸福的柔意，向他的快乐表示多情的同感。此时，最使他发狂的，是觉得她从来没有像这样热烈，像这样震颤着肉感的激情。她的黑发反光遮暗她的鲜蓝和平静眼睛，她的稍大嘴巴在她的温柔脸蛋上显得血红。他面前简直是一个他不认识的女人。为何她拒绝呢？

"说！为什么？我们有的是时间。"

由于无可说明的一种忧虑，在她似乎不能明确判断事物，连她自己也不知道自己的挣扎。她发出一声真正痛苦的叫声，他因而不得不突然停住。

"不，不！我恳求你，放开我！……我不知道，一想起此刻干这种事，我的喉头就好象被什么东西扼住，我觉得非常难过……这不大好。"

两人都躺卧在床上。他用手摸摸面孔，仿佛要除去燃烧的灼热。看到他重新变得很有理性，她可爱的俯下来，在他的面颊上亲了一个大吻，愿意对他表示她还很爱他。他们俩这样坐了一会儿，不说话，恢复平静。他重新拿起她的左手。她戴结婚戒指的同一手指上套一颗旧的、头上镶一颗红宝玉的蛇形金指环，他就摸着它玩。他总常常看见它这样套着。

"我的小蛇戒，"珊佛琳以为他注视金指环，感到说话的迫切需要，马上用做梦般的不由自主地声音说，"这是在摩弗拉十字，为庆祝我十六岁，他赠给我的一个礼物。"

卢波抬起头，觉得很惊奇。

"谁？院长吗？"

丈夫的眼睛盯住她的眼睛，她觉醒似的突然震动，感到小小的寒冷冰激自己面颊。她想回答，可是找不到半句话，她已被袭来的瘫痪扼制。

"但是，"他继续说，"你总告诉我，这个戒指是你母亲留给你的。"

这一秒钟，她还能收回她因忘掉一切所说出的这一句话。其实，她只要欢笑，玩弄点小把戏，就够了。可是她固执，她已丧失意识，不能再自主。

"没这回事。我亲爱的，我从来没说过我的母亲曾留给我这个戒指。"

卢波突然凝视她，他自己的脸色也变得非常苍白。

"怎么？你从来没对我说过这个吗？你曾对我说过不止二十次！……院长曾拿这个戒指送给你，这并没有什么不好。他曾给你很多别的东西，但是为什么对我隐瞒？为何你撒谎说是你的母亲留给你的？"

"我没有告诉你是我妈留给我的。我亲爱的，你记错了。"

这固执实在是愚蠢。她看见自己站不住脚，他已明显地看透她的心思。她想转口，重新吞下刚才的话，可是已太晚了。她觉得自己的脸色已惨变，招认，不顾她的

意志，已从她的整个人品里显露出来。她脸颊上的寒冷已侵占她的全部面孔，一种神经质的痉挛已抽动她的嘴唇。他样子很可怕，脸上突然变得绯红，以为他的脉管将爆炸，立刻捉住她的手腕，对面凝视她，让自己可以从她眼睛的惊骇和昏乱里，更明白她是为何不敢高声说明的原因。

"混账家伙！"他嗫嚅说，"混账家伙！"

她害怕，猜到拳头就要打来，便低下面孔，藏到自己的胳臂里。一个很小，很可怜和没有意义的事情，关于这戒指的几句对话，忘记了撒谎，竟引出无可否认的证据。只要一分钟就够了。他很粗暴，把她推倒在床上，并随手打她两拳。三年内，他的手指没有弹过她一下，现在，在畜生的暴怒里，他自己盲目昏醉，用从前推车的巨手拼命地敲击她。

"混账骚妇！你曾同他睡觉！……同他睡觉！……同他睡觉！……"

这些重复的话语更加激起他的发狂，他喊一句，拳头打一下，好象要把他的话语打入她的皮肉。

"一个老头子的残骸，混账婊子！……你曾同他睡觉！……同他睡觉！……"

他的说话声被扼杀了，已变成尖叫，再也喊不出来。只有她在打击的拳头下变得柔软，他才听见她说"没有"。她找不到别的庇护，她只想他不杀死他而极力否认。这叫声，这撒谎的固执，终于使他更加发狂。

"招认！你曾同他睡觉！"

"没有！没有！"

他又一次捉住她，把她狭在胳臂里，她遮住面孔，显出要躲藏自己的可怜动物姿态。重新跌到被子上。他强迫她直面凝视他。

"招认！你曾同他睡觉！"

她让自己溜下，脱出他的掌握，马上向门边跑去。他一跃重新扑到她身上，拳头向空举起，异常愤怒，只一下，就将她打倒在桌子附近。他跳到她身边，用手抓住她的头发，把她"钉"在地上。他们就这样面对面看了一会儿，一动也不动。在可怖的静寂里，他们只听见陀凡涅小姐们的歌声和笑声传上来，她们的钢琴声敲得更凶，幸好，这闹声在下面，遏住他们争斗的声响。这是克蕾尔唱女孩子的圆舞曲，由苏菲亚竭力在伴唱。

"你曾同他睡觉。"

她不敢说没有，她没有回答。

"招认！你曾同他睡觉，混账家伙！不然，我将剖开你的肚子！"

他也许会杀死她，她由他的目光里明显地看出跌倒在地上时，她曾瞥见新刀开着，放在桌子上；她还重新看见刀锋的闪光，她以为他已伸出胳臂。一种卑怯侵入她，她抛弃一切，不再维护自己，她被马上了结的愿望催促的只好招认。

"那么，好！是的，这是真的，让我离开吧！"

于是，可怕极了。他那么粗暴要求的这一招认，像不可能的和奇特的事物，当面损伤他。他似乎从未假定这样无耻的丑事。他抓住她的头，和一只桌脚相碰，她挣扎。他拉住她的头发，穿过房间，撞翻那里的几把椅子。每次她竭力要再站起来，他总是重重的一拳，打她跌倒在地上。喘着气，咬着牙，尽量发泄野蛮和愚蠢的愤激。桌子被推撞，几乎翻倒火炉。食具橱的一角留下头发和血。他们被这丑恶的争斗所激怒。疲于打击和被打击，彼此变得蠢头蠢脑。她一直倒在地上乱滚，他却蹲着，仍然捉住她的肩膀。他们喘着粗气，下面音乐仍然继续，很响亮，年轻的笑声仍然不断传上来。

随着激烈的摇动，卢波拖起珊佛琳要她的背部靠到床木上。随后，跪着压在她身上。他终于能开始说话了。

他不再打她，他不可抗拒地需要知道真情，提出种种问题询问她。

"这么说，你曾同他睡觉。骚妇！……再说，再说你曾同这个老头子睡觉……几岁？嗯？你很小，很小的时候，不是吗？"

突然，她的眼泪奔流而下，泣不成声。

"混账家伙！你愿意对我说吗？……嗯？你还不到十岁，这老头子就占有了你。你让他取乐。不是吗？就是为了这个，就是为了他的龌龊勾当，他才培养你。你说！混账家伙！否则，我再揍你！"

她哭，说不出一个字。他举起手，又打昏她三次。还得不到回答，又敲了她几个耳光，重复他的问题。

"几岁？你快说啊，婊子！你还是不说吗？"

为何还要坚持呢？她的存在已从她的体内消灭。他会用他旧日工人的粗暴手指从她的胸膛里挖出她的心。质问继续着，在如此羞辱和恐惧的颓丧里，她说了一切。她低声吐出的字句几乎听不见。他被猛烈的嫉妒咬啮着。她所唤起的景象撕裂他的腑脏，感到那么大的痛苦。他更加发狂，他总是知道不够，他要晓得更多。他强迫她回到细节，耳朵贴近可怜女人的嘴边，拿他举起的拳头连续威胁她，如果她停止，马上准备再揍她。他为这招认，忍受致命的酷刑。

陀恩维尔生活的全部过去，她的童年、少年时代重新舒展着。这在大花园的树丛深处吗？这在宫堡走廊的某一偏僻角落吗？那么，他的园丁故世以后，他保留她，叫人同他的女儿一起教养她的时候，院长就想到她吗？其他许多女孩子在她们的游戏中间，看他一出现，就立刻逃去，而她，鼻子朝天，微笑地等着他经过时给她的面颊轻

轻拍一下的那些日子，无疑的，这就已开始了。后来，她之所以胆敢对面同他说话，她之所以能从他身上得到一切，这不是她觉得自己是情妇吗？他，对别的人那么正经，那么严厉，他不是玩偷奸女仆的花样，买得他的淫乐吗？啊，龌龊无耻的东西！这老头子，像祖父似的，邀得她的亲吻，看这女孩子长大起来，探摸她，每一时刻，都稍稍侵犯她，而没有耐心等候她成熟，这多么丑恶。

卢波喘着气。

"总之，几岁？再说你几岁同他睡觉？"

"十六岁半。"

"你撒谎！"

撒谎？我的上帝！为什么？她心里充满很大的自弃和厌倦，她只耸一耸肩膀。

"那么，第一次在哪里发生的？"

"在摩弗拉十字房子里。"

他犹疑瞬间。他的嘴唇激动，一片黄的微笑蒙混他的眼睛。

"我要你对我说，他同你干了什么？"

她哑然不答。随后，看他举起拳头，她才说：

"你不会相信我。"

"你说吧！……他一点也不能干什么，嗯？"

她点一点头，作为回答。确实如此。于是，他急于想晓得当时的景象，他要彻底认识它，他一直使用淫污的话语和龌龊的询问。她不再出声，她只继续点头或摇头，表示是或否，她完全招认了，以后这或许减轻他们彼此的难受。可是他却因这些她认为会缓和他们情绪的细节，更加痛苦。正规和完全的关系也许会使他萦绕着较不刺激的幻象。这奇特的淫行腐化所有，一直深入他的皮肉内部，搅动他嫉妒的含毒锋芒。此时，这已完结，他将不再生活，他将时常想起这恶毒的景象。

呜咽撕裂他的喉咙。

"啊！这太混账！……啊！这太混账！……这不能忍受。不，不！这太可恶！这不能忍受！"

接着，他忽然摇动她。

"但是不要脸的婊子！为什么你嫁给我？……你知道不知道这样欺骗我是卑鄙的呢？监狱里的那些女贼也没有这样龌龊东西留在她们的良心上……那么，你蔑视我，你不爱我吗？……嗯？那为何想做我老婆？"

她做一个茫然的手势。现在，难道她确切知道吗？嫁给他，她是幸福的，希望可以同另一个断绝关系。世上有那么多不愿意做的事，却已经做了，因为它们还是最满意的。不，她并不爱他；她要避免对他说的是：如果没有这样的事，她将永远不会同意做他的老婆。

"他，他要给你安置好，不是吗？他找到了一个诚实的傻瓜……嗯？他要给你安置好，使得这事可以继续下去。在你到那边的两次旅行中，你们曾继续干这个，不是吗？嗯？就是为了这个，他曾领你去吧？"

她再一次招认了。

"这次，也是为了这个，他再邀请你吧？……那么，直到最后，这些龌龊勾当还将继续下去！如果我不扼死你，此时经常会有新的开端！"

他痉挛的两手向前伸出，要重新抓住她的咽喉。但是这一下，她忍不住怒气，表示反抗。

"算了吧！你是不公道的。因为是我自己拒绝他，不要到那边去。你曾催促我去，我只得生气，你总还记得……你看得很明白，我已不再愿意。这已完结。我将永远，永远不再愿意同他发生关系。"

他认为她讲的全都是实话，可是他仍然得不到半点安慰。尖锐的痛苦，酷热的红铁仍然不断刺激他的胸口，她和这个人中间所发生的一切是无可挽回的。他因自己无能，没有法子使这个不致发生，感到可怖的难受。他还不放开她，更接近她的面孔，他仿佛着了魔，被引诱到那里，要从她细小蓝脉管的血里，重新看见她曾对他招认的一切，好象受魔影缠绕和蛊惑，他咕喽着说：

"在摩弗拉十字，那个红的房间里。……我认识它，窗户开向铁路，对面摆着床铺。就是那里。在这个房间里，……我明白他为什么要把它留给你。你曾好好赚得它。他曾监护你的金钱并给你陪嫁。这值得他这样做。……一个法官，一个富有数百万法郎的绅士，一个那么被尊敬，那么有教养和那么高尚的人！真的，你的头脑因而昏乱……那么，说！你是否是他儿子？"

珊佛琳努力一下，站了起来。她是被征服的可怜生物，不顾孱弱，用非常的力量推开他。她表示粗暴的抗议。

"不，不！不要说这个！其他一切都可以随你所愿意的。你尽管打我，杀我……但是，不要说这个。你撒谎！"

卢波还握住她的一只手。

"对这个，你能晓得什么呢？因为你自己也很怀疑，这才激怒你，使你觉得不舒服。"

他的两手被她扒开，他感到金指环，那个头上镶红宝石的小蛇戒，还被忘记在她的手指上。他拉掉它，处在新的疯狂发作下，将它丢到地上，用脚跟踏碎。随后，他

沉默，愤激，从房间这一端走到另一端。她跌坐在床沿上，只有她的固定大眼睛凝视他。可怕的静寂持续着。

卢波的暴怒仍然不平息，似乎刚要稍稍消散，不料立刻又回来，像狂醉的波涛，掀起加倍汹涌的浪头，卷他没入疯狂的眩晕。他已不能自主，好象凌空行走，随着鞭击他的暴风奔腾浮沉，重新跌到唯一的需要，想平息他存在深处不住鸣叫的兽性。这是肉体的需要，如复仇的渴望一样，倘若不立刻获得满足它将绞曲他身体，让他永远不要停息。

他毫不停止让两拳敲击自己的太阳穴，他的忧虑声音喂嚅着：

"我去做什么呢？"

这个女人他既然没有马上杀掉她，现在他已不会再杀她。他让她活着，又激发他的愤怒，因为这是卑怯的，可耻的；他刚才之所以没有扼死她，无疑的，还舍不得这婊子的皮肉。然而他不能这样保留她。那么，他去驱逐她，赶她到街上，让自己永远不再看见她吗？当他觉得自己连这个也做不到的时候，一种新的痛苦浪潮淹没他，一种难以忍受的恶心侵入他的整个身体。那么，究竟怎么办呢？没法只好接受丑恶，重新领这个女人回到勒·哈佛尔，像什么都没有发生过，继续同她过平静的生活吗？不，不！宁可死了，宁可他们两个马上都死了！这样不幸的烦恼激起他的反抗，他的头脑已错乱，他更大声喊道：

"我去做什么呢？"

珊佛琳始终坐在床边，让自己的大眼睛跟随他。她一向对他持有伴侣的情感，在这平静的友谊里，看见他这样难受，这过度的痛苦，已引起她的怜悯。这发狂的愤怒留给她较少惊骇，她还没有平息的惊骇，对这些粗暴的话语，野蛮的殴打，她都可以原谅。她一向是柔顺的，被动的；很年轻时就屈服于一个老头子的欲望之下，而后，只愿意料理好过去的事情，又让别人包办她的婚姻，她不能了解，为了她已懊悔的旧日过失，他怎么会有这样嫉妒的发作；她并不淫荡，在她温柔女郎的半意识里，她的肉体还不大觉醒，尽管过去发生过一切，她还始终是贞洁的，她看她的丈夫来回行走，凶暴地旋转，好象她注视一只狼，或另一种动物，在她面前徘徊。那么，他的体内究竟有了什么？世上有那么多人并不因这类事发怒哪！最引起她恐惧的是她三年以来就已猜疑的暗暗鸣叫的兽性，今天已被放纵，已发狂，已准备咬人。为了阻止不幸，她会对他说什么。

每次转回来，他都到床边，经过她面前。等着他走近，她大胆同他说话。

"我的朋友，你听我说……"

但是他没有听见她，很快又向房间另一端走去，很像被暴风扫去的麦秆。

"我去做什么呢?

最后,她拉住他的手腕,她留住他一分钟。

"我的朋友,算了吧,既然是我拒绝去那边去……我将永远永远,永远不再到那边去!我爱的是你。

她显出柔媚,拉近他,抬起她的嘴唇,让他亲吻。但是他停在她身边厌恶地推开她。

"啊!婊子,现在你同意了……刚才你不愿意,你不需要我……现在,你想重新占有我,你却愿意了,嗯?当你要从这方面占有一个男子,你必须稳固地占有他……但是同你一起玩这个会烧死我,是的,我清楚这会烧死我,使我的血里中毒。"

他害怕。同她睡觉的念头,他们两个身体躺到床上的景象刺激了他,在他心里掠过一支火焰。从他肉体的混沌昏暗里,从他被玷污和出血的情欲深处,突然矗立着死的必要。

"为着我同你再干这个而不羞死。你看,我必须先杀死另一个……我必须杀死他,马上杀死他!"

他大声喊,站着显得更强大。他重述这句话,仿佛这句话给他带来决定,因而平息他的怒气。他不再开口,慢慢行走,一直走到桌边,他注视那上面的刀,显露的锋口闪闪发光。他用机械的手势,合上它,放到自己的衣袋里。两手摆动,目光向远处注视,他站在同一位置上默想。他的前额因想到障碍而刻下两条大皱纹。为着寻找办法,他打开窗户,笔直站着,面孔浸没在薄暮的微寒空气里。他背后的女人重新被恐惧侵袭,也站起来;不敢询问他,竭力猜测萦绕在这坚硬脑壳深处的一切。她也面对广大的天边站着,等候回答。

夜色慢慢地变暗了,远处的许多房屋成了黑影,空旷的车站充满淡紫薄雾。尤其是巴底尧尔那方面,深的坑道好象蒙上细灰,欧罗巴桥的桥梁已开始消失。朝巴黎方面的日色最后回光使各个厂房的玻璃变得苍白,下面聚集的阴影像细雨般弥漫着。许多大星星闪烁发光,月台一带已点起煤气灯嘴,一支巨大的白色亮光由那里射出,这是第尼普火车前面那部机头的放射灯,火车里已坐满旅客,车门都已关好,它等着值勤副站长的开车命令。大概发生了什么阻碍,扳道员的红信号封闭了轨道,一部小机头开来重新拖去依然留在路上没有调配好的车辆。列车不断从扩展的昏暗里,从繁杂的铁轨网中,一排排的停着等待路线的车厢空隙里溜过去。其中有一列开赴亚尔双德伊,另一列,驶向圣日耳曼;自瑟堡到来的一列则很长。信号、汽笛和号角的声音,随即增加起来;一下又一下到处显出红的、绿的、黄的和白的火光;在这薄暮的时刻,这是看不清楚的混杂,仿佛一切都要互相冲撞,可是一切都以同样温和的爬行动作,

互相擦过，互相摆脱，茫然消失在黑色夜幕。扳道员的红光已隐没，第尼普火车鸣叫汽笛并慢慢走动。从苍白的天边，稀少的雨点已开始落下。夜将是很潮湿的。

卢波转过来，他的面孔是迟钝的、固执的，仿佛被这降下的夜幕罩满阴影。他已决定，他的计划已想好。在垂死的日色里，他注视杜鹃钟上的时刻，他大声说：

"五点二十分"。

他惊讶，只经过一点钟，竟出了这么多事情，只经过一点钟！他以为他们两人的互相吞噬仿佛持续了几个星期！

"五点二十分，我们还有时间"。

珊佛琳不敢询问他，仍然睁着担忧的目光留意他。她看见他在衣橱里搜寻，抽出一张纸，

"喏！你去写。"

"给谁？"

"给他……你坐下。"

她还不知道他要她写些什么，他领她回来，用那么重的力量，压她坐到桌前，她只得留下。

"写……请您今晚搭六点三十分快车动身，只到卢昂才露面。"

她握着钢笔，手不停地抖动，面前这两行简单的字句包含着全部"未知"，她更加恐惧，竟大胆抬起头，哀求地问道：

"我的朋友，你去干什么？我恳求你，对我说明……"

他用严酷的高声重复地吩咐她：

"你写，你写。"

接着，他直面凝视他，并不愤怒，也不说粗鲁话语，可是表现得那么固执的重量正在压碎她和毁灭她，他说：

"我去干的，你会知道……你听着，我去干的，我要你同我一起去干……像这样，我们彼此将会和好，我们中间将有牢固的关系存在。"

他激起她的恐慌，她又一次退一步。

"不，不，我要知道……在不知道以前我不写。"

他不敢说话了，抓起她的手，孩子般的小手握在他的铁掌里，并用老虎钳似的压力来捏碎它，就这样，他的意志和疼痛一起深入到她的皮肉里。她发出一声叫喊，一切都在她的体内粉碎了，一切都可以让他摆布了。她仍然一无所知在她的被动温柔里，她只能服从；她是爱的工具，同时也是死的工具。

"你写，你写。"

那只痛苦可怜的手不得不移动，勉强地照写。

"这很好，你很可爱，"他拿了这短函说。"现在，你在这里稍稍整理一下，把一切都准备好……我将回来找你。"

他似乎非常镇静，在镜子面前重整领结，戴上帽子，然后走开。她听见他关门，双重锁上，并带去钥匙。夜的昏暗已逐渐加深。她坐了一会儿，耳朵倾向外面的一切声音。从隔壁卖报女贩的房间里发出连续的粗钝的哀鸣，无疑的，一只小狗被忘记在那里。下面，陀凡涅姐妹家里钢琴已经不弹了，现在是许多食具的愉悦声响，两位主持公务的女郎，在她们的厨房深处做事，克蕾尔料理一锅子卤羊肉，苏菲亚剔选一盆生菜。珊佛琳很颓丧，在这降下的夜色里，被丑恶的不幸包围，唯有她们的欢笑冲荡夜空。

从六点一刻起，勒·哈佛尔快车的机头从欧罗巴桥出来，驶到列车边，立刻被套上。由于拥塞，人们不能让这列车停到干线的敞房底下。它靠近像狭小堤坝那样伸长的月台，在露天下，在墨黑天边的阴影里等着，沿人行道装置的几盏煤气灯嘴只显出一列模糊星火。一阵骤雨已经停止，留下冰冷潮湿的气息，它散布在这广大的暴露空间，由薄雾一直推到罗马路那头隐隐露出白光的房屋正面。这是广大的、忧郁的、淹没着水的场地，这里或那里，只射出一点血红的火光，到处弥漫着混杂和不透明的巨影，许多机头，孤单的车厢和一段一段列车沉睡在停备轨道上；从这昏暗的"湖泊"深处，传来嘈杂的声音，有的像巨大的呼吸和热病的喘息，有的很刺耳，一声一声汽笛简直同被强奸的女人尖叫没有分别，远处的号角可怜地吹响，混杂在邻近街道的嗡嗡市嚣里。有高声发出的命令，要人们添加一辆车厢。快车的机头一动也不动，由安全气塞上喷出一大股蒸汽，它升到这整个黑暗里，分成小块，使无限天边张挂着丧幕，撒满惨痛的眼泪。

六点二十分，卢波和珊佛琳出现了。经过候车室附近的女厕所前面，她曾拿门上的钥匙还给维克多亚妈妈。他推着她行走，帽子向后戴，好象是一个因为妻子迟到延误了时间而摆出不耐烦和粗暴态度的丈夫。她呢，脸上紧紧罩着面纱，不住地喘气，似乎已被疲倦压倒。浪潮般的旅客循着月台走去，他们混入这长长的队伍沿列车前进，人行道上很热闹，搬运使用四轮车将行李推到前面的行车小道上，一个稽查忙于安置一个人口多的家庭，值勤的副站长手里拿着信号提灯，检查车辆的连接处，看它们是否已经接好，螺丝是否已经旋紧。卢波终于找到一间空的车室，正要珊佛琳上去，突然被站长方道普先生瞥见，后者正在同他的干线副站长陀凡陉先生散步，两人都背着手，注意着添车厢的调配。卢波打了招呼，不得不停下来同他们说话。

县长的事首先被他们提起，解决得很好，两方都感到满意。其次谈到的是勒·哈佛尔所发生的意外事件，巴黎方面已收到电报。每逢星期四和星期六早上六点三十分在快车上工作的利崇号机头在进站时，转动杆忽然坏了。司机杰克·郎济埃，他是卢波的一个同乡，和他的火伏柏葛·维克多亚妈妈的男人有两天时间可以不做工作。珊佛琳站在车室门前等着，还没上去；她的丈夫则装成很灵活、很随便的样子，偌大的嗓门放声大笑，同这些先生们聊天。忽而听到一声冲撞，火车后退了数公尺。这是机头给前部的列车接上一节车厢，车厢上保留着一间特别加上的车室二九三号。陀凡涅儿子、以车长身份随车工作的亨利认出面纱下的珊佛琳，他迅速做个手势要她走开，使她不至于被大开着车门碰到；然后，他微笑地道歉态度很客气，他向她解释这特别加上的车室是为公司的一个董事准备的，那董事在火车开行前半小时提出了他的要求。珊佛琳脸上显露无缘无故的神经质微笑。他离开她，跑去工作，心里非常愉快，因为他总是对自己说，她将是一个很可爱的情妇。

车站的钟已指向六点二十七分。还有三分钟。卢波一边仍然同站长说话，一边却向远处窥伺着候车室的门。突然，他离开他的对谈者，回到珊佛琳身边。但是火车已起动，他们只得跑了几步以后才上车。他转过身来，推他的女人，用手腕的力量要她上去。想要看什么似的，本能地向后注视。这是一个迟到的旅客，手里只提一条被子，圆帽边缘低低地垂到眉间，在煤气灯摇曳的亮光下，人们要看他的脸，只能辨出少许胡须。方道普先生和陀凡涅先生不顾旅客想避人耳目的企图，迎面向他走去，跟随他。他只到三辆车以外，站在特别保留的车室前面，才向他们打招呼，并很快就上车去。这就是他。珊佛琳颤抖，让自己跌到座位上。她的丈夫用力捏她的胳臂，简直要把它捏碎，仿佛这是最后一次占有它。现在，他的确能实现他的计划了，他的心里充满狂喜。

六点半的钟声即将敲响。一个小贩固执地叫卖他的晚报，许多旅客还在月台上散步，抽完纸烟，但是大都已上车。人们听见稽查们从火车两端走来关闭车门。在卢波以为空的车室里，忽然瞥见一个昏暗的形象，占去一个角落。他感到惊异和不悦。无疑的，这一定是一个戴孝的女人。她默然坐着，一动也不动；不料，车门重新被打开，一个稽查推着一对夫妇——一个胖男子和一个胖女人进来。两人都喘着气，跌坐下去。他再也不能忍住真正愤怒的叹息。火车就要开行。牛毛细雨又下起来了，淹没黄昏的广大面积。火车不断从昏暗穿过去，人们只辨出它们的闪亮玻璃，一列移动的小窗。许多绿的火光已点起，几点提灯循着地面跳动。没有什么别的，有的只是干线的敞房，由煤气灯的回光照亮，显现在无限大的黑暗里。一切都已沉没，声音本身也已降低，只有机头的轰鸣声。开了放汽管，喷出白色的旋动蒸汽。一片浓雾升起，像显现的殓尸布舒展着。几支大的、不知来自何处的黑烟，由这里掠动。天色更暗了，巴黎上空笼罩着煤烟色的云。

　　值勤的副站长举起他的提灯，让出司机要求开行的轨道。接着，那边扳道员的岗位附近，红的灯火已熄灭，立刻被白的亮光代替。站在行李车门口，车长等着要转达的出发命令。司机还是发出长声的汽笛，他扭开蒸汽开阀，机头已走动。这是起程的时刻。几乎觉察不到，随后是车轮滚动。它溜过欧罗巴桥之下，驶向巴底尧尔隧道。人们只看见它后面的三支灯，红色三角，像血淋淋的三个疮口。还有几秒钟，人们被夜晚所震惊，看见它驶去。现在，它已疾驰，任何东西都不再能阻止这开足马力的火车。它消失了。

二

摩弗拉十字房子不自然的竖立在一个被铁道截断的花园里。它那样接近铁路，一切经过的火车都会使它摇动；只要一次旅行从那儿过，便能留下印象。飞快地驰过这儿的一切人，虽然一点也不认识它，却知道它。它的许多灰色百叶窗经常关闭着，因为受到西边吹来的雨不断打击，已经变成淡绿色，看起来仿佛是不幸被遗弃的废屋。当地是一片荒漠，它离开四周任何村庄都有四五公里的路程。这偏远角落似乎被衬托得更加孤单。

那里，大路边角上，只有栅栏看守人的房子。这条大路在它的邻近，穿过铁路，通向五公里以外的陀恩维尔。这房子很低，四面的墙已龟裂，屋顶的瓦也已给苔藓啃蚀，显出被遗弃的可怜样子，蹲伏在围绕它的小园中间。这是由青绿篱笆关闭着的小蔬菜园，里边有一个和房子同样高的大井架矗立着。地面过道恰在玛罗纳和巴朗丁两车站之间，两端的距离都差四公里。这里很少有人来往，一半腐烂的旧栅栏几乎只在人们去搭两公里之外培古尔石矿的大车时才被推开。人们不能想象一个更遥远、更与世隔绝的偏僻洞窟，因为玛罗纳那边的长隧道切断一切路线，而且只由沿铁道的坎坷小径才和巴朗丁相通。因此很少有客人来访问。

那一天下午，暮色苍茫，一个行人在巴朗丁，离开勒·哈佛尔驶来的火车，迈着大步沿摩佛拉十字小径行走。当地只是一连串小谷和冈岭，到处可以看见土地连续起伏，铁道只轮流从高地上或深坑里穿过去。铁道两旁，这些接连降下或升高的地形，终于使一切道路都变得十分难走。荒凉的感觉，因周围的环境变得愈加强烈。贫瘠和淡白的田亩，一直没有人耕种；隆起的丘陵盖满小树林，狭谷一带则流着杨柳浓荫掩映的小溪。许多别的白垩质高皋，则绝对是赤裸裸的。不毛的小冈，在这死一般的静寂和遗弃里前后相接。这行人年轻而健壮，加速脚步，好像要在这凄凉土地上逃避这温暖薄暮的忧伤。

在栅栏看守人的小园里，一位姑娘到井上来汲水。这是一个十八岁的女郎，高大，强壮，厚厚的嘴唇，淡绿的大眼，浓密的金发下显出低低的前额。她并不漂亮，但有结实的臀部、年轻男子般粗大的胳臂。一看见那位行人走下小径，她就抛下水桶跑来站在关闭荆棘篱笆的格子门前面。

"喂！杰克！"她喊道。

他抬起头。他已二十六岁，也是高大的身材，圆而端正的脸孔，很漂亮，不过上下颚太大，损坏了全部轮廓。他的头发繁密而卷缩，和他嘴上的髭须一样，竟那么厚、那么黑，因而脸色显得更苍白。看他的细嫩皮肤，剃得很光的两颊，如果不从那一双当司机的手上发现到不可磨灭的职业痕迹，可以说他是一位上等人。其实，那一双手小又软，只不过经常与机头的油污接触，变黄了。

"晚安，芙洛莉。"他只这样简单地应付。

忽而，他散有金点的一对漆黑的大眼睛仿佛被赭色烟雾所侵袭，眼帘眹动，眼睛在突然的局促里掉开，表现出一种近于痛苦的不舒服。

她一动也不动，目光笔直地盯住他，发觉这无意的、他每次接近一个女人总竭力克制住的痉挛。因此他似乎显得很认真、很忧闷。随后，他为了隐藏内心的局促不安，虽然知道她的母亲生病，不能出门，他仍然问她母亲是否在家。她立刻点点头表示肯定的回答。她躲开，让他走过去，然后不再说话，身子挺得笔直，显出十分傲慢，回到井边去。

杰克三步并着两步穿过小园，进入房子。那里，在第一个房间，同时给人作为餐室和生活场所的大厨房中，法茜姑姑——他从儿时就已这样称呼她——单独一人靠近桌边，坐在一把有麦秆垫的椅子上，两腿裹着一件披肩。这是他父亲的一个堂妹，一个郎济埃，曾做他的教母。他刚六岁时，父母逃到巴黎去谋生，他即由她领到她家，留在普拉桑。后来才进那里的技术职业学校读书。他对她始终很感激，他说他若有所成就，一切都是她赐给的。他在奥尔良铁路干了两年，进入西郊公司成为一等司机时，他发觉教母已同一个名叫米索尔的栅栏看守人再度结婚。她带着和前夫所生的两个女儿在这摩弗拉十字偏僻洞窟里，过着流放般的孤寂生活。今天，虽然还只有四十五岁，从前那样强壮而又漂亮的法茜姑姑已变得又瘦又黄，经受连续打击的惨痛，好象已超过六十了。

她发出一声快乐的叫喊。

"怎么？是你，杰克……我的大孩子，多么可惊的意外。"

他吻她的面颊，对她解释说，他忽然有两天被迫休息的假期。他的火车头莉嫦号早晨到勒·哈佛尔时，机器的转动杠突然断了；修理要费二十四小时，他的工作要等到第二天下午六点四十分快车开行时才能恢复，所以他很愿意趁这空闲时间来探望她。他将住在这里，待明天早晨七点二十六分火车，再从巴朗丁那边动身回去。他握着她瘦削的两手，对她说，他最担忧的是她的最后一封信。

"啊！是的，我的大孩子，这已不行了，这已完全不行了……你要猜到我想见你的愿望，你真的太可爱了。但是，我知道你工作忙到那样程度，我不敢要求你来。总之，看你已到了这里，我心里有那么多、那么多话要对你说。"

她中断了她的话，带着恐惧的神情向窗外投射一看目光。在夕阳薄暮下，在铁道另一边，她的丈夫米索尔守在一种军房似的岗舍里。这是那些木板小屋之一，每五六公里都有一所，由电报设备互相联系，以保证火车的安全来往。米索尔的女人和后来接替上去的芙洛莉负责看守地面过道的栅栏，人们选举米索尔当了守望员。

好象怕他听见，她害怕地压低声音。

"我相信他正在毒害我。"

听到这句机密的话，杰克感到十分吃惊。他转向窗口的眼睛重新被奇特模糊的、这遮蔽金点黑光的赭色烟雾所侵扰。

"哦，法茜姑姑，这是多么奇怪的念头。"他喃喃说，"你看，他的态度是那样温和柔顺。"

一列向勒·哈佛尔驶去的火车刚经过那里，米索尔从他的岗舍里出来，关上背后的轨道。当他重新举起杠杆要信号发出红光时，杰克注视他。他沉默寡言，谦卑而不忧怒，遇见上司，总表示阿谀的礼貌。然而，他已回到他的木板房里去，在他的时间薄上记下火车经过的时刻，并用手指扣压两个电钮，一个向前一岗舍报告轨道已自由，另一个则通知下一岗舍火车马上就要驶过来。

"啊！你不了解他。"法茜姑姑再说，"我对你说，他一定拿什么龌龊东西给我吃下。……我，我一向是那么强壮，我简直可以吞噬他，现在却是他，这么小的家伙，这一点也看不上眼的东西来吃掉我了。"

她因恐惧的暗恨，逐渐激动起来，倾诉她的肺腑，毕竟还有一个人到她面前听着她，她觉得很快活。她的头脑怎么会发昏到那样地步？她比他大五岁，又有两个女儿，一个六岁，一个八岁，她怎么会再同这样阴险，既没有一个铜子，又是那么小气的人结婚？看，她做了这荒唐的行为，差不多有十年了，每时每刻她都感到懊悔：流落在这北部冰冷的洞窟里，她冷得连续发抖，从来没有一个人，几乎没有一个女邻居可以陪她谈话，她闷得要死，只过着贫困的生活。他从前本是铺轨工人，现在当了守望员，每年只赚一千二百法郎；她最初时期，还为现在已由芙洛莉担任的看守栅栏职位赚得五十法郎；那就是现在和未来，没有别的任何希望。她唯一信任的是，此后只能同活人们相隔数千里，永远埋没在这遥远的洞窟里。她未曾叙述的是她没有患病以前，当她的丈夫还在路基沙石之间工作，她单独同她的两个女儿留下看守栅栏时，从卢昂到勒·哈佛尔，在全线上，她享有漂亮女人的声誉。铁道视察员若经过这里，总来访问

她。他们之间而且还往往为此发生冲突。敲击枕木螺丝钉的检道工们，也时常来观光，故意增加他们的巡察。丈夫并不是什么障碍，他对一切人都表示恭敬；他从门口出去或回来，总装成什么也没看见。但是这些开心事已消失了，几个星期，几个月，她留在这荒凉洞窟里这把椅子上，感觉她的身体每况愈下。

"我对你说，"她结束时再重复告诉他，"现在是他夺去我的健康。看来，他虽然是那么小，他一定会收拾我，结果我的性命。"一阵急促的铃声响了，她向外面投射出同样的担忧目光。这是前一岗舍向米索尔报告一列火车开赴巴黎。放在守望所窗前的仪器指针斜到目的地的位置。他制止铃响，出来吹了两声号角，报告火车到来。芙洛莉这时走去推上栅栏，然后站住，笔直竖起皮鞘里的旗帜。人们看见一列被弯曲的形遮蔽住的快车逐渐以增大的隆隆声响驶近。它雷一样似乎滚动着过去，像在猛烈的暴风雨里震动并威胁着要卷去低矮的房子。芙洛莉已回到小园里洗菜，米索尔关上火车背后的上行轨道，放下杠杆，熄灭红信号，再去打开下行轨道。因为一声新的铃响，随着另一指针再升上来，向他指示五分钟以前过去的火车已掠过下一岗舍。他回到木板房里，预告上下守望所，记下经过的时间，然后等着。十二小时之内，他所做的是经常相同的工作，他在那里生活吃饭，不读三行报纸，他不正常的脑壳里没有一点想法。

杰克从前对他的教母引起铁道视察员们追逐，并且要他们之间发生争吵的事，时常开玩笑。此刻也不能阻止自己微笑说：

"他或许吃醋吧？"

但是法茜姑姑耸一耸肩膀，表情里充满轻蔑的怜悯，同时，无可抵抗的笑意也升到她已褪色的可怜眼睛。

"啊，我的大孩子，你这在说什么……他，吃醋？只要他的袋里不拿出半个铜子，他总是不管这一套的。"

再说道：

"不，不，他不大关心这个。他只关心金钱……要我们相互生气的，你看，是我没有把我去年由爸爸那里继承来的一千法郎交给他，于是他威胁过我，这就给我带来了不幸，我就开始患病……从那时起，是的，恰从那时起，我就病魔缠身，没法摆脱。"

年轻人明白了，他相信这是患病女人的过虑，还没法劝慰她，请她不要这样神经过敏。可是她深信不疑，还固执摇头。所以他终于这样劝她：

"那么，太简单了，如果你愿意结束这一切，你可以拿你的一千法郎交给他。"

一种奇特的力量要她站起来。她仿佛已复活，重新变得很粗暴。她说：

"我的一千法郎，他休想。我死也不会给他！我宁可死了……啊！钱已经藏好，秘密地藏好，他休想动到！他可以翻转房子，我打赌，他决不会找到！他已到处搜索。

这狡猾的家伙！夜里我听见他敲打墙壁。他寻找，他寻找吧！只要看到他的鼻子伸长，向各个角落探摸，我就感到快活。这足以使我继续忍耐……此后要知道哪一个，他或我，谁先放手。我不信任他，我再也不吞下他曾动过的任何食物。如果我垮倒，那么，我的一千法郎他仍然不会得到。我宁愿它们留在泥土底下。"

坐在椅子上的她一点力气也没有，忽然被新的号角声音震动。米索尔在木板屋岗位上，这次报告向勒·哈佛尔驶去的一班火车。尽管她固执坚持，永远不让出遗产，她对他却存着一种逐渐增长的秘密恐惧。这是一个巨人站在一条小虫前面，觉得自己慢慢被吃掉的恐惧。报告过的火车，中午自巴黎出发的一列慢车带着钝重的滚动远远驶来。人们听见它跑出隧道，在旷野里发出更高的"喘息"。

杰克的眼睛向窗外望去，车上显露旅客们侧影的方块小玻璃先后掠过他的眼帘。他要转移法茜姑姑的忧郁念头，开玩笑地再说道：

"教母，你抱怨在你的洞窟里永远看不见一个人或一只猫，你看，有这么多人在你的眼前经过。"

她开始没有听懂，表示惊异。

"哪里有这么多人？……啊，是的，这些被驶过去的人。多么美丽的故事！我并不认识他们，我们不能互相谈话。"

他继续笑着：

"我，你总认识我，常常看见我驶过去。"

"你？这是实在的，我认识你，我知道你的火车时刻，我窥伺你在机头上工作。不过，你疾驰过去，疾驰过去。昨天，你曾举手像这样招呼我，我甚至不能回答……不，不，这是见了人的说法。"

然而，这无数的旅客在每天上下行的火车里，于这偏僻角落的寂静里，从她面前掠过去，总引起她的沉思；要她的视线盯着夜幕降临的轨道上。从前她壮健的时候，她来往行走，手里拿着旗帜，笔直站在栅栏前面，她从来没有想到这些东西。可是待她终日留在这把椅子上，只不断考虑她同自己男人的暗斗之后，刚刚形成的模糊梦想搅昏了她的头脑。孤零零遗失在这荒漠深处生活，没有一个人可以同他谈知心话，而日夜有那么多男女，一列一列，从火车的暴风雨里连续借蒸汽的全部力量，迅速溜走。在她看来，这的确是奇特的。真的，整个地球的居民都经过那里，这不只是法国人，而且还有英国人和来自最远区域的旅客们，因为现在没有一个人能呆在自己家里，正如人们所说的，一切民族，不久将只构成一个民族。这的确是个进步，一切人都是兄弟，大家都一起涌向富饶和理想的国土。她曾想试试计算他们，每车平均载去多少人，数目太多了，她不能达到目的。她往往认为认识车里的好些面孔，一位满脸黄胡子的

先生，大概是英国人吧，他每星期都作巴黎的旅行；另一位棕发的小贵妇人，她总在星期三和星期六两天过去。但是电闪般的速度卷去他们，她不能表定她曾清楚看见他们，一切面孔都互相淹没，互相混合，仿佛彼此都相似，一眨眼就消失了。这像瀑布很快流过，没有留下半点痕迹。最使她悲伤的是觉得这时常忙碌的人们，随这连续的滚动，享受那么多的安适和富有，而不知道她在那里所面临的死的危险竟达到那样可怕的程度。

法茜姑姑的眼睛仍然向着窗外望去，她简要地结束了她那模糊地感觉到而又无法说清楚的见解。

"啊！这是一种奇妙的发现，还没有什么可说的。人们去得很快，人们的知识已比较广博……但是，野兽还始终是野兽。人们徒然发明更好的机械，可底下还是有野兽存在。"

杰克同意他的说法。这一会儿，他看见芙洛莉让一辆载两块大石头的石矿工车通过，又打开栅栏。大路只供培古尔石矿使用，所以夜间栅栏是上锁的，很少要看守的女郎再起来。看见芙洛莉随便同石矿工人——一个棕发的矮小年轻人谈话，他喊道：

"怎么？马车由路易驾驶，难道加蒲宣已病倒了吗？……这可怜的加蒲宣。你时常看见他吗？教母……"

她举起两手，并不回答，只发出一声叹息。这是上一秋季的惨剧。她还没有平息她所受到的悲伤。她的次女小鲁蕙史被安置在陀恩维尔波纳洪太太家里，当房间女仆。一天晚上受了伤，像发狂似的逃走，跑到她的好朋友加蒲宣的住宅，一座四面都是树林的房子里咽气了。外边流传着许多流言蜚语，责备格兰摩伦院长犯了暴行；但是人们不敢高声重述。她的母亲虽然知道这是怎么回事，也不喜欢再谈。然而她终于说：

"不，这年轻人，他简直不再回家，他也变成一只真正的狼……这可怜的小鲁蕙史，她那样可爱，那样白，那样温柔！她很爱我，她，她一定会服侍我！而芙洛莉，哦！我的上帝！我并不埋怨她，可是，她的头脑里一定有什么东西已被搅乱，她总常常只照她的意思做去，既骄傲，又粗暴，往往几个小时见不到她的影子！……这所有的一切都十分可悲，很可悲的！"

杰克一面听着，一面继续注意此刻已开始穿过轨道的载石马车。但是车轮给铁轨阻住，驾车者必须抽响鞭子，芙洛莉也吆喝，刺激着拖车的两匹马。

"糟糕！"年轻人叫起来，"不要有一列火车到来，……不然，他们中定会有人变成肉酱。"

"哦，没危险。"法茜姑姑再说。"芙洛莉有时是可笑的，可是她熟悉她的工作，她有眼睛……感谢上帝！看，五年以来，我们没有发生过什么意外。从前，有一个男人曾被压成两段，我们，我们只死了一头母牛，几乎使火车出轨。啊，可怜的畜生！人们发现它的身体留在这里，头已被拖到隧道附近……有芙洛莉看守着，人们睡觉时都塞着耳朵。"

载石马车已过去，人们听见轮子随车撤离远的响亮震动。于是她又回到日常顾虑，关心他人和自己的健康。

"那么，你呢？现在完全好了吗？你还记得，从前在我们家里，你时常受苦，而医生也根本不清楚是什么毛病。"

他的目光显出担忧的摇曳。

"我的身体很好，教母。"

"真的！这耳朵后好象有什么东西要戳穿你脑壳的疼痛，这些寒热病的突然发作，这些无故的忧闷，要你像畜生一样躲藏到洞窟深处，一切都已消失了吗？"

她愈向下说，他的精神就愈觉得烦扰，他终于用简短的声音打断她的话说：

"我向你保证，我的身体很好……我再也没有什么病，一点也不感到不舒服了。"

"太令人高兴了，我的大孩子。你有什么疼痛对我的病没有什么好处，再说，像你这样的年龄，应该享受健康。啊！健康，再没有什么比它更好的……你本可以到别处去玩耍的，居然抽空来看我，你毕竟是很可爱的。不是吗？你和我们共进晚餐，你将睡在那上头、芙洛莉卧房隔壁的屋顶室里。"

可是夜幕降临的号角再一次地吹响，两人都转向窗口，只模糊辨出米索尔同另一个人谈话。六点钟已敲过，他把职务交给接他班的夜间守望员。在这木板室里度过十二小时以后，他终于自由了；这木板屋里的家具很简陋，仪器的板架下只摆一张小桌、一条杌子和一个火炉。火炉的热气太大，那里的门几乎常常关着。

"啊！看，他回来了。"重新被恐惧抓住的法茜姑姑喃喃说。

报告过的火车到了，它很重，很长，传来逐渐增高的轰隆声。年轻人只得俯身下去，使病人可以听到他，他被她陷入的可怜情况所感动了，很想安慰她。

"请听我说，教母，如果他真有坏念头，他知道我来干预这件事，也许会阻止他毒害您……您不妨拿您的一千法郎交托给我。"

她最后一次愤怒道。

"我的一千法郎！既不会给他，也不给你……我曾对你说，我宁可死了！"

这时，火车好象要扫荡前面的一切，在猛烈暴风雨里滚过去，房子因而颤抖，给吹袭的风包围住。这火车是到勒·哈佛尔去的，里面很拥挤，因为第二日，星期天，那里举行一艘汽船下水典礼。尽管速度很快，从照亮的玻璃窗上，人们还看见车室是满满的，一行一行的人靠紧头排列着，每人都露出侧面。它们先后相接并消失了。那么多人！又是群众，无穷无尽的穷尽，在列车的滚动，机头的尖叫，电报的传达微声和钟的嘡嘡响声中间疾驰过去！这仿佛是一个极长的身体，一个巨大的生物，横过地上偃卧着，头在巴黎，背骨循着干线，肢体因分枝而扩大，手和脚则伸展到勒·哈佛尔和其他城市。这驶过去，这驶过去，这是机械的胜利，带着数学的准确，朝向未来前进，不顾两旁所留下的人类情况，不管他们隐藏着，生活着，被永恒的激情和永恒的犯罪所浸泡。

芙洛莉第一个回来。她点燃一盏没有灯罩的小火油灯，摆好桌子，没说一句话，她只向侧斜站在窗前的杰克溜过一瞥。火炉上放着一锅滚热的白菜汤。当米索尔也出现时，她一瓢一瓢盛到盆子里，准备吃饭。米索尔看见这年轻人在那里，一点也不惊讶。或许他早已看见他到来，可是没有好奇心，并不询问他。互相握一下手，交换三两句简短话语，再也没有别的表示。杰克只得自动重述转动杠杆折断、在修理，他趁这机会来探望他的教母并宿在这里的意思。米索尔只慢慢点头，仿佛他觉得这非常好。大家坐下，不慌不忙地吃东西。开始，大家都沉默，不说什么话。法茜姑姑从上午起，眼睛一直盯着沸煮白菜汤的锅子，她也接受一盆。但是她的男人站起来，拿芙洛莉忘记了的"铁水"——一个浸着铁钉的水晶瓶递给她，他谦卑而瘦弱，不时发出恶性的小咳嗽，并不注意她的担忧目光时常留意他的极小动作。她想要一点桌上没有的食盐，他说她将懊悔吃了那么多盐，就是盐使她生病。他又站起来，拿一撮放到汤匙里递给她，她深信不疑地接受了。"盐将净化一切。"她说。于是人们谈到几天以来真正温暖的天气，以及玛洛姆那边发生的一次出轨。杰克终于相信他的教母是睁着眼做噩梦，因为他从这眼睛模糊、态度又那样和蔼的矮人身上，发现不到什么奇怪的举动。人们留在桌边，挨过一点多钟。有两次听到号角响，芙洛莉出去了一会儿。火车开过去，震动桌上的玻璃杯，但是，没有一个吃饭的人注意这个。

又一声号角吹响，这次已撤去食具的芙洛莉不再回来。她的母亲和两个男人面对一瓶苹果烧酒坐着。三个人这样坐了半小时。好一阵子，米索尔的搜索眼睛向房间一角盯视，接着，他拿起鸭舌帽，道一声简单的晚安，走了出去。他在邻近藏有很好鳗鱼的小河里偷钓，在没去察看一下水底的钓线之前，他是向来睡不着觉的。

待他离开以后，法茜姑姑固定地盯视她的教子。

"嗯？你相信吗？你看见他的目光向那边，向那角落搜索吗？……这是他忽然想起我可能拿我的私房钱藏在黄油罐后面……啊！我了解他，我相信今天夜里，他可能移动那个罐子看看。"

但是汗水湿透了她，四肢不停地颤抖。

"看，这又来了。唉！他已经给我放下毒药，我的口里像吞下旧铜圆那样苦。然而

235

上帝知道我是否从他的手里吃下什么。这简直要浸到水里去。……今天晚上，我再也不能支持了。顶好，我去睡下。那么，再见，我的孩子，因为你若在明天早上七点二十六分动身，这对我是太早了。你会再来看我，不是吗？希望下次你到这里时，我还活着。"

他不得不扶她走去进卧房。她躺到床上，马上睡去，她已经累得要死。他单独留下，犹疑自问他是否也应该上去躺在屋顶室的干草上。不过，那时还只有八点差十分，他尽有睡觉的时间。他也出去，火车雷声震动的房子。

杰克到了外面，因空气温暖感到惊异。无疑的，这又要下雨了。天边散布着均匀的乳色密云，看不见的圆月被掩映在里面，只让整个穹窿照着淡黄的回光，所以他还清楚辨出旷野的景色。他四周的土地，山冈和树木在这伴眠灯般的死而平静的均匀亮光下显得漆黑。他在小园里转了一周，随后想往陀恩维尔方面不怎么险急的道路那边去走，但是侧斜地建立在铁道另一边的孤立房子引诱他，他由边门穿过铁道，因为夜晚栅栏已经关闭。这座房子他十分熟悉，每次旅行，在他机头的隆隆摇动里，他总注视它。他不知道为什么它的形象总不断萦绕在他的脑里，他隐隐觉得这和他的生存颇有关系。每次他总害怕他不会再看见房子，待发觉它仍然蹲立在那里，心头又好象生出某种不舒服。他从来没看见房子的门或窗打开过。关于它的一切，他只听到它属于格兰摩伦院长的。那一夜，为了要知道更多的情形，一种无可抗拒的欲望要他到房子周围闲荡。杰克面对铁栅门，在路上站立很久。他后退踮高身体，竭力想看清里面的景象。截断花园的铁道，其实只让台阶前面留下一块建筑墙垣的狭小面积；后面则有广大的土地，只有荆棘篱笆围绕着。房子那么孤单，在这昏暗夜晚的淡黄回光下，显得很凄惨。他正想离开，皮肤表面微微感到颤动，他注意到篱笆里的一个洞穴。不敢进去无异表示怯懦，要他从洞穴里钻到里面，他的心在跳跃。但是，他正沿着一个倒塌的小温室走去，忽然看见一个黑影蹲在门边，他为此而马上停了下来。

"怎么是你？"他认出芙洛莉时发出惊异的叫声，"那么，你在这里做什么？"

她也一样，随后却平静地答道：

"你看得很明白，我在收拾绳索……他们有一大堆绳索，丢在这里腐烂了。对任何人都没用，我却经常需要，我想把它拿走。"

真的，她坐在地上，手里拿一把大剪刀，正在整理绳索，遇到抽不出的，她立即剪断相绞的结子。

"房主不再来了吗？"年轻男人问道。

她笑了。

"哦！从小鲁薏史的事件发生以后，已经没什么危险了，院长不会冒险到摩佛拉十字。所以我很可以取走他的绳子。"

他沉默一会儿，似乎被她所唤起的悲惨回忆困扰着。

"那么，你相信小鲁薏史的话？你相信他要占有她？是她在挣扎时受了伤吗？"

她不笑了，突然变得很粗暴。她喊道：

"小鲁薏史从来不说谎，加蒲宣也一样……他是我的朋友，这加蒲宣。"

"此刻或许是你的爱人吧？"

"他！啊！这是什么话？只有婊子才会这样……不！不！他是我的朋友，我虽没有爱人。我，我不乐意有爱人。"

她再一次抬起头，表现坚强的姿态，头上的卷缩厚密金发一直垂到前额低处；从她的整个朴实和柔软身躯里升起一种野蛮的意志和毅力。关于她的行为，当地有一种传说。人们叙述她许多抢险的故事：一辆小货车在火车经过之际，被她突然拉开；一辆铁道上的车厢像发狂的牲畜单独从巴朗丁斜坡奔驰下来，将和一列快车相撞，也这样一下被她挡住。这些表现力量的证据激起人们的惊讶，使她成为男子们的追逐对象，尤其是因为她一有空闲时间，总在旷野里行走寻找偏僻角落，钻到洞穴深处沉默地用眼睛注视空中，躺着纹丝不动。人们起先以为她是容易到手的，但是最初大胆尝试过的那些人再也不想重新开始他们的冒险。她很喜欢脱得精光，在邻近的小河里游泳，沐浴几个小时，和她同年的顽童们总跑去看她，作为好玩的娱乐。她甚至不费心地穿上衬衫，就立刻上岸捉住其中的一个好好收拾他一顿，从此再也没有什么人敢于窥探她。最后有风声说她和隧道的另一端、第厄普支线的一个青年报道员有了交情。那是一个三十岁左右的男子，名叫奥齐尔，很诚实。她好象曾有一会儿鼓励他的追求。一天晚上，他以为她已答应委身给他，正想搂抱她，占有她，结果差点被她一棒打死。所以她始终是处女。好战，蔑视男性，这不得不让人相信她的脑壳不正常。

听见她宣告不要爱人，杰克继续开她玩笑。

"那么，你和奥齐尔结婚的事不成了吗？别人告诉我说，你每天都从隧道里溜过去看他。"

她耸一耸肩膀。

"啊，真是荒唐！我的结婚……隧道……这使我觉得很好玩。在黑暗里跑两公里半，存着心思，如果不睁开眼睛，人会被一列火车压死。这多么有趣！要听到火车在这下面发出隆隆轰声，你才知道其中的滋味！……但是，奥齐尔，他使我讨厌。我所要的不是那一个。"

"那么，你要另一个吗？"

"啊，我不知道……啊，凭我的信仰说，不！"

她又笑起来，一种局促的感觉要她重新去解一个解不开的绳结。接着。不再抬头，好象专心于她的工作。她问：

"那么你呢？你没有爱人吗？"

轮到杰克变得很认真。他的眼睛掉开，闪亮地盯住黑暗的远处，他只以简短的声音回答：

"没有。"

"正是如此。你没有骗我。"她继续说："人们曾告诉我，你非常厌恶女人。此外，我不是从昨天才认识你。你从来没有对我们说过什么可爱的话……为什么？你说！"

他沉默。对面凝视他。

"那么，你只爱你的机头吗？你知道，人们都因此拿你开玩笑。人们曾武断说你经常擦机头，擦得闪亮发光，仿佛你只有对它的温情和抚摸……我对你说这个，所以我是你的朋友。"

他现在也在模糊天色映下的苍白亮光里注视她。他想起从前她很小的时候就很粗暴，意志很坚强，但是她看到他立即就扑到他脖子上，他突然被野蛮女孩的激情所浸泡。后来，他时常离开她，忘了她的形象，每天再看见她，他总发觉她已长得更高，同样跳跃着欢迎他，扑到他的肩膀上，并逐渐以她的闪亮大眼睛的光芒引起他的局促。现在她已长大，已是美丽可爱的女人，无疑的，她一定在很远的回忆里，在她少年深处爱着他。他的心因而狂跳，他突然觉得自己就是她所期待的人。一种烦扰随他脉管的血涌到他的脑壳里。在这侵占他的忧虑中，他的第一个反应是逃走。情欲时常要他变得疯狂。

"你站在那里做什么？"她再说："你坐下来吧！"

他犹豫不决。随后，两腿突然很疲倦，被再想尝试爱情的需要压倒，他跌坐在她身边的绳索堆上，喉头干燥，不再说话。现在是她，傲慢和寡言的女人变得很快活。为了让他散心，滔滔不绝地谈着，简直不喘气。

"你看，妈妈的错误是嫁给米索尔。他会给她玩很坏的玩艺儿……我，我真不管这一套。因为我有我自己够多的事情。不是吗？再则，待我想要干涉的时候，妈妈总命令我去睡觉。那么，让她自己去料理吧！我生活在外面，我想到以后的许多事情……啊！你知道，今天清晨，我曾看见你在你的机头上过去。喑！我就靠在那边的荆棘丛坐着。但是，你从来不注视……我将对你说我所想到的事情，但不是现在，待以后我们完全变成好朋友的时候……"

他还是一声不响，捉住她的两手。她很快活，把手给他。然而，他拿她的手放到他滚热的唇边时，她很惊讶。好斗的性格，因这男性的另一次接吻，又再觉醒了，她马上挣扎反抗。

"不，不！让我……我不愿意。你要安安静静坐着。我们谈话……男子们总想到这个。啊！如果我向你重述小鲁蕙史死在加蒲宣家里的那一天，她对我叙述种种情形的话……此外，关于院长的行为，我已知道得很多。因为他同少女们到这里来，我已看见他的龌龊勾当……其中有一个，任何人都不会怀疑的。她被他出嫁了。"

他没有听到她。他用粗暴的手势把她搂抱到自己怀里。他让自己的嘴唇压到她的嘴上。她发出一声轻的叫喊，准确一点说，一声那么深沉温柔的呻吟。她隐藏的那么久的爱情都从这里透出来。可是，她还继续斗争。由于好斗的本能，她还想坚决拒绝。她一向盼望他这样，她存着被征服的需要。对他挣扎，没有一句话，胸口对着胸口，两人都喘着气，看哪一个能翻倒另一个。有一阵子似乎是她比较强，他的高度兴奋使他失掉了力气，假如他不握住她的喉头，她或许会拖翻他，把他压在自己下面。但是，她终于被征服，胸衣撕开了，两只坚硬的乳房因搏斗而膨胀，显得触目的白色。在半明半暗的光线里，她仰面倒下。她将把一切献给他。

他不再喘气，也不去占有她，反而凝视她。仿佛被一阵狂怒突然袭击，一种残暴使他的眼睛向周围寻找一样武器，一块石头或任何可以杀死她的东西。他的视线遇见剪刀，在一段一段绳索里闪光。他一跃拿起它，很想从白乳房中间粉红色的乳尖刺戳进去。幸好，一阵巨大的寒冷激醒他，他重新掷掉剪子，立刻昏乱地逃走了。她眼皮闭着，以为轮到他拒绝她，因为她曾激烈地抗拒了他。

杰克在忧郁的夜色里拼命逃走。他跑的特快，登上一个丘陵小径，重新下到一个狭谷深处。他脚下滚动着的石子引起他的恐惧，他向左投入荆棘中间，他转了迂回的大弯，重新向右，出现在一个空旷的高原上。突然，他走下，碰到铁道的篱笆；一列轰隆轰隆和发光的火车到来；他首先不清楚，他惊呆了。啊！是的，这整批的人，这连续的浪潮疾驰过去，而他，却像要死似的留在那边！他再起身，他爬上去，然后又下来。现在，他掘下鸿沟的坑道深处，或泥土填高的巨大障碍物遮蔽地平线的路基上，他总遇见铁道。这荒凉的区域，由许多小山截断，好象是没有出路的迷宫，让他的疯狂，在这忧郁和不毛土地之间旋转。好几分钟时间，他循着斜坡行走，忽然，他瞥见面前出现的圆洞孔，隧道的黑口。一列上行火车，向里面驶去，它怒吼，尖叫，被大地吞食，马上消失了，只留下一阵长时间的震动。

于是杰克两腿累得像被截断一样，跌卧在铁道边上，腹部向下，面孔埋入草中，他爆发抽搐性的哭泣。我的上帝！这丑恶的病，他以为痊愈了的病，现在，又复发了吗？看，这个少女，他要杀死她！杀死一个女人！杀死一个女人！这叫声从他青春身体深处，爆发出来。像别的男子们，在成年觉醒下梦想占有一个女人似的，他的脑里

239

却浮现出杀死一个女人的疯狂思想。因为他不能对自己撒谎，待他一看这肉体，这白而温热的胸口，他便拿起剪刀，想一下刺戳进去。而且这并不是因为她曾对他反抗。不！这完全是为他的快乐，因为他曾有过这样的愿望。想马上杀死她的需要，他若不抓住乱草，他一定会奔跑，回到那边，割断她的喉头。她，我的上帝！这芙洛莉，他曾看见她长大的少女，他明知她深深爱着自己的野孩子，他竟发疯要杀死她！他的痉挛手指陷入泥土里，他的呜咽，可怖的失望在喘息里撕裂他的喉头。

然而他竭力遏制自己的激动，他要明白其中的道理。那么，他和别的人们比较，究竟有什么不同呢？在普拉桑，当他年轻时，他往往这样自问。真的，他的母亲萱帆斯，很年轻，只十五岁半就生下他，可是他还是第二胎，几乎没有到十四岁，她已分娩第一胎：克罗特；他的两个兄弟，克罗特和后来出世的哀田纳，似乎都没有因父母受苦。同母亲一样年轻的父亲郎济埃，英俊潇洒，心肠很坏，后来使萱帆斯流了那么多眼泪。他的兄弟们或许每个都有他们所不能招认的病痛吧？尤其是长兄，那么热心想当名画家，人们说他为自己的天才已半疯狂了。家族的神经不大正常，很多都有某种内在的缺陷。他有些时刻对这遗传的缺陷曾有清楚的感觉，这并不是他身体不健康，因为从前只有他不时发觉的恐怖和羞耻，但是，他的身体内却时常发出平衡的丧失，仿佛是突然张开的裂口或洞孔，他的自我，沉入一种搅乱一切要一切都变形的大烟雾里，他清醒的意识就由这裂口逃走出去。他因而不再属于自己，他只服从他的筋肉和发狂的兽性。然而，他并不喝酒，他甚至拒绝一小杯烧酒。他曾注意到少许酒精一定会使他变成疯子。他于是想到他是替别的人——喝过酒的父亲和祖父们受罪，他的上代一定是醉汉，他的血受到腐败的影响，野蛮的遗传，重新领他同吞噬女人的狼一起回到树林深处。

杰克借一只肘弯重坐起来，他反省并注视隧道的黑暗入口；一种新的呜咽浪潮从他的腰部一直奔流到他的头后，让他的头在地上滚动，痛苦地叫着。这女郎，他要杀死的这女郎！这念头很尖锐、很丑恶，不断回到脑际，仿佛剪刀已戳入她自己的皮肉。任何推理都不能平息他：他要杀死她，如果她还在那边，衣服解开，露出赤裸裸的胸口，他要杀死她。他还清楚地记得，他刚十六岁时，一天下午，同一个亲戚的女孩子比他小两岁的小朋友玩耍，这可怕的毛病曾第一次侵袭他：她跌倒时，他看见她的两腿，他就凶猛地扑过去，践踏她。下一年，他记得他曾磨利一把刀，想拿它戳入另一个女人的头颈，这是他每天上午看见她经过他门前的金发少女。她有肥胖的粉红的头颈，他已选定耳朵底下一颗褐痣的位置。接着，还有好多别的可怕的恶梦前后排列着，一切被他戕杀欲望轻触到的女人，一切在街上交臂擦过的女人，一次相遇，便变成相识或邻居的女人，他都想杀害。其中有一个刚结过婚的新娘，在戏院里挨着他坐着，笑得那么疯狂，为了不剖开她的肚皮，他不等一幕戏演完，就马上逃走。他既然不认识她们，为什么要用暴力来对付她们呢？每一次，总好象是盲目癫狂的突然发作，一种时常再生的渴望推促他去替已失掉正确记忆的昔日耻辱复仇。那么，这是从那么遥远的时代，从穴居野处的女人第一次欺骗损害他的种族以后，又一代一代侮辱男性的怨恨里不断积聚起来的吧？在他的发作里，他不是也感觉到征服女性和驾驭女性的战斗需要吗？他不是也有这邪恶地想杀死她的需要？像被他从别人手里夺来永久占有的猎物，才觉得舒服吗？他的脑壳努力思考其中原因，几乎就要爆炸，可是他始终得不到回答。他太无知，他想，一个人被推促去做自己意识不发生半点作用、而理由又始终隐藏着的行为，他实在不能了解，处在这可怕的忧虑下，他的头脑太愚笨了，找不到适当的解答。

又有一列火车带着闪烁的火光，和隆隆雷声疾驰过去，进入并消失在隧道深处。杰克以为这些匆匆忙忙又无所事事的无名群众会听见他的哭声，立刻又坐起来，遏住他的呜咽，摆出一种无罪的姿态。多少次，他的疯狂发作以后，听见些微声音，他也像这样，感到犯罪者的惊跳！他只有脱离世界，站到他的机头上，开足马力，发出响亮颤动，很快地把他带走，手里握好驾驶盘，目光窥伺前面的信号，整个身心在监视轨道之时，他才不再思想，才放怀呼吸经常像暴风一样吹袭的纯洁空气。就是为了这个，他才那样强烈地爱他的机头，简直把它当作抚慰的情妇或爱人，他可以从它身上得到幸福。从技术职业学校出来以后，他不顾自己敏捷智慧的特点，选择司机这职业，以求僻静地和麻木地生活。他一年已赚得两千八百法郎，若拿节省烧煤和上油的奖金加在一起，他已有四千多收入，可是他再不梦想超过这个数目。他看见他的二三等伙伴们，公司从钳工招来培养成司机的那些人，差不多全都同女工，或那些在火车出发时偶尔看见手里提着食物盆随车叫卖的卑微女人正式成立家庭，至于野心较大的同事们，尤其是那些从学校出来的司机们，则等待自己当上停备站主任后才结婚，希望找到一个资产阶级姑娘，一位戴帽子的有钱少女做他们的老婆。他逃避女人，这与他有什么关系呢？他将永远不结婚，他将单独滚动，连续不断地滚动，所以他的一切上司都认为他是优秀的司机，既不喝酒，又不追逐姑娘，不过，放荡的同伴们却往往要讥笑他那种过分优良的品行。他若沉入忧郁，眼睛苍白，面如土色，一声不响，有时也不免引起别人的担忧。他住在加尔第纳路的小房间里。从这里，人们可以看见他的机头驶去放好的巴底尧尔停备站。他想起多少次他可以自由支配的一切钟点，他像修道士一样，幽闭在这狭小的卧室里，他静静地躺在床上，情欲被他的睡眠渐渐消耗了

杰克努力一下，想站起来。这样温暖和散满云雾的夜晚，他坐在草里做什么？乡野还始终被阴暗淹没着，只有天边是明亮的，模糊玻璃般的无限穹窿上罩满纤细的薄

云，后面躲藏着的月亮照出黄而苍白的亮光；黑色地平线毫无动静，像死了似的沉睡着。好吧！这大概已九点钟左右，最好是回去睡觉。可是，他在迷糊麻木里已想象自己回到米索尔夫妇家里，登上屋顶室的楼梯，躺在只由一层板壁和芙洛莉房间相隔的干草上。大颤抖又袭来，这脱掉衣服，四肢分开，透出睡眠温热的女郎形象，再一次震动他，惹起他的猛烈呜咽，使他重新翻倒在地上。他要杀死她！他要杀死她！我的上帝！一想到停一会儿他要回去，他或许会到她的床上去杀死她，他就窒息，喘不过气来。他徒然没有武器，为了遏制自己，用他的两臂搂抱自己的头。他觉得他的意志已失去作用，他将推开房门，在劫夺本能的鞭击下，由于想替古代的耻辱复仇的需要，他将扼死这女郎。不！不！宁可在乡野里奔跑一夜，也别回到那边去！他迅速地跳起来，飞快地逃走了。

他越过荒凉的乡村田野，奔跑了半小时，仿佛有放纵的一群猎犬发出可怖吠声追逐他。他登上小冈，向狭小的峡道冲下。一次又一次，一条小河呈现在他的面前。他越过河水，一直湿到臀部。一个挡住他去路的荆棘丛激起他的愤怒。他的唯一思想是笔直走去，走得更远，更远，为的是逃避他体内感到的发狂的野兽。但是，他带着它奔跑，它也随他跑得一样快。七个月以来，他以为自己已赶走它，已回到一切人所过的正常生活中；现在一切重新开始，他不得不重新奋斗，使它不致扑到偶尔遇见的第一个女人身上杀害她。广大的旷野和无边的寂静稍稍平息他，使他梦想沉默和孤僻的生活，时常行走在这样荒凉的区域，永远碰不到一个人影。他已不知不觉转了一周，从另一边回来，在隧道上面生满荆棘的斜坡中间，走过很大一个半圆周后，此刻又碰到了铁道。他后退，心里存着重新落入活人境域里的担忧愤怒。接着，想从一个小山背后，斜插过去。迷失了方向，重新走到铁道的篱笆前面，即隧道出口他刚才躺着哭过的草场对面。他仿佛已被战败，停住不动，忽然一列火车的轰隆声从地下深处发出，先是轻微的，随后一秒又一秒逐渐增大，他因而止步不再前进。这是六点三十分由巴黎开出，九点二十五分经过这里的勒·哈佛尔快车，这两天驶来的火车是他开着的。

杰克首先看见隧道的黑暗出口，像有些火在燃烧的灶孔一样，渐渐明亮起来。在响动中，是机头带着大圆眼—前部的放射灯首先出现。炫目火焰戳穿旷野，照耀铁轨，使它们远远闪出双线的亮光。像闪电和打雷，马上从后面的车厢相接而来，车窗上照亮的方块小玻璃映出排列过去的车室，充满旅客。它们藉那么眩晕的速度滚过去。看着它，眼睛会怀疑起所见的一切形象。在这四分之一秒里，杰克由头等包厢的一道明亮玻璃窗上，很清楚地瞥见一个男人翻倒另一个男人在座位上，拿一把刀刺入后者的喉头，一堆黑的东西，或是第三者，或是坍下的一件行李——则以全部重量压住被谋杀者的抽搐两腿。火车一闪而过，消失在摩弗拉十字方向的黑暗里，只留下后面的三点火光、红的三角。

那个固定的位置被钉着一个青年人，眼睛看着火车随隆隆声响，在旷野死一般的静寂中慢慢隐没了。他的确看见了吗？现在，他犹豫了，他不敢肯定这一忽即逝，由闪电亮光里带来和卷走的景象是现实的。悲剧的两个演员中，没有一个的轮廓明晰滞留在他的眼帘里。褐色的一堆大概是旅行的被头跌下，落到被害人身上。从这模糊的形象里，他又以为辨出是厚密头发下的一个温雅和苍白的侧影。但是一切都已混合，都像梦境那样消散了。一会儿，被唤起的侧面又出现，接着，又完全泯灭了。无疑的，这一定是一种幻象。这一切都冰冷地刺激他，在他看来，这一切是那么奇特，他不得不承认这不过是他的神经在可怕发作后的一种错觉。

杰克头脑沉重，不断被混杂的想象所缠绕，他继续走了一小时左右，很累，神经松弛，一种内在的寒冷卷去他的热病。他犹豫再三，终于又向摩弗拉十字方向走来。他重新到达栅栏看守人的房子前面，对自己说别进去，就睡在靠近房屋一端搭着的小敞棚底下。但是一线闪光从门下闪过，他机械地推开门。他给在门槛上因为被一个意外的景象所震惊。

米索尔已搬动角落里的黄油罐子，手脚趴在地上，身边放一盏提灯，他的手轻轻探测墙壁寻找隐藏的一千法郎。门的声响使他站起来，然而一点也不惊慌，平静地说：

"许多火柴散落下去。"

待他重新放好黄油罐，马上加上说：

"我来拿提灯，刚才回来时，我瞥见一个人倒在铁道上……我相信他已死了。"

杰克突然碰到米索尔正在寻找法茜姑姑的私财，不免大吃一惊。对于后者指控她丈夫的话语，他本来怀疑，不大相信，此刻却突然有了确实的证据，接着，这发现一个尸体的消息，又使他那么激动。他终于忘记了另一场悲剧，在这偏僻小房子里表演的悲剧。头等包厢里的场面，一个人被杀的短促景象，随着同样闪出的微光，马上再现在他的脑里。

"一个人倒在铁道上，在哪里？"他问道，脸色变得苍白。

米索尔本想说他从水底钓线上解下两条鳗鱼要拿回来，为了隐藏不得不直跑到家里。但是他又何必把这秘密告诉年轻人呢？他答道：

"那边，大概在五百公尺以外的地方……要看明白，才能知道。"

这时，杰克听到他头顶上一声纯重的撞击。他本已够担忧的，不勉感到很惊讶。

"这没有什么，"米索尔说："这是芙洛莉在楼上翻身。"

真的，年轻人辨出两双赤脚踏在板上的声音。她一定等候他。她刚走到半开的门口来谛听。

"我陪您去，"他再说。"你肯定他已死了吗？"

"谁知道！我看可能已死了，我们带提灯去，会看得明白。"

"您以为怎样？一个偶然的意外，不是吗？"

"这是可能的。一定是什么不想活的家伙，让自己被压死，不然，或许是一个旅客从车厢里跳下来。"

杰克颤抖。

"快走吧！快走吧！"他现在狂热地看到、想知道的一切是以前没有过的。到了外面，他的同伴无动于衷手里握着摇摆的提灯照亮路轨，沿着铁路，慢慢走去，杰克跑在前面，对这迟缓很生气。这仿佛是一种生理欲望，象情人们在幽会时加快脚步的情火在催促他。他害怕那边等着他去看的东西，可是借自己全身的力量，向那边奔去。他赶到了！几乎碰到躺在下行轨道的一个黑堆，他笔直地站住，全身从头到脚跟后头，流过一阵震颤。他有了察看的急躁，立刻变成对米索尔的咒骂，因为他还慢慢走在后面三十步以外。

"他妈的！赶快来吧！如果他还活着我们可以抢救他。"

米索尔仍然摇摇摆摆，不急不慢地前进。待他拿提灯在躺着的身体之上移动时，他说：

"啊！倒霉！他确实完蛋了！"

那个人一定是从车厢里翻下来的，面孔和腹部向下，跌到轨道以外至多只有五十公分的地面上。他的头上有一圈厚密的白发，两腿分开，胸口底下。他穿得很好，外面是一件蓝呢宽大衣，脚上一双漂亮的半筒靴，里面的衬衫也很细致。全身没有任何被压伤的痕迹，衬衫的领口被从咽喉流下的血弄脏。

"一个被暗算的富人。"米索尔默然审察几秒钟后，平静地说。

接着向瞪目结舌一动不动站着的杰克：

"别碰他，这是不准的……您，您留下看守他，我，我跑到巴朗丁去通知站长。"

他举起他的提灯，看看标明公里的柱子。

"好！正在一五三柱。"

他拿提灯放到尸体旁边的地上，拖着脚步，慢慢离去。

单独留下的杰克一动也不动，仍然继续注视这没有生气的尸首，地面的模糊亮光只显出昏暗的一堆。他的体内催促他行走的激动，要他赶到这里的恐怖兴趣，现在只让他的脑里形成这烈焰般的思想：从他整个身子里涌出一个人，他曾瞥见手里执刀的人，比自己更勇敢！这一个实现了他的欲望，已杀了人！啊！这一个人并不懦怯，终于满足自己的需要，拿刀刺戳进去！而他，他却被这样的欲望烦扰已不止十年！在狂热思想困扰里，他不勉轻蔑自己，称赞另一个人的大胆，尤其是他需要看见这个人，他早有无可遏止的渴望，要他的眼睛去欣赏一个上帝的创造物，被刀一戳，怎样变成残尸，变成敲碎的木偶和柔软的废物。他所梦想的另一个人已做到，哦！他所要看的就是这个！如果他能杀人，也有一个人这样躺在地上。他的心简直被支离破碎了。目击这惨死的景象，他想杀人的感觉变得更尖锐，仿佛是难忍的情欲要他马上获得满足。像一个神经质的孩子，他要走近一步，宁愿尝到恐怖的滋味。是的，他也将大胆，杀人的念头在他的思想里越来越强烈。

但是他背后的隆隆声响强迫他跳到一边。一列火车开来，因为深深沉入瞻望和默想，他甚至没有听见，几乎被压死，只有热的气息，机头的恐怖滚动及时提醒他。火车带着暴风雨般的响声，烟雾和火焰，疾驰过去。里面也有很多人，旅客的浪潮，为第二天的节日，继续向勒·哈佛尔流去。一个孩子的面孔贴近一块窗玻璃，注视黑暗的乡野；许多男子侧面显露出来，一个少妇，放下一块玻璃，掷出一张玷上黄油和糖的薄纸。快活的火车已跑向远处，不知道轮子擦过这尸体旁边。尸体面孔向下，扑在地上，在黑夜的阴郁静寂里，这提灯照的黑夜就这模糊。

杰克单独一个人留下，于是有了好奇的欲望，想看看死者的伤口。他担心若动到头，人们或许会察觉到这个念头，阻止他这样做。他估计米索尔差不多要过三刻钟才能陪同站长来。他让一分钟又一分钟的时刻流逝过去，想到这米索尔，这屠弱的人，那样缓慢，那样镇静，他也有胆量，存着最大的平静，用毒药去杀人。大家都杀人，那么，杀人一定很容易吧？他走近一点，想看看伤口的念头又那样尖锐的刺激他，他的肉体都似乎感到热辣辣的痛。看看这是怎样杀的，血怎样流出来，看看这红洞口，他无法抗拒这催促的欲望！重新仔细将头放好，人们一定什么都不知道。但是，另一种不明说的恐惧，对于血的恐惧，却在他的犹疑深处作怪。无论怎样，恐惧总和愿望一起在他心里同时觉醒。这样单独一个人又挨过了将近一刻钟，他终于决定了，这时，他被这个细小的声音惊吓了。

这是芙洛莉站在那儿和他一样看着尸体。她也有好奇心，要看看意外发生的事件：若报告路上有一畜生被压死，或一个人被压成两段，人们可以确信她一定会跑来看看。她已重新穿好衣服，她愿意看死人。她初一瞥，并不犹疑，低下一只手举起提灯，另一只手捉住头发，把头翻过来。

"不要这样做，这是不允许的。"杰克喃喃说。

她动一动他的脖子。头已在黄色亮光下出现，这是一个老人的头，大鼻子，变白的金发，蓝色眼睛怒睁着，下颌底下一个中开的丑恶伤口，一条几乎割断颈项的深裂缝，一个搅动过的洞孔，仿佛戳入刀曾旋转一下。血淹没了右边的整个胸口。左面，一颗小玫瑰花结像红血块隐没在大衣的钮扣孔里。

芙洛莉发出一声奇异叫喊。

"怎么！是老头子！"

杰克和她都俯下身子，为了看得更清楚些，不免向前，他们的头发搅在一起，看到面前的景象，他窒息了，简直喘不过气来。他不知不觉重复说：

"老头子……老头子……"

"是这样，就是格兰摩伦老头子……院长。"

她又审察一会儿。这嘴巴歪斜、恐怖大眼圆睁着的苍白面孔，她放下僵硬尸体，让开始变得冰冷的头重新跌在地上，重新封闭了伤口。

"他完蛋了，再也不能同少女们欢笑了！"她的更低声音再说。"无疑的，这一定是为了其中的一个……啊！我可怜的小鲁意史，啊！老猪罗！这样做太好了！"

接着是一阵长久的沉默。重新放下提灯的芙洛莉等着，向杰克投射徐缓的目光；两人由中间的尸体隔开，杰克不再动弹，仿佛已被眼前的景象吓昏了。大概快到十一点钟了。经过黄昏的一幕，侷促阻止她先开口。但是远处已传来谈话的声音，这是她的继父领着站长回来；

"你不回去睡觉吗？"

他颤栗一下，好象激动地挣扎了一会儿。然后在失望的退缩里努力一下说：

"不，不！"

她没做手势，但强壮的胳臂突然垂下表现出极大的悲伤，仿佛要请他饶恕不久以前的抗拒。她显得很谦卑，

"你不回来睡，我再见不到你了吗？"

"不，不！"

谈话的声音已越来越近，她仿佛故意要这尸体留在他们中间，不想和他握手，甚至不像他们儿时一起玩要那样亲密地告别，便立刻离开，消失在黑暗中，喉头发出沙哑的气息，好象被呜咽梗塞住。

站长同米索尔和两个工人很快到达。站长也认出死者的身份：这的确是格兰摩伦院长，他认识他，因为后者每次到陀恩维尔，他的妹子，波纳洪太太家里时，都要在他的车站下车。尸体可以留在原来跌下的位置上，只叫人拿一件带来的斗篷盖上，一个职员从巴朗丁搭十一点钟火车去通知卢昂的帝国检察官。可是后者在早晨五六点以前不可能赶到，因为他同时必须带来预审推事，法院书记官和一个医生。所以站长组织了死者身边的看守工作，人们将整夜轮流看守，由一个人带着提灯，守着尸体。

杰克决定到巴朗丁车站哪一个敞棚低下睡觉，打算转天七点二十分再搭火车回到

勒·哈佛尔。可是，他脑里还被连续的思想缠绕着，他还纹丝也不动，逗留了很久。随后，他想等待预审推事到来的念头使他很困扰，仿佛觉得自己是杀人的同谋者，他将说出快车经过时他所见到的情形吗？既然他没有什么可惧怕的，他首先决定说话。随后，他又自问：这又何必呢？他不能供给一个决定性的事实，对于刺客，他将不敢肯定任何切实的详情。让自己混到里面，损失有用的时间，并引起自己的激动，对任何人都没有什么益处，这将是愚蠢的。不，不，他将不说话！他终于离开，他还两次转过来看看提灯的黄色圆光和地上尸体显出的黑堆。更刺骨的寒冷从罩满云雾的天边降到这四周是不毛丘陵的凄凉荒漠上。许多火车又疾驰过去，另一列开向巴黎的很长客车飞快地到来，都向它们的遥远目的地，渺茫的未来驶去，虽然它们很近擦过这喉头被人割断一半的尸体，但一点也不加以注意。

二

又一个礼拜天，勒·哈佛尔一切钟楼敲响清晨五点钟，卢波下楼到车站敞房底下去做他的工作。天色还漆黑的；可是从海上吹来的风渐渐增大吹动浓雾，圣亚特莱斯至都纳维尔炮台中间的各个小岗都被淹没；西面广大的海洋上，云雾里显出的最后星星在青天的一角闪烁发光。敞房底下，许多煤气灯嘴还在燃烧，清晨时刻的潮湿寒冷使火焰褪色，那里有蒙底维里埃的第一列火车，由夜班副站长，命令一组工人调配好。各室的门还没有打开，车站迟缓的感觉浸泡了荒凉的月台。

卢波从候车室上面的寓所里出来看见出纳女人，勒布娄太太一动也不动，站在职员们住宅的走廊中间。好几个星期以来，这位女太太总在夜间起来，窥伺着女会计琪松小姐的行动，因为她疑心后者同站长达巴地克先生秘密来往。可是她从来没有发现任何形迹，甚至没有看到一个影子或听见一声气息。那一天早晨，她很快又走进她的房间唯一的诧异是在卢波开门、关门的三秒钟内，她看见卢波太太，平常漂亮的珊佛琳，总赖在床上，直到九点钟，这时却已穿好衣服，梳好头，穿着鞋子站在餐室里。所以勒布娄太太唤醒勒布娄，把这奇特的事实告诉他。昨天夜里，十一点五分的巴黎快车到达以前，他没有上床睡觉，急于想知道县长故事可能引出的结果。可是他们不能从卢波夫妇像平素一样回来的态度上看出半点消息，直到半夜，他们徒然倾着耳朵：没有任何声音从他们邻居的房间里传出来，他们大概已立刻睡得很熟。无疑的，他们的旅行一定没有好结果，否则，珊佛琳不会这样早就起来。出纳问起她的面容怎样，他的女人竭力描绘它很严肃，特别苍白，蓝色大眼睛在黑发下，显得那样明亮；没有做任何动作，简直是梦游者的模样。总之，当天，人们一定会知道这究竟是怎么一回事。

卢波到下面，去找值班的慕伦同事。他接替他的工作，慕伦还散步几分钟，同他谈话，告诉他发生的若干小事：几个闲荡的窃贼，想进入行李房时被捉住；三个工人因犯规则被谴责；调配蒙底维里埃火车时，一个驾车的小钩被折断。卢波一声不响露出镇静的面容谛听着，只有他的脸色稍微灰白，无疑的，这是旅行疲倦的残余，从发黑的眼圈也可看得出来。然而他仿佛还询问他，还等着其他的事做，他的同事说完了，这是后者所能告诉他的全部情形，他低下头，他一直注视着地板。

他们两个人沿月台走去，到达遮盖的停车场尽端，即右面有一个停备站的地方，昨夜到的车厢都停在这里，准备构成第二天的列车。他抬起前额，目光注视上面配有特车室的一辆头等车，二九三号，煤气灯嘴摇曳微光正照在上面，另一个忽然喊道：

"啊！我忘记了……"

卢波的苍白面孔马上显出红晕，他忍不住做了一个轻微的动作。

"我忘记了，"慕伦再说。"这辆车不能开出，您不要让它挂到早晨六点四十分快车上。"

卢波沉默了一下，问道：

"怎么！这到底为什么？"

"因为今天晚上的快车要保留一个特等车室人们不能确定白天会开来一辆，顶好是留下这一辆。"

他回答：

"对的，就这样吧！"

但是另一种思想缠绕他，他突然恼火。

"这真讨厌！您给我看看，那些家伙打扫了些什么！这辆车仿佛积了八天的灰尘。"

"啊！"慕伦再说，"火车过了十一点钟以后到来，人们只给它揩抹一下，倒没有什么关系……他们情愿去看看它这已经是很好的。有一天晚上，他们忘记了，竟让一个旅客睡在座位上，醒来时已是第二天早上。"

慕伦遏住一个呵欠，说要上去睡觉了。他正离开之际，一种突然的好奇心要他转过来问道：

"话又说回来，您和县长的事已解决了，不是吗？"

"是的，是的，一次很好的旅行，我很高兴。"

"真是的！这再好没有了……请您记得，不要让二九三号挂上去。"

卢波一个人留在月台上静静向等着的蒙底维里埃列车走去。车厢各室的门已打开，上车旅客们已到来，几个猎人和他们的狗，还有两三个利用星期天出游的店员家庭，总之，人相当少。但是那列车，当天的第一班已开走，他没有可损失的时间，他必须立刻叫人构成五点四十五分到卢昂和巴黎去的慢车。这清晨时刻，职员不大多，副站长的工作很复杂，要照顾种种琐事。他监督调配，从停备站拖出的每一辆车厢都由工人们推到敞房底下接着又必须跑到准备开行的办公室，看看车票的售卖和行李的登记。许多士兵同一个职员发生争吵，要他去干涉。半小时之内，在这冰冷的气流中间，身体发抖，眼睛因没有睡而微微肿胀的成群旅客，都有着恶劣的心情，互相推撞，穿过

昏暗的空间，他必须一身分成几个人，才能照顾一切，所以他的脑里没有自己的任何思想。待慢车开走，车站里暂时清静一下后，他已赶快到扳道员的岗位去看看那边的一切是否都进行得很好，因为另一列火车误了几分钟的巴黎直达车，又要到来。他赶回参与旅客们下车，等候浪潮般的群众交还车票。拥入旅馆的马车，因为那时接客的马车都进入敞房底下，仅由一道简单的栅栏和轨道隔开。待车站重新变得荒凉沉静时。

六点的时钟正敲响。卢波装作散步的样子，从遮盖的停车场里走出来，他的面前展开整个空间，他抬起头呼吸，看到曙光终于升起。大洋的风已扫清浓雾，这是晴朗一天的明亮早晨。他向北面注视印古维尔海岸，公墓的树木以淡紫的晕线显露苍白的天边；接着，他转向南面和西面，他注意到海上的最后轻飘的白雾，像舰队似的，慢慢移动，整个东面，塞纳河出口的广大空隙里，已开始燃起初升太阳的红光。他机械地摘下镶银边的鸭舌帽，仿佛要让他的前额在清朗纯洁的空气里凉爽一下。这熟悉的地平线，车站附近的广阔和平坦，左面是火车到达点和机头停备站，右面是火车出发的场地，总之一句话，这整个城市仿佛平息了他的烦躁，使他恢复永远相同的日常工作的镇静。在查理·辣斐特路的高墙之上，工厂的许多烟囱冒出黑烟，人们瞥见沿服班码头堆积的大堆煤炭。闹声已从别的船坞里传来。货车的汽笛声，风里带来的觉醒和浪潮气味，使他想到当天下水庆祝典礼，四周将拥挤着非常多群众的那只汽船。

当卢波回到遮盖的停车场时，他看见一组工人已构成六点四十分的快车；他以为他们要把二九三号推到列车上。清凉早晨的整个平静，他突然发作的愤怒冲淡了清晨的平静。

"他妈的！不要对那辆车！让它安静地留下！它只到晚上才开出。"

组长对他解释，他们只推它一下，为了拖出它背后的另一辆车厢。但是，他没有听见，他已被极度的愤怒震聋耳朵。

"一群愚蠢的家伙！我对你们说不要动着它。"

他终于听明白后，还很生气。车站不方便，到处被阻塞，人们甚至不能转动一个车厢。真的，这是全线最初建造的车站之

它的停备站，梁木已很陈旧，装上狭小玻璃，只有木头和铅皮组成的敞房，以及许多各部分赤裸裸都有裂缝的可怜建筑物，的确不够大，不适合勒·哈佛尔这样大的城市。

"这确实是耻辱！我不知道公司怎么还不把这推倒在地上！"

那一组工人都注视他，听到他竟这样自由谈话，觉得很惊讶，因为他平常都那样谨严和遵守公司的纪律。他已发觉到这点，他马上停住。他坚挺、沉默，继续监视车辆的调配。一条不满意的皱纹划断他的低矮前额，光彩的圆脸倒竖着赭色胡须显露深

沉而紧张的意志。

卢波慢慢地平静下来。他活泼地照料快车，检查每一细节。他看车同车的连接做得不好，要人们当他的面旋紧螺丝。有一个珊佛琳经常去拜访的太太和她的两个女儿要他帮忙，给她们安顿到女人专车里。接着，在没有发出开行的信号之前，他还去看看火车的秩序是否合乎规章；最后，他睁着明亮眼睛，长久地注视火车慢慢离远，他必须认真工作，一分钟疏忽可能引起不少人命伤亡。此外，他又必须马上穿过轨道去迎接一列进站的卢波火车。那里恰有一个邮政局职员站着，他每天总和他互通消息。在他那么忙碌的整个早晨，这是一个短促的休息，大约一刻钟左右，他可以轻松地呼吸，没有任何直接的事务需要他管理。那一天上午和平常一样，他撮卷一根纸烟并很快活地谈话。日色已增大，人们熄灭了敞房底下的煤气灯嘴。敞房只装上那么小的玻璃，灰色的阴暗继续弥漫着；但是越过那里，无边无际的天空阳光明媚；整个地平线，在这冬季明朗早晨的纯洁空气里，变成玫瑰色，一眼看去，连最细微的景象都显得非常清晰。

平常到八点钟，站长达巴地先生总下来办公，副站长走去向他报告。这是一个棕色头发的漂亮男子，穿得很整齐，他的姿态很像一个专心于生意经的大商人。其实，他不大关切旅客们的车站，而特别注意码头的事务和货场的大量运输，因为他的车站同勒·哈佛尔和全世界的高级商业发生持续关系。那天他迟到了，卢波已有两次推开办公室的门，而没有看见他在里面。桌上的信包甚至没有被打开，副站长的眼睛落在信件中间的一封电报上。随后好象一种诱惑强迫他留下，他不再离开门，他不由自主地转过来，向桌上看了一眼。

八点十分，达巴地先生终于出现了。彼此打过招呼，卢波坐下，一声不响，让他拆开电报。可是站长并不匆忙，他对他器重的属下很客气。

"不用说，在巴黎一切都进行得很好吧？"

"是的，先生，谢谢您。"

他终于拆开电报，可是不读，他还是向另一个微笑，后者竭力想克制抽搐，下巴神经质地痉挛，喉头逐渐变得沙哑。

"能留你在这里工作，我们觉得非常幸福。"

"而我，先生，我也非常高兴同您一起工作，听从您的指挥。"

卢波看着达巴地先生阅读电报，脸上被轻微汗水渗溢，两眼盯视站长。但是他所等待的激动并不产生，站长平平静静阅完电报，丢到办公桌上，无疑的，这一定是简单的业务琐事。他接着拆开信件，照每天上午的习惯，副站长趁这机会作夜间和清早发生的事情的口头报告。不过，那天上午，卢波犹疑不决，在想起他的同事对他所说

251

过的，几个窃贼闯入行李房终于被捉住的经过以前，他考虑了一下。报告完毕，他们还交谈几句，当其他两个副站长，一个主持码头事务的，另一个管理慢件行李站的，也进来汇报时，站长做了一个手势，让他退出。他们带来一个职员，这个职员在月台上接到了这封转递的新电报。

"你可以离开。"达巴地先生看见卢波还留在门口时说。

但是，后者睁着凝视的圆眼继续等着；等到那张小纸重新放到床上，被同样冷淡的手势丢开，他才退去。接着，他头脑昏乱，不知做什么才好，在敞房底下闲荡一会儿。挂钟已指出八点三十五分，九点五十分慢车之前，没有别的火车开行。平常，他利用这空闲时刻，在车站里巡视一周。他走了几分钟，不知道两脚领他到哪里去。随后，他抬起头，发现自己重新站在二九三号车厢前面，突然转弯，向机头的停备站方向走去，虽然那边他没有什么可看的。太阳现在已升到地平线，一种如雨的金黄灰尘弥漫在苍白的空气里。他不再享受这明朗上午的景色，他放快脚步，显得很忙碌，他想尽力摆脱缠绕着他的焦虑。

一个声音突然要他停下来。

"卢波先生，早安！……您见到我的女人了吗？"

这是火伕柏葛，四十三岁的大家伙，全身因他的大骨架显得瘦削，面孔已被火和烟烧得焦黑。低前额，灰色眼睛，他的大嘴巴在突露的腭骨里，连续发出放荡者的笑声。

"怎么？是你吗？"停住表示惊讶的卢波说，"啊，是的。机头发生意外，我忘记了。……你只在今天晚上再出发吧？二十四小时的假期，真幸运！嗯？"

"好运气！"另一个重复说，还沉浸在昨夜宴乐的微醉里。

他出生于卢昂附近的一个村庄，很年轻就进公司当钳工。后来，到三十岁，觉得在工场里很厌闷，愿意当火伕，想由此升到司机，就在那时，他和同村的维克多亚结了婚。但是，许多年过去了，他还始终是火伕，现在不规矩，品行不好，时常喝醉酒，时常追逐女人，他将永远升不到司机。如果没有格兰摩伦院长的保护，如果人们不习惯于他的缺德，如果他的好脾气和考工人的经验不赎回他的放浪行为，公司当局早就把他开除了。他只在喝得酩酊大醉时才是真正可怕的，会变成真正凶暴的野兽，他怎能做出这种杀人的丑的事情。

"那么，我的女人，你见到她了吗？"他重新问道。他咧开嘴大笑。

"当然，我们见到她了，"副站长回答，"我们甚至在您俩的房间里吃了午饭……啊！您有一个很好的女人，柏葛。你对她不忠实，确实是不正确的。"

他更粗暴地开玩笑。

"哦！人们怎能这样说呢？其实是她自己要我去玩耍取乐哩。"

这是不争的事实。维克多亚比他大两岁，往往拿五法郎的硬币塞到他的衣袋里，让他到外面去作乐。她从来不因他不忠实、不因他出于自然需要连续出入不洁场所而感到很痛苦；现在他们的生活已定下来，他和两个女人同居，路线的每一端都有一个，他的老婆在巴黎为他提供夜晚住宿，另一个在勒·哈佛尔为他消磨等待另一班火车再开行的空闲时间。维克多亚很节俭，过着吝啬的生活，她知道一切，总以母亲般的态度看守他，总喜欢重复说，他不愿意让他在那边的另一个女人面前感到耻辱。甚至，每次动身之前，她总照顾他的衣衫，因为她很敏感，怕另一个女人会责备她不好好注意男人的清洁，这是觉得很不是滋味。

"不论怎样，"卢波再说，"这不大好。我的女人很敬重她的乳母，她一定斥责您。"

可是，他住口，因为他看见一个高个子干瘦的女人从他们附近一个敞栅里出来，这就是菲洛曼妮·梭瓦涅，停备站主任的妹妹，一年来柏葛在勒·哈佛尔姘到的情妇。柏葛向前招呼副站长时，他们两个一定在敞栅底下谈话。她虽然已三十岁，看来还年轻，身材颀长，胸口扁平，面孔的骨头暴露，被连续的情欲燃烧着的身体，点缀着闪光眼睛的瘦长脸，简直像一匹嘶叫的瘦雌马。人们都说她喝酒。车站的一切男子都先后到过她家，在机头停备站附近，他哥哥所住的小房子里。这小房子，由于她的疏懒，的确很肮脏。她的哥哥，一个奥凡涅山区的人，很固执，严格遵守纪律，很得上司器重，对于她的放荡问题，他感到最大的烦恼。她的行为坏到那样程度，他有时几乎要把她驱逐出去。现在，由于他的原因，人们之所以还容忍她住着，一半也由于他的家族观念硬要留她在自己身边；不过，他如果偶尔撞见她与一个男子胡闹，这也不能阻止他伸出拳脚殴打她，打得那样厉害，他有时让她死了一样躺在地上。她和柏葛之间却有真正的巧合。她在这喜欢开玩笑的大家伙怀里得到满足；他撇下太胖的老婆，换上这个太瘦的女人，觉得非常幸福，他总用滑稽的口吻重复说他再也不要到别处去寻找娱乐。只有珊佛琳，以为应该顾到她的乳母维克多亚，才同菲洛曼妮发生不和，由于本性的自负，总竭力避开她，不和她打招呼。

"好！"菲洛曼妮说道，"等一会儿再见，柏葛。卢波先生既然代他的夫人向你作道德劝诫，我就走开。"

"你留下吧，他不过开开玩笑罢了。"

"不，不！我必须去拿两个新鲜鸡蛋，我曾答应给勒布娄太太送去。"

她故意提出这个名字，因为她知道出纳女人和副站长女人之间的暗斗。她总装作和前者要好而惹起后者的愤怒。可是，她仍然站着听见火伏问起县长事件的消息，她突然觉得非常有兴趣。

"料理好了，你很高兴，不是吗？卢波先生。"

"是的，很高兴。"

柏葛带着狡猾的神态眨眨眼睛。

"哦！自己手里有这样大的帽子，你是不用害怕的……嗯？你知道我要说的是谁。我的女人也应该对他表示感激。"

副站长打断这影射到格兰摩伦院长的话语，他的沙哑声音再说：

"那么，您今天晚上才动身吗？"

"是的，利嫦号就要修好，人们总算锉好转动杠……我等着我的司机，他倒会享受，去呼吸一下新鲜空气。杰克·郎济埃，您一定认识他吧？他是您的老乡。"

卢波心不在焉，好象想着别处。停了一会儿，并不回答。随后，突然觉醒似的说道：

"嗯？杰克·郎济埃，司机……当然，我认得他。哦！您知道，我们只不过互相道声早安和晚安罢了。我们是在这里遇见的，因为他的年纪比我小，在普拉桑，我从来没见过他……去年秋季，他替我的女人帮助一点小忙，替她到第厄普的表姐家里做了一件委托的事……据说，这个青年很能干。"

他随意说了很多话，突然道别离开。

"再见。

菲洛曼妮像雌马一样迈开大步退走。柏葛还是停在哪儿，两手放在衣袋里，因为早晨快活的懒散，露出舒服的笑容。他奇怪地看副站长到敞栅附近转了一周，怎么又很快地回去。他来看一下，并不很久，那么，他可能来窥探什么呢？

卢波回到遮盖的停车场里，就要到九点钟了。他一直到底下输送货物的栈房附近，看了看，似乎没有发现他所寻找的东西；接着，他不耐烦地走回，眼睛连续探询管理各种事务的办公室。这时，车站是平静荒凉的，只有他一个人因这平静逐渐激动，怀着一个人被灾祸威胁的烦恼，终于热烈盼望这灾祸立刻爆发。他的镇定已达到尽端，他不能呆着不动。现在他的眼睛不再离开挂钟。九点，九点五分。平常，总到十点钟，九点五十分火车开走以后，他才上楼去吃午饭。突然想到珊佛琳一定在那上头等候，他马上要回住所。

这一会儿，在走廊里，勒布娄太太正为菲洛曼妮开门。菲洛曼妮头发蓬乱，手里握两个鸡蛋，以女邻居身份来看她。她们站着，卢波必须从她们注视下进入他家里。他带着钥匙，连忙开门。然而，从门的迅速开闭中，她们看见珊佛琳，让两手懒散地放在膝盖上，只露出侧面，一动也不动，坐在餐室一把椅子上。勒布娄太太拉进菲洛曼妮，自己也躲到房里，说她清早就已看见她这样坐着，无疑的，关于县长的事一定

被传的臭名糟著。不，这正相反，菲洛曼妮解释她正为这个跑来，因为她已有了消息；她重述她听到副站长亲口说过的话。两个女人于是进行种种猜测。她们每次相遇，都这样无穷无尽地绕舌。

"他们一定受到严厉的责备。我的小朋友，我可以担保……无疑的，他们的位置已经动摇了。"

"啊！我的好太太，如果他们能滚蛋，我们能摆脱他们有多好。"

勒布娄夫妇和卢波夫妇之间的冲突更加恶化了，是由住宅问题产生。候车室上面的第一楼全部分给职员们居住；中央走廊，一个真正的旅馆走廊，漆上黄色，只由上面照亮，把整层的楼分成两半，褐色的门，向右和向左排列着。不过，右面住宅的窗户朝向火车开行的院子，里面种着许多老榆树，榆树之上又有印古维尔海岸的美丽景色舒展开；而左面住宅的窗户则是穹形狭长的，直接开向车站的敞房，敞房的高斜面，铅皮和龌龊玻璃的屋脊遮住地平线。右面的房间由于院子里的连续活动，树木的绿丛和广大的乡野，是再没有比这更愉悦的了；至于左面的，几乎看不清楚，天像牢狱里一样，被封锁住，人们简直要厌闷死了。向院子这边，住着站长达巴地先生，副站长慕伦和勒布娄夫妇；卢波夫妇，女会计，琪松小姐和三个保留给视察员们经过时过夜的房间，则在后面的另一排。两位副站长并排居住，那是人们共知的事实。勒布娄一家之所以占用前面的房子，完全出于卢波的前任副站长的好意，他死了老婆，又没有孩子，愿意对勒布娄太太献殷勤，才将他的宿舍让给她。但是，难道这宿舍不应该归还卢波夫妇吗？他们有权享用前面的住宅，公司却要他们留在后面，这难道是公平的吗？只要这两家人都和好生活着，珊佛琳也愿意在她的女邻居，比她大二十岁的出纳太太面前，表示谦让，因为后者的身体不大好，胖的实在让人害怕，每天简直不断地喘气。菲洛曼妮恶意地贫嘴，搬弄是非，挑拨这两位太太互相赌气，从那天起，她们俩才真正"宣战。"

"您知道，他们很可能利用到巴黎旅行的机会，要求上司驱逐你俩……人们肯定地告诉我说，他们曾写一封很长的信给总经理，要求恢复他们所应享的权利。"

"啊！这些无赖……我可以确信他们曾动员女会计站到他们一边；因为，看，十五天以来，她几乎不同我打招呼……那家伙，又不是什么清爽的东西！所以，我经常偷看她……"

她压低声音，肯定琪松小姐每天夜里过去和站长幽会。他们两个的房门是相对的。鳏居的达巴地先生，只有一个已长大的女儿，时常住在寄宿学校里。琪松小姐，这瘦小沉默像蛇一样柔软的金发姑娘，年纪已三十岁，面容已褪色，是他领到这儿来的。从前似乎做过女教员。她那样不声不响溜过最狭小的缝隙，简直没有捉住她的机会。

不过，她若真的同站长睡觉，她就有决定性的重要，胜利的条件是要控制她，要牢牢掌握她的秘密。

"哦！我终究会晓得。"勒布娄太太继续说，"我不愿让自己被吃掉……我们已住在这里，我们将留下。一般好人都站在我们这一边，不是吗？我的小朋友。"

确实是，整个车站对这住宅的斗争都极感兴趣。尤其是走廊两边，更受烦扰。差不多只有另一个副站长慕伦不管这件事，他自己住在前面，已很满意，他同一个孱弱怯懦的小女人结了婚，人们从来没看见她出门，可是每隔二十个月，她总给他生下一个孩子。

"总之，"菲洛曼妮最后说，"他们的地位已动摇了。不过这一次他们还能挣扎，还没有倒在地下……您当心吧，因为有大势力的人给他们撑腰。"

她的手里还握着两个鸡蛋，这是早晨的鲜蛋，她在母鸡肚下捡来。年老的太太连忙道谢：

"您多客气！您简直就宠坏了我！……您经常来聊天吧！您知道，我的丈夫终日留在钱柜旁边；我，我的两条腿不好，我被'钉'在这里，那么厌闷！如果这些无聊夺去我的风景，我将变成什么呢？"

随后她重新开门，送她出来。一个手指放到嘴唇上。

"嘘！不要响，我们听着。"

两个都在走廊里站定，屏住呼吸，停了五分钟。她们俯首，耳朵倾向卢波夫妇的餐室，但是没有一点声音从那里透出，那里弥漫着死的寂静。她们恐怕会被撞见，终于分开，不说一句话，彼此点点头表示最后道别。一个踮着脚尖离开，另一个那么轻缓地关门，人们听不见锁簧滑进门框的响声。

九点二十分，他监视工人们构成九点五十分慢车；他指手画脚，不能控制自己，不断回头用他的目光巡察月台的这一端到另一端。什么都没有发生，他的两手在颤抖。

接着，他还向后投射一看，看看车站。突然，他听见一个送电报的职员呼呼喘气赶到他身边说：

"卢波先生，您知道站长先生和督察员到哪里去了吗？我这里有拍给他们的电报。看，我已跑十分钟了……"

他借最大努力转过来，脸上没有一根筋肉颤动。眼睛盯住职员手里所握的两封电报。这次，看见后者的紧张情绪，他肯定，这一定是灾祸的消息送来了。

"达巴地先生刚才经过这里。"他平静地说。

他从来不觉得自己心里竟会那么冷静，精神竟会那么明晰，他为自己做好一切准备。现在，他对自己已有很把握。

"喏！"他再说，"看，达巴地先生来了。"

真的，站长刚从慢件行李房回来。一读电报，他立刻惊呼：

"线路上发生了谋杀……这是卢昂视察员拍来的电报。"

"怎么？"卢波问道："我们职工中间的谋杀吗？"

"不，不！特等车室里一个旅客被杀了……尸体被丢在第一五三柱旁边，距玛罗纳隧道出口不远……受害人是我们公司的一个董事，格兰摩伦院长。"

"院长？啊！我可怜的女人若听到了，一定会很伤痛！"

这叫喊显得那样合理和那样怜悯，达巴地先生因而停了一会儿。

"这是事实的，您认识他，那么好的一个人，不是吗？"

然后，回到另一封拍给督察员的电报。

"这一定是预备推事的，大概是为某种应办的手续……现在刚九点二十五分，高舒先生当然还没到来。赶快派人到拿破仑广场的商业咖啡馆去。一定会在那里找到他。"

片刻之后，高舒先生由一个工人领来。他曾当过军官，认为现在的职务很像退休，每天不到上午十点钟他从来不出现在车站，他到这里闲荡一会儿，立刻回到咖啡馆去消遣。这惨剧忽然闯入他玩的纸牌中间，他非常惊骇，因为经过他手里的事件平常都不大严重的。但是电报的确由卢昂的预审推事拍来，它之所以在尸首被发现后过了十二小时才送到，原因是这位法官首先拍电报给巴黎车站站长，要知道受害人是在什么情况下动身；后来，晓得火车和车厢的总数，他才拍电报给督察员，命令后者查看二九三号车厢里的特等车室，如果这辆车还停在勒·哈佛尔的话。高舒先生一开始以为自己是无益地被烦扰，不免大发脾气，等意识到这件事的例外严重性，坏脾气立刻消失了，看起来是相当的重要。

"但是这辆车肯定已不在这里。"他突然担忧地喊道，恐怕调查的对象会逃出他的掌握，"它今天早晨一定又开走了。"

"不，不，请恕我插言……有一个特等车室留到今天晚上，这辆车厢还停在那边。"

这是卢波显出平静神态请他放心。

他先走一步，督察员和站长跟随他。然而消息一定已散播出去，因为工人们都悄悄离开工作，职员们出现在各个办公室的门口，他们也终于一个个走来。不久，那里聚集了一群人。

大家到那辆车厢前面。

"昨天晚上一定察看过。如果有什么痕迹留下，早就应该在电报里提及了。"

"我们去看个清楚吧！"高舒先生说。

他打开车门，登上等特车室，就在这一会儿，他吓昏了，惊呼咒骂道：

"啊！他妈的！这简直可以说是杀掉一只猪猡。"

一种恐怖的小气息从麇集着的人们中间揉过去，大家都伸出头。达巴地先生第一个要看，登上踏级；背后的卢波，为了表示同别人一样，脖子拉得老长。

特等车室内部没有显出半点混乱。窗玻璃关闭着，一切都仿佛都留在原有的位置上。只有一种丑恶的气味，由开着的车门透出来。那里，一个座垫中间，一潭黑血已凝固。这一潭血竟那样厚，那样大，仿佛从一个泉源里涌出来的小水流，渗透了底下的地毡，许多黑块还粘挂在毛毯上。

达巴地先生很生气。

"昨天晚上负责察看的人在哪里？带他们来见我！"

他们恰在那边，便向前走去，嗫嚅地说着请求原谅的理由。深夜里，人们难道能看得清楚吗？然而他们的确到处都看过。他们发誓，前夕，他们一点也没有发觉什么。

可是，高舒先生站在车室里，为了写报告，用铅笔记下所看见的一切。他喊卢波，后面的是他愿意来往的朋友，在闲荡的时刻，他们两个总口抽纸烟，循着月台行走。

"卢波先生，那么，您上来，您帮助我察看吧！"

当副站长为着不让自己在血里行走，跨过玷污的地毡时，他说：

"请您注视另一个座垫下面，看看是否有什么东西溜到那里。"

他拿起座垫寻找，两手小心翼翼，目光只表现好奇的神情。

"也没有什么。"

可是，一个渍痕从钉在靠背的毛巾上被发现出来，马上引起他的注意；他将这个指给督察员看。这不是一个手指的血迹吗？不，人们终于同意这是一点溅射。为了看清检查的情形，人的浪潮流近，他们嗅察罪行，押挤到站长背后，站长出于温雅人的厌恶感，仍然留在踏级上，没走进去。

忽然，他考虑了一下说：

"那么，听我说，卢波先生，您曾在这火车里……不是吗？您曾搭昨夜的火车回来……您，您或许会给我若干报告！"

"喏！这是事实。"督察员喊道："你曾注意到什么吗？"

卢波默然想了三四秒钟。他刚俯下身去，察看地毡。可是，立刻再站起来，用稍稍粗大而自然的声音答道：

"当然，当然！我告诉你们……我的女人曾同我一起。如果我所知道的，要被记在报告里，我想叫她也下来，我的记忆被她的回忆矫正了。"

高舒先生听后觉得很合理，刚刚赶到的柏葛自愿去找卢波太太，他跨开大步动身，接着是暂时的等待。同火伕同来的菲洛曼妮，两眼跟随他，为他担任这委托的事暗暗发怒。但是一瞥见勒布娄太太，尽她浮肿两腿的全部力量很快走来，样子竟那样可怜，她即赶过去搀扶她。两个女人高举双手，为这样丑恶的罪行所激动，不停地发出惊讶。虽然人们还绝对不知道任何消息，各种揣测的说明已在她们周围的混杂手势和惊骇面孔中间传播。在嗡嗡的谈话声中，菲洛曼妮并没有得到任何消息，拿她名誉担保，说卢波太太曾见到谋杀的凶手。等柏葛背后跟着珊佛琳，重新出现后，人群立刻肃静。

"那么，您看她吧！"勒布娄太太喃喃说，"看她的公主样子，人们能说她是一个副站长女人吗？今天清晨，天还没有亮以前，她就这样梳好头发，穿好衣服，好象她要出去做客。

珊佛琳是以均匀的小步慢慢走来的。沿着月台，她要在众目睽睽下经过很长一段路。她并不示弱，她只拿手帕压到她的眼皮上，表示她听到受害人的名字，感到极大的痛苦。穿黑呢的罩袍，很风雅，好象为她的保护人戴孝。她的厚密黑发对着太阳发光，因为天气虽然很冷。她甚至没有时间遮蔽她的头。她那样温柔的蓝眼睛，充满忧虑，淹没着泪水，她的这份模样变得很动人。

"她当然有理由痛哭。"菲洛曼妮低声说，"看，现在人们既然杀害了他们的好上帝，他们已完蛋了。"

珊佛琳走到这一切人中间，走到特等车室开着的车门前面，高舒先生和卢波从车上下来，卢波马上开始叙述他所知道的情况。

"不是吗？我亲爱的。昨天上午我们一到巴黎，我们就去拜访格兰摩伦先生……这可能是十一点一刻，不是吗？"

他直直地凝视她。她的柔顺声音重复说："是的，十一点一刻。"

但是，她的目光停在涂满黑血的垫子上。她的全身激动地痉挛，深深的呜咽从她的喉头涌出。感动和殷勤的站长立刻插进来说："太太，假如您不能忍受这景象……我们很了解您的痛苦……"

"哦！只要说两三句话。"督察员打断他的插话，"然后，我们将命人再领太太回到她的家里去。"

卢波急忙接着往下讲。

"谈过各种事情以后，格兰摩伦先生告诉我们，他将在第二天动身到陀恩维尔的他妹妹家里去……我仿佛还看见他坐在他的写字台边。我在这边，我的女人在那边……不是吗？我亲爱的。他曾对我们说，他将在明天到乡下去。"

"是的，他说第二天。"

"怎么，明天？他既然当天晚上就已动身了……"

"请您等一下吧！"副站长答辩说，"当他知道我们将在当天晚上回来时，他甚至有

一会儿很想同我们一起旅行，如果我的女人愿意跟他一直到陀恩维尔，像她从前所做过的，一直到她的妹子家里住几天，他非常高兴搭我们所要搭的同一快车动身。但是我的女人，因这里有很多事要做，随着拒绝了……不是吗？你曾拒绝了。"

"是的，我曾拒绝了。"

"看，他是非常热情的……他曾照顾我，他一直送我们到他的办公室门口……不是吗？我亲爱的。"

"是的，一直送我们到门口。"

"晚上，我们动身了……我们进入我们的车室之前，我曾同站长方道普先生谈话。我一点也没有看见什么。烦闷死了，因为我以为我们的车室里只有我们两个人，不料一个角落里坐着我们没有注意到的一位太太；同时，车要开行的最后时刻，又上来别的两个人，一对迟到的夫妇……直到卢昂，也没有什么特别的，我一点也没有看见什么……所以，在卢昂，当我们下来松一松我们的脚腿时，从我们所坐的车厢三四辆以外，突然看见格兰摩伦先生站在一个特等车室的车门边，我们感到多么大的惊讶！'怎么，院长先生，你动身了吗？啊！好！我们根本没想到同您一起旅行呢！'他对我们解释他曾收到一封电报……开行的哨子吹响，我们很快跑去重新登上我们的车室。在这里，我可以附带说一句，我们已不再看见任何人，因为我们的一切同车者已在卢昂下去，这只使我们感到舒服……看，这就是全部经历。不是吗？我亲爱的。"

"是的，确实如此。"

这叙述虽然如此简单，却强烈地感动听众。大家都张口等着了解。督察员停止书写，同大家一样感到奇怪。他问道：

"你确信特等车室里没有人同格兰摩伦先生一起坐着吗？"

"哦！这个，绝对可以相信。"

一种震颤揉过去。这不可思议的神秘吹出恐惧，每一个人的后颈都仿佛感到轻微的寒冷。如果旅客是单独一个人，那么，火车没有再停止以前，他究竟被谁杀死，从特等车室里掷下，倒在距卢昂大约十三多公里以外的地点呢？

在静寂里，人们听见菲洛曼妮的恶意语声：

"这听来的确是奇特的。"

卢波觉得自己被她的目光盯住，也颔首凝视她，仿佛表示他也认为这是奇特的。同时，他还瞥见柏葛和勒布娄太太在她身边，不住摇头。大家的眼睛都转向他这一边，人们等着别的什么，人们要从他的身上寻找某种被忘记了的、能揭发事实真相的细节。这些热烈好奇的视线里，并没有半点控告；然而他以为看见各人的脸上露出模糊的猜疑，有时候确信地怀疑居然被很小的事情所改变。

"真奇怪！"高舒先生喃喃说。

"的确非常奇怪。"达巴地先生重复一句。

卢波于是决定了。

"我还记得十分确切，快车由卢昂到巴朗丁一直开去，完全按照规定速度前进，我没有注意到任何不正常的东西……我之所以这样说，因为我们单独坐在车室里，为了吸一根纸烟，我曾放下窗玻璃；我向外面看着，听见火车的一切声响……到巴朗丁，认出站长，我的接替人，贝西埃尔先生站在月台上，我甚至喊他，我们交谈了几句，他曾登上踏级，同我握手……不是吗？我亲爱的。人们可以去问他，贝西埃尔先生一定会说的。"

珊佛琳还是停着，她的苍白脸孔淹没着悲伤，再一次证实她丈夫的话语。

"是的，站长先生一定会说的。"

从此以后，任何控告都变成不可能的，如果卢波夫妇在卢昂重新登上他们的车室，到巴朗丁，他们又在车室同一位朋友打招呼，他们当然同这杀人没有关系。副站长曾以为看见从各人眼睛里掠过去的猜疑阴影，也随着消失了；每个人的惊奇都增长起来。事件倾向于神秘化。

"好吧！"督察员说，"您确信，在卢昂你俩离开格兰摩伦先生后，没有一个人能登上特等车室吗？"

卢波显然没有预料到这个问题，因为他第一次感到烦扰，无疑的，他没有预先准备好回答。

"哦！不，我不相信！……人们关上车门，人们吹响开行的哨子，我们只有回到我们车厢的时间……再则，特等车室是保留的，任何人都不能上去。"

但是，他女人的蓝眼睛睁开，睁得那么大。他害怕自己会说出肯定的话语。

"总之，我不知道……是的，或者有一个人能上去……那时曾发生真正拥挤的推撞……"

待他一句一句说下去，他的声音重新变得切实，这整个新的故事因而诞生而且固定下来。

"你们知道，由于勒·哈佛尔的节日，群众是那么拥挤……我们曾不得不保护我们的车室，抵抗二等或三等旅客的侵入……除了这个，车站的灯光又非常暗，人们什么也看不见，在这开行的杂乱里上车的旅客们互相推撞并且高声叫喊……凭我的信仰说，是的，不知道怎样安顿自己，或许趁拥挤之机，有可能有一个人在最后一秒钟，强行进入保留着的特等车室。"

他的话语停了一下：

261

"嗯？我亲爱的，这可能是这样发生的。"

珊佛琳态度很颓丧，她哭伤的眼上放着一块手帕，跟着他说：

"当然，这可能是这样发生的。"

从此，已有了线索，督察员和站长不说什么话，默契地交换一下视线。一阵激动掠过群众行列，他们觉得调查已完毕，评论的需要侵入大家的身心。立刻，各种假定流播着，每个人都造出一个故事。好一会儿，车站的事务仿佛已停顿了，全部职员都在那里，被这悲剧缠绕，看见九点三十八分火车进到敞房底下，大家简直大为惊骇。人们奔跑，车门打开，旅客的浪潮接连流下。差不多一切好奇者都到督察员周围停住，由于处理事务的谨慎，督察员又一次上去察看溅血的特座。

在勒布娄太太和菲洛曼妮中间指手画脚的柏葛，这时瞥见他的司机杰克·郎济埃从火车上下来，站着不动，远远注视集合着的群众。他做粗暴的手势呼唤他。杰克仍然不动。最后还是决定去看看。

"什么事？"他问他的火伏。

他心里早已知道，他只心不在焉地听着谋杀的消息和人们所推测的假定。最使他骇异并特别引起他的不安的是他跌到这调查中间，重新看见他昨晚在阴暗里瞥见疾驰过去的这特等车室。他伸长脖子看那斑斑血迹；他的脑里重新见到杀害的场面，尤其是喉头割开，躺在那边铁道旁边的尸首。随后，他掉转眼睛，注意到卢波夫妇，同时他又听着柏葛继续对他叙述故事，后两者怎样卷入这一事件，他们从巴黎动身，搭受害的同一快车回来，以及他们在卢昂交换过的最后话语。男的，他认识他，自从他到快车上服务以后，他只偶尔看见她，由于他的病态恐惧，他也像对别的女性一样躲避她。但是这一分钟，她的蓝眼睛在她覆盖着的浓密黑发下，露出那么惊惶的柔媚，她却使他感动。他的目光不再离开她，他忽而心不在焉，昏乱地自问为什么卢波夫妇和他一起站在那里，他们是前夕从巴黎回来，而他此时刚由巴朗丁赶到，事实怎么会使他们集合到这犯罪的车厢前面。

"哦！我知道，我知道。"他高声说，"昨夜我恰在那边隧道出口处，火车经过时，我很相信自己曾看见一点东西。"

这激起很大的骚动，大家都围到他身边。被说过的话语烦扰。昨晚既然那么严格决定保持缄默，为什么此刻要说话呢？事实上，曾有那么多好理由劝告他不要开口。他注视这个女人，话语却不知不觉从他的嘴唇吐出来。她突然拿开手帕，睁得更大的眼睛随即盯视他。

但是督察员很快走近。

"什么？你曾看见什么？"

杰克在珊佛琳的注视下，说出他所看见的情形：照亮的特座在黑暗里风快开过去，两个人的模糊侧面，一个被翻倒，另一个手里执刀。卢波在他的女人旁边叫着，他的活泼大眼睛也一直凝视他。

"那么，"督察员问道，"你认识刺客吗？"

"哦！这个……不，我不认识。"

"他身上穿的是大衣还是工衣？"

"我一点也不能肯定。您想吧，火车以每小时八十公里的速度驶过，根本看不清楚？"

珊佛琳无意间同卢波交换一下目光，后者已有力量说：

"真的，这必须有十分好的眼力。"

"不论怎样，"高舒先生最后说，"看，这是一个重要的陈述。预审推事将帮助您看明白一切……郎济埃先生和卢波先生，为着传审，请将你俩的正确姓名写给我。"

这已完结。聚集的好奇者逐渐散开，车站也恢复它的业务活动。尤其是卢波必须跑去照料旅客们都已上去的九点五十分慢车。他同杰克较紧地握握手，后者单独和珊佛琳留下，眼看勒布娄太太、柏葛和菲洛曼妮在他们前面轻轻谈着，耳语离开。他以为自己不得不陪少妇一直走到敞房底下，职员宿舍的楼梯附近。虽然找不到可以对她说的，他仍然留在她身边，仿佛他们中间已有一根线连住他们。现在白天的愉悦亮光已铺开，胜利而明朗的太阳在纯洁的蔚蓝天边，从早晨的雾气里升上来；海风，由于潮涨的关系，逐渐获得力量，吹来咸性的凉爽。当他终于离开她时又遇见她的大眼睛闪出惊怖和哀求的温柔亮光，他因而受到不浅的感动。

但是车站里传来轻微的哨子声。这是卢波发出的开行信号。机头以延长的汽笛回答它，九点五十分火车开动。它跑得更快，逐渐消失在远处阳光的金尘里。

四

三月中旬那一天，预审推事戴尼才先生重新召集格兰摩伦案件的有些重要证人到他的卢昂法院办公室里。

三个星期以来，案件传得风声四起。它曾惊扰卢昂，激动巴黎，反对党的报纸在他们反对帝国暴烈运动中拿它作为战斗的武器。普选日期的逼近，整个政界都关心普选的情势，格外增加斗争的狂热。议会里曾举行很骚扰的会议，对归附皇帝的两个议员的职权是否有效问题，曾发生激烈的争辩；此外要求成立一个市委员会的选举，竭力反对塞纳州州长管理巴黎财政，也是掀起风波的原因之一。格兰摩伦案件来得恰好，人们可以借此来延续已有的骚动，许多最奇特的故事已开始传播，报纸每天早晨充满辱骂政府的新推测。一方面各种日报要人们认识受害人是都伊勒里宫的一个亲信，退休的法官，富有数百万家财，一生沉溺在最丑恶的淫荡里；另一方面预审工作直到那时，没有任何结果，人们已控告警察和司法当局，为了求得统治者的欢心，故意延宕，不认真去寻找凶手，人们都嘲笑这始终没有被找到的传说刺客。这些攻击里肯然含有很多事实，可是他们那样尖刻，只使政府更加难以忍受。

所以戴尼才先生深深感到紧压在他肩头的责任不小。他也兴奋激动，尤其因为他有野心，他热烈等着像这样重要案件由他来处理，借以显示他以为自己赋有敏捷和毅力等极大才干。他本是诺曼底一个大牧畜家的儿子，曾在刚城读过法科功课，很迟才进入司法界，他的农民出身加上他父亲破产引出的贫穷，使他升迁非常困难。他历任培内、第厄普和勒·哈佛尔的代理检察官的职位。随后被派到卢昂当助理检察官。只在一年半以前，他已过了五十岁，才做这里的预审推事。他没有财产，微薄的薪水绝对不能满足需要，他很烦恼生活在司法界报酬不丰、只有平庸者才能接受这种状态而一般聪明人都彼此吞噬，等着出卖自己的机会。他的才智很敏捷，很精细，他的品行甚至可说是廉洁的，他热爱他的职业，陶醉于他所掌握的全权，因为这全权使他在自己的办公室里成为别人自由与否的绝对主人。只有他的利益矫正他的激情，他那样渴望得到勋章并升到巴黎去做法官，他接任预审推事的第一天，被爱好高尚真理的激情拖到远方，现在，他只存极端的谨慎前进，猜测各方面能阻碍他前程的种种陷阱。

此外，应该说戴尼才先生是预先受嘱托的，因为从他这个案件侦查一开始，一位朋友曾劝告他到巴黎的司法部里去走一趟。在那里，他曾和秘书长加米·赖摩特先生做很多的谈话，后者是重要的人物，掌有人事迁调的权力，负责任命法官，且同都伊勒里宫发生连续的接触。这是一个美男子，和他一样，也由助理检查员的职位出发，可是他的来往关系和他的女人却使他被选为议员并得到荣誉团的优异勋章。格兰摩伦案件不期然而至他的手里，被害人既然是一位卸职的法院院长，卢昂的帝国检查官很担心这暧昧的悲剧。由于谨慎，他请司法部部长亲自来处理，部长将这责任卸给他的秘书长。这里又有一个巧合：加米·赖摩特先生恰是格兰摩伦院长的一个老同学，虽然比他小几岁，却和他有那么亲密的友谊。他彻底了解他，连他的放荡行为一向也知道。所以他带着深深的悲伤谈到他朋友的惨死，他只向戴尼才先生表示找到凶手的热烈愿望。但是，他并不隐瞒都伊勒里宫因为这过分的喧闹受到烦扰，他不免嘱咐戴尼才先生要极其机敏。总之，法官已明白他顶好不要急速处理，没有得到预先的赞成之前，顶好是什么都不要冒险。甚至他回到卢昂时，还确信秘书长那方面也派出许多密探，情愿自己来侦查这个案件。他要认识实情，如必要的话，它被妥善地处理了。

然而，许多时间过去了，尽管戴尼才先生有忍耐心，报纸等几种媒体的诽谤使他受不了。随后，他的警察本能重新出现，鼻子向天，他简直同一只好猎犬没有什么两样。他立刻想找到真正的踪迹，想第一个嗅到它，他若发现线索，然后再按上峰的命令去抛弃它，也不算太迟。他一面等着部里迟迟不来的一封信，一个劝告或一个简单的示意，一面恢复他的侦查活动。已经执行的两三个拘捕里，没有一个能站得住脚。但是，拆开格兰摩伦院长的遗嘱，突然唤起他最初几时就已微微感到的一个猜疑：卢波夫妇的可能犯罪。这遗嘱充满很多奇特的赠送，其中的一个指定珊佛琳为坐落在摩弗拉十字的那幢房子的继承人。从此，直到那时徒然寻找的谋杀动机已被发现：卢波夫妇晓得写好的遗嘱，为着立刻去享受他们的产业，可能杀害他们的恩人。这念头萦绕在他的脑里，尤其是因为加米·赖摩特先生曾奇特地说到卢波太太从前她还是少女时，这位秘书长在他的老朋友家里就已认识她。不过，这里又不知含有多少难以确定的情况，多少物质的和精神的不可能！待他向这方面研究她以后，他的每一步又碰到相反的事实，他正规地从事司法侦查的概念又遭到失败。没有任何准确的根据或基本的原因，始终没有能照亮一切的中心光焰。

另一个线索还存在。戴尼才先生并没有忽略它，这就是卢波本人所供给的。一个人曾利用火车开行时的拥挤推撞，可能爬到特等车室里去。这就是一切报纸所嘲笑的，始终找不到的绝妙和传说刺客。侦查的努力首先向这个由卢昂动身，一定到巴朗丁下来的那个人身上进行；可是，得不到半点切实的结果，有些证人甚至否认闯入保留特

等车室的可能性，另有些，则提供最矛盾的报道。这线索又好象达不到任何好的结果，不料法官询问守望员米索尔时，忽然无意间闻到加蒲宣和小鲁蕙史的悲惨冒险：这女孩子因院长对她施过暴行，逃到她的好朋友家里死掉。这对他仿佛是一声霹雳，一下，正规的控告在他的脑里形成了。一切都可以从这里面发现到：石矿工人反对被害院长的咒骂和死的威胁，犯罪者的可悲履历，事实上，这又是一个偶然想起而无法加以证明的莫须有罪状。由于一时的固执灵感，他昨天夜里曾命令逮捕加蒲宣，把他从他在树林深处所住的小房子，一种偏僻的洞窟里，拘捕到看守所里来关押着，人们而且还从那里找到一条溅血的裤子。虽然他还不认为他的确信是绝对的，虽然他不许自己放弃卢波夫妇的假定，可是他喜欢联想，只他一个人有相当精敏的鼻子去发现真正的凶手。那一天，就是为了使自己更确信，他才召集案发第二天他就已经听过的许多证人到他的办公室里来。

预审推事的办公室是在贞德路那一边的一幢破旧房子里，它紧紧靠近今天已改成法院、因法院失掉体面的诺曼底公爵旧宫殿侧面，底层大房间里。只由灰白色的日光照亮，冬季下午三点钟就必须点灯。四壁贴上褪色的旧绿纸，它的全部家具只有两把沙发，四把椅子，一张法官的写字台和一张书记官的小桌子；冷冷清清的壁炉上是一个黑大理石的座钟，两边放上两口青铜杯。写字台背后，一道门通到第二个房间，在这房间里，法官有时隐藏他要保留着询问的人；进口的门，则直接开向宽广的走廊。

虽然传审证人是定在下午两点钟，可是刚一点半，卢波夫妇就被传审到那里。他们从勒·哈佛尔来，几乎没有时间到大街一个小饭馆里吃午饭。两人的服装都是黑色的，他穿常礼服，她的身上和贵妇人一样，罩上漂亮的绸袍。两个人都保持家里一个亲戚去世后稍稍疲倦和忧伤的严肃态度。她坐在一条长方凳上，一动也不动，而且不说一句话；他站着，两手向背后交叉着，以徐缓的步伐在她面前行走。但是每次踱回，他们隐藏着的忧虑于是像阴影似的从他们沉默的面孔上掠过去。摩弗拉十字产业的遗赠，虽然使他们的心里充满快乐，同时也重新引起他们的恐惧，因为院长的家族，尤其是他的女儿，眼见那么多奇特遗赠几乎损失了全部财产的一半，愤怒极了，曾说到要法庭撤销遗嘱；赖宣纳太太被她的丈夫推促，对她的旧日女伴特别残酷，她把最严重的猜疑强加到后者身上。另一方面，卢波首先没有想到的一个证据，现在又以连续的恐惧萦绕在他的脑际：就是他强迫老婆写下要格兰摩伦决定动身的一封短函。幸而好些日子过去，什么都没有发生，短函一定已被毁掉。然而每一新的传审，每次再到预审推事的办公室，对他们夫妇说来，还始终是恐惧的原因。

两点钟已敲过，杰克也出现了。他从巴黎来。卢波立刻很殷勤地伸出手向他走去。

"啊！您也一样，人们也打扰您……嗯？这永远不会结束的可悲案件，实在太讨厌了。"

杰克看见珊佛琳还一动也不动地坐着,他骤然停住。三个星期以来,每隔两天,每次他到勒·哈佛尔的旅行,副站长总很和悦地欢迎他,接待他。甚至有一次,他只得接受邀请到他们家里去吃午饭。在少妇身边,他觉得自己颤栗,为增长的烦乱所激动。那么,这一个,他也要她吗?一看见颈项的白线,胸衣之上的新月形,他的心立刻跳跃,他的两手立刻燃烧。所以此后他是坚定下了决心尽量避免与她相遇。

"那么,"卢波再说,"在巴黎,人们怎样谈论这案件呢?没有什么新的发现,不是吗?您看,人们什么都不知道,而且将永远不知道……那么,请过来向我的女人说一声日安吧!"

他拖拉他,杰克只得走近,向局促的珊佛琳打招呼,后者像胆小的孩子一样露出微笑。他竭力谈论不相干的事情,丈夫和女人的目光则不断盯视他,好象他们要从他的思想里、连他自己也犹疑不敢下去的茫然沉思里,看出他的情绪。为什么他这样冷淡?为什么他总设法避开他们?难道他的回忆已觉醒了吗?难道要使他们对质,人们才再召他到这里来吗?他们所惧怕的这唯一证人,他们要收服他,要同他发生那么亲密的关系,要他死心塌地,没有更充分的勇气再去诽谤他。

受苦刑般的副站长重新提到这案件。

"那么,您没有想到人们为了什么理由又来传审我们吗?嗯?或者有什么新的发现吧?"

"刚才我到车站时,听到一个风声,说要逮捕一个人。"

卢波夫妇很激动,很困惑,不免露出吃惊的面容。怎么?逮捕一个人?没人对他们提及这个。一个已执行的逮捕,还是要执行的逮捕呢?他们提出一大堆问题烦扰他,可是他并不比他们知道多少。

这时,在走廊里,一个脚步声唤起珊佛琳的注意。

"看,贝尔蒂和她的丈夫来了。"

真的,这是赖宣纳夫妇。他们摆出笔挺的样子,从卢波夫妇面前走过去。少妇对她的旧日女伴根本不放在眼里。一个守门的马上领他们进入预审推事的办公室。

"啊!好,我们必须尽量忍耐。"卢波说,"我们在这里将要等候很长的两小时……那么,请您坐下吧!"

他先坐到珊佛琳的左边,然后做手势请杰克坐在她的右边。杰克还站了一会儿,随后,看她露着温和和惧怕的面容注视他,他也让自己坐到长方凳上。她很纤弱,在他们两人中间,他觉得她富有顺从的温柔;从这女人身上透出的微温,在他们的长久等待里,她完全被陶醉了。

　　戴尼才先生的办公室里，审问就要开始了。侦查工作提供了很厚一堆案卷，许多峡的纸由许多蓝的封套包住。人们努力调查被害人从巴黎起身以后的情形。站长方道普先生曾陈述种种经过，如六点三十分快车的开行，最后时刻添上的二九三号车厢，格兰摩伦院长未到之前的一会儿，他同马上要登上车室的卢波交谈了几句话，以及这位老先生终于安顿到他的特等车室里，他确信他是单独上去，绝没有任何人混入等等。接着是车长亨利·陀凡涅，他对火车停在卢昂十分钟里，他究竟看见了什么的审问，也不能确定任何事情。他只看见卢波夫妇在特等车室前面谈话，他很相信他们已回到他们的车室里去，由一个稽查重新关上车门；可是由于群众的推撞和车站的半明半暗，他看不清楚，这还始终是模糊的。至于说一个人，始终找不到的绝妙刺客，在火车起程的时刻，可能闯入特等车室的可能，他一面认为这冒险不大可信，一面却不否认它的可能性；因为据他所知道的，这样事件已发生过两次。卢昂车站的其他职员们，在同样问题上被审问，非但不能供给若干明显的线索，由于他们的矛盾回答，反而增加不少麻烦，然而一个事实已被证明，这就是卢波从他的车室里，同登上踏级的巴朗丁站长握手。站长贝西埃尔先生正式承认这是确实的，他还加上说，他的同事只单独和他的女人一起，后者半躺着，好象安静地睡觉。另一方面，人们甚至去寻找从巴黎动身、和卢波夫妇同一车室的旅客们。胖的太太和胖的先生、小王冠村的资产者因为迟到，在最后一分钟才上车，他们宣告他们立刻沉入假寐，他们说不出什么；而默然坐在角落里的孝服女人，她像影子似的消失了，人们绝对不能重新找到她。最后，是别的许多证人，不重要的角色，被用来确定那一夜在巴朗丁下车的旅客们身份的那些人，也被传审过，因为大家都假定凶手一定是在那里下车。人们曾计算过车票，终于认出一切旅客，只有其中的一个没有被发现，这一个正是高大的家伙，头上包一块蓝手帕，有些人说他穿外套，另有一些人都肯定他身上是工衣。单单关于这个梦一样消失了的人，案卷里积有三百一十件陈述，它们的内容那样混杂，每一证明都被另一证明否定。

　　此外，案卷里还藏有很多司法方面的重要文件：如检查官和预审推事到现场勘察，由书记官写下的很多记录；铁道旁边死者被掷下的地点；身体的位置、服装、从衣袋里取出证明受害人身份的物件等都有厚厚的一叠叙述。由两个法官领来的医生也留下详细记录，这一文件，用科学的术语，唯一的致命伤，锋利武器——一定是一把刀——戳成的丑恶洞孔，记得很详细；最后，还有别的许多记录，关于尸首被搬到卢昂医院，它留在那里的时间，它腐烂非常快，强迫官方将它还给家属等等，也汇成很可观的一批文献。但是，从这堆新的纸张里，只有两三点重要的留下来。首先，从衣袋，人们已没有重新找到所戴的表和一个小皮包，皮包里一定藏有格兰摩伦院长要还给他妹妹波纳洪太太所期待的十张一千法郎。另一方面，如果一只镶大金钢石的戒指不留

在手指上，犯罪好象是出于盗窃的动机。从此，人们又提出一大批假定。可惜大家都不晓得银行钞票的号码，但是表是认得的。一只装有开表键的大表，表壳上刻有院长姓名互相交绕的第一个字母，表内还记下制造的数字二五一六。最后是武器，谋杀者所使用的刀，人们在铁道一带的荆棘丛和可能被丢下的一切地方仔细寻找，可是一直没有结果，刺客一定把刀藏在钞票和表的同一洞窟里。人们在巴朗丁车站前一百公尺左右的地点拾到被害人的旅行被头，它被抛弃在那里，好象是一件连累的物品，所以它被列入多种的确证之内。

赖宣纳夫妇进来时，戴尼才先生站在他的写字台前面，重读他令书记官刚从案卷里找出的最初审问的一个记录。这是个身量小而相当强壮的男子，已经斑白的胡子完全被剃光，厚的面颊，方下巴，阔鼻子，全都显露灰白的平静，一半罩住明亮大眼睛的沉重眼皮，更增加这镇静的形态。但是他以为自己具有一切机敏，一切灵巧，则隐藏在他的嘴巴里，这是喜剧演员们玩弄时髦情感的嘴巴，十分伶俐。在他要变成狡猾的时刻，显得很薄。可是机敏却往往损害他，他太灵活，面对简单和适当的实情，他只根据职业的理想，很喜欢耍他的诡计，他要他的职务成为精神解剖家的典型，认为自己富有极端精微的直觉。总之，他并不是一个糊涂人。

马上，他对赖宣纳夫人表示殷勤，因为他的体内同时还有风雅法官的禀性，他时常出入卢昂和附近的高等客厅。

"太太，请您坐下。"

他亲自推一把椅子给进来的少妇，后者，一个孱弱的金发女人，裹在戴孝服装里，面露丑陋可厌。可是对同样金发的赖宣纳先生，他只表示客气的礼貌，面容上甚至稍露傲慢。这个矮小的人，从三十六岁起，就做法院审判官，托赖他岳丈的势力和他父亲——也是一个法官——从前在混合委员会服务的成绩，已得到政府的勋章；总之，这位先生在他看来，是代表富有和得到优宠的司法官，本身虽然平庸，靠他们的财产和亲戚关系，一定会迅速达到他们的目的。而自己，既贫穷又没有庇护，只好让他这恳求者的脊梁伸向不断重跌下来的升迁石块下。所以，在这办公室里，他要后者感到他的全能，他能控制一切人自由的绝对权力，并不觉得不适当，因为他的职权大到那样，只要一句话，就可以使一个证人成为被告，如果他愿意这样做的话，他可能马上被逮捕。

"太太，"他继续说，"您将宽恕我还拿这痛苦的故事来烦扰您。我知道您和我们一样，也热烈盼望案情早日查明，凶手早日付出他犯罪的代价。"

叫书记官——一个面黄和脸骨突露的高大青年男子，准备好。审讯开始了。

从最初向他女人提出的几个问题起，坐着的赖宣纳先生看见自己没有被邀请，竭力想替他发言。对他岳丈的遗嘱，他终于吐露他的全部愤慨。人们能明白这个吗？那么多，那么重要的遗赠，差不多达到全部财产三百万法郎的一半，怎么可能呢？而且送给大多数不认识的人，一切阶级的女子们！甚至安顿在岩石路一道门下的一个卖紫罗兰的小女贩，也得到她的一份。这是不能接受的，他等着刑事侦审工作完结以后，要去看看是否有方法撤销这不道德的遗嘱。

他这样咬紧牙关大发牢骚，一个存着固执激情，沉没在贪得和悭吝里的外省人。戴尼才先生睁着半闭的明亮眼睛注视他，他的细薄嘴巴对这接受两百万法郎还不感到满足的无能者表示轻蔑的嫉妒。不用怀疑，有一天，他一定会看见这位小气鬼依仗这一切金钱，会穿上最高职位的紫色服装。

"我相信，先生，您的话或许是错误的。"他终于说，"如果遗赠的总数不超过财产一半，遗嘱是不能被攻击的。您现在所谈的，正因为这样，并没有超过法定数目。"

然后转向他的书记官。

"听我说，罗朗。我想您不会把这一切都记下去！"

后者微微一笑，摆出懂得记录的样子，请他放心。

"总之，"赖宣纳先生更辛辣地再说，"我希望人们总不致想象我会让摩弗拉十字那房子留给这卢波夫妇。这样的礼物送给一个仆人的女儿，为什么？以什么名义？再则，如果证明他们曾插手犯罪行为的话……"

戴尼才先生立刻回到案件上来。

"真的，你俩都相信这个吗？"

"哪！怎么不这样相信呢？如果他们晓得遗嘱的内容，我们可怜的父亲一死，他们可以获得利益的了，就很明显。此外，您要注意，是他们两个最后同他谈过话。……总之，这一切好象是很 暧昧的。"

法官不耐烦，因为他的新假定已被扰乱，立刻转向贝尔蒂。

她回答之前，注视她丈夫。经过几个月同居，他们俩的恶劣和冷酷性情，已互相传染，而且已格外加重。他们共同向更坏的方向转变，是他怂恿她恨珊佛琳，恨到那样深的程度，为了重新占有那所房子，她会马上请人逮捕她。

"我的上帝可以作证！先生。"她终于说，"您所说的那个人，很小时候，就有很坏的本能。"

"怎么？您控告她在陀恩维尔的行为不好吗？"

"哦！不，先生。不然，我的父亲不会留她在我们家里。"

规矩资产阶级女人的虚伪的反抗队伍她们的叫声里表现出来，她认为自己从来没有可谴责的过失，她要拿自己的名誉去做卢昂这地方绝对无可非议到处受人尊敬和接待的一个美德代表。

"不过，"她继续说，"当人们有了轻佻和放荡的习惯时……总之，先生，我从前不相信是可能的许多事情，今天对我却显得很确实。"

他已放弃这个线索，凡是留在这假定上的人都变成他的敌人，仿佛打击他的智慧和确信。

他喊着说，"像卢波夫妇这类人，一定不会为继承得更快而杀掉像您父亲那样一个人。他们若有想急于取得财产的征候，我至少会从别处发现到这立刻想享受和占有的形迹。不，这动机是不够的，应该发现另一个原因，可是什么都没有，您自己也没有供给什么值得注意的证据。……此外，若拿证人的陈述来观察，您不觉得事实上的不可能吗？没有任何人看见卢波夫妇曾登上特等车室，一个职员甚至相信自己能肯定他们曾回到他们的车室里去。既然有人肯定火车到达巴朗丁时，他们在原来的车室里，那么，我们必须承认从他们所在的位置到院长的特等车室，其中相隔三个车厢，而火车又以全速率开行着，同巴朗丁车站只差几分钟的路程，他们的来回，怎么可能呢？这难道是可信的吗？我曾询问司机们和车长们。一切人都对我说，只有大胆和习惯才能显出相当的镇静……不论怎样，女人是不能这样做的，那么，只有丈夫不同女人一起，单独去冒险，为什么呢？为杀掉一个曾使他们摆脱一个严重困难的庇护人吗？不，不，决不！这假设是站不住脚的，必须向别处去寻找……啊！一个从卢昂爬上，在第一站下车的人，他新近曾对被害人说过要杀死他的恐吓……"

他正要发表很多理由，门忽然开了一半，守门人的头钻进来。可是，他还没说话，一只戴手套的手推开门，一位金发的太太，穿很华丽的戴孝服装，走进来。她虽然已过五十岁，却还美丽，具有年老女神的丰满和强壮之美。

"是我，我亲爱的法官。我迟到，您原谅我。不是吗？道路简直不能行走，自陀恩维尔到卢昂十三公里多，现在简直已增加了一倍。"

戴尼才先生十分风雅，马上站起来。

"上星期以来，您的身体很好吗？"

"很好……而您已从我的车夫曾给您造成的震惊里恢复平静了吗？这年轻人告诉我，他领您回去时，刚到宫堡两公里以外，几乎让您翻倒。"

"哦！这不过动摇一下罢了。我已不记得了……请您坐下，正如我刚才对赖宣纳太太所说过的，请宽恕我拿这可怖的案件唤醒您的痛苦。"

"我的上帝！既然这是必要的……早安，贝尔蒂！早安，赖宣纳！"

这是波纳洪太太，被害人的妹妹。她抱吻她的侄女，和侄女婿握手。她从三十岁就做了寡妇，丈夫曾给她留下相当可观一笔财产，她自己同她的哥哥分掉陀恩维尔的

产业，也已很富，她过着充满爱情的浪漫生活。可是，她的外表竟那么端庄和直爽，她还始终是卢昂上流社会的仲裁者。由于机会和趣味，她爱司法界里的人物，二十五年以来，她在宫堡里接待全部司法官，他们每次总由她的车子从卢昂领来，然后再送回去，今天，她的激情还没有平息，人们还说她对法院一个审判官宿曼德先生的儿子、年轻的助理检查官，表示母亲般的关怀：她一面为儿子的升迁努力，另一面又给父亲以亲切和殷勤的招待。她还保留一个从前的好朋友，也是一个审判官、独身的戴巴赛叶先生，卢昂法院文学上的光荣，人们常引证他写得很细致的十四行诗。这么多年的时间里，她在陀恩维尔保留他的房间。现在，虽然已超过六十岁，他还以老朋友资格来赴宴会，他的风湿病只允许他回忆过去的情感。所以，尽管渐渐衰老，她的风韵还为她保持着"王"权，而没有别的女人敢于同她争夺这个优越的位置。上一冬季，她只在勒蒲克太太身上感到一个劲敌的存在，后者的丈夫也是一个审判官，她的年纪只有三十四岁，一个高大和棕发的女人，实在非常美丽。司法界已开始对她发生很大兴趣。这个不免给波纳洪太太的惯常生活带来少许忧郁。

"那么，太太，如果您允许的话，"戴尼才先生再说，"我向您提出几个问题。"

赖宣纳夫妇的审问已结束了，可是他并不遣走他们。他的办公室本是那样阴郁和沉闷，由此一变而为浮华的客厅。沉默的书记官重新准备书写。

"一个证人陈述您的哥哥曾收到一封电报，要他立刻到陀恩维尔……我们没有找到这封电报的踪迹。您，您曾拍电报给他吗？太太。"

波纳洪太太立刻用友好谈话的声调回答他。

"我没有拍电报给我的哥哥，我等着他，我知道他要来，可是没有固定的日期。以往，他总这样突然来到，每次几乎都搭夜车。他既然住在大花园的一个孤立厢房里，厢房的门又开向荒凉的小街，我们甚至听不见他进去。他在巴朗丁租一辆马车，他只在第二天才出现，有时很晚，简直和出去做客回来的一个邻居没有两样，很久就把自己安顿在他的房子里……这次，我之所以等着他，因为他应该带给我一万法郎。这就是为什么我一直确信人们只为盗窃才杀害他。"

法官让房间里沉默一阵子，然后注视她：

"您对卢波太太和她的丈夫有什么感想呢？"

她急速抗议表示：

"啊！不，我亲爱的戴尼才先生，您不要再让您在这些人身上浪费时间……珊佛琳是一个好女孩，温和、柔顺，而且很可爱，她不会损害什么。您既然要我重复说我说过的话，我想她和她的丈夫肯定不会干坏事。"

他点头表示赞同。他胜利了，他向赖宣纳太太瞥了一眼，后者受到刺激，马上插进一句：

"我的姑母，我觉得您是很容易说话的。"

波纳洪太太用她平素的直爽谈话宽慰自己：

"算了吧，贝尔蒂。关于这点，我们将永远不会一致……她快活，喜欢笑，她是对的……我完全知道你的丈夫和你的想法。但是，说句真话，利欲搅乱了你们的头脑，你们才会那么惊异你的父亲留给珊佛琳的摩弗拉十字房地产……他曾教养她，给她陪嫁，遗嘱写上她的名字完全是自然的。算了吧！他不是有点想认她做女儿吗？……啊！我亲爱的，幸福的生活中金钱没有多少地位。"

真的，她固然时常很富有，对于金钱却绝对不关心。她是一向被崇拜的艳丽女人，富有优雅的情感，甚至一向只在美和爱里寻找生活的唯一真理。

"这是卢波自己谈到电报。"赖宣纳先生用冷淡的语调引起别人的注意，"如果没有电报，院长不会对他说他曾收到一封。为什么卢波要撒谎呢？"

"但是，"已逐渐激动的戴尼才先生喊道，"院长自己很可能假托这个电报，来向卢波夫妇解释他的突然起程。根据他们自己的证明，他要在第二天才动身。他既然搭他们的同一火车旅行，如果他不愿意对他们说出我们大家都不知道的真实原因，他当然需要任何一个理由……这不重要，没有达到预想的结果。"

法官重新沉默一下，继续说话。他很镇静，显示自己很谨慎。

"现在，太太，我要谈到一个特别微妙的题目，请您宽恕我所要提出问题的性质。没有任何人比我更尊敬您哥哥的声誉……流传许多谣言，不是吗？人们曾说他有过很多情妇。"

"哦！亲爱的先生，到这样的年纪！……我的哥哥很早就做了鳏夫，他认为好的，我当然无权觉得它是坏的。所以他随他的意思生活，是他始终保持着他的身份，他一直生活在上社会。"

贝尔蒂听到人们当她的面，谈她父亲的情妇，简直气得透不过气来，她只好低下眼睛；她的丈夫，和她一样局促，转身走去站到窗前。

"如果我还继续说下去，请宽恕我的冒昧。"戴尼才先生说，"他同您家里的一个年轻侍女，不是有过一段故事吗？"

"啊！是的，小鲁蕙史……但是，亲爱的先生，这是一个放荡的女孩子，十四岁，她就同一个犯罪的人发生关系。人们要利用她的死来反对我哥哥。这是一种侮辱，我对您说吧！"

真的，她是诚恳的。不过她虽然知道哥哥的品行是怎么一回事，他的惨死也没有引起她的惊奇，可是她觉得自己必须庇护家族的崇高地位。此外，关于这鲁蕙史的不

幸故事，她虽然相信她哥哥，很可能要她做他的情妇，可是她更确信他的淫荡生活。

"您想，一个女孩子，哦！那么小，那么娇弱，金发，面孔粉红，很像小天使，同时又是那么温柔，简直像个神圣不可侵犯的圣女那样，不用忏悔就可以得到一个好上帝……谁知道，没有到十四岁，她就做了一个粗犷畜生，一个名叫加蒲宣的石矿工人的好朋友，后者因为在酒店里伤害过人，刚坐过五年监狱回来。这年轻的男子生活在野蛮的状态里，他的住宅在培古尔树林边缘，他的父亲因忧闷死掉，曾留给他树干和泥土搭成的一间破房子。他坚决要开采各个已被放弃的石矿边角。我很相信，这些石矿从前曾供给卢昂一半的建筑石块。就是在这些洞窟深处，女孩子重新找到这个野人，整个区域都惧怕的恶魔，像染到鼠疫一样，与世隔绝生活着的怪物。人们经常遇见他们一起，手挽着手在树林里闲荡，她那样可爱，而他却那样巨大凶狠。总之，这是难以相信的放荡……自然，我到后来才晓得这些事情。我差不多由于慈善的心肠，要想做一件好事，才雇佣小鲁蕙史到我家里当女仆。她的父亲、米索尔夫妇，我知道他们很穷，当然没有对我说过什么，他们虽然不时打女孩子，但是仍然无法阻止。她常常趁一道门开着的机会，立刻跑到她的加蒲宣家里去……意外就是这样产生的。我的哥哥，在陀恩维尔没有自己的男仆人。小鲁蕙史和另一个女人料理他所住的偏僻厢房。一天上午，她单独到那里去，她失踪了。我想，她筹划逃走已很长时间，或许她的情人等着她，曾领她出去……但是，顶可怕的是五天以后，小鲁蕙史死的风声传出来，说我的哥哥用非常可怕的方法试图强奸她，女孩子急疯了，逃到加蒲宣家里，因脑膜发炎丧了性命。究竟是怎样经过的？那么多流言传播着，根本无法说得清楚。由我看来，我相信小鲁蕙史实在因患恶性热病死掉，因为一个医生曾证明过，她一定死于什么不谨慎，或经常在沼泽边岸闲荡，谁知道他们干些什么？……不是吗？我亲爱的先生，您一定不相信我的哥哥会害死这个女孩子。这是可恶的。"

戴尼才先生专心地听着这段叙述，不表示赞成或反对。要结束时，波纳洪太太不免略感为难；最后她决定说：

"我的上帝！我不否认我的哥哥曾想同她开开玩笑。他爱年轻人，外表虽然很严肃，事实上，他是很快活的。总之，我们假定他曾抱吻她吧！"

听到这句话，赖宣纳夫妇立刻做出反抗猥亵的手势。

"哦！我的姑母，我的姑母！"

但是她耸一耸肩膀：为什么要对法官撒谎呢？

"他曾抱吻她，或者曾给她搔痒。这里面并没有什么罪行……我之所以承认这个，因为我相信捏造并不由石矿工人口里说出来。小鲁蕙史一定是邪恶的撒谎者，她扩大了经过的事态，或者要她的情人仍旧收留她。我曾对您说过，她的情人是一个粗犷的

畜生，他臆想有人杀害他的情妇……他真的气得发狂。他在一切酒店里重复说，如果院长落到他的手里，他将毫不犹豫地杀死他……"

一直都沉默的法官打断她的话。

"他曾说过这个，证人们能加以肯定吗？"

"哦！亲爱的先生，证人是那么多，您可以找到您所愿意找的……总之，这是一个很可悲的事件，我们曾感到很多烦恼。幸而我哥哥的地位可以使他摆脱任何猜疑。"

波纳洪太太逐渐明白戴尼才先生所追究的是什么新的线索，她也询问他。他站起来，说他不愿意更久滥用家族的痛苦回忆和好心。书记官送他的命令诵读审问的记录，让证人们签字。显得那么正确，波纳洪太太拿起钢笔，对脸色灰白和瘦削的罗朗、她还没有注视过的书记官，投射和蔼而惊异的一看。

随后，法官一直陪她和她的侄女及侄女婿走到门口。她和他握手。

"不久后再见。不是吗？您要知道，在陀恩维尔，人们经常等着您……谢谢！您是我最后的忠实朋友。"

她的微笑被忧郁笼罩着。她的侄女则很冷淡，第一个走开，仅仅表示轻微的敬礼。

戴尼才先生单独留下，呼吸一分钟。他站着考虑。由他看来，案件变得十分明显，声名狼藉的院长一定做过粗暴的举动。这使侦察工作陷入微妙的境地，他会答应自己，在他所等待的部里意见没有到来之前，他必须加倍小心。但是，他毕竟是胜利的。不论怎样，犯罪凶还是被他抓到了。

他重新坐到写字台前，按铃喊守门的。

"请让杰克·朗济埃进来。"

在走廊长方凳上，卢波夫妇还继续等候着。他们的忧虑面孔仿佛因忍耐露出困惑，时而被神经质的痉挛掀动。守门的喊杰克的声音，似乎在轻微的震颤里唤醒他们。睁大的眼睛跟随他，他们看他进入法官办公室的门。接着，他们一声不响，脸色更苍白，又沉浸在等待中。

整个事件，三个星期以来，总是很不舒服地萦绕于杰克的脑际，仿佛它终于会转过来反对他自己。这是不合理的，因为他没有什么可自责的，他甚至没有保持缄默。然而，他却存着犯罪者的小心颤栗，恐怕自己罪行会发现的心情，进入法官房间。他决定自卫，抵抗要提出的各种问题，他监视着自己，不让自己说得太多。他也可能杀人，这不是可以从他的眼睛里看出来吗？没有什么比这些作证的传审更可厌恶的，他因而感到愤怒。他说，但愿人们赶快不要再拿这些与他不相干的事来烦扰他。

然而，戴尼先生那一直只想了解凶手的状貌。杰克既然是瞥见这后者的唯一证人，只有他能供给切实的报道。但是，他不脱出第一次的陈述，重复说明杀害的场面对他

只留下一秒钟的幻象，影子那样快掠过去，在他的回忆里可以说是完全渺茫的，没有任何形体的存在。这只是一个人杀害另一个人，再也没有什么别的。半小时之内，法官缓慢固执地使他难堪，在可想象的各方面对他提出同一问题：刺客是高大的还是矮小的？他有胡须吗？他的头发是长的还是短的？他穿哪一种衣服？他仿佛属于哪一阶级？杰克被他问得很昏乱，一直含糊其词。

"总之，如果要他站在您的面前，您能认识他吗？"戴尼才先生突然问道，同时盯住他的眼睛。

他的眼皮轻轻映一下，在搜索他的脑壳的目光下，一种忧郁侵入他的心坎。他的良心因而高声自问：

"认识他……是的……或许认识。"

但是，他的无意识恐惧、他怕自己是同谋者的奇特心理，却要他采取支吾的态度。

"不，我将永远不敢肯定。您想吧，每小时八十公里的速度。"

法官做一个失望的手势，想让他转到隔壁房间，以便下次询问，突然又改变了主意说：

"您留下。请坐。"

重新按铃喊守门的。

"请领卢波先生和太太进来。"

在门槛上，一看见杰克，他们的眼睛即因担忧的摇曳而失去了光泽。他说了吗？人们留住他，要他和他们对质吗？觉得他在那里，一点也不安心；他们先以稍稍迟钝的声音回答。但是，法官只重新提出他第一次的审问，他们也只是重述几乎完全相同的话语，甚于谛听他们的戴尼才先生则低着头，甚至不看他们。

接着，他忽然转向珊佛琳。

"太太，您曾对督察员说过——我这里还有他的记录——依照您的意见，一个人在卢昂，趁火车开行的机会曾登上特等车室。"

她惊慌失措。为什么他再提起这个呢？拿她的先后陈述来比较，他要使她自相矛盾吗？所以她藉一瞥目光微询她的丈夫，后者谨慎地插话说：

"我不相信，先生，我的女人曾说得这样不确定的说过。"

"对不起。……当您提出事实的可能性时，太太曾说过：这一定是这样发生的……那么，好！太太，我要知道，您之所以这样说，是否有什么特别的理由？"

"哦！不，先生，没有半点理由……我只根据简单的推理说了这个，因为，真的，我们很难用别的方式来解释所发生的事情。"

"那么，您有没有看见那个人？对于他，您不能告诉我们什么情形吗？"

"不，不，先生，绝对没有什么可以告诉您的。"

戴尼才先生似乎要放弃这一点的侦查。可是，他马上回到这上头来，他问卢波：

"那么，那个人假如真的登上特等车室，您怎么没有看见他呢？因为根据您自己的陈述，吹哨子开行的时候，您还同被害人在谈话。"

这坚持的质问终于引起副站长的恐怖，在忧虑里，他应该采取什么主意，放弃那个人的捏造还是继续固执下去呢？如果人们已有反对他的证据，未被认识的刺客的假定是不大能维持的，而且可能加重他的情况。他等着去了解，他只是含糊其词地说明。作为回答。

"您的回忆竟那么不大清楚，的确是很讨厌的。"戴尼才先生再说，"因为您将帮助我们结束我们对有些人的胡思乱想。"

这似乎那么直接影射到卢波，他不免感到显示无罪的极端必要。他晓得自己已被列入嫌疑对象之一，他的主意立刻决定了。

"这含有那么大的良心问题。人们可以犹疑，那是很自然的。关于这点，您一定是了解的。若向您招认我相信自己曾看见那个人的话……"

法官胜利地摆摆手，认为这坦白的开始是由他的才能导引出来的，他说自己由于经验，的确了解某些证人不愿意完全供出他们所见的奇特顾虑。对付那些人，他自夸一定要使他们失去意志的限制，倾吐他所有的肺腑之言。

"那么，您说吧！……他是怎样的？高的还是矮的？身材同您的差不多吗！"

"哦！不，不，比我高很多……至少我有这样的感觉。因为这是一种简单的感觉。我跑着回到我的车室时，我几乎可以确定我曾轻触到一个人溜过去。"

"请等一下。"戴尼才先生说。

他转向杰克问道：

"您曾看见的人，手里拿刀，他比卢波先生高大吗？"

司机表示不耐烦，因为他自己不能搭五点钟的火车回去。他抬起视线审察卢波，仿佛从来没有留意过他。看他又矮又强壮，像别处或梦里见过的奇特侧面一样显示在他的眼前，他不免觉得诧异。

"不。"他喃喃说，"不比他高大，差不多是同样身材。"

但是副站长立即表示抗议。

"哦！比我高得多，至少高一个头。"

杰克依然用莫大的眼睛注视着他。在这逐渐惊异的目光下，卢波激动，仿佛要逃出他的相似；他的女人也吓得冰冷，用她的眼睛观察年轻人面孔上隐隐表现回忆的活动。杰克一开始显然奇怪卢波和凶手之间有些相似，接着，他突然确定，正如传播的

277

风声所说的，卢波本人就是凶手。现在他的整个身心仿佛都沉浸在这发现的激动中，他因而张口，不知道怎样做才好。如果他说话，他们夫妇立刻完蛋。卢波的眼睛遇见他的眼睛，他们两个一直注视到彼此的灵魂。大家重新陷入沉静之中。

"你俩看法并不相同。"戴尼才先生再说，"您之所以看见他比较矮小，这无疑是他俯下身同被害人斗争的缘故。"

他也注视他们俩，他不想利用对质，但是由于职业的本能，这一分钟里，他觉得所把握的线索变得渺茫了。他确信加蒲宣犯罪的事实，甚至已完全动摇。难道赖宣纳夫妇的话是对的吗？难道犯罪者与一切的可能揣测相反，的确是这柔顺的少妇和规矩的员工吗？

"凶手和您一样，也是满脸的胡须吗？"他问卢波。

卢波还有力量回答，他的声音并不颤抖：

"满脸的胡须？不，不！一点也没有胡须，我相信。"

杰克明白法官要向他提出同样的问题，他将说什么呢？因为他可以发誓那个人是有胡须的。总之，这一对夫妇和他没有关系，为什么他不说真话呢？但是，他的目光离开男人的脸，接着遇见了女人的目光。从这目光里，他猜出那样热烈的肯定，仿佛要拿她的人品那样完全献给他，他的心思因而非常烦乱。他从前的震颤又重新抓住他。那么，他真的爱她吗？他能以一般人相爱的爱情去爱这个女人而不致生起杀害的丑恶愿望吗？这时，由于他烦乱的奇特反应，他的记忆仿佛模糊了，他已不再从卢波身上认出凶手的影子。景象已重新变得模糊，侵入他脑里的怀疑达到那么厉害的程度，他若说话，不然以后他的忏悔也来不及

戴尼才先生果不如然提出他的问题：

"那个人和卢波先生一样，也是满脸胡须吗？"

他显得很诚恳地回答：

"先生，说句真话，我不能说。我再重复一下，火车走得太快。我一点也不知道，所有一切我都不愿肯定。"

但是戴尼才先生很固执，因为他要立刻结束对副站长的猜疑。他催促后者，他催促司机，他终于从卢波口中得到凶手的完全状貌，高大，强壮，没有胡须，穿工衣，同他自己的状貌完全相反。从杰克的回答里，他只逼出支吾的单音字，给副站长的话以肯定的力量。法官因此恢复他的最初信心：他已在正确的线索上，证人对于刺客所描绘的形象竟那样正确。每一新的细节只增加确信。这时，就是这一对被猜疑的夫妇，他们的陈述，将使犯罪者的头落地。

"请三位到隔壁去。"法官要卢波夫妇和杰克在审问的记录上签过字后，叫他们进

入邻近的房间，"三位等着我再传你们来作证。"

他马上发下命令，要人们领来囚犯；他觉得那样舒服，他的好脾气一直推促他去同旁边的书记官谈话：

"罗朗，我们抓住他了。"

门开后，出现两个宪兵，押来一个二十五岁至三十岁光景的高大青年。宪兵随法官的手势退出去，加蒲宣单独留在办公室中间，态度惶惑，头发像野草，很像被追猎的一只野兽。他是一个粗犷的年轻人，肥壮的脖子，巨大的拳头，金发，白皙的皮肤，稀少的胡须，细缄般的金黄纤毛；厚的面孔和低的前额显示无知识生物的形态，只要一看，就可以感到他的凶暴；可是他的大嘴巴和猎狗般的方鼻，却似乎赋有柔顺和服从的需要。他突然在他的洞窟深处被捉住，从他的树木里拉出来，他不明白对自己的控告，十分愤怒。惊骇的神情和破碎的工衣，已泄露被告的可疑，就是最规矩的人一进监狱也会显得像阴险强盗似的丑恶。夜色已降临，房间里非常暗，他沉没在阴暗里，守门人拿来一盏没有遮罩的火油灯，鲜明的亮光照耀他的面孔，他就暴露在亮光里一动也不动。

戴尼先生疲劳的眼皮马上睁开，明亮的大眼睛盯视他。他暂时不审问，这是沉默的小战术，是进行冷酷的对话之前，显示权力的小小尝试，是施展诡计、陷阱和精神苦刑的微妙手腕。这个人是犯罪者，一切都变得很明显、很合法，一切都对他不利，他只有招认他犯罪的权利。

"您知道您被指控犯什么罪吗？"

加蒲宣的声音被无能的愤怒阻塞，只咕噜道：

"人们没有对我说起，但是我很可以猜到。对于这个，人们已谈得够多了。"

"您认识格兰摩伦先生吗？"

"是的，是的。我认识他，我对他很熟悉。"

"一个少女小鲁薏史，您的情妇，曾到波纳洪太太家里当房间侍女。"

一种狂怒的发作突然袭击这个石矿工人。在他的狂怒里，他满眼通红。

"他妈的！这样说的那些人都是混账的家伙。小鲁薏史并不是我的情妇。"

法官好奇地注视他发怒。他不做直接的审问，他转一个弯说：

"您是很粗暴的，从前因为在一次争吵里，伤害了人，您曾被判坐过五年监狱。"

加蒲宣低下他的头。这被判罪的的确他的耻辱。他只喃喃回答：

"他先动手……我只坐过四年，人们给我赦减了一年。"

"那么，"戴尼才先生再问，"您一定要说少女小鲁薏史并不是您的情妇吗？"

"您要明白，当我回来时，她还是女孩子，不到十四岁……那时，大家都躲避我，

几乎要向我投掷石块。我在树林里经常遇见她，她走近我身边，同我谈话，她很可爱。哦！的确可爱！……所以我们就这样变成了朋友。我们散步时，总互相挽手。哦！那时多么好，多么好！……后来，她当然慢慢长大，我当然也想到她。我不能撒谎，我那么爱她，我简直变得像一个疯子。她也很爱我，如果人们不让她到陀恩维尔那位太太家里当女仆，不让她同我分开，您所说的这件事，或许终于会发生……后来，一天傍晚，我刚从石矿里回来，我看见她站在我的房子门前，几乎发狂，她受到那么大的侵害，全身都燃烧着热病。她不敢回到她的父母家里，后来死在我的住所里……啊，他妈的！猪猡！我应该马上跑去宰掉他。"

法官紧闭他的细薄嘴唇，这个人的诚恳声调很令他惊异。他必须施展更巧妙的手腕，因为他已面临始料所不及的困难，他的预想办法根本对付不了他的对手。

"是的，我知道您同这少女所捏造的丑恶故事。不过，您要注意：格兰摩伦先生的全部生活不是你俩的捏造所能侵犯的。"

石矿工人头脑昏乱，两手颤抖，眼睛睁得圆圆的，只嗫嚅地说：

"什么？我们曾捏造什么？……这是其他的人撒谎，而我们被控告捏造。"

"的确如此，您不要装成无罪者的样子。我曾问过那个娶您情妇的母亲做老婆的人，米索尔，如果必要的话，我将使他同您对质。您将晓得他对你俩的故事做何感想？……您要当心您的回答。我们已有证人，我们已知道一切，您顶好是说真话。"

这是他平常威吓的策略，即使他一点也不知道或没有半个证人，照样用这个办法。

"这么说，您要否认您曾到处公开喊着说您将宰掉格兰摩伦先生的话吗？"

"啊，这个，是的，我曾说过。真的！我曾诚心诚意说过这个！因为一想起这混账家伙，我的手确实很痒！"

一种惊骇简直要戴尼才先生停止审问，他是等着完全否认的答复。怎么？被告竟招认他的恐吓！这隐藏着什么诡计？怕自己的工作做得太快，他沉思片刻，然后凝视他，向他提出突如其来的问题：

"二月十四日至十五日夜间，您曾做过什么？"

"傍晚六点钟左右我就睡了……我的身体有点不舒服，我的堂兄路易甚至帮我的忙，把一车石块载到陀恩维尔去。"

"是的，人们曾看见您的堂兄弟和车子经过栅栏所在的铁道。但是您的堂兄弟我审问过，只能回答一件事：就是您在将近中午时离开他，他再也没看见您……请您证明您确实是六点钟睡觉的。"

"算了吧，这太愚蠢，我不能证明这个。我所住的孤单房子坐落在树林边缘……我在那里，我这样说，这就是我所能供给的全部事实。"

戴尼才先生决定使用他已准备好而且认为万无一失的大武器。他精神集中，面孔显得死板板，纹丝不动，嘴巴则尽量表演他的花样。

"我对您说，二月十四日夜间您曾做过什么……下午三点钟，您由巴朗丁搭火车到卢昂去，究竟为了什么目的，侦察方面还没有调查清楚。您一定搭停止在卢昂的九点零三分火车回来，您混在月台的群众中间，忽然看见特等车室里的格兰摩伦先生。您要注意：我当然承认这不是出于预谋的计划，您要杀他的念头只在那时才产生……趁旅客们的推撞，您登上特等车室，您等着火车到玛罗纳隧道底下才动手；可是您估计错了时间，因为您杀害他的时候，火车已开出隧道……您抛下尸首，并甩掉旅行被头以后，到巴朗丁车站下来……看，这就是您所做的事。"

他在加蒲宣通红的脸上观察最小的反应。后者首先很注意地听着，终于爆发大笑而且很愤怒。

"您在那里讲些什么？……如果是我杀掉他，我一定会对您坦白的。"

"我没有干过您所说的事，事实上，我是应该这样干的。他妈的！是的，我很惋惜。"

戴尼才先生不能诱出别的什么，他徒然重提他的问题，徒然不止十次用不同的策略回到这个问题的审问上来，他仍然得不到任何结果。不！硬是不！这并不是他！他耸一耸肩膀，他觉得这很愚蠢。逮捕他时，人们曾搜寻他的破房子，既没有发现武器，也没有找到那只表和一万法郎；可是人们曾寻找溅上几滴血的一条裤子，这是最有力的证据。他重新发笑：又是一个漂亮的故事，一只落网的野兔，曾在他的腿上溅几滴血！法官在断定他犯罪的固定想法里使用太多太复杂的职业诡计，一直要追究到简单的实情，可还是失败了。这个知识有限的人，不能使用诡计斗争，总藉无可战胜的力量说"不"，绝对"不"，终于逐渐激起法官的愤怒。因为法官只认定他是犯罪者，每一新的否认，都使他的脾气越变越坏。法官仿佛认为这不过是野蛮和虚伪的固执。他仿佛要对方割下自己的头，用强迫的口气。

"那么，您不承认吗？"

"当然，这既然不是我干的，我当然否认……如果是我杀了他的话，啊！我将太骄傲了！我一定会对您坦白。"

戴尼才先生突然站起来，亲自走去打开隔壁小房间的门。他唤来杰克问道：

"您认识这个人吗？"

"我认识他。"吃惊的司机回答，"以前，我曾在米索尔夫妇家里见过他。"

"不，不，……您认得他是车厢里那个人，那个凶手吗？"

一下，杰克显得非常慎重。其实，他不承认他是假定的刺客。另一个似乎比他矮，

比他黑。他正想这样说明，又觉得还是太冒昧。他仍然含糊答道：

"我不知道，我不能说……我向您保证，先生，我不能说。"

戴尼才先生不再等待，马上喊卢波夫妇。他对他们提出这个问题：

"你俩认识这个人吗？"

加蒲宣继续微笑。他并不惊讶，他向珊佛琳点头，打招呼。她年轻时住在摩弗拉十字，他就已认识她。但是，她和她的丈夫看见他站在那里，不免激动一下。他们明白，这是杰克曾对他们说起的被捕者，要他们重新到这里来受审问的嫌疑犯。卢波非常吃惊，看这年轻人同他所捏造的想象凶手很相似，他向法官陈述过恰和自己相反的相貌，简直是指他而言，他因而有点恐慌。这太凑巧了，他心烦意乱，犹疑很久不敢回答。

"看吧，您认识他吗？"

"我的上帝！推事先生，我曾对您重复说过，这只是一种简单的感觉。一个人曾从我身边溜过去……无疑的，我面前的人像另一个那样高大，也是金发的，没有胡须的……"

"总之，您认识他吗？"

副站长感到窘迫，整个颤栗的身体不免被内心的斗争所侵扰。依然以自己的本能占上风。

"我不能肯定。不过似乎很想象，的确很想象。"

这一次，加蒲宣开始咒骂。总之，人们不要再拿这些故事来麻烦他。既然不是他，他要离开。脑壳里的血沸腾了，他伸出拳头要打他，态度变得那么可怕，被唤来的宾兵们领了出去。但是面对这粗暴，面对这畜牲向前扑来，戴尼才先生胜利了。现在，他深信不疑，他要人们看见这个。

"你们各位曾注意到他的眼睛吗？我是由于眼睛才认识他们……啊！他的花样不错，他已落入我们手里。"

站着不动的卢波夫妇，面面相觑。什么？这已结束了？法官既已拿到犯罪者，他们已得救了。他们稍稍昏乱地站着，为现实强迫他们扮演的角色感到良心上的痛苦。可是，快乐淹没了他们，冲去他们的顾虑，他们向杰克微笑，心里觉得轻松，渴望户外的新鲜空气，等着法官让他们退去。忽然，守门的拿来一封信交给戴尼才先生。

法官迅速坐在写字台边，用心读信，忘记了三个证人。这是部里来的，要他在重新进行侦查工作之前，耐心等着上峰的指示。一定是他所读的信中，推翻了他的侦查结果，他的脸色逐渐变得冷淡，恢复它的阴郁。一会儿，他抬起头，向卢波夫妇斜视了一下，仿佛信里的一个句子触起关于他们的什么回忆重新浮现到他的脑海里。他们

282

经过了短促的快乐，也重新变得不安，觉得自己又被捉住。那么，为什么他要注视他们？难道人们在巴黎已发现到那两行字，那不时引起他们恐惧的拙笨短函吗？珊佛琳很了解加米·赖摩特先生，因为她以前和院长住在一个院子里，她晓得由他负责整理死者所遗下的文件。一种尖锐的懊悔使卢波烦恼，他像受苦刑似的难过，这就是他疏忽没有派他的女人到巴黎去做有益的访问，即使没有其他的效果，公司要是被恶劣的流言烦扰，想革去他的职务，她至少能取得秘书长的庇护。两个人的视线都不再离开法官，看见他的脸色逐渐阴暗，显然被这封信扰乱了他整天的工作，他们觉得自己的忧虑也随着增加起来。

最后，戴尼才先生丢开手里的信，眼睛对卢波夫妇和杰克睁着，他沉思了一会儿，便大声说：

"啊！好，我们再看吧，再考虑这一切吧……你们可以退走。"

但是他们三个刚要出去，法官不管人们曾嘱咐他在没有得到预先的同意之前不要再做别的侦查工作，他不能抵抗自己想知道真相的欲望，他搞明白他的新见解被推翻的严重要点。

"不，您，请您再留一会儿。"他对杰克说，"我还要向您提出一个问题。"

卢波夫妇停在走廊里。门开着，他们不能动身回去。有什么东西留住他们，法官在办公室里究竟说些什么？他们很忧虑，只要没有从杰克口里听到法官究竟向他提出什么问题。他们不能离开，他们来回行走，两腿简直像断了一样。他们重新并肩坐到他们已等候几个小时的长方凳上，心事重重，一言不发。

司机重新出现，卢波困难地站起来。

"我们等着您，我们一起回车站……怎么样？他对您说些什么？"

但是，杰克掉转头，态度很局促，仿佛他要避开珊佛琳固定盯视他的目光。

"他不知道，他已无法自拔。"他终于回答，"看，他现在问我，他们是否两个一起下手。晓得我在勒·哈佛尔曾说过一大堆黑的东西压住老头子的两腿，他为这个询问我。……似乎相信这只是跌下的被头。于是，他叫人拿被头来，我必须发表我的意见……我的上帝！是的，这也许是被头。"

卢波夫妇颤栗着。人们已摸到他们的线索上，这年轻人的一句话就可以危害他们。他一定知道，他始终会说出来。他们三个，女人在两个男人中间，悄悄离开法院。到了街上，副站长再说：

"话又说回来，朋友，为了料理有些事情，我的女人不得不到巴黎去过一天。假如她需要什么帮忙的话，您当然非常热心，一定会当她的向导。"

五

十一点一刻，欧罗巴桥的看守人准时地发出两声规定的号角声。勒·哈佛尔快车从巴底尧尔隧道里出来，不一会儿，转车盘开始摇动，火车放出一声短促的汽笛，进入车站。刹车机轧轧震响，车头冒烟，车身在开出卢昂以后，就一直受到倾盆大雨袭击。

工人们还没有旋转车门的插闩，其中一扇门已打开，珊佛琳不等车停好就很快跳到月台上。她的座位在尾部，她必须穿过那突然像潮水般涌出各个车室带着孩子和包裹的拥挤旅客中间，赶到机头旁边。杰克站在机头平台上，等着回到停备站去；火伕柏葛，手里拿一块抹布，在揩拭黄铜机件。

"那么，就这样确定。"她踮起脚尖说，"三点钟到加尔第纳路，请您费心把我介绍给您的主任，使我可以向他道谢。"

这是卢波想出的托词，他好象受过巴底尧尔停备站主任的什么帮忙，特地派他的女人去向他道谢。用这样的方式，他可以把她交托给司机，让他去与司机打交道，对他施加影响，加强已有的关系。

但是杰克被煤涂黑，被雨淋湿，在风雨中显得精疲力尽，只睁着迟钝的眼睛凝视她，并不回答。从勒·哈佛尔起程时，他不能拒绝那丈夫的委托；这单独同她一起的念头，激起他的烦扰，因为他清楚地意识到，这时他一人想着要得到她的全部。

"不是吗？我想您会等我的。"她微笑地说，虽然他这样肮脏，几乎认不出他的面容，她看到后感到惊奇和有点儿厌恶，但她仍然温柔和妩媚地注视他，"不是吗？我信赖您，您一定不会失约的。"

她再踮高身体，让她戴手套的手靠到一个铁把上。柏葛恳切地通知她：

"请您当心，您会玷污您的衣服。"

于是杰克只好回答。

"是的，加尔第纳路……除非这混账的雨把我冲垮……这狗样天气多讨厌！"

她非常为他的可怜状态感动，好象他只为她一个人受苦，她加上说：

"哦！您真辛苦，而我却舒舒服服地坐在后面的车室里……您知道我曾想到您，这倾盆大雨，真使我失望……一想到您今天早晨驾驶快车领我来，今天傍晚又领我回去，我是多么高兴呀！"

然而，这可爱的亲密那样温柔，似乎只增加他的烦乱。当一个声音喊出"向后"时，他仿佛感到安慰。他的手迅速拉动汽笛小柄，火伕做着手势要少妇避开。

"下午三点钟再见。"

"是的，下午三点钟再见！"

机头再行走之后，珊佛琳最后一个离开月台。阿姆斯特丹路上，她正想张开雨伞，突然发觉雨已停止，她非常高兴。她一直走到勒·哈佛尔广场，考虑一会儿，终于决定最好立刻去吃午饭。那时还只有十一点二十五分，她进入圣·拉萨尔路转角一个小饭馆，叫来一盆炒蛋和一块猪排。随后，一面慢慢吃着，一面沉入数星期以来不断缠绕她的思绪中，她的脸，已失去富于诱惑性的柔媚微笑。

前一天晚上，就是他们在卢昂被审问后的第三天，卢波判断再等下去是危险的，决定派她去巴黎，不是到部里，却是到岩石路，恰和格兰摩伦住宅邻近的公馆去看加米·赖摩特先生。她知道他下午一点钟以前总不出门，她显得很镇静，为了不让自己临时昏乱，她准备好她所要说的，并竭力预测他可能回答的一切。前夕，一种新的担忧原因促成她的旅行：他们闻到，勒布娄太太和菲洛曼妮到处散布流言，说公司要辞退卢波，认为他是连累人的职员；最糟糕的是直接被询问的达巴地先生并不说"不"字，这个消息便更可信了。所以，她必须赶急跑到巴黎去疏通，替自己的利益辩护，尤其是要像过去请求格兰摩伦的支持那样，请求有势力者的帮忙。在这种至少还可以说得过去的解释原因外，还有更迫切的一个动机，即是出于一种急于想知道案情的需要催促他们去行动，这行动往往催促犯罪者，与其闷在葫芦里，一无所知，宁愿马上去投案自首。自从杰克对他们说官方曾疑心有第二个凶手之后，他们觉得自己已被发现，不明了确实消息的忧虑，简直日夜在刺痛他们。他们竭力做各种不同的揣测：短函已找到，犯罪的事实已明了起来；他们随时等着搜查和逮捕；苦刑将被加重，周围最微小的事实都具有那样可爱和威胁的含义，他们终于忍不住了，宁可灾祸马上临头，也不愿这样没完没了的担惊受怕，他们现在迫切期待的是打听到确实的消息，这样的苦刑终于结束了。

珊佛琳快吃完猪排时，好像惊诧自己怎么会被吓醒一样，发觉呆在这公共场所，一切都变成苦味的，那一块一块的猪肉很困难地咽下去，她甚至没有心思喝咖啡，尽管她吃得很慢，走出小饭馆时，还只在午后一刻钟。如此，还要消磨三刻钟！她，平素那样崇拜巴黎，相隔很久，每次到这里来，都是那样喜欢循着它的石板街道行走，此刻都觉得自己遗失在这里，非常害怕，急于想结束并让自己隐藏起来。人行道已干燥，温暖的风终于扫除了天边的灵魂。她走下脱龙雪路，到了玛德兰演的花市，三月的市场，在冬末的苍白日色里盛开着那么多樱草花和杜鹃花，看起来实在太美丽了！半小时之内，她就这样在早春的气氛中行走，重新被模糊的沉思抓住，想到杰克，好象他是一个熟人，她必须解除他的武器。在她的脑里，岩石路的访问似乎已完成，这方面的一切都非常顺利，她只要这年轻人保持缄默就行，这是一种复杂的工作，她觉得自己毫无把握，她的脑海里盘旋着种种传奇式的计划。然而并不引起疲倦，也没有惊吓，只由温柔的情绪摇摆着。忽然他看表正是一点十分。她的事情还没有做，她重新落入现实的残酷忧虑中，她连忙向岩石路方向走去。

加米·赖摩特先生的公馆是在这条路和那不勒斯路转角上：珊佛琳必须经过无声、空间和百叶窗都关闭着的格兰摩伦住宅前面。她抬起眼睛，并放快脚步。她最后一次访问的情形回到她的脑里，这大房子矗立着，样子很可怕。在若干距离以外，看上去像一个被群众追逐的人一样，她本能地转过来，向后注视，她忽而瞥见对面人行道上，卢昂的预审推事戴尼才先生，也这样由路的下端走上来。她非常吃惊。他已注意到她向格兰摩伦的房子瞥了一眼吗？可是他还平静地行走。她让自己落后，很烦恼地跟随他。她看见他到那不勒斯路转角上，加米·赖摩特先生家里拉铃时，她又被打击一次。

恐惧抓住她。现在她死也不敢进去。她回来，她穿过爱丁堡路，一直走向欧罗巴桥。只到那里，她才认为自己安全了。她头脑昏乱，再也不知道到哪里去、做什么才好。她靠近栏杆站定，一动也不动；透过交错的金属桥梁，注视下面车站的广大场地，许多火车连续移动。她的惊惶眼睛看着火车，她想法官一定为着案件去看秘书长，两个人一定谈到她，她的命运就在这一分钟里决定。于是失望侵入内心，可怕的忧虑烦扰她，与其回到岩石路去，宁可扑到一列火车下，让自己压死。干线的敝房恰开出一列火车，她注视它到来，从她下面驶过去，接着，她这次旅行竟这么愚蠢、无用，如果她没有毅力去取得准确消息，她将带回的丑恶烦恼竟那么大的力量压在她的精神上，许多机头拉响汽笛，她留意一个小的，拖开郊外的一列火车；她的视线抬向左面，从货运处的院子上面，阿姆斯特丹街高处，她认出维克多亚妈妈的窗户；由于这个窗户她想起：丑恶的谋杀没有发生，没有引起他们的不幸以前，她还同她的丈夫靠在一起观看外面的景色。这提醒他可怕的处境，她忽而受到如此尖锐的痛苦袭击。她觉得自己已准备好，宁可冒着一切危险去结束这不时担忧的案件。号角的声音，延长的轰隆响声震聋她的耳朵，浓密的烟雾遮住地平线，向巴黎的明朗天边飞去。她再向岩石路方面行走，仿佛存心要自杀笔直向那里前进，加快她的脚步，怕他已出门去，任何一个地方他都会找到一个。

珊佛琳拉动门铃的绳组，一种新的恐怖袭来，她的全身吓得冰冷。但是一个仆人得知她的姓名后，请她坐在一个前房里。由轻轻半开了的门，她很清楚地听见两个声音的响亮谈话。接着是绝对的静寂。她只辨出自己太阳穴的轻微跳动，对自己说，法官还在商谈，无疑的，人们要让她等得很久；这等待对她将是难受的。但是突然，她不免感到惊讶，仆人来喊她，并领她进去。法官一定没有出门。

这个大办公室里装饰着黑家具，厚的毡毯，重的帷幕那样严肃，那样关闭着外面没有任何声音能透进来。然而里面也有花，一个青铜花瓶里也插着苍白玫瑰花，表明这严肃背后，也隐藏着优美和可爱生活的趣味。主人站着，很端庄，紧紧裹在他的礼服里，他的瘦长面孔，由斑白的颊髯稍稍扩大，可是体态还是漂亮的，还保有旧日美男子的温雅，从他穿官服故意显出的严肃下，人们还能觉得他的高贵风度是和蔼可亲的。在半明半暗的房间里，他的样子仿佛很伟大。

珊佛琳，进来时被帷幕下面透不出去的温暖空气所压迫；她只看见加米·赖摩特先生注视她走近。他不做手势请她坐下，他只装起不先开口，等着她解释她来看他的理由。这延长了沉默，由于突然的反应，她觉得她在危险里能控制自己，她显得尤其谨慎镇静。

"先生，"她说，"如果我竟这样大胆来要求您的照顾，您将宽恕我冒昧。您知道我遭受无可挽回的损失，在我现在被人遗弃竟胆敢想到您，请您稍稍继续保持您的朋友、我那样哀悼的保护人的好意，施予我们必要的援助。"

加米·赖摩特先生只好做一个手势，请她坐下，因为她用那样平静的声调，既然没有谦卑和悲伤的夸大，完全根据女性虚伪的天生技术说了这些话，他只好对她表示客气。然而他还是不开口，他自己也坐下，继续等着。她晓得自己必须言明切实的原因。

"我胆敢让自己唤醒您的回忆。要您想起我曾很荣幸地在陀恩维尔见过您。啊！这对我，确实是幸福的时期！……现在，日子不好过，我剩下的，只有您，先生，我以我们死去的朋友名义恳求您。您曾爱他，您将完成他的善事，请您在我身边代替他的位置。"

他无法相信她是凶犯，注视她，看她说出她的哀悼和她的恳求，仿佛显得那样自然和可爱，他的一切怀疑都已动摇。他在格兰摩伦遗纸里发现到短函，那两行没有签名的信仿佛不会是她的，虽然他知道她同院长曾有暧昧的关系，刚才，仆人报告她的来访格外增加他的怀疑。他只为证实他的假定，才中断他和法官的谈话。但是，看见她这样平静、这样温柔，他怎么能相信她是犯罪者呢？

他要自己运用切实的智慧去看个明白。他仍保持他的严肃态度对她说：

"请您说明吧，太太……我完全想起您所说的，只要没有什么阻碍，使我不能这样

287

做，我当然乐意自己对您能有所帮助。"

于是，珊佛琳很明显，叙述她的丈夫怎样受到撤职威胁。由于他的成绩和他直到那时所受的高贵庇护，人们是多么嫉妒。现在，以为他已失掉庇护，人们希望战胜，并加倍努力来损害他。然而她不指出任何人的姓名；她不顾当前的危险；仍然以谨慎的词句说话。她之所以这样决定到巴黎来，因为她绝对确信她有赶快行动的必要。第二天或许已太晚了，她必须立刻请求帮忙和援助。这一切用那么多合理的事实和理由说了出来，疑心她为另一个目的旅行似乎是不可能的。

加米·赖摩特先生一直研究她唇边几乎觉察不到的微微颤动；他提出第一次袭击。

"但是为何公司要辞退您的丈夫呢？他并没有什么严重过失可以责备。"她的眼神一直注视着他，窥伺他脸上的细微皱纹，自问他是否已找到短函；问题虽然无害，她的心里却突然有了确信，认为短函已被发现，已被放在这办公室的一个家具里；他已知道，因为他给她设置一个陷阱，很想看她是否胆敢说到撤职的真正原因。其实，他太加重他的声调，她觉得自己被这疲劳的苍白眼睛一直搜索灵魂。

她很勇敢直向危险走去。

"我的上帝！先生，这是很奇怪的，由于这不幸的遗嘱，人们曾疑我们杀害我们的恩人。我们不必费心便可以说明我们无罪。不过，这些丑恶的控告里仍然留下一些东西，公司不用怀疑会害怕丑事。"

他重新惊奇，被这坦白，尤其被这声调的诚恳击败。此外，刚才用第一眼目光，他判断她只有庸俗的面貌，现在看她的蓝色眼睛，在浓密的黑发下，显出那样亲切的柔媚，他已开始觉得她极端具有诱惑力的。他想到他的朋友，格兰摩伦，心里不免生起嫉妒的钦佩；这魔鬼般的家伙，比他大十岁，直到他死前，还有这样可爱的尤物供他消遣，而他，为了不丧失他的剩余骨髓，却早已放弃这些玩物！她确实是很迷人的，很温雅的。现在他那早已麻木了的鉴赏者微笑，从他做了高官而又面临这么讨厌案件待着处理的冷酷态度下透露出来。

但是珊佛琳出于女人的盲目自信，竟犯了错误，突然说：

"像我们这样的人，决不会为金钱而杀人。必须怀有另一个动机……可是我们并没有这样的动机。"

他注视她，她的嘴角在抖动。这就是她。从此，他的确信已变成绝对的。由于他停止微笑，下巴显示神经质抽搐的样式，她自己也立刻明白她已间接供出自己的罪行了。她因而感到昏晕，仿佛整个身心都已抛弃她。然而，她的上半身还笔直坐在椅子上，她听见自己的口里仍然继续发出同样均匀的声调，仍然说了她所应该说的字句。谈话并不中止，可是他们此后已没有什么要彼此探听的；在不论任何话语下，他们只说到他们口里所不说的同样事实。他的手里已拿到短函，这是她写的。他们的沉默里甚至泄露这无法说的秘密。

"太太，"他终于再说，"要是您真的需要我帮忙，我并不拒绝，我将向公司提出您的委托。今天下午，为了另一件事，我恰等着业务处长来看我……不过，我需要简短的记录。喏！请您写下姓名，年龄，您丈夫的职位，总之，一切必要的说明，让我可以知道您的一切的情况。"

他推她坐到一张小圆桌前面，不再注视她，使她不致太受惊吓。她颤栗：无疑的，他要一页她的笔迹，他将拿去同发现到的短函对照。好一会儿，她决定不写，绝望地寻找一个托词。接着，她考虑：既然他已知道，这又何必呢？人们总会得到她的几行字的。表面没有半点慌乱，摆出世上最简单的样子，她写下她所要求的东西；他站在她背后，完全认识这笔迹，不过比短函的端正，少露颤抖。这软弱的女人，他终于觉得她很勇敢；他重新微笑，他这有经验的老油子，除了女子情趣的魅力，什么都不能再引起他的感动，现在在她背后，她既然不能看见他，他无思无虑，又露出这微笑。事实上一切都不值得他表现自己是公道的。他的唯一职责，只是看守他为之服务的制度罢了。

"好！太太，您把这个留给我，我将探听公司方面的消息，竭力为您办理。"

"我很感激您，……先生，您将使我丈夫保留职位，我可以认为这事已完全料理好了吗？"

"啊！这个，不！我不向您做任何承诺……我要去看，我必须考虑。"

真的，他非常犹疑，他不知道对这对夫妇，将采取什么主意。自从她觉得自己落入他的掌握之后，她只有一个忧虑：他究竟要拯救她还是要危害她？这无定的犹疑，惹起她的苦恼，她不能猜到决定他去行动的原因。

"哦！先生，请您想到我们的烦恼吧！给我一个确定的消息前，您不能就这样让我离开。"

"哦！我的上帝！对这个，我无能为力。请您等着吧，太太。"

他推她走向门口。她失望地离开，心里很烦扰，很想立刻强迫他明显说出他打算怎样处置他们，她几乎要高声招认一切。为了再留一分钟，希望找到一个转折的借口，她喊着说：

"我忘了，关于这不幸的遗嘱，我想征求您的意见……您以为我们应该拒绝遗赠吗？"

"法律是站在您这一边，"他谨慎地答道。"这将由鉴定的方式和情况来决定。"

她已走到门槛上。

"先生，我恳求您，不要让我这样离开，请您对我说，我是否应该存着希望。"

她做解释的手势，拿起他的手。他挣脱开。可是她睁着那样热烈和充满哀求的眼睛注视他，他被她的眼神感动了。

"那么，好！请您在五点钟再来。或许我有什么话要对您说。"

她走了，离开公馆，比来的时候更不高兴。情况已确定，她的命运悬于或许就要被逮捕的威胁下。怎么活到五点钟呢？她已忘了的杰克突然在她的脑里出现了。假如人们逮捕她，这又是一个能危害她的人！虽然那时还只有两点半钟，她连忙由岩石路，向加尔第纳路走去。

单独留下的加米·赖摩特先生停在他的写字台前，他是都伊勒里宫的亲信者之一，担任司法部秘书长职务，几乎每天要他到那里去，他享有部长的同样权力，甚至被用在更秘密的工作里，他知道这格兰摩伦案件怎样刺激并引起宫里的担忧。反对党的报纸还继续进行喧闹的宣传，有些甚至诉讼警察当局那样忙于政治方面的监视，已没有时间去逮捕凶手们，另些则搜索院长的私生活，说他是宫廷里的人物，宫廷已被最卑劣的放荡行为统御着，普选的日期逐渐接近，这宣传的运动简直变成真正的灾祸。所以人们曾向秘书长正式表示热烈的愿望：不论如何，必须赶快结束这不幸的案件。部长将这微妙的责任卸给他，因此他觉得自己是采取决定的唯一主人，虽然他也知道他所负的责任实在太重大；值得深长考虑，因为他若处理得不妥当，他将危害一切人，将要付出代价为一切的损失。

加米·赖摩特先生仍然默然沉思，走去打开隔壁房间的门，戴尼才先生就在那里等着。后者已听到他们的谈话，进来时喊着说：

"我曾对您说过，疑心这些人犯罪的确是错了的……这女人显然只想援救她的丈夫，不致受到可能的撤职，才到这里来。她的话没有一句是可疑的。"

秘书长并不马上回答。心想着别处，他的目光射向法官身上，后者的粗笨面孔和细薄嘴唇激起他的怜悯，他现在想到，自己隐隐握有人事全权的整个司法界，奇怪的是这些人处在贫穷里，居然还这样正经，他们被繁重的工作弄的神经衰弱，居然还那么自以为是，面前这一个眼睛被厚眼皮罩住，相信自己是那样敏捷的人，一旦认为自己已掌握到实情时，真正表示出固执的激情。

"那么，"加米·赖摩特先生再说，"您坚持相信这加蒲宣是杀人凶手吗？"

戴尼才先生惊跳一下。

"哦！当然！……一切都对他不利，都指出他是真正的凶犯。我曾给您列举很多证据，我敢说，它们是典型的，因为什么都不缺少……我曾寻找是否有一个同谋者，正如您要我注意的，是否有一个女人在特座里。这好象和一个司机，——一个曾瞥见杀害景象的人——的陈述相符合，可是由我巧妙地询问过，这个人却不坚持他的第一次话语，他甚至认得旅行被头，仿佛这就是他所说的黑堆……哦！是的，加蒲宣确实是罪犯，再则，我们若不认为他是凶手，我们将找不到任何凶手。"

直到那时，秘书长本来还想亮出他所持有的书面证据，现在，他的确信既已成立，他不想急忙去指出实情。如果真线索会引起更大的困难，何必要破坏预审推事的假线索呢？这一切都首先要考虑一下。

"我的上帝！"他带着疲劳的微笑又说，"我很愿意承认您没走错路……不过我要请您来同我研究有些重大的观点。这案件是例外的，看，它已完全变成政治的；您也感觉到不是吗？所以我们或许要被迫站在政府的立场去处理……好吧，我们完全坦白说吧，嗯？根据您的审问，这少女，这加蒲宣的情人，曾被强奸过。"

法官露出他狡猾者的努嘴，他的眼睛一半隐没在眼皮之下。

"真是的！我相信院长曾使陷入丑恶的情形，这一定会从案件的审问里泄露出来……您再可以想到，假如辩护的工作由一个反对党的律师来担任，人们可以等着整批丑恶故事展现出来，因为那边，在我们的区域，并不缺少这一类故事。"

当戴尼才不服从职业的旧习，不再沉陷在他绝对聪明和赋有全能的自信时，并不那么愚蠢。他立刻明白人们为什么不召他到司法部里，而要他到秘书长的私人住宅来谈话。

"总之，"看见上司不哼一声，他提出他的结论说，"我们将处理一件相当龌龊卑鄙的官司。"

加米·赖摩特先生只摇摇头。他正在估计另一讼案，指控卢波夫妇为凶手的讼案，将产生什么结果。要是丈夫被逮捕，到重罪法庭去受审，他一定会说出一切，他的老婆还在少女时期就被格兰摩伦院长引诱上钩，后来又继续通奸，以及嫉妒的疯狂催促他去谋杀的种种情形，都会由他和盘托出，至于坐过监狱的人和一个侍女的故事，这位同这么娇颜女人结了婚的职员也会连带谈到，资产阶级和铁道界的整个角落因而都会牵累进去，那更不用说了。此外，提及像院长这一类的人，人们能知道自己在什么路上行走吗？或者人们会听到意外丑恶的陈述。不，卢波夫妇——真正犯罪者——的事件，确实是更龌龊的。这是已决定的主意，他将绝对撇开它。如果两者要保留一个，他宁可维持无罪者加蒲宣被控。

"我赞成您的看法，"他终于对戴尼才先生说。"真的，假定石矿工人要实施他的正当报复，的确有很多揣测可以反对他……不过，这一切多么可悲，我的上帝！我们必须搅动多么肮脏的呢喃！……我很知道司法的追究当然不应该顾到后果，应该站在利益之上俯看……"

他没有说完，只做手势来结束他的意见。沉默的法官忧郁地等着他觉得要提出的命令。只要人们接受他的假定，这未被证实、由他的智慧臆想出来的创作，他准备有必要为政府正义观念牺牲。但是，不论秘书长经常对这一类商谈施展多么巧妙的手腕，现在却稍嫌太急，以为自己是被服从的主人，说得太快了一点。

"总之，人们要求您不对加蒲宣起诉……请您料理好种种必要的手续，使这事件可以归入档案。"

"对不起，先生。"戴尼才先生宣称，"我已不是这案件的主人，我已受到良心的责备。"

加米·赖摩特先生立刻微笑，显出这仿佛讥刺人的觉悟和客气样子，重新变得很庄严。

"毋庸置疑的，我就是向您的良心呼吁。我让您采取您的良心指示您的主张，确信您将为公众道德和健康概念的胜利，用公正的眼光去判断您该赞成或反对……您一定比我更知道，有时接受恶，不让自己跌入更恶的境地，的确是英勇的……总之，人们只向您这样好的公民和规矩人要求考虑。没有人想妨碍您的良心，这就是为什么我要重复说您是这案件的绝对主人，正像法律所准许的。"

酷爱这无限制的权力，尤其当他近于滥用时，更不想轻易放弃它。法官满意地点头赞成对方的每一句话。

"此外，"秘书长用过分的和蔼而近于讽刺的加倍优雅继续说，"我们知道是向谁呼吁。看，我们很久就已留意您的努力，我可以告诉您，至此开始，如果有空缺的话，我们将请您到巴黎来做事。"

那么，什么？如果他答应所要求的帮忙，人们将满足他的大野心，将去实现他到巴黎当大法官的梦想吗？但是加米·赖摩特先生的意思很清楚，加上说：

"您到这里的职位已被指定，这只是时间问题……不过，我既然开始不谨慎泄露部里的秘密，我还高兴向您报告，您将在八月十五日得到十字勋章。"

法官考虑一会儿，征询自己的意见。他喜欢晋升，因为他估计，这至少每月可以增加一百六十万法郎收入；在他所忍受的正当贫困里，可以使他享受更多安适，他的衣橱可以更新，他的好美拉妮可以吃到较好的饭菜，由此又可以减少对他发牢骚。获得十字勋章也非常好听。他已听见预许的诺言。他一向生活在规矩和平庸的司法界传统里，似乎不会出卖自己，可是这次立刻向简单的希望，向上峰优待他的模糊承诺让步了。司法官的位置，像别的事物一样，也不过是一种职业，他以渴望的恳求者身份，拖着升迁的铁球行走，时刻准备向权力的命令折腰。

"我很感动。"他喃喃说，"请您替我向部长先生道谢。"

他站起来，觉得在他们彼此再说什么，都将引起他们之间的局促。

"那么，"他两眼无光，面孔像死了似的，提出他的结论说，"遵照您的谨慎意见，我去完成我的侦审。当然，指控加蒲宣，我们看没有绝对被证明的事实，最好是不要冒险，激起诉讼的无益丑事……我们将释放他，我们将继续监视他。"

秘书长终于显出完全客气的态度。

"戴尼才先生，我们完全信赖您的伟大才能和您的高尚美德。"

加米·赖摩特先生重新单独留下后，存着好奇心，拿起此刻已变得无用的珊佛琳所写的一张字和他从兰摩伦院长遗纸里找到的没有签名的短函，做一比较，一模一样。他重新把信折好，仔细收藏起来，他之所以没有对预审推事提及这个，因为他判断保存这样的武器确实是有用的。这小女人，那样纤弱，在她的神经质抵抗力却那样坚强，她的侧影忽然浮现到他的脑际，他因而嘲讽，耸一耸肩膀。啊！这些创造物，当她们愿意的时候，什么都能做得出来！

三点缺二十分，珊佛琳先到加尔第纳路去赴她同杰克的约会。他所住的一个狭小房间在一幢大房子上头。而且每星期四有两次不到那里住宿，晚上和早晨的快车之间，他要在勒·哈佛尔度过两夜。然而那一天，身上被淋湿，被疲倦压倒，他回来马上扑到床上。所以，倘若邻近的一家夫妇争吵，一个丈夫殴打他的女人，发出尖叫的声音，不惊醒他，珊佛琳或许要徒然等着。他从屋顶的窗口向外注视，认得她在下面的人行道上，他非常不高兴，脾气恶劣，连忙洗脸，穿好衣服。

"啊！终于是您。"看见他从通车大门出来时，她喊道，"我怕自己没有听清楚……您曾明白对我说过在梭舒尔路转角上……"

不等他的回答，她向房子抬起眼睛。

"那么，您就是在这里吗？"

他没对她说明约会就定在他住处门前，因为他们要一起去的停备站差不多就在对面。但是她的询问使他不安，他臆想她对他表示的友谊或许发展到请求去看他的房间。这房间摆了那样简陋的家具，而且又是那样七零八乱，他不免感到羞惭。

"哦！不是住，只像鸟一样栖息在这儿。"他回答，"我们快些走，我怕主任已经出去了。"

的确，他们走到车站外围停备站后面的站主任住的一所房子时，已找不到他；他们徒然从这一敞棚走到另一敞棚，被问的人都告诉他们，倘若一定要找到他，请他们四点半左右再到修理工场来。

"好，我们将再来。"珊佛琳说道。

随后，单独和杰克站在外面，她问：

"如果您空闲的话，我将同您一起留下等他。这一点也不妨碍您吧？"

他不能拒绝，此外，尽管她给他引起微微不安，她不时增长的强烈魅力，她的妩媚目光，马上驱散了他幽闭自己的阴郁。杰克看着她的温柔和畏惧的脸，她也许会像一只忠实的狗那样爱着她，根本没有任何力量去打她。

"无疑的，我不离开您。"他较和气地回答，"不过，我们要消磨一个多小时……您愿意进咖啡馆吗？"

她对他微笑，看他终于表示恳切的态度，觉得相当舒服。她很快喊着说：

"哦！不，不，我不愿意让自己幽闭着……我喜欢挽着您的胳臂在街上散步，随心所愿的去走。"

她自己主动地挽起他的胳臂。现在他的状貌已不像旅行时那样风尘仆仆，她觉得他穿着舒服的职员服装，显示出他自由自在的生活以及每天在旷野空气里来往和冒险的习惯所养成的优雅的资产者风度。她从来没有那样清楚地注意到他竟然是一个漂亮的男子：端正的圆脸，洁白的皮肤，棕色的髭须，他撒满金点的恍惚眼睛时常掉开，不看她，只有这一点继续引起她的疑惧。他不对面注视她，难道他不愿意受约束，始终要按自己的意思行事，甚至要继续反对她吗？这时，她还处在疑惑里，每次一想到这岩石路的公馆，这正在决定她生死的办公室，她不免又被震颤袭击，所以她只有一个目的，就是要感到这给她胳臂的人属于她，完全属于她，她要设法获得他的友谊。她若抬起她的头，务使他的眼睛深深盯视她的眼睛。于是他将真正属于她，一切可以由她来摆布。她并不爱他，她甚至没有想到这点。不过，为了不再惧怕他，她想尽办法去俘虏他。

他们几分钟不说话，走在这居民稠密的区域。街上挤满行人，不断穿梭往来。有时，他们被迫不得不从人行道上下来，从车辆中间穿过街心。接着，他们到了巴底尧尔公园门口，这公园每年在这一时期差不多是荒凉的。然而，早晨大雨洗过的天边却显出柔和的蔚蓝照着三月的淡淡的阳光，紫丁香已开始发芽了。

"我们进去吗？"珊佛琳问道，"这人群的喧闹简直大刺我的耳朵。"

杰克不知不觉想远离群众，使她可以更接近自己，几乎自动要走进去。

"这里或别处都一样。"他说，"我们进去吧！"

他们在枯叶的树木中间慢慢循着草地行走。少数女人带着襁褓里的孩子徐缓地散步，许多走捷径的行人都迅速穿过公园。他们跨过小溪，从岩石之间爬上去。从树丛的暗色绿叶对着太阳闪闪发光。他们经过这浓密的夹道，打算往回走时，稍微感到疲倦。这偏僻角落里却有一条凳子隐藏着，任何人都看不见。他们坐下，这次仿佛是被某种默契领来，甚至不征询彼此的同意。

"今天的天气的确很晴朗。"她沉默了一下说。

"是的。"他回答:"太阳又出来了。"

其实,他们的思想并不在此。他一向逃避女人,这时却想着要他和她接近的种种事变。她在这里接触他,威胁要侵占他的整个身心,他因而感到持续的惊异。从卢昂的最后一次传审以来,他已不再怀疑,这女人在摩弗拉十字的暗杀里一定是同谋者。到底怎样?出于任何情况?被何种激情或利益推促?他提出这些问题,然而他终于编出一个故事:贪利和粗暴的丈夫,急于想享受院长的遗赠,或者怕遗嘱会变成不利于他们,或者丈夫打算拿流血的关系,要他的女人落入他的掌握,可以由他自由摆布。他对这个故事深信不疑,其中的有些昏暗角落诱惑他,引起他的兴趣,而他不想搞清楚。他有义务向司法当局说出一切,这个念头也时常萦绕在他的脑际。所以,他坐在这条凳子上,同她那么接近,他的腿已感到她臀部的温热。这时,就是这念头在不断烦扰他,要他沉没地考虑。

"三月里,"他又说,"能这样像夏季一样呆在外面,确实是很奇怪的。"

"哦!"她回答,"太阳一上来,就觉得很温暖。"

她这一方面也在考虑,只有这年轻人是真正的蠢材,才不能猜到他们是犯罪者。他们对他表示的殷勤太过分了,就是此刻,她也真的靠紧他。所以,处在不时被空话截断的寂静里,她留意他心里所做的反应。他们的眼光互相接触,她看出他正在自问他所看到的,像一堆黑的东西很重很重压住被害人两腿的,是否就是她?要同他结成不可毁坏的关系,要他成为自己的所有物,她应该做什么?说什么呢?

"今天早晨的天气很冷。"

"而且,"他回答,"我们还遇到这大雨。"

这一会儿,珊佛琳有了突发性的灵感。她不再推理,不再考虑,这仿佛是一种本能的冲动忽然从她的智慧和心灵的昏暗深处升到她的脑里,因而他一考虑,就什么都不说。但是她觉得说话是很有利的,一定会征服他。

她慢慢拿起他的手,注视着他。绿树丛隐藏了他们,他们不被邻近街道的行人看见,他们只能听到远处车辆的滚动。公园晒着太阳的僻静之处,不时传来钝重的声音,小径转角上只有一个玩耍的孩子默默地把黄沙一锹一锹盛满他的小铅桶。她语调不变,声音好象从灵魂深处发出似的低声说:

"您相信我是凶手吗?"

他看着她。

"是的。"他以同样感动的低声答道。

于是她的手握得更紧,她不立刻继续说话,觉得他们的热情已互相混合。

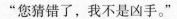

"您猜错了，我不是凶手。"

她说这个并不要他相信，她的唯一目的不过想预先通知他，她在别人的眼里的确是无罪的。这是女人不论怎样硬要说的"不"字。

"我不是凶手……您不必再替我费心，认为我是凶手。"

看见他的眼睛深深盯视自己的眼睛，她觉得很幸福。无疑的，她在那里所做的是献出自己的整个身心，因为她已决定献给全身他，以后，他若向她要求的话，她不会拒绝。不可解的联系已在他们中间结好，现在她很可以向他挑战，她情愿把一切经过都对他说了，她已属于他，正像他已归她所有一样。

"您不必再替我费心，您相信我吗？"

"是的，我相信您。"

他为什么要强迫她立刻说到这丑恶的事情呢？以后，如果她感到需要的话，她一定会对他叙述一切。不说什么话，隐隐向他招认，这让自己安心的方式，像无限温柔妩媚的表示，的确引起他的极大感动。睁着她的碧蓝和妩媚眼睛，她竟那样信任和那样纤弱，在他看来，她显得那样富于优美的女性，为了自己的幸福，好象整个属于男子，准备接受男子的抚爱。他们的手继续握紧，他们的视线不再离开，尤其使他感到快活的是他体内已不再感觉不舒服，没有他每次接近女人、想占有女人之际都会发出、都会激动他的可怕震颤。对于别的异性，他不能动她们的肉体，不然，就会立刻产生咬啮她们和扼死她们的丑恶愿望。这一个呢？

"您很知道，我是您的朋友，您一点也不要害怕。"她在他的耳边喃喃说，"我不愿意了解您的事情，这是您所喜欢的……您懂得我的意思吗？您可以完全支配我，一切都随您的心情。"

他终于接近她的面孔，他的髭须已感到她的温热气息。今天上午，在病势发作的野蛮恐惧下，他还害怕同她接近。现在，他竟坐着，仅有轻微的震颤，几乎只感到痊愈的幸福疲倦，他的体内究竟发生了什么变化？她曾杀人的这个观念，已确定下来，因而扩大她的形象，使她在他的心目中显得与其他女人不同。她不只是协助，或许曾亲自动手吧？虽然没有任何证据，他却这样确信。从此，抛开一切推理，在潜意识的惊怖愿望中，他好象认为她是神圣的。

他们两个现在都快活地谈话，简直同一见钟情的男女没有两样。

"您应该伸出您的另一只手给我，让我焐热它。"

"哦！不，不要在这里，别人会看见我们的。"

"谁？我们单独呆在这里……再说，这不碍事，请您不必担心。即使孩子们也不会在这里干这样的事……"

"我非常希望您能控制自己。"

在她得救的快乐里，她突然大笑。这年轻人，她并不爱他；她固然提出承诺，可是她已梦想不守诺言的方法。她有着可爱的模样，他将不会烦扰她，一切都将料理得非常好。

"这很好，我们就这样约定，我们是朋友，而别的人们——即我的丈夫也在内——一点也不能来干涉我们……现在，请您放开我的手，不要再像这样注视我，因为您将损害您的眼睛。"

但是，他仍然捏住她的纤细手指说："你要知道我爱您。"

她很快在轻微的震颤中挣脱出来。站在他依旧坐着的凳子前面，回答说：

"哦！看，这真疯狂！您要郑重些！喏，有人来了。"

真的，一个乳母胳臂里抱了睡着的婴儿走来。接着，又有一个十分忙碌的少女跑过去。太阳西下，淹没在地平线的淡紫薄雾里，光线离开草地，只在枞树的尖顶散下将要熄灭的金尘。车辆的连续滚动好象突然停止了。人们听见邻近的时钟敲响五点。

"啊！我的上帝！"珊佛琳喊着说，"五点钟了，我还有岩石路的约会。"

她的快乐烟消云散了，她重新感到那边等着她的"未知"的忧虑，她想起自己还没有得救。她的整个面孔都变得苍白无力，嘴唇也不住抖动。

"但是您要去看的停备站主任呢？"杰克从凳子上站起来，重新挽起她的胳臂问道。

"算了吧！我下次去看他……请听我说，我的朋友，我不需要您了，让我赶快去做我的事情吧！还是谢谢您，我衷心地谢谢您。"

她同他握过手，急忙离开。

"过一会儿，火车上再见。"

"是的，过一会儿再见。"

她放快脚步离远，消灭在公园的树丛内；他一点也不急，慢慢走向加尔第纳路。

加米·赖摩特先生曾在家里同西部铁路公司的业务处长作过长谈。借口其他事由被召来的处长终于弄清楚，这格兰摩伦案件怎样引起公司的麻烦。第一，是各种报纸控诉公司的忽略，说头等车的旅客们竟得不到安全的保障。第二，这可悲的冒险还牵彻到全部职员，其中有许多甚至犯嫌疑，至于这卢波，最被连累的一个，人们随时都会逮捕他，那更不用说了。第三，关于公司董事之一，格兰摩伦院长一生行为所散播的恶劣风声，又似乎攻击到整个董事会。所以，一个小小副站长的假定犯罪，像复杂的机构，一直往上摇动这铁道业务的巨大机器，连上级行政都被扰乱了。损害越来越大，连交通部也受到攻击，政治动荡甚至已威胁国家的存在：处在危急的时候，即使最小的狂热都会催促社会大机体的瓦解。加米·赖摩特先生从他的晤谈者口里获知公司恰在上午决定辞退卢波，他激烈地反对这个措施。不，不！再没有什么比这更拙笨，如果公司准备要这位副站长成为政治的牺牲品，这会加倍添增报纸上的喧闹。从下到上，一切都会垮得更快，上帝才知道在某些人和另外一些人身上，将发现什么可恶的丑闻，丑事已太持久，必须赶快恢复沉默。被说服的业务处长答应维持卢波的职位，甚至不调他离开勒·哈佛尔。

当珊佛琳喘着气，心头怦怦跳着，很快赶到岩石路严肃的办公室，重新站在加米·赖摩特先生面前时，后者默然观察她一会儿，对于她要自己显得平静所做的非常努力感到相当大的兴趣。这温雅的罪犯，的确是可同情的。

"那么，好！太太……"

他忽然停住，让自己再快乐地享受几秒钟她的担忧。但是，她的目光竟那样深邃，他觉得她那样想知道实情，几乎要向他的身上扑来，他就变得怜悯她、同情她。

"那么，好！太太，我见过业务处长，我得知：您的丈夫不被辞退。……事情已料理好了。"

于是，剧烈的快乐浪潮淹没了她，她几乎昏晕过去。她的眼睛里充满泪水，无言而笑。

为了使她懂得其中的全部意义，他再重复一句：

"事件已料理好了……您可以安安静静回到勒·哈佛尔去。"

她听得很明白：他是要说人们将不会逮捕他们，人们已赦免他们。这不但是职务被维持住，而且可怕的悲剧也被忘记了，也被淹没了！像一只可爱的家畜要表示感激和阿谀，她本能地俯下亲吻他的双手，将双手贴近她的面颊。这次，他并不抽回来，他自己也因这感恩的温柔情趣十分感动。

"不过，"他竭力要自己重新变得严肃，再说："您要记得，要好好做人。"

"哦！先生！"

但是他仍然要他们，男的和女的，留在他的控制下。他影射到短函。

"您要记得案卷都在这里，若有微小的过失，一切都会重新开始……尤其请您嘱咐您的丈夫，不要再管政治。关于这点，我们将是残忍的。我知道他已连累过自己，人们曾对我说到他和县长的不愉快争吵，总之，他已被认为共和党人，这是可恶的……不是吗？他应该清楚，不然，这很简单，我们会除掉他。"

她站着，现在她想赶快走到外面，让窒息她的快乐可以接触到自由呼吸的空间。

"先生，我们将听从您，我们将做您所愿意的一切……不论何时何地，只要您吩咐，我是属于您的。"

他重新露出他的厌倦样子微笑，他已长久尝到一切皆空的滋味，他的微笑里不免露出些轻蔑。

"哦！我将不会滥用。太太，我已不再滥用。"

在楼梯口上，她还两次转过来，她容光焕发的面孔还向他道谢。

一到岩石路街上，珊佛琳发狂似的行走。她发觉自己毫无理由地再向这条路上端走去。随后，她再从斜坡下来，一点也不为什么，只冒着自己被压死的危险穿过街心。她要行动，做手势，要叫喊。她已清楚人们为什么要赦免他们，她竟惊讶地对自己说：

"这很简单，他们害怕，他们要搅动那些龌龊的东西，其实并没有什么危险，我让自己受苦，的确是愚蠢的！这很显然……不论怎样，我去恐吓我的丈夫，使他可以安静地呆着……得救，得救，啊！多么幸运啊！"

她从圣拉萨尔路出来，看见一个首饰商家里的挂钟，刚刚六点缺二十分。

"喏！我好好吃顿晚餐，还有时间。"

她在车站对面选择一家最华丽的饭馆，单独坐在一张很白的小桌前面，靠近店面没有涂锡泥的大玻璃；她看街上的来往行人，心里觉得相当好玩。她向侍者叫来精美的晚餐：几只牡蛎，一盆靴底鱼丝，一盆烤炙童子鸡翅膀。她吞噬着，觉得很精致的面包非常好吃。她还喊来美味的食品，松脆的煎饼。随后，喝了咖啡，她连忙动身，因为离快车的开行只有片刻时间。

杰克刚才离开她没先回寓所换上工衣，立刻向停备站走去，平常他总在机头动身之前半点钟才到那里。虽然柏葛三次中有两次会喝醉酒，他终于将视察的责任推给这位火伏。但是那一天，在他所处的温柔情绪里，一种潜意识的谨慎侵入他的身心，他要亲自去瞧瞧一切零件是否都很好；尤其因为上午从勒·哈佛尔驶来的时候他以为自己已发觉机头工作不多，却消耗了很大力量。

关闭着的广大敞棚被煤烟熏黑，只由许多撒满灰尘的高窗户照亮，在其他好些休息的机头中间，杰克的，停在铁轨头上准备先开走。这是一台拖拉快车的机头，配上两对精美的大车轴，轻快大轮由钢臂连接着，宽阔的胸部，壮大的长脸……一切都合乎逻辑，一切都不错，这个金属"生物"具有无上之美，显出运用能力的精妙。和西部铁路公司的其他机头一样，除了指定它的号码之外，还保有沿线、歌当丁境内一个小站站名利崇。但是杰克非常爱机头，给它改成女性的名字，他总带着抚爱的温情，称呼它莉嫦。

这是事实，他同它一起奔跑四年。对于这部机器，他的确以爱的情感喜欢它。他曾驾驶过别的好些车头，其中有柔顺的和执拗的、勤快的或懒惰的，他并非不知道每部都有它的性质，如人们谈到女子的骨肉一样，很多是没有多大价值，不配接受人们的爱抚；他之所以爱这一部，这确实因为它有好女人的罕见优点。它容易发动，蒸发极好，还保持着有规律的连续奔跑。人们都武断说它那么容易发动，因为它轮子拨条装配极好，尤其因为配汽室可完全控制，同样，它只要很少燃料就发出很多蒸汽。人们以为它是靠管子黄铜的非常好的材料和锅炉的精美设备。但是，他知道还有别的东西，因为别的机头也是这样小心建造起来、装配上去的，却没有显出它所特具的一切优点。它的内部一定有制造的灵魂和神秘，就是铁鎚敲击偶然加给金属的某种东西，就是装配工人的技巧给予零件的奇妙东西：机头的个性或生命。

所以机头马上发动，很快停住，像强壮和柔顺的雌马那样敏捷。他的确怀着感恩的男性情感热爱莉嫦。他热爱它，因为除了规定的工资之外，靠节省燃料的奖金，它给他赚来不少钱。它蒸发得那么好，真的替他节省了很多煤炭。他对它只有一点不满，就是需要太多润滑，真正的饕餐。他设法加以节制，可是徒然，它立刻会喘气，它的体质就需要这个。所以他只好容忍这贪吃的激情，正如人们对待那些赋有特别优点的女人一样，他只好闭着眼，不管这一种恶习。他开玩笑的口吻对火伕说：它是漂亮的女郎，经常需要涂脂抹油。

火炉里发出轰轰响声，莉嫦腹内逐渐增加蒸汽的压力，杰克在它的周围旋转，视察它的每一个零件，竭力要发现为什么今天上午它吃掉多于平常的润滑油。他找不到什么理由，它还闪闪发光，非常清洁。这愉悦的清洁表明司机的温柔看护和关心。人们不断看见他揩拭它，把它擦得闪亮，尤其是到站以后，人们关闭远程奔跑的冒烟畜生后，他总用力擦它，利用它还滚热的机会，让自己更好地抹去污迹和斑痕。除此之外，他也从来不扰乱它，让它保持均匀的速度，避免慢行，因为这会引起后来加快速度的不利跳跃。所以他们两个过着那么好的"同居"生活，四年之内，他不曾埋怨它，在停备站的修理簿上，始终没有登记过它的名字。而懒惰和酗酒的坏司机们，则不断和他们的机头吵架。那一天，他固然觉得它吞噬润滑油太浪费，可是他的心头还有别的东西，某种他还没有感到过的模糊东西，要他为它忧虑和不信任，好象他怀疑它，要看看它到路上是否跑得很好。

然而，柏葛不在那里。他同一个朋友吃过午餐后，舌头粘滞，说不清话语。等他终于露面时，杰克不免发怒。平常他们两个从路线这一端到另一端，并肩受到震动，一声不响，由同样工作和同样危险联结着，总在这长途的来往中过着很和睦的共同生活。虽然司机的年纪比火伕少十岁，前者对后者却显示父亲般的爱护，掩蔽他的坏习惯。他若喝得太醉了，只要让他睡一点钟，他对这优待，就会以狗一般的忠心来报答。其实，他本身也是极好的工人。酒醉之外，尽力于他的职业。他也很爱莉嫦，这就足以维持和睦。他们两个和机头构成真正的三人"同居"，从来不发生一次争吵。因此，柏葛突然受到这样不好的接待，不免觉得狼狈。当他听见杰克对机头作咕噜咕噜的怀

疑时，他马上露出加倍的惊讶注视司机。

"什么？它还会跟仙女一样奔跑呢。"

"不，不！我不放心。"

尽管每一零件都非常好，他仍然继续摇头。他拨动转把，看看安全活塞是否灵活。他爬上呆板，亲自倒满汽缸的各个油槽；火伕揩抹顶上留有铁锈的些微痕迹。撒沙器的小棒也转得很好，一切都应该使他放心。他之所以还要惴惴不安，因为他心里已不只是莉嫦一个。另一种温情已在这里滋长，这苗条的小生物那样纤弱，他的脑里时常看见她靠近他，坐在公园的凳子上，显出那样柔媚无力的姿态，需要他去爱她，保护她。若有某种无意的原因使他迟延行驶时间，他就让他的机头拨到每小时八十公里的速率，从来没有何旅客可能遭到危险。看，现在要领这女人，这个上午差不多还很厌恶，只勉强带来的女人回到勒·哈佛尔去，想到这点，忧虑和恐惧要发生意外的激动就烦扰他，他想象她可能因他的过失受伤，奄奄一息地躺在他的胳臂里，从现在起，他已有爱的负担。被怀疑的莉嫦，假如要保持它善跑的声名，最好是准确地奔驰，不要闯出乱子。

此时已是六点钟，杰克和柏葛登上机头和煤水车间的钢皮小桥上；后者遵他头目的信号，打开放气管。一阵飞旋的白蒸汽充满黑的敞棚。随后，服从司机慢慢开动调整器的转把，莉嫦开始走动，它离开停备站，发出汽笛的尖叫，要求人们给它开道。它几乎立刻进入巴底尧尔隧道。但是到了欧罗巴桥，它必须等待；只在规定的时刻，扳道员才会给它送上六点三十分快车，然后由两个工人给它牢固地扣到一列长长的车厢上。

人们就要起程，剩下的只有五分钟，杰克的头探出机头以外，看推撞的旅客们中间没有珊佛琳，感到很惊讶。她上车之前，一定会到他身边来，那是可以确定的。最后，她出现了，她晓得自己已迟误，几乎跑着。真的，她沿整列的车厢前进，只停止在机头旁边，脸色十分兴奋，洋溢着欢悦。

她的小脚踮高，抬起头笑道：

"您不要担心。"

他也笑。看到她已赶到，觉得很舒服。

"好，好！很好！"

但是她更踮高，她的较低声音再说：

"我的朋友，我高兴，我十分高兴！……我已碰到很好的运气……一切都像我们希望的那样实现了。"

他完全明白了，他也感到十分快乐。接着，她重新跑着离开，转过来，开玩笑地

301

加上说：

"那么，请听我说，现在，您不要在路上撞碎我的骨头。"

他的快活声音惊呼：

"哦！这是什么话！您不必害怕！"

各个车门已关上，珊佛琳只有上去的时间。杰克遵从车长的信号，拉响汽笛，然后扭开蒸汽开关。人们动身了。这是三月的缓缓火车，在同样时刻，从车站的同样活动、同样声音和同样烟雾中间缓缓开动，慢慢离开。不过，此刻的天气还没有黑，还照着无限柔和的明亮暮色。珊佛琳头贴近车门，向外注视。

在车头上，杰克占去右面的位置，身上温暖地穿一条呢裤和一件羊毛短上衣，他的鸭舌帽下，戴一直吊到脑后的豩边玻璃眼罩，他的眼睛再也不离开轨道，为了看得更清楚些，他随时倾出遮蔽的玻璃之外。他根本没有意识到车在剧烈地震动，右手放在驾驶盘上，简直同领航员握住船舵的轮子一样，以连续和几乎感觉不到的动作操纵着，减低或加快速度；他的左手不断拉动汽笛小柄，因为驶出巴黎是困难的，到处充满阻碍。遇到地面过道、车站、隧道和大转弯，他都拉响汽笛。远处若有一个红的信号出现在垂暮的日色里，他就一直要求道路，带着雷鸣般的声响开过去。他每隔一会儿看一下蒸汽压力表，待压力达到了十公斤，他旋动放射器的小转盘。他的视线时常回到前面的轨道，全心监视着最细微的特殊景象，他那样注意看不见别的任何东西，甚至感觉不到猛烈吹来的暴风。蒸汽压力表降低了，他抬高炉钩打开炉门，柏葛习惯于他的手势，马上明白了，用铁鎚敲碎煤块，拨动铲子送煤进去，使它在整个宽阔的横栅上，铺上均匀的一层。一种难忍的火热燃烧他们俩的脚腿，随后，炉门再关闭，冰冷的气流重新吹袭。

夜色降临了，杰克格外小心。他很少觉得莉嫦是那样服从。他占有它，他随自己的意思控制它，表现主人的绝对权力，然而他一点也不放松他的严厉。它是被驯服的畜生，应该时时当心它的脾气。在它背后风快奔跑着的火车里，他好象看见一个温雅的面孔露出信任的微笑，完全委弃给他。他因而有了轻微的震颤，他的手掌更粗暴捏紧驾驶盘，他的目光固定射穿增长的阴暗，寻找红的亮光。越过亚尼埃尔和哥伦普的交叉点后，他稍微喘息一下。直到蒙特，一切都进行得非常好，轨道是真正的平地，火车舒服地疾驰过去。过了蒙特，他必须推促莉嫦要它登上大约两公里多相当峻急的斜坡。接着，他减低速度，让它向洛尔波阿斯隧道的徐缓斜坡奔去，未到梭特维尔车站之前，还有另一个隧道，盖客附近的卢尔隧道，不得不小心驾驶，梭特维尔车站由于复杂的路轨，连续的调配车辆和时常存在的拥塞，是司机们所惧怕的一个很危险的场所。他浑身力量都集中到他监视着的眼睛和他驾驭着的手里。尖叫和冒烟的莉嫦借它的全部马力穿过梭特维尔，只到卢昂才停止下来，然后再从那里动身。它稍稍平息，登上通往玛罗纳斜坡。

月亮已升起，柔和的月光比较明亮。月光使杰克辨出最小的荆棘丛，在很快的奔跑里连路上的石块，他也看得很清楚。出了玛罗纳隧道，一株大树的黑影挡住路线。他很担忧。他向右边一看，认出这偏僻角落是他曾在那里看见谋杀的荆棘田亩。荒凉野蛮的区域仍然排列着连绵小冈，深黑小树林展布着凄凉的景象。随后到摩弗拉十字，在不动的月亮下，侧斜坐落的房子像被遗弃了一样可怜，百叶窗永远关闭着，丑恶悲伤的幻景突然映入他的眼帘。不知道为什么，这次比从前的无数次还要厉害，杰克的心紧缩着，好象他正在那桩掠过他眼睛的不幸场面前面。

但是，他的眼睛马上带去另一种景象。在靠近地面过道的米索尔夫妇房子旁边，芙洛莉站着注视他。现在，每一次旅行他都看见她站在这个位置上等候他，窥伺他。她一动不动，只转过头来，让目光从卷走他的闪电中，更长久地跟随他。她高大的侧面，在白光里显出黑影，她的金发，只由月亮的阴郁光线照耀着。

杰克推促莉嫦越过蒙脱维尔斜坡，沿波尔培克高原前进。这段时间才让它喘息一下。随后，从圣·罗门到哈弗娄，在全线最峻急的斜坡上，他又要它竭力疾驰过去，这十三余公里的路程，机头像感到马厩将近时的疯狂畜生一样，拼命飞驰，一下就跑完了。到勒·哈佛尔，它已累得要死。敞房下充满火车到达的喧噪和烟雾。珊佛琳在回到寓所之前，穿过喧噪跑来，露出快活和温柔地对他说：

"谢谢！明天见。"

六

　　三十天过去了，候车室上面，车站第二层楼的卢波夫妇家已恢复平静。在他们和走廊邻居们的住宅里，在这等着规定时刻才回来，像钟摆一样存在着的职员小世界里，单调的生活已重新开始，好象没有发生过什么凶暴的和反常的事情。

　　喧噪和丑恶的格兰摩伦案件慢慢被忘记了，由于司法当局似乎无能，找不到凶犯，它将被归入档案。加蒲宣还经过十五天拘禁，预审推事戴尼才先生发出了不予起诉的命令，理由是没有足够证据。散播着的风声简直是传奇式的，都说是一个不认识的和无可捉摸的刺客，一个无处不在、无时不在的罪恶冒险者干了这桩谋杀，待警察一出现，他们就销声匿迹了。反对党的报纸对将近的普选很敏感，每隔几天发表少许文章嘲笑这传说的刺客。权力的压迫，州长们的凶暴，每人都产生其他令人愤怒的题目，因此，一般出版物已不再提到这个案件，它已脱出群众的强烈好奇心。人们甚至已不再谈论它了。

　　最使卢波夫妇家恢复平静的是解决另一个困难的可喜方式，这就是格兰摩伦院长的遗嘱摆脱了掀起风波的威胁。赖宣纳夫妇怕泄露过去的丑事，对诉讼的结果也无任何把握，终于听从波纳洪太太的劝告，同意不攻击这奇特的遗嘱。卢波夫妇取得他们所继承的遗赠，一星期以来已成为摩弗拉十字产业的主人，大约值四万法郎的房子和花园都归他们所有。他们马上决定卖掉这放荡的和血腥臭的房子，好可怕的恶梦一样萦绕在他们的脑际，处在过去幽灵的恐怖下，他们不敢到那里去睡觉，完全让它处在原有的状态中，不加装饰，甚至不清除灰尘，他们要全部出售，连家具都包括在内。不过，愿意退隐到这偏僻角落的购买者一定很少，如果举行公开拍卖，他们将损失太多，他们便决定等一个爱好者，只拿一块很大的召购牌挂在正面，让连续过去的火车旅客们都容易读到。这大字的召购，这孤寂产业的出售，又给关闭着的百叶窗和长满荆棘的花园添加显眼的凄凉。卢波绝对拒绝到那里去，即使经过也不愿意去做些必要的布置，一天下午，珊佛琳只得亲自去照顾；她将各个房间的钥匙留给米索尔夫妇，嘱托他们，如有想购买的人出现，请他们代为指出全部房屋。人们可以在两小时内安顿进去，因为那里不缺少任何东西，甚至橱子里还藏有桌布、饭巾和替换的衬衫等等。

至此，再也没有什么引起卢波夫妇的担忧了，他们每天静静地等着第二天到来，时间就这样流逝过去。房子终于卖掉，他们将钱存到银行里去生息，一切都将很好。他们逐渐把出售这事完全忘掉，这样生活着，好象他们将永远不会走出所住的三个房间：首先是餐室，门直接开向走廊；其次是右面的卧房，相当宽敞；最后是左面的厨房，很小，简直没有空气。甚至他们的窗户前面，这车站的敞房，这监狱墙垣一样挡住他们视线的倾斜铅皮，不但不像从前那样激起他们的愤怒，反而增加他们沉睡着的无限平静和极端舒适的感觉。这样，至少不会被邻居们看见，至少自己面前不会有侦察的眼睛，一直搜索到家里。春天来了，他们只怨恨室闷的热气和铅皮受太阳燃烧的眩目反光。此刻可以舒舒服服享受这遍及整个身心的麻木反应。只要不移动，不惧怕，不受苦，他们就已够幸福的。卢波平常固然是很好的职员，可是从来没有显得像现在这样准时、这样谨慎：日班的一星期，他早晨五点钟下楼，到车站月台上去，只到十点钟再上来吃中饭，十一点钟再下去，一直到下午五点钟，足足服务了十一个小时，夜班的一星期是下午五点钟到早上五点钟，因为他总留在他的办公室里用晚餐。他存着满意性情忍受这辛苦的奴役，似乎觉得非常快活，他一直要管到极细微的事情，要看到一切，料理一切，好象他在这疲倦里找到一种遗忘，恢复一种正常而平衡的生活。珊佛琳差不多时常是孤单的，每两星期总有一星期守"活寡"，另一星期，她也只在吃中饭和晚饭时看见他，可是她仿佛染上主妇的热病，过去她坐着刺绣，不高兴动到家务，所有一切事情都由一个老太婆西门妈妈来料理，从九点钟一直做到中午。但是自从他在家里重新感到平静，确信可以这样呆下以后，她忽然想起打扫和料理一切。她要到处看过，才重新坐到椅子上。此外，他们两个都睡得很好。在他们稀少的接近里，吃饭或夜间一起睡觉时，他们从来不再谈到那案件，他们一定相信这事已结束，已被毁灭。

尤其对珊佛琳来说，生活已重新变得很甜美。她的懒惰又已恢复，她重新让西门妈妈去料理家务，好象她生来就是小姐，只配做针线的精细活计，她已开始刺绣一条盖脚被，这做不完的工作，似乎要占去她一生的时间。她起得相当迟，单独留在床上，觉得很幸福。火车的出发和到达不时摇摆她，像挂钟一样，使她准确地记下时间的移动。在她刚结婚不久，车站的这些粗暴声音，如汽笛的尖叫，转车盘的撞响，雷声般的滚动……以及像地震那样摇摆她房里家具的突然颤抖，简直使她发疯。久而久之，逐渐习惯了，响声和震颤的车站已进入她的生活，现在她喜欢这个，她的镇静就由这激动和喧闹造成。吃午饭前，她从这一房间走到另一房间，不想干任何事情，同料理家务的女人聊天。随后，她坐到餐室窗前，度过漫长的下午。刺绣时常落到两膝上，她一点事都不做，觉得相当舒服。她的丈夫清晨回来睡觉的那几个星期，她听到一直

世界传世藏书 世界禁书文库 人兽

打鼾到下午，其实，这对她来说是好日子。她像没有结婚以前那样生活着，夜里可以占住整个大床，日里完全自由，可以随她的意思消遣。她几乎从来不出门，整个勒·哈佛尔中，她只有看见邻近工厂发出的黑烟，在她面前的数公尺以外截断地平线的铅皮屋顶之上飞旋，玷污天边。城市就在那里，就在这永恒的墙垣背后，她看不见它的忧闷，逐渐获得甜美的情趣。有时，她说到她的孤单，好象在谈论树林深处的隐居。只有在闲荡时刻，卢波跨过窗户，然后从流水管一直走到尽端，登上倾斜的铅皮，坐在屋脊高处，面临下面的拿破仑广场，于是他就这样凌空抽着烟斗，城市展布在他的脚下。他眼见码头上竖满高高船桅，无垠的大海对他显露鲜浓的绿色。

同样的惰性似乎侵入其他职员，侵入卢波夫妇的邻居家里。可怕流言盛行的走廊，现在也已沉睡着。菲洛曼妮若来访问勒布娄太太，人们几乎听不见她们的喃喃语声，两个都为事态的转变觉得奇怪，她们只以轻蔑的怜悯谈到副站长：无疑的，为了保存他的位置，他的女人曾赶到巴黎去，干了漂亮的勾当；总之，这个人现在已沾满污迹，他将不能洗掉有些嫌疑。出纳女人既然相信她的邻居们此后再不会强迫夺去她的住宅，她只对他们表示轻蔑，高傲地走过去，不和他们打招呼；为此，她甚至使菲洛曼妮不舒服，来看她的次数逐渐减少了，她认为她太自负，同她一起，不再觉得好玩。然而勒布娄太太为了不让自己空闲，仍然继续窥伺琪松小姐和站长达巴地先生的私通，可是她从来没有捉住他们。在走廊里，只有她的毛毡的拖鞋发出很难听见的轻轻摩擦。一切都这样慢慢恢复太平。这好象是大灾祸后的沉熟酣睡。

但是卢波夫妇家里还留下痛苦和担忧的对象，他们的眼睛若偶尔看到餐室地板的一点，就有新的不舒服烦扰他们。窗户左面，他们转动过然后又放回去的橡木嵌板底下，他们埋藏着从格兰摩伦身上取来的表和一万法郎，钱袋里三百左右金法郎还不计算在内。这个表和这许多钱，卢波之所以要从死者衣袋里取来，为的要人们相信盗窃的动机。而他并不是一个窃贼，像他自己所说过的，他宁愿在旁边饿死，而不高兴动用其中一个生丁或卖掉这只表。这老头子玷污他的女人，由他执行正义的处决，他的金钱溅满那么多血和泥泞。哦！不，不！这不是清爽的金钱，一个规矩的人将永远不会动到它们！他甚至没有想到他曾接受遗赠的摩弗拉十字房子：搜索被害人身上，由丑恶屠杀里取回这些钞票的唯一事实，就激发他的反抗，扰乱他的良心，使他马上生起退缩和恐惧的情感。然而他却没有焚毁它们、或趁某一夜晚拿表和钱袋掷到海里的意志。简单的谨慎固然劝他这样做，可是隐隐的本能却在他的体内表示抗议，他的灭迹破坏计划将受到阻止。他存着潜意识的敬重，他将永远不舍得毁灭这么大的数目。第一夜，他判断任何角落都不够可靠，就将它们藏在自己的枕头底下。以后几天，他设法寻找秘密的洞窟，听到一丁点儿声音，他都以为法院来搜查，由于害怕，他每天早晨都调换藏匿所，从来没有消耗这么多想象力。后来他用尽诡计，不愿再被恐惧袭击，有一天终于厌倦了，不再拿回前夕藏在嵌板底下的表和钱，现在，不论发生任何事情，他将不再动到那里：这简直是一个尸堆，一个恐怖和死者的洞穴，好象有许多幽灵在等着他们。行走时，他的脚甚至避免踏到这一片地板，因为这触觉会使他不舒服，他想象自己的两腿会受到轻微冲击。每天下午珊佛琳若坐到窗前，也要椅子退后一步，不让自己恰恰处在他们保存的"尸体"上面。他们俩甚至不谈这个，竭力相信他们将逐渐习惯于这隐蔽住的遗物。然而每一小时他们都觉得它还在底下，终于发怒，认为它已逐渐变得讨厌，他们的脚底怪不舒服。然而，那把女人购买，丈夫用来戳入情敌喉头的漂亮新刀，却一点也不受苦。它只简单地被洗过，随便放在一个抽屉深处，有时只由西门妈妈拿来切割面包。

此外，在平静安详的生活中，他们强迫杰克同他们来往，又使卢波逐渐增长新的苦恼。有规律的服务要这位司机每星期三次回到勒·哈佛尔：礼拜一从上午十点三十五分到下午六点二十分；星期四和星期六从晚上十一点五分到早晨六点四十分。珊佛琳旅行以后的第一个星期一，副站长曾竭力表示热情。

"好吧，朋友，您不能拒绝同我们吃一块面包……真是的！这有什么说的！您对我的女人实在太费心，我当然应该向您道谢。"

一月两次，杰克就这样接受他们的邀请来吃饭。卢波单独同他的女用餐时，好象被现在已获得的沉静拘束，能有一个客人坐在他们中间，似乎感到莫大的安慰。马上，他找到许多故事，他谈话，并开玩笑。

"那么，您尽可能时常再到这里来！您自己也明白看见您并不妨碍我们。"

一个星期四晚上，杰克洗过脸，正想回去睡觉，突然遇见副站长在停备站周围闲荡；虽然很晚了，他还是不高兴单独回家，便请杰克一直陪到车站，然后再拖上楼进入自己寓所。还没有上床的珊佛琳正在看书。他们喝了一小杯酒，甚至还玩纸牌，一直玩到深夜。

此后，星期一的午饭，星期四和星期六的小晚会也变成习惯。如果朋友有一天不来，卢波就亲自找到他，再领他到家里，怪怨他的疏忽。副站长渐渐忧郁，只和他的新朋友一起，才真正感到快活。这年轻人曾使他那样担心，现在既然是唯一的证人，而且使他活生生回忆起愿意忘记的丑恶事物，他不但不讨厌，反而觉得是必需的伙伴，这或者恰因为杰克知情而不说吧，留在他们中间地简直是一根很坚实的联系线，或默契的同谋。副站长往往诚心地注视他，忽然高兴地握紧他的手，这粗暴的亲热，的确超过他们友谊的简单表现.

但是杰克，在他们夫妇中间，尤其成为真正散心的伴侣。珊佛琳也很快活地接待

307

他，看他走进来，她即像被唤醒快乐的女人一样发出一声惊喜的呼叫。她马上抛开一切，她的刺绣或书，不断说笑摆脱出她整天度过的灰暗和半醒半睡状态。

"啊！您来了，这多么好！我听见快车，想到了您。"

他来用午餐时简直像是节日。她知道他的口味，亲自去购买鲜鸡蛋，这一切非常很有趣，她以主妇身份接待家里的朋友，除表示客气的愿望和消遣的需要之外，没有别的什么存在。

"您知道，下星期一请您再来！我做蛋乳糕给您吃！"

不过，一个月之后，他再到那里时，卢波夫妇间的分离已格外加重了。丈夫在结婚初期表现得那么热烈、那么粗暴，现在也不想勉强她。他爱她，但没有什么温雅的情感，她也只以殷勤女人的柔顺忍受这个，想象世上的事情一定都是这样的，尝不到任何快乐。自从犯罪之后，也不知道为什么，这会引起她的极大厌恶。她因而感到激动和恐怖。一天晚上，蜡烛没吹灭，她叫喊着，以为这抽搐的红面孔，是凶手的脸庞；自此，她每次都颤抖，她的全身有了谋杀的感觉，仿佛他的手里执一把刀，突然推倒她。这的确像发狂，心跳不止。他逐渐不大滥用她的肉体，觉得她太顽强，不能满足他追求的快乐。丑恶的剧变，流过的血，仿佛在他们中间产生厌倦和冷淡。其实，年龄也间接引出这样的结果。不能避免同床的夜晚，他们总尽量隔开，各占床铺的一边。杰克当然也助成这夫妻的分离，他的出现总以他们时常萦绕着的丑恶景象隔离他们的接近。他们终于因为他实现了相互的解放。

然而，卢波一点也不忏悔地生活着。在事件归入档案之前，他只不过惧怕未可预料的后果，他尤其担心他会失掉自己的位置。此刻，他不惋惜所有东西。或者他觉得他若要再犯罪的话，他不应该使她混入这秘密的谋杀，因为女人马上会慌乱，他的老婆之所以逃避他，不和他接近，这完全由于他在她的肩上放了很重的负担。他不同她一起陷入犯罪的恐怖，依然是绝对的主人。但是事情既然是这样发生了，只好这样去忍受；他尤其要真正努力，让自己重新处在当时所处的精神状态中。她招认通奸以后，他判断谋杀对他的生活是绝对必要的。假如他不杀掉那个人，他认为自己此后无法再生活下去，今天，他们嫉妒火焰已熄灭，他感觉不到难忍的焦灼，他的肉体已完全失去知觉，他的心已被这流过的血充塞着，这谋杀的必要，对他已显得不那么明白。他终于自问这是否值得去干。此外，他并不懊悔，他不过多了一种觉悟罢了！为着要让自己幸福，人们往往做不可告人的坏事，而结果却并不幸福。他平常是那么能说话，现在却长久地沉默，进行模糊的反省，一旦醒悟，精神也因而更加烦恼。现在每天吃过饭以后，为了避免同他的女人面对面留下，他爬到敞房上面，坐在屋脊高处；大洋的气息吹拂着，茫然的梦想摧残着，他抽吸烟斗，注视城市远处地平线那边的许多邮

船逐渐消失在辽阔的海面上。

一天晚上，卢波不像从前一样有了狂暴嫉妒的觉醒。当他到停备站去寻找杰克，领后者到自己家里来喝一小杯酒的时候，他遇见车长亨利·陀凡涅走下楼梯。车长显得十分慌张，解释他受他的两个妹妹委托来看卢波太太。事实是若干时间以来，他在追求珊佛琳，希望征服她，占有她。

一进门，副站长就怒斥他的女人。

"那家伙，又上来做什么？你知道他麻烦我，使我讨厌！"

"但是，我的朋友，这是为一张刺绣图样……"

"刺绣图样，我们不管这一套，我们请他滚出去！难道你相信我愚蠢到那样程度，不清楚他到这里来的用意吗？……而你，你也要当心！"

他捏紧拳头，向她走去。她脸色苍白，吓得后退。奇怪，他们彼此既那样平静和冷淡地去活着，怎么会突然愤怒爆发？但是他平息怒气，向他的同伴说：

"真的，有些家伙进入别人家里，摆出自信的态度，以为这家的女人会马上扑入他们的怀里，而受侵犯的丈夫会感到增光，闭上眼睛，不管他们！这简直使我的血沸滚……您看，在这样的场合，我会扼死我的女人。哦！一下子扼死她！但愿这位小先生不要再来，不然我将收拾他……不是吗？这确实很可恶！"

杰克感到这场面很使他为难，不知道采取什么办法才好，这过分的愤怒是对他而来的吗？丈夫要给他一次警告吗？听见后者重新发出快活的声音说：

"大傻瓜！我知道你自己也会赶他出去的……好吧，给我们拿杯子来，你同我们干杯吧！"

这下他才放心。

副站长拍拍杰克的肩膀，他们一起喝酒，过了很愉快的一小时。

卢波就这样以恳切的态度，要他的女人和他的朋友接近，好象没有想到可能发生的后果。嫉妒对杰克和珊佛琳来说，恰成为更亲密的原因，他们中间因而滋生起完全秘密的温情，知心的谈话加紧彼此的关系。杰克过两天再见到她，怜惜她受到那么粗暴的责备时，她泪眼汪汪，不自主地悲叹着，对他表白说，在他们夫妻生活中，只感到一点点幸福。从这时候起，他们两人有了单独谈话的题目，或秘密表示友谊的同感，他们终于只要示意一下，互相就能互相了解。他每次来，总让自己的目光询问她，他要知道她是否又有悲伤的新遭遇。她也只以眼皮的简单动作回答他。随后，他们的手，背着丈夫互相寻找，他们渐渐大胆，长久地紧握着，彼此联系，借他们的温暖指端互相倾诉；他们对于彼此生活的极小事实渐渐感兴趣。他们很少有机会趁卢波不在时见面一分钟。在这阴郁的餐室里，他们总时常发现他呆着不离开他们；他们也一直不设

309

法逃避他，脑里甚至没有到车站某一偏僻角落深处幽会一次的思想。直到那时，这确实是真正亲切情感吸引他们表示真正热烈的同情，他甚至并不妨碍他们，因为只要一眼目光，或紧紧握一下手，他们便能互相心领神会。

杰克第一次向珊佛琳耳语下一星期四半夜，他将在停备站后面等候她时，她马上表示反对，她粗暴地抽回她的手。这是她自由的一周，卢波轮到夜班工作，一想到离开家穿过车站的昏暗到那么远的地方去会这个年轻人，巨大的烦恼马上侵入她的身心。她感到从未有过的羞涩，这是无知处女们心头蹦跳的恐惧。她并不立刻让步，不顾她自己也热烈期待这夜间的散步，他必须经过将近十五天的请求，方才取得她的同意。六月到了，夜晚已变得很热，几乎只由海上的微风带来一点凉意。已经有三次，他等候她，不顾她拒绝，经常希望她会赶来同他相会。那一晚，她还说了"不"字，可是夜里并没有月亮，天被云遮蔽着，看不见一颗闪烁的星星，热雾加重天气的郁闷。他站在阴暗里等候，终于看见她身穿黑色衣服，随无声的脚步，徐徐走来。路上那么黑，如果他不挡住她，将她搂到怀里，吻她，她或许会轻轻擦过而认不出他。她全身战栗，发出一声轻微的呻吟。然后，她笑着让自己的嘴唇贴到他的嘴唇上。不过，就此而已，她硬不肯到周围一个敞棚里去。那里有一个广大的场地，由停备站和它附属房屋占去，这是包括在凡尔特路和佛兰梭亚·马士林路中间的整个场地，每条路都有地面过道穿过铁路线。这荒芜贫瘠的莫大空间，拥塞着停备轨道，积水池，引水管，各种建筑物，两所停备机头的大敞房，梭瓦涅兄妹居住的、四周绕有巴掌大的菜园的小房子，修理工场的许多陋屋，司机和火伕们临时睡觉的看守岗舍……走入这些荒凉和七弯八转的小路，这简直像迷失在树林深处要躲藏是再容易不过的。一个小时内，他们在这里尝到孤寂的无奈滋味，用积蓄了那么久的友爱话语抚慰他们的心；她只愿意听到彼此倾诉亲热的情感，所以马上对他宣告她将永远不和他发生关系，她需要自尊，她为这纯洁的友谊骄傲，要玷污这纯洁的友谊实在太丑恶了。随后，他一直陪她走到凡尔特路。

同一时刻，卢波坐在副站长办公室的旧皮沙发里，开始打盹。在这里，他每夜不得不起来二十次。四肢疲倦，似乎已被什么东西截断。直到九点钟，他必须迎接并送走夜间的火车。载运海货的一班特别使他繁忙：调配、扣上车辆，必须仔细监视运出的货单。待巴黎的快车到站并拖开以后，他单独到办公室的一张桌边，吃一块冷肉和两片面包，这是他从家里带来的晚餐。最后的一班、卢昂开来的慢车于零点半钟进站。荒凉的月台沉入无边的寂寞，人们只让很少煤气灯嘴燃烧着，整个车站在这半明半暗的震颤里沉睡着。全体职工中只留下两个稽查和四五个工人，听从副站长指挥。他们也捏紧拳头，睡在看守岗舍的木板上打鼾；而卢波一有什么告急，一定亲自去唤醒他们，他只能耳朵倾听着，似睡非睡地打盹。天将放亮时，他怕疲倦会压倒自己，把闹钟拨到五点，这正是他应该站起来，去迎接巴黎第一班火车到达的时刻。但是，有时，尤其几天以来，他不能睡觉，他被失眠抓住，他只在他的沙发里辗转，没法入睡。于是他出去巡视一下，一直走到扳道员的岗位，在那里闲谈一会儿。漆黑的广大天边，夜晚的天上静寂终于平息他的热病。同闲荡的窃贼发生冲突以后，人们让他武装起一枝手枪，他上好子弹，放在自己的衣袋里。他往往就这样一直散步到曙光露出地平线。他以为看见黑暗里有什么动静时便马上停下，然后又重新行走，茫然惋惜他没有机会使用武器，直到天边发亮，车站的苍白大幽灵从黑暗里摆脱出来时，他才感到安慰。现在三点钟，天就发亮，他回去扑到沙发里，他沉熟地睡去，一直到闹钟响后，才惊慌失措地站起来。

　　每隔十五天，星期四和星期六，珊佛琳去会杰克。一天晚上，她说到她丈夫带着手枪，他们十分担忧。事实上，卢波从来一直走到停备站。但这仍然给他们的散步罩上表面的危险，增加更多情趣。他们找到了一个安静的角落，这就是梭瓦涅兄妹住宅后面、许多煤堆中间的一条小径，两旁的堆积物像黑大理石的方形大宫殿，小径和奇特城市的偏僻街道没有分别。他们在这里是绝对隐蔽的，尽头有一所放工具的小库房，里面堆叠着空麻袋，构成很柔软的表层。一个星期六，突然的阵雨迫使他们赶到里面，她固执要站着，只让她的嘴唇不停地和他亲吻。她要保持她的贞操，仿佛出于友谊，只让他闻吸她的气息，可他全身被欲火燃烧，试图占有她，这时她自卫，她哭，每次重复说着同样的理由。为什么他要让她这么难堪和苦闷呢？彼此相爱，没有性的龌龊勾当，在她看来是多么甜美！十六岁，就被老头子的淫荡玷污，后来，又被她丈夫的粗暴嗜好蹂躏，但是，她还保持一种孩子般的天真、羞怯无邪，不懂性欲的全部情趣。她同杰克接触时，最感快乐的是他的温柔和驯服。他听从她的意思，不让两手在她身上乱摸，她握着他的双手觉得它们是那么温暖。她有生以来第一次享受爱，但不让步，因为立刻委身给他，像从前委身给其他两个人那样，会损害她的爱情。她潜意识的愿望是要永远延长这非常甜美的感觉，重新变得很年轻，回到没有被人玷污以前的时期，仿佛自己只有十五岁。交上一个好朋友，彼此隐在门后，搂得紧紧的，满嘴亲吻。他除了很短时间的狂热以外，再也不太苛求，准备去尝这样延迟下去的欢乐和幸福。和她一样，他也似乎回到儿时的年龄，刚开始去爱——这爱，直到那时，对他始终是一种不敢尝试的恐怖。他之所以显得那样柔顺，待她一阻止就立即抽回他的两手，这因为他的温柔深处留有一种隐隐的恐惧，一种刺心的烦扰，怕从前的杀人欲望会混入现在的情欲。她曾杀过人，这好象能实现他追求异性的梦想。他痊愈了，他每天都深信无疑，因为他好几个小时将她抱在自己怀里，他的嘴唇压着她的嘴唇，吸取她的灵魂，而他的狂暴欲望并不觉醒，并不想变成他的主人，马上去杀害她。但是他始终不敢占有她。等着吧，让爱情本身负起联结他们的任务，这实在太好了。时间一到，他们的意志消失时，他们一定会扑入彼此的怀抱，达到占有的目的，所以幸福的幽会仍然继续着。他们每次相见一会儿，互相一起在加重夜晚昏暗的巨大煤堆中间行走，交换亲热的接吻，并不感到厌倦。

七月的一个晚上，杰克为了要在规定的时刻，十一点五分，赶到勒·哈佛尔，只得推促莉嫦，令人窒息的燠热已使它变得懒惰。从卢昂起，他左面有威胁的暴风雨，沿塞纳河流域发出炫目的大闪电，紧紧跟随他。他心里十分担忧，每隔一会儿，转过头来看看，因为晚上珊佛琳要同他约会。他害怕这暴风雨，如果爆发得太早，会阻止她出门。所以当他成功在下雨之前进入车站时，他十分不耐烦，觉得旅客们怎么那么慢，仍然迟迟不离开车厢。

卢波站在月台上，他整夜都将被工作钉住。

"见鬼！"他笑着说，"您是急于想去睡觉哪！……祝您睡得很好！"

"谢谢！"

杰克向后推开列车，然后拉响汽笛，回停备站去。门开着，莉嫦进入关闭的敞篷下。这是双轨的一种走廊，约长七十公尺，能容纳六部机头；里面非常暗，只由四盏煤气灯嘴照亮，似乎更增加摇曳的阴影。每隔一会儿，只有闪电照亮屋顶的玻璃和左右的高窗户，于是好象浸没在大火的光焰里，人们可以看见龟裂的墙垣、煤烟熏黑的梁木和这整个不够宽敞的破旧建筑物。已有两部冷却的机头停在那里沉睡。

柏葛马上想着手熄灭炉火。他粗暴地拨动，从灰栅脱出的炭火跌到下面的坑道里。

"我的肚子确实饿得很，我要去吃一块面包。"他说，"您也一起去吗？"

杰克并不回答。虽然他十分着急，火没有拨完、汽锅里的水没有倾空之前，他不愿意离开莉嫦。这是优秀司机的一种谨慎性格和习惯，他从来不放弃。倘若还有时间的话，他甚至要以料理受宠牲口的细心来观察它，并把它揩抹清洁后才慢慢离开。

水，如沸腾的热汤，流入坑道，于是他只简单地说：

"我们要快些，我们要快些！"

一阵可怕的雷声截断他的话语。这次，高高的窗户在闪光的天边显得那样清晰，左面，沿着用作修理的一行螺旋铗，一张立着的铁皮，发出钟鸣般的持续颤声。整个破旧的桁梁都轧轧震响。

柏葛终于完成机头上应该整理的工作。

"哪！明天我们将看得清楚……不必为它再打扮了。"

回到他刚才的意思，他再说：

"应该吃东西……雨下得太大，要到自己的草垫上去睡觉，确实不太方便。"

　　真的，公共食堂就在那里，靠近停备站。至于供给司机和火伕们在勒·哈佛尔过夜的床铺，则安顿在佛兰梭亚·马士林路，由公司租来的一幢房子里。外面下这么大的雨，他们会像落汤鸡样浑身湿透。

　　杰克只好决定跟着柏葛走去，后者仿佛要他避免劳累，替他拿小篮子。他知道这小篮里还藏有两块冷的小牛肉、一段面包和几乎没有喝过的一瓶葡萄酒，其实，就是这些东西激起这位火伕的饥饿。雨越下越大，雷声震耳欲聋。当两个人从左面通向公共食堂的小门离开时，莉嫦已开始冷却。它已沉睡着，已被抛弃在粗暴闪电照亮的昏暗里，上头的大颗雨点已连续淋湿它的"腰部"。在它附近，一个没有关好的水龙头，滴滴嗒嗒地滴着，汇成水流，由它的轮子中间，流到坑道里。

　　但是进入公共食堂之前，杰克洗手洗脸。那边一个房间里经常备有热水和许多盛水的木桶。他从自己的小篮里抽出一块肥皂，他洗去旅行的黑灰；司机们带着替换的衣服，他能从头到脚穿上清洁的服装，事实上一到勒·哈佛尔，要去幽会时，为了表示风雅，他每次都是这样做的。柏葛已在公共食堂里等候，他只随便洗过鼻端和指尖罢了。

　　这公共食堂只是一间墙壁涂黄的赤裸裸的房间，里面只有一个烧热食物的火炉，一张固定在地上的桌子，两把椅子补足家具。工人们必须带来小菜，铺上纸，用他们的刀尖在纸上吃着。一堵宽大的窗户照亮整个小厅室。

　　"看，一阵猛烈的雨！"站到窗边的杰克喊道。

　　柏葛坐在桌前的一把椅子上。

　　"那么，您不吃东西吗？"

　　"是的，我的老朋友，请您吃完我的面包和小牛肉，如果您愿意的话……我并不饿。"

　　柏葛不待邀请，马上吃掉小牛肉，喝完一瓶酒。他往往得到这样侥幸的馈赠，因为他的头头是一个吃得很少的人。为了能在他背后吃上残羹剩饭，柏葛更爱他，像狗一样忠心服侍他。过了一霎时的沉默，他口里塞得满满的，说道：

　　"我们既然已进站，雨有什么关系？真的，倘若雨继续下，我会抛开您到另一边去。"

　　他笑着，因为他并不隐瞒自己的秘密，他找她睡的夜晚，为了使杰克时常不在宿舍里过夜，不感到奇怪，他泄露了他和菲洛曼妮·梭瓦涅的关系。她在她兄弟家里占住底楼靠近厨房的一个房间，他只要扣一下百叶窗，她立刻就走来打开，让他可以很简单地跨进去。据说，车站里整批人都从那里跳到房里，但是现在她只中意火伕，他对她似乎已足够了。

"混账又混账的讨厌天气！"杰克看见大雨停了一下，又粗暴地落下。

柏葛将最后一口肉戳在刀尖，重新发出如孩子般的欢笑。

"请听我说，您今天晚上有事吗？嗯！像我们俩，人们不会来责备我们在佛兰梭亚·马士林路把被褥睡坏。"

杰克迅速离开窗户。

"您的话什么意思？"

"哪！您和我一样，从这个春季起，只到早上两三点钟才回来。"

他一定已知道好多事情，或者他已蓦然撞见他们的一次幽会。在每一公共寝室里，床铺是配对摆好，火伕的靠近司机的。因为两个人的工作如此密切，人们总设法要他们产生最大可能的亲密关系，所以火伕终于发觉过去很规矩的杰克近来也很迟才回来，他观察到他的行为有点反常，这不怎么可惊吗？

"我经常头痛。"司机撒一句谎，"在夜里行走，对我很有好处。"

但是火伕已惊叹：

"哦！您知道，您是完全自由的……我之所以要那样说，这是跟您开玩笑……甚至有朝一日您有什么苦恼的话，您不必拘束，可以向我直说，因为我在那里好好等着，会给您帮忙，会替您做一切您所愿意做的事。"

彼此不再加上更明白的解说，他立即抓起他的手，要捏碎似的紧紧握住它。接着，他掷去包肉的油腻纸张，重新把空酒瓶放到篮子里，像习惯于扫帚和海绵的细心侍仆，做了这小小的料理工作。雨仍然固执落下，火伕终于说：

"那么，我溜走了，我让您去做您的事。"

"哦！"杰克说，"既然雨还在下，我到岗舍的床上躺躺。"

这是停备站旁边的一个房间，里面放许多垫褥，垫褥上面铺整张帆布，让一般到勒·哈佛尔只等三四点钟的人们可以和衣躺着休息。的确，待他一看见火伕冒着大雨向梭瓦涅兄妹的房子那边消失时，他也冒险跑到岗舍里去。但是，他并不睡觉，因被里面弥漫着浓厚热气，使他感到窒息，他站在门大开着的门槛上。房间深处已有一个司机仰卧着，张开口，呼出熟睡的鼾声。

片刻之后，杰克不能忍受，不能让自己的希望丧失了。从他反对这可恶大雨的愤怒中，生出一种硬要去赴幽会的疯狂愿望，即使不再打算遇见珊佛琳，赶到那边，至少会减轻心里的苦闷，享受某种快乐。这是他整个身体的高兴要他这样做。他终于冒雨出去，到达他们所喜欢的角落，沿煤堆构成的漆黑小径走去。大颗雨点鞭击他的面孔、淹没他的眼睛，他一直赶到他有一次同她躲避过的工具库房。到这里，他似乎感到不怎么孤单。

杰克进入这陋室的昏暗深处时，两只轻轻地胳臂拥抱他，两片温热的嘴唇压到他的嘴唇。珊佛琳已在这里。

"我的上帝！您已来了吗？"

"是的，我看见暴风雨的密云升上来，我趁没有下雨之前，就跑到这里……哦！您来得多迟。"

她发出昏晕和微弱的叹息，他从来没有觉得她像这样委托给他，瘫软地躺入他的怀抱里，她溜下身子，坐在空麻袋上，坐在这占去整个角落的柔软层叠上。他跌倒她身边，他们的胳臂紧紧相搭着。他觉得她的两腿横过自己的两腿。他们相互看不见。他们的气息像眩晕的绳索一样系紧他们，要他们沉入四周一切的毁灭中。

可是，从他们亲吻的热烈召唤里，"你"的称呼升到他们嘴边，仿佛他们心里的血已互相混合了。

"你等着我……"

"哦！我等着你，我等着你……"

从第一分钟起，差不多没有说话，是他以全身的震动引诱他，强迫他去占有她。她并没预料到这个。当他到来的时候，她甚至已不指望会看见他，她正浸泡在意外的幸福快乐中，突然无可抵抗地属于他所有，毫不犹豫，毫不顾及，一下就委身给他。这之所以如此，因为应该如此。落到库房顶上的大雨更加猛烈，巴黎开来的最后火车已开始进站，它轰隆轰隆并发出汽笛叫声开过去，震摇他们所在的土地。

杰克重新站起来，十分奇怪自己听见大雨的滚动。那么，他究竟在哪里？他的手下重新遇见他刚才坐下就已觉到的一个槌柄，他的心里充溢着快乐。这么说，事已干过了？他已占有珊佛琳，而未曾拿这铁鎚击碎她的脑壳。没有经过斗争，没有发生本能愿望，没有粗暴地翻倒她，像劫夺别人手里的猎物那样杀死她，撕碎她，她已整个属于他了。他已不再感到杀人的渴望，他已不再想替他已失掉正确记忆的远古受辱报仇，这陈旧的怨恨，这从穴居时代第一次被欺骗后，自一个雄性传到另一个雄性，累世堆积起来的愤懑，已不再出现于他的体内。不，占有这女人洋溢着强有力的情趣，她已治愈他的宿疾，因为他看她是另一个异性，她的纤弱里含有粗暴，她的身上沾满另一个男人的血，这流过的血好象给她穿上一件丑恶的铠甲。他不敢干的事她已干了，她已控制他。他怀着温柔的感激想同她合成一体的愿望，重新把她抱在自己的胳臂里。

珊佛琳也一样甘心自弃，摆脱了她已不明白其中理由的斗争，觉得非常幸福。那么，为什么她竟拒绝得那样久呢？既然这里只含有快乐和温情而她又早已答应过，那么她早就应该委身于他。现在她已很明白，即使等着，她认为是好的，舒服的，她也早已存有这样的愿望。她的心，她的肉体，只为绝对和持续的爱而生活着，那些使她

昏乱，给她推到这一切丑恶里去的事变，实在是太可怕的残酷。直到那时，生活那么粗暴地滥用她，要她陷入血泊中，她的漂亮蓝眼睛，在她黑发的悲惨重盔下，还始终是天真的，还保持着恐怖，虽然如此，她还始终是贞洁的处女，她还只第一次委身给这可爱和被爱的年轻人，为了要同他一起远走高飞，她甘心当他的侍仆。她属于他，他可以她毫无怨言地任他使用。

"哦！我的心肝，占据我，把我留在身边，我愿意做你所愿意做的。"

"不，不！亲爱的，你才是我的主宰，我只在这里爱你，服从你。"

好几个小时过去了。雨已停止好一阵，静寂笼罩着车站，只有遥远和辨不清的声音由海上传来，扰乱这寂静。他们还互相拥抱着，忽然一声枪响，使他们全身颤抖地站起来。日色将要出现，苍白的亮光已显露在塞纳河口上的天边。那么，这一声枪响，究竟为什么？他们不怎么谨慎，这样迟了留在那里，他们突然想象，这大概是丈夫开放手枪，在追逐他们吧！

"别出去！你等着，待我出去看一下。"

杰克谨慎地一直走到门口。那边，在更浓密的深谙里，他听见许多人奔跑，他辨出卢波的声音，推促稽查们赶来，向他们喊着说窃贼有三个，他看见他们偷煤。尤其是几个星期以来，每天夜里，他们脑海里都浮起一种想象的强盗的幻觉。这次，他蓦然受惊，偶然向黑暗里打了一枪。

"快！快！我们不要留在这里。"年轻人喃喃说，"他们要来搜索库房……你逃走吧！"

他亲吻的是那么热烈简直十头牛都拉不开，彼此的胳臂搂得很紧。随后，珊佛琳在宽阔的墙垣掩护下轻快向停备站方面溜走，他自己则慢慢隐到煤堆中间。事实上，他们逃得正好，因为卢波真的要来搜索库房。他发誓说，窃贼们一定躲藏在这里。稽查们的提灯循着地面跳跃。他们中间发生口角。末了，大家再向车站走回，心里都对这无益的追赶感到很不高兴。

杰克安心了，终于决定到佛兰梭西·马士林路的宿舍里去睡觉。这时，他几乎撞倒柏葛，感到十分吃惊，后者嘴里咕噜着轻轻咒骂，刚刚穿好他的衣服。

"怎么了，我的老朋友？"

"啊！他妈的！请您不要说起！这是那些蠢家伙唤醒了梭瓦理。他听见我同他的妹妹睡觉，他只穿衬衣走下来，我只得赶快由窗口跳出……喵！请您多多少少听几句。"

被惩罚女人的叫喊和哭泣声传来，中间还加上男子斥骂的粗大声音。

"嗯？事已做过，他狠揍她一顿。她已三十二岁，他若撞见她和什么男人在一起，还像对待小女孩子那样鞭打她……啊！只好由他去，我不愿意加以干涉。这是她的哥

哥嘛！"

"但是，"杰克说，"我以为他对您是容忍的，只有遇见她同另一个胡闹时，他才动怒。"

"哦！人们永远不知道他的脾气。有些时候，他好象装作没看见我。可有些时候，您听吧，他揍她……但是这不能阻止他爱她的妹妹。她是他的妹妹，他宁可放弃一切，而不高兴同她分开。不过，他要监视她的行为……他妈的！我肯定今晚她也受了苦。"

叫喊在责备声中变成低微的呻吟，他们两个慢慢离远。十分钟以后，他们并排沉睡在他们的小宿舍深处。这涂黄的公共寝室只排了四张床，四把椅子和一张桌子，而且只有一个铅皮脸盆。

自此，夜间每次幽会，杰克和珊佛琳都尝到极大的快乐。他们周围并不经常有暴风雨的掩护，布满星星的天边和辉耀的月亮，不时阻碍他们，但是夜晚幽会时，他们总在阴影下行走，他们寻找昏暗的角落，让彼此放心地搂抱着。八九月的夜晚十分可爱，天气那样温和，倘若没有车站的骚动和机头的远远气息要他们忽然分开，他们慵倦地抱在一起或许要等到太阳升起来后来不及回去。甚至十月的初寒也不影响他们的愉快。她穿上更多衣服，裹上一件大氅，连他也可以一半藏在里面。随后，他们到工具库房深处，堆起种种障碍，并用一根铁杆，从里面关上。他们躲藏到这里，好象在自己家里一样。十一月的一阵一阵暴风可以吹去屋顶的青石瓦，而完全碰不到他们头颈。然而，他从第一夜起，就有一种愿望。想在她家里占有她。在这狭小的住宅里，她似乎是另一个人，似乎是资产阶级的贵族女人，平静地微笑，似乎显得更加可爱；可是她总拒绝，这与其说是惧怕走廊邻居们的窥探，毋宁说是出于美德的最后顾虑，她要保留夫妇的床铺。但是，某个星期一，他要在那里吃中饭，而丈夫被车站的事务留住，迟迟不上来，他开起玩笑，由他们两个都发笑的冒昧疯狂催促，他抱她到这张床上；他们居然忘记在哪里。从此，她不再抵抗，星期四和星期六，过了深夜，他就上来同她一起睡觉。这是非常危险和可怕的勾当。由于邻居的耳目，他们不敢动弹，他们因而感到加倍的温柔和新的欢乐。往往有一种想在夜间行走的怪癖，一种像逃脱的畜生想在露天下奔跑的需要，催促他们到外面，在寒冷和黑暗夜晚的偏僻角落闲荡。十二月，他们就这样相爱在可怕的冰冻之下。

四个月以来，杰克和珊佛琳就以增长的激情生活着。他们两个都是新的，他们的心都已恢复儿时的状态，都感到这初恋的天真烂漫情趣，不论多么小的抚摸，都会激起他们的欢欣。倾心、服从，彼此都愿意做更多牺牲的奋斗，还在他们之间继续着。她已不再怀疑，他的可怕遗传病已经痊愈，因为从他占有她以来，杀人的思想已不再烦扰他。那么，难道是肉体的占有控制这死的需要吗？占有、杀害，在人类兽性的昏

317

暗深处，是相等的东西吗？他太无知，他想本不思索，不想半开恐怖的门户。有时，彼此搂抱着，他忽而重新想起她所干了的事：她坐在巴底尧尔公园的凳子上，只让一眼目光对她招认了的谋杀，他甚至没有想了解详情的愿望。反之，她却好象要说出一切，逐渐因需要招认而烦忧。当她忽然紧紧拥抱他时，他清楚地觉得她的心里忐忑不安、充满秘密，她之所以要这样同他合成一体，为的是要摆脱她感到窒息的事物。剧烈的震颤从她的腰部升到她的嘴边，汇成模糊的呻吟震动这爱恋者的喉头。在抽搐的昏晕里，她垂死的声音不是要对他说出一切吗？他很快用一个亲吻堵住她的嘴，不让她招认，他的心头已被不安的情绪激动。为什么要这"未知"插到他们中间呢？人们能肯定这一点也不会改变他们的幸福吗？他已嗅到一种危险，一想到同她一起搅动这些流血的故事，恐惧的震颤就立刻侵入他的身心。毋庸置疑的，她已猜到这个，她紧紧依偎着他，重新变得很妩媚、很柔顺，仿佛只是为爱和被爱而生的爱情创造物。互相占有的疯狂于是卷去他们，有时，他们就这样昏迷地躺在彼此的怀里，过了好长好好。

　　卢波从夏季起陷入更迟钝状态中，待他的女人逐渐回到她二十岁的新鲜和欢乐时，他已衰老，似乎显得更阴郁。这四个月内，像她所说的，他已大大改变。他还时常同杰克恳切地握手，邀请他，只有杰克坐在桌子旁边的时候，才感到舒服，不过，这散心已不够满足，他往往出去，就让他的朋友和他的女人单独留下，他借口说感到窒闷，需要去呼吸新鲜空气。其实是他现在出入于拿破仑广场的一个小咖啡馆，他到那里找督察员高舒先生一起消遣。他不大喝酒，只饮几小杯"洛姆"，但是玩牌的趣味来了，简直变成一种激情。只有埋头在无穷尽的"比克"牌之后，他才重新兴奋、忘记一切。高舒先生，一个狂热的赌鬼，决定放上赌注；他们开始只玩五个法郎一盘，此后，卢波奇怪从前怎么没发现自己的趣味，他简直被赢钱的狂热燃烧——这种赌博的热病赋有极大的刺激性，有时会使一个人为了一把骰子，即使拿自己的地位和生命去冒险，也不吝啬。在那以后，一切都很好，他一有清闲的时间，便立即出去，若不是夜班的星期，总到清晨两三点钟才回家。他的女人并不埋怨他，她只责备他回来后更加忧郁，因为他遇到倒霉了，终于接连输得的负债了。

　　一天晚上，珊佛琳和卢波之间发生第一次争吵。她虽然还不憎恨他，却已很难同他相处，因为她觉得他已重重压住她的生活，如果他不在场妨碍她，她将多么轻快，多么幸福！此外，要欺骗他，要他戴上绿帽子，她也不感到半点懊悔：难道不是他的过失，差不多由他推促自己堕落的吗？在他们的不亲热里，为了治愈这离散他们的不舒服，他们各自寻找安慰，随自己的意思追求快乐。他既然爱好赌博，她也可以有一

个情人。但是最使他生气、她最不能接受的是他连续的输钱，使她陷入经济危机。五法郎一块的银币不断从家里溜到拿破仑广场的咖啡馆去。打那以后，她有时不知该怎样去付清洗衣妇的账目。至于她缺少种种小玩艺儿、种种装饰用品，那更不用说了。那一夜，为她必须购买的一双半筒靴，他们才发生争吵。他正想出去，找不到切面包的刀子，就拿出平素放在食厨抽屉里他曾作为武器的那把新刀。她观望他，她身边没有钱，他仍然拒绝给她买半筒靴的十五个法郎。珊佛琳不知道到哪里去取得她所需要的小数目，便固执地重复她的要求，他仍然拒绝，因而逐渐引起愤怒，但是她的手指突然向他指出楼板底下沉睡着的幽灵，她对他说，那里还藏有钱，她要那里的钱。他的脸色立刻变得苍白。他放下新刀，让它重新跌到抽屉里。好一会儿，她以为他要来殴打她，因为他走近她身边，嘴里咕噜着，这笔钱可以腐烂掉，他宁可割断自己的手，也不愿再动它们。他捏紧拳头，威胁她说，如果趁他不在家，她要挖起嵌板，偷去一个生丁，他就会扼死她。不，不，永远不！这是死了的，埋葬了的！事实上，一想到要去搜索那里的东西，她自己也感到昏晕，脸上也吓得灰白。贫困就贫困，他们两个宁可在它旁边饿死！真的，就是最窘迫的日子，他们也不再谈到它。当他们踏到这个位置时，脚上的燃烧感觉变得那样难忍，他们终于避开它，不同它接触。

接着，关于摩弗拉十字房产问题，许多别的争吵又产生了。为什么他们不卖掉房子呢？他们彼此责备，彼此没有设法催促售卖。他很粗暴，时常拒绝去管这件事情；她很少写信给米索尔，而每次总得到不准确的回答：没有一个人曾到那边同他接洽购买，园里的果子未成熟就落下，因为很少灌溉，连蔬菜也不能生长。经过那次剧变以后，他们夫妇享受的寂静就这样逐渐被扰乱了，他们好象又被重新开始的可怕热病袭击。现在不安的一切种子——如隐藏着的金钱，引到家里来的情人等——已慢慢扩展，使他们分离，激怒他们，要他们互相冲突。处在这增长的激动中，生活已变成难以忍受的地狱。

此外，好象由于必然的反响，卢波夫妇周围的一切也重新变得很坏。新的流言和争论暴风又在走廊里吹袭。菲洛曼妮因勒布娄太太诬蔑她，说她拿一只病死的母鸡卖给她，已同这位老朋友发生争吵并决裂了。但是决裂的真正原因却在菲洛曼妮和珊佛琳的接近上。一天晚上，珊佛琳躺在杰克的怀抱里，突然被柏葛撞见，她立即放弃从前的厌恶，对火伏的情妇献殷勤，菲洛曼妮因同这位太太、车站的美人和无可否认的杰出人物来往，觉得很自负，也转过来反对出讷女人，正如她们所说的，这老婊子简直坏透了，连高山都会被她掘翻！她把一切过失都加到她身上，现在，她到处喊着说，朝向院子的住宅是属于卢波夫妇的，不还给他们确实太可恶，所以四周的事物开始变得不利于勒布娄太太，尤其是她窥伺着琪松小姐的热心，想捉到后者同站长的秘密来往，也已威胁她，将给她引出严重的麻烦：她始终没有捉到他们，而他自己的错误，倾着耳朵，贴近门边偷听，反被别人撞见。达巴地先生经常被她这样窥探，感到非常生气，终于对副站长慕伦说，如果卢波再要追还他的住宅，他已准备给他申请信上签名。当时重新燃起的激情是那么强烈，经常不大多嘴的慕伦，几乎向走廊里的每一家邻居。

在这些增长的烦扰中间，珊佛琳只有星期五这一天供他享受。从十月起，她竟平静地大胆欺骗，伪造理由，说她的膝盖疼痛，需要一个专家给她医治，每星期五，她搭早晨六点四十分由杰克驾驶的快车动身，同他到巴黎去过一天，然后乘下午六点三十分快车回来。一开始，她以为自己必须向她的丈夫报告她膝盖的情况：好些了，不再恶化。后来，看见他甚至不听，她就直截了当，不再谈到它。有时她注视他，自问他是否知道。怎么，这残暴的吃醋鬼，这杀过人的男子，这愚蠢的发狂者，眼睛都会被愤怒之血激盲的嫉妒者，竟能容忍她有一个情人呢？她不能相信，她只是在心里想，他竟会变得如此愚蠢。

十二月初旬的一个冰冷晚上，珊佛琳等着她的丈夫等得很迟。第二天，一个星期五，天亮之前，她必须搭快车到巴黎去；那些夜晚，她总要料理细心的修饰，准备她的服装，使她一跳下床，就可以立刻穿戴。最后，她躺到床上，清晨一点钟左右，她终于睡去。卢波没有回来。已经有两次，他只在天色已露白光，才重新出现，他已整个沉没增长的激情里，再也不能离开咖啡馆，那里的一个小房间已逐渐变成真正的赌场：在这偏僻地方，人们现在已赌很大数目的输赢。年轻的女人单独躺在温暖的被窝里被第二天的幸福期待摇摆着，享受她的甜美睡眠。

但是，快三点钟时，一个奇特的声音突然惊醒她。起先她不清楚，以为自己在做梦，又重睡去。这是什么重的东西压下，木头轧轧作声，好象人们要撞开一道门。一个更响的破裂声音要她立刻坐起来。一种恐惧烦扰她：一定有什么人要撬开走廊的门锁。一分钟之内，她纹丝不动，倾着嗡嗡的耳朵谛听。随后，她竟勇敢地站起来，要去看看。她赤着两脚，无声地走去，轻轻半开了她的房门。被那么大的寒冷侵袭，脸色显得如此可怕苍白，身体在单薄的衬衫下变得更纤弱。她瞥见餐室里的景象，使她被忽然的惊骇和恐怖钉住，不敢动弹。

卢波趴在地上，两肘支撑住，刚用一把剪刀拉开嵌板。身边的一支蜡烛照亮他，他的巨大黑影一直投射到天花板上。这时他的脸俯向地板里划出一条黑缝的洞穴，睁大眼睛注视着。血充到脸上，两颊是淡紫的面孔很像一个杀人罪犯。他伸手进去，在激动他的震颤里，找到什么东西。他移近蜡烛。里面钱袋、钞票和表马上显露出来。

珊佛琳不知不觉发出一声轻微的叫喊。惊骇的卢波转过来，好一会儿不认得她，看见她全身洁白，射出恐怖的目光。无疑的，他以为她是一个幽灵。

"你在那里干什么？"

于是他明白了，不肯回答，他注视她，因她的在场感到局促，很想马上叫她回到床上去。他找不到一句合理的话，看她这样全身赤露和冷得发抖，只觉得自己应该打她一记耳光。

"不是吗？"她继续说，"你拒绝，不让我买半筒靴，而你自己却取去，因为你已赌输了。"

这一下就激起他的狂怒。这女人，他已不再想占有，一接触就会引起他的不痛快，难道她还要妨碍他的快乐，损害他的生活吗？既然他到别处去寻找消遣，他已不再需要她，为什么她还要麻烦他呢？他重新寻找，只拿出里面藏有三百法郎金币的钱袋。他伸出他的脚后根，重新恢复嵌板的位置。他走来，咬紧牙关，向她脸上吐出这样的话语：

"你使我厌烦！我干我自己所愿意干的。我难道问你等一会儿到巴黎去干什么吗？"

接着，他愤怒地耸一耸肩膀，回到咖啡馆去，让点着的蜡烛留在地板上。

珊佛琳拾起蜡烛，又回到床上，冰冷的感觉一直渗到她的心头，她不吹熄它，她无法重新睡去，全身逐渐燃烧，眼睛睁得很大，她等着快车的钟点。不用怀疑，现在渐渐有一种东西像罪恶渗透一样瓦解了这个人的身心，并斩断他们之间的一切关系。卢波已知道他们的关系了。

321

七

那个星期五，必须在勒·哈佛尔搭六点四十分快车的旅客们，清晨醒来时都发出一声奇怪的叫喊：半夜起，雪下得铺天盖地，街上已积起三十公分的厚层。

敞房底下，驾在七辆车厢——三辆二等、四辆头等——上的莉嫦已冒烟喘气，等着出发。五点半钟左右，当杰克和柏葛到停备站来察看时，面对这固执的雪从黑色天边纷纷落下，他们的嘴里不免咕噜着担忧的话语。现在他们守住岗位，等候起程的哨子声，眼睛射向远处：敞房张开的门廊以外，凝视震颤的昏暗里筛下无声和无穷尽的一片片雪花。

司机喃喃说：

"鬼才知道，我们是否能看见什么信号。"

"而且更不晓得我们是否能开过去！"火伕补充一句。

卢波手里握着提灯，站在月台上，他忠于职守地来回尽他的职务。每隔一会儿，他的微肿眼皮被疲倦压下，可是他仍然不停止监督。杰克问他是否知道路上的情况，他走过来，握着他的手，回答说，他还没有接到电报。看珊佛琳裹在大氅里下来，他亲自领她到头等的一个车室，并给她安顿在那里。不容置疑的，他已瞥见两个情人间交换担忧和温柔的目光；但是，他甚至不想对她的女人说，她趁这样的天气出门，确实不大谨慎，顶好延缓她的旅行。

手里提了小皮箱，身上穿皮大衣的旅客们已陆续到来，在清晨的可怕寒冷里拥挤推撞。他们鞋上的雪还没有融解；各个车门就马上又被关上了，每个人都藏到车室深处，月台上是一片荒凉只由几盏煤气灯嘴散下一缕的微光，机头前部挂在烟囱底下的放射灯，则像巨大的眼睛照射着，向远处的昏暗里扩散一片光芒。

卢波已举起他的提灯发出信号。车长吹哨子，杰克拉开蒸汽开关，放出叫声回答他，马上拨动驾驶盘。人们起程了。又过了一分钟，副站长的目光平静地看着火车在大雪下慢慢离远。

"当心！"杰克告诉柏葛，"今天不要再开玩笑了！"

他已明白注意到他的伙伴也似乎十分疲倦：这一定是前夕干了什么放荡勾当的

结果。

"哦！没有危险，没有危险！"火伕嗫嚅地答道。

开出遮盖的车场以后，两个人进入纷飞的大雪里。风从东面吹来，机头就这样迎风驶去，当面受到暴风鞭击。他们躲在隐避处后面，身上穿很厚的羊毛衣，眼睛由罩住的眼镜保护着，开始时还不大受苦，但是在夜的昏暗里，放射灯的辉耀光线，仿佛被这些落下的灰白厚层吞噬。不但不能照亮前面的两三百公尺，轨道反而被笼罩在乳白色的浓雾里，各种东西仿佛从梦境深处出现，只在近处反映到他们的眼帘。使司机担忧到极点的，是他越过第一个岗位的红光时，立即观察到他一定无法在规定的距离之内看见关闭轨道的红信号。从此，他极端谨慎地前进，然而不能减低速率，因为风给他以巨大抵抗，任何迟缓都会变成同样可怕的危险。

直到哈弗娄车站，莉嫦还以连续的步伐溜行前进。落下的雪层还没有引起杰克的担心，因为这至多只有六十公分厚，驱雪机很容易扫除一公尺雪。他最关心的是保持速度。他知道一个司机的真正优点，除了生活有规律和爱护机头之外，还在于驾驶的均匀，没有过速或过慢的震动，总以最大可能的动力向前飞奔，甚至他的唯一缺点也在这里，也在固执不停，不服从信号，时常相信他有时间控制莉嫦。所以有时他走得很远，像人们所说，压碎"脚上硬胝"——爆裂筒，这有两次强迫他停止了八天工作。但是此时，在他所感到的大危险里，一想到珊佛琳坐在后面的车厢里，他负有保护这亲爱的生命的责任，他格外增加意志力量，随时紧张，沿这双轨的路线，越过障碍，一直将她载到巴黎。

杰克站在机头和煤水车中间的钢板上，连续受到震动的颠簸。风雪无阻，他仍然向右面，让自己可以看得更清楚。由淹没着的水的遮蔽玻璃，他辨不出半点什么，他就这样站着，脸显露在暴风之下，皮肤被成千雪针刺戳，寒冷鞭击他，他仿佛觉得有无数剃刀连续切割他。每隔一会儿，他缩回来，让自己可以呼吸一下；他除去眼镜，并拿手帕揩拭它；然后回到他的观察岗位上，留在猛烈的暴风里，眼睛固定，等着红信号，他那样沉没在紧张的意志里，有两次，他突然生起幻觉，看见许多血红的火星散布在他前面颤抖的苍白雾幕上。

忽然，在昏暗里，一种感觉告诉他，火伕已不在那里。为了不使司机眼睛受到任何亮光的刺激，只有一盏小提灯照亮水准器；蒸汽表上的珐琅质仿佛还保持着清洁微光，从它上面，他看清颤抖的蓝针很快地降下。这是火力已减低。被睡眠压倒的火伕卧在旁边的箱子上。

"混账的家伙！"杰克愤怒地喊道，立刻摇动他。

柏葛再爬起来，发出听不清楚的咕噜声道歉。他几乎只能勉强站立，但是习惯的

力量要他立刻去做添火工作，手里拿铁鎚，敲碎煤块，用锹子送到炉里的铁栅上，铺成很均匀的一层，随后，他清扫一下。当炉门还开着的时候，炭火的光焰向火车后面射去，如耀眼的彗星尾巴，照亮纷纷落下的雪片，使它们变成金黄的点点繁星

过了哈弗娄，直到圣·罗门的十三余公里是大斜坡。这是全线最峻急的一段，以前天气晴朗时就已很难前进，所以司机重新着手他的工作，很注意，打算以更大的努力登上山坡。他手握驾驶盘，注视旁边的电报柱不断向后掠过，尽力想明白开行的速度。莉嫦急喘着气，速度已减低了很多，他已猜到驱雪机的摩擦已遇到增长的抵抗。他用脚尖重新打开炉门，已经晕晕欲睡的火伕明白了，再加上煤块，以便增大蒸汽压力。现在炉门已被烧红，它的淡紫微光照亮他们两人的脚。但是，在围绕他们的冰冷气流里，他们并不感到突然的灼热。按他头头的一个手势，火伕又举起灰栅的长杆，这更增强火力。很快，蒸汽表的蓝针重新升到十度。莉嫦发出它所能发出的全部力量。一会儿，看见水准表低下去，司机只得转动射水的小转盘，虽然这会减少蒸汽压力，然而它立刻会升上来，机头像过分受到催促，摇动腰部、竭力跳跃的畜生，轰隆轰隆发出声音喷气，人们还以为听见他的肢体就要崩裂哩！他虐待它，简直认为它是不大强壮的老妇人，他对它已不像从前那样柔和了。

"这懒鬼，它将永远爬不上去！"在路上一向不大说话的他，忽然咬紧牙齿咒骂。

柏葛从他的半醒半睡里听见这句话，觉得很惊诧，立即注视他，不知他现在到底为了什么要责备莉嫦呢？它不是时常是柔顺的好机头，那样容易开动，要它奔跑简直是一种快乐，而且蒸发又那样好，从巴黎到勒·哈佛尔，每次给他们节省十分之一煤量吗？一部机头有它那样好的配汽室，调整时相当准确，蒸汽又能随时受到控制，如同对待一个有时要发脾气的节俭和规矩女人一样，人们很可以容忍它的一切缺点。无疑的，它消耗太多润滑油，后来又怎样呢？人们只要给它加油就好了。这有什么可以责备的！

这时，杰克恰愤怒地重复道：

"如果人们不给它加上润滑油，它将永远爬不上去！"

他拿起油壶，趁行走时加油，这在他的一生中没有做过三次。他跨过栏杆，登上踏板，循着锅炉边走去。这是最危险的动作，两脚在雪水浸湿的狭小铁板上滑溜：眼睛被大雪蒙的模糊不清，几乎看不见，可怕的风威胁他，好象要把他像一根干草似的吹去。莉嫦的腰边挂上这个男子，在昏暗里，在白茫茫一片，车头深深开出一条犁痕，在无边无际的旷野里继续喘息奔跑。它摇动他，载着他，达到前面横梁上。他蹲在右面汽缸的油斗前面，一只手攀住小棒，费了他的全部力气给它灌满油。随后，他不得不像爬虫那样，转到另一边去给左边的汽缸加油。待他累得要命回来时，脸色苍白，

好象是死神掠过他的身边。

"混账的畜生!"他喃喃说。

柏葛看他对他们所钟爱的莉嫦发这反常的牢骚,忍不住再一次大胆开他的玩笑:"应该让我去,它认识我。给太太们涂脂抹油,这是我的拿手好戏!"

柏葛已稍微清醒,重新站到他的岗位上,监视路线的左边。平常,他的眼睛非常好,比他的头头还看得远。但是在这纷扰的风雪里,一切都已消失,虽然他们那样熟悉沿途的每一公里,他们却几乎认不得他们所经过的地方:轨道淹没在雪下,篱笆甚至许多房子也好象已被吞噬,他们眼前只是无穷尽的一片平原,只是雪白和模糊的混沌旷野。莉嫦仿佛被疯狂侵袭,随自己的意思跑去。在这奔驰的机头上,穿过一切危险,他们比单独幽闭在一间小室里还要觉得孤单,如被世界遗弃了一样,他们从来没有感到友爱的关系像现在这样紧紧连住他们,要他们替后面拖拉着的无数性命担负严重的和可怕的责任。

因此,杰克虽然因柏葛的玩笑光火,终于忍住心里的愤怒,微露出笑容。说真的,这不是争吵时候。雪下得更繁密,地平线的雾幕已格外浓厚。当他们正继续登上斜坡时,火伕以为自己瞥见远处有红光的闪烁。他用一句话通知他的头头。但是他已看不到它,像他有时所说的,他的眼睛在做梦。司机没有看见任何东西,心跳个不停,被火伕的幻觉烦扰,已失去他的自信力。在纷飞着雪片的洁白后面,他想象他辨出一堆一堆黑色物体,像昏暗的巨块蠕蠕移动,朝他的机头奔来。这些是坍下的冈陵阻挡路线,火车前去会被撞翻吗?于是他恐惧地拉汽笛的短柄,莉嫦发出失望的惨叫,这凄惨的悲鸣透过纷乱的风雪。随后,他惊异他拉得刚好,因为火车极快掠过他以为还在两公里以外的圣·罗门车站。

莉嫦已越过可怕的斜坡,现在更舒服地滚动着,杰克因而能轻松呼吸一会儿。从圣·罗门到波尔培克,路线不知不觉升上去,无疑的,直到高地另一端,一切都将进行得相当好。到勃斯维尔暂停三分钟,他看见站长立在月台上,他喊他,向他说出自己的恐惧,面对这逐渐加厚的雪层,他不敢前进:他将永远达不到卢昂,最好是驾上另一部机器,由两部车头来拖拉,因为附近恰是停备站,那里经常有准备好的机头,可以供他使用。但是站长回答他,没有得到命令不应该采取这样的措施。他所能供给的一切,是拿出五六把木锹让他遇到需要的场合,可以排除轨道上的积雪。柏葛取来木锹,排列在煤水车一角。

真的,莉嫦在高地上速度均匀,没有很多困难,继续奔跑。然而它疲倦了,每隔一会儿,司机只好做手势,打开炉门,要火伕添上煤炭,每次,在白茫茫一片的世界盖上殓尸布的阴郁和漆黑火车之内,闪出炫眼的彗星尾巴,戳穿周围的昏暗。那时已

325

七点三刻，但是，整个空间从地平线这一端到另一端，到处都弥漫着飞舞的雪片，在这旋涡深处，人们几乎只能辨出天边的苍白。这模糊的、看不清任何东西的亮光，更引起他们两个人的担心，虽然戴有遮蔽眼镜，他们的眼睛仍然淌着泪水，他们向远处观看。司机不放掉驾驶盘，不再离开汽笛的短柄，由于谨慎，汽笛随几乎连续的拉扯发出尖叫，这可怕的叫喊声，在白雪的荒漠里，简直是凄凉的悲泣。

他们先后越过波尔培克和叶弗多，没有碰到障碍。但是到蒙特维尔，杰克重新询问副站长，后者对于路线上的情况，不能给他确切消息。还没有一列火车到来，只有一个电报通知说，巴黎的慢车，为了安全，被封锁在卢昂。莉嫦再动身，以它的沉重和疲倦姿态跑下十三余公里直到巴朗丁的徐缓斜坡。现在很苍白的日色已升起；好象这青灰色的微光，是雪反映出来的，既模糊、又寒冷。雪下得更繁密，用它天边的残余，淹没整个大地。同增长的日色一起，风也越刮越猛，被吹刮的雪片，不啻是飞射的子弹，每一会儿，火伕不得不拿起他的锹子，到煤水车深处蓄水箱中间除去煤上的积雪。左面和右面，显现的乡野这样难以认识，两个人都觉得自己是在梦里逃走：广大和平坦的田亩，围绕着荆棘篱笆的肥沃牧场，种满苹果树的院子，都成为一片雪海，中间几乎只有小小的波浪隆起，一切都在这无限的颤傈和苍白荒漠消失了。

最后停在巴朗丁，站长贝西埃尔先生自动走近机头，预先通知杰克说，人们曾报告摩弗拉十字方面有很厚的雪层。

"我肯定还能开过去，"他加上说，"不过，您将很辛苦。"

于是年轻人光火了。

"他妈的！在勃斯维尔，我就这样说过！添加一部机器，这对他们有什么妨碍？……啊！我们会觉得很有意思！"

车长已从他的行李车上下来，他在瞭望台上简直要被冻僵。他宣称根本不能从一根电报柱上辨出任何信号。在一片白色里，这简直是真正的摸索旅行！"

"总之，看，您已预先得到通知，"贝西埃尔先生再说。

然而，旅客们在这被掩埋的车站静寂里，没听见一声职员的叫喊或车门的关闭，对延长的停留，表示惊异。几扇窗玻璃被放下，几个人的头出现在窗口：一个很强壮的女太太同两个金发的可爱少女——大概是她的女儿，三个都是英国人；更远些，一个棕发的少妇，非常漂亮，一位上了年纪的先生强迫她缩回去，还有两个男子，一个年轻的和一个老头子，上身一半探出车门以外，从这一车向另一车攀谈。杰克向后一看，他看见珊佛琳也俯到窗外，露出担忧的神色在注视着。啊！亲爱的小生灵，她一定十分不安，晓得她在那里，在这危险里，同他隔得这么远又这么近，他感到多么难受！他情愿献出他的全部热血，换得她的安全，让她安然无恙，一直被载到巴黎！

"好，您动身吧！"站长最后说，"我们不必使大家惊吓。"

他自己发出信号。车长重新登上行李车，也吹响哨子，

马上，杰克觉得路线的情况已改变了。这已不是平原，厚层的雪一望无际，机头像邮船一样滑过去，留下一线波纹。人们已进入坎坷区域，遍地是丘陵和小冈，它们的巨大波浪，一直荡漾到玛罗纳，沿途的土地一块一块隆起，那里的雪不均匀地堆积起来，路线的有些位置已被扫除，许多庞然巨块则堵住有些过道。风吹散了高阜的积雪，反而使它充塞坑道。所以，人们必须连续越过一段一段障碍，几处自由的轨道联结被真正的城墙挡住。现在天已经全亮了，在荒凉的区域，狭小的峡道和峻急的斜坡在雪层之下显出寂然不动和起伏无定的冰海状貌。

杰克还从来没有觉得自己被这样厉害的寒冷侵袭过。成千的雪针刺着他，他的脸仿佛在流血，两手已麻木，冻得失去知觉，他战栗地注意到他的手指已感觉不到驾驶盘。当他举起肘弯去拉汽笛的短柄时，他的胳膊如此的沉重，联住他的肩膀。在连续颠簸、一直要搅乱五脏六腑的震动中，他怀疑他的脚是否载着他。很大的疲倦随这寒冷钻入他的身心，连他的脑壳也似乎被冻结了，他的恐惧是自己已不再存在，已不再懂得驾驶，因为他只以机械的手势拨动转盘，他如白痴一样注视蒸汽表逐渐低下。这一切已见过的幻觉故事掠过他的头脑。这不是一棵倒下的树横在那边轨道上吗？他不是看见一枝红旗在这荆棘丛上飘扬吗？爆裂筒不是每一分钟都在轮子的轰动里炸响吗？他说不准，他只重复告诉自己，他应该立即停止，可是他找不到停车的明晰意志。数分钟之内，这恐慌的苦刑烦扰着他，而后，看到柏葛被他自己的忍受的寒冷压倒，重新躺到箱子上睡去，他突然那么愤怒，全身好象又温暖起来。

"啊！混账的醒醒懒鬼！"

他经常对这醉汉的不好行为是那么宽容，此刻却用脚尖踢醒他，一直要他站起来。麻木的柏葛只咕噜一声，重新拿起他的锹子。

"好，好！我去干！"

火炉装进煤以后，压力再升上来；这正是需要的时候，莉娑已闯入一个坑道深处，不得不拨开一公尺的厚层。它在极端的努力里前进，浑身颤抖。不一会儿就已疲乏，好象一艘船碰到了沙丘，立刻要停住不动。加重它负担的还有一层厚厚的雪逐渐遮盖列车顶上，火车就这样由白的波纹里溜过去，全身漆黑，上头披着这白的"呢毯"，本身也有白毛的衣边，装饰昏暗的腰部，雪片跌到这里，溶解了，变成雨滴流下来。尽管拖着重负，它又一次摆脱出来，疾驰过去。弯曲蜿蜒在填高的路基上，火车还能很顺利地前进，像昏暗的一根长带，被白光焕发的区域所吞没。

但是，更远处又是坑道。杰克和柏葛觉得莉娑将要遇到障碍，他们挺直身体反抗

327

寒冷，站到岗位上，即使到垂死的边沿，也不能逃开。机头重新放慢速度，它进入两个斜坎中间，慢慢停止，而且没有任何震动。它喘着粗气，仿佛被胶住，所有的轮子逐渐收紧，阻止它前进。它已不再动，完蛋了，雪已抓住它，它已动弹不得。

"他妈的！这下子完蛋了。"杰克怒吼道。

又过了几秒钟，他留在岗位上，手握着驾驶盘，打开一切门阀，看看障碍是否会让步。随后，听见莉嫦徒然喷气和喘息，他关上开关，愤愤地骂道。

车长从行李车门口俯出来看看。柏葛转向后面，对他大声喊道：

"全完了，我们已被胶住了。"

车长很快跳到雪地里，雪一直没到膝盖。他走近来，他们三个商谈。

"我们只能试试扫雪了。"司机终于说，幸亏我们还有锹子。请您喊管理员，我们四个一定会让轮子摆脱出来。"

人们向后面的管理员做手势，他已从行李车上跳下。他十分困难地走来，有时简直被淹没了。但是车子突然停止在这旷野中间，四面是一片雪白的荒凉区域，这响亮的声音，讨论应该怎么办。这职员困难地迈开大步沿着火车跳跃，终于引起旅客们的担忧。许多窗玻璃放下来。人们叫喊、询问，起先还模糊，随后却逐渐增大成一片混沌。

"我们到什么地方了？……为什么停下来？……发生了什么事？……我的上帝！这是灾祸吗？"

管理员觉得有必要劝告他们安心。

"先生，这不危险吗？"

"不，不！太太。"他回答，"这不过是些雪罢了。我们马上就再开行。"

这英文字母的音乐，由玫瑰色的嘴唇里吐出，听来是那样活泼和悦耳！两个都欢笑，都觉得非常好玩。

但是更远些，上了年纪的那位先生呼唤管理员，他的年轻夫人则冒险从他的背后，露出她的漂亮棕发。

"怎么，人们没有采取任何预防措施吗？这是难以忍受的。……我由伦敦回来，我的生意要我今天上午赶到巴黎。我预先通知您，我将要公司担负迟误的责任。"

"先生，"管理员只能重复说，"三分钟之内，我们就再动身。"

但是关闭的车厢里，激动仍然持续着，嗡嗡的担忧声响，隐隐传到外面。只有两扇窗玻璃仍然开着，肘弯靠着相隔三个车室的窗口，两个旅客，一个四十岁左右的美国人和一个住在勒·哈佛尔的年轻人，相互谈话，两个人对清除工作都觉得很关心。

"在美国，先生，一切人都要下来，拿起锹子一起工作。"

"哦！这没有什么关系。去年，我已有两次被封锁住。我的生意要我每礼拜都到巴黎去。"

"而我，先生，大约每隔三个星期去一次。"

"怎么，从纽约来吗？"

"是的，先生，从纽约来。"

杰克领导工作。看见珊佛琳站在第一辆车厢的窗口，他的目光恳求她进去。每次为了更能接近他，她总搭机头后面的头等车室，她明白了，退回去，不让自己留在刺激她面孔的寒风里。他想到她，加上更大热忱工作着。他注意到停止的理由，在雪里被胶住并不来自轮子：轮子已截断最厚的雪层；这是安置在它们中间的灰栅滚动积雪，阻住轮子转动，他的脑里立刻有了一个主意。

"应该拆开灰栅的螺丝钉。"

一开始车长反对这样做。司机是受他指挥的，他不准许他动到机头。

"由您负责。"

不过，这是一种艰苦的工作。躺到机头底下，背脊靠贴融解的雪，杰克和柏葛几乎努力了半小时。幸亏，他们的工具箱里还有替换的螺丝刀。最后，冒着二十次被燃烧和被压碎的危险，他们终于拆开灰栅。可是，他们还没有达到目的，现在必须将它从机头下面搬出来。它非常重，阻塞在轮子和汽缸中间。然而他们四个人一起把它拖出来，一直移到轨道以外的斜坎边上。

"现在我们去做完清除工作吧！"管理员说。

每隔一分钟，一扇窗玻璃放下，一个声音问道，为什么不动身？这是惊慌、叫喊和眼泪，汇成增长的狂乱和恐怖声浪。

"不，不，这已清除够了。"杰克宣告，"请你们上去，让我来做剩下的工作。"

车长和管理员重新向他们的行李车走去。他同柏葛回到他们的岗位上，他转动喷气开关。一枝震耳的滚热蒸汽融解了粘住铁轨的雪堆。随后，他手放在驾驶盘上，使机头后退。为了取得行动的位置，它慢慢后退了三十公尺左右。开足马力，甚至超过准许的压力，向阻住路线的雪墙冲去，他推促莉嫦，要它的整个巨体和它所拖的全部重量，向前冲去。它发出"克勒"声响，听来很可怕，简直像樵夫的斧头砍到树上，它的全身铁料都轧轧震响，但是他还不能过去，它冒着烟被阻止了，因冲撞而颤动着。于是，他只得重新开始他的工作，他后退，为了撞开雪堆，向前猛撞；每一次，莉嫦坚挺它的腰部，以它巨人般的狂暴气息和胸口，冲击挡道的障碍。最后，它似乎恢复了它的呼吸，竭尽全力，绷紧金属筋肉跑过去。背后的沉重列车，由剖开的两堵雪墙中间跟随过去。它自由了。

"到底是好畜生！"柏葛咕噜道。

杰克眼睛逐渐被蒙住，取下他的遮蔽眼镜，并揩拭它。他的心怦怦狂跳，他已不再感到寒冷。可是，突然，他想到前面距摩弗拉十字三百公尺左右，还有一条深的坑道：它向风张开，雪一定堆积很多。马上，他确信那里是他要被搁浅的注定暗礁。他俯出来观看：远处绕过最后的一道弯，坑道像长长的壕沟那样笔直显现在他面前，里面塞满积雪。天已大亮，在连续落下的繁密雪片下，白色的原野无边无际，闪闪发光。

莉嫦带着不快不慢的平均速度溜过去，并没有再遇见任何障碍。出于谨慎，人们让前后的灯火都燃起来，烟囱脚下的白色放射灯，在日色里闪烁，看来和巨人的一只眼睛没有分别。火车滚动着，走近坑道。于是它像惧怕的马，发出短促的喘息。深的震颤袭来，它对停留不前的阻力反抗，只在司机的驾驶下继续行走。司机伸手打开炉门，让火伕增强火力。而是一缕浓密的黑烟，玷污苍白天边。

莉嫦前进。最后它不得不深入坑道。左右的斜坎都被淹没，人们一点也辨不出底面的路线。这仿佛是瀑布道的凹隙，由溢出两岸的白雪充塞着。它闯进去，带着逐渐徐缓的昏乱喘息，还滚动了五十公尺。它所撞开的雪，挡住它的去路，纷动和增高的白堆，形成要吞噬它的反抗浪潮。一会儿，它似乎被淹没了，完全被征服了。它摆脱出来，还前进了三十公尺。于是一切都完蛋了，这是临终的抽搐：整批雪块重跌下来，盖住轮子，机械的一切零件都被侵入，彼此都由冰的锁链封锁住。濒死的莉嫦已停止在酷热的寒冷里。

"哪！我们完蛋了！"杰克说，"我早就料到这个。"

马上，为了再尝试一下，他要机头后退。可是，这次莉嫦一动也不动。它拒绝后退，和它拒绝前进一样。它前后都被封锁住，已没有生气，完全变成聋子，它背后拖得列车也好象死掉，洁白的厚层一直没到它的车门。雪非但没有停止，反而下得更繁密、更狂暴。这简直是陷没，机头和车辆都将完全消失在这雪白荒漠的静寂里，它们已被淹没一半，什么都不能再动，雪编织了它的殓尸布。

"怎么？这又开始了吗？"俯到行李车以外的车长喊道。

"全完了！"柏葛只这样简单地喊了一声。

这次的处境真的变得很危险。后面的管理员跑到车后放上保护火车尾部的爆裂筒，司机则昏乱地拉响汽笛，这是急迫的连续叫声，报告灾难的悲惨和喘息呼号。叫声迷失了，一定达不到巴朗丁。怎么办呢？他们只有四个人，他们将永远清除不了这厚厚的雪堆，必须用整批工人来帮忙不可，必须马上派人去求救。最坏的是旅客们中间又发生恐慌。

一个车门打开，棕发的漂亮女太太跳下来，她已急疯了，以为遇到了什么意外。

她的丈夫、上了年纪的商人跟随她跃下，口里喊着说：

"我将写信给部长。这太不应该，这太不像话！"

女太太们的哭泣、男子们的愤怒声音，从窗玻璃粗暴被放下的车室里传出。只有两个小英国女郎还微笑着，态度很安静，似乎表示快活。当车长竭力解释，请大家安静时，年轻的一个用稍带大不列颠口音的法语问道：

"那么，先生，人们就停在这里吗？"

尽管雪一直没到腹部，还有许多男子走下车。美国人和勒·哈佛尔的青年就这样一起向前面的机头走来。他们看后直摇头。

"要它从这里摆脱出来，我们不得不等候四五个小时。"

"是的，至少要四五个小时，而且还需要二十个左右的工人。"

杰克请车长决定派管理员到巴朗丁去请求援助。因为他和柏葛都不能离开机头。

职员因而离开。不久，人们看见他消失在坑道的入口里。他必须走四公里路程，他不可能回来。杰克非常失望了，离开他的岗位，向第一辆车厢跑去，他瞥见珊佛琳曾放下那里的窗玻璃。

"请您不要害怕。"他马上地说，"没有什么可怕的。"

她唯恐被人听见，不用"你"称呼他，也以客气的口吻答道：

"我并不害怕。不过，我却替您担心。"

他们彼此的话语那么温柔，他们彼此得到安慰，相互微笑着。但是他转过身来，却惊讶地看见芙洛莉和米索尔先后从斜坎走来，后面跟着他不认识的两个男子。他们已听见危急的叫声，米索尔，那一天没有轮到值班，同他的两个伙伴跑来。他刚才正拿白葡萄酒款待他们，一个是因下雪停工的石矿工人加蒲宣，一个是扳道员奥齐尔，后者不顾芙洛莉怎样不欢迎他，仍然继续追求她，仍然从玛罗纳穿过隧道到这里来向她献媚。她十分勇敢，简直如年轻的男子一样强壮，她本是好奇的和喜欢闲荡的女郎，所以也陪着他们来观看。对她和她的继父，这火车这样停止在他们门前，确实是很重要的大事和很奇特的意外。他们住在那里，五年以来，无论晴朗和暴风雨的天气，不论日夜的每一时刻，他们曾看见多少火车飞快地疾驰过去！一切人都仿佛被这载负他们的暴风卷走，而从来没有一列火车放慢速度奔跑。他们一点也不知道里面旅客们的情形，只看见火车溜走，消失在很远很远的地方。整个世界排列过去，无数群众被飞快的速度载跑，除了在闪电般的疾驰里看见许多永远不会再见的面孔之外，他们不认识别的什么。有时，有些面孔在固定的日子里重新经过，所以他们觉得似乎很熟悉，可是还始终是无名无姓的。看，现在火车竟在他们门前停下，自然的秩序已被扰乱，他们凝视这意外落到路边的人们，如遥远海岛的蛮族跑到海岸来参观船舶搁浅着的欧

洲人一样，他们睁得大大的圆眼审查人们。这些开了的车门，露出裹在皮衣里的女太太们，这些穿厚大衣的男子们，这整个安适的奢侈，忽然搁浅在冰海里，他们从来没有遇到过，他们简直被惊呆了。

但是芙洛莉已认出珊佛琳。几个星期以来，她每次窥伺着杰克的机头，都发觉这个女人出现在星期五上午的快车里；尤其因为珊佛琳在地面过道附近从车窗里伸出头来瞥一眼她的摩弗拉十字产业。看见她同司机低声谈话，芙洛莉的眼睛立刻罩上一层阴影。

"啊！卢波太太。"米索尔也认出她，并马上显示谄谀态度喊道，"看，您碰到一个不好的运气！……但是您不能留在这里，不得不到我们家去坐坐。"

杰克握了守望员的手，也赞同他的提议。

"他的话是对的。……可能要等几个小时，够把您冻死的。"

珊佛琳拒绝邀请。她穿得非常厚，她说。再则，要在雪里行走三百公尺，她有点恐惧。于是芙洛莉走来，固定的大眼睛盯视她，终于说道：

"来，太太，我背您过去。"

后者还没有表示接受，她伸出男人般的有力胳膊捉住她，并像抱孩子似的抱到自己怀里。随后，她给她放到铁道另一边已经被踏过脚不会再陷下去的一个位置上。旅客们很惊讶，都开始发笑。多么结实的女郎！如果有一打左右像她这样强壮的人，清除工作用一个多小时就完成了。

然而米索尔的提议，这守望员的房子，人们到那里可以躲避，可以找到火，或者还有面包和葡萄酒的声音，从一辆车厢传播到另一辆车厢。当大家明白此刻并不冒任何危险时，恐慌已平息了。不过情况依然是可悲的：车里的热水箱已冷却。那时是九点钟，只要救助稍微迟延下去，人们就将尝到饥渴的苦闷滋味。这可能拖延得很久，谁敢肯定人们不会睡在那里呢？两个阵营构成了：那些失望的不愿意离开车厢，他们好象要死在那里，坐着，全身裹上被头，存着满肚子牢骚，斜靠在座位上；那些喜欢冒险跑过积雪的，希望到那边找到更好的躲避所，尤其是借此逃出这搁浅和冻死的火车。整个集团形成了，上了年纪的先生和他的年轻夫人，英国太太和她的两个女儿，勒·哈佛尔青年和美国人，以及别的十二人左右，已准备出发。

杰克用很低的声音要珊佛琳决定到那边去，他发誓说，待他可能脱身时，他将带消息给她。看芙洛莉的昏暗眼睛还时常注视他们。

"那么，就这样吧，你领这些先生和这些太太到你家里去……我留下米索尔和其他人们。在等待中，我们将尽我们所等去做工作。"

真的，加蒲宣、奥齐尔和米索尔马上拿起锹子，赶到已开始挖掘雪层的柏葛和车

长身边去工作。他们这一小组人竭力要机头摆脱向轮子下面搜索，把一锹一锹的雪掷到斜坎上。没有一个人再开口，在雪白乡野的阴郁窒闷里，人们只听到这无声的努力。那一小群旅客远离以后，他们看了火车最后一眼，它孤零零的，只在压碎它的厚层白雪下，显出一条细长黑线。人们已重新关闭车门和拉上窗玻璃。雪还继续落下，沉默而固执地慢慢掩埋列车。

芙洛莉愿意再抱珊佛琳，可是后者拒绝了，一定要同别的人们一样行走。三百公尺路程非常难越过，尤其是坑道里，人们一直没到臀部；有两次，必须救起那位半身全被淹没的英国胖太太。她的两个女儿觉得很有趣，还在欢笑。老先生的年轻夫人，几乎滑倒，只好接受勒·哈佛尔青年的搀扶；她的丈夫则和美国人一起咒骂法国。出了坑道后，行走不怎么困难了，但一到填高的路基上，这一小群人循着被风吹刮的一线前进，仔细避开积雪的模糊和危险边岸。最后，人们走到了，芙洛莉请旅客们安顿在厨房里，她甚至不能给每个人一把椅子，因为他们大约二十人左右，塞满房间，幸亏这房间还相当大。她所能设法的一切，就是去寻来几块木板，靠椅子协助，构成两条长凳。接着，她拿一小束木柴，掷到炉灶里，她做一个手势，仿佛表示人们不应该向她要求更多的。她没有说一句话，她站着，以她这金发大蛮女的淡绿大眼睛、粗野和大胆态度，注视这一切人。其中只有两人是她所熟悉的，这是好几个月以来她一直注意到他们在车窗上的结果：一个是美国人，另一个是勒·哈佛尔青年。她审查他们，正为人们研究嗡嗡飞翔时不能看清、此刻终于站下来的昆虫一样。她觉得他们的样子很奇特，她从来没有想象他们是这样的，虽然除了他们脸上的轮廓之外，她一点也不认识他们。别的那些人，在她看来，似乎属于不同的种族，从天上降下，给她的家里、她的厨房深处带来她从来没有想到会看见的服装、风俗和思想。英国太太告诉大商贾的年轻夫人，她到印度去找她的长子，他在那里当高级官员；这位美丽的少妇也开自己玩笑，说她真没运气，她的丈夫每年到英国两次，她第一次有了怪癖，让他陪她到伦敦去，回来时竟遇到这样的事故。一想到被封锁在这荒凉区域，大家都叹息：一定吃东西，必须睡觉，这怎么办呢？我的上帝！芙洛莉一动也不动，听着他们，遇见坐在火前一把椅子上的珊佛琳的目光，她向她做一个手势，要她走到另一边的卧房里去。

"妈妈，"她进来时报告，"这是卢波太太……你没有什么话要对她说吗？"

法茜睡着，蜡黄的脸，脚腿臃肿，她病入膏肓，已十五天没离开床铺了。在贫困的房间里，只有一个铁的火炉维持着窒闷的热气。她度过漫长的时光，脑里只滚动着她的固执念头，除了极快掠过去的火车震动以外，没有其他的消遣。

"啊！卢波太太。"她喃喃说，"好，好！"

芙洛莉对她叙述火车被阻的意外，对她说到这么多人由她领来，坐在隔壁厨房里。

可是所有这一切都没有感动他。

"好，好！"她用同样疲倦的声音重复说。

一会儿，她想起了什么，抬起头告诉女儿：

"如果太太愿意去看看她的房子，你知道钥匙挂在衣橱旁边。"

但是珊佛琳拒绝了。一想到在这下雪和灰白的日色下，再进入摩弗拉十字，她的身体马上震颤不止。不，不，她没有什么要看的。她喜欢留在这里，温暖地等候着。

"那么，您请坐吧，太太。"芙洛莉再说，"这里比隔壁要好些。再则，我们将永远得不到够多面包给这么多人去充饥，假如您的肚子饿，我们总有一块可以给您。"

她推一把椅子请她坐下。她继续表示和蔼；她显然努力要改正她正常的粗暴。但是她的眼睛却不离开少妇，仿佛她要从她的内心看出一种秘密，想给若干时期以来就已向自己提出的问题找到一个准确的答案。在她的殷勤下，实在藏有接近她、凝视她、动到她和想明了种种情形的需要。

珊佛琳道谢，坐在火炉附近，真的，她喜欢单独同女病人留在这个房间里，希望杰克能脱身到这里来看她。两个小时过去了，互相读了当地的若干新闻之后，她对热气屈服了，她已睡去。忽然，一直被喊到厨房里去的芙洛莉重新打开门，她的粗大声音说：

"她在这里，你可以进来啦。"

这是杰克暂时逃开机头，给她带来好消息。到巴朗丁的那位职员，已领回一大批人，三十左右士兵，他们是行政当局派在被威胁的铁路各点上预防意外的。他们都已拿起鹤嘴锄和锹子，着手工作。不过，这要相当长的时间，夜晚之前也许不会再动身。

"总之，情况还好，请您稍稍忍耐吧！"他加上说，"不是吗？法茜姑姑，您不会让卢波太太饿死吧！"

法茜一看见她平常称呼的"我的大孩子"，马上困难地坐起来。她注视他，听他说话，重新变得高兴，觉得舒服。待他走近她的床边，她大声说：

"当然，当然！啊！我的大孩子，看，您又在这里了。这是您的车子被雪阻碍……啊！这大傻瓜，并没有预先通知我。"

她转向女儿，吩咐道：

"你至少要有礼貌些！你再去看看这些先生们和这些太太们，你要照顾他们，不要让他们对公司当局说我们是野蛮人。"

芙洛莉留下，站在杰克和珊佛琳中间，她好象犹疑了一会儿，自问她是否应该不顾她母亲的吩咐，仍然固执地呆在那里。但是她看不到什么，她母亲的在场会阻止他们两个泄露秘密：她不说一句话，立刻出去，只不时远远地看着他们。

"怎么？法茜姑姑，"杰克摆出悲伤的神态又说，"看，您已经完全卧床了，这是真的吗？"

她抱住他，强迫他坐到垫褥边沿，不再顾忌由于表示谨慎稍稍远离的少妇。她用很低的声音说话，以减轻自己心里的郁闷。

"哦！是的，认真的！你能重新看见我还活着，这确实是奇迹……我不愿意写信给你，因为这些事情是不能写在纸上的……我几乎死掉……但是，现在好多了。我很相信，这次我还能逃出危险。"

他审察她，看见她的病逐渐加重，不免很惊讶，他从她身上已发现不到从前的健康和漂亮形态。

"那么，还是您的痉挛和眩晕吗？我可怜的法茜姑姑……"

但是，她像要握碎手骨似的握紧他的手，她更降低她的声音继续说：

"你想象我曾突然撞见他……你知道为了不晓得他究竟拿了他的毒药放到什么食物上，我简直费尽心思去猜测、去发现他动过的任何东西。我不吃不喝，可是每天晚上我的肚子还像火烧一样剧痛……他拿药混入盐里！有天夜里，我看见他……我为了洗清肚子，我吃的东西里都掺入很多盐水。"

杰克占有珊佛琳，似乎已治好他的宿疾。有时，存着疑心想到一个恶梦，想到这固执的放毒故事。他也温柔地握紧病人的手，愿意平息她的望虑。

"算了吧，这一切难道可能吗？……要说这一类的事情，必须有真正确实的证据……再则，这拖得太久！好吧，这或许是医生们都不明白的一种病。"

"一种病。"她冷笑说，"一种他塞入我皮肉的病。是的，关于医生们的诊断，你的话是对的。他们来过两个，可是什么都不懂，甚至两个的意见都不同。我不愿意这一类庸医再到我这里来……你听他拿这个掺入盐里。我可以向你保证，我曾看见！这是为我的一千法郎，爸爸留给我的一千法郎！他曾对自己说，他毒死了我，一定会找到钱。这我可以向他挑战：钱藏在任何人都不会发现到的一个地方，他将无法找到！……我可以离开这个世界，我很安心，任何人都永远不会占有我的一千法郎！"

"可是，法茜姑姑，我若是您的话，既然那么确信他要毒死我，我，那我将派人去找宪兵。"

"哦！不，不要宪兵……这只是我们中间的事，这只是我和他的斗争。我知道他要吃掉我，而我当然不愿被他吃掉。那么，我只好自卫，不再像我吃他的盐时那样愚蠢……嗯？这样的一个矮个子，人们可以放到自己衣袋里的一个小东西，假如让他的老鼠牙齿自由啮啮的话，他终于会吃掉像我这样大的一个女人！谁能相信这个呢？"

一种小小的颤栗袭击她，没有说完之前，她困难地呼吸着。

"不论怎样，这不是为这一下。我好多了，十五天之内，我将再站起来。……这次，他必须很狡猾，才能重新要我上当。啊！是的，我很好奇，我很想看看如果他找到什么方法，再拿他的毒药给我吃，那么，他一定是强者，只好算了。我就垮倒，从此完蛋……何人都不得去干预此事。"

杰克想，一定是她的病使她的脑子萦绕这些阴惨的想象。为了使她分心，他竭力说笑，忽然她在被头下面开始颤抖。

"看，他来了，"她喘息说，"他走近时，我总会预先感到的。"

真的，只过了片刻，米索尔就走进来。她的脸色变得灰白，她被不自愿的惊怖侵袭——巨人遇见啃啮他的昆虫也往往表现这同样的恐惧；因为在她孤独自卫的固执中，她虽然不承认，可他已成为她的恐怖对象。米索尔在门口即以尖锐的目光射到她和司机身上，随后，他甚至装着没看见他们并排坐着；他的眼睛无光彩，鼻子细小，带着孱弱矮人的温柔样子，走到珊佛琳面前，表示热情。

"我想太太或者趁这机会去看看她的产业，所以我暂时离开那里……如果太太愿意我陪她去的话……"

看少妇重新拒绝了，他的悲叹声音继续说：

"啊！关于果子的事，太太或者会惊奇……它们全部都被虫吃掉，这实在值不得去采摘……除了这个，一阵暴风又造成很大损害……啊！太太不能卖掉产业，这确实太可惜了！曾经来过一位先生，他要求修理……总之，一切都随太太的意思办理。太太可以信任我在这里代替她，就跟她自己一样。"

接着，他一定要拿来面包和梨子，拿她花园里没被虫蚀坏的梨子来侍候她。她接受了。

经过厨房时，米索尔向旅客报告，清除工作正在进行，但是还要等四五个小时。中午已过，这又是新的悲叹，因为大家都很饿了。芙洛莉宣告她没有面包可以供给大家。她确实还有葡萄酒，从地窖里拿来十瓶，把它们排列在桌子上。不过，玻璃杯也一样缺少，大家不得不分组去喝。英国太太同她的两个女儿，上了年纪的先生同他的年轻夫人……各组使用一个杯子。然而，这些年轻的夫人发觉勒·哈佛尔青年是一个热心和富有发现精神的侍仆，经常照顾她的安适。他不在了，回来时，带着他从柴堆深处发现到的一段面包和许多苹果。芙洛莉很生气，说这是留给她患病母亲的面包。但是，他已切碎它，先拿一段递给年轻的夫人，然后一块又一块地分给在场的太太们，感到荣运的少妇因而向他微笑。她的丈夫并没有息怒，甚至不再照顾她，他正同美国人在大谈纽约的商业情况。年轻的英国女郎从来没有那么有味地啃过苹果。她们的母亲很疲倦，炉灶前的地上有两位太太坐着，她们已被等候压垮。男子们出去，为了消磨一刻钟，在房子前面抽烟。他们再进来时，全身颤抖，大家越来越不舒服，饥饿的肚子在叫唤，疲倦又因拘束和不耐烦更加难忍。这简直同船舶沉没了、一群脱险的文明人集合在野营里的情形没有区别。他们被海风一击，漂到荒凉的孤岛上，满目看去，只是凄凉的景色。

法茜姑姑从病床上向外注视。差不多一年以来，她从床边拖着脚步坐到椅子上看见雷声般疾驰过去的就是这些人吗？她甚至很少走到门外去，她日夜单独生活着，被"钉"在那里，眼睛朝向窗户，除那么快掠了过去的火车之外，没有别的伴侣。她时常埋怨恶狼出没的区域，从来没有人来找她。看，现在真有一群人从未知世界降到这里。这些为事务奔波的忙碌人们中，没有一个曾怀疑掺入她盐里的龌龊毒品。她的心头经常被这想象盘踞着。她自问，上帝怎么会准许世上有那么多阴险的卑劣行为，而没有一个人会发觉它们。已有够多的人，成千上万的旅客从他们门前跑过去，可是大家都风快奔驰过去，而没有一个想到在这低矮的小房子里，有人正不声不响随随便便在杀人。法茜姑姑看看这个，看看那个，轮流注视着这些像从月球里降下的人们，她想，他们既然这么忙碌，在龌龊的事物里行走，而不会发觉它们，其实是没有什么可惊讶的。

"您回那边去吗？"米索尔问杰克。

"是的，是的。"后者回答，"您先走，我马上就来。"

米索尔走开，重新关好背后的房门。伸手留住年轻人的法茜姑姑向他耳语说：

"假如我死了，他找不到我隐藏着的一千法郎，你将看到他的苦恼样子……一想到这里，我就觉得好玩。所以，我即使死了，也是高兴的。"

"那么，法茜姑姑，这对大家不都是损失吗？您不拿它留给您的女儿吗？"

"留给芙洛莉吗？让他从她手里取去？啊！不，甚至不留给你，我的大孩子，因为你也太愚蠢。他会从你那里得到若干好处……啊！不留给任何人，只留给我要到底下去相会的泥土！"

她已精疲力竭，杰克要她躺下，劝慰她，答应她不久再来看她。随后，看她好象已入睡，他转到依然坐在火炉附近的珊佛琳背后。他微笑竖起一个指头，嘱咐她要小心谨慎。她以无声的漂亮动作转过头，抬起她的嘴唇，他俯下，让他的嘴胶到她的嘴上，深情地吻着，他们闭上眼睛，相互交流情感。但是他们重新睁开眼睛时，都不免慌乱，推开门的芙洛莉站在那里，站在他们面前注视他们。

"太太不再需要面包了吗？"她沙哑的声音问道。

珊佛琳很羞涩，只咕噜出模糊的话语。

"不，不。谢谢！"

好一会儿，杰克的火热眼睛盯视芙洛莉。他犹疑着，嘴唇颤抖，仿佛要说话，随后他做一个威胁她的愤怒手势，走开了。

芙洛莉显出好战处女的高大身材，头上盖着金发，依然站着。那么，她的忧虑，每个礼拜五看见这位太太在他火车里时，她心头所感到的不安并没有欺骗她。自从她看见他们俩一起旅行之后，她一直寻找的证据终于找到了，而且是绝对的。她所爱的男子将永远不会爱她，他已选择了这纤弱的女人，这很小的妖精。他曾尝试要粗暴地占有她的那一夜，她竟拒绝了，这懊悔格外强烈，达到那样痛苦的程度，她几乎要哭出来。在她的简单推理中，假如她比另一个先委身给他，现在他所抱吻的，一定是她自己。此刻到哪里单独见他，扑到他的脖子上，对他喊道："占有我，我从前竟那样蠢笨，因为我不知道！"可是，她无能的狂怒升上来，憎恨这局促嗫嚅和羞涩地站着的孱弱女人。她只要用她女斗士的强壮胳膊，紧紧一箍，她就会像一只小鸟似的被扼死。那么，为什么她不敢呢？她发誓要替自己报仇，她对这劲敌，知道很多可以使她坐监狱的故事，这不要脸的女人，像一切出卖给有钱有势老头子的婊子一样，人们竟让她自由自在生活着。她被嫉妒烦扰，心里胀满愤怒，开始用美丽蛮女的动作，除去剩下的面包和梨子。

"太太既然不再吃了，我就拿去送给别的人。"

接着是四点。在增长的厌倦、激动和窒闷中，时间过分拖延着。看，夜又来了，雪白的旷野罩上青灰的暮色；每隔十分钟，男子们出去，朝远处看看，工作已进行得怎样。他们再进来说，机头似乎还没摆脱出来。两个小英国女郎也已厌闷得要哭了。在一个角落里，棕发的漂亮女人，靠在勒·哈佛尔青年肩膀上睡去，处在大家都不顾礼节的随便状态里，年老的丈夫甚至没有看见这事。房间又冷起来，人们颤抖着，甚至没有想到再向火里添加木柴，所以，美国人离开了，觉得自己躺到车子的座位上会比较舒服些。现在大家都惋惜：应该留在那边，这至少不会不知道工作情形而被顾虑困扰。那位英国太太，她也主张要到她的车室里去睡觉。当人们拿支蜡烛放到桌角，照亮黑暗的厨房深处，旅客的灰心是无限的，一切都浸泡在阴郁的失望里。

那边，清除工作已经完成，解救了机头的整队士兵清扫它前面的轨道。司机和火快重新登上他们的岗位。

杰克看见雪终于停止，马上恢复了信心。扳道员奥齐尔对他肯定说，开出隧道，在玛罗纳那一边落下的雪层并不太厚。他重新询问他：

"您是由隧道里步行来的，您一定能自由地进出吧？"

"我已对您说过，您开得过去，我可以保证！"

加蒲宣刚才怀着巨人的热心参加工作，他已畏缩后退。最后一次和法庭发生纠葛后，他变得更胆小，更粗野。要杰克喊他，他才走近。

"唉！朋友，请您将斜坡旁边属于我们的锹子递给我。遇到需要的场合，我们还可以使用。"

当石矿工人帮他最后这个忙后，杰克紧紧握了他的手，对他表示：不管其他的一切，看见他这样努力工作，他是尊敬他的。

"您，您是一个好人。"

这友谊的表现以十分奇特的样式，激起加蒲宣的感动。

"谢谢！"他只这样简单地说，竭力忍住他的眼泪。

虽然米索尔当预审推事的面曾控告他有罪，两人却已言归于好。米索尔现在也点头赞成他紧锁的嘴唇露出一点微笑。他已休息好长时间，两手放在衣袋里，用黄色的目光环视火车，好象在等待，想看看他是否从轮子下面收拾到遗下的物品。

最后，车长同杰克一起决定试试重新开行。柏葛忽然跳到轨道上呼喊司机。

"您来看吧！有一个汽缸受伤了。"

杰克走近，也俯下去仔细审察莉嫦，发现这一部分的确受伤。清除时，人们看见养路工人安置在斜坡边缘的许多橡树枕木，由于风雪作用已溜下来，阻碍铁轨，甚至机头的停止，有一部分也从这障碍中来，因为它已碰到这些枕木。人们看见汽缸箱伤痕累累，里面的唧筒似乎已被轻轻撞倒。但是，这只是表面的损害，司机先安了心。或许内部还有严重的毁伤，没有什么比这些汽室、这些跳动着心和灵魂的复杂机械更为微妙。他再上去，拉响汽笛，他扭开蒸气开关，去探探莉嫦的关节。它很久很久才能动作。最后，困难地喘着气，它已开动，轮子转了几下，不过还很沉重。因为他彻底了解它，他觉得它在自己手下有点奇特，好象它已改变，已老去，某一部分已受致命的打击。这一定是大雪以致命的寒冷刺伤它的心，就像有些年轻女人，本来身体强壮，因为跳舞的一夜，从冰冷的雨下回来，忽然患了急性肺炎，送掉性命。

柏葛开了喷气管以后，杰克重新拉响汽笛。车长和管理员回到他们的岗位。米索尔、奥齐尔和加蒲宣则登上前端行李车的踏板。火车徐徐从武装着锹子、排列在左右斜坎上的士兵们中间走出坑道。接着，它到守望员的房子前面停下，让旅客们上来。

芙洛莉站在门外。奥齐尔和加蒲宣赶到她身边，同她一起站着；米索尔现在则很殷勤，向那些从他家里出来的太太和先生们致敬，收拾递给他的钱。这是终于解放的时刻了。他们已等得太久，这一切人都因寒冷、饥饿和精疲力竭颤抖着。英国太太拖走两个半睡的女儿。勒·哈佛尔青年登上棕发的漂亮女人的同一车室，后者十分疲倦，一切都让她的丈夫自由支配。在这踏着雪连续上来的混乱中，人们简直像是一批溃乱的士兵上车，他们横七竖八，互相推撞，都失掉了清洁的本能。一会儿，从卧房窗口

的玻璃后面，法茜姑姑出现了，她好奇地从床上下来，拖着脚步，走到那里来看看。她的凹陷大眼睛，注视这一群不认识的群众，这些奔走世界的过路人，他们由暴风雪带来和重新卷走，她将永远不会再见到他们。

但是，珊佛琳最后一个出来。她转过头，向杰克微笑。他注视的目光一直跟随她到她的车子上。芙洛莉等着他们，看到这平静交换了的温情，她脸色变得很苍白。突然，靠近一直被排斥的奥齐尔身边，好象现在，在憎恨里，她忽然感到需要一个男人。

车长发出信号，莉嫦以悲惨的尖叫回答它，杰克这次只为停止在卢昂开动机头。那时已六点钟，夜色已从黑的天边降到雪白的乡野上；但是十分丑恶和阴郁的苍白回光，还留在地面上，照亮着崎岖、荒凉的区域，那里在模糊的微光里，摩弗拉十字房子侧斜站着，看来格外颓败，它漆黑地显现在这洁白的白雪中间，写有"召购"字样的牌子被钉在关闭着的正面上。

八

火车只在晚上十点四十分进入巴黎车站。到卢昂曾停二十分钟，旅客们可以吃晚饭；珊佛琳赶紧拍一个电报给她的丈夫，预先通知他，她将搭第二天晚上的快车回到勒·哈佛尔。整整一夜同杰克一起，这是他们在幽闭的房间里，自由自在，同睡一张床，而不担心被人扰乱的第一夜。

离开蒙特以后，柏葛想到一个主意。他的女人维克多亚妈妈跌了一跤，脚上伤得很重，住到医院里已有八天；他像开玩笑时所说的，在城里还有另一张床铺可睡，所以觉得可以将他们的房间让给卢波太太；她在这里过夜，一定比邻近的任何旅馆好得多，她像住在自己家里一样，一直可以留到第二天晚上。杰克立刻明白这处置的实际方便，特别是他还没想好把这位少妇领到哪里去。在车站敞房底下，她从终于下来的旅客浪潮中间走近机头，他劝她接受火伕交给他的钥匙，并把它递给她。但是她犹疑不决，火伕的轻薄微笑使她感到不自在；她想，他一定已知道他们的关系了。

"不，不，我有一个表姊妹住在巴黎。她会搬一个垫褥放到地上给我睡觉。"

"那么，请你接受吧！"柏葛终于露出他这放荡者的欢悦态度说，"去吧，床铺是柔软的，特别大，可以睡四个人！"

杰克注视她，神情竟那么焦急，她只得接来钥匙。他俯下，用很低的声音对她说："你先到那边等候我。"

珊佛琳只要去过阿姆斯特丹路一段，就立刻转入那房子所在的小巷，但是地上的雪那样滑溜，她只得非常小心地行走着。她很有运气，遇见房子是开着的，她登上楼梯，甚至没有被门房的女人看见，后者正同一个女邻居玩着"陀米诺"，到四层楼，她开了门，并轻轻地再关上，无疑的，决没有一个邻居会疑心她走进那里。然而，经过第三层楼梯口时，她很清楚地听见陀凡涅家里传出歌声和笑声：真的，这是两位姊妹的小小招待会，每星期一次她们就这样同女朋友们的演奏音乐。现在，珊佛琳已重新关好门，已站在房间的沉重昏暗里，她还听见这整个青春的活泼欢乐，穿过楼板，透入她的耳膜。很长一段时间，房间在她看来似乎是完全黑暗的；当杜鹃钟在漆黑中间发出她所熟悉的深长声音，敲过十一点时，她不免胆战一下。随后，她的眼睛习惯了，

两扇窗显出两个苍白方形，雪的反光射进来，照亮上头的天花板。她已辨清方向，在食具橱上，她记得见过的一个角落里寻找火柴。但是她费了更大的困难还找不到蜡烛；她终于在一个抽屉深处发现一段；她点起蜡烛，全房间都被照亮，她不放心地向四周很快扫了一眼，仿佛要看看她是否只一个人。她认识里面的每件东西，如圆桌，她曾和她的丈夫坐着吃过中饭；为挂着红布的床，她曾被他打了一拳，倒在它的边缘……这的确是这里，六个月以来，房间里任何东西都没有什么改变。

珊佛琳慢慢摘去帽子。但当她要脱掉她的外套时，都不免发抖。火炉附近一个小木箱里藏有煤炭和细碎木头。她不再脱去衣服，立刻想起生火；这使她觉得很好玩，能够消除一开始感到的不舒服。她为了爱的一夜料理细碎家务，想到他们两个都会觉得温暖这甜美的滋味，同时又觉得他们解脱的温柔快乐。虽然从那么久以来，他们就梦想这样的一夜，可是从来不奢望会得到它！待火炉轰轰烧响了，她再想准备其他，随自己的意思排好椅子，寻找白的被单，完全整理一遍床铺，这相当辛苦，因为的确是很宽大的。她忧闷的是食具橱里找不到一点吃的和喝的东西：无疑的，柏葛在这里做了三天主人，已扫光木板上的碎屑。为了亮光，就只剩这一段蜡烛，不过睡下后，人们用不到看得清楚。现在，既然很暖和，全身都有了生气，她站在房间中央，目光转向四周看看，为的保证她是否不缺少什么。

她正奇怪杰克怎么还留在那边、迟迟不来之际，一声汽笛催她走到一堵窗边。这是十一点二十分直达勒·哈佛尔的火车开始出发。下面，从车站到巴底尧尔隧道的坑道，只是一片积雪，人们只能辨出折扇骨般的铁轨，伸出许多黑的分枝。在大敞房的洁白玻璃和欧罗巴桥绳花边般的铁梁之间，对面罗马路的房子，尽管夜里很黑暗，但还看得见，它们从这整个白色里面，显出肮脏的斑痕和混杂的污黄。勒·哈佛尔的直达车出现了，昏暗地向前爬去，它前面放射灯的强烈亮光戳穿周围的阴霾；她看着它消失在桥下，后面的三盏红灯在雪地里映上血影。她转向房间，短促的震颤又重新侵扰她：她真的只单独一个人吗？她好象觉得一阵热的气息吹拂她的后颈，一种暴烈手势的触动，似乎穿过她的衣服，从她的皮肉上揉过去。她睁大的眼睛重新向房间四周看了一下。不，的确没有什么人。

杰克这样迟迟不来，到底在做什么呢？十分钟又过去了。一种轻的挖动，手指爬搔木板的声音引起她的担心。随后，她明白了，她跑去开门。这是他，手里拿一瓶玛拉格酒和一大块蛋糕。

她欢笑着，以柔软的热烈动作扑到他的怀里，抱住他的颈项。

"哦！你多可爱！你想到这个！"

但是他很快要她住口。

"不要响！不要响！"

于是她降低声音，以为他已被看门的女人追赶。不，他的运气也很好，正要拉铃时，他看见下面的门被一位太太和她的女儿打开，无疑的，她们是从陀凡涅家里下来；因此，他能上楼，没有引起任何人的疑心。

"我们不要作声，你愿意吗？我们轻轻谈话。"

她点点头，热烈地拥抱，她紧紧搂他在自己怀里，在他的脸上盖满无声的亲吻。玩弄神秘的把戏，只以很低的声音，喃喃谈话，这使她觉得神秘而快活。

"是的，是的，你看，人们听不见我们，我们的声音不会超过两个小鼠所发出的响声。"

她十分细心地摆好桌子，放上两个盆子，两个玻璃杯和两把刀子。有件东西放得太快，响了一下，她马上停住，差点儿爆发大笑。

他注视她这样做，也觉得很好玩，他的半低声音再说：

"我想你一定很饿了。"

"啊！我真要饿死了！卢昂的晚餐吃得那样不好！"

"那我再下去买一只煮熟的童子鸡来好吗？"

"啊！不，这样你不会再上楼！……不，不，一块蛋糕已够了。"

他们立刻并排坐下，差不多占着同一把椅子，切开蛋糕，带着恋爱者的孩子样子吃。她叹息说她很渴，她一口又一口，喝了两杯玛拉格酒，终于，使血涌到她的面颊上。火炉在他们背后烧着，他们感到灼热的气流。可是，当他在她的后颈吻了一声太响的亲吻时，她马上阻止他。

"不要响！不要响！"

她做了一个手势要他听着。在静寂里，他们重新听见陀凡涅家里传来一种钝重的摇动，由音乐的声音，押着均匀拍子：这些小姐们已随随便便地跳舞。另一边，卖报女贩往楼梯口的铅斗里倾下她面盆里的肥皂水。她重新关上门，下面的跳舞停止了一会儿。外面窗下雪的窒息里只有轻微的滚动，这是一列火车在开行，微弱的叫声简直同悲泣没有两样。

"这是奥德伊的火车。"他喃喃说，"现在已零点缺十分。"

接着，他的轻得像气息的柔媚声音，再说：

"我们去睡觉。我的心肝，你愿意吗？"

她不回答，在她的幸福狂热里，她又被抓过去。她控制不了自己的意志，又重新想起她同自己丈夫在那里生活过的时刻。这不是从前的午餐，由这蛋糕继续着，外面传来同样的声音，彼此坐在同样的桌边吃吗？增长的激动从事物中摆脱出来，回忆充

343

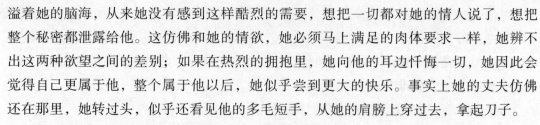

溢着她的脑海，从来她没有感到这样酷烈的需要，想把一切都对她的情人说了，想把整个秘密都泄露给他。这仿佛和她的情欲，她必须马上满足的肉体要求一样，她辨不出这两种欲望之间的差别；如果在热烈的拥抱里，她向他的耳边忏悔一切，她因此会觉得自己更属于他，整个属于他以后，她似乎尝到更大的快乐。事实上她的丈夫仿佛还在那里，她转过头，似乎还看见他的多毛短手，从她的肩膀上穿过去，拿起刀子。

"去睡觉，你愿意吗？我亲爱的宝贝。"杰克再次说。

她战栗着，觉得年轻人的嘴唇压紧她的嘴唇，仿佛又一次，他要从她的口里吸出招认。她默然站起来，很快脱掉衣服，她溜到被头底下，甚至不再拾起在地板上拖曳着的裙子。他也不整理什么东西：桌上仍然散乱着食具，一段蜡烛将要烧完，火焰已开始摇动。他也脱掉衣服睡到床上，两人突然地拥抱，热烈地占有，因而感到窒息，喘不过气来。下面的音乐还继续弹着，房间的死寂空气里，没有别的任何声音，有的只是狂乱的震颤，直至不省人事的淫乐痉挛。

杰克认为珊佛琳已不是他们第一次幽会时那样温柔，那样被动，每次总显露洁净蓝眼睛的女人。在她昏暗的黑发下，她似乎每天都增加热情；他觉得她躺在自己怀抱里，已逐渐从长期冰冷的童贞深处醒来，不论是格兰摩伦衰老淫行、或卢波的丈夫粗暴，都未能使她享受过这样大的快乐。她是爱的创造物，从前只是柔顺的被动者，此刻已开始爱，已整个委身给她的情人，在她的欢悦中，有着深厚的感激。她已达到猛烈的激情，对这启发她官能的男人已生起无上崇拜。这就是最大的幸福——他终于为她所有，被她任意趴在自己胸口，并用两只胳膊搂抱他——要她咬紧牙关，不让口里脱出一声叹息。

等到他们重新睁开了眼睛，他首先表示惊讶。

"怎么！蜡烛已熄了！"

她轻轻动一下，好象说，她尽不爱这个。然后，用遏住的笑声问：

"嗯？我很乖吧？"

"哦！是的，什么人都不会听见……两只真正的小鼠！"

他们又躺下去，她立刻将他抱到自己怀里，紧紧偎贴他，让自己的鼻子埋入他的颈窝下。她发出一声舒服的叹息：

"我的上帝，这多好！"

他已不再说话。音乐声已停止，许多门关响，整个房子沉入睡眠的沉重平静里。下面，刚城的火车到了，震动轨道的转盘，它们冲撞的钝重响声，仿佛从很远之处传来。

但是这样抱着杰克，珊佛琳不久又灼热起来。除了情欲之外，她的身心深处，招认的需要又觉醒了。从那么长的许多星期以来，这需要不断烦扰她！她的眼睛注视着天花板，产生了幻觉，房间里的事物，似乎重新发出高的声音，叙述过去的故事。她觉得话语像掀起她皮肉的神经质波浪一样涌到她的嘴边。不再隐藏什么，整个溶解在他的体内，这一定是非常好的！

"你不知道，我的心肝！"

她搂抱他，她的娇小身体紧紧贴靠他，他留意这昏暗事物的高涨浪潮，很巨大，他们两个都想到它，而从来不谈论它。直到那时，他要她住口，避免预兆的震颤害怕他从前的毛病会因此发作，一谈到流血的事，他们的生活或者会突然改变。但是这次，他已没有力量，在这温暖的床上，由这女人的柔软胳臂箍得紧紧的，甜美的怠倦那样侵入他的身心，他甚至不能抬起头以一个亲吻去封闭她的嘴。他相信这已来了，她将说出一切。所以当她似乎烦乱、犹疑，随后又退缩，说了非他所等待的话语时，他的忧虑减轻了许多。

"你不知道，我的心肝，我的丈夫曾疑心我同你睡觉。"

到最后一秒钟，出于他的志愿以外，却是前夕在勒·哈佛尔的回忆代替招认，从她的嘴里吐出来。

"哦！你相信吗?"他低低地说，表示他的怀疑，"他的态度是那样可爱。今天早晨，他还同我握手。"

"我可以向你担保，他已知道一切。这时，他一定对自己说，我们像这样，彼此搂抱着相爱！我已有可靠的证据。"

她停住，把他抱得更紧，在这拥抱里，占有的幸福因她心里的怨恨更显得强烈。接着，经过了颤栗的沉思，她再说：

"哦！我恨他，我恨他！"

杰克很惊奇。因为他一点也不恨卢波。他觉得他是很随便的丈夫。

"那么，这究竟为什么?"他问道："他不大 想我们。"

她并不回答，她只重复说：

"我恨他……现在，只要觉得他在我身边，这简直是难忍的苦刑。啊！如果我能够的话，我将逃走，将同你一起生活。"

他为这热烈的温柔话语深深感动，也格外抱紧她，要她贴近他的皮肉，从她的脚到她的肩膀，整个都属于他所有。但是，她这样伏着，差不多不让胶住他颈项的嘴唇离开，又慢慢说：

"这因为你不知道，我亲爱的……"

必然的，无可避免地招认又升到她的唇边。这次他已明白地意识到，世上的任何

东西都不能再延缓它，因为这是从她要再被搂抱和再被占有的昏乱愿望里升上来。他们已听不见房子里任何气息，卖报女贩也一定沉睡了。房子里那么热，一种窒息的浓雾仿佛压在床上，他们两人感到昏眩，混乱和着彼此的肢体。

"心肝，这因为你不知道……"

于是他也无可抵抗地说话了。

"不，不，我知道。"

"不，你或者怀疑，但是你不会知道。"

"我知道他是为得到遗产才干了这个。"

她动一下，发出一声不志愿的神经质小笑声。

"啊！是的，遗产！"

她以很低——那么低，连夜里小虫轻触窗玻璃也会撞得更响——的声音，叙述她在格兰摩伦院长家里的儿时生活，她非常想撒谎，不愿意表白她和后者的关系，可是终于对坦白的必要让步，觉得说出一切，可以享受一种近于快乐的安慰。从此，她的轻轻话语，像永不枯竭的泉水奔流出来。

"你可以想象，你一定还记得，上半年二月，为了他同县长发生纠纷的事情，他到巴黎来，就在这里，就在这个房间里……我们曾可爱地吃过中饭，就像刚才我们在这桌上用了晚餐一样。当然，他什么都不知道，我不会对他叙述这个故事……看，为了一个戒指，一个从前的礼物，为了一点不重要的小事，我不知道他怎样一下就都明白了……啊！我亲爱的，不，不，你不能想象他曾如何对待我。"

她浑身颤抖着，他觉得她的小手在他赤裸的皮肤上抽搐。

"他很粗暴地伸出拳头，一下把我打倒在地……随后，他抓住头发，拖着我走……他对着我的脸，抬起脚跟，仿佛就要踏碎我……不！你看，只要我还活着，我将记得这个……他一下又一下，继续打我。哦！我的上帝！但是我真想重述他向我提出的一切问题和他终于强迫我对他叙述的全部经过！虽然我可以不必对你说这一切，我现在竟完全说给你听，你看，我是很坦白的，不是吗？那么，对于我必须回答的龌龊问题，我将永远不敢提及半个字，不然，他一定会打死我。那是不用说的……无疑的，他爱我，他听到了这一切，当然很烦恼，我承认若在结婚之前预先通知他我的行为，我就比较诚实。不过，必须了解，这是过去的事，早已被忘记了。另有一个真正的野蛮人，才会这样吃醋，这样发狂……好吧！我的心肝，现在你已知道这个，你不会就此不爱我了吧？"

杰克没有动，似乎失掉生气，躺在这女人的怀抱里反省，她的胳膊像两条活的水蛇，紧紧搂住他的颈项和他的腰部。他很惊奇，这样的怀疑从来没有浮到他的脑里。

遗嘱已足以解释，这一切是多么复杂！其实，他喜欢他们夫妇不是为金钱而杀人，这个事实减轻他一种轻蔑感，这轻蔑感即使在珊佛琳的亲吻下，他时不时地还依稀意识到。

"我不再爱你，为什么？……我不管你的过去。这同我毫无关系……你是卢波的女人，同时很可以是另一个的。"

瞬间的寂静。他们两个人又互相抱得喘不过气来。他感到她的圆润，膨胀和结实的胸口，紧紧贴靠着他的肩膀。

"啊！你做过老头子的情妇，这毕竟是很滑稽的。"

但是，她循着他的身体一直摸到他的嘴边，在一个亲吻里嗫嚅地说：

"我只爱你，从来我只爱你一个人……哦！其他两个，你应该知道！同他们一起，你看，我甚至没有学到这应该是怎样的；至于你，我的心肝，你使我变得如此幸福。"

她的抚摸擦热他，她贡献自己，她想再占有他，她迷乱的两手热烈地要求他。他和她一样，也被欲火燃烧，为了不立刻让步，只得满怀抱紧她，阻止她。

"不，不，你等着，停一会儿……那么，这老头子呢？"

她的声音很低，在她全身心的震颤里，完全招认了。

"是的，我们已杀掉他。"

情欲的激动消失在想到死人的另一颤栗里。在整个欢乐深处，这仿佛是可怕的临终，已重新开始。好一会儿，她因这昏晕的徐缓感觉非常窒闷。随后，鼻子又埋入她的情人的颈窝里，用同样轻微的气息说：

"他要我写信给院长，要他和我们同时搭晚上的快车动身，只到卢昂才露面……我在角落里颤抖，昏乱地想到我们将去制造的不幸。我的对面有一个穿黑丧服的女人，她不说一句话，使我非常害怕。我甚至不看她，我想象她已明白看出我们脑里的事情，并很知道我们将去干什么……从巴黎到卢昂的两点钟，我就这样挨过去。我没有说一个字，也没有动一下，我闭着眼睛，要别人相信我已睡去。在我身边，我觉得他也不动，最使我恐惧的，是认识他脑里滚动着的可怕东西，而不能正确猜到他究竟决定去干什么……啊！脑壳里萦绕着这思想的浪潮，置身在这些汽笛的尖叫、轮子的颠簸和轰隆轰隆的响声中间，这是什么旅行呀！"

杰克把嘴贴近她那有着刺鼻香味的厚密头发，他每隔一会儿总无意识地长久亲吻她。

"然而，你们不是没在同一车室里吗？怎么能杀他呢？"

"等着，你就会明白……这是我丈夫的计划。这是实在的，他之所以能成功，这的确是偶然促使他这样……到卢昂，火车暂停十分钟。我们下去，他以活动一下麻木腿

347

脚的借口，强迫我一直走到院长的特等车室。在那里，看见院长靠近车门站着，他装出诧异的样子，仿佛他不知道他在火车里。月台上，旅客们互相推撞，人们为了第二天勒·哈佛尔的节日，抢着登上二等车。当人们开始再关车门时，还是院长自己要求我们登上他的车室。我嗫嚅地说话，我提及我们的手提箱，但是他高声说，人们一定不会偷去我们的箱子，因为他到巴朗丁下来，我们很可以回到我们的车室里去。一会儿，我的丈夫，很担心，似乎想跑去寻找它。恰在这一分钟，车长吹起开行的哨子。他已决定，他推促我登上特座，他自己也上来，并重新关好车门和玻璃。怎么别人没有看见我们呢？这就是我还不能了解的一点。很多的人奔跑着，职员们的头脑已昏乱，总之，没有一个证人曾看得明白。火车缓慢地驶离车站。"

沉默，她在对当时的情景进行回忆。在她四肢的委弃中——她自己并没有意识到——一种筋络的抽搐激动她的左腿，发出合拍的震颤，轻触年轻人的一个膝盖。

"啊！最初，在这特座里，我感到土地向我们背后溜跑，我的心境是多么奇特！我的脑袋仿佛已错乱，我首先只想到我们的手提箱：以什么方式再去取回来？如果我们让它留在那边，它不会泄露我们的秘密吗？这一切由我想来，都是愚蠢的，不可能的，这是一个孩子幻想出来的魔鬼的谋杀，只有发疯才会给它付诸实行。因为到了第二天，我们就将被逮捕，就将供出我们的罪行。所以，我没法要自己安心，我对自己说，我的丈夫或者会退缩，这或者不会发生，不可能发生。但是不，只要看他同院长谈话，我马上明白他的决心是不变的、是残暴的。然而，他很镇静，他甚至保持他平素的态度，很快活地谈话。一定是从他有时盯视我的明亮目光里，我才看出他的意志的固执。到一公里或者两公里以外，他预先定好而我不晓得的恰当地点，他将去杀害他。这是毫无可疑的。他看着另一个不久就将不再存在的人。从他平静的目光中，我看得很明白。我不说什么，我的内心激动着我要竭力隐藏的颤抖，他们一注视我，我就装起微笑。那么，当时我为什么没有想到阻止这一切呢？这只到后来，当我愿意了解的时候，我才奇怪自己，怎么不向车门上叫喊，或不拉响警铃？那时，我好象已瘫痪，我觉得自己根本没有力量。毫无疑问的，我的丈夫，在我看来，似乎享有他的权利。既然我把一切都对你说了，我的心肝，我也应该表明这一点：不管怎么说，从我内心深处，我是同他一起，反对另一个的，因为他们两个都曾占有我，不是吗？他很年轻，而另一个，哦！另一个的抚摸……总之，人们怎么能知道呢？人们往往会干他们从来不相信自己会干的事。我一想到我平常不敢杀一只鸡，啊！这狂暴之夜的感觉！啊！这恐怖的黑暗在我的心灵底层愤怒地吼叫。"

这娇小的创造物，在他的胳臂里，是那么纤弱，杰克现在却觉得她是无可渗透的，她所说到的黑暗深处，简直是无底的。他徒然以更紧的拥抱要她属于自己，他却不能进入她的体内。听到这谋杀的叙述，一种热病突然抓住他，要他在他们的搂抱里喃喃问她：

"对我说，那么，你帮他杀死老头子吗？"

"我躲在一边。"她继续说，并不回答他，"我的丈夫要我和占去另一个角落的院长分开。他们一起谈论临近的普选……有时，我看见我的丈夫转身向外面瞥一两眼，仿佛不耐烦地要看看我们已到什么地方……每次我都跟随他的视线，我也明了走过的路程。夜是苍白的，树木的黑影凶暴地掠过去。总是轮子的轰声，我从来没有听见它们像这样滚响，这简直是发狂和呻吟的凄惨喧闹，畜生濒死的恐怖悲鸣！火车全速奔跑着，突然有了亮光，我们听见火车穿过车站建筑物中间的回声。我们已到玛洛姆，离开卢昂十一公里。还要经过玛罗纳，然后抵达巴朗丁。那么，到底在哪里下手呢？应该等着最后的一分钟吗？我已不再意识到时间和距离，我萎靡自弃，如落下的石块一样，让自己穿过黑暗，发出震耳的响声，跌到未知的深渊里去。经过玛罗纳以后，我突然明白了：这事一定在一公里以外的隧道里下手……我转向我的丈夫，我们的眼睛对视了一下。是的，在隧道里，还要两分钟……火车奔跑着，第厄普支线的分叉点已越过，我瞥见扳道员站在他的岗位上。那里有好些小冈，我似乎明明白白看见许多人举起胳膊在咒骂我们。接着是机头的长声尖叫：这是隧道入口……待火车一跑进去，哦！在这低矮的穹窿底下，是多么大的响声啊！你知道，这些铁的摇动和摩擦声音简直像铁鎚连续敲着铁砧，而我，当这发狂的一秒钟，我却觉得它像巨雷的滚动。"

她发抖得说不出话，过一会儿又用似笑的声音说：

"嗯？我的心肝，此刻骨头里还感到寒冷，这不是很愚蠢吗？然而，在这里，同你一起，我却很温暖，我又这样高兴！……再则，你要知道，再没有什么可以惧怕的。事件已被归入档案，至于政府的大员们更没有心里要查明白我们的犯罪……哦！我了解，我非常放心。"

随后，她完全笑着加上说：

"话又说回来，你很可以自夸，你曾给我们惹起漂亮的恐惧！……那么，你对我说，你时常使我们迷失在五里雾中，准确地说，你曾看见什么。"

"也正是我在法官那里所说过的，再没有更多的：一个人手里拿刀杀死另一个人……你们对我的态度是那么奇特，我终于疑心你们。好一会儿，我甚至认出你的丈夫……然而只到后来，我才绝对确信。"

他的话被她快活地打断了。

"是的，在公园里，那一天，我曾对你说'不'，你还记得吗？这是第一次我们单独到巴黎……这真奇特！我曾对你说，不是我们，我却完全晓得你是了解的。仿佛我

已对你叙述一切，不是吗？哦！亲爱的，我时常想到这个，你看，我很相信，就是从那一天起，我才爱你。"

他们兴奋起来，简直要合成一体似的紧抱着。她再说：

"在隧道底下，火车奔跑着……隧道很长。那底下我们只有三分钟，我却很相信我们似乎已在那里滚动了一小时……由于被摇动的震聋耳朵的铁声，院长已不再说话。我的丈夫，在这最后的时刻，一定感到不敢下手的怯懦，因为他还是不动。从油灯的摇曳亮光下，我只看见他的耳朵变成紫色……那么，他重新等着我们到平坦的乡野再动手吗？此后，由我看来，事情是那么依然的和无可避免地，我因而只有一个愿望：不再在这等待的边缘苦恼，最好是立刻摆脱。既然这是必要的，那么，为什么他不杀死他呢？我因恐惧和痛苦，心里那么激动和愤怒，我或许会拿刀子结束一切……他注视我。毫无怀疑，这心思在我脸上流露出来。突然，他扑过去，抓住转向车门方面的院长的两肩。院长惊慌，以本能的震动摆脱出来，要他的胳臂伸向正在他头上的警铃钮。他动到它，可是马上被另一个再捉住，处在那样凶暴的推撞下，他给压倒在座位上，仿佛全身曲成两段。他的嘴因惊骇和恐怖张开，发出浸没在车轮喧闹里的模糊叫喊，至于我，我清楚地听见我的丈夫发出尖锐的疯狂声音，重复诵着：'猪猡！猪猡！猪猡！'但是闹声已消失，火车已走出隧道，苍白的乡野和排列过去的黑树重新出现。我留在我的角落里，尽最大的可能，笔直贴近靠背的猷布。斗争持续了多少时间？几乎只有几秒钟，而我却仿佛觉得它不会终止，那时，整个车厢的人都仿佛听见了搏斗声，车外的树木也似乎注视我们。我的丈夫，手里拿攀开的刀，被他的脚腿推撞，不能打击，只在车厢的摇动地板上蹒跚，他几乎跪下去。火车奔跑着，以它的全速度载去我们，机头快到摩弗拉十字地面过道时发出尖叫……于是我扑到还继续挣扎的老头子的两腿上，我以后想不起这究竟是怎样发生的。是的，我让自己像一捆东西似的倒下去，用我的整个重量，压住他的两腿，使他不再抵抗。我什么都没看见，可是我感到一切：刀戳进喉头的撞击，身体的深长震动，经过三次打嗝，像时钟被敲碎似的散开，死慢慢来临……哦！这临终的颤栗！在我身体里，至今还有看它的反响。"

杰克很想知道得清楚些，为了询问她，试图打断她的话。但是现在她急于要结束她的叙述。

"别急，你等着……当我再站起来时，火车正以它的全速度经过摩弗拉十字面前。我清清楚楚瞥见正面关闭着的房子和守望员岗舍。还有四公里，至多五分钟就要到巴朗丁了……身体还蜷缩在座位上，血流下来，汇成宽厚的一潭。我的丈夫站着，被火车的颠簸摇摆，仿佛已惊呆了。他睁大眼睛注视，并用他的手帕擦拭刀子。这持续一分钟，而我们两个都没有为我们的得救做过任何事情……如果我们将尸体保留在我们

身边，如果我们留在那里，火车到巴朗丁停下时，人们或许会发现一切……但是，他把刀子重新放到他的衣袋里，仿佛已觉醒了。我看见他搜索尸体，取出表、钱和一切他所能找到的东西，打开车门，竭力将尸体推到轨道上，而没有用两臂去抱他，怕身上溅到血迹。'帮帮我，一起推吧！'我甚至没有尝试，我已不再感到我的力量。'他妈的！你愿同我一起推吗？'头首先出去，一直垂到踏级上，躯干却蜷成一团，无法下去。火车仍然奔跑着。最后，我们更加猛烈地推，那尸体坠下，消失在车轮的响声中。'啊！笨蛋！完蛋了。'接着，他拾起被头，拿它也投掷出去。于是只有我们两个站着，座位上是血潭，我们不敢坐下……被打开的车门撞地砰砰响，我看见我的丈夫，下去，消失了，我首先不明白，我的头脑已昏乱；仿佛本身已不存在。他回来。'快跟随我走吧，如果你不愿被杀头的话！'我不动，他极不耐烦。'来吧，蠢家伙！我们的车室是空的，我们回到那边去。'空的，我们的车室，那么，他已去过了吗？一声不响，穿黑衣服的寡妇，我们看不见的女人，她的确已离开，已不再留在那边的角落里了吗？……'你愿意走吗？要不然和他一样，我把你也推到轨道上！'他重新上来，粗暴地发狂，推着我走。我到外面的踏板上，两手抓住铜杆。他从我背后下来，仔细关好车门。'走吧，走吧！'但是，我处在火车疾驰的昏晕里，不断被凶暴吹着的大风鞭击，实在不敢走动。我的头发已散乱，我的坚硬手指会放掉铜杆。'他妈的！快走吧！'他依然催促我，我只得行走，两手轮流放开，全身紧靠车辆，我的裙子飞舞，我就这样一步又一步向前移动，被吹响的裙子阻住我的脚腿。远处的一个拐弯后面，我们已瞥见巴朗丁车站的亮光。机头已开始尖叫。'他妈的！快走吧！'哦！这地狱的声音！这猛烈的、我在其中行走的颠簸！我仿佛觉得自己被一阵暴风雨侵袭，将和干草一样被卷走，碰到那边一堵墙垣，把自己碰得粉碎。乡野向后掠过，许多树木带着发狂的奔跑跟随我，它们旋转，弯曲，我们经过时，每样都发出短促的叹息。到车厢尽端，当我必须跨过，达到下一车厢的踏板和抓住另一铜杆时，我停住，我的勇气已丧失，我再也没有力量跨过去。'他妈的！快走吧！'他扑到我身上，他推我，我闭上眼睛，我不知道怎样继续前进，大概只由本能的力量，同时，怎么没有人看见我们呢？我们从三辆车厢旁边过去，其中的一辆二等车，绝对坐满了人。我还记得许多旅客的头整行排列在油灯的亮光下，如果有一天遇见的话，我以为自己还可能认得他们：一个肥胖的男子，满脸是红髭发，尤其是两个少女的脸，笑着俯下。'他妈的！快走吧！''他妈的！快走吧！'我已不清楚了，巴朗丁的亮光逐渐接近，机头发光尖锐的叫声，我的最后感觉是被拖曳，被搬动，被扯着头发拉上去。我的丈夫一定抓住我，从我的肩膀上打开车门，给我掷到车室里。火车停下来时，我喘着气，躲在一个角落里，一半不省人事。我听见他不做任何动作，只同巴朗丁站长谈几句话，接着，火车再开行，他立刻跌到座位上，他也已精疲力竭。直到勒·哈佛尔，我们没有再开过口……哦！我恨他，我恨他，你看，为了他要我受苦的这一切丑事，我恨他，而你，我的宝贝，我爱你，你让我觉得非常幸福！"

在珊佛琳的心里，经过这长久而热烈的叙述后，这叫声由她的丑恶回忆里发出，仿佛是她需要快乐的最后焕发。然而杰克虽然被她的迷乱两手烦扰，也和她一样狂热，还是继续阻止她。

"不，不，再等一下……你压住他的两腿，你没有感到他的死去吗？"

"未知"已在他的体内觉醒，狂暴的波浪由他的脏腑里升上来，使他的头脑被红色的幻象侵占。他重新生起杀人的好奇心。

"那么，刀子，你觉得刀子戳进去吗？"

"是的，钝重的一击。"

"啊！钝重的一击……没有破裂的声响，你确信是这样吗？"

"不，不，只有钝重的撞击。"

"那么，后来，他抽动一下吗？"

"是的，抽动三下。哦！从头至尾，那么长，我觉得它一直伸延到脚上。"

"这是使他僵硬的抽动，不是吗？"

"是的，第一下很强烈，其他两下则比较微弱。"

"他死了，你觉得他像这样，一下被刀戳死，这对你有什么反响呢？"

"对我，哦！我不知道。"

"你不知道，为什么你撒谎！对我说，你要毫无保留地对我说，这对你有什么反响？……你难过吗？"

"不，不，并不难过。"

"你快乐吗？"

"快乐？啊！不，也不快乐。"

"那么，究竟怎样呢？我的爱。我恳求你，把一切都对我说了……如果你知道的话……请你对我说你所感到的。"

"我的上帝！我不能说出这个，……这是丑恶的，哦！这仿佛卷走你，把你卷的那么远，那么远！那一分钟的生活，比我过去的一生，都来得强烈。"

杰克咬紧牙关，只剩下喑哑的呢喃，紧紧抱住她。珊佛琳也抱住他。他们互相占有，他们从死亡深处、从交尾的畜牲互相剖腹般的痛苦欢乐里，重新找到了爱情。房间里只响着他们的沙哑气息。天花板上，血红的亮光消失了，火炉里已没有火，在外面的严寒里，整个卧房开始变得冰冷。盖满白雪的巴黎没有任何声息。一会儿，隔壁

女报贩的打鼾传到他们的耳边。随后，黑间的深渊将一切都吞没了。

杰克的胳臂里还搂抱着珊佛琳，他觉得她立刻向无可战胜的睡眠让步，她真的累坏了。旅行，白天在米索尔家里的长久等待和这狂热的一夜，已沉重地压倒她。她咕噜了一声孩子般的晚安，沉睡过去，发出均匀的气息。杜鹃钟敲了三下。

再经过一小时左右，杰克的左臂还搂抱着珊佛琳，在她的重量下，觉得这只臂膀已逐渐麻木。他不能闭上眼睛，似乎有一只不可见的手固执要眼睛向着黑暗再睁开。现在，他已不再辨出房间里的任何东西，四周被黑暗吞没，火炉、家具和墙壁等，一切都已淹没，他必须转过来，才重新看见窗户的两块苍白方形，一动也不动，像梦样渺茫。虽然他异常困乏，他脑里的奇异活动要他辗转不安，被不断的清理思想纷扰。每次，由于意志的力量，他以为自己沉入睡眠，而同样的缠绕又重新开始，同样的形象排列着，唤醒同样的感觉。当他的眼睛睁得很大，充满昏暗，谋害的详细景象一幕一机械地舒展出来。它连续出现，而且时常是相同的，刺激的和令人发狂的。刀子钝重的一击，戳入喉头，身体发出三下抽动，生命随着温热的血潮离开，他觉得这红的液体，流在他的两手上。二十次，三十次，刀子戳进去，身体激动着，这变得巨大，窒息他、淹没他，简直要使周围的黑暗都崩裂了。哦！干这一刀，满足这遥远的愿望，知道人们所将感受的，尝到这一分钟比一生都要强烈的生活滋味，这是多么大的诱惑！

杰克逐渐感到呼吸困难，他想到这是珊佛琳的重量压住他的胳臂，阻止他睡去。他慢慢摆脱出来，不惊醒她，把她放到自己身边。很快，他感到轻松，能更舒服地呼吸，相信睡眠终于会到来。然而，不顾他的努力，无形的手指，仍然重新撩开他的眼皮；在黑暗里，杀害的景象，以血红的影子再露出来，刀子戳进去，身体颤动着，红的雨一阵又一阵飘过阴暗。喉头的创伤显得很大，像被斧头劈开似的张开。于是他不再奋斗，他仰卧着，不断被这固执的幻象侵扰。他听见体内响着冲动的声音，消耗力超过了脑力思想的十倍，这仿佛是整个机器的轰动。这来自很远，来自他的年轻时期。然而，他已为自己已痊愈，因为几个月以来，由于占有了这个女人，这愿望似乎完全死去，看，在这杀人的显示下，刚才当她紧靠着他的皮肉，抱住他的肢体，向他的耳边喃喃说着的时候，他却从来没有觉得它像这样强烈。他因她的皮肤的小小接触，觉得焦灼，他稍稍避开，不让她动到他。一种难堪的热气，沿着他的脊梁升上来，仿佛垫褥在他的腰部底下，已变成炭火。无数火针刺戳他的后头。好一会儿，他尝试要两手从被头里伸出；然而他颤栗地发觉它们立刻变得冰冷。恐惧已抓住它们，他又抽回来，首先要它们合起，放到他的肚皮上，终于让它们溜下，紧紧被压在臀部底下，就这样囚禁它们，把它们封锁住，仿佛他畏惧它们捣乱，担心它们会犯丑恶的行为。

每次杜鹃钟敲响，杰克都倾耳计算。四点，五点，六点。他切盼天亮，希望曙光

会驱逐这萦绕的恶梦。所以，他转向窗户，窥伺着玻璃。但是那里，还只有雪的模糊反光。五点缺一刻，只迟了四十分钟，他曾听见勒·哈佛尔的直达车到来，这证明铁路的交通一定已恢复。将到七点钟以前，他才看见玻璃逐渐变白，这是很徐缓的乳色苍白。最后，房间已被这模糊的光线照亮，各样家具似乎都在浮动。他还是不能闭下眼皮，他的眼睛，由于想看，反而更加激动。立刻，由于还没有射进更多亮光，他与其说是瞥见，毋宁说是猜到他昨晚用来切蛋糕的那把刀，放在桌子上。他只看见这把刀，一把尖利的小刀。月色更扩大，两扇窗整个白光现在已透射进来，反映在这细薄的刀锋上。他恐惧地将双手伸入身体底下，因为他觉得它们激动、反抗，比他的意志还要坚强。难道它们不再属他所有了吗？这是来自另一个人的手，是远古人类在森林里扼死野兽的时代，由某一祖先遗留给他的手！

　　杰克不想再看那把刀，于是他转向珊佛琳。她睡得很平静，在极端疲倦里发出孩子般的气息。她的厚密黑发已散乱，一直溜到肩膀成为她昏暗的枕头；从发绺中间的下颌底下，他瞥见她的胸口，显出柔嫩和稍带微红的乳白色。他注视她，好象他已不认得她，然而他还崇拜她呢！在热爱的愿望里，他走到哪里都有她的形象，而且往往缠绕他，使他忧虑，即使他在驾驶机头时也一样；他想念她到那样程度，有一天，当他开足速率，不顾信号，掠过一个车站时，他仿佛刚从一个梦里醒来。但是这乳白的胸口，带着冷酷的突然幻觉整个抓住他，他的体内，还留下有意识的恐惧，他想立马抓住那把刀，戳向那女人的皮肉里。他似乎听到刀锋进去的钝重撞击，他突然感到身体跳动三下，接着是死，身体在血的奔流下开始僵硬。他，奋斗，想从这萦绕的幻觉里摆脱出来。每一秒钟都稍稍失掉他的意志，仿佛在这极端边缘，被这固定的念头淹没，他将无法抵抗，他将向本能的催促让步。一切都变成混沌，他的愤怒两手战胜了他想隐藏它们的努力，逐渐松开，并逃出他的控制。他非常明白，此后他已不是它们的主人，如果他继续注视珊佛琳，它们将变成凶暴，将去满足自己的要求，他尽他的最后力量摆脱床铺，和醉汉一样，只在地上滚动。他竭力再站起来，两脚被地板上的裙子绊住几乎又重新跌倒。他蹒跚，他迷乱的双手寻找他的衣服，脑里只存着唯一的思想：赶快穿衣，拿刀子下楼，到路上去杀死另一个女人。这次，他的愿望太使他受苦，他必须杀掉一个。他找不到他的裤子，已三次动到它，而没发觉他已拿在手里。他的皮鞋要他费了他许多辛苦。现在虽然已是白天，房间里，由他看来，仿佛还弥漫着赭色烟尘，仿佛还罩满冰冷的浓雾，一切都被淹没。他因热病颤栗，他终于穿好衣服，拿刀子，藏在袖口里，确信这次他将杀死一个，杀死他将在人行道上遇到的第一个女人，忽而被单发出繂察声，床上传来一声叹息，使他停住，被"钉"在桌边，脸变得毫无血色。

珊佛琳醒来了。

"怎么！亲爱的，你要出去吗?"他不回答，他不注视她，希望她再睡去。

"你有什么事，你到哪里去，亲爱的?"

"没有什么，"他嗫嚅地说:"只为一件工作上的事，……你睡吧，我立刻就回来。"于是她重新被朦胧的麻木侵占，眼睛重新闭下，只吐出模糊的话语。

"哦！我还想睡，我还想睡……你来抱吻我，亲爱的。"

然而他不敢移动，因为他知道他若转过去，有这刀子握在手里，他只要再看见她这样娇嫩，这样漂亮，赤裸裸地躺在混乱的被头里，要他坚挺站着的意志立刻会丧失。不顾他自己的反抗，他的手将举起来，将拿刀子捅入她的喉头。

"亲爱的，你来抱吻我吧……"

她的声音消失了，很温柔，口里说着妩媚的喃喃话语，她已重新睡去。他昏乱地打开门，马上逃走了。

杰克走到阿姆斯特丹路人行道上，时钟已敲八点。雪还没有被扫除，人们几乎只听到很少行人的脚步声。立刻，他瞥见一个老妇人，但是她已转过伦敦路拐角，他并不跟随她。许多男人从他的身边擦过，他向勒·哈佛尔广场走去，十四岁左右的一个女孩子，由对面的一幢房子里出来，穿过街心；他赶到时，只看见她已进入隔壁一间面包店。他是那么不耐烦，等不及，又向更远处寻找，继续走去。从他拿起这把刀，离开房间以后，这不再是他自己在行动，而是另一个，他那么多次觉得在他自己存在深处激动的另一个，他不认识的，来自很远之处，不时燃烧着杀害渴望和遗传宿疾的另一个。他过去杀害过，现在他还想杀害。杰克周围的一切事物好象都弥漫在梦境里，因为他只透过固定的念头看见它们。他每天的生活似乎已消灭，他和梦游者一样在行走，既没有过去的记忆，也没有将来的预测，一切都浸没在他的需要的缠绕里。在他走去的身体深处，他的个性已不存在。两个女人轻轻擦过他，向他前面走去，他加速他的脚步；当一个男子留住她们的时候，他已赶到她们身边。他们三个欢笑并谈话。这男子已打扰他，他立刻去跟随另一个走过去的女人，她又黑又屠弱，在她的单薄披肩下，显出可怜的姿态。她走向非常不如意的工作，因为她慢条斯理，满脸是痛苦的表情。他现在已看中这一个，一点也不急迫，只等着选定一个地方，让自己能够随心所欲去打击她。无疑的，她发觉这年轻人跟随她，她的眼睛以无可形容的悲伤向他转过来，奇怪人们怎么还愿意追求她。她已引他走到勒·哈佛尔路中间，她转过来两次，每次都阻止了他从袖口里拿出刀戳入她的胸口。她有着那么可怜的贫苦眼睛！那边，待她走下人行道以后，他将下手。突然，他转弯，开始去追赶另一个向相反方向行走的女人，这没有理由，也不是由于他的意志，因为她刚在这一分钟过去，他就这样转

355

变了目标。

杰克，在她背后，向车站这边走回来，这女人很活泼，踏着响亮的小步前进，即可爱，又漂亮，顶多只有二十岁，已经肥胖，金黄头发，脸上有一对向人生微笑的快活和美丽眼睛。她甚至没有注意到背后有一个男子跟随她；她一定很急忙，因为她轻捷地越过勒·哈佛尔院子的台阶，登上大厅，她几乎跑着走过去，扑向环城路线的售票口。看她买来一张到奥德伊的头等票，杰克也要了同样一张票，他跟她穿过候车室，转到月台上，一直进入车室，他安顿在她的旁边，火车立刻开行了。

"我还有时间，"他想到："我将在一个隧道底下杀死她。"

但是他们对面，一个年老的女太太，唯一上来的旅客，却认识这位年轻女人。

"怎么！是您！这样早，您到哪里去？"

另一个，做失望的滑稽手势，爆发大笑。

"瞧我简直做什么事都会遇见熟人！我希望您不会出卖我的秘密……明天是我丈夫的生日，待他一出去做他的事情，我也立刻奔跑，我到奥德伊一个园艺家家里去，他曾看见那里有一种兰花，他非常喜欢，他想买它，已想得发狂……您知道，我正为他准备一种意外的礼物。"

年老的太太摇摇头，对他们夫妻的恩爱，显得很感动。

"那么，小娃娃很好吗？"

"小女儿？哦，一个真正有趣的小宝贝……您知道八天以前我已给她断了奶，应该给她吃肉汤……我们全家的身体都很好，这简直是怪事！"

她笑得更大声，杰克靠她的右边坐着，手里握住的刀藏在他的大腿后面，他对自己说，这很好，他很可以去袭击。他只要举起胳臂，一半转过来，他的手立刻可以捉住她。但是到巴底尧尔的隧道底下，帽带却阻止他下手。

"那里，"他想到，"有一个结子将妨碍我，我要自己戳得很准。"

两个女人继续她们的快活谈话。

"那么，我看您是幸福的"。

"幸福的，啊！如果我能这样说的话。我现在所享受的简直像我在做美梦！……两年以前，我什么都没有，您一定还记得，在我的姑母家里，人们并不觉得好玩，没有一个铜子的陪嫁……他来了以后，我颤抖，我马上爱上了他，爱得那样厉害！可他是那样漂亮和那样富有……现在，他已属于我，他是我的丈夫，我们两个已有小娃娃！我对您说，这是太幸福了！"

杰克研究帽带的结子，观察到那下面有一个大的金徽章，吊在一块黑天鹅绒上。他筹划一切。

"我将用左手捉住她的脖颈，我将翻倒她的头，撇开徽章，以便戳入她的赤露喉头。"

火车停下，过一分钟又再开行。到古尔赛尔，到纳伊，短的隧道连续过去。停一会儿，一秒钟就够了。

"今年夏天，您曾到海边去过吗？"老妇人再问。

"是，到布勒搭尼，逗留了六个星期，我们住在一个偏僻角落里，一个真正的世外桃源。随后，我们又到波亚都我丈夫的父亲家里度过九月，他在那里拥有很大一片树林。"

"冬季，您不安排到南方去吗？"

"是的，本月十五日前后，我们将到加纳……房子已租好。一段非常幽美的花园，对面就是海。我们已派去一个人，替我们安排一切，使我们一到，就可以住下……这并不是去避寒，我们两个都不怕寒冷；不过，太阳那么好！……我们将在三月回来。下一年，我们将留在巴黎。两年以后，当小娃娃长成大女孩子时，我们将旅行。难道我知道一切吗？这时常是欢乐的节日！"

她对自己的幸福，好想向别人夸耀一下。她转向杰克，转向这不认识的人，对他微笑。在这动作里，帽带的结子已被移动，徽章也已撇开，粉红的头颈已出现，散有轻微的小窝，全部都由暗影镀上金色。

杰克已下了无可挽回的决心，他的手指已捏紧刀柄。

"就是这里，在这位置上，我将戳进去。是的，一会儿，未到巴锡之前，在一个隧道底下。"

然而一个职员在特洛加岱罗车站上车，他认识杰克，立刻同他谈到工作上的事情：一个司机和他的火伕已服罪，已承认自己偷煤。从这时起，一切都开始混乱，他将永远不能再正确地记起以后的事实。笑声还继续着，幸福的表现那样强烈，他自己也仿佛受到感动，沉入陶醉的状态。或者他同两个女人一直坐到奥德伊吧！不过他想不起她们曾在那里下去。他自己终于走到塞纳河边，而不能对自己解释这是怎样发生的。他所保持的很明晰感觉是他曾从边岸高处掷下他紧紧握着、藏在袖口里的刀子。随后，他不清楚了，他已反应迟钝，脱出他的存在，"另一个"也同刀子一起由他的存在里逃走了。他一定偶然随意地在许多街道和许多广场上走了许多钟点。人和房子很苍白的排列过去。无疑的，他曾进入某处，在坐满顾客的一个厅堂深处吃过东西，因为他还清楚地看见白的盆碟。他对于一条红纸贴在一间关闭着的店铺上，也有持续的印象。随后，一切都溜入黑的深渊和空灵里，那里再没有时间和空间，他只无声气地躺着，或者从许多世纪以来就已如此。

当他神志清醒后，杰克觉得自己已在加尔第纳路的狭小房间里，没有脱衣服，横躺在他的床铺上，像一只疲倦的狗，拖着脚步回到它的狗窝那样，本能已重新领他回到这里。此外，他已想不起他曾登上楼梯并躺到床上睡去。他从沉熟的睡眠里睡来，突然摆脱昏迷，不免有点慌乱，仿佛经过了深长的不省人事，灵魂忽然再进入自己的躯壳。他已睡过三小时或三天了吧！突然，记忆再浮到他的脑里：他曾同珊佛琳挨过一夜，她曾招认杀害，他像吃人的凶兽一样，曾出门去寻找流血。那时，他已不再是他自己，此刻，他已回到自己体内，他奇怪他竟做了非他意志所能控制的种种行动。随后，想到少妇一定在等他，他马上站起来。他注视他的表，他看见已下午四点钟；脑子一片空白，很镇静，像经过一次很大的流血，他连忙回到阿姆斯特丹街去。

直到中午，珊佛琳沉熟地睡着醒来以后，还没有看见他在那里，觉得很奇怪。她再次燃起火炉，最后，她饿得要死，穿好衣服，两点钟左右决定下去，到邻近的一个饭店里吃午饭。当杰克出现时，她已跑过几间商店，又上楼等着。

"哦！我的心肝，我多么担心！"

她抱住他的脖子，并很近很近地盯着他的眼睛。

"那么，这到底发生了什么事情。"

他非常疲倦，皮肉冰冷，但毫不烦乱，只平静地请她放心。

"没有什么，只是一件可厌的苦役。他们若要留住你的话，他们是不再放你走开的。"

她于是降低声音，让自己变得谦卑和柔媚。

"你知道我在胡思乱想……哦！一种丑恶的念头，很使我痛苦……是的，我曾对自己说，经过了我曾对你招认的叙述，你或许不再爱我了，看，我还以为你丢下我不管了。"

顷刻间，眼泪狂涌，她被泪水淹没了，热烈地将他抱在自己怀里。

"啊！我亲爱的，如果你知道的话，我多么需要人们对我表示可爱！……爱我，好好地爱我，因为，你看，只有你的爱情能使我忘记……现在，我已把我的一切都对你说了，不是吗？不应该离开我。哦！我拜托你！"

杰克被这温柔袭击。一种无可战胜的松弛逐渐使他软化。他嗫嚅地说：

"不，不，我爱你，你不要害怕。"

想到这再次得到他。他将永远不会痊愈的丑恶毛病，他的眼睛被泪水充溢，他也哭了。这是一种羞惭和无限的失望。

"爱我，你也要好好爱我。哦！以你的全部力量爱我，因为我也同你一样需要爱情。"

她战栗着，她要知道。

"你，有什么悲伤，你应该对我说。"

"不，不，没有什么悲伤，只是一些不存在的事物，使我感到非常不幸的忧闷，我就连它们到底是什么也说不上来。"

他们互相拥抱，混合他们的可怕忧郁和悲哀。这是无法忘记和宽恕的无限痛苦。他们哭，他们觉得生命的盲目力量由斗争和死亡组成，总不断在他们的体内激动。

"好吧，"杰克摆脱出来说，"现在已是想到动身的时候了……今晚，你将回到勒·哈佛尔。"

珊佛琳突然脸上毫无光泽，目光非常空洞，沉默一下，然后喃喃说：

"如果我是自由的话，如果我的丈夫已不在那边的话……啊！我们将忘记得多快！"

他做一个粗暴的手势，他高声地道出自己的想法：

"然而我们却不能杀掉他。"

她盯了他好长一会儿，他战栗，很奇怪自己怎么会说他从来没有想到的这一句话。既然他要杀人，那么，为什么不杀这妨碍的人呢？待他终于要离开她，赶到停备站去工作时，她重新将他搂到自己怀里，在他的脸上盖满亲吻。

"哦！我的心肝，你要好好爱我。我将更强烈、更强烈地爱你……好吧，我们将非常幸福！"

九

　　回到勒·哈佛尔以后，杰克和珊佛琳整天活在顾虑和谨慎之中。卢波既已知道一切，他难道不想窥伺他们，捉住他们，在突然的发作中向他们报复吗？他们想起他从前的嫉妒狂怒，他从前做工人时捏紧拳头打人的粗暴。他们恰看见他睁着昏乱的眼睛，态度那么阴沉和缄默，他一定在考虑什么凶险的阴谋埋伏，打算要他们落入他的掌握。因此起先一个月，他们相见时总存着警惕和戒心。

　　然而，卢波待在家的次数越来越少。他这样走掉或许想突然回来，撞见他们彼此搂抱着吧！可是这恐惧并没有实现。反之，他的出门延长到那样程度。他几乎从来不在家里，待他一有空闲，就逃出去，只到职务需要他的准确时刻才回来。日班的星期，他设法于十点钟再上来，只费五分钟吃过早饭，随后，不到十一点半，他不再出现，下午五点钟，他的同事下去代替他的时候，他马上溜跑，往往整夜不归家。每天几乎没有几小时睡眠时间。夜班的星期也是一样，从早晨五点钟就自由了，无疑的，他到外面吃饭、睡觉，不论怎样，他只在下午五点钟才回来。在这混乱中，他还久久保持模范职员准时上班的习惯，每次于最后的一分钟赶到，时常是那样疲倦，他的脚腿已不能载负他，可是他还站着，专心做他的工作，渐渐的，毛病产生了，已有两次，另一个副站长慕伦，只得等他一个小时；甚至，一天上午，吃过早饭以后，看到他不再出现，慕伦做好人，下来代替他，使他可以避免上司的谴责。从此，卢波的职务已开始受到这徐缓紊乱的影响。白天，他不再是活动的人，现在不会亲自检查过一切，才送出或迎接一班火车，将极琐细的事实列入报告，呈给那位对别人和对自己都很严格的站长。夜里，他躺在自己办公室的大沙发里睡得很沉；醒来后，似乎还打盹。他到月台上，来回行走，两手交叉在背后，有气无力地发出命令，而不再查问是否照他的意思执行。然而，由于习惯的固有力量，除非一列旅客火车闯入停备轨道，他的疏忽会引起一次撞车之外，一切都进行得很好。他的同事们都生活在快活之中，每人都说他已耽于淫乐。

　　事实是卢波现在经常出没在商业的咖啡馆楼上一个逐渐变成赌场的偏僻小房间里。人们传说每夜有许多女人到那里去；其实，那里只有一个退休营长的情妇，年纪至少已四十岁，也是发狂的赌徒，别的统统是玩牌的男子们。副站长只在那里满足他赌博的忧郁激情。他杀过人以后，偶尔玩玩"比克"牌，激情因而觉醒，随后就逐渐扩大。为了它所提供他彻底的散心和毁灭，终于赌博变成了强迫的习惯。赌博已成为他必不可少的一部分，连对女人的需要也已淡化。此后，赌博的热忱已完全控制他，仿佛是他所能自足的唯一享受。这并不是杀人的懊悔，他并不是偶然一次烦恼，他要拿赌博去满足忘记的需要，而是在他家庭互解的震动和他生活被损坏的紊乱里，他不免找到一种安慰，一种他能单独享受的自私和幸福的昏晕滋味。现在，一种都浸没在这激情深处，这是引起他堕落的无底深渊。酒精不会使他更轻松、更迅速地挨过时光。他甚至已摆脱生活的忧虑，仿佛怀着奇特的强烈情趣生活着；此外，他变得无所用心，连从前要他发狂的忧闷也不再触动他。除了熬夜的疲倦外，他的身体很康健，他甚至已逐渐肥胖，全身充满滞重的油脂，他的昏乱眼睛压上不易睁开的眼皮。当他带着睡眠和徐缓的姿态回来时，他对家里的一切事物，拿着非常冷淡的态度去对待。

卢波回来，由地板底下取去三百金法郎。那一夜，因为连续赌输几次，他要付钱给督察员高舒先生。后者，一个老赌徒，镇静自若，的确是可怕的对手。然而，他为自己解脱，把这解释为只是纯粹的消遣，虽然负有司法职务，他却保持老军人的外表。他始终是单身汉，他以平静的老主顾身份，生活在咖啡馆里。这不能阻止他常常玩一整夜的牌，并收拾别人的全部金钱。流言已开始传播，人们指控他那样不尽职，那样不准时站到他的岗位上，现在已有强迫他辞职的谣传。但是事情仍然拖延下去，车站上只有那么少工作，凭什么要向他要求那么多的热情呢？他仍然继续只到车站月台上闲荡一会儿，而每个遇见他的人也继续对他致敬。

三个星期以后，卢波又欠高舒先生将近四百法郎。他曾解释他老婆所得的遗产，尽可以让他们过着很舒服的生活，可是他笑着加上说，她保管钱柜的钥匙，这要别人原谅他迟迟不付赌账。一天上午，他单独在家，心里非常窘迫，他重新揭开嵌板，从秘密洞窟里拿出一千法郎一张钞票。他的全身都颤抖，偷取金币那一夜，他没有感受这样激动的情绪。毫无怀疑的，在他看来，那还只是偶然的零星数目，取来这一张钞票，盗窃已逐着开始了。一想到神圣的钱，他曾答应将永远不动到它，一种不舒服的感觉侵入他身心，他的皮肉因而竖起鸡皮疙瘩。从前，他曾发誓，宁可饿死也不拿它来花费，此刻他把钱握在手里，他不知道他的谨慎怎样会消失了。无疑的，从杀害的余悸里，他的谨慎逐日在减少。由洞窟深处，他以为感到一种潮湿，似乎有什么柔软和令人作呕的东西，使他怕得发抖。很快，他重新放好嵌板，并重新发誓，他即使切断自己的拳头，也不愿意再移动它。他的女人没有看到他，他呼吸，觉得轻松，为了振作自己，他喝下一大杯水。现在，一想到他的赌债清付了，他还有这一大笔数目可

以再赌，随即拥有了愉快的心情。

但是，必须兑换这大票时，卢波又开始忧虑。从前，他是勇敢的，如果他不犯愚蠢的错误，要他的女人参与他的杀害事情，他很可以一个人去自首，但是，现在脑里一浮起宪兵的思想，他的全身即被冷汗侵占。他徒然知道法官并没有查明这些失掉的钞票号码，官司也已永远沉睡在档案的纸堆里。待他一打算进入某处去兑换零钱，一种恐怖马上抓住他，使他吓得发抖。五天之内，他的身边保存着这张票子，连续的习惯和需要他不断探摸它，重新移动它，夜里也不同它分离。他想起种种复杂的计划，而每次都碰到意外的恐惧。首先，他在车站里寻找：为什么一个负责收款的同事不给他拿去呢？接着，他觉得兑换是极端危险的，他想干脆不要戴鸭舌帽工作，到勒·哈佛尔另一端去购买不论什么东西。不过，人们不是要奇怪他为一点点物品竟动用这么大的一个数目吗？他决定采用以下的方法。拿这张钞票到拿破仑广场他每天出入的纸烟店去兑换，不是最简单吗？人们都知道他曾继承到遗产，商人一定不会发生惊奇。他一直走到门口，觉得昏晕和怯弱，为了振作勇气，又向服班码头下去。经过半个小时的散步，他回来还是没有决心。晚上在商业咖啡馆里，看见高舒先生到来，突然大胆地从衣袋里抽出钞票，请女老板给他兑换，但是她没有小钱，她只得派一个仆人到纸烟店去。这张票子虽然印上十年以前的日期，看来还是全新的，人们甚至还大开玩笑。督察员拿它到手里，翻转这边或那边，仔细审察它，口里说，这一张无疑曾沉睡在某一洞窟深处。这使退休营长的情妇谈论某人隐藏私财，有一天，从他地底下重挽出来的说不厌的故事。

十几天过去了，卢波手里的这钱更激发他的赌兴。这并不是他大赌输赢，但是那样持续和不幸的倒运跟随着他，每天小的数累积起来，终于达到很大的数目。将近月底时，他又一文不名，而且已欠上数十法郎的债，他很难过，不敢再动到一张纸牌。然而他奋斗，几乎病倒。九张大票睡在那里，睡在餐室地板下，这种思想每分钟都缠绕着，盘旋在他的脑际。他透过木板看见它们，他觉得它们烧热他的鞋底。假如他不怕良心责备的话，还可以拿出一张！但是这次是的确发过誓的，他宁可让手放在火里，也不高兴再去搜索。一天晚上，珊佛琳睡得很早，他向狂热的情绪屈服，挖开嵌板，心头那么忧伤，眼睛里充满泪水。何必要这样抵抗呢？这些都陡增痛苦，因为他晓得这一张一张的钞票的最终去处。

第二天上午，珊佛琳偶无意中发觉到嵌板的新鲜损伤和棱角。她俯下去，看出挖动的痕迹。显然，她的丈夫继续取里面的钱。她奇怪自己怎么会愤怒发作，她平常并不关心利益问题；至于她相信自己即使饿死，也不动到这些血腥臭的票子，那更不用说了。但是这些钱不是同样属于他们俩所有吗？为什么他偷偷处置它们，甚至不征求

她的意见呢？直到晚餐时刻，她确信他已拿去，她要知道究竟，她被这痛苦的情绪烦忧。如果一想到单独搜索这个洞窟时，她的头发里并不会感到小小寒冷气息，她自己也会挖开嵌板去看看。死人不会从这下面站起来吗？这孩子般的恐惧，使餐室变得那样令人厌恶，她带上刺绣，幽闭在睡房里。

晚饭，他们吃着余下的腊肉，她被他无心地瞥了一眼地板角给激怒了。

"你又取去，嗯？"她突然问道。

他惊讶地抬起头。

"你说什么？"

"哦！不要假装不知，你很明白我的意思……但是你听着：我不愿你再拿去，因为这不是你的，同时也不是我的。知道你动到它，这简直使我生病。"

往常，他尽力不吵。他们的共同生活只是两个相连的生物被接触，他们挨过整天时间，不说一句话，他们一直冷淡，和孤单的陌生人一样，虽然并肩来去，而彼此冷冷淡淡，所以，他只耸一耸肩膀，拒绝任何解释。

然而她很激动，她要结束这隐藏在那里的金钱问题，从犯罪那一天起，这个问题使她很不愉快。

"我要你回答我……你敢对我说你没有动到他吗？"

"这和你有什么关系？"

"这和我很有关系。这扰乱我的安静。今天，我还害怕，我不能留在这里。每次你动到它，我总有三夜要做可怕的恶梦……我们从来不提它。那么，你安静些，不要强迫我谈到这个。"

他睁开大眼睛固定地凝视她，迟钝地再次说：

"我动到它，这和你有什么关系？我只要不强迫你去动它就好了！这是我的事情，你不用管！"

他做一个竭力忍住的粗暴手势。随后，她实在太烦扰，显出痛苦和厌恶的面容说：

"啊！好，我已不了解你……可是你一向是安份的。是的，你从来没有拿过别人的一个铜子……你所做了的，这还可以原谅，因为你已发狂，像我自己也被激得发狂一样……但是这钱，这丑恶的钱，它对你来说应该不再存在，而你，为了你的快乐，却一个铜子又一个铜子偷去……那么，你的体内究竟发生了什么变化？你不可能会堕落到如此卑鄙的地步啊？"

他听着，清醒了一分钟，也奇怪自己怎么会做出偷窃的行为。道德意识慢慢丧失的变象已消失，他不能重新想起那次谋杀在他体内所截去的一切，他不能向自己解释，另一个生物，怎样开始代替他的原有存在，他的家庭因而被破坏，他的女人也远离他，

363

变成敌人。然而立刻无可挽救的恶劣激情又重新抓住他，他做一个手势，仿佛要摆脱讨厌的考虑。

"在自己家里感到厌倦的时候，"他咕噜道，"人们当然要到外面去寻找消遣。你既然不再爱我……"

"哦！是的，我的确不再爱你。"

他固定的凝视她，向桌上击下一拳，脸被血的翻滚所侵占。

"，滚你的蛋，让我安静些吧！难道我阻止你去寻快乐吗？难道我判断你的行为吗？……有许多事情，一个规矩的人，若在我的位置上，一定会做的，而我却不做。首先，我应该用我的脚尖把你踢出门外。然后，我再也不偷窃。"

她的整个脸色变得灰白，因为她也往往想到一个男子，一个妒忌的人，被内心痛苦烦扰，达到那样可怕的程度，竟容忍他的女人同另一个男子相好，他的存在里一定已有道德腐败的征象，这丑恶的毒菌，将以蔓延的步伐，毁灭其他的顾虑，瓦解整个良心。但是她挣扎，她拒绝自己的责任，她嗫嚅地喊道：

"我不许你动到那下面的钱吗？"

他已吃好晚餐。他平静地折卷饭巾，然后站起来，显出嘲笑的态度说：

"如果你也要它的话，我们去均分了。"

他已俯下，仿佛要揭开隐藏所。她只得扑过去，用脚踏住地板。

"不，不！你知道，我宁可死掉……不要揭开这个。不，不！不要在我面前。"

那一晚，珊佛琳必须到货站后面去会杰克。半夜以后，她回来时，黄昏的景象又浮现在她眼前，她双重关上锁，幽闭在她的卧室里。卢波做夜班工作。他平常既然很少离开他的职务，她甚至不怕他回来睡，但是被头一直盖到下颌，让点着的油灯发出细微亮光，她不能睡去。为什么她拒绝均分呢？一想到自己也可以利用这钱，她觉得情感好象没怎么反抗了。她不是已接受摩弗拉十字产业的遗赠吗？那么，她也可以取用这藏着的钱。随后，颤栗又来了。不，不，永远不！钱，她很可以取来，可是她不敢动到它，她怕自己的手指会被燃烧，因为这是从死者身上偷来，而且是杀过人的丑恶东西。她的头脑重新平静，她反省：她去取来，目的并不要消费它，它将给它藏到别处，掩埋在无人知道，只有她一个人晓得的秘密地方，让它永远不要醒来。这样，至少有一半数目可以从她的丈夫手里抢救回来。从此，他不会独占全部，他不会把属于她的一份，也抢去赌博，座钟敲了三下，她非常惋惜她曾拒绝均分。一种还模糊和辽远的念头浮到她的脑际：立刻起来，搜索地板下面，使他不再拿到一个铜子。不过，那么大的寒冷刺激她的全身，她不愿想到这点。取来一切，把一切都保存着，使他不敢叹息一声！这计划逐渐强迫她接受，一种比她的抵抗还要坚强的意志，从她整个存在的无意识深处，增长起来。她固然不愿意，可是她突然从床上跳下，因为她必须这样做。她旋高灯芯，她走到餐室里。

从此，珊佛琳已不再颤抖。她已不再害怕，她很冷静，她用梦游者的徐缓和准确手势行动。她必须寻找用来挖起嵌板的火钳。洞窟显露以后，她看不清楚，她移近油灯。但是一种惊骇钉住她，要她俯下，一动也不敢动：洞窟已完全空了。显然，当她出去与杰克幽会时，卢波已再上来，怀着取走一切，把一切都拿到手里的同样渴望，已抢先一步干过了；一下，他拿所有的钞票都放到袋里，没有一张留下来。她跪着，从那底面，她只瞥见表和那表的金链，在地板支木的灰尘里，闪闪发光。一种冷酷的狂怒要她坚挺地和半裸地留下。过了一会儿，她差不多有二十遍高声诵道：

"贼！贼！贼！……"

接着，藉狂暴的动作，她看出里面的表，一匹被扰乱的大蜘蛛，因而循着石灰逃走了。踏上一脚，她重新安置好嵌板，她回来睡到床上，拿油灯放在床头的小桌上。重新感到温暖时，她注视她手里紧握着的表，然后，给它转过来，长久地审查它。在后面盖子上，院长姓名的两个起首字母，互相交错地雕刻着，引起她的注意。从里面，她读到二五一六制造号码。要保存这珍贵的物品，的确是很危险的，因为法官曾认识它的数字。但是在她只能抢救这个的愤怒中，她已感觉不到害怕。现在她的地板底下既已没有尸首，她甚至觉得她已从恶梦中醒过来。总之，今后她可以安安静静，不论在家里的任何一处行走。她让手里的表滑到她的枕下，她熄掉油灯，一下就沉熟地睡去。

第二天，杰克休假，必须等着卢波依然日常习惯安顿到商业咖啡馆之后，他才上去同她吃午饭。有时，如果他们大胆的话，都做这样的幽会。那一天，吃饭时，她还全身颤栗，同他谈到钱，向他叙述她怎么发现隐藏的洞窟是空的。她反对丈夫的怨恨没有平息，同样的叫声不断冲到她的口里：

"贼！贼！贼！"

接着，她要把表赠给杰克，杰克表示厌恶。

"那么，你明白，我亲爱的，没有人会到你的寓所来寻找。如果由我保存着，他又会给我抢去。这，你看，我宁可让他拉掉我的一块皮肉……不，他已偷得太多。我不要那钱。它使我害怕，我将永远不清楚其中的一个铜子。但是，他，难道他有权利享受这个吗？哦！我恨他！"

她哭，她坚持，她这样悲哀地恳求他，年轻人终于拿表放到他的背心袋子里。

六十分钟过去了，杰克的两膝上还坐着半裸的珊佛琳。她仰后，紧靠他的肩膀，一只臂膀搂住他的脖子，正作疲倦的抚摸时，身边藏有钥匙的卢波进来了。突然一跃，

365

她站起来，这是目击的犯罪，否认是无益的。丈夫截然停住，不能向别处走去，情人则已惊呆了，依然坐着。于是她并不困窘，并不让自己陷入任何解释，她向前走去，口里狂暴地诵道：

"贼！贼！贼！"

卢波迟钝一秒钟。随后，以他现在不理一切的耸肩，进入卧房，取去他忘记了的一本服务记事册。但是她不追赶他，烦扰他。

"你曾搜索，那么，你敢说你没有搜索？……你把全部都拿去了。贼！贼！贼！"

他没有一句话，穿过餐室。只到门口，他才转过来，以他的忧郁目光包围她。

"滚你的蛋，让我安静些！嗯？"

他走了，门甚至没有发出声响。他好象没有看见，他的话没有影射到这留在那边的情人。

经过了很长的沉默，珊佛琳转向杰克。

"你相信吗？"

后者没有说过一个字，终于站起来。他提出他的意见：

"这是一个完蛋的人。"

两个都赞成。杀害了从前的情人，现在却容忍当场撞见的奸夫，他们不免表示惊异，接着来的是他们对这和善丈夫的厌恶。一个人已达到那样程度，他的确已陷入泥泞，他说不定滚到一切沟壑里去。

从那天起，珊佛琳和杰克便有了自由。他们已不再费心去注意卢波的撞见。但是现在丈夫固然不再引起他们的不安，他们的大忧虑却是女邻居，勒布娄太太时常窥伺他们，侦察他们。当然，她已怀疑到某些事情。每一次的访问，杰克徒然遏住他的脚步声音，他看见对面的门隐隐微开着，一只眼睛由裂缝里凝视他。这变得无可忍受，他不敢再上来，因为他若再冒险的话，人们一定会知道他在那里，一定有一只耳朵贴近锁口偷听他们。如此，他们已不能互相抱吻，甚至不能自由谈话。因这新的障碍阻挡她的激情，珊佛琳非常愤怒，她对勒布娄夫妇再作从前要争回住宅的运动。那是人所共知的，不论在任何时期，副站长都住在他们现在所占的房子。但是这已不是壮丽的景色，窗户开向火车出发院子和印古维尔高地的种种好处在诱惑她。她口里不说，事实上她要调换房子的唯一理由是所争的住宅辟有第二道进口，一道开向侧面小楼梯的便门。杰克可以从那里上来和离开，而勒布娄太太不会疑心到他的访问。总之，他们将完全恢复自由。

斗争是残酷的。这问题从前曾激起整个走廊的兴奋，现在又再觉醒，而且逐渐剧烈起来。被威胁的勒布娄太太马上做绝望的自卫，她确信人们若给她幽闭到后面的昏暗住宅里，由敌房的屋脊阻住，每日呼吸着牢狱般的阴郁空气，她一定会窒闷死。她习惯于那么明亮的房间，开向广大的地平线，由旅客们的连续活动，带来愉悦的景象，人们怎么要她生活在这洞窟深处呢？她的两腿阻止她做任何散步，她面前将永远只有这铅皮的屋顶，这不等于要她马上死吗！不幸，那只是感情的理由，她将被迫承认，她的住宅是由从前的副站长、卢波的前任、单身的人，由于献媚的风雅才让给她，甚至她的丈夫还留下一封信，答应如有一个新的副站长提出要求，他一定会还给他。人们既然还没有找到这封信，她当然否认它的存在。待她所根据的理由逐渐丧失时，她变得更粗暴和更冲犯。一会儿，她竭力想把另一个副站长慕伦的女人拉到自己这一边，有意连累她，说她曾看见许多男子在楼梯上抱吻卢波太太，慕伦光火，因为他的女人、一个很温柔、从来不大出门的守家女人，曾哭着对他发誓，她没有看见什么，也没有说过什么。八天之内，这流言使走廊这一端到另一端，吹着猛烈的暴风。但是勒布娄太太的大错误，将引出她失败的大过失，是时常用她的固执窥探，激怒女会计琪松小姐：这是一种怪癖，她脑里的固定观念以为后者每夜去会站长，想捉住她的需要，变成一种病态，而且日益强烈，两年以来，她总不时偷看她，而没有撞见她，甚至没有听到一个气息。她确信他们是一起睡觉的，这简直使她发狂。所以琪松小姐，因回来或出去总不断被她窥伺，不免十分生气，现在也推促人们去反对她，要她离开朝向院子的房间。如此，将有一个住宅隔离她们，至少她不再有她住在她对面，她不再被迫经过她门前。那是很明显的，站长达巴地先生，直到那时，对斗争都保持中立态度，现在也下决心，每天更厉害地反对勒布娄夫妇，这是一个严重的征象。

许多争吵还增加情况的复杂性。菲洛曼妮现在已拿她的新鲜鸡蛋送给珊佛琳，每次遇见勒布娄太太总显得十分傲慢。后者既然故意让她的门开着，引起大家的讨厌。菲洛曼妮经过时，两个女人中间总连续交换非活跃的话语。珊佛琳和火伕情妇的亲密已达到说心腹话的程度，杰克不敢亲自上去时，后者将替他到他的情妇身边代作委托的传达。她带着她的鸡蛋到来，通知改变幽会的时间，说他前夕只得谨慎，只得留在她家里谈话。杰克有时被什么障碍阻住不能去，就非常高兴地进入停备站主任梭瓦涅的小房子里。好象由于让自己找到消遣的需要，他害怕整个黄昏单独生活着，他跟他的火伕柏葛到那里去。甚至火伕消失了，到水手们的酒店去胡闹时，他也溜到菲洛曼妮家里，让她带一个口信，坐下去，不再离开。她逐渐插入这爱情里，有时受到温柔的感动，因为她直到那时，只认识许多粗暴的情人。这忧郁年轻人的小手和有礼貌，看来是这样优雅，对于她，仿佛是她还没有咬过的一块糖果。她同柏葛现在已变成夫妇，时常喝醉酒，粗暴多于抚摸。反之，当她带司机的一句可爱话语给副站长的女人时，她为她自己体味它，尝到被禁果实的甜美滋味。一天，她向他说心酸的话语，她

埋怨火伕是一个阴险的人，她说，在他欢笑的态度下，他若喝醉酒的日子，一定会干很坏的凶险无耻勾当。他注意到她更修饰她这大瘦马般的热烈身体，不论怎样，看她显露激情的美丽眼睛，她还是可爱的，她已少喝酒，多整理她的房子，她的房子因而减少肮脏。她的哥哥梭瓦涅，一天晚上，听见男人的声音，为了惩戒她，举起手进来，但是认出这年轻人同她谈话，他只供献一瓶苹果酒。杰克受到好的接待，他的震颤因而痊愈，似乎很高兴留在那里聊天。由此，菲洛曼妮对珊佛琳逐渐表示热烈的友情，总不断发怒反对勒布娄太太，到处说她是老婊子。

一天夜里，她在她的小果园后面遇见这两个情人，她不顾阴暗，一直陪他们走到他们经常所躲藏的库房里。

"啊！好！您的确好极了。既然住宅是属于您的，如果我在您的位置上，我将拖着她的头发，要她离开……您不要客气，驱逐她搬出去吧！"

但是杰克并不赞成破裂。

"不，不！达巴地先生在处理这件事，最好是等着事情的合理进行。"

"月底之前，"珊佛琳宣告，"我将睡到她的房间里，从此，我们将随时随刻能在那里相见。"

不顾弥漫着的阴暗，菲洛曼妮感到她说及这个希望时，马上用温柔压力，捏紧她的情人的胳臂。她回到家里去，让他们俩留下。但是走到三十步以外，隐藏在黑暗里，她停住，她转过来看看。晓得他们一起搂抱着，这激起她的极大感动。然而她并不妒忌，她的潜意识里只有这样爱和被爱的需要。

杰克的面容，每天都更阴郁。有两次，本来能够去看珊佛琳，他却编造了不去的托词，他有时之所以迟迟留在梭瓦涅兄妹家里，也为的是躲避她。然而他还爱她，对她还存着与日俱增的占有欲望。不过，现在在她的胳臂里，丑恶的毛病已重新袭击他，使他生起那么大的昏晕，他即迅速摆脱出来，心里像严寒的冬天一样凉，因那时他已经不再是自己，他感到体内野兽已在准备咬啮，觉得惊慌。他设法让自己陷入长久旅程的疲倦里，要求额外的苦役，在他的机头上度过十二小时，身体处在不断的颠簸里，肺部受冷风鞭击。他的伙伴们埋怨这司机的担重职业，他们说，这工作只要二十年就能吃掉一个人，他愿意马上被吃掉，他从来没尝到够大的疲倦，只有莉嫦载跑他，他不再思想，只睁着眼睛去看信号时，他才觉得幸福。到站以后，睡眠立即压倒他，甚至不让他有洗脸的时间，他才感到舒服。不过，从睡眠里醒来，固定观念的缠绕，又回到他的脑际。他甚至曾尝试重新对莉嫦表示温柔，重新花许多钟点去揩拭它，要柏葛给钢铁擦得像银器那样发光。中途上来，站在他身边的视察员们都夸奖他的勤劳。他摇头，始终不高兴，因为他很知道他的机头自从在雪里停过以后，已不像从前那样健康和强壮。毋庸置疑的，经过了唧筒和配汽室的修理，它已失掉它的灵魂，这神秘的生命平衡，这由装配偶然给予它的微妙精神。他因此很受苦，这没落达到那么大的悲伤和苦恼，他总向他的上司提出不合理的怨言，要求无益的修理，想象不能实行的改良。人们拒绝他的请求，他因而变得更阴沉，肯定莉嫦已病得很厉害，他此后不能同它做他所想做的适当工作。他的温情因而丧失了，既然他将杀死他所爱的一切，他又何必爱呢？所以他给他的情妇只带来这反常、狂热，连痛苦和疲倦都不能消耗的绝望之爱。

珊佛琳也清楚地觉得他已变了，她自己也非常苦恼，以为他知道了她的秘密后，已因她的关系感到忧闷。当她看见他在自己的颈边颤栗，然而用粗暴的退缩避免她的亲吻时，这不是他突然想起，是她给他以可怖的感觉吗？她将永远不敢再谈到这些事情。她懊悔自己把一切都说了，她奇怪自己在这陌生的床铺上，他们俩都被欲火燃烧着，兴奋劲怎么也不会贯穿全身，她甚至已想不起吐露秘密的遥远需要，今天同他一起幽会在这秘密深处，她仿佛已得到满足。她爱他，从他什么都已知道以来，她当然更爱他。这是一种不知足的激情，女性已觉醒，她单为爱情生活，她整个是爱人，而不是母亲。她只靠杰克存在着，她说她努力要自己同他合成一体，她并不撒谎，因为她只有一个美丽的梦，就是要他占有她，给她保存在他的体内。她还是很温柔，很被动，只由他身上获得她的快乐，她愿意像母猫似的，自早到晚，躺在他的两膝上睡觉。从丑恶的悲剧里，她只保存她曾参与这谋杀的惊奇，同样，从她青春的被玷污里出来，她仿佛好象还始终是贞洁的处女。这是那么远，她微笑，假如她的丈夫不妨碍她的话，甚至她对他的怨恨已烟消云散。但是等到她的激情，她需要另一个的狂热逐渐增长之际，她厌恶这个人的情绪也随着增加。现在另一个已知道给她幸福，已知道溶化她，他是主人，她将跟随他，他可以像支配自己的所有物似的支配她。她曾要来他的一张照片，她同它一起睡觉，她每次睡去，嘴唇总胶贴在这张相片上，她一看见他很烦恼，她也觉得非常不幸，却不能正确猜到他为什么要这样受苦。

他们的户外幽会仍然继续着，等候他们能到她家里，争得的新住宅里，安安静静地相见。冬季已完了，二月是很暖和的，他们总穿过车站的空旷地面，行走许多小时，因为他避免停下来。当她攀住他的肩膀，他不得不坐下，并占有她的时候，处在他要盲目打击的恐怖里，他总要求没有亮光的地方，使他不会看见她的赤露皮肤一角；只要不看见，他或者还能抵抗。每一星期五，在她仍然继续跟他去旅行的巴黎，他总仔细关好遮蔽的帷幕，说满屋的亮光会打断他的快乐。这每周的旅行，已习以为常，现在她甚至已不再向她的丈夫做任何解释。对于邻居们，从前她的膝盖痛，关于的借口还继续被使用，同时她还说她去抱吻她的乳母维克多亚妈妈，后者还迟迟住在医院里休养。对这个，他们俩都感到是散心非常愉快。那一天，他很注意他的机头行动，她看见他比较不忧闷，也非常快活，也因这长的行程，觉得很好玩，虽然她已开始认识路上的最小丘陵和最小树丛。从勒·哈佛尔到蒙德维尔，这是无数牧场，平坦田亩，只是荆棘篱笆和种着的苹果树截断，其次，直到卢昂，这是一处一处隆起的荒凉区域。过了卢昂，塞纳河舒展着。人们在梭特维尔，奥阿赛尔和崩·德·拉舒桥上越过它，随后，经过广大的平原时，它不断地再出现，而且不断地展开。从容盖起，人们不再离开它，它在左边奔流，它的低矮边岸，种满白杨和杨柳，延续它的水势。人们沿着小冈侧面走过去，只到波尼埃尔抛弃它，出了洛尔玻阿斯隧道，又突然在罗斯尼再看见它。它，这蜿蜒的河水，好象是旅行的亲切伴侣。没有到巴黎之前，人们又三次越过它。这接连是蒙特和它显现在树木里的钟楼，特里埃尔和它许多石灰窑的灰白斑痕，波亚西和人们从它中部穿过去的街道，圣·日尔曼森林和它两旁绿墙般的树木，哥伦普斜坎和它栽满紫丁香树的边缘，最后，到了郊区，从亚尼埃尔桥上已可以瞥见，遥远的凯旋门，矗立在竖满工厂烟囱的肮脏建筑物之上。机头进入巴底尧尔隧道底下，直到傍晚，他们彼此相属，他们是自由的。回去时，已经是黑夜，她闭着眼睛，重尝她的幸福。但是不论上午或晚上，每次经过摩弗拉十字时，她总伸出头，不让自己露面，向那里投射谨慎的一瞥，确信会看见芙洛莉站在栅栏前面，举起鞘里的旗帜，射出火热的目光。

自从这个女郎在下雪那一天看见他们互相抱吻之后，杰克曾警告珊佛琳要当心她的行动。她存着多么大的激情，年轻时就已诞生的狂热，追求他。他觉得她很嫉妒，她的嫉妒里含有雄壮的毅力，另一方面，她一定认识太多事情，因为他想起她曾隐隐说到院长同一位小姐的关系。这位小姐，没被任何人疑心，由院长设法嫁给别人。假如她知道这个，她一定会猜到犯罪：无疑的，她将说话，写信，借告密方法报复。但是，一天又一天，一星期又一星期，时间接连流逝过去，而什么都没有发生，他只时常看见她手里握着旗帜，笔挺站在轨道旁边的岗位上。就是从较远处，她看见机头，他身上也会感到她的如火眼睛所射来的目光。不顾烟雾，她仍然看见他，整个攫住他，在风快的速度和雷鸣般的轮子响声中间，一直跟随他。同时，由第一辆到最后一辆火车，也被她窥探、观察和搜索。她总发现另一个，她的劲敌，每星期五都在那里。珊佛琳现在出于想看一看的迫切需要，十分谨慎，只稍稍伸出头去；她已被看到，她们两个的目光，总像利剑似的，彼此接触。风快的火车已溜跑，只有一个留在地上，以无能为力的视线跟随它，心里存着它已卷去这不幸的狂怒。她似乎已更高大，每次旅行，杰克总看见她比以前顾长，他此后很担心她一无所事地凝视着。他自问这忧郁的大女郎的脑里究竟藏着什么阴险的计划，他现在已不能避免她立着不动的突然出现。

一个职员，亨利·陀凡涅车长，也妨碍珊佛琳和杰克的行动。他恰负责指挥这星期五的火车，他对少妇表现出令人讨厌的热情态度。他也有希望会轮到。他服务的那些早晨，从勒·哈佛尔出发，亨利的殷勤变得那样明显，卢波总暗暗讥笑她：车长给她保留整个车室，他要她安顿到里面，并探摸热水箱。甚至有一天，继续和杰克作镇静谈话的丈夫，竟向司机睒一睒眼睛，指出车长的献媚，仿佛问他是否能容忍这个。此外，夫妇争吵时，卢波还正式责备他的女人同他们两个睡觉。她曾有一会儿想象杰克也相信这个，所以，她非常烦恼。在悲伤的发作中，她为自己的无罪抗议，她对杰克说，假如她不忠实，他可以杀死她。于是他的脸色变得很苍白，他开玩笑，他抱吻她，回答她说，他知道她很规矩，他希望他将永远不杀任何人。

　　但是三月的最初几夜是丑恶的，他们只好禁止了他们的幽会。到巴黎去的旅行，向那么远地方寻找来的数小时自由，已不够珊佛琳的享受。占有杰克，要他整个属于她，不管白天还是黑夜，他们都共同生活着，彼此将永远不再离开，这是非常迫切的需要，在她心里不断增长起来。她对丈夫的厌恶也一天一天加重，这男人的简单出现就马上要她陷入病态和无可容忍的激动。平常是那么柔顺，富有温柔女人的和悦，一涉及他的事情，她就马上发怒；只要她的意志稍稍受到他妨碍，她就马上发火。于是她的黑发阴影仿佛遮暗她的洁净蓝眼睛。她变得很凶暴，她责备他损害她的存在到那样程度，共同的生活此后已没有可能性。这不是他做了一切吗？他们家里之所以再没有半点恩爱存在，她之所以有了一个情人，这不是他的过失吗？她看见他所表现的沉静样子，他藉冷淡的一看，接受她的愤怒。他的圆背，他的大腹，他的忧郁面容，这象征幸福的整个油脂，终于激起她的恶劣脾气，因为她确实非常苦恼。决裂、远远离开，到别处去重新开始生活，她只想到这个。哦！重新开始，尤其是设法要过去不再存在，重新开始这丑恶未曾发生以前的生活，重新回到十五岁的年龄，同时爱和被爱，过着那时她所梦想的生活，她的脑里萦绕着逃走计划：她将同杰克一起离开，他们将隐藏到比利时，他们将以勤劳的年轻夫妇身份安顿在那里。可是她甚至没有同他说起，马上许多阻碍产生了，情况的不规则，他们将处在连续的恐惧中，尤其要使她的财产金钱和摩弗拉十字房子留给她的丈夫，她感到极度的烦恼。由于法律的规定，最后活着的人将获得遗下的所有产业，他们将放弃她所有的一切：女人既然属于丈夫的合法保护下，她被束缚住，处处受到这可恶男子的支配。与其放弃一个铜子离开，她宁可死在家里！一天，卢波再上来，脸色十分苍白，说他从一个机头前面走过去，觉得车前的缓冲机轻轻擦到他的肘弯，她立刻想到他若被压死，她将自由了。她固定的大眼睛凝视他，那么，既然她不再爱他，现在他已妨碍别人，为什么他不死了呢？

　　自此，珊佛琳的梦已改变了。卢波将因偶然的意外死掉！她将同杰克一同到美国

371

去。他们将正式结婚，他们将卖掉摩弗拉十字产业，他们将获得全部金钱。他们背后也不再留下半点恐惧。他们之所以要出国，为的是再生，重新躺到彼此的怀抱里，过着恩爱的生活。那边，再没有她要忘记的一切，她可以信任生活是全新的。既然她已犯过一次错误，她将从头去再尝幸福的经验。杰克他一定能找到工作，她也将去做点事情，这将是实现了的幸运。无疑的，他们将有许多孩子，他们将过着劳动和舒服的新生活。早晨躺在床上或白天坐看刺绣，她单独一个人留下时，她总重新堕入这个梦想，修正它，扩大它，不断给它加上幸福的细节，终于相信自己已充满快乐和财富。她从前很少出去，现在却有去看看邮船起程的热情：她走到码头上，肘弯靠着栏杆，同时，她好象已分身，已同杰克站在甲板上，已远离法国，向梦想的天堂走去。

三月中旬的一个晚上，年轻人冒险上来看她，他对她叙述，他的火车里曾载来他从前学校里的一个老同学，他到纽约去使用他的一种新发明——制造钮扣的一种新机器，他既然需要一个合作者，一个机械匠，他甚至约他一起去，情愿同他合伙经营。哦！这是极好的生意，几乎只要加入三千法郎股本，或许就有数百万可赚。他对她说起这个，只为谈谈罢了，此外他又加上说，他当然拒绝了他的提议。但是他还是有些难以割舍，因为财运出现在面前时，硬要拒绝它，毕竟是不容易的。

珊佛琳站着谛听他，目光迷失在渺茫的远处。这不是她的梦想就要实现了吗？

"啊！"她终于喃喃叹息道，"我们明天就动身……"

他抬起头，觉得很惊奇。

"怎么，我们明天就起身？"

"是的，假如他死了的话。"

她没有说出卢波名字，她只用下颌的动作指点他。但是他明白了，他做一个茫然手势，仿佛说，不幸，他没有死。

"我们将动身。"她的深而徐缓的声音再说，"到那边，我们将多么幸福！三万法郎，我只要卖掉产业，就可以得到，而且我还有余款，让我们可以安顿下来……你，你将使这一切赚钱；我，我将布置一个小家庭，我们将凭我们的全部力量相爱……哦！太好了。

她又很低地补充一句：

"远离一切的回忆，我们前面将只有新的生活！"

他被很大的温情洋溢着，他们的手相遇，并本能地握紧，他们彼此都不再说话，两个都沉没在这美妙的希望里。接着，还是她再开口：

"你的朋友一定还没有动身，你应该再去看看他，请他在没有预先通知你之前，不要另找一个合伙者。"

他重新表示惊讶。

"那么，这又为什么呢？"

"我的上帝！难道人们能知道吗？另一天，遇见这机头，只要它再快一秒钟，哪怕只有半秒，我就自由了……人们上午还活着，不是吗？下午或许就会死掉！"

她盯视他，她重复说：

"啊！假如他死了的话。"

"然而，你不愿意我杀死他吧？"他问道，脸上不免装出微笑。

接连三次，她说"不"字，可是，她的眼睛，这多情柔顺女人的眼睛却说"是"，她的整个身心似乎都沉浸在这激情的残酷中。他既然杀死另一个，为什么人们不能杀死他呢？这思想突然在她脑里催促着，好象是一种必要的结束。杀掉他并离开，这是再简单没有的……他死了，一切都完结，而他的一切可以重新开始。她已看不见别的可能结局，她的决心已下，而且是绝对的，不过，全身受轻轻地震动，她还继续说"不"字，没有任何力量能使她凶暴起来。

他后背靠着食橱，仍然装出微笑。他瞥见放在那里的新刀。

"如果你愿意我杀死他，你必须给我刀子……我已有了表，这会让我组成一个小博物馆。"

他笑得更高。她庄重地答道：

"那么，你拿去吧！"刀子被他放到衣袋里以后，好象要把玩笑开到底。他抱吻她。

"那么，好！现在祝你晚安……我马上去看我的朋友，我将请他等候我……星期六，假如不下雨，那么，你到梭瓦涅兄妹的房子后面来看我。嗯？这是约定的……你放心吧，我们不会杀死任何人，这只是开玩笑罢了。"

然而，不管时间已很晚，杰克却走向码头，到他朋友所宿的旅馆里去找他谈话，因为后者转天就要动身。他对他说到一个可能的遗产，要求：没有得到他确实的回答以前，给他十五天期限。随后，由昏暗的大道再向车站走回时，他默想，他惊异他刚才的交涉。那么，他已决定杀掉卢波，让他可以支配他的女人和他的金钱吗？不，确实不行，他什么都还没有决定，无疑的，他之所以要这样小心嘱咐他的朋友，只是准备他去决定罢了。但是珊佛琳的回忆已显现在他的脑里，她的灼热两手紧握他，她的固定目光表示肯定的回答，而她的嘴却说"不"。显然，她愿意他杀死另一个。

回到佛兰梭亚·马士林路，躺在打鼾的柏葛旁边，杰克不能睡觉。不顾他的意志，他的脑筋还在这谋杀的观念，这想好的悲剧上工作，他尽量估计可能引起的后果。他研究，他提出赞成和反对的种种缘由，总之，经过冷静和毫无狂热的考虑，一切理由

都赞成他去杀害。难道卢波不是他幸福路上的唯一障碍吗？这个人死了，他将同他热爱的珊佛琳结婚，他不再躲藏，他将永远和整个占有她。再则，他将有钱，有可以供自己支配的财富，他将离开他的辛苦职业，他将轮到在这美洲变成厂主。他曾听见他的伙伴们说到这辽远国土，好象机械匠们到那里可以用锹子去搬运整堆黄金。他到那里后的新生活展布在美妙的梦境中：一个热烈爱着他的女人，马上可以赚得的数百万财产，宽绰的享受，无限制的野心，他所愿意的一切……为了实现这梦想，只要做一个手势，只要消灭一个人，只要驱除他去路，将由他踩碎的一只畜生、一棵植物就行了。而且这个人并不可爱，这时变得很钝重，很肥胖，终日沉没在这赌博的愚蠢爱好里，他旧日的一切毅力都已丧失。为什么要怜惜他？没有半点情况，绝对没有半点理由可以替他辩护。一切都判他死刑，因为回答每一问题，他们的利益都要求他马上死掉。犹疑将是愚蠢的和卑怯的。

杰克背脊像燃烧一样热，他转过来，腹部向下躺着，由于一种思想，他突然再翻转，这思想，直到那时，都很模糊，这时忽而变得那么尖锐，他觉得她像一根针似的，刺痛他的脑壳，他从那时起，就想杀人，后来一直被这固定观念的丑恶苦刑困扰，那么为什么他不杀死卢波呢？或者因选定的被害人，他将永远满足他想杀人的需要吧？如此，他不但做了一笔好生意，而且他的宿疾也会痊愈。痊愈，我的上帝！不再有这血的震颤，能够占有珊佛琳，而不再发生这古代雄性肩负着的解剖雌性的恐惧愿望，这是多么理想！一阵冷汗淹没他，他已看见自己的手执刀，向卢波的喉头击去，如同后者杀掉院长那样，待创口的血慢慢染红他的双手后，他才觉得满足和舒服。既然他可以得到宿疾的痊愈，被钟爱的女人和所渴望的财富，也将落到他的手里。他将杀死他，如果应该杀死一个人的话，那么他将杀死那一个。这样，不论由于利益或逻辑，至少他自己知道他所干的是什么。

下了这样的决心，清晨三点钟已敲过，杰克竭力要自己睡去。他已失掉知觉时，一种深深的震动忽然侵袭他，要他喘着气，从床上坐起来。杀掉这个人，我的上帝！他有这种权利吗？如果一只苍蝇麻烦他，他可以一下拍死它。好久以前，曾有一只猫缠住他的两腿，他踢一脚，折断它的腰部。真的，这是出于无心的残暴！可是，这个人，他的同类，他能这样对付他吗？为了证明他的杀害权利，强者消灭并吃掉弱者的权利，他不得不重做他的全部考虑。此时，是他被另一个男子的女人爱着，是她自己愿意自由地嫁给他，给他带来她的财富。他只要简单地除去这障碍就好了。在树林里，两只雄狼相遇时，若有一只母狼在那里，最结实的不是用口一咬，摆脱另一只吗？昔日，人类和狼一样，躲避在洞穴深处的时期，被渴望的女人不再属于能使竞争者流血、能征服整群同类的那一个吗？那么，既然这是生活的规律，人类就应该不顾后来的共

同生活所创起的种种禁忌而服从它。逐渐，他的权利在他看来似乎是绝对的，他觉得他的整个决心已再生：从第二天起，他将选择地点和时间，他将准备行动。不用怀疑的，最好是夜间，趁卢波巡视之际，在车站里刺杀他，这样可以使别人相信是被撞见的窃贼杀害他。那边，在煤堆后面，他知道一个很好的地方，假如他能引诱他到那里的话。他不顾自己要睡去的努力，又在想象中布置场面，他讨论他将站在何处，他将怎样打击，才可以一下就结果他。待他想到最小细节以后，他的厌恶又隐隐和无可战胜地再升上来，一种内心的抗议，又在他的全身心里激动。不，不！他将不打击！这由他看来，实在是丑恶的、不能实行的和不可能的。他的体内已发生文明人的反抗，教育的既得力量、历代相传的观念，它的迟缓和无可破坏的基础，都起强烈的作用。人们不应该互相杀害，他从时代的乳汁里已吸取到这个，他的精细脑筋蕴藏着种种顾虑，待他一开始推理，就厌恶地排斥这杀人的观念。是的，在需要和本能的愤怒里杀人，这还可以说得过去！

日色诞生时，杰克终于沉入假寐，可是他的半醒半睡状态是那么轻微，丑恶的争论仍然在他脑里模糊连续着。以后数天是他一生最痛苦的日子。他躲避珊佛琳，她的眼睛让他很害怕，他没法对她说星期六的约会已经作罢。但是，星期一，他必须再见她；他正畏惧这个，她的蓝色大眼睛，如此温柔，要他心里充满忧虑。他不说这个，她没有一个手势或一句话催促他去谈到这个。不过，她的眼睛只蕴藏着这件事物，总不断询问他，恳求他。他不知道怎样去避免她的不耐烦和责备，他总觉得这不耐烦和责备固定地盯住他的眼睛，好象奇怪他怎么还犹疑，不愿意自己去过幸福的生活。离开她的时候，他突然紧紧抱吻她，似乎要她明白他已决定。真的，他已下了决心，直到楼梯底下，他还是这样的。第三天，再见她，他的脸色苍白而惭愧，露出一个懦夫不敢做某种必要行为的躲闪目光。她爆发痛哭，不说一句话，只在他颈上呜咽，似乎是十分不幸。他烦乱极了，心头洋溢着轻贱自己的浪潮。总之，这必须结束。

"星期四，那边，你愿意吗？"她的很低声音问道。

"好的，星期四，我等着你。"

那个星期四，夜是很黑的，阴暗、不透明和没有一颗星的天边，弥漫着海上的浓雾。和往常一样，杰克先到，站在梭瓦涅兄妹的房子后面，窥视珊佛琳到来。但是阴暗是那么厚密，她又那么轻捷脚步奔跑着，他没有瞥见她而被她轻触到，他不免战栗一下。

"我曾使你害怕吗？"她喃喃问道。

"不，不，我等着你……我们行走吧！任何人都不会看到我们。"

胳臂搂着彼此的腰身，他们向荒凉的地面上慢慢散步。在停备站这一边，煤气灯

375

嘴是稀少的；有些阴暗的凹隙里，根本没有亮光，远处向车站那方面，微小的灯火则像闪烁的星星散布着。

很久他们就这样走去，不说一句话。她让自己的头贴靠着他的肩膀，她有时踮高身体，亲吻她的下颌；辽远的教堂里送到早晨一点钟的严肃响声。他们之所以不说话，是因为他们从彼此的拥抱里了解他们的思想。他们只想到这个，他们一起行走时，总被这思想缠绕。心里的争论无法停止，既然应该行动，何必要高声说出无益的字句呢？为了温柔的抚摸，她偎贴他，踮高自己身体，她总觉得刀子从他的裤袋里突出。

但是思想充满他的头脑，她的嘴唇张开，发出根本辨不出的微声。

"刚才他再上楼，我不知道为什么……随后，我看见他取去他已忘记了的手枪……这无疑他要去巡视。"

重新迟疑一下，几乎再走二十步，他也说道：

"昨夜窃贼们曾偷去这里的铅皮……停一会儿，他将到这里来。这是一定的。"

于是她轻轻发抖，两个都重新变得鸦雀无声，只以放慢的脚步行走着。一种怀疑渗透她的身心：从他裤袋里突出的，确实是刀子吗？为了更加明了起见，她曾两次亲吻他，这样循着他的腿根轻触它，她还留着不能确定，她让自己的手垂下去，趁再吻他的机会探摸它。这的确是刀子。但是他明白了，忽然紧紧搂她到自己胸口上；他向她的耳边嗫嚅说：

"他将到来，你将自由了。"

谋杀已决定，他们似乎已不再行走，只由一种不相干的力量载负他们循着地面移动。他们的官能，尤其是触觉，突然有了极端的尖锐，因为他们互相握着的手感到疼痛，他们嘴唇的极微接触都变得像指甲搔挖一样。他们听到刚才消失了的声音：如车轮的转动、机头的辽远气息，黑暗深处的钝重冲撞和隐隐的脚步等等。他们看透昏暗的夜晚，他们辨出四周种种东西的阴影，好象浓雾已从他们的眼皮四周放开：一只蝙蝠掠过去，他们能留意它的突然盘旋。到一堆煤转角上，他们停下来，纹丝不动，眼睛和耳朵都窥伺着，他们的整个身心都处在极其紧张中。现在，他们互相耳语。

"你没有听见那边的呼唤声音吗？"

"不，这是人们拖去停备的一辆车厢。"

"但是那边，我们左边有人行走。地上的沙发出声响。"

"不，不，有好多老鼠在煤堆上奔跑，煤坍塌下来。"

片刻时间已过。突然，她把他抱得更紧。

"看，他来了。"

"哪里？我一点也没有看见。"

"他已转过慢件货站的敞篷，他直着向我们走来……喏！他的影子从白的墙上移过去。"

"你相信，这昏暗的一点……那么，他是单独一个人吗？"

"是的，只有他一个人，他是一个人在行走。"

在这决定的时候，她狂乱地扑到他的脖子上，她让自己的热烈嘴唇紧压他的嘴唇。这是一种活生生的肉和肉亲吻，长久胶住不放，仿佛她要让自己的血灌输给他。哦！她多么爱他，她多么憎恶另一个！啊！假如他敢下手的话，她已二十次做了这工作，可以让他避免杀害的丑恶！但是她的两手很衰弱，她觉得自己太软弱，必须有另一个人的铁腕。就是她想把自己的勇敢吹给他，答应他此后能完全占有她，他的肉体从此将合成一个。远处，一个机头在鸣笛叫，向夜晚发出凄凉的不幸呻吟，从均匀的响声，他们又听见不知来自何处的巨大铁锤敲击，海上升起的浓雾，使天边排列着混乱移动的一行，它的飘荡碎块，有时仿佛熄灭了煤气灯嘴的鲜明光辉。她终于移开她的嘴时，她已没有什么属于自己的，她确信自己已被他所腾没。

用迅速地手势，他已拨开刀子。但是他发出一声遏住的咒骂。

"他妈的！这次又完蛋，他已走开了。"

这是实在的，移动的影子，在走近他们、离他们只有五十步左右之处，突然转向左边，以一个夜间巡视者的合规脚步慢慢离远，好象什么都没有引起他的担心。

于是她催促他。

"那么，去，去吧！"

两个立即动身，他带头，她跟在他背后，两个都轻轻溜过去，追赶他，避免踏响声音。一会儿，到修理工场拐角上，他们失掉他的形迹；随后，为了抄捷径，横过火车的闪避轨道，他们又发现他，和他们相隔至多只有二十步。他们只得利用最小的墙端，让自己隐蔽着，稍不慎就会泄露他们的追踪。

"我们将捉不到他。"他轻轻咕噜道，"如果他抵达扳道员的岗位，他逃走了。"

她仍然在他耳边重复说：

"那么，去，去吧！"

这一分钟，在这些广大、平坦和掺杂着阴暗的地面上，在这一个火车站的夜晚荒凉里，像在什么危险狭路的偏僻地方似的、他已决定了。一切都暗暗要他加快脚步，他激动，他还要推理，提出理由，要使这谋杀成为理智的，正当的，经过合理考虑和决定的行动。这另一个人的血，既然为他自己的存在所不可或缺的，，他确实是在实施他的权利，生活的必要权利。只要拿这把刀戳刺进去，他就获得了他的幸福。

"我们将捉不到他，我们将捉不到他。"看见黑影越过扳道员的岗位时，他愤怒地

重复说，"这又完蛋，看，他已溜跑了。"

但是他伸出激动的两手，又突然抱到自己的胳臂里，要他紧紧贴靠她，纹丝不动。"你看，他又走回来了。"

卢波，真的，已再走回来。他转过左面，然后又再走下。或者，他已模糊感到他背后已有谋杀者在逼迫他吧！然而他还继续随他的平静脚步前进，仿佛是一个尽责的看守人，没有向到处投射一看之前，绝对不愿意回去。

在他们的奔跑中突然停住，杰克和珊佛琳不再移动。偶然要他们站到一堆煤转角上。他们向后靠紧背背，胶贴黑"墙"，好象要自己陷进去，他们互相混合，消失在墨黑的阴影里。

杰克注视卢波向他们直着走来。几乎只有三十公尺隔离他们。每一步，好象由命运的严酷钟摆打着拍子，减少中间的距离。再走二十步，他将看见他出现在自己面前，他将这样举起胳臂，他将刀子戳入咽喉，从右向左一拉，可以遏住他的叫声。一秒钟又一秒钟，在他看来仿佛是无限期的，那么大的思想浪潮穿过他脑壳的空灵，时间的尺度已被废除。要他决定的一切理由，再一次排列着，他重新明晰地看见杀害以及杀害的原因和结果。还要五步。他的决心几乎紧张到崩裂，还始终是不可动摇的。他要杀害，他知道他为什么要杀害。

但是再两步，一步，这是整个崩溃。一下，一切都在他体内坍塌了。不，不！他不想杀她，他不能杀害这个无抵抗的人。推理永远不会造成谋杀，这还需要咬啮的本能，扑向猎物的跳跃，撕裂猎物的饥饿或激情。无论良心是否只由徐缓遗传的正义观念所形成，这都没有关系！他觉得自己没有杀害的权利，他徒然努力，他不能达到说服自己，要自己相信他享有这种权利。

卢波走过去。他的肘弯轻轻触到陷入煤里的其他两个人。些微的气息会泄露他们，可是他们留下像死了一样。胳臂并没有举起来，并没有拿手里的刀子戳进去。厚密的黑暗里没有半点动静，甚至没有些微震颤。他已离远，已到十步以外，可是，他们两个脊背被钉在黑堆里，还是毫不动弹，屏住气息站着，因这单独和解除武装的人，以那么平静的脚步，轻轻触到他们，他们陷入极其的恐怖之中。

杰克发出遏住狂怒和羞惭的轻微哭声：

"我不能够！我不能够！"

由于得到原谅和安慰的需要，他想再抱珊佛琳到自己怀里，并紧紧靠近她。她不说一句话，马上挣脱跑开。他伸出两手只感到她的衣裙从他的手指间溜出去；他徒然追赶她一会儿，因为这突然的消失，确实激起他的烦乱。那么，她竟这样不高兴他的懦弱吗？她轻视他吗？谨慎阻止他再去找到她。当他单独一个人留在这广大，平坦的

荒地中间，看煤气灯光很像黄的眼泪筛洒着，一种恐怖的失望突然袭击他，他连忙从那里出来，回到宿舍里，让自己的头埋到枕头深处去毁灭他生存的丑恶。

卢波夫妇才终于战胜了勒布娄夫妇。公司当局承认他们要求调换房间，而达巴地先生又予以支持的理由是正当的；同时出纳的绝妙信件，曾答应新的副站长若追索住宅他一定交还的那封保证书，也由琪松小姐，在车站档案里寻找旧文件时，重新被找到。勒布娄太太，因自己的失败，很愤怒，立刻谈到搬家：人们既然愿意她的死，顶好还是不要等待，立刻就结束了。三天之内，这可纪念的搬家激动整个走廊。一向不露面，人们从来没有看见她进来或出去的小慕伦太太也劳累自己，帮着把珊佛琳的缝纫桌子，从这一住宅移到另一住宅。尤其是菲洛曼妮煽起彼此的不和，她从第一点钟起，就到那里帮忙，捆缚包裹，推撞家具，在原有的住户没有离开之前，即侵入前面的房间；混杂和散乱里驱逐勒布娄太太。她对于杰克和他所爱的一切，表示那么大的热忱，生起怀疑，有一天竟以他的阴险和恶劣态度，以及喜欢报复的醉汉态度，询问她现在是否已同他的司机睡觉，并警告她，假如有一天，他偶然捉住他们，他将向他们算账，他将料理他们的事情。她倾心于年轻人的热情已增高，她当他和他所爱的情妇的侍仆，希望自己在他们两人中间，可以稍稍占有他。她搬去最后一把椅子以后。随后，看见一条被出纳老婆忘记了的小凳子，她又重新开门，给它掷过走廊，搬家总算结束了。

于她又重新进入单调的生活状态里。当勒布娄太太在后面住宅，因她的风湿病，被"钉"在她的沙发深处，终日只看见挡住天边的敞房铅皮，厌闷得要死，眼睛里充满大颗泪珠时，珊佛琳则安顿在前面房间的窗子附近，懒洋洋地刺绣她的永无终止的盖脚被。她下面不时有院子里火车出发的快活骚动，车辆和步行者的连续浪潮；早到的春天已使人行道边缘的大树抽出绿的嫩芽；越过这里，印古维尔的辽远诸小岗舒展它们的树木斜坡，中间还点缀着乡间房子的影子。但是她终于实现了这梦想，让自己住到这渴望那么久的房间里，前面有了空间，亮光和太阳，却也没有觉到有多大的活跃，对此她不勉感到惊讶。甚至帮着她料理家务的女仆，西门妈妈，也口里咕噜着怨言，因失掉她的习惯，暗暗愤怒，满心不耐烦，有时甚至惋惜她的旧日洞窟，像她所说的，那里的肮脏至少不容易被人看见。至于卢波，他并不管事，他只让别人做去。他好象不知道他已搬过住所：往往他还走错了，待他的新钥匙不能进入旧的锁孔时，他才发觉他的错误。此外，他不在家次数又逐渐增多，家庭的瓦解还继续着。然而有一会儿，由于他的政治思想觉醒，他似乎重新兴奋一下，不过这所谓政治思想并不是非常激烈；只因为他心里还保持着他同县长争吵，发生纠葛几乎丧失了他的职务罢了。自从帝国，被普选动摇，渡过可怕的恐慌之后，他胜利了，他重复说，那些人，将不

会永远是主人。他当琪松小姐的面发表了这革命的议论，后者通知站长达巴地先生，达巴地先生给他一个友好的警告，他的兴奋就立刻平息了。既然走廊里已很平静，大家都很和睦生活着，现在勒布娄太太已衰弱下去，已被忧闷压倒，为什么要拿政府的事情，来给自己造出新的烦恼呢？他做一个简单的手势，他不要管什么政治，正如他不要管一切事情一样！每天变得更胖，没有任何懊悔，他整天板着面容，过着无聊贫乏的生活。

自从杰克和珊佛琳能随时相会之后，他们中间的侷促，格外增加。再没有什么东西能阻止他们的幸福，假如他愿意的话，可以从另一条楼梯上去看她，而不怕被人窥探；住宅是属于他们的，如果有胆量的话，他可以睡在那里。可是未曾实现的那件事，他们两个都同意和切盼那个行为，他却没有完成，这思想，总不断萦绕在他们的耳边，他们因而时常不舒服，好象有一堵不可超越的墙壁时常矗立在他们中间。他，带来他懦弱的羞愧，每次觉得她的面容更阴暗，因无益的等待，觉得忧闷。他们的嘴唇甚至不再互相寻找，因为对于这半占有，他们已感到厌倦，他们所情愿的是整个幸福，是动身到那边去结婚，过着另一种美好的生活。

一天晚上，杰克发现珊佛琳流眼泪，看见他到来，她并不停止，而反扑到他的脖子上哭得更凶。以前，她这样哭泣时候，他只要紧紧拥抱她，她就平息了，可是这次，在他的心口上，他觉得她被增长的失望困扰，他给她抱得更紧，她并不感到安慰，他因而烦乱极了，他终于拿她的头捧到自己的两手里；他逼近注视她，看到她淹没着泪水的眼睛深处，他发誓，他十分清楚，她之所以这样失望，是因为她是女人，在她被动的温柔里，她不敢亲自动手。

"宽恕我，请你再等着……我向你发誓，不久，待我能够的时候，我一定会照你的意思去做。"

马上，她让自己的嘴胶住他的嘴，好象给这誓言盖上永久的烙印，他们交换了那么深的亲吻，好象他们在肉体的混合里，已互相溶化了。

＋

星期四晚上九点钟，法茜姑姑在最后一次抽搐里死掉；米索尔靠近她的床边等着，突然想摸闭她的眼皮，固执的眼睛仍然大大睁开，僵硬的头稍稍俯向肩膀，好象为注视房间里的一切，翘起的嘴唇收缩着，似乎显示她的嘲弄微笑。只有一支蜡烛燃烧在她身边一个桌角上。火车从九点就飞快地开过去，不知道这里有这身体还温热的死者躺着，它们的疾驰还摇动她一秒钟，蜡烛的火焰，还在微微颤抖。

为了摆脱芙洛莉，米索尔马上派她到陀恩维尔去报告死亡。来到十一点钟以前，她不能回来，他还很长两小时。他首先安静地，切下一块面包，因为他觉得自己的肚皮是空空的，由于这长时间的弥留，他没有用过晚餐。他站着吃，他来回行走，整理房里的东西。他自己也一半已死掉，他那么瘦，那么虚弱，他的眼睛无光，他的头发褪色，他也似乎不能很久享受他的胜利。不论怎样，和一根小虫蚀掉一棵橡树一样，他已毁灭这强壮的家伙，这休长得漂亮女人：她现在已朝天仰卧着，她已完蛋，已被赶入无所有之乡，而他还继续生活着。可是一个突然的念头要他从床下取出一个土钵，那里面还剩有准备洗肠的麸皮水：自从她疑心到他的放毒之后，他已不再在盐里，而向她的灌肠水里掺下灭鼠的药品；她太愚笨，并不怀疑这一方面，这次，她却好好灌进去。他到外面倾空土钵，他回来，用一块海绵抹掉房间溅满污迹的砖地。那么，为什么她要固执呢？她乐意做狡猾的人，只好这样对付她，她吃亏，那是活该！一对夫妇之间，要玩谁先埋葬另一个，不让第三者混入争吵时，相互更应该睁开眼睛！他因而很自负，他嘲笑这个，像他嘲笑一个好的故事一样，毒药被她那样天真地从下面灌进去，而她却那样小心监视着从上面吞入的一切，他认为的确是可笑的！这时，一列快车掠过去，使低矮房子包围着那么大的暴烈气息，不顾他的习俗，他颤栗地转向窗口。啊！是的，这连续的浪潮'这来自到处的人群，他们一点也不知道他们在路上所压碎的一切，他们何不管这一套呢？火车过去以后，在沉重的静寂里，他遇见死者大睁着的眼睛，它们的固定瞳仁好象留意他的每一动作，而她翘起的嘴唇一角，则仍然显示嘲弄的微笑。

米索尔，不论怎样冷静，也被愤怒的小小动作干扰。他听得很明白，她一定这样

对他说："你寻找吧！你寻找吧！"但是她的一千法郎，她当然不会把它们带到地下去；现在，她既已不再存在，他终于会找到它们。难道她不应该甘心情愿地献出吗？这可以避免所有烦恼。眼睛总到处跟随他。"你寻找吧！你寻找吧！"这房间，只要她还活在那里，他不敢搜索，此时，他的目光向它巡视一周。首先在衣橱里：他从长枕底下拿来钥匙，他翻动放满饭巾、衬衫和被单等的木板，倾空两个抽屉，甚至拉出它们，看看里面是否有秘密的隐藏所。不，什么都没有！第二，他想到床头的小桌。他揭开上面的大理石，他无益地转动它。壁炉架上，有一面从节日市场购来的镜子，由两枚小钉固定着，向这镜子后面，他也实施他的搜索，他用一根扁平的尺子推进去，结果只抽出一块黑灰尘。"你找吧！你找吧！"于是，为逃避他觉得盯住自己的大睁着的眼睛，他手脚趴在地上，用轻轻的拳头敲击砖块，听听是否有什么回声泄露底下的空隙。许多砖石被他拉掉。没有，还是什么都没有？待他重新站了起来，愿意让自己的目光盯住死者的固定视线；他似乎觉得，从她翘起的嘴角，她更加强她的恐惧的微笑。他不再怀疑，她一定在讽刺他！"你寻找吧！你寻找吧！"热病侵入他的身心，他走近她，忽然被一种猜疑，一个亵渎的观念侵占，他的脸色因而更苍白。为什么他相信她一定不会把她的一千法郎随身带去呢？或者她硬要把它们带到地下去吧！他大胆揭开被头，给她剥掉衣服，既然她要他寻找，他就搜索她，向她肢体的一切折缝里寻找。在她的身体底下，她的后颈和腰部后面，他还是到处寻找。床铺被翻动，他让自己的胳臂伸入草褥，一直没到肩膀。他还是什么都找不到。"你寻找吧！你寻找吧！"

当米索尔气得发抖，正竭力在整理床铺时，芙洛莉进入房间，她已从陀恩维尔回来了。

"这定在后天，星期六，十一点钟，"她告诉他。

她是说埋葬。她明白米索尔趁她不在家，喘着气在干什么勾当。她做一个轻蔑的冷淡手势。

"那么，让她去吧，您将不会找到它们的。"

他想象她也向他挑战。

"她已赠给你，你一定知道它们藏在什么地方。"

一想到她的母亲会拿她的一千法郎，赠给什么人，甚至她自己的女儿，她不免耸一耸肩膀。

"啊！真是的！赠给……是的！赠给地下……喏！它们在这所有地方，您尽可以寻找。"

做一个大的手势，她指出整个房子，莱园和它的井，铁路线和四周的旷野。是的，在那边，在某一个洞窟深处，在任何人都永远不会发现到它们的某一部分。接着，趁

他光火，烦恼，不再当她的面感到侷促，重新去推撞家具并敲击墙壁之际，年轻女郎，站到窗口附近，继续用很低的声音说道：

"哦！外面很温暖，美丽的夜晚！……我走得很快，星星仿佛一白天样照耀着……明天，太阳赶来以后，将是多明朗的天气！"

一会儿，芙洛莉留在窗前，眼睛向这弥漫着四月最初温暖的静穆乡野观看，她由那里回来，静静的思想，她的烦恼创伤已被刺激，她因而感到更大的痛苦。但是她一听见米索尔离开卧室到隔壁房间去搜索，她也走近床边，她坐下，目光盯视她的母亲身上。桌角的蜡烛在燃烧，一列火车跑过去，震动整个房子。

芙洛莉决定整夜留在那里，她将想些什么？首先，死者的形象使她从她的原有感情里摆脱出来，她已不再想那些在她从陀恩维尔回来时，一路在繁星下和昏暗的寂静里不断缠绕她、要她加以考虑的事物。现在，一种忽然的惊奇平息了她的痛苦：为什么她的母亲死了，她竟没有更多的悲伤呢？为什么此刻她还不哭呢？虽然她是一个野蛮的和沉默的女郎，平时她一下班，总不断逃出去，向乡野里奔跑，但其实她是很爱母亲的。在最后要使她母亲致命的危急病势里，她曾有二十次走来坐着，恳求母亲请一个医生来看看；因为她也怀疑到米索尔的谋害，她希望恐惧会停止他的放毒。但是她从病人方面一直只能得到一个愤怒的"不"字，好象病人存着斗争的倨傲，不接受任何人的援助，确信自己会战胜，将带去她的金钱，于是她不再干涉，重新被她自己的痛苦侵袭，为了忘记，她消失了，再到乡野里去奔跑。真的，这一定是这个阻塞了她的情感：有了非常大的悲伤时，心里当然没有给予别人的位置；她的母亲去了，她看见她被毁坏，躺在那里，脸色那么苍白，她仍然无动于衷，不论她怎么努力，她仍然不能更加悲哀。喊来宪兵？揭发米索尔的罪恶？既然一切都将垮倒，这又何必呢？虽然她的视线还没有离开死者的身体，但逐渐无可战胜地，停上再看死者，她回到她内心的幻象里，整个思想重新被她脑壳深处所原有的情感侵占，从此只感到火车的震动，它们开过去，不啻向她报告钟点。

一会儿以来，远处传来巴黎慢车走近的吼声。当机头和它前面的放射灯，从她窗前掠过时，房间里突然充满一闪电光或大火反照。

她想道。"还要七小时。今天早晨八点十六分，他们将再过去。"

几个月以来，每一星期，这等待总不断缠绕她。她知道，星期五上午，由杰克驾驶的快车，将领珊佛琳到巴黎去。处在妒忌的苦刑里，她只为窥伺他们，看见他们而生活着，她对自己说，他们到那边，将自由自在地互相占有。她被这丑恶感觉烦扰，在她看来，这一切车辆都好象截断她的心！她那样受苦，一天晚上，她躲藏起来，想写信给法庭；因为她若能使宪兵逮捕这个女人，她的痛苦就会结束了；从前她曾蓦然撞见她和格兰摩伦院长的无耻勾当，她怀疑，她将拿自己所知道的告诉法官们，她一定会把她交到他们手里。但是手里握起钢笔，她却不能叙述经过的事情。再则，难道法官们会听她的话吗？这整个上流社会一定是彼此牵连的。像人们对付过加蒲宣加样，这或者是她被人关到牢狱里去！不！她愿意报复，她将单独报复，而不需要任何人帮助。这甚至不是像她所听说过的复仇思想：为了治愈自己痛苦，要让别人受苦的思想，这是一种赶快结束，撞倒一切的需要，仿佛她盼望巨富马上来扫荡他们。她很自负，认为自己比另一个强大和美丽，她确信她有被爱的正当权利；当她孤单单一个人带着她时常赤裸的金发重盔，由这荒凉旷野的小径上行走时，她很愿意捉住另一个女人，如抗对的女战士一样，在树林角落里，解决她们的争端。从来没有一个男子曾动到她，她反而打击男性；这就是她的无奈的力量，她一定会战胜。

前一星期，一种意外的念头，好象受不知来自何处的铁锤打击，突然被钉入她的脑里：杀掉他们，使他们不再驶过去，不再一起到那边去。她并不考虑，她只服从破坏的野蛮本能。好象有一根刺留在她的肉里，她当然要清除它，如必要的话，杀掉他们，他们第一次经过时，就杀掉他们；为了这个，撞翻一列火车，拿枕木横到路线上，拉掉一段铁轨，然后一切都被粉碎，一切都被毁灭。他，肢体被压扁，当然留在他的机头上，女人，为了更接近他，总是坐第一辆车厢，也不能逃出灾祸；而其他的旅客们，这人的连续浪潮，她一点也没有想到。这几乎不存在，难道她认识他们吗？这火车翻倒，这无数生命的牺牲，变成她每一时刻的缠绕，这唯一的灾祸，相当广大，淹没着够深的人血和够多的痛苦，使她充满眼泪的膨胀的心，可以在里面无休止地沐浴。

然而，到了星期五上午，她有些胆怯，并没有决定在什么地方并用什么方式去除掉一段铁轨。可是晚上，不再值班，她有了一个念头，她由隧道走去，一直闲荡到第厄普支线交叉点。这是她的散步之一，这长二公里余的地下，这上面弓形的笔直大道，她在那里好象感到火车和它们的放射灯，向她身上滚来，每次，她都几乎被压碎，由于表示勇敢的需要，一定是这危险诱惑她，要她到那里去行走。但是那一夜逃出看守人的监视之后，她一直走到隧道中间，她循着左面前进，肯定对面来的任何火车，一定会从她右面过去，她不当心转过来，想看看开赴勒·哈佛尔的一列火车红灯；待她重新行走以后，不知道红灯究竟从哪一方面消失了。尽管她的勇敢，耳朵还是被车轮的闹声震聋，她停下来，两手冰冷，她的赤露头发，被恐怖的气息掀起。现在，若有另一列火车过去时，她想象她将不再知道它是上行的或下行的，她将扑到右边或左边，她将随时随刻，会被切成两段。她努力一下，还想保持理性，她要自己想起来，她的心里不断在考虑。随后，恐怖突然袭击她，她随着偶然，笔直向前作疯狂的奔跑。不，不！在没有杀死他们两个之前，她不愿意被杀死！她的两脚，因轨道受到阻碍，她溜着走，她跌倒，这是隧道底下的疯狂，两边的墙好象为搂抱她，逐渐收紧，上面的穹隆反映出想象的声音，威胁的语声和可怕的吼叫。每一会儿，她转过头来，以为她的颈边已感到机头的灼热气息。有两次确信自己没弄对，认为沿着她所逃走的这一边跑去，她会被压死，所以又突然跳一下，转换奔跑的方向。她疾奔，忽而她前面远处，现出一颗星，一只逐渐增大的炫耀的圆眼睛。她全身紧张反抗想再转过来的无可抗拒的愿望。前面的眼睛变成一堆炭火，一个吞噬的炉口。火车，像雷轰似的开过去：只以吹袭的暴风鞭击她。片刻后，她仍然安全康健，在玛罗纳方面，走出来。

那时已九点钟，再过几分钟，巴黎快车将到那里。马上，她带着散步的姿态，一直走到两百公尺以外第厄普支线分叉点，审察铁道，看看是否有什么可以供她使用。正在修理的第厄普支线上，停着一列砂砾火车，由她的朋友奥齐尔扳道转到这里；突然她的脑里有了灵感，她找到并决定一个计划，她只要阻止这工人不再把扳道机拨向勒·哈佛尔路线，快车就会跑去撞翻砂砾列车。这奥齐尔，自从他满身充溢着迷醉的情欲扑向她身上，又几乎被她突然袭击，击碎脑壳的那一天起，她还对他保持着友谊，还喜欢像逃出溪谷的山羊似的，穿过隧道，向他作意外的访问。奥齐尔很瘦，很多嘴，从前当过军人，全心注意在他的职务上，日夜都睁开眼睛，还没有犯过可以责备的疏忽。不过，这野蛮的女郎，像男子那样强壮，曾打过他，却激动他的肉体，只要她的小指头一召唤，他立刻会服从她。虽然他比她大十四岁，他还要她，他还发誓要占有她，既然暴力不能成功，他只得忍耐并竭力对她表示爱情。所以那一夜，在阴暗里，她走近他的岗位，从外面喊他的时候，他马上忘记了一切来会她。她迷惑他，领他向乡野走去，对他叙述复杂的故事，说她的母亲病得很厉害，如果她死了，她将不再留在摩弗拉十字。她的眼睛，向远处窥伺快车的轰声离开玛罗纳，迅速地靠近。待她觉得火车已到那里后，她转过来看看。但是她没有想到防止误入歧途的新仪器：机头走上第厄普支线轨道，自动发出停止的信号；司机还有时间，使他的火车在砂砾列车数步以外停下来。奥齐尔，像一个人因房子坍下，神经症地叫喊，立即跑着回到他的岗位上，而她，则仍坚挺地站着，一动也不动，从昏暗深处，观望意外事件所激起的必要活动。两天以后，被调走的扳道员走来向她道别，丝毫没有疑心到，她施过的诡计，只对她说，如果她的母亲死了，她还可以去找他和他同居。

此刻在这回忆下，罩住芙洛莉目光的梦想浓雾已消散；她重新瞥见死者，由蜡烛的黄光照亮。她的母亲已不再存在，那么，她应该离开，同愿意占有她，或者会使她幸福的奥齐尔结婚吗？她的整个身心都起了反抗。不，不！假如她够怯弱，让他们两个生活着，而她自己也一样活下去的话，她宁可去奔跑大路，充当别人的女仆，而不高兴属于她所不爱的一个男子。一个不习惯的声音，要她倾着耳朵，她明白：是米索

尔，拿一把鹤嘴锄，正在翻掘厨房的硬地；为了寻找私藏的钱财，他已发狂，他会撞翻整个房子。然而她不愿意同那个人一起留下，然而，她去做什么呢？一阵暴风吹袭着，墙壁都被震摇，一线炉火的回光，从死者的苍白脸上掠过去，映红她开着的眼睛和讽刺的嘴角。这是巴黎的最后慢车，由它的沉重的机头拖着奔跑。

芙洛莉转过头来，凝视晴朗春夜里的闪烁繁星。

"三点十分。还要五点钟，他们将开过去。"

她重新开始考虑，她确实太苦恼。看见他们，每星期看见他们这样到巴黎去相爱，这已越过她的约束力。现在她确信她将永远不能单独占有杰克，她宁愿他不再存在，什么都不再存在。她坐着守夜的这个悲惨房间，在她想毁灭一切的增长需要里，以整个阴暗的丧幕围裹她。既然没有人再爱她，其他的人们都可以同她的母亲一起离开这个世界。死人，这里那里，正不缺乏他们，一下又一下，人们可以给他们全体都载跑！那么，怎么办呢？孤单单一个人，留下或离开，还是孤单单一个，而他们却时常是两个一起！不，不！宁可一切都崩溃了，宁愿这烟雾腾腾的房子里的死，吹向路上，扫荡了整个世界！

她思索已久，她已决定，于是她在心里讨论，要实行她的计划的最好方法。她因而回到除掉一段铁轨的想法。这是最可靠，最实际和最容易执行的方法：只要用锤子敲击枕木上的小铁枕，然而拉去铁轨就好了。她有许多工具，要选择的最好地方当然是出了坑道以后，向巴朗丁方面，在填高的七八公尺土基上，穿过小谷的弯曲处：那里，出轨一定会变得准确，翻倒也很可怕的。但是钟点又盘旋在她的脑海里，又引起她的忧虑。在上行的轨道上，八点十六分过去的勒·哈佛尔快车没有到来之前，只有七点五十分的一列慢车。那么，这给她以二十分的工作时间，这已够了。不过，在规定的班次之间，船舶大批到来的时期，尤其是这样。那么，这又是多么无益的冒险！怎么能预先知道这将的确是快车来到那里撞翻了呢？很久，她的脑里盘旋着种种或然性。夜还统御着，还继续燃烧的一根蜡烛和她不再剪去的焦黑高烛芯，浸泡着溶解的油脂。

由卢昂开来的一列货车刚到来时，米索尔重新进入房间。他曾搜索柴堆，他的两手涂满泥土，他喘气，他因自己的徒然寻找，十分昏乱，他被无能的发狂激动到那样程度，他重新向家具底下，壁炉里面和到处他所遇到的地方寻找。长的列车，它的巨大轮子，隆隆滚响，好象永远跑不完，每一震撞都摇动床上的死者。而他，伸长胳臂，卸下墙上挂着的一幅小图画，还遇见那双睁着的跟随他的眼睛，至于颤动的嘴唇，则仍然发出嘲弄的微笑。

他的脸色变得苍白，他颤抖，他从恫吓的愤怒里说道：

"是的，是的，寻找吧！寻找吧！……呸！他妈的！我若翻转房子的每块石头，和附近的每块泥土，我肯定会找到它们！"

芙洛莉，由自己的考虑分心，忽然站起来。她走去关掉门，使这个人不再来烦扰她的母亲。她惊异地听见自己高声说：

"只在十分钟以前这就好了。"

的确，十分钟之内，她将有充分时间。如果快车到达以前的十分钟，没有任何火车开来的报告，她可以去工作。从此，事情已决定，她的忧虑已消散，她变得很镇静。

此时曙光将露，这是新鲜和洁净的曙光。不顾尖锐的微寒，她大开了窗户，甜美的晨风进入这充满死的烟雾和气味的悲惨房间。太阳还在地平线底下和盖着树木的小山后面；但是它终于出现了，深红的光，像每一新的春季那样，在土地的再生愉悦里，流向各个斜坡，淹没崎岖的道路。她昨夜并没有猜错：今天的气候将会很适宜的，这一天早晨，的确是这些表示青春和辉煌健康，大家都喜欢生活的美妙时刻之一。在这荒凉区域，连续小岗，由狭小溪谷截断的曲折旷野上，随自己的自由爱好，由羊肠小径走去，这是多么好呀！当她向房间里转过来时，她惊奇，她看见蜡烛，好象已熄灭，只以苍苍的眼泪，闪烁在扩大的日色里。死者，现在，也仿佛向火车交叉过去的路线凝视，甚至已不注意她身边放着的这蜡烛的红白火焰。

白天，芙洛莉才恢复她的值班。她只为六点十二分巴黎慢车，才离开房间。米索尔也在六点钟来接替他的同事，夜间的守望员。这是从他的号角召唤，她才走去，手里举起旗帜，站在栅栏前面。一会儿，她的眼睛留意火车开过去。

"还要两点钟，"她大声想道。

她的母亲已不需要任何人。此后她不愿意回到房里去，对这个，她已感到无可奈何的厌恶。这已完结，她曾抱吻她，她能支配她自己和别人的生活。平常，在各班火车之间，她逃出去，她消失了。但是那一天早晨，一种兴趣要她留在栅栏附近的岗位上，靠铁道边缘放着的一条板凳上。太阳已从地平线升起，温暖的金雨洒到纯洁的空气里，她不动，她在这广大的乡野中间，受这温暖的沐浴，浑身都沾满了四月青春的宝液。一会儿，她留意米索尔在路线另一边的木板房里做些什么，他显然很激动，脱出他平常的半醒半睡状态：他出来，进去，用神经质的手拨动他的机械，他向房子投射连续的目光，好象他的精神仍然留在那边寻找。随后，她忘记了他，她甚至已不再知道他仍然守望着。她整个沉没在她的等待中，脸是缄默的和严肃的，眼睛盯住巴朗丁方面的铁道尽端。那边，在太阳的愉悦亮光里，一定升起一种幻象，不断吸引她，她的固执和野蛮目光因而不能离开。

时光一秒一秒地飞逝，芙洛莉还是一动也不动。最后，到七点五十五分，当米索

387

尔，吹两声号角报告上行轨道上的勒·哈佛尔慢车将要到来时，她立起来，关掉栅栏，手里握着旗帜，站在前面。火车，震摇土地之后，已向远处消失了；人们听见它进入隧道，声音也随着停止了。她不回到板凳上去，她仍然站着，数着。如果十分钟之内，人们不报告有什么货车开来，她将跑去，跑到坑道彼面去除掉一段轨道。她很镇静，只有胸口紧缩着，仿佛被压在这行为的巨大重量之下。此外，在这最后时刻，一想到杰克和珊佛琳将跑近，如果她不阻止他们，他们将过去，将到巴黎去相爱，她就挺直身体呆着，她的决心是绝对的，她的眼睛因而变盲，她的耳朵因而变聋，好象什么都看不到和听不见，考虑也不会在她心里重新开始：这是无可救药的，这是母狼的脚，趁他们经过时，要踢碎他们的腰部。在她要报复的自私里，她仍然只看见他们两个被毁坏的身体，而不考虑许多年以来不断从她面前排列过去的无名群众和浪潮般的旅客。有了无数的死人，无数的血，这激起她愤怒的情感，或者会被他们遮蔽住。

片刻之后她就要起身，她正要动身的一刹那，培古尔路上的钝重响声要她停住。一辆车子，无疑的，一辆载石块的车子走来。人们将向她要求通过，她必须打开栅栏，留下谈天：再没有行动的可能，她的机会又将丧失。她做发狂的无思无虑手势，她将奔跑，她将放弃她的岗位，她将让马夫自己去料理车子过去的事情。但是一根鞭子在清晨的空气里抽响，一个声音快活地喊道：

"喂！芙洛莉！"

这是加蒲宣，她被钉在地上，从第一步起，她就被留住，甚至还站在栅栏前面。

"怎么？"他继续说，"这样灿烂的太阳，你还睡着吗？快！我要趁快车未到来之前赶过去！"

她心里发生整个倾塌。机会又丧失了，他们两个将去享受他们的幸福，而她仍然找不到半点东西，可以阻止他们，使他们撞碎在那里。当她慢慢拉开半腐的旧栅栏，听废铁从它们的生锈里轧轧发声时，她愤怒地寻找一个障碍，她可以掷去，横到轨道上的什么东西，她是如此的失望，如果她的骨头还充分坚硬，可以使机头衔出轨外的话，她简直会让自己躺着阻止火车过去。但是她的目光落到载石车上，这是一辆厚而低的车子，上面载着两块大大石头，由五匹强壮的马费力拖着走。很高、很宽，这是可以阻塞道路的巨大石块，她竟无意间得到了它们，她的眼睛里因而生起一种忽然的幻象，要让它们放在那里的疯狂欲望。栅栏大开了，五匹流汗和喘息的畜生等着跑过去。

"今天早晨，你怎么啦？"加蒲宣再说，"你的脸色确实不一样。"

于是芙洛莉开始说话。

"昨天晚上，我的母亲死了。"

他发出一声表示同情的痛苦叫喊。放下他的鞭子，他握紧她的两手。

"哦！我可怜的芙洛莉！这应该很久就已等着这样的结局，不过，这毕竟是一件痛苦的事情！……那么，她躺在那边，我愿意去看看她，因为那次不幸的事情如果没有发生，我们终于会和好的。"

他慢慢地，同她一直走到那所房子。然而在门槛上，他向他的几匹马投射一瞥。她说一句话，请他放心。

"没有危险，它们不会走动！再则，快车还很远呢！"

她撒谎。在旷野的温暖震颤里，她听惯的耳朵已听见快车离开巴朗丁车站。五分钟之后，它将到那里，将从栅栏以外一百公尺的坑道里出来。待石矿工人走到死者的房间里站着，忘记了自己，很感动想到已死的小鲁蕙史，她留在外面的窗前继续听着，听见远处，机头的均匀气息，逐渐走近。忽然，她想到米索尔：他一定会看见它；一定会阻止它；她转过来，瞥见他并不在他的岗位上，她的胸口不免感到很重的打击。在房子的另一面，她重新看见他向井栏圈下面，搜索土地，他不能抵抗他要寻找的疯狂，他被突然的确信侵袭，以为她母亲的私财一定藏在那里：整个沉没在他的激情里，他已变成聋子和瞎子，他只搜索，拼命寻找。这对她，又是最后的鼓励。事物本身也愿意这样。一匹马已开始嘶叫，机头从坑道彼面，仿佛一个急忙逃窜的人，发出很高的喘息。

"我去牵着它们，要它们安静地留下，"芙洛莉对加蒲宣说。"你不要害怕。"

她很快跑去，拿起第一匹马的络头，用她女斗士的全部力量拉动它。五匹马都挺直它们的脚腿，一会儿，车子，因它的巨大载负，十分重地留着，只摇摆一下，而没有移动；但是她自己也仿佛驾到车上，像增援的畜生似的帮着它们拖拉，车子终于向铁路上前进。它完全横在轨道上的辰光，快车已从那边，一百公尺以外的坑道里出来。于是为了要载石车不动，怕它会被拖过去，她肢体都轧轧发响，猛地做出超人的力量阻止车子，要它停住。她已享有十分强壮的传说声誉，人们都曾说，她的敏捷力量是奇特的：一辆车厢由斜坡上滑下，在它的奔跑里，曾被她抵住，还有一辆载货的马车碰到火车，曾被她推开，抢救回来。今天，她做这惊人的动作，她用她的铁腕阻住那五匹因遇险本能翘足反抗和张口嘶叫的马。

这几乎只是几秒钟的莫大恐怖。两块巨大石头仿佛阻塞地平线。机头带着闪亮的铜，发光的钢铁在明朗早晨的金雨下，随它的风快速度向前冲过来。不可避免的现象已经来到，世上再没有任何能阻止撞压发生。等待仍然继续着。

米索尔，一跃回到他的岗位上，胳臂朝天，拼命呼喊，在想通知和阻止火车停下的疯狂愿望里，摇动他的拳头。听到车轮的响声和马的嘶叫，由房子里出来的加蒲宣，也拼命呼喊，扑向车边，想使畜生们赶快走开。但是已跳到旁边的芙洛莉拖住他，救

了他的性命。他相信她没有力量控制他的几匹马，是它们拖着她走。无奈的失望使他在责备自己，他急得痛哭，而她仍然一动也不动，仿佛更高大，她的睫动和紧张的灼热眼皮，只向前面注视。当机头前端将去碰到石块，或者还有一公尺要奔跑时，趁这无可估计的千钧一发和危急时机，她很清楚地看见杰克，他的一只手握着他的驾驶盘。他转过来，他们的眼睛，在一瞥交射里相遇，——她觉得这一眼是无限地长久。

那一天早晨，珊佛琳，在勒·哈佛尔，为了搭快车，像每一星期所做的，走到车站月台上，杰克向她微笑。何必要让恶梦损坏生活的趣味呢？幸福的日子既然呈现在自己面前，为什么要不利用它呢？最后，一切或者都会处理得非常好。他决定至少去尝尝这一天的快乐，她预拟计划，打算同他到饭馆去用午餐。所以她看见前面没有头等车厢，不得不远离他，到后面去找座位时，他愿意安慰她，对她露出极其愉悦的微笑。他们还是一起到巴黎，此刻虽然离得很远，到了那边，还是能重新相会的。他俯出去，看她到尽端登上一个车室，他表示那样好的脾气，他甚至开车长亨利·陀凡涅玩笑，他知道后者正在爱她。上一周，他想象为了散心，并愿意逃出她所过的郁闷生活，也曾鼓励车长，要他作大胆的尝试。卢波早就说过，如果无趣味，只为重新开始另一种生活的唯一愿望，她也会同这个年轻人睡觉的杰克问亨利，前一天夜里他隐藏在火车出发大院子的一棵榆树后面，向空际递送他的飞吻，到底是为了谁？这使正替冒烟和准备起程的莉嫦加进煤炭的火伏柏葛，爆发出大笑。

从勒·哈佛尔到巴朗丁，快车循它的规定速率行驶，并没有什么意外；出了坑道，这是亨利第一个从他的瞭望小室高处，报告轨道上横阻着石车。前部行李车，塞满行李，因为火车载得很重，里面搭有前一夜从一艘邮船上下来的许多旅客。在这大箱和手提箱不断摇动和跳跃的整个堆积中间，车长只占很狭小位置，经过他卸下行李的车站前，他必须作四五分钟书写。到巴朗丁两个旅客下了车，所以他整好他的纸张以后，爬上他的瞭望台坐下，根据他的习惯，他向前后瞥了一眼，这个时刻，他总是这样自由自在，留在这装有玻璃的岗位上监视着。煤水车遮住了司机，但是因他坐得高，他往往比司机看得更远、更快。所以火车由坑道里转过来时，他已看见那里的障碍。他大惊，一下子生起了怀疑。他丧失几秒钟，一声吼叫已从机头里升起，火车跑出坑道，于是他决定去拉身边悬挂着的警钟绳子。

在这千钧一发时刻，杰克一只手握住驾驶盘，由于一瞬间的疏忽，他虽然向前注视，可一点也没有看见。他想到遥远的和模糊的事物，连珊佛琳的形象也在沉思里消失了。警钟的疯狂摇动和柏葛从他背后发出的叫声，促使他惊醒。柏葛因不满意行驶，抬高灰栅的掀棒，俯出去看看速率，忽而看见了前面的载石车。杰克，脸色像死人那样苍白，所有的一切全都明白了，巨大载石车横挡着，机头疾驰过去，即将发生的恐怖冲撞和翻倒，以那么尖锐的明显形象，呈现在他眼前，他甚至能辨出两块石头的斑痕，至于他的骨头里，则已感到压碎的震动。这是无可避免地。他粗暴地拨转驾驶盘，关掉蒸汽开关，并竭力收紧制轮机。他开倒车，在想通知和避开那边巨大障碍物的无能和狂暴意志里，他用无意识的一只手，挂到汽笛的拉柄上。但是在这撕裂空气的凄惨叫声里，莉嫦并不服从，它向前奔跑，甚至没有慢下来。自从它在雪里失掉它的好蒸发以来，它已不再是从前的柔顺牲口，它从前是那样容易开动，现在已变成狂暴和倔强如衰老女人，寒冷的打击已破坏它的胸口。它喘息，它在制轮机下反抗，它仍然带着沉重巨体的固执，向前跑去。柏葛，吓疯了，马上跳下火车。杰克，笔挺地留在他的岗位上，痉挛的右手握住驾驶盘，另一只拉响汽笛，不知道为什么，他还等着。冒烟和喘息的莉嫦，在不停止的尖锐喊声里，继续奔跑，带着她拖拉的十三辆车厢的巨大重量，碰到横挡着的载石车上。

于是二十公尺以外，站在路线边缘的米索尔和加蒲宣，两臂向天竖起，已被恐怖吓昏，而芙洛莉，则睁着眼睛，看见这可怖的事物，火车矗立起来，七辆车厢撞到彼此的身上，然后随着可怖的响声重跌下来，形成整堆残物的崩溃。前三辆粉碎，其他四辆，则构成一堵小山，撞穿的车顶，裂断的轮子，毁坏的车门，分散的链条和缓冲机，互相混杂，倒在玻璃碎块中间。尤其是人们听见机头碰撞石块的摩擦，它所发出的钝重压榨，简直是巨大生物的呼喊。腹部剖开的莉嫦，向左翻倒在载石车上；巨大的石块，仿佛受到地雷爆炸，突然崩裂，四处飞溅，五匹马中的四匹，滚动着，拖曳着，一下被杀死。火车尾部，其他还完全的六辆，即突然停止下来，甚至没有跑出轨道。

但是种种叫声和消失了的呼救话语，变成听不清楚的畜声呼号。

"救命呀！……哦！我的上帝！我要死了！救命呀！救命呀！"

人们已不再听到，已不再看见。向左翻倒的莉嫦，腹部裂开，蒸汽从脱掉的开关和破碎的管子里丧失了，它的怒吼气息，很像巨人临终时的呼吸。一阵白汽喷出来，好象无穷无尽，它的厚密漩涡，循着地面滚动；炭火从炉子里跌下来，红得像肚脐里流出的血。此外，天空漂旋着黑烟。烟囱在暴烈的冲撞下戳进泥土；载负机头的底架，被截断，两根直梁被绞曲，轮子朝天，像一支奇特的牝马，被什么可怕的巨角一下子撞翻，莉嫦露出它的全部肢体，它的转动杠已弯曲，它的许多配汽器已破碎，它的唧筒和侧心盘已被压扁，总之，整个丑恶的创口向天空裂开，它的灵魂，不断地随发狂的绝望响声，从那里逃走。那没死的一只马，恰傍近它躺着，前面的两脚被截去，内脏也从它的腹部裂口里流出。人们看见它发出可怖的嘶叫、喘气，它的悲惨声音，因垂死的机头隆隆震响，达不到人们的耳鼓。

喉头梗塞的一声一声叫喊，消失了，飞走了，好象没有被人听见。

"请救救我！请杀死我！……我太痛苦了，请杀死我！那么，请立刻杀死我吧！"

在震耳的喧闹和这蒙住眼睛的烟雾里，那几辆还完好的车厢的门打开了，溃乱的旅客们逃到外面。他们颠仆在路线上，他们挣扎起来。接着，待他们一觉得土地还是结实的，自由的旷野还呈现在他们面前，他们即疯狂奔跑，跃过荆棘篱笆，穿过田亩，只服从避开危险，远远避开危险的唯一本能冲动。女子们，男人们都没命呼喊，消失在附近的树木深处。

珊佛琳被践踏，她的头发散乱，她的罩袍被撕成碎块，她终于摆脱出来；她并不逃走，她正向隆隆响着的机头扑去，她忽而站在柏葛面前。

"杰克，杰克！他已逃出危险，不是吗？"

火伕，这真是不可思议的奇迹，甚至没有一点肢体受伤，他也奔跑，一想到他的司机被压在那底下，他的心不免被懊悔缩紧。他们曾一起旅行了那么多次，他们处在大风吹袭的连续疲倦下，曾共同忍受过那么多辛苦！他们的可怜机头，他们三个一起过活的好朋友，现在也仰翻倒在那边，从它的破裂肺部里，吐出胸口的全部气息！

在路边，他们碰到芙洛莉，她还没有动过，她沉没在她所完成的行为和谋杀的麻木里。这很好，只有她感到自己满足了一个需要的安慰，她对于别人的痛苦，并没有怜悯的心思，她的眼里甚至没有看见这个。但是她一认出珊佛琳，她的眼睛就过分睁大，一种惨痛的阴影，马上罩住她的苍白面孔。什么？这女人，她还活着，而他却的确已死了！在这杀害爱人的尖锐痛苦里，在这给自己当胸刺入一刀的打击下，她突然意识到她犯了罪的丑恶。她曾干了这个，她曾杀掉他，她曾杀掉这一切人！一声大的叫喊撕裂她的喉头，她绞曲她的胳臂，她也随着疯狂地奔驰。

"杰克，哦！杰克……他在那里，他曾向后被翻过去，我曾看见这个……哦！杰克，杰克！"

莉嫱的喘息已很弱，它的沙哑呻吟已疲弱下去，现在从这微声里，人们已听见受伤者的呼喊逐渐增高和伤痛。不过，烟雾还始终是深厚的，巨大的残物堆好象包围着黑的灰尘，留在阳光里，一动也不动，这些恐怖和受苦刑的人声，就从这里面迸发出来。做什么呢？从哪里开始呢？怎样才能接近这些不幸者身边呢？

"杰克！"芙洛莉还继续喊道。"我对你们说，他曾注视我，他被翻倒在那里面煤水车底下……你们快跑吧！"

加蒲宣和米索尔已扶起车长亨利，后者在最后一秒钟也纵身跳下。他的脚骨已脱节，他们要他坐到篱笆附近的地上，他，蠢头蠢脑，他只由那里注视抢救，似乎并不受苦。

"加蒲宣，快来帮助我，我对你说，杰克在那下面！"

石矿工人没有听见，他向别的许多受伤者身边跑去，他拖走一个少妇，她的两腿垂下，腿根部分已被折断。

这是珊佛琳听见笑洛莉的叫唤，飞快跑过来。

"杰克，杰克！……在哪里？我来帮助您！"

"好！就是这样，请您帮助我吧，您！"

她们的手相遇，她们一起拖拉一个破碎的轮子。可是这一个的纤细手指做不了任何事情，另一个的铁腕，则推翻很多障碍。

"当心！"柏葛说，他也着手工作。

珊佛琳正向一只由肩膀上截断，鲜血直流，还穿蓝呢衣袖的胳臂走去时，他做突然的动作阻止她前进。她因而吓得后退。然而她不认识这个衣袖：这是一只不相识者的胳臂，毋庸置疑的，由别处发现到的一个身体上，滚到这里来。她因而颤抖得如此厉害，她仿佛已瘫痪，她哭丧着脸站住，注视别的人们工作，她甚至不能俯下来，除去手会被割伤的玻璃碎片。

抢救垂死者和寻找死者，一定充满忧虑和危险，因为机头的火已拨到木片上，当人们跑到巴朗丁去要求援助，并向卢昂拍出一个电报时，排除障碍的工作，尽最大可能的迅速组织起来，一切人手都发挥最大的勇敢参加抢救。很多逃走者已回来，认为他们的惊慌是可耻的。但是人们仔细小心前进，必须除去每一残物，要求极大谨慎，因为残物堆里若发生坍塌，人们恐怕被掩埋的不幸者会丧失性命。许多受伤者从混乱的堆叠里露出来，他们一直陷到胸口，好象被夹在老虎钳里，发出悲惨的呼号。人们工作了一刻钟，才挖出其中的一个，他并不呻吟，他的脸色像纸那样白，他只说他没有什么，他一点也不受苦：待他终于被挖出来以后，他已没有两腿，他立刻死了，刚才在他的恐惧激动里，他并没有知道和发觉这丑恶的毁伤。还有整个家庭从已经着火的一辆二等车里拉出：父亲和母亲伤在膝盖上，祖母的一只胳臂被截断；但是他们也一样，他们只哭着呼叫他们的小女儿，只有三岁的金发孩子，消失在车子的倾覆里，由人们从车顶的一块碎片底下重新发现到，完全没有受伤，她还露着好玩和微笑的面容。另一个小女孩，身上沾满血，她的两只可怜小手已被压碎，人们抱她到旁边，等着发现她的父母，她孤单单和无知地留下，她已那样被窒息，她不说一个字，待人们一接近她，她的抽搐脸孔马上变成难以形容的恐怖面具。人们不能打开车门，冲撞已绞曲门上的铰链，人们必须由破碎的窗玻璃进入车室。已有四具尸体并肩排列在路边。十个左右受伤者靠近死者躺着，没有一个医生给他们包扎，没有任何必要的救助。排除障碍物的工作几乎刚开始，从每一残物下，人们总收拾到一个新的被害者，堆积似

乎没有减少，不断流下血。

"我对你们说，杰克在那下面！"芙洛莉重复说，好象因她所发出的这固执和无理由的叫声，感到安慰，仿佛这就是她的失望呻吟。"他呼叫，喏！喏！你们听！"

煤水车深陷在互相堆叠和互相倾覆的许多车厢底下；的确，从机头的喘息减低以后，人们听见一个人的粗大声音，由坍塌的残物堆深处迸发出来。待工作逐渐进展以后，这临终声音的呼喊也变得更高，听来是如此痛苦，工作的人们也不能忍受，也随着哭泣和呼喊。最后，当他们挖到那个人，把他从两条腿上拉下来，并拉到他们身边时，痛苦的呼号立刻停止。那个人已死了。

"不，"芙洛莉说，"这不是他。他还在更深处，他肯定在那下面。"

伸出她的女战士胳臂，她举起轮子，把它们掷到远处，她绞曲车顶的铅皮，击碎车门，拔掉一段一段铰链。她若遇到一个死者或一个受伤者，她呼唤，要人们给她摆脱掉，她一秒钟都不愿意放弃她的疯狂寻找。

在她背后，加蒲宣，柏葛和米索尔，也帮着工作，始终站着的珊佛琳，觉得衰弱无力，不能做半点事情，终于坐到一个车厢被撞穿的座位上。但是米索尔，重新恢复他的冷淡脾气，很温和，很镇静，避开过分的疲倦，尤其帮助别人去搬运受伤的或死了的人。他，和芙洛莉一样，也注视尸体，好象要认出他们，看他们之中是否有成千成万在十年之内由他们面前很快排列过去的相熟面孔，这无数群众，每次都像闪电般被载去，被卷跑，只给他们以不清楚的记忆，这次难道没有留下一个相识者吗？不！这依然只是移动的无名浪潮；意外和暴烈的死还始终是不认识的，完全同忙碌的生命，经过那里，向辽远的未来奔去，没有分别；对于这些跌到路上，被践踏，被压碎，头卢布满丑恶创伤的不幸者，他和芙洛莉还不能指出任何姓名，或得到任何确实消息，如这些面对敌方猛烈炮火站着的士兵们一样，他们只让自己的尸体填满洞窟罢了。但是芙洛莉以为发现到一个，火车陷入雪里的那一天，她曾同他谈过话：这美国人，她终于熟识地认出他的侧影，虽然一直不知道他的名字叫什么，他自己和他的家属是何许人。米索尔将他同其他的死者一起搬走，他不知道这些可怜的人究竟从何处来，停在哪里，究竟要到何处去。

随后还有一个痛心的景象。在翻倒的一个头等车室里，人们发现一对年轻夫妇，大概是刚结婚的吧，他们那样不幸地一个躺在另一个身上，女人压住她底下的男人，她竟不能移动一下，借以减轻他的痛苦。她嘴巴还是自由的，则恳求人们快些工作，她害怕，觉得自己将杀死他，她的心简直已被扯裂。待他们终于被摆脱出来以后，她反而突然断气了，因为她的腰部已被缓冲机戳穿一个洞。醒回来的男人发出痛苦的叫喊，他跪在她身边，眼睛里噙满泪水。

现在已有十二个死者，三十以上受伤者。但是人们已摆脱出煤水车；芙洛莉，每隔一会，停止她的工作，让她的头伸入破裂的木板和绞曲的铁条中间，她的眼睛在做热烈的搜索，看看她是否能瞥见底下的司机。忽然，她大叫一声。

"我看见他了，他在那下面……喈！这是他的胳臂同他的蓝呢短上衣……他不动，他不呼吸……"

她再站起来，她像男子似的咒骂。

"他妈的！你们加快些速度！你们把他从那下面拉出来吧！"

伸出两手，她竭力想除去车厢的一块地板，而别的残物却阻止她拉向自己身边。于是她跳下来，她奔跑，她带着米索尔家里用作劈柴刀的一把斧头回来，她举起它，像一个樵夫，在橡树森林中间运用他的斧头那样，她以狂暴的连续摆动，打击地板。人们都离远，让她这样做，只向她喊着"小心！"但是除了司机，已没别的受伤者，他被隐蔽在错杂的车轴和轮子底下。其实，她并不听从他们的警告，她被高兴掀起，她有把握，她是无可抵抗的。她劈倒木板，她的每一打击，都截去一个障碍。她的金发飞舞着，她的胸衣被扯去，露出她的赤裸裸两臂，和可怕的刈草者一样，她从这丑恶的、由她自己造成的破坏中间，开出一个空隙。最后一下打击，碰到车轴，斧头的铁，因而被裂成两半。由其他的人们帮助着她拨开许多轮子，这些轮子正好庇护着年轻人，使他不会被压死。她第一个捉住他，把他抱到自己的胳臂里。

"杰克，杰克！……他呼吸，他还没死。啊！我的上帝！他还活着……我知道我曾看见他跌下而且被压在那底下！"

珊佛琳昏乱地跟随她。她们两个抬他放到篱笆脚下的亨利身边，后者，惊呆了，似乎不清楚他在哪里以及人们在他周围做些什么。走近的柏葛，站在他的司机面前，看见他处在这样垂死的状态里，心头非常烦扰；至于两个女人此刻则向杰克左右跪下，扶住不幸者的头，并忧虑地窥察他脸上的细微颤动。

最后，杰克睁开眼皮。他慢慢轮流射向她们，好象认不得她们究竟是谁，好象她们和他毫无关系。但是遇见数公尺以外正在断气的机头时，他的眼睛开始惊惶，固定，逐渐闪出增长和摇曳的感动亮光。它，莉嫦，他认识它，它使他想起一切，横挡在轨道上的两块巨石，可怕的震撞，这丑恶的，他和它都同时觉得的颠覆；他已复活，而它，一定要死去。它表示倔强，的确无罪；因为自从它在雪里感染了病症之后，它即使不警惕，也不能算是它的过失；而更不用说那到来的年纪，使它的肢体加重，使它的关节变硬。所以他情愿宽恕它，看见它受到猛烈的致命伤，现在已到弥留状态，他的心头充溢着极大悲痛。可怜的莉嫦，它只有几分钟可活了。它逐渐冷去，它的炉子里炭火跌下，化成灰，从它裂开的腰部，那样粗暴地吐出气息，终于变成哭泣孩子般的轻微呻吟。被泥土和唾沫玷污，它还是那样闪亮，陷入煤炭的黑潭中间，它像一只壮丽的牲口突然被一个意外轰倒在街心，遭受凄惨的死亡。一会儿，从它的破碎脏腑里，人们还能看见它的器官的活动，像两个双生的心脏跳动着，蒸汽仿佛是脉管里的血，循环流入各个配汽室，但是转动杠，很像抽搐的胳臂，只发出它借以生活的力量一起离开，这无限大的气息，好象徐徐喷吐，它不能使它一下就倾空。被剖腹的巨人已转入平静，已逐渐沉入熟睡的梦里，终于默然无声地死去。这整堆由它留在那里的铁，钢和铜，这被压碎的巨人破裂的躯体、分散的肢体、受伤的器官，都僵卧在光天化日之下，显露巨大尸体的凄惨景象，好象它已活过，生命已在痛苦里消减了。

明白莉嫦已不存在的杰克，于是怀着同它一起死去的愿望，重新闭上眼睛，事实上，他是那么衰弱，他相信自己已从机头的最后气息里被卷走，现在，从他闭下的眼皮，徐缓的泪水流下，淹没他的面颊。这对于喉头紧缩，一动也不动留在那边的柏葛，实在是太难以忍了。他们的好朋友死了，看，他的司机也想跟着它去。那么，他们三个一家的生活已完了吗？那么，登到它的背上，不交换一句话，共同作数百公里的旅行，也已完了吗？他们三个时常是那样一心一德，他们不必做什么手势，就能彼此了解呢！啊！可怜的莉嫦！它表现它的力量时，是那样温柔，它向着太阳闪光时，又是那样漂亮！没有喝过酒的柏葛于是爆发痛哭，他不能忍住悲哀的打嗝摇动他的魁梧身体。

珊佛琳和芙洛莉也陷入失望，也因杰克的重新失掉知觉，极其担忧。年轻女郎跑到她家里去，带回掺樟脑的酒精，为了做点好事，用这刺激的液体，拼命摩擦他。但是在这两个女人的忧虑中，还为那匹两只前腿被截去，苟延残喘的马的缓慢临终而感到苦恼。它靠近她们躺着，发出不断的嘶声，几乎同人一样的痛苦叫喊，听来是那么响亮和那么恐惧，有两个受伤的人，受到传染，也像畜生似的，开始呼号。从来死的叫声没有像这样悲惨的呻吟撕裂空气，它传入听者的耳朵，永远不会被忘记，人们的血简直被它吓冷。苦刑变得那样残酷。许多怜悯和愤怒的颤抖声音，请求人们结束那匹不幸而又那样受苦的马的性命。现在，机头既已死去，而这匹马的无尽期喘息仍然继续着，仿佛是灾祸的最后悲伤。还呜咽哭着的柏葛于是拾起铁已突裂的斧头，可是，向马的脑壳上，重重敲击一下，终于将它打死。屠杀后的地面上，转入了静寂。

两小时后，援救终于到来。在相碰的冲撞里，一切车厢都向左倾倒，如此，下行轨道的清除工作只要几点钟就能完成。一部调配机头拖引着三辆车厢，由卢昂载来州长办公室主任，帝国检察官，公司的许多工程师和医生，巴朗丁车站站长，贝西埃尔先生则早已赶到那里，同一组工人，清除残物。这平常是那样荒凉和无声的偏僻角落里，统御着奇特的激动和骚扰。安全和健康的旅客们，从他们惊慌的疯狂里，还保持着活动的强烈需要：有些寻找车厢，一想到他们要再上去，就表示抗议，另有些看见人们甚至找不到一辆手推车，已开始担心，要知道他们到哪里去吃饭，到哪里去睡觉，大家都要求一个拍电报的办事处，很多人已带电报，步行到巴朗丁去。当官厅代表们，得到公司人员的协助，开始做事变的调查时，医生们连忙从事于受伤者的包扎。有些已在血泊中间失掉知觉。另外许多人受钳子和针的刺激，则发出微弱的呻吟。那里一共有十五个死者和三十二个重伤的旅客。等着他们的身份被证明，死者躺在地上，只有一个个子矮小金发和玫瑰色脸颊的年轻助理检察官，显示热心，照顾他们，搜索他们的衣袋，看看是否有什么证书，卡片和信件，可以允许他给他们的每一个人标上一个姓名和住址。但是他的四周，已有一圈张口结舌的人围绕着，虽然附近四五公里以内没有房子，但仍然有好多好奇者不知从什么地方赶来，三十个左右的男子，女人和孩子，不但不能提供任何帮助，反而阻碍别人行动。四月的清晨，已在屠杀的旷野上战胜黑的灰尘，那遮住一切的蒸汽和烟幕，已经消散，明亮、温暖和愉悦的阳光浸溶着垂死者和死者，腹部破裂的莉嫦和堆叠的残物。清除的工人们，像成群的蚂蚁，正在修理被不谨慎行人一脚踢翻的"蚁窠"。

杰克还是人事不省，珊佛琳留住一个经过的医生，恳求他给他医治。医生诊察过年轻人，找不到半点表面的伤痕，但是他害怕内部损害，因为他的嘴里在往外一丝一丝地渗血。还不能表示准确的意见，他劝她赶快搬去受伤者，避免震动，给他安顿在一张床铺上。

在触摸的手下，杰克发出痛苦的轻微叫声，重新睁开眼睛，这次，他认得珊佛琳，他在昏乱里嗫嚅说道：

"赶快将我搬走，赶快将我搬走！"

芙洛莉俯下去。但是转过头，他也认出她。他在愤恨和惊骇的退缩里，重新转向珊佛琳。

"赶快将我搬走，赶快将我搬走！"

于是她问他，甚至用"你"称呼他，好象她只单独同他一起，因为这个女郎已不算数：

"到摩弗拉十字去，你愿意吗？……如果这不违反你的意思的话，这就在对面，我们将在自己家里。"

他接受，他还战栗，他的眼睛还盯视另一个身上。

"到你所愿意的任何地方去，马上去！"

芙洛莉站着不动，在这惊怖和厌恶的目光下，她的脸色变得苍白。这样在杀死这些无罪者和不相识者的惨剧中，她没有达到目的，他们两个还活着：女的逃出来，没

有半点轻伤；他现在或者也会脱险；这样，她只使他们更加亲密，使他们一起进入这偏僻的房子深处，过着亲密生活。她已看见他们安顿着，男情人痊愈了，静静休养，女的，对他做种种细心的看护，她的守夜将得到连续抚摩的报酬，他们两个都远离世界，享受绝对的自由，一阵大的寒冷刺激她全身，她注视躺着的许多死者，她杀了许多人，却一无所得。

这时，在这投向屠杀的目光下，她看见米索尔、加蒲宣，由先生们在询问，无疑的，这一定是官厅的人。真的，帝国检察官和州长办公厅主任，竭力想明了这石矿工人的车子怎么会这样横挡着轨道。米索尔虽然不能供给半点切实的情况，却坚持说他没有离开他的岗位；他的确什么都不知道，他撒谎，他说他正转过去照顾他的仪器。至于精神很烦忧的加蒲宣，则叙述一个长的混杂故事：他为什么犯错误，抛开他的马，想去看看死了的女人，那几匹马怎样自动地行走，女郎又怎样不能留住它们。他的言语含糊，他再开始叙述，而不能达到使别人明白他的意思。

芙洛莉被吓冷的血，在自由的野蛮刺激下重新流动起来，她要摆脱一切的自由，她要考虑并决定一个主意，她在自己选择的真正道路上，将永远不需要任何人的干涉。何必等着别人提出许多问题来麻烦她，几乎逮捕她呢？因为除了犯罪，的确还有职务上的过失，人们将使她担负这翻车的责任。然而，只要杰克没有离开，她仍然被某种不可知的力量留住不走。

珊佛琳恳求柏葛协助，后者终于找到一副担架；同一个伙伴回来，抬走受伤者。医生同时要少妇接受亨利，让他也睡到她的房子里去，可这位车长还蠢头蠢脑地留在那儿，似乎受着脑震荡的折磨。他挨着等待，让人抬走。

当珊佛琳俯下，解开妨碍杰克的领子时，她公开亲吻他的眼睛，愿意给他以忍受移动的勇气。

"不要害怕，我们将是幸福的。"

他露出微笑，也亲吻她。这惹起芙洛莉极度悲伤，这是永远夺去他，她的心痛得简直要破裂，她的血现在也像是从不可医治的伤口里一阵一阵流出。待人们把他抬去以后，她马上逃走。但是经过低矮房子前面时，她由窗玻璃上，看见死者的卧室，白日里燃点的蜡烛，在她母亲的遗体旁边，闪烁着惨白的斑点。意外事件发出之际，死者单独躺着，眼睛还睁着，弯曲的嘴唇依然显示嘲笑，仿佛她注视她所不认识的人怎样被翻倒、被压死。

芙洛莉奔跑，她马上转过陀恩维尔大路的弯曲所在，然后向左投入荆棘丛里。她认识当地的每一个偏僻角落，从此，她可以向宪兵们挑战，假如他们要追赶她的话，他们不妨来试试，看他们是否能捉住她。所以她突然停止奔跑，她继续用徐缓的小步跑向她过去烦闷时经常喜欢躲藏的一个隐蔽所——隧道上面的一个洞窟。她抬起眼睛，她看见太阳已升到中午的位置。到了她的洞窟以后，她仰卧在坚硬的岩石上，躺着不动，两手弯到她的颈后头，开始反省。只在那时，丑恶的空虚发生在她的体内，死亡的感觉，逐渐充满她的肢体。这并不是无益地害死这所有人的追悔，因为她还必须再努力一下，才能认识这行为的丑恶和自我忏悔。她现在只肯定：杰克一定看见她阻止那几匹马过去，从他的回避中，她已明白，他简直认为她是可怕的怪物，他不愿意接触她，她看见他曾经惊怖和厌恶地排斥她。他将永远不会忘记。其实，对别人失败了，对自己当然是不会失败的。片刻，她将去自杀。她已没有任何别的希望，等到她躺在那边，脑里逐渐平息下去并开始做安静的推理时，她更感到这结束自己的绝对必要。只有她整个生命毁灭，似乎疲倦阻止了她重新起来去寻找一件自杀的武器。但是，从她沉浸的半醒半睡深处，同时又升上生的爱好，和幸福的需要，她既然让其他两个人享受自由和共同生活的无上幸福，她的脑里还萦绕着她自己也要幸福的最后梦想。为什么她要等到夜里，为什么她不马上跑去找一向崇拜她，此后一定会好好保护她的奥齐尔呢？她的思想变得很温柔，很模糊，她慢慢进入没有梦的漆黑睡乡。

芙洛莉醒来后，深沉的夜已降下。浑身麻木，头脑还很昏乱，她探摸她的周围，触到赤裸裸的岩石，她突然想起自己睡在什么地方。这好象是巨雷的轰击，她立刻感到"必须去死"的无可挽回的必要。怯懦的温柔，还想过着可能生活的示弱，似乎同疲倦一起消失了。不，不！只有死是好的。她不能生活在这整个血潭里，她的心已破碎，她唯一想占有而被另一个抢去的男人，现在已憎恨她。现在她已有力量，她不得不去死掉。

芙洛莉站起来，走出岩石的洞窟。她不犹疑，因为她由本能里，晓得她应该走向何处去。重新向天边，向闪烁的星星看了一下，她知道那时已将近九点钟。当她抵达铁路线时，一列火车，在下行轨道上，急驰而过，这似乎引起她的快活：一切都进行得很好，人们显然已清除了这条轨道，至于另一条，无疑的，还被阻塞住，因为它的交通似乎还没有恢复。自此，在这野蛮区域的极大静寂里，她循着荆棘篱笆前进。她一点也不急忙，巴黎快车只在九点二十五分钟才到那里，这之前，将不再有别的火车；在浓密的阴暗里，和她平常沿着荒凉小径，做她的习惯散步一样，她仍然以缓慢的小步沿着篱笆走去。可是，没有到达隧道以前，她越过篱笆，她继续在轨道上闲荡着前进，决心去迎接不久就要到来的快车。为了不被看守人瞥见，像从前每次到另一端去看奥齐尔似的，她必须施展狡猾的躲避。进入隧道后，她还向前，经常向前行走。但是这不再像另一星期的情形那样，她即使转过来，她已不再害怕失掉她走去的准确方向。这隧道里的疯狂发作，这事物意识，空间和时间都淹没在穹窿压抑和雷声里的疯

狂发作已不再在她的脑壳里激动。这和她有什么关系！她不再考虑，她甚至不再思想，她只有一个固定的决心：只要她没有遇见快车，她将向前面走去，即使看见机头的放射灯，她依然一直向前走去。

然而芙洛莉不免有些惊讶，因为她觉得自己经这样行走了许多小时。她所渴望的这个鬼主意，她不会遇见它，她将行走许多公里而始终不会碰见它的念头，一会儿激起了她的失望。她的两脚已疲惫不堪，那么，她不得不坐下，横躺在轨道上等候死吗？但是这在她看来是不适当的，由于处女和女战士的本能，她需要一直走到底，让自己全身笔挺地死掉。待她从很远地方，瞥见快车的放射灯，像一颗小星，在墨黑的天边深处，闪烁发光之际，她的体内有了毅力的觉醒和再向前的新激励。火车还没有进入穹窿底下，只有这如此鲜明和如此愉悦的火光，逐渐扩大。重新挺直她柔软的休长身材，随她的强壮两腿摇摆，她现在已放长脚步前进，可是并不奔跑，仿佛走近一个朋友，她要留下一段道路。但是火车已进入隧道，可怕的隆隆声响已逐渐逼近，风暴的气息已震动土地，那颗星，继续扩大，变成一只巨眼，于是受无可解释的情感制约——或者只让自己单独死去吧？——她一面不停止她的固执和英勇行走，一面倾空她的衣袋，她拿整个包裹：一条手帕，许多钥匙，小绳和两把刀，放在轨道旁边，甚至她除去结在自己颈上的披肩，她解开钮扣的胸衣，一半被拉掉。那只眼睛变成一堆炭火，变成一个喷射烈焰的炉口，怪物的气息，已变得热而且潮湿，由这霹雳的滚动中到来，逐渐发出震耳的响声。她还继续行走，为了不错过机头的驶近，她仍然笔直向这炉口前进，简直同夜里的飞虫受到闪亮的火焰诱惑一样。在可怖的冲击里，在即将到来的拥抱里，她更挺直上半身，好象她被女斗士的最后反抗掀起，她要抱紧巨怪，她要摔倒它。她的头撞在放射灯上，放射灯因而熄灭了。

这只是一小时以后，人们才来收拾芙洛莉尸体。司机很明白地看见这苍白大脸，从这淹没她的一线鲜明亮光下，带着好奇的恐怖显现，向他的机头走来，待他的放射灯突然熄灭了，火车处在深的黑暗中，带着雷响的巨声，向前滚动以后，他才颤栗，觉得死神已从他身边飞过。出了隧道，他竭力向看守人叫喊他所遇到的意外。但是只到巴朗丁，他才能叙述有一个人在那边被撞死：这一定是一个女人，混有脑壳残物的头发还粘住放射灯的破碎玻璃。派去寻找的人们终于发现她的时候，看见她这样苍白，简直像大理石，他们都十分感动。她靠近上行轨道躺着，被暴烈的冲撞投掷到那里，头已粉碎，四肢甚至没有擦伤，衣服已一半脱去，在纯洁和力量中，显出可兴叹的裸体之美。人们都肃静地围绕她，他们已认出她。为了逃避压死那么多人的可怕责任，她一定发疯，让自己死在到来的火车底下。

从半夜起，芙洛莉的尸体，就移到低矮房子里，安息在她母亲的尸体旁边。人们

搬一个垫褥放在地上并在她们两个中间，重新点燃一根蜡烛。法茜，同她依然倾斜的头和弯曲嘴边的恐怖微笑，现在仿佛睁着她的固定眼睛，注视她的女儿；由黑暗的荒僻里，由深的寂静中间，到处只听见米索尔重新从事搜索的偷偷工作。每隔一些时间，各班火车在两边轨道上交叉驶过，因为交通已完全恢复了。它们带着它们的机械全能，严酷地和冷淡地开过去，一点也不知道这些悲剧和这些罪恶。曾有整批不相识的人跌到路上，被车轮压碎，这有什么关系呢？搬走了尸体，清洗了血迹，人们又重新向那边，向未来跑去。

十 一

摩弗拉十字房子的楼上卧室十分大，四面张挂着红的锦缎帐幔，高窗户正对着数公尺以外的铁路线上。靠窗置放着古老床铺，从这里，人们可以看见火车开过去。这么多年以来，人们未曾除去一件物品或移动过一个家具。

珊佛琳请人把不省人事的杰克抬到这个房间，亨利·陀凡涅，则被安顿在楼下比较小的另一卧室里。她自己保留一个和杰克邻近，只由楼梯口分开的房间。两小时之内，一切都被料理得相当舒服，因为房子的全部摆设都是现成的，甚至衣橱深处还有被单，饭巾，台布、衬衫和日常使用的布帛。珊佛琳先给卢波拍了一个电报，叫他不要等候她，她说，为了照料他们房子里所收容来的受伤者，她将留在那里好几天，随后罩衫外面系上一条白的围裙，她立即变成一个女看护。

从第二天起，医生以为能担保杰克的生命，甚至计算出在八天之内他能重新站起来：这是一个真正的奇迹，似乎只是内部受了点轻伤。但是他吩咐少妇要非常细心地看护他，绝对不能让他移动一下。所以当病人睁开眼睛时，像侍候孩子那样侍候他的珊佛琳，恳求他，要他乖乖留着，不管任何事情，都要服从她。他，还很衰弱，只点头答应她。他的脑筋完全明白，他认得这个房间，因为她在招认那一夜，曾详细对他叙述过：红的房间，从十六岁半起，她就在这里对格兰摩伦院长的暴力让步，这确实是他现在所睡的床铺，这的确是她说过的窗户，由这里，甚至不要抬头，他可以注视火车开过去，整个房子都突然被摇动。这房子，他觉得它在周围，恰如他自己用他的机头那么多次掠过那里时所看见的一样。在他眼前又重新出现它侧斜建立在铁路线旁边，百叶窗关闭着，保持着不幸和被放弃的模样，自从要把它出售以后，钉上的大块招牌，使它变得更凄惨，更暧昧，使长满荆棘的花园加上更多忧郁。他想起他每次所感受的愁闷和萦绕他的不舒服，好象它是为他的不幸存在，才矗立在这个位置上。今天，他这样衰弱，睡在这个房间里，他以为自己已明白，因为这只能这样：他一定会死在这里。

看见他的情况确实有所好转，已能听到她的说话，珊佛琳连忙请他放心，趁重新给他拉上被头的机会。她向他耳边说道：

"你不要担心，我已倾空你的衣袋，我已取来那只表。"

他睁大眼睛，注视她。

"表……啊！是的，表。"

"人们或者会搜索你身上。我给它藏到我自己的许多东西中间。你不要害怕。"

他紧紧握住她的手表示感谢。他转过头来，看见桌上放着那把刀，这也是从他的一个衣袋里找到的。它并不曾要隐藏起来：一把刀，和其他的一切刀，并没有什么差别。

但是又过一天，杰克已更强壮，他重新希望他不会死在那里。他认出身边有加蒲宣在表示热情，在地板上走路时竭力压低他巨人般的沉重脚步，他确实感到真正乐趣；因为意外事件发生以后，石矿工就没有离开珊佛琳，仿佛他自己也被卷入献身的热烈需要中：他放弃了他的平常劳动，每天早晨来帮助她做家务的粗重工作，他，眼睛盯住她的眼睛，简直像一只忠实的狗，愿意替她服务。正如他自己所说的不管她看上去怎么纤弱，她是一个可怕的女人。她替别人做那么多事情，人们也很可以替她帮点小忙。两个情人对他的走动习以为常，当他尽最大的可能，隐没他的高大身体，小心穿过房间时，他们并不拘束，他们彼此用"你"称呼，甚至互相抱吻。

然而杰克却惊讶珊佛琳的屡次离开。第一天，为了遵从医生的嘱咐，她给他瞒住亨利也睡在下面，她觉得孤单的感觉将给他以多么温柔和安慰。

"只有我们两个人留下，不是吗？"

"是的，我的心肝，只有我们两个人，完全只有我们两个人……你平静睡觉吧！"

不过，她总是很快消失了，从第二天起，他听见楼下有脚步和喃喃说话声音。嘹亮的笑声，年轻的和新鲜的对谈声音，不断传到他耳边。

"有什么事情？这是谁？……那么，这里不只是我们两个人吗？"

"哦！不，我的心肝，楼下，恰在你的房间下面，还有另一个受伤者，而我必须收留他。"

"啊！……那么，究竟是谁呢？"

"是亨利，你知道，车长亨利！"

"亨利……啊！"

"今天早晨，他的两个妹子赶来。你听见的就是她们，她们对一切都发笑……他既然已好得很多，今天晚上她们将动身回去，因为她们的父亲不能缺少她们，为了完全恢复他的健康，亨利还要躺两三天……你想，他曾跳下来，他没有跌断什么；不过，他变得蠢头蠢脑，这时他已重新清醒了。"

杰克不说话，只对她投射那么长久的固定目光，她加上说：

"你明白吗？如果他不在这里，人们也许会大谈我们两个的闲话……只要我不单独同你留下，我的丈夫将没有什么可说的！我将有可以住在这里的极好托词……你明白吗？"

"是的，是的，这非常好。"

直到晚上，杰克听两个小陀凡涅女郎的笑声，他想起那一夜在巴黎的柏葛房间里，珊佛琳同他拥抱，睡在床上，对他忏悔杀害院长经过时，他也曾听见她们的声音像这样从底下的一层升上来。他只辨出珊佛琳，由他那里走到另一个受伤者身边的轻微脚步。楼下的门重新关响，房子沉入深的静寂里。有两次，他非常渴，只得拿一把椅子敲击地板，才使她再走上来。她一重新出现，就满脸微笑，表示很殷勤，她解释她在那里简直做不完工作，因为她必须向亨利的头压上冰冷的湿布。

到第四天，杰克能站起来，坐到窗前的沙发里，挨过两小时。稍稍俯出去，他看见狭小的花园，由铁路截断，围着一堵矮墙，到处被淡白花的野蔷薇侵占。他想起那一天踮高身体，从墙上向里面注视，他重新看见相当广大的荒地，在房子的另一边，只由一道荆棘篱笆关闭住，这篱笆，他曾越过去，在那后面，他曾碰到芙洛莉，靠近倒塌的小温室门槛坐着，正用剪子整理偷来的绳索。整个都充满他宿疾发作的恐怖！这芙洛莉，自从回忆浮到他的脑里，逐渐变得明晰之后，总以她金发女战士的柔软和高大身材笔直盯视他的闪亮眼睛，不断缠绕他。首先，对于火车的意外倾覆，他没有开过口，他周围的人们，由于谨慎，也没有对他谈到这个。但是每一细节都已觉醒，他重新组成一切，他只想到这个，现在，靠近窗口，他的唯一关心是寻找遗迹，窥伺灾祸的主要角色。那么，为什么他不再看见她，手里举起她的旗帜，站在栅栏旁边的岗位上呢？他现在所住的这不幸建筑物，由他看来，好象布满可怕的幽灵，他不敢提出问题，因为这一定会增加这凄惨房子给他惹起的不舒服。

然而一天上午，当加蒲宣也在那里帮助珊佛琳服务时，他终于决定了。

"那么，芙洛莉，她已病了吗？"

忽然感动的石矿工人，没有懂得少妇的一个手势，以为她吩咐他说话。

"可怜的芙洛莉，她已走了，永远地走了！"

杰克，抖擞地注视他们，那么，必须将一切都对他说了。他们两个于是对他叙述少女的自杀，她怎样到隧道底下，让自己被压死。为了同时抬去女儿，人们曾把母亲的埋葬延迟到傍晚。她们现在已共同睡在陀恩维尔公墓里；她们已到那里去会第一个离开的小女儿，这温柔和不幸的小鲁薏史，她也粗暴地被杀死整个身上溅满血和泥泞。这三个可怜的人，同那些跌在路上，被人压碎和消失的死者没有两样，也好象由这些疾驰过去的火车的可怕暴风扫荡了。

"死了，我的上帝！"杰克的喃喃着，"我可怜的法茜姑姑，芙洛莉和小鲁薏史，她们都先后死了！"

提到这最后的名字，帮着珊佛琳推床的加蒲宣本能地向她抬起眼睛，在他刚刚生起的激情里，他不免因从前温情的回忆，而感到烦扰，现在他开始露出缺少知识的温柔动物的模样，几乎像一只得到最初抚摸就会献身的好狗，已对这少妇发生迷恋。但是晓得他过去悲惨爱情的珊佛琳，却严肃地站着，只拿同情的眼睛凝睇他；他因而十分感动；他的手，给他递过枕头时，无意间碰到她的手，他窒息，他只发出嗳嚅的声音回答询问他的杰克。

"那么，人们怪怨她惹起意外吗？"

"哦！不，不……不过，这是她的过失，您一定很明白。"

他用断续的话语，叙述他所知道的。他，他什么都没有看见，因为那几匹马行走，将载石车拉到轨道上面时，他还留在房子里。这就是他心里引为遗憾的地方，法院的那些先生们曾严厉谴责他，他不应该离开他的牲口，如果他同它们一起留下，可怖的不幸事件或者不会发生。所以调查只达到芙洛莉方面的简单疏忽，她既然给自己以残酷的惩罚，案子就发展到这里为止，人们甚至没有调走米索尔，他只借他的谦卑和恭顺态度，摆脱了困境，拿所有责任都加到死者身上：她从来只随她的怪癖到处乱跑，每一分钟，他都要离开他的职位，替她关闭栅栏。此外，公司当局也只能证明那一天上午他的服务完全准确；等着他再结婚，公司准许他雇佣邻近一个老妇人，杜克鲁妈妈，看守栅栏，这是乡村小伙铺的一个老女仆，她全靠从前积蓄的暧昧利益过着生活。

加蒲宣离开房间以后，杰克注视着珊佛琳。他的脸色很苍白。

"你要知道这是芙洛莉拉上那几匹马，让石块挡住那边的轨道。"

珊佛琳的面容也发青了。

"心肝，您对我叙述些什么！……你发热病，你应该再睡下去。"

"不，不，这不是一个恶梦……你明白吗？我曾看见她，如我此时看见你一样。她捉住畜牲，她尽她的强壮胳臂力量阻止载石车前进。"

少妇昏晕了，跌坐在他对面的一把椅子上，两腿仿佛已被截断了。

"我的上帝！我的上帝！这使我害怕……这太恐怖了，我将不再能睡觉。"

"当然是这样！"他继续说，"事情确实很明显，她曾尝试杀掉我们两个，要我们混在那一堆里死掉……很久以来，她就爱我，她是妒忌的。除了这个，她的头脑错乱，藏着另一个世界的思想……一下，造成了那么大的屠杀，整个群众被淹没在血泊里！啊！毒辣的家伙！"

他的眼睛睁大，一种神经质的痉挛抽动他的嘴唇，他住口，他们继续互相注视片

刻。随后，摆脱显现在他们中间的丑恶幻象，他再低声说道：

"啊！她已死了！那么，就是为了这个，她不再回来！永远地去了。自从我恢复知觉以后，我似乎感觉到她还在这里。今天早晨，当我转过来的时候，我以为她站在我的床头……她已死了，而我们还活着。现在，希望她不再报复才好！"

珊佛琳战栗。

"你住口，你住口吧！"

她出去，杰克听见她下楼，到另一个受伤者身边去。他，依然靠近窗口坐着，重新忘记了自己，专心在凝视轨道，守望员的小房子和它的大井，以及这狭小的木板屋，米索尔驻守的岗位，他埋头在他的合规和单调工作里，这些东西现在缠绕他，要他默然沉思，经过许多小时，仿佛考虑他不能解决的一个问题，而这解决对于他的得救，大有关系。

这米索尔，杰克不厌其烦地凝睇他，这温柔和脸色灰白的孱弱生物，继续被恶劣的小咳嗽震动，他曾毒死他的女人，他固执地沉没在他的激情里，以啮蚀的昆虫姿态，终于结果了这强壮女人的性命。毋庸置疑的，许多年以来，不论日夜，在他长久值班的十二小时里，他的脑际，没有别的思想。每次电铃一响，报告一列火车到来时，他总吹响他的号角：他撳动一个电钮，向下一岗舍报告火车将到，再撳动另一个电钮通知前一岗舍，轨道已自由了：这只是许多简单的机械动作，在他所过的"植物"生活中，终于进入肌肉，成为身体的习惯。既不识字，又很愚笨，他从来不阅读，在仪器不召唤他的空余时间里，茫然地摇摆着双手。几乎时常坐在岗舍里，除了尽量延长时间吃他的午餐之外，没有别的消遣。随后，他又沉入他的麻痹里，头脑空空的，没有半点思想，他尤其被可怕的半醒半睡烦扰，有时他竟睁着眼睡觉。半夜，假如他不愿意进入这无可抵抗的朦胧里，他必须站起来行走，两腿软软的，简直像一个醉汉。他和自己女人为了她藏匿的一千法郎，看谁在另一个死后能够得到它们的暗地斗争，大概就这样月复一月地在这孤寂者的迟钝脑筋里成为他的唯一考虑。当他吹响号角，拨动他的信号时，监护着那么多生命的安全时，他想到毒药；当他两手无力，睡眼朦胧木然等着铃响时，他几乎没有想到其他的。什么都没有越过这不变的念头：他将杀死她，他将寻找，他将得到隐藏着的金钱。

今天，杰克看见他还是同样的人，不免表示惊异。那么，杀了人，并没有什么震动，生活仍然继续着。经过了最初搜索的狂热，米索尔真的已重新落入他的冷淡，他显出阴险的温柔，仿佛很脆弱，害怕暴烈的冲撞。事实上，他徒然吃掉她，他的女人还是战胜了，因为他已被击败，他即使翻转房子，仍然没有找到什么，连一个生丁都没有被他发现，只有他的目光，那不安和侦察的目光，从他的土色的脸上道出了他的忧虑。他继续不断地重新看见死者大睁着的眼睛和她嘴边的可耻微笑，好象重复对他说："你寻找吧！你寻找吧！"他寻找，他现在不能让他的脑筋有一分钟休息，毫不间断地工作工作，搜索埋藏着私财的地方，重新审察可能的隐蔽所，丢开他已寻过的洞窟，待他只要想到一个新的，他就被非常急促的热情燃烧，立刻抛弃一切，马上跑到那里去做无益的搜查。久而久之，这变成难堪的苦刑，报复的缠绕，一种要他时常醒着的脑筋失眠，不由他自主，他总在固定观念的钟摆下，作恍惚的反省。当他一次为下行火车，两次为上行火车，吹响他的号角时，他寻找；当他服从铃声，揿动仪器的电钮，关闭或开放轨道时，他寻找；他不断地寻找，兴奋地寻找，日里，在他的长久等待中，全身被空闲加重时，他寻找；夜间，在黑暗旷野的静寂里，好象被充军到世界尽端，连续被他的睡眠烦扰时，他也寻找。杜克鲁妈妈，现在看守栅栏的那个女人，心里存着想嫁给他的愿望，已注意他的生活，竭力侍候他，担心他会永远闭上眼睛。

一天晚上，能开始在房间里行走几步的杰克，站起来，走近窗口，他瞧见一盏提灯，在米索尔家里，不停地移动：无疑的，那个人又在寻找。但是下一夜里，当养病者重新窥察时，他很惊异，他看见一个高大的黑影，认出是加蒲宣，站在大路上，即珊佛琳睡觉的房间的窗户底下。这个，他不知道为什么，不但不激起他的愤怒，反而使他充满怜悯情感：这高大的粗汉像发狂和忠顺的畜生，又是一个不幸者。真的，珊佛琳那么纤弱，若详细分析她的状貌，不怎么美丽，看她的墨黑头发和蔚蓝眼睛，居然有那样强大的魔力，要这野蛮人，无知识的大汉也这样被诱惑，简直像颤抖的男孩子，一直走到她门前，挨过昏暗的夜晚！他想起许多事实，石矿工人帮助她服务的殷勤，他献身给她的温柔目光。是的，加蒲宣的确爱她，渴望占有她。第二天，杰克留心监视他，看见他悄悄拾去她整理床铺时从发髻上跌下的一根别针，他把它握在自己手里，并不还给她。杰克想到他自己的烦恼，想到他因情欲受苦的一切，想到他恢复健康以后，混沌的邪恶的念头将再来侵扰他的一切。

又两天过去了，整个星期已经结束，如医生所说过的，受伤者可以去恢复他们的工作。一天上午，司机靠近窗口，看见他的火伕柏葛，在一部全新的机头上驶过去，好象为了喊叫他，用手向他打招呼。但是他并不急忙，一种激情的觉醒，一种将要发生什么事情的担忧的预兆，使他留在那里。当天，从下面，他重新听到年轻和新鲜的笑声，大女郎们的整个活跃，使阴惨的住宅里，充满寄宿女学校下课休息时的喧闹。他辨出是两位陀凡涅姊妹。他不对珊佛琳说起这个，她其实整天都逃出去，五分钟都不能留在他身边。晚上，房子重新沉入莫大的静寂里。当她态度严肃，脸色有点苍白，迟迟不离开他的房间时，他的眼睛固定地注视她，他问她：

"那么，他已走了，他的两个妹妹领他走了吗？"

她的简短声音回答：

"是的。"

"那么，我们终于是单独两个人。"

"是的，真正单独两个人……明天，我们也必须离开，我将回到勒·哈佛尔去。这已结束了，我们将不再逗留在这荒漠里。"

他继续露出微笑，然而他终于决定了。

"嗯？他走了你感到惋惜吧？"

看她颤栗一下，他阻止了她的抗议。

"我不是要同你争吵。你很明白，我并不妒忌。过去，你曾对我说，如果你不忠于我的话，我可以杀死你，对吗？我并没有杀情妇的意思……但是，真的，你不再想离开下面。我一分钟都不能使你留在我的身边。我终于想起你的丈夫曾说过，你总有一天晚上，即使没有趣味，只为再开始另一种玩意儿，你会同这个年轻人睡觉。"

她不停止争论，她有两次慢慢重复说：

"再开始，再开始……"

接着，由于要坦白说话的不可抵抗的高兴，她答道：

"那么，好！你听我说，这是实在的……我们两个，我们可以把一切都说明。我们之间联系着够多东西……好几个月以来，这个人追求我。他知道我是属于你的，他想，一旦属于他，也不会使我更加难受。刚才，当我在下面再看见他的时候，他还对我说到这个，他还对我重复说，他爱我爱得要死，为了我给予他的细心侍候，他充满激烈的感动，表示那么大的温柔，那是实在的，我曾有一会儿也梦想我已爱他，我将再开始另一玩意儿，再开始某种较好和较甜美的生活……是的，某种或者没有兴趣，或者能平息我干扰的玩意儿……"

她的话中断了，在没有继续下去之前，她犹疑一下。

"因为现在我们两个的前景已被堵塞住，我们将不能走得更远……我们一起离开的梦想，到美洲那边去过着富有和舒服生活的希望，这完全系于你的决定的幸福，由于你不能够下手，已变成不可能的……哦！我根本不责备你，这事情没有做过，或者比较好些；但是我要使你明白，同你一起，我将没有什么可等待的：明天将和昨天一样，始终是一样的厌闷，一样的烦扰。"

他让她说话，只看她住口时，才问她。

"就是为了这个，你同另一个睡觉吗？"

她在房间里走了几步，她回来。

"不，我没有同他睡觉，我只这样简单地对你说，我担保你一定会相信我，因为从

此以后，我们已无须互相撒谎……不，我不能够，正如为了另一件事，你自己也不能够一样。嗯？一个女人，当她考虑了眼前的问题，觉得她有乐趣可享，而不能委身给一个男子时，这会引起你的惊讶吧？我自己，我并不作那么长的考虑，要我表示可爱，这从来没有使我觉得为难，我是说我看见我的丈夫和你那样强烈爱我的时候，我就随便将这个兴趣给予你们。那么，好！这次我却不能够。他曾亲吻我的两手，甚至没有吻过我的嘴唇，这，我可以向您发誓。他以后在巴黎等着我，因为我看见他那么不幸，我不想使他失望。"

她的话是对的，杰克相信她，他清楚她并不撒谎。然而他重新被一种忧虑侵入，一想到现在，远离世界，只单独同她一起幽闭着，他们的激情烈火因而重新燃起，他的丑恶肉欲即在他的体内增长和侵害他。他愿意逃避，他喊着说：

"但是还有另一个，那个加蒲宣呢？"

一个突然的动作重新要她走回来。

"啊！你已发觉到，你也知道这个……是的，这是事实很，还有那一个。我自问他们全体的身上完全究竟是什么在作祟……那一个从来没有对我说过一句话。但是我明白看见我们互相抱吻的时候，他非常难过，他揉曲他的胳臂。他听见我用'你'称呼你的时候，他躲在角落里暗泣。此外，他偷走我的一切，我身边的各种东西，如手套，甚至手帕等等，他认为它们是珍贵的宝贝，他就把它们藏到他的洞窟里去……不过，你不要想象我会对这个野蛮人让步。他太粗暴，他非常使我害怕。其实，他并不要求什么……不，不，这些无知识的大家伙，他们是胆小的，他们只爱得要死，而什么也不要求。你可以让我单独同他过一个月的生活，他将不会动到我的手指端，甚至他也未曾动过小鲁蕙史，这所有的一切，我今天可以向你保证。"

提及这个回忆，他们的目光互相遇见，过去的事物已觉醒，首先是他们在卢昂预审推事办公室的相遇，其次是他们到巴黎的第一次旅行，那么甜美的旅行，再其次是他们在勒·哈佛尔的爱情，这所有好的或可怕的，都连续浮现在他们的脑际。她走近，她那么接近他，他已感到她呼吸的微温。

"不，不，同这一个或同另一个，都没有什么事情。总之，你听着，我不会同任何别的人睡觉，因为我不能够……你希望知道为原因吗？好，我此刻已感到这个，我确信我是对的：这因为你已把我整个占有去，像你伸出两手拿去什么似的，我是属于你的物品，你可以任意搬走它，每一分钟，你都可以自由支配我。在你之前，我不属于任何人。现在我是你的，即使你不愿意，我将始终是你的……这个，我不能加以解释。我们就这样互相遇见。同别的人们，这使我害怕，这使我厌烦，至于你，你使这个成为一种甜美的乐趣，一种真正的天堂幸福……啊！我只爱你，我只能爱你！"

为了搂抱他，要他属于自己，想使自己的头靠到他的肩膀上，自己的嘴唇胶住他的嘴唇，她伸出她的胳臂。但是他捉住她的两手，他阻止她，觉得旧日的震颤，同打击他脑壳的血一起，重新升到他的肢体，他很慌张。这是他耳朵里的响声，铁链的敲击，他不能在白天，甚至一根蜡烛的亮光里占有她，恐怕看见自己会变成发狂的疯子。一盏油灯在那里，鲜明地照亮他们两个；他之所以这样颤抖，这样开始激动，这一定是因为从她没有扣好的便服领头里，看见她胸口隆起的雪白肌肤。

她继续哀求地说：

"我们的生存突然被墙堵住，我们不要管它，即使我从你身上等不到新的，即使我知道明天将给我们带来同样的厌闷，同样的烦扰，这于我都是一样，除了拖曳我的生活，同你一起受苦，我将没有别的可做。我们将回到勒·哈佛尔去，只要每隔一些时候，我能这样占有你一点钟，这就十分好，一切都将随我们所愿意的过去……看，已有三夜，我不再能睡觉，我在那边，在楼梯口另一边的房间里，仿佛受苦刑似的，想来会你的欲望侵扰我。你曾那么受苦，我看你的脸色又是那么阴暗，我不敢……但是，说，今天晚上，你留住我。你会看见这将多么可爱，为着不妨碍你，我将缩得极小。再则，你想，这是最后一夜……在这房子里，我们不啻在地球尽端。听没有一点气息，没有半个人影。谁都不能来，我们是单独的，绝对单独的，假如我们死于彼此的胳臂里，任何人都不会知道。"

被这些抚摸怂恿，在这占有情欲的激发里，杰克，因没有武器，正想伸出手指去扼死珊佛琳之际，后者对她已有的习惯让步，忽然转过来，吹熄油灯。于是他抱去她，他们睡到床上。这是他们最热烈相爱和最好的一夜，他们觉得自己互相混合，一个消失在另一个体内的唯一良宵。虽然因这幸福非常疲倦，一直疲倦到不再感到他们的身躯，他们却没有睡去，仍然留着，彼此抱得紧紧的。像日前在巴黎维克多亚妈妈房间里忏悔她犯罪经过的那一夜一样，他静静听着她，她也让自己的嘴贴近他的耳边，用很低声音，喃喃对他说着无穷无尽的话语。或者一晚上没有吹熄油灯以前，她曾感到死的气息已从她的后头掠过去。虽然处在被杀害的连续威胁下，她还无意识和微笑地躺在她的情人怀抱里。但是她已有了寒冷的轻微震颤，那是一种无法解释的恐怖，由于她想得到庇护的需要，就那样紧紧地抱住这个男人的胸口。她的轻微气息好象是她整个身心的贡献。

"哦！我的心肝，如果你能够的话，我们到那边，将多么幸福！……不，不，我不再要求你去做你所不能做的事，不过，我那么惋惜我们的梦想！……刚才，我很害怕。我不知道为什么，仿佛有什么东西在威胁我。不容置疑的，这一定是一种孩子的幻觉：每一分钟，我转过来，似乎有什么人站在那里，准备打击我……我的心肝，我只有你可以保护我。我的全部快乐都系于你一人身上，现在，你是我生活着的唯一理由。"

他并不回答，更搂紧她，仿佛要把他所不说的一切：如他的感动，他诚恳要和她要好的愿望，她不断给他煽起的暴烈爱情等，都放在这拥抱里。那一夜，他还想杀害她，因为她从不转过来，吹熄了油灯，他一定会扼死她，那是毫无可疑的。他的毛病，将永远不会痊愈，发作总随偶然事实的再度出现，他甚至不能发现并解释它的原因。这样，那一夜，当他重新晓得她是忠实的，对他表现更大和更信任的激情时，为什么他要杀害她呢？难道在这些雄性自私的可怕昏暗里，她越爱他，他越想占有她，就一直要毁灭她吗？要占有她，把她杀死，像占有物品那样占有她，这是怎么一回事呢？

"说，我的心肝，那么，为什么我要害怕呢？你，你知道究竟是什么在威胁我吗？"

"不，不，你放心吧，没有什么在威胁你。"

"这因为有些时候，我的整个身体都颤抖。我背后似乎隐有什么连续的危险，虽然我看不到，可是很清楚地感到它……那么，你说，为什么我要害怕呢？"

"不，不，你不要害怕……我爱你，我将不让任何人损害你……看，像这样，一个消失在另一个体内，这多么好！"

接着是一霎时的甜美沉默。

"啊！我的心肝，"她的柔媚小气息继续说，"以后将有许多许多夜晚，都同今天晚上一样，我们将永远永远像这样搂抱着，彼此融为一体……你知道，我们将卖掉这个房子，我们将带着所得的金钱，动身到美洲去会你的朋友，现在还等着你合作的那位朋友……我睡到床上，没有一天不想像我将怎样料理那边的生活……一切夜晚，都将和今天晚上一样，你占有我，我属于你，我们将终于彼此搂抱着睡去……但是你不能够，我知道。我之所以对你谈到这个，我不想让你难过，完全因为这个，不顾我的努力，从我心里洋溢出来。"

"我不能够，"他说，"但是我将能够。我不是已答应过你吗？"

她表示抗议。

"不，你不要答应，我恳求你……以后，你若缺少勇气的话，我们会因此患病……再则，这是丑恶的，这不应该，不，不！这不应该。"

"不，正相反，你不知道，绝对应该。就因为这绝对应该，我将找到力量……我愿意谈论这个，我们既然单独留在这里，非常平静，可以清清楚楚听见我们自己的话语，我们将共同谈论这个。"

她已忍住叹息，心跳得很厉害，他觉得它已贴近他的心怦怦撞响。

"哦！我的上帝！只要这似乎不应该做的时候，我十分盼望它实现……但是现在，这变成认真的，我将不再能生活下去。"

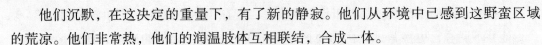

他们沉默，在这决定的重量下，有了新的静寂。他们从环境中已感到这野蛮区域的荒凉。他们非常热，他们的润温肢体互相联结，合成一体。

接着，他随无限的抚摸，向她的下颔底下，亲吻她的头项时，还是她再开始作喃喃地谈话。

"不得不叫他到这里来……是的，我可以想出一个托词要他到这里来，不过，我不知道究竟用什么借口才好。我们停一会儿再看吧……那么，不是吗？你将等候他，你将隐藏着，这很容易成功，因为我们确信我们在这里决不会被人打搅……嗯？这就是应该做的！"

他很温柔，他的嘴唇正从她的下颔亲到喉头之际，他只这样答道：

"是的，是的。"

但是她作沉思的考虑，她衡量每一细节，待计划从她的脑里逐渐发展时，她连续加以讨论较正。

"不过，我的心肝，我们若不采取预防，这将是太愚蠢的。如果第二天我们就会被人逮捕，我宁愿喜欢像我们现在这样留下……你看，我已想不起在那里，大概在一本小说里我曾读过这个：最好是要别人相信他自杀……若干时期以来，他是那样奇特，那样反常和那样阴郁，突然听到他到这里来自杀了，任何人都不会表会惊讶……但是，看，我们必须找到方法，作巧妙的布置，务使自杀的想法可以被人接受……不是吗？"

"是的，当然。"

她的脑筋在寻找，她稍稍窒息，因为他的嘴唇已紧紧亲吻她的整个喉头。

"嗯？某种能抹去痕迹的东西……听我说，这是一个主意！譬如在喉头上杀死他，我们两个只要把他抬到外面的铁路线上就好了。你清楚吗？我们让他的头颈放在一根铁轨上，如此，第一列到来的火车就会切断它。这一切既然都被压碎：再没有洞孔，再没有别的任何痕迹，尽可以让人们去寻找！……你想，就这样好不好？"

"好的，这太好了。"

两个都兴奋起来，她十分很快活，几乎因她有了这巧妙的想象很自负。受到更强烈的抚摸，她的全身都掠过舒服的震颤。

"不，让我，你等一下……因为，我的心肝，我还想到刚才所说的，这还不怎么妥当。如果你同我留在这里，自杀还似乎是可疑的。你一定的离开。你明白吗？明天，你将离开，可是要公开，在加蒲宣和米索尔面前离开，使你的动身可以完全被证明。你到巴朗丁搭上火车，你将悄悄由卢昂下来；待夜色降下以后，你再回到这里，我设法让你从后面进来。这只有十七多公里，不要三小时，你就可以再到这里……这次，一切都已安排好。假如你愿意的话，就是这样做吧！"

"是的，我愿意，就是这样做吧！"

现在，他自己也考虑，默然留着，不再亲吻她。当他们这样一动也不动，相互搂抱，好象已沉入此后不再更改和不再犹疑地未来毁灭行为时，四周又包围着绝对的静寂，随后，待他们两个身体的感觉慢慢恢复了，他们又以增长的拥抱，阻塞彼此的呼吸，然而她却马上停住，放开他的胳臂。

"那么，好！要他到这里来的托词呢？他时常只能在下班以后，搭上黄昏八点钟的火车，没有过十点钟，他不会到这里：这再好没有……喏！恰有托词，米索尔对我谈起这购买房子的人，他将于后天上午来访问！看，明天起来时，我去拍电报给我的丈夫，说他一定的到场。他将于明天夜间到达这里。你可以在下午离开，他没有到达之前，你已回来。明天没有月亮，夜晚将是昏暗的，没有什么能妨碍我们……一切都完全安排得非常好。"

"是的，都完全安排得很好。"

这次，一直被激动到昏晕，他们马上互相占有。他们还彼此搂抱着，终于睡去，沉没在大静寂深处时，天还没有大亮，阴暗像一件黑的大氅包围着他们，些微曙光已开始给这遮蔽的阴暗透入模糊的苍白。他，直到十点钟，酣然入梦，没有梦的影子；睁开眼睛后，他只单独一个人留在床上，她已到楼梯口对面的房间去穿衣服。一阵鲜明的阳光，由窗户射进来，照亮床的红帐，墙壁的红帷幕，这整个房间闪耀着红色，一定是这一列火车惊醒他。他目光缭乱，注视太阳和流洒在他周围的整片红光；接着，他想起来：这已决定，这是今天晚上，待这太阳下山了，他将去杀人。

那一天的情形，正如珊佛琳和杰克所决定的挨过去。她，没有吃午饭以前，请米索尔拿她拍给她丈夫的电报送到陀恩维尔；将近三点钟，趁加蒲宣也在那里，他公开做离开准备。当他动身到巴朗丁去搭四点十四分火车时，石矿工人一来由于闲散的苦闷，二来想从接近她的情人中尝到他所爱女人的些许幸福滋味的隐隐需要，几乎一直陪他行走。五点缺二十分，火车到卢昂，杰克下来，住到车站附近一个小饭店里，小饭店主人是他的一个女同乡。第二天没有回到巴黎去恢复他的工作以前，他说要去看看他的朋友们。但是他告诉女同乡他很相信自己的力量，他已很疲倦；从六点钟起，他就退走，到楼下一个房间去睡觉，很凑巧，房间的一堵窗户恰向开一条荒凉的小巷。十分钟以后，跨过这堵窗户，没有被人看见，并重新仔细关好百叶窗，使自己可以秘密再进去，他已出去朝摩弗拉十字路上行走。

这只是九点一刻，杰克重新站在铁道旁边侧斜建立着和孤单单被遗弃的凄惨房子前面。没有半点微光照亮严密关闭着的正面。他心里还有痛苦的撞击，这十分悲伤的跳动，仿佛预先告诉他这里有无可避免地不幸在等待他。如他同珊佛琳所约好的，他

向红房间的百叶窗投掷三块小石；随后，他走到房子后面，他终于无声地打开那里的一道门。重新向背后关好它，他慢慢摸索着行走登上楼梯。但是到上面，由桌角上一盏火油灯的微光，他看见床铺已翻开，少妇的衣服散乱在一把椅子上，她自己只穿衬衫，两腿赤露，头上已作夜间的装束，深厚的头发结得很高，因而露出她的颈项，他非常吃惊，留下一动也不动。

"怎么！你已睡了吗？"

"不用怀疑，这比较好得多……我忽然产生一个念头。你要晓得，待他一到来，我若这样下去给他开门，他更不会疑惑。我将对他叙述我患轻微的头痛。米索尔已经确信我已生病。明天早晨，人们若在下面轨道上发现他，这将允许我对别人说，我并没有离开这个房间。"

但是，杰克颤栗，马上生气。

"不，不，你穿上衣服……你应该起来。你不能像这样躺着。"

她立即微笑，表示惊讶。

"那么，为什么，我的心肝？你不要担心，我向你保证我一点也不冷……喏！你看看！我的身体是否温暖！"

她做阿谀和柔媚的动作，走近他，想用她的赤裸裸胳臂，搂抱他，她的圆润胸部，因而显露出来。看他在增长的愤怒里后退，她让自己变得更柔顺。

"不要生气，我立即回到床上去。你将不再害怕我会着凉。"

待她再睡下去，被头盖到下颌以后，真的，他的激动似乎已稍稍平息了。此外，她还继续露出平静的态度谈话，她对他解释她怎样在自己的头脑里安排好各种事情。

"他一敲门，我就下去给他开了。首先我曾想到：让他一直上来，进入你在等着他的这个房间里。但是为了再抬他下去，这将非常麻烦，很复杂；再则，这个房间全是地板，楼下进门的所在则铺着一块一块的石片，如果有什么痕迹的话，这使我很容易把它揩拭干净……刚才，脱去衣服时，我甚至想到一篇小说，作者在那里叙述一个人为了杀掉另一个，曾让自己的全身脱得精光。你明白吗？他以后可以大洗一次，他的衣服上不会溅到半点血迹……嗯？假如你也脱掉衣服，如果我们除去我们的衬衫，你觉得怎样？"

他十分慌乱凝视她。但是她的面孔温柔，她的明亮眼睛和小女孩的一样，她只关心成功，关心事情的顺利进行。这一切都从她的头脑里掠过去。他一想起他们两个因避免杀害的鲜血迸射，全身脱得精光，又立刻被丑恶的震颤，一直刺激到骨头里。

"不，不！……那像野蛮人一样，为什么不吃掉他的心脏呢？那么，你竟如此憎恨他吗？"

珊佛琳的面孔突然变得阴郁。这问题要她由谨慎主妇的准备，重新落入行为的丑恶中。泪水溢满她的眼睛。

"几个月以来，我太苦恼我几乎不能接触他。我曾百次说过：我一切都可以接受，就是能再同这个人共处一个星期。但是你的话是对的，达到这样地步，确实是可怕的，只有我们真正要一起过着幸福生活，才会下定这样决心……总之，我们将不带亮光下去。你将站在门后，待我关了门，他走进来以后，你将做你所愿意做的……我，我之所以管这件事，完全是为帮助你，使你不再单独忧虑。我可以竭尽全力，考虑过并安排好这件事。"

他停留在桌前，看见刀子，那丈夫曾经用过的武器，显然由她故意放到那里，让他可以使用。开口的刀子在油灯底下发光。他随手拿来并审察它。她闭住口，注视它。既然他拿到手里，再同他谈到这个，是没有用的。他重新把它放回桌上以后，她才继续说：

"不是吗？我的心肝，这并不是我催促你。如果你不能够的话，这还不太迟，你可以立刻离开。"

但是他做一个粗暴的手势仍然固执。

"难道你认为我是一个懦夫吗？这次，确实已决定了，这是发过誓的！"

这时，房子被火车的雷声震摇，火车像霹雳似的从窗前这样近的地方，疾驰过去，它的隆隆声响仿佛穿过房间，他补充说：

"瞧，他的火车，去巴黎的直达车。他在巴朗丁下来，半点钟之内，就会走到这里。"

他们两人都保持沉默，那边，他仿佛看见这个人，由狭的小径，穿过漆黑的夜晚，不断向这里走来。他，在房间里，也开始做机械般的行走，好象他计算另一个的脚步，每跨一下，即更接近这里。一步又一步，他继续前进，到最后一步，他将被进口门后的埋伏袭击，一进来，刀子将戳入他的喉头。她，被头还一直盖到下颌，还默然仰卧着，她的固定大眼睛，注视他或来或去走着，精神被他脚步的音节摇摆，仿佛是那边遥远脚步回声一直传到她的耳鼓。待他走够了，到达下面的门前时，她将从床上跳下来，她将不带亮光，赤脚下去，给他开门。"是你，我的朋友，那么，进来吧，我已上床睡觉了。"他甚至将没有回答，他将倒入黑暗里，喉头将被割开。

又是一列火车驶过去，这是下行的慢车，它同上行去巴黎的直达车经过摩弗拉十字前面，只隔五分钟。杰克突然停住，觉得非常惊异。只有五分钟！要等半个小时，这将多么长久！一种活动的需要催促他，他再从房间这一端走到另一端。他很担心，正像有些男人的性机能，受了某种神经质的意外打击那样，他已开始自问：他能够吗？

为了多次的经历和留意，他很认识这现象的进行，在他体内所发生的变化：首先，一种绝对的决心，要他去杀人；其次，他的空洞胸口感到压迫，他的手脚都变得冰冷，突然，他衰弱，他的意志对变成无力的筋肉，已不发生作用。为了让推理来鼓励自己，他重述他已说过那么多次的话语：他的利益要他消灭这个人，财富在美洲等着，他将完全占有他所爱的女人。最坏的是刚才看见后者的半裸体，他以为事情又要失败了；因为他旧日的震颤若重新出现，他已不再属于自己。一会儿，他在太强烈的诱惑前面颤抖，她委身给他，而这开着的刀子就在那里。但是现在，他还是强壮的，他竭力振作，他将能够继续等着那个人，他在房间里徘徊，从门边走到窗口，每次经过床前，他总不愿意看她。

这床铺，昨夜那样昏暗和热烈的时刻，他们曾在那里相爱过，现在躺着的珊佛琳，仍然不动。头靠着柔枕，她的目光在跟随他，她也很担心，被恐惧激动，恐怕这一夜，他还不敢下手。结束了，再开始，从她这恋爱女人的无意识深处，她只愿意这个，她倾心于所爱的男子，整个属于占有她的人，她对于她从来没有爱过的另一个，则毫无心肝。他既然妨碍别人，他们就应该摆脱他，就是这样的，为了不被犯罪的丑恶感动，她一定考虑过：待流血的景象，可怖的复杂和意外再被抹去以后，她将重新沉入微笑的平静，她的脸将重新显示天真，娇嫩和柔顺。然而她，以为很认识杰克的她，却不免觉得惊奇。他生有漂亮男子的圆头，他的头发是蜷缩的，他的髭须很黑，他的棕色眼睛仿佛镶着金黄钻石，但是他的下颚，却与伸长的兽角相象，竟那么向前突出。他的整个面容都变了形。经过她的身边，仿佛不由自主，忽而注视她时，他眼睛里的光芒即被赭黄的烟雾遮蔽，同时他又显出整个身体的畏缩，向后退走。那么，他为什么躲避她？难道他的勇气，再一次抛弃他，使他不敢下手吗？这些天以来，在她和他所处的不安状态里，她感到死的危险隐隐威胁她，她连续担忧，她用不久要决裂的预感，解释这没有原因的本能恐惧。突然，她有了确信，如果停一会儿，他不能打击，他将逃走，永远不再回来。于是她要鼓励他，使他决定去杀害，如果他需要的话，她将知道给他力量。这时，又一列火车开过去，这是很长的货车，它的尾部，在房间的沉重静寂里，仿佛永不终止地滚动着。借她的肘弯她半坐起来，她等着这暴烈的震动消失在远处，隐没在沉睡的旷野里。

"还要十五分钟，"杰克高声说，"他已越过培古尔树林，他已走过一半路程，啊！这多么长久！"

他再次靠近窗户时，站在床前的珊佛琳只穿着衬衫。

"如果我们拿油灯下去，"她解释道。"你将看见地方，你将站好，我将给你指出我将怎样开门，你应该怎样下手。"

他颤抖并后退。

"不，不！不要灯火！"

"那么，听我说，我们将给油灯隐藏起来。可是我们应该明了那里的位置。"

"不，不！你再睡下去！"

她不服从，她知道女人在情欲的诱惑里是万能的，她反而带着无可战胜和专制的微笑向他走来。她想她若拒绝他在自己的胳臂里，他将会对她的肉欲让步，他会做她愿意做的。为了克服他的抵抗，她继续用柔媚的声音说话。

"算了吧，我的心肝，你怎么啦？这可以说你很怕我。待我一走近，你似乎要躲避我。你要知道此刻我多么需要靠到你的身上，觉得你在这里，我们将永远永远很相爱！你明白吗？"

她终于逼他退到桌边，他不能再逃避她，他在油灯的鲜明亮光下注视她，从来，他没有看见她这个样子，衬衫散开，发髻梳得很高，她整个是赤裸裸的，她的颈项和她的两只乳房都没有半点遮蔽。他窒息，反抗，在丑恶的颤栗里，他已被自己体内的血潮捲走和震昏。他想起那把刀就在那里，就在他背后桌子上：他已感到它，他只要伸手去拿就行。

他努力一下，还喃喃说：

"你再睡下，我恳求你！"

但是她并没有猜错：这是想占有她的太大欲望要他这样颤抖。她自己也因这个感到一种骄傲。她既然愿意被爱，为什么她要听从他的话。这一晚，只要他能爱她，一直使他爱得发狂，不是非常好吗？她做阿谀的柔软动作，仍然继续走近，压到他身上。

"那么，抱吻我……像你爱我样，很紧很紧地抱吻我。这将给我们勇气，为了要做我们要去做的事，应该不像别的人们一样相爱，应该比别的一切人都相爱得更强烈……抱吻我，以你的整个心，你的整个灵魂抱吻我！"

他感到窒息，呼吸困难。杂乱的喧嚷，在他的脑壳里，阻止他听见，火样的咬啮，从他的耳朵后面，戳穿他的头，传到他的胳臂和他的脚腿，要他在另一个可怕畜生的奔驰和侵占下，由自己的身体里被逐出来。他已陷入这赤裸裸女人所给予他的太强烈的沉醉！他的两手将不再属于他自己所有。显露的乳房压住他的衣服，赤裸裸的颈项向前伸出，看来那样白和那样鲜嫩，给他以那样无可抵抗的诱惑，柔和强烈的温暖气味，终于使他落入狂暴的眩晕和无穷无尽的摇摆，他的意志已被剥夺，已被摧残，又整个沉没在疯狂地浪潮里。

"我们还有一分钟的时候，抱吻我，我的心肝……你知道他马上就要到来。现在，如果他走得快的话，从这一秒钟到另一秒钟，就会走到下面叩门……既然你不愿意我

们下去，你要记住：我，我将去开门；你，你隐在门后，不要再等，马上，哦！马上去结束了……我是这样爱你，我们将很幸福！他，他只是一个坏人，他使我受苦，他是我们幸福的唯一障碍……抱吻我，哦！这样紧，这样紧！像你要吃掉我似的抱吻我，使我进入你的体内，使我在你之外，不要留下任何东西！"

杰克，并不转过来，只让他的右手向背后摸索，拿起桌子上的刀。一会儿，他就这样站着，把它捏在自己拳头里。远古代曾经受过而他已失掉准确记忆的凌辱，从穴居时期雄性第一次被骗，就已一代一代累积起来的憎恨，又出现在他的脑际，要他重新生起报复的渴望吗？他的疯狂眼睛固定地盯住珊佛琳，他只有杀人的迫切需要，他要推倒她，使她像一只抢自别人手里的猎物，翻仰在地上死掉。恐怖之门已开，这性的黑暗深渊上已毫无遮蔽，这就是一直要她死去的爱情，为整个占有她而不惜破坏她的疯狂。

"抱吻我，抱吻我……"

她带着恳求的亲热，仰起她的柔顺小脸，显出她的赤裸裸喉头和胸口的诱惑肌肤。他，好象从大火的光焰里，看见这雪白的皮肉，立刻举起握刀的拳头。但是她已瞥见刀锋的闪光，她惊呆了，她恐怖到极点，立刻快步向后。

"杰克，杰克……对我，我的上帝！为什么？为什么？"

他牙关紧闭，不说一句话，他追赶她，短促的斗争重新领她到床边。她后退，面目凶狠，没有防御，衬衫已被撕碎，

"为什么？我的上帝！为什么！"

他一拳打下去，用刀结束了她的惊讶。打击时，由于手要获得满足的可怕需要，他给武器旋转一下：这是存着同样狂暴，向同样位置上，曾对付过格兰摩伦院长的同样打击。她曾叫喊吗？他将永远不知道。恰在这一秒钟，巴黎快车开过去，那样凶暴，那样迅速，地板也被震摇；她已死了，仿佛在这暴风里，一下被雷轰倒。

杰克丝毫不动站在床前，现在他注视他脚边躺着的尸体。火车已消失在远处，他在红色房间的沉重静寂里注视她。四周围绕着这些红帷幕和这些红帐幔，她在地上流了很多血，红的液体从她的乳房中间流下，分散在腹部上，一直倾注到一条大腿，然后再由那里一大颗一大颗滴到地板上。一半被撕裂的衬衫都已浸湿。从来，他不相信她会有那么多的血。最使他留住并被缠绕的，是这漂亮、温和和柔顺女人的容颜在死里，显出那么恐怖的丑恶面具。蔚蓝的眼睛，过分睁大，还在询问，露出神秘的惊骇和昏乱。为什么，为什么他要杀害她：她已被毁灭，在杀害的必然性里已被捲走，她还是莫名其妙，生命要她从泥泞中间滚到血泊里，她依然是温柔的和天真的，她将永远不明白她为什么死了。

然而杰克觉得奇怪。他仿佛听见畜生的喘气，野猪的鸣叫和雄狮的怒吼；他的激动逐渐平息，这是他自己在呼吸。总之，他已得到满足，他已杀了人！是的，他已干过这个。一种放肆的快乐，一种巨大的享受，在永恒愿望的完全满足里，掀起他的整个身心。他因而感到倨傲的惊骇，雄性权威的扩大。女人，他已杀掉她，他已占有她，像像长久以来渴望的，他已完全占有她，他已一直毁灭了她。她已不再存在，她将永远不再属于任何别的人。一个尖锐的回忆浮到他脑里，这就是另一个被杀害的，格兰摩院长的尸首，在可怕的一夜，他曾看见他躺在那里五百公尺以外。这温雅的身体，这样白，划上一线一线红的斑纹，也不过是人的同样碎块，只由刀向有生命的创造物上一戳，使她马上变成破裂的傀儡和柔软的残体罢了！是的，就是这样。他曾杀了人，现在已有这个躺在这里。和从前被她压倒的另一个一样，不过他是仰卧着，两腿分开，左臂弯到腰部底下，右臂被绞曲，已一半从肩上拉脱罢了。不是那一夜，心头怦怦跳着，看见这被杀者的景象，杀害的愿望，就像强烈的情欲激动他，他曾发誓他也会大胆去杀人吗？啊！不做懦夫，满足自己的愿望，拿刀刺戳进去！这隐隐在他的体内萌芽，苗长；一年以来，无时无刻，他不向无可避免地方面走去；甚至抱着这个人的颈项，在她的亲吻下，暗地的工作已完成；两个杀害互相连接，一个不是另一个的逻辑吗？

坍塌般的喧闹地板的震动要杰克从他张口站在死者面前的瞻望里摆脱出来。门和窗户不是要裂成碎片飞去吗？难道是人们赶来逮捕他吗？他注视，他只发现他的周围，仍然是寂静。啊！是的，又是一列火车跑过去。而他要到下面去打击的那个人呢？他要埋伏着杀害的那个人呢？他已完全忘记了。他固然不惋惜什么，可是他已觉得自己是愚蠢的。什么？这到底发生了什么事情？这个他爱的，也爱他的女人，已被割裂了喉头；而丈夫，阻止他幸福的障碍，却还活着，此刻还一步一步从黑暗里向前走来！那个人！好几个月以来，只因为他所受的教育的顾虑和逐渐获得的传统的人道观念，保留了下来。他不能等着他，不顾他自己的利益，他被暴烈的遗传，和杀害的需要所捲走，这难以解释的需要，在最初的森林里，不是要一只野兽扑向另一只野兽吗？人们只在血和神经的冲动下除灭自己的同类，这只是远古斗争的残余，生活的必要和各人想做强者的快乐。他只剩下已获满足的厌倦，他惊惶，他竭力想了解，从他激情的平息深处，他只发现无可挽回之事的惊骇和辛辣悲哀。死了的不幸者还带着恐怖的询问，注视他，这太残酷，使他变得很难受。他愿意掉开眼睛，可是他突然感到，另一个苍白的面孔矗立在床脚上。那么，这是死者的分身吗？接着，他认出是芙洛莉。火车出轨的意外事件发生以后，他正发烧时候，她已来过。毫不怀疑，此刻她已战胜，她已报了仇。一种恐怖激冷他的全身，他自问他这样迟迟站在这房间里，究竟要干什

么。他已杀了人，他已获得满足，他好象被犯罪的可怕烈酒灌醉。他踏到留在地上的刀而蹒跚一下，他逃走，他循着楼梯滚下来，仿佛后面的小门不够宽大，他打开台阶的大门，他奔到外面，他疯狂地奔跑，消失在黑黑的夜里。他并不转过来，侧斜建立在铁道旁边的暧昧房子，在他背后依然开着，重新沉没在悲惨的被遗弃里。

加蒲宣，那一夜，同别的晚上一样，越过那里的荆棘篱笆，在珊佛琳的窗下闲荡。他知道卢波要来，他并不诧异百叶窗的裂缝里透出亮光。但是这个人从台阶上跃下，像野兽般的狂奔，向旷野方面离远，却使他惊得被钉住。要追赶逃走者已太迟了，石矿工人慌乱地留下，木然站在这开着的门前，看进口所在显出大的黑洞，不免充满担心和犹疑。那么，到底发生了什么事情：他应该进去吗？那盏油灯还继续在那上头燃烧着，这沉重的笑声和这绝对的静寂，使他的心头紧缩着增长的忧虑。

最终，石矿工人决定上去。到房间之前，看这里的门也同样开着，他重新停下来。从平静的亮光里，他远远看见床前似乎放了一堆裙子。无疑的，珊佛琳已脱掉衣服。他被烦扰侵袭，脉管里的血跳跃着，轻轻地呼唤。随后，他瞥见血，他明白了，他疾奔过去，他的破裂心头迸出一声可怕的叫喊。我的上帝！这是她，被杀了，被掷在那里，露有她的可怖裸体！他以为她还喘息着看见她赤裸裸留在临终的状态中，他有了那么大的失望和那么痛苦的羞愧，由于友爱的感染，他把她抱在怀里，并放到床上，为了遮蔽她，重新给她盖上被头。但是在这拥抱里，在这发生于他们之间的唯一温柔里，他的两手和胸口涂满了血。他的身体溅上她的血。这一分钟，他看见卢波和米索尔已到那里。两个都惊呆了，注视加蒲宣，看他的两手，和屠夫的手一样染红了鲜血。

"这是对付过院长的同样打击。"米索尔，看过伤口以后，终于说道。

卢波摇头，并没回答，他不能从珊佛琳身上，从这恐怖的丑恶面具上，移开他的视线，他看见她的前额竖立着黑的头发，过分睁大的蓝眼睛，好象正在询问"为什么？"

十二

百来天左右，六月的温暖一夜，杰克驾驶勒·哈佛尔快车，于六点三十分离开巴黎。他的全新机头，他刚刚驾驶并已经逐渐熟悉的六〇八号机头，正如他所说的像那些必须用疲劳方法才能使其驯服和忍受马具束缚的劣性牝马一样，既倔强又有怪癖，不大容易控制。他时常咒骂它，惋惜丧失了的莉嫦；他必须逼近监视它，手时常放在驾驶盘上。但是那一夜，天气那样凉爽和温和，他觉得自己已对它表示宽大，稍稍让它随它的怪癖任意奔跑，他自己也借此放怀呼吸一下，也感到十分舒服。从来他的身体没有像现在这样健康，心里没有懊悔，他的态度，在幸福的平静里，似乎已得到了安慰。

公司方面仍然让柏葛做他的火伕，一向不说话的他，却向这位助手开玩笑。

"什么？您像一个只喝清水的人一样睁着眼睛！"

真的，柏葛违反他的习惯，仿佛没有喝过酒，面容很阴郁。他的严厉声音答道：

"人们若要看得明白，当然应该睁着眼睛。"他有点怀疑，也有点恐惧，装着一副良心是不清白的样子盯着火伕。前一星期，他已让自己倒入这伙伴的情妇、可怕的菲洛曼妮怀里。那并没有一分钟的肉欲好奇心，他不过只向自己想试验一下的愿望让步罢了：现在既已满足了他的丑恶需要，他的确已痊愈了吗？这一个，他能占有她，而不拿刀戳入她的喉头吗？已经有两次，他曾占有她，一点也没有什么，既不感到不舒服，身上也没有震颤。此后将同别的人们一样，仅是一个普通的人，他觉得很适意，他的大快乐，他的平静和微笑态度——即使他自己并不知道——一定从这幸福里来。

为了放进煤炭，柏葛打开机头的锅炉，他阻止他。

"不，不，您不要太推促它，它跑得十分好。"

火伕于是嘴里咕噜出恶劣的话语。

"啊！不爱它！好……一个漂亮的骚货，一个好看的脏家伙！……当我想到人们拍到另一个身上，那个老家伙身上，它是那样柔顺……这混账的娼妇，这值不得我们去向它的屁股踢一脚！"

杰克，为了避免生气，没有回答他。但是他清楚地觉得从前三个一家的生活已不

再存在；因为他同伙伴和机头间的好友谊，自从莉嫦死了以后，已完全丧失。现在人们为了些微小事，一个螺丝钉旋得太紧，一锹煤没有放得端正，彼此就会发生争吵。他答应自己，同菲洛曼妮来往时要特别当心，不愿意在这摇晃不停载着他们两个的狭小铁板上，爆发公开的战斗。柏葛只要不被推撞，从煤的消耗上省下小小数目，就能得到食物篮里的剩余，供自己吃喝，而对他表示感激，做他的柔顺走狗，献身去扼死别的人们。他们两个，总像兄弟似的，每天在危险里不声不响生活着，即使不说话，彼此了解。但现在他们并肩留在一起，受到摇晃，彼此若不再和好，若互相吞噬，这就将变成难以忍受的地狱。这恰有一个例子，前一星期公司当局，不得不给瑟堡快车的司机和火伕分开，因为他们为了一个女人，发生冲突，前一人虐待不再服从后一人：他们在路上相打，彼此进行真正的搏斗，完全忘记了他们背后载满旅客，飞速行驶着的列车。

再两次，柏葛打开锅炉，掷进煤炭，无疑的，这一定由于不服从，故意想寻找争吵；杰克装起没有看见，仿佛整个不注意驾驶，只每次当心去拨动注射器的转盘，借以减低蒸汽的压力。天气那样温和，六月的夜里机头奔跑的清凉微风又是那样好！十一点五分，快车到达勒·哈佛尔以后，两个人，和从前一样，仍然露出完全和好的样子，给机头做仔细的揩拭。

但是待他们一离开停备站，到佛兰梅亚·马士林路去睡觉，一个声音叫唤他们。

"怎么，你们竟这样忙吗？请你们进来一分钟吧？"

这是菲洛曼妮，她一定从她哥哥住宅的门槛上窥伺着杰克。瞥见柏葛，她做一个显然感到妨碍的不适意动作；她之所以决定呼唤他们两个，这只为她至少有同她的新朋友谈谈天的快乐，即使要忍受老朋友的在场，也毫不介意。

"滚你的，让我安静些吧 1"柏葛怒吼道。"你使我们讨厌，我们要睡觉了。"

"他真可爱，嗯？"菲洛曼妮重新快活地说。"可是杰克先生并不和你一样，他仍然要进来喝一小杯……不是吗？杰克先生？"

由于细谨，司机正想拒绝时，火伕却突然接受了，无疑的，他一定对自己要侦察他们，借以获得确信他们的确已有关系的念头。他们进入厨房，他们坐到桌前，她拿许多玻璃杯和一瓶烧酒放在桌子上，她再用更低的声音说道：

"千万不要闹出太多声响，我的哥哥在那上头睡觉，他不大喜欢我接待客人。"

接着，她一边待候他们，一边加上说：

"话又说回来，你们知道今天上午，勒布娄妈妈已故世了……哦！这个，我早就说过：如果人们要她住到后面的房间，一个真正的牢狱里，这一定会杀死她。除了铅皮，看不见任何别的什么，她这样吃掉自己的血，还持续了四个月……待她变得不能离开她的沙发以后，最使她难过而结果她性命的，一定是她不再能侦察淇松小姐和达巴地先生，对于这个，她已有无法摆脱的习惯。是的，她从来没有撞见他们中间的半点事情，她因而发狂，因而死掉。"

菲洛曼妮喝下一口烧酒，又停了一会儿；然后又笑着说：

"无疑的，他们是一起睡觉。不过他们竟那样狡猾！既不被看见，又没有被捉住，你去侦察你的吧！……然而我却相信一天晚上小慕伦太太曾看见他们。不过，那一个，没有危险，她不会到处宣扬：她太愚蠢，其实，她的丈夫，副站长……"

她的话再次中断了，为的是调换一个题目，喊道：

"听我说，这是下一星期，卢波夫妇的案件，将在卢昂审判哩。"

直到那时，杰克和柏葛只听着她，而没插一句话。后者只觉得她很多嘴；同他一起，她从来没有说过那么多话；看见她在他的头头前面竟这样激动，心里逐渐被嫉妒之火燃烧，他的眼睛不再离开她。

"是的，"司机露出完全平静的面容回答，"我曾收到出席作证的传票。"

菲洛曼妮走近，她的肘弯能轻轻触到他，似乎觉得非常舒服。

"我也一样，我也是证人……啊！杰克先生，人们曾向我问到关于您的事情，因为您知道，人们认识您和这位可怜太太的关系究竟怎样；是的，法官问我的时候，我曾对他说：'但是，先生，他非常爱她，他简直是崇拜她，他会损害她，那是绝对不可能的！'不是吗？我曾看见你俩一起，我，我的确占有很适当的位置，可以谈论你俩的关系。"

"哦！"年轻人做一个冷淡的手势说，"我并不担心，我能说出我是怎样使用这一小时一小时的时间的……公司之所以留用我，因为我毫无过失，它找不到破绽。"

一霎时的沉默，三个都慢慢喝酒，

"这简直使人吓得发抖，"菲洛曼妮再说。"这凶暴的畜生，这加蒲宣，人们逮捕他的时候，身上还涂满那位可怜太太的血！有些男人的确很愚蠢！杀死一个女人，因为他想同她睡觉！一个女人不再存在时，仿佛这对他们会有什么好处似的！……你们看，我永生永世都会记着的，是当高舒先生到那边，到月台上来逮捕卢波先生的那一会儿。我正在那边。你们知道，这只是八天以后发生的事情，卢波先生把他的女人葬入公墓的第二天，就显出他的平静态度，重新来做他的工作。那么，高舒先生走近他身边，用手拍拍他的肩膀，对他说，他有命令领他到监狱里去。你们想一想：他们互相不离开，总整天整夜，一起玩牌！但是一个人当了督察员，不是吗！既然这是职业要他这样做，他会领他的父亲和母亲去上断头台！他才不管这一套，当天下午，我就看见高舒先生在商业咖啡馆里玩牌，再也不挂念他的朋友，正如他不关心不相干的土耳其大

423

帝一样！"

柏葛，咬紧牙关，伸出胳臂，向桌子上击下一拳。

"她妈的！如果我在这乌龟卢波的位置上！……您，您曾同他的女人睡觉！另一个把她杀了。看，人们拿他送到重罪法庭里去……不，这让人气得发狂！"

"但是，大傻瓜，"菲洛曼妮喊着说，"因为人们控告他曾催促另一个去摆脱他的女人，是的，为了金钱问题，或者别的什么，难道我知道吗!? 人们似乎从加蒲宣那里，重新发现到格兰摩伦的表：你们一定还记得，这位先生就是十八个月以前，在火车上被刺死的那一位。那么，人们把这杀害同前一次的杀害并在一起，这是整个故事，真正要费一瓶墨水的案件。我，我不能对你们解释，但是这印在报纸上，足足占去很长两栏。"

杰克魂不守舍好象听不见她。他只喃喃说：

"何必要伤自己的脑筋，难道这和我们有关系吗？……法庭从不知道它所做的，我们当然也不会替它知道。"

接着，目光迷失在远处，两颊苍白，他加上说：

"这一切里面，只有这可怜的女人……啊！这可怜的女人！"

"我，"柏葛粗鲁说，"我若有这样一个女人，若有什么坏蛋想动到她，我将扼死他们两个。之后，人们尽可以杀我的头，我才不管这一套！"

又沉默一下。菲洛曼妮第二次倒满小玻璃杯，耸一耸肩膀，装起冷笑的样子。其实，她心里已很烦扰，她以斜视的目光研究他。他很疏忽自己的修饰，身上穿褴褛和很丑的衣服，自从维克多亚妈妈跌断了骨头，变成残废，只好放弃她女厕所的岗位，进入一个救济院以后，他就一直是这样。她已不再在那里，像慈母一样容忍他，时不时拿几个白的银币送到他手里，并给他缝补破碎的服装，不愿意勒·哈佛尔的那一个女人责备她没有好好维持他们男人的清洁。菲洛曼妮，被杰克的可爱和洁净样子诱惑，表示厌恶他的老情人。

"你要扼死的是你的巴黎那个女人吧?"她大胆询问他。"那一个没有危险，人们决不会给你抢走！"

"那一个或另一个！"他咕噜道。

但是她已摆出说笑的态度碰杯。

"喏！祝你健康！拿你的衣服送来，我可以给它们浆洗和补好，真的，因为你已不再让我们——她或我——感到体面……祝您健康，杰克先生！"

似乎刚做了个噩梦，杰克颤抖。在他完全没有懊悔的状态里，在这欣慰和他杀了人后所生活着的肉体安适里，珊佛琳就这样从他眼前掠过去，惹起他的怜悯，有时使他——内心其实是温柔的人——一直感动到流泪。他也碰杯，为了隐藏他的烦扰，他很快说：

"你们知道，我们就要有战争了。"

"不可能的，"菲洛曼妮喊道，"那么，同谁呢？"

"同普鲁士人……是的，由于他们那里的一个亲王要继承西班牙王位。昨天，议会里只讨论这有关的问题。"

于是她表示忧虑。

"啊！好，这将非常好笑，在巴黎，他们已闹他们的选举，他们的全民投票和他们的暴动，引起我们的够多麻烦！……喂！如果打仗的话，男人全都被调走吗？"

"哦！我们这些人也许可以避免，人们不能扰乱铁路上的组织……不过，为了军队和给养的运输，我们将忙得要死！总之，假如这果然发生的话，我们当然要好好尽自己的义务。"

说到这句话，他突然感觉得她终于让她的一只脚腿放到他的脚腿底下，而柏葛也已觉察到，后者的脸已气得乌青，并已捏紧拳头，他立刻站起来。

"我们去睡觉吧，已经是时候了。"

"是的，这比较好些。"火伏嗳嚅说。

他拿起菲洛曼妮的一只胳臂，简直要捏碎似的捏紧它，她忍住痛苦的叫声，趁他狂暴地喝完一小杯酒的机会，只向司机身边轻轻告诉道：

"你要当心，他若喝醉了，简直是一只真正的野兽。"

但是楼梯上，已有沉重的脚步下来，她惊慌。

"我的哥哥！……你们快溜跑，你们快溜跑！"

两个人逃出房子，没有走到二十步以外，已听见打耳光和随着出现的号叫声音。她像一个犯错误的女孩一样，受到丑恶的惩戒。司机停下来，打算去救她。可是他被火伏留住。

"什么？难道这和您有关系吗？……啊！混账的婊子！他能打死她！"

到了佛兰梅亚·马士林路，杰克和柏葛睡下，没有交换一句话。在狭小的房间里，两张床铺几乎互相接触；他们醒着，两眼睁得大大的，彼此听着对方的呼吸。

这是星期一，卢波案件的审判，将在卢昂开始。预审推事戴尼才，确实已获得大的胜利，因为司法界里，对于他处置这复杂和暧昧案件所采取的方式，都赞不绝口：人们说，这确实是精细分析的杰作，实情的逻辑重新建立，总之一句话，是真正可钦佩的发现。

首先，珊佛琳被杀害数时以后，戴尼才先生一到出事地点：摩弗拉十字，就马上

425

命人逮捕加蒲宣。一切都明显指定后者是凶手，他身上还涂满血，卢波和米索尔的主动陈述，说他们怎样撞见他单独昏乱地留在尸体旁边。石矿工人被审问，被逼迫，必须说明他如何并怎样走到这个房间里，他嗫嚅说了一个故事，法官认为这是那样愚蠢和合乎传统的遁词，他只耸一耸肩膀，并不相信他。他曾等着这一类时常是相同的故事，总会有一个想象的凶手和捏造的犯罪者，而这个真正的凶手却听见他向黑暗的旷野逃去了。这残暴的人，如果继续奔跑的话，他已跑得很远，不是吗？此外，当人们问他这样晚的时刻，他留在房子前面到底做什么？加蒲宣开始烦乱，拒绝回答，终于宣称他只在散步。这是不明智的，怎样能相信这神秘的不认识者，杀了人，逃走了，让一切门都开着，而没有搜索，甚至没有带去一条手帕呢？他从哪里来？为什么他杀人？然而法官，开始侦察之后，就知道被害人和杰克的关系，他关心后者安排的这时间；但是除被告自己承认曾陪杰克到巴朗丁去搭四点十四分火车之外，卢昂小饭店的女主人，向她的伟大上帝发誓说，年轻人，吃过晚餐马上走去睡觉，只在第二天七点钟，才从他的房间里出来。再则，一个情人决不会没有理由，杀死他所崇拜，而彼此间从来没有发生过一点儿争吵的情妇。这是荒唐的。不！不！只有一个可能的凶手，一个明显的凶手，就是从前坐过牢狱，被人发现留在房间里的加蒲宣，他的两手还涂满血，他脚下还放着刀，这畜牲，竟然还对法官说着一加一等于三的荒诞故事。

但是戴尼才先生达到了这一点，尽管他确信，不管像他自己所说的，他的嗅觉会比证据告诉他更多事情，但他不允许又难免感到疑惑。因为第一次到培古尔树林深处，嫌疑犯所住的陋屋里搜查了一下，人们绝对没有发现到什么东西。盗窃的事实不能成立，犯罪的另一目的应当被找出。突然，由于偶然的询问，米索尔根据他所推想的线索，叙述了在一天夜里，他曾看见加蒲宣攀登摩弗拉十字的墙，由房间的窗户，注视里面睡着的卢波太太。杰克轮到被审问，平静地说出他所知道的：石矿工人的默然崇拜，他追求她，时常在她的裙边替她服务的热烈愿望。那么，这再没有怀疑的可能：只有兽性的激情催促他去犯罪；一切都筹划得很好，他从他可能保有一个钥匙的门进来，在他的昏乱里，甚至让门开着，以后是斗争引出杀害，强奸只有丈夫到来才中止了。然而，最后的反对论又出现在法官的面前，因为一个人，明知道马上有人要来，恰选择丈夫能撞见他的时刻，的确是奇特的：不过，好好思考一下，这又反过来不利于被告，因为这正好证明他一定会在情欲的极度发作里行事，他因为这念头而发狂：他认为他若不利用珊佛琳还单独留在这荒僻房子里的一分钟，他将永远不会占有她，因为她第二天就要离开。法官终于发现了压倒被告的理由。从此时起，法官的理由占据了整个问题的关键。

加蒲宣被审，他感到窘迫，一再落入复杂的罗网里，知道所提出的许多问题，一点也不关心人们给他掘好的陷阱。他固执地保持他的陈述。他经过这里的大路，他呼吸夜间的新鲜空气，忽然一个奔跑的人擦过他身边，在黑暗深处，跑得那么快，他甚至不能说他向哪一方面逃走。于是忧虑袭击他，向房子投射了一瞥，他发觉那里的门大开着。他终于决定上去，他发现死者，身体还热的，睁着她的大眼睛注视他，如此，相信她还没有死，为了抱她到床上，他身上涂满了血。他只知道这个，他只重述这个，他将永远不改变半点细节，看他的态度，似乎想永远让自己幽闭在预先造好的故事里。当人们设法要脱出这固执的范围时，他昏乱，露出知识缺乏，不再了解的粗人样子，保持他的沉默。第一次，戴尼才先生审问他，他对被害人所存着的激情，他的脸色变得非常红，这简直如同一个很年轻的男孩子，因为最初温情受到别人责备，而难免觉得害羞。他否认，他抗辩，他说他从来没有梦想要同这位太太睡觉，仿佛这是很卑污的，不能招认的，同时也是神秘的，温雅的，只掩埋在他的心的最深处，他没有向任何坦白必要。不，不！他并不爱她，并不想占有她，现在她已死了，人们永远不应该要他谈到他认为是渎犯神圣的事情。但是这固执地否认，许多证人都一致肯定的事实，又转过来有害于他的辩护。根据控告的陈述，他有意要隐藏他对这不幸者所燃烧着的疯狂情欲，为了达不到满足，他只得把她杀掉；他不招认，当然是有利的。当法官，收集了一切证据，想用决定性的打击，逼出他的真实口供，当他的面说出这杀害和强奸时，他马上陷入抗议的疯狂愤怒。他，为占有她而杀掉她！他，像崇拜一个女圣人似的崇拜她！他说要扼死整批的混账家伙！重新被唤来的宪兵们只得抓住他。反正，这是一个最危险和最奸诈的流氓，他的粗暴发作了，因而替他抬出了他所否认的罪行。

侦查工作到此为止，被告进入凶暴的愤怒，每次人们一谈到谋杀，他总喊着说，杀了人的是另一个，是神秘的逃走者，后来戴尼才先生有了一种新发现，改变了这案件，突然给它增加十倍的重要。如他自己所说的，他嗅到隐藏着的实情；所以，出于一种预感，他亲自到加蒲宣的陋室里，作新的搜查；他在那里，一根简单的梁木后面，发现到女人的手帕和手套，下面还有一只金表，他马上认出这是格兰摩伦院长的遗物，他很感动而且很快乐，从前他虽那样用心寻找它，这是一只刻有两个交叉字母，壳子内部记有二五一六制造号码的大表。他仿佛受电光一闪，一切都被照亮，过去已和现在相接，他所连接上的事实和逻辑引起他的欢悦。但是结果将达到那么远，他首先不谈及表，他只向加蒲宣询问手帕和手套的事情。后者，一会儿就吐出他的招认：是的，他崇拜她，是的，他非常爱她，一直要吻她所穿的罩袍，一直要从她背后，收拾并偷窃由她身上跌下的一切，如一段一段衣带，一颗一颗纽扣和一枚枚别针等等。接着，怕羞，廉耻，使他保持着沉默。等到法官决定他已想起来：这只表，他曾惊讶地发现它被结在一条手帕边角上，他从长枕底下取来，像珍贵的战利品，由他带到自己家里去，后来，他竭力开动他的脑筋，想用什么方式拿它还给她，它就这样留下，始终没有送回去。但是，没必要叙述这一切啊！由此他必须表白其他的偷窃，供出那些喷香的，而他却觉得那么可羞的零星布片。人们已经不相信他所说的任何话语。此外，他自己也开始不再明白，一切都在他的简单脑壳里混乱了，他已进入模糊的恶梦深处。提到杀害的控告，他甚至不再愤怒；他变得蠢头蠢脑，回答每一问题，他只重述：他不知道。对于手帕和手套，他不知道，对于表，他不知道。人们麻烦他，使他讨厌，人们顶好让他安静些，马上把他送上断头台。

卢波第二天就被戴尼才先生宣布逮捕，他发出拘票，他信任自己的无上权力，在这些灵感的一分钟里，他认为自己赋有敏悟的天才，甚至没有充分的证据可以反对副站长之前，他就做这专断的逮捕。不顾还有很多模糊疑点存在，他猜想这个人是双重案件的枢纽和根源，待取得证据，知道卢波和珊佛琳继承了摩弗拉十字房产八天以后，曾到勒·哈佛尔的公证师，柯伦先生面前成立协会，订明产业将遗赠给最后活着的人，他立刻表示胜利。从此，整个故事，在他的头脑里，由推理的准确，显明的力量，重新组织起来，这给他的控告基础是那样不可毁灭的巩固，仿佛真理本身也不够真实，也混杂着较多幻想和较多违反逻辑。卢波是一个懦夫，他曾两次不敢亲自杀人，利用加蒲宣这个粗暴畜生的胳臂，来达到自己的目的。第一次一方面了解格兰摩伦院长曾立有遗嘱，他急于想继承到他的产业，另一方面，他又知道石矿工人对于后者所存的怨恨，他在卢昂拿一把刀递给他，再催促他登上车厢的特等室。后来，一万法郎均分了，如果杀害不引出另一杀害，他们两个或许永远不再见面。法官，就在这里显出人们曾称赞的对犯罪心里的深刻研究，因为他今天才宣告这个：他从来没有停止监视加蒲宣，他确信第一个谋杀一定会引出第二个谋杀，这就像教学样准确。十八个月就够了：卢波夫妇的家庭已被破坏，丈夫在赌博里花掉他所分得的五千法郎，女人为了消遣，终于让自己接受一个情人。无疑的，她拒绝卖掉摩弗拉十字，恐怕他浪费所卖得的金钱；在他们的接二连三的争吵里，她或者曾威胁他，要告发他，拿他交给法庭。不论怎样，很多证据证明他们夫妇的绝对不和；总之第一次犯罪的遥远后果，终于产生：加蒲宣的畜生贪欲，重新出现，丈夫为了确实保证这被诅咒房子，已经害过一条性命的可恶产业的占有，再暗地里拿刀放到他手里。这就是真情实况，昭然若揭的实情，一切都得到这样的结论：由石矿工人家里找到的表，尤其是两个尸首，由同样的手，用同样的武器——房间里拾得的这把刀——戳入喉头的同样地方。然而关于这最后一点，控告却提出怀疑，院长的创伤似乎被较小和较锋利的刀口刺成。

一开始，卢波以滞重和朦胧态度表示"肯定"或否定。他似乎并不奇怪自己的被捕，在他存在的徐缓瓦解里，一切对他都变得毫无所为。为了要他谈话，人们曾派一个看守人陪着他，自早到晚，同他玩纸牌；他的样子完全是幸福的。此外，他确信加蒲宣的犯罪：只有他一个人可能是凶手。问到杰克，他笑着耸一耸肩膀，他就这样显出他晓得司机和珊佛琳的关系。但是待戴尼才先生，试探过他以后，终于施展他的方法，催促他，以他的同谋打击他，竭力使他认识到自己已被发现的震动里，逗出他的招认时，他马上变得很慎重。人们在那里对他说了些什么？这绝对不是他，这是石矿工人杀了院长，正如后者杀了他的老婆一样；然而，人们现在却认为两次犯罪的都是他，而石矿工人，只为了自己的利益，并在他的位置上代替他打击。他满腹疑惑，他满腹疑惑，因为这复杂的冒险所激起的应该骇，无疑的，人们一定会给他掘好一个陷阱，人们撒谎，为的是强迫他表白他的杀害部分，前一次的犯罪。他被捕就立刻怀疑是旧日的事情重新出现。同加蒲宣对质，他宣告他并不认识他。不过，当他重述他突然遇见他全身涂满血，正在强奸他的被害人时，石矿工人发怒，非常混沌的暴烈争吵，又给事件带来更多杂乱和困难。三天过去了，法官连续作长久的审问，确信两个同谋者预先约好，对他玩着彼此冲突的把戏。卢波，很厌倦，采取不再回答的主意，可是到不耐烦的一刻，他想立刻结束这一切，他忽而对数月以来就隐隐萦绕在他脑里的需要让步，他吐出实情，整个实情。

那一天，戴尼才先生恰在进行狡猾的斗争，他靠近他的办公桌坐着，他的眼睛被沉重的眼皮罩住，他的活动嘴唇，在施展灵敏的努力里，变得很薄。他已感身心疲惫，他使用巧妙的诡计同这迟钝、全身都被恶劣的黄脂肪侵占的被告，已作一小时的斗争，他判断后者在这滞重的外表下，藏有很精微的狡猾。当卢波做一个被推到极端的手势，喊着说，他已够受了，他宁喜欢招认，由此人们可以不再烦扰他，法官以为自己一步一步追逼他，已从各方面窘迫他，终于使他落入陷阱。既然人们硬要指他是犯罪者，他至少愿意在他所干过的真实部分承认自己的罪行。但是他慢慢叙述他的故事：他的女人怎样很年轻就被格兰摩伦奸污了，问到这些龌龊勾当，他的嫉妒怎样达到疯狂程度，随后，他怎样杀死他，他为什么取来一万法郎等等情形，推事的眼皮，于是又从怀疑的皱蹙里，重睁起来，无可抵抗的和职业的不相信，要他的两唇张开，形成嘲笑的努嘴。待被告重新沉默以后，他满面微笑。这家伙比他所想象的还要厉害；拿第一次的杀害加到自己身上，将它改成纯粹激情的犯罪，这样，摆脱盗窃的任何预谋，尤其是洗掉珊佛琳被杀的同谋关系，这的确是大脑的企图，显出他确实具有不大平凡的智慧和意志。不过，这毕竟站不住脚，他只枉费心机罢了。

"算了吧！卢波，您不应该相信我们是不懂事的孩子……那么，您武断说，您是妒忌的，这只在妒忌的发作中，您才杀了人吗？"

"当然是这样。"

"那么，我们若承认您所叙述的一切，您娶了您的女人一点也不知道她同院长的关系……这不大可能吧？一切，相反的，都证明，您之所以同她结婚，是经过考虑和接受的投机生意。人们给您一个像小姐样教养起来的少女，人们给她陪嫁，她的监护人，成为您的保护人，您并非不知道，他在遗嘱上，曾把乡间的一幢房子赠给她，而您却武断说，您一点也不疑心，绝对没有怀疑到任何事情！算了吧！您一定什么都知道，不然，您的结婚是无法解释的……此外，一个简单的事实就足以使您无法自辩。您并不嫉妒，您还敢说您是嫉妒的吗？"

"我说真话。我曾因嫉妒狂热发作，才杀了人。"

"为了旧日的模糊关系，一定是您捏造的关系，您杀了院长，那么，请您对我说明您怎样能容忍您的老婆有一个情人，是的，这杰克·郎济埃，一个结实的年轻家伙呢？大家都对我谈到这个关系，您自己也没有隐瞒您知道这个……您让他们自由，一起到巴黎去，那么，为什么呢？"

卢波已感无可辩护了，他麻木地望着上问，不知说什么。他终于嗫嚅说：

"我不知道……我曾杀了另一个，却没有动到这一个。"

"那么，您不要再对我说您是一个复仇的嫉妒者，我劝您不要对陪审员先生们重述这个荒唐故事，因为他们会因此耸肩……请您相信我的话，您改变您的方法吧，只有真话才能拯救您。"

从此刻起，卢波越固执要说真话，法官越确信他是故意撒谎。此外，一切都转过来反对他，法官以为他的虚伪达到那样程度，连第一次他控告加蒲宣的意见，本来可以支持他的新陈述，现在也变成他们两个中间曾有巧妙和奇特谅解的证据。法院推事由于真正职业的爱好，仔细穿凿犯罪的心理。他说，他从来没有像这样深入人性的内部；这是推测多于观察，因为他自夸他属于有先见之明和敏感性的法官这一派的，只要目光一瞥，就可以洞悉一个人的秘密。再则，证据也不再缺乏，他所搜集到的全部材料，简直可以压倒被告。从这时起，破案已有基础，得到的也像阳光般灿烂。

此外，还给戴尼才先生的才能增加莫大光荣的，是他认真研究过最深的秘密所在，并予以合理调整以后，他把双重的案件放在一起解决。自从全民投票有了喧闹的成功，狂热的舆论，像预告大祸就要到来的眩晕似的已不断激动全国各地。在帝国末期的社会，政治，特别是新闻界里，这是连续的忧虑，过度的兴奋，连快乐本身也显示病态的激烈。所以，当这摩弗拉十字偏僻房子深处，有一个女人被杀死，人们问到卢昂的预审推事，施展何种天才的巧妙手法，挖掘出了格兰摩伦的旧案件，拿它同新的罪行连在一起时，官方的报纸立即高呼司法当局的胜利。真的，当时，反对派的出版物，每隔几日就刻毒的讥笑那些警方编造出这传说中无法找到的凶手，来隐蔽有些被连累的大人物污行的故事，现在已有了决定性的，凶手和他的同谋者已被逮捕，格兰摩伦院长的声誉从这险恶的事件里挣脱出来，将毫无损害。笔战已重新开始，激动的情绪，在卢昂和巴黎，逐日增长。除了这缠绕想象的残酷故事之外，人们还表示莫大的兴奋，仿佛终于被发现和无可争辩的实情，一定会巩固国家的基础。续几天，报纸上满了具体的叙述。

戴尼才先生被召到巴黎，出现在岩石路，司法部秘书长，加米·赖摩特先生的私人公馆里，他看见秘书长站在他的严肃的办公室中间，面孔已更瘦削，神情已更疲倦；他已衰颓，已被自己的怀疑主义和悲伤包围，仿佛已预感到他所服侍的制度，不久就要崩溃。两天以来，他沉陷在内心的斗争中，还不知道如何使用珊佛琳的短函，他还保存着的这封短函一定会破坏控告的整个体系，将以无可否认的证据支持卢波的陈述。世上没有一个人曾认识它的存在，他很可以消灭它。可是前夕，皇帝曾对他说，这次，他要法庭，不顾一切影响，进行它的工作，即使他的政府因此受累也不要紧：这只是表示简单的公正呼声呢，还是他迷信，经过了全国的欢呼以后，只要一个不公道的行为，就会改变帝国的命运呢？即使秘书长对于他自己已没有良心的顾虑，仅把这世上的事情，减缩为机械的简单问题，他由于接到的命令而感到烦扰，他自问他是否应该爱他的主人，一直到不服从他的地步。

立刻，戴尼才先生胜利了。

"那么，好！我的嗅觉并没有欺骗我，这的确是加蒲宣杀了院长……不过，我也同意，另一个线索中也有少许真理。我自己也觉得卢波的问题还始终是暧昧的……总之，他们两个都已落到我们手里。"

加米·赖摩特先生的苍白眼睛，牢固地注视他。

"那么，您转移给我的案卷，里面所述的一切事实都被证明，您的确信是绝对的吗？"

"绝对的，没有半点怀疑的可能……一切都互相连接着，我想不起有哪一个案件像这次那样，虽然表面复杂，但犯罪的程序却那样合乎逻辑和那样容易预先确定它的步骤。"

"然而卢波抗议，他把第一次杀害，归他负责，他叙述一个故事，他的女人被奸污过，他因嫉妒发狂，他因盲目的狂暴发作杀了人。反对派的一切报纸都叙述这个。"

"哦！它们很可以像传播流言似的叙述它，连它们自己也不敢相信呢！这卢波，他曾提供便利，助成他的老婆和一个情人幽会，他会嫉妒吗？啊！他可以到重罪法庭里，重述这个故事，他将不会成功掀起所寻找的丑闻！……如果他还能供给新的证据的话，可是他没有。他固然谈到他曾强迫他老婆写信，人们一定会从受害人遗纸里找到他的

短函……您，秘书长先生，您曾整理这些遗纸的，您没有找到它，不是吗?"

加米·赖摩特先生没有答复。这是实在的，用法官的方法，丑事将被掩埋掉；任何人都不会相信卢波的话，院长的声誉里，将被洗去这些丑恶的嫌疑，帝国也将因它的一个党徒，脱出这些喧噪的污行和恢复清白，获得莫大利益。此外，这卢波既然承认自己是凶手，那么他因为这一个或那一个的陈述而被判罪，这于正义的观念又有什么关系! 当然还有这加蒲宣；他对于第一次的杀害固然没有参与，可是他好象是第二次的真实凶手。再则，我的上帝! 正义是多么可笑的最后幻想! 当真理被那样多荆棘阻塞时，要做公正的人，这不是一种妄想吗? 识时务者为俊杰，挺起自己的肩膀来撑住这就要倾塌的垂死社会。

"不是吗?"戴尼才先生重复说，"这封信，您没有找到它吧?"

加米·赖摩特先生重新向他抬起眼睛，他，非常安静，是当前情况的唯一主人，他把引起皇帝忧虑的懊悔放到自己的良心上，他回答：

"我绝对没有找到什么东西。"

接着，他微笑，表示很可爱的态度，他满口称赞法官的才能。几乎只有轻微的嘴唇皱缩，显出一种无可战胜的讽刺。从来，侦查工作，没有像他做得那样透彻；这是上峰已经决定的事，暑假以后，人们将召他到巴黎来任审判官。他就这样一直送他到楼梯口。

"只有您一个人看得明白，这实在是可钦佩的……一旦真理开始说话时，任何东西，不论是个人的利益，甚至国家的无上理由，都不能阻止它前进……您好好工作吧，不管结论是什么，条件总不至于要逆着正当途径进行吧?"

"法官的整个义务都在这里。"戴尼才先生最后说，他向秘书长致敬，并满面欢悦地离开。

待独个儿后，加米·赖摩特先生首先点起一根蜡烛；随后，他到藏着分类案卷的抽屉里，取出珊佛琳的短函。蜡烛很高地燃烧着，他展开信，愿意再读上面写着的两行字；这纤弱女罪犯的回忆已被唤醒，他想起她的蔚蓝眼睛，从前曾那么令他感动，使他生起非常温柔的同情。现在她已死了，他重新看见她是悲惨的。谁知道她曾带去的秘密呢? 是的，所谓真理和正义，只是一种幻想罢了! 这不认识的和可爱的女人，对他，只留下她曾轻触他而他没有得到满足的一分钟的情欲。当他拿短函送到蜡烛上，因而发出燃烧的火焰时，他突然被大的悲伤，不幸的预感侵袭：倘若命运要帝国，像一撮黑灰，由他的手指间跌下，随着被扫除了，这又何必要毁灭这证据，要他的良心担负这行动的责任呢?

不出七天，戴尼才先生完成了他的侦审工作。他得到西部铁路公司非常好意的协助，找到一切所期望的文件和一切有用的证据；因为公司当局也急切希望结束这涉及它的一个副站长的可悲故事，这一直透过它的复杂机构，几乎危害到它董事会的不幸案件。应该赶快割掉腐烂的肢体。因此法官的办公室里，重新排列着勒·哈佛尔车站的职员达巴地先生，慕伦和其他人们，他们对卢波的坏行为，说出不利的详情；其次是巴朗丁车站站长，贝西埃尔先生，以及卢昂的许多职工，他们的陈述；对于第一次的杀害，有着举足轻重的重要；再其次，是巴黎车站站长，方道鲁先生，过道守望员米索尔和车长亨利·陀凡涅，后两者谈到被告夫妇的不和好，都表示很肯定的意见。由珊佛琳在摩弗拉十字服侍过的亨利，甚至叙述，有一天晚上，他的身体还很衰弱时，他相信自己曾听见卢波和加蒲宣在他窗前商议的声音；这的确说明很多事情，同时也推翻两个被告的口供，因为俩人都说互相不认识。公司的全部人员里，已发出愤怒和反对卢波的普遍喊声，人们怜惜两个不幸的被害人：这可怜的少妇，她的过失是那么可以原谅，这可崇敬的老人，现在已洗掉人们有意加给他的丑恶故事。

新的官司特别唤醒格兰摩伦家族的猛烈激情，从这方面，戴尼才先生固然还找到有力的协助，可是他必须奋斗才能保持他侦审工作的完整。赖宣纳夫妇高唱胜利，因为由于摩弗拉十字的遗赠，悭吝心理受过损伤，他们非常愤怒，他们一直肯定卢波的有罪。所以，前案一经恢复，他们只认为这是攻击遗嘱的机会；为了获得遗赠的撤销，只有一个方法，就是打击珊佛琳，说她忘恩负义，他们因而接受卢波的一部分招认，女人和他同谋，帮助他杀人，但不是要替某种想象的秽行复仇，唯一的目的只想盗窃罢了；如此法官只得和他们，特别是贝尔蒂，发生冲突，她对于被杀害者，她的旧日女朋友，显得非常残酷，总拿丑恶的事情控告她，而他，则正相反，待人们一触犯他的杰作，他就马上激动和生气；并且竭力辩护，如他自己摆出倨傲的态度所说过的，这逻辑的大厦建造得再好没有了，人们只要移动一块石头，全部都会倾崩下来。关于这点，赖宣纳夫妇和波纳洪太太，在他的办公室里，曾发生很激烈的争吵。波纳洪太太，从前曾袒护卢波夫妇的，此刻只好抛弃了那丈夫；但是她仍然继续存着一种温柔的同情性支持女人，对于爱情和女性的魔力表示很容忍，她整个的身心因这溅满血的悲惨浪漫事件，感到烦扰。她是冰清玉洁的，她看不起金钱。她的侄女重新提到这遗嘱问题，难道不觉得羞耻吗？认为珊佛琳犯了罪，难道卢波的假招认，不是要被完全接受，院长的声名要重新玷污吗？实情，即使预审推事没有那么巧妙地替他建立起来，为了家族的荣誉，也应该设法编造它。她含着稍稍忧伤的苦味谈到卢昂的上流社会，这案件竟在那里激起那么大的喧噪，现在，年纪已来了，她失去了控制这社会的势力，她甚至已失掉老女神的金发和丰润之美。是的，前一夜，在审判官女人，勒蒲克太太，这夺去她王位的高大，棕发和温雅少妇家里，人们还喃喃谈论猥亵的故事：小鲁薏史

的惨死，公众恶意所捏造的一切流言。这时，戴尼才先生插进来对她说，勒蒲克先生将任下次重罪法庭陪审官，赖宣纳夫妇不再说话，他们还突然被忧虑侵袭，好象同意让步。但是波纳洪太太安慰他们，请他们放心，她确信主持正义的人一定会尽他们的义务：重罪法庭将由他的老朋友戴巴赛叶先生充当庭长，他的风湿病只允许他对她保持甜美的回忆，第二个陪审官一定是宿曼特先生，她所庇护的年轻助理检察官的父亲。所以她并不担忧，虽然提到后者名字时，在她嘴边忧郁的微笑——因为一段时期以来，人们已看见宿曼特先生的儿子在勒蒲克太太家里走动，据波纳洪太太说是她自己为了对他的前途不产生妨碍，曾派他到那里去的。

当著名的审判终于到来时，不久要发生战争的风声，传遍整个法国，各地的激动，曾大大损害大案件的反响。然而卢昂仍然挨过三天的狂热，人们拥挤到审判庭的门边，保留的位置都被城里的贵妇人们侵占了。自从改成法院以后，诺曼底公爵旧日的宫殿，一向没有见过涌进那么多的人潮。这是六月的最后几天，照着太阳的燠热下午，猛烈的阳光，燃烧十堵窗的花玻璃，鲜艳的阳光淹没橡木的板壁，照耀底面散满蜜蜂刺绣的红帷幕和红帷幕上显出的白石耶稣受难像，路易十二时代型的著名天花板和它一格一格看来非常悦目的老金色彫板，也有着耀眼的光亮。没有开庭以前，人们已感到窒息。女子们跂高身体，向证物桌上，观望格兰摩伦的表，珊佛琳的涂血衬衫和两次杀害所用的刀。加蒲宣的辩护者，来自巴黎的一个律师，也非常受到注视。在陪审团的凳子上，排列着十二个卢昂人，态度笨拙而严肃，全体都穿黑的礼服。法官进来时，站着的听众里产生那么大的推撞，庭长只得马上威胁说，他要命人撤空法庭。

随着陪审员们站起宣誓，审判开始了。呼唤证人们出庭，又重新激动群众，使他们中间又被好奇心的震颤摇摆：听到波纳洪太太和赖宣纳先生的名字，各个人的头又波动一下；接着，特别是杰克，引起贵妇人们的热情，她们都用眼睛跟随他。此外，从被告到了那里，每个都站在两个宪兵中间以后，听众的目光都不再离开他们，似乎在交换感情。人们觉得他们的态度是凶暴的和卑劣的，简直是两个强盗。卢波穿他的暗色短上衣，懒汉那样的领带，他的衰老态度、蠢笨和满脸油脂的形容激起人们的惊奇。加蒲宣，他的确是人们所想象的典型凶手，长的蓝工衣，巨大的拳头，凶兽的上下颚，看来确实可怕，这凶狠的家伙，人们若在什么树林角落里遇见他，一定会吓得发抖。审问证实了这坏的印象，有些回答掀起激烈的喃喃抗议。对于庭长的一切问题，加蒲宣都回答他不知道：他不知道表怎样放在他家里，他不知道为什么他让真正的凶手逃走了；他坚持这神秘的不认识者的故事，他说，他曾听见他向黑暗深处奔跑并消失了。随后，问到他对于这不幸和可怜被害人的兽性激情，他立刻含糊其词，落入那么突然和粗暴的愤怒中，两个宪兵只得用他们的胳臂捉住他，不，不！他并不爱她，

他并不想占有他，这只是谎言，只要想占有她，他以为就玷污她，因为她是一位太太，而他却坐过监狱，只像野蛮人似的生活着！随后，他心平气和了，他重新保持忧郁的沉默，只发出单音的回答，不再关心可能打击他的判罪。同样，卢波也坚持法官称之为"他的方法"的招认：他叙述他是如何并为什么杀了格兰摩伦，他否认他曾参与他的老婆被杀害；但是他用断续的字句，几乎不连贯的话语，仿佛突然失掉记忆的样子，说明这个，而眼睛又那么昏乱，声音又那么迟滞，他有时似乎在寻找并编造细节。庭长催促他，向他指出，他的叙述是多么荒唐，他终于耸一耸肩膀，拒绝回答：既然谎言是合乎逻辑的，那他就没必要说实话。这冒犯法庭的轻蔑态度给他以最大不利。人们曾注意到两个被告，互不关心，仿佛这是他们预先有了默契的证据，整个巧妙的计划，由他们借意志的奇特力量去实现它。他们硬要说他们彼此并不认识，他们甚至互相控告，唯一的目的，只想欺骗法庭罢了。等到审问终结时，案件可以说已被判决，庭长曾运用那么巧妙的方法，要卢波和加蒲宣走近掘好的陷阱，好象是他们自己投入张开的罗网。那一天，人们还审问了几个不重要的证人。随后，热气变得那么难忍，将近五点钟时，已有两个贵妇人昏倒了。

次日，有些人为证人的陈述感动着。波纳洪太太获得优越和机敏的真正成功。人们很有兴趣地谛听公司的职员们，方道普先生，贝西埃尔先生，达巴地先生和高舒先生等，尤其是后者说得很长，他叙述他如何认识卢波，他曾时常同他在商业咖啡馆里玩牌。亨利·陀凡涅重新提出他的致命性的证明，他在热病朦胧里曾听见两被告商议的隐隐话语，他对这点，差不多是绝对确信的；问到珊佛琳身上，他显得很慎重，他要别人明白他爱她，因为知道她已属于另一个，他就做正当的退避。所以，当这另一个，杰克·郎济埃终于被引进来时，群众里发出嗡嗡声响，许多人站起来，使自己可以看得更加清楚，甚至陪审团里也有了注意的热烈移动。杰克，很平静，做他驾驶机头时所常有的职业手势，让他的两手支靠在证人的栅栏上。这一定很烦扰他的出庭，却使他的精神非常清醒，仿佛这案件同他毫不相干。他将以局外人和无罪者的身份去陈述；自从犯过罪以后，没有任何震颤侵入他体内，他甚至没有想到这些，记忆已毁灭，器官处在完全健康和平衡的状态中；那里，在这栅栏前面，他也没有任何懊悔和顾虑，他心里一点也不感动。立刻，他睁着他的明亮眼睛，注视卢波和加蒲宣。前者，他知道是有罪的，他只对他微微点头，表示缜密的招呼，却怎么也想不到他老婆的情人就是他。接着，向他第二个微笑，只有他知道他是无辜的，因为那张凳子本应他坐的：虽然这工人显示强盗般的样子，其实是一个好的傻瓜，他曾看见他工作并同他握过手。他怀着自在的心情，陈述，他以明白而切实简短话语回答庭长提出的问题，后者毫不顾忌，询问他同被害人的关系后，要他说明杀害未发生数小时以前，他如何离开摩弗拉十字，如何到巴朗丁去搭火车，怎样宿在卢昂。加蒲宣和卢波听着他，以他们的态度证实他的回答；这一分钟，在这三个人中间，透出一种难以形容的悲伤。一会儿，压紧陪审员们的胸口：这大概是实情默然掠了过去吧！对于庭长想知道石矿工人所说的那个不认识者，消失在黑暗深处，他有什么感想的问题，杰克只摇摇头，仿佛他不愿意损害任何被告。于是一个事实产生了，全堂的听众因而都非常感动。泪水出现在杰克的眼睛里，它溢出，流到他的面颊上。像他在幻觉里已重新见过她似的，珊佛琳又显现在他的脑里，这可怖的被杀害者，他曾带去她的形象，她的前额上竖立着恐怕头盔般的黑发，此刻又过分睁大她的蓝眼睛，似乎固定地凝视他。他还爱她，一种无限大的怜悯侵入他的身心，他由自己犯罪的无意识里，流下大颗泪珠，忘记了他现在是面对这拥挤的群众。被温情侵袭的贵妇人们，也随着哭了。看丈夫无动于衷，眼睛干燥，木然留下人们觉得这情人的痛苦是极端动人的。庭长问辩护人是否还有什么问题要向证人们提出，律师道谢，形容蠢笨的被告们，则让目光跟随杰克，看他在普遍的同情中间回去坐下。

第三次的庭审，检察官的控诉和律师的辩护占了全部。首先，庭长提出全案的节略，这节略，虽然披上绝对公正的伪装，却使控告情节格外加重。接着，帝国检查官，似乎不想尽量运用他的一切方法：他的演说平常是有较多的说服力量，他的雄辩也不像这次那么空洞。人们都认为这是非常难忍的酷热，要他不太认真。反之，加蒲宣的辩护人，巴黎的律师，公众把他的辩护权当一种乐趣，显然不能说服别人。卢波的辩护士，卢昂律师公会的一个著名会员，也尽可能从他承办的尴尬事件里，提出全部有利的理由。检察官疲倦了，甚至不再辩驳。待陪审团进入会议室以后，挂钟还只敲六点，白天的日色还由十堵窗户透入，最后的阳光还照亮各柱头装饰着的诺曼底诸城市的徽章。谈话的大声，升向金色的古老天花板，不耐烦地推撞震摇了坐着与站着的人们之间的铁栅。等陪审团和法官们再出现，静寂又重新变得绝对的。陪审员们的决议承认减罪情节，法庭判处两个人终身苦役，这激起剧烈的惊奇，群众都喧闹地退走，像在剧场里一样，同时也听见几声表示反对的嘘声。

当天晚上，整个卢昂都带着无穷尽的批评，谈论这个判决。根据一般意见，这对于波纳洪太太和赖宣纳夫妇，不啻是一种失败。只有死刑似乎能满足家族的愿望；无疑的，相反的势力已发生作用。人们已低声提到勒蒲克太太，据说陪审员里有她的三四个效忠朋友。她丈夫，陪审官的态度是没有什么可责备的，但是人们以为觉察到，就是另一个陪审官和戴巴赛叶先生本人，也没有觉到自己是审判的主人，一切都没有像他们所愿意的决定。也许，陪审团，被顾虑侵袭，承认减罪情节时，只是向这一刻曾掠过法堂的怀疑，这忧郁实情的无声飞翔，让步吧！总之，案件始终是预审推事，戴尼才先生的胜利，任何东西都不能损伤他的杰作；甚至家族本身还失掉很多同情，因为传播着的风声都说赖宣纳先生，为了取回摩弗拉十字，想违反法律的规定，不顾受赠人的死亡，曾尝试要求遗嘱的撤销——一个混身于司法界的人，竟说到这个，自然会让大家觉得惊奇。

杰克走出了法院，菲洛曼妮立刻赶到他的身边，后者也是出庭的证人之一；她不再放开他，她留住他，她竭力要想同他在卢昂度过这一夜，他只在第二天才去恢复他的工作，他也愿意领她到车站附近，他说犯罪那一夜他曾睡过的小饭店里去吃晚饭，可是他不在这儿留宿，他要乘五点缺十分的那趟车回巴黎。

"你不知道，"她挽着他的胳臂向小饭店走去时对他说，"我可以发誓，刚才我曾看见我们相识的一个人……是的，柏葛，他另一天还对我翻来覆去说，他将不管那一套，为了这案件，他将不让自己的两脚踏到卢昂……一会儿，我转过来，我瞥见背部的一个人向群众中间溜跑……"

司机耸一耸肩膀，打断她的话。

"柏葛此刻正在巴黎喝酒或同什么女人胡闹，我的请假给他造成了放荡机会，他是太舒服了。"

"这很可能……不管怎样，我们应该当心，因为他若发狂的话，这的确是最龌龊的畜生。"

她紧紧靠近他，她向后投射一瞥目光，立刻加上说：

"那一个跟随我们的，您认得他吗？"

"是的，你不要担心……他一定会有什么事情要问我。"

这是米索尔，真的，从犹太人路起，就远远跟随他们。他也显出沉睡态度当了证人；他留下，在杰克的四周闲荡，而不决定向他提出显然已到嘴边的一个问题。待他们一对消失在小饭店里之后，他也挨着进来，命人送来一杯葡萄酒。

"怎么，是您，米索尔！"司机喊道。"同您的新夫人一起，还好吗？"

"是的，是的。"守望员咕噜道。"啊！混账的家伙，她的确给我拖陷进去！嗯？上一次到这里的时候，我曾对您说过这个！"

杰克，因这事，心里快活了一下。杜克鲁妈妈，从前当过暖昧女仆，由米索尔雇来看守栅栏的老妇人，看见他搜索各个角落，很快就觉察到他一定在寻找他已故女人所埋藏着的私财，一种天才的观念突然浮到她脑里，她要设法嫁给他，她以隐约吞吐的话语和小的笑声，要他明白她已找到它。起初，他几乎气得要扼死她；随后，他想到，如果和另一个那样，在没有得到之前，就消灭她，那一千法郎，又将从他手里溜跑了，他变得很阿谀，很可爱，但是她拒绝他，甚至不再愿意他动到她：不，不，待

437

她做了他的老婆，他将获得一切：她和他所寻找的金钱。他果然同她结了婚，她嘲笑他，认为他太愚蠢，居然会相信她对他所叙述的一切。最妙的是晓得真有这私财以后，她也传染到他的热病，此后也发狂似的，同他一起寻找。啊！这无法找到的一千法郎，现在他们既然是两个人，终有一天会被他们搜掘出来！他们寻找，他们寻找！

"那么，还一点也没有找到吗？"故意要嘲笑他的杰克问道。"那么，杜克鲁妈妈，她没有帮您的忙吗？"

米索尔目不转睛地凝视着他；最终还是开口了。

"您知道它们藏在什么地方，请您对我说吧！"

司机马上光火。

"我一点也不知道，法茜姑姑没有给我半个铜子，您或者不会控告我盗窃吧？"

"哦！她没有给您半个铜子：这个，的确是很实在的，……您看，我因这个患病。如果您知道它们藏在什么地方的话，请您对我说吧！"

"哎！您不要噜嗦！您要当心我会说太多的话……那么，您到盐罐里去看看，它们是否藏在那底下！"

米索尔脸色变得苍白，眼睛热烈，还继续注视他。他似乎有了突然的醒悟。

"在盐罐里，诺！这是实在的。抽屉下面的一个隐藏所，还没有搜索过。"

他抓紧给他的一杯葡萄酒付了钱，他跑到车站里去看看他是否还能搭上七点十分火车。那边，在低矮的房子里，他将作永恒的寻找。

夜里吃过晚饭，等着半夜五十分钟火车时，菲洛曼妮要拉杰克到邻近的乡野去。天气很窒闷，这是六月梢的一夜，又热又没有月亮，她的胸口，差不多攀挂在他的头颈上，因而胀满大的叹息。有两次她以为听见他们背后有脚步声响，她转过耳来，由于那么深厚的阴暗，她没有瞥见一个人影。他因这酝酿着暴风雨的夜晚，感到非常苦恼。在他的安静平衡里，在他杀了人以后所享受的完全健康里，刚才靠近餐桌坐着，每次这个女人用她的探摸的两手轻触他的时候，他感到一种隐约的不舒服又回到他体内。无疑的，这是疲倦，由沉重空气所激起的萎靡。这样抱着她，贴近他身边，现在，更猛烈的情欲忧虑已再生，而且充满隐隐的恐怖。然而他已的确痊愈了，考验已做过，曾经为了明白自己的情况，他曾占有她而肉体依然是平静的。他的激动变得那么大，如果淹没她的阴暗不给他以保证，他怕丑恶的发作会使他脱出她的胳臂，往日，即使在他宿疾发作的最恶劣时刻，他也从来没有起过不看见而想残害的心思。当他们循着荒凉的小路，经过长草的斜坎附近，她抱着他，向这僻静旷野前进时，突然，一种可怖的需要，重新袭击他，他被狂暴的激情捲走，他俯向野草中间寻找一个武器，一块石头，想马上敲碎她的头颅。他震动一下，重又站起来，他已昏乱逃走的辰光，忽而听见一个男人声音：满口咒骂和整个争吵。

"啊！婊子，我曾一直等到底，我愿意得到确实的证据！"

"这不是实在的，放开我！"

"啊！这不是实在的！另一个，他可以奔跑！我知道他是谁，我一定会再捉住他！……喏！婊子，你再说这不是实在的！"

杰克在黑暗里奔跑，这并不是为逃避他已认出的柏葛；实在是因痛苦发狂，他是逃避自己的昏乱欲望。

为什么，一次杀人还不能够满足他，难道他并没有像上午所相信的，已由珊佛琳所流了的血得到满足吗？瞧，他又开始了。另一个，再另一个，而且时常是另一个！待他暂时平息一下，经过数星期的麻木，他的可怖饥饿又觉醒起来，他不断需要女人的肉体来满足这丑恶的饥饿。甚至现在他不需要看见这诱惑的肉体：只要感到它温热地贴近他的胳臂，他马上会生起犯罪的激情，他简直是剖开雌兽肚腹的野蛮雄兽。生活已完蛋，他前面只有这深的昏暗，这四周笼罩着，他只非常失望地逃走的黑夜。

好长一段日子消逝了。杰克已恢复他的服务，避开伙伴们，重新落入他从前的忧虑和野蛮孤寂。议会里经过了激烈的辩论，已向普鲁士正式宣战，而且前哨已发生小战斗，据说，都很成功。一星期以来，军队的运输累坏铁路的人员。正常的服务已被扰乱；连续的意外火车引出很大迟误；至于为加速各军团集中，人们曾征用最好的司机们，那更不用说了。就是这样，一天下午在勒·哈佛尔，杰克，不开他的平常快车，只好驾驶一列长的、由十八辆车皮组成的火车，里面绝对塞满了士兵。

那个下午，柏葛喝得烂醉地来到停备站。撞见菲洛曼妮和杰克抱着散步的第二天，他重新登上六〇八号机头，仍然做后者的火伙；从这时起，他不说任何影射的话语，态度很阴郁，似乎不敢注视他的头头，但是杰克觉得他逐渐反抗，拒绝服从，待他一吩咐他做事，他总发出暗暗的咕噜声音接受他的命令。他们终于完全停止互相谈话。这摇动的钢板，这从前载去他们，他们在上面过着那么和好生活的小桥，此刻只变成他们彼此歧视和互相冲突的危险狭条。憎恨已增长，他们在这风快驶去的几方尺地位上，终于会互相吞噬，只要小小的推撞，他们就会从那里倾跌下去。那一傍晚，看见柏葛喝醉，杰克非常当心；因为他知道他非常阴险，没有喝酒，他决不会暴怒，只有酒能放纵他体内的兽性。

应该六点钟开行的火车，已迟误了。当人们像装绵羊似的，要士兵们进入平常载牲畜的车皮时，天色已晚。里面只简单地钉上几块木板，作为座位，他们是一伍一伍堆叠着，整车满得超过最大限度，为此，他们只能坐到别人的身上，有些站着，被挤得不能移动一只胳臂。待他们到了巴黎，另一列火车等着他们，将载他们向莱茵河方

面驶去。在这动身的昏乱里，他们已被疲倦压倒。但是人们既然发给他们烧酒，很多人而且曾分散到邻近的小酒店里大喝了一顿，他们显示狂热和粗暴的快活，眼睛很红，几乎脱出眼眶。等到火车开动，出了车站，他们开始唱歌。

杰克马上注视天边，那里酝酿着暴风雨的密云，遮住星星。但是很昏暗的，没有一丝气息激动酷热的空气，经常是那么凉爽的奔驰之风，仿佛是湿热的。漆黑的地平线上，除了信号的鲜明火星以外，没有别的亮光。他增加蒸气压力去越过哈佛娄至圣罗门的大斜坡。不论数星期以来，他多么仔细地研究它，他还不能控制六○八号机头，它太新，它的年青怪癖和任性，还不断激起他的惊奇。那一夜，他特别觉得它倔强，奇特，为了太多的几块煤炭，已准备去狂奔。所以，手放在驾驶盘上，他监视着火力，对于他的火伕姿态，他已逐渐担心。他看不清楚柏葛，有两次，他的脚腿感到轻轻摩擦，仿佛移动的手指想在那里捉住他。但是，无疑的，这只是醉汉的疏忽动作，因为他听见他在车轮的响声里，发出很高的冷笑，以过分敲重的铁鎚，击碎煤块，而且狂暴地使用他的锹子。每隔六十秒，他拿燃料掷到铁栅上。

"够了！"杰克喊道。

另一个装起不明白的样子，继续拿一锹一锹的煤，送入炉里，当司机捏住他的胳臂时，他转过来，威胁他，他终于由酒醉的增长狂暴里，找到他所寻找的争吵。

"不要动到我，要不然，我就揍你！……车子跑得很快，这使我觉得非常好玩！"

火车现在以最大的速率在波尔培克至蒙德维尔的高原边缘上滚动。除了到指定地点加水，它毫不停止，必须一直溜到巴黎。很长的一列，十八辆车皮，塞满人的"牲畜"，在连续的轰声里，穿过黑暗的乡野。这些被载去戕杀的人，拼命唱歌，喊得那么高，他们的喧嚷超过车轮的声响。

杰克用脚重新关上炉门。随后，拨动蒸汽的注射器，他还忍住怒气说：

"火已太猛了，……您睡觉吧，如果您已喝醉的话"。

然而柏葛又重新打开炉门，送煤进去，好象要使机器爆炸似的。这是反叛和违抗命令；愤怒的激情，已不再顾虑这一切生命，杰克亲自俯下，降低灰栅的掀棒，想至少减低底下的通风，火伕突然抱住他的腰部，竭力推撞他，想借粗暴的摇动，把他掷到轨道上。

"流氓，那么就是为了这个！……不是吗？你以为我已跌下去，阴险的混账家伙！"

他重新抓住煤水车的一个边缘，他们双双滑倒，斗争在摇得很厉害的钢板小桥上继续着。咬紧牙关，他们都不再说话，他们彼此都竭力要对方从狭小的，只由一根铁杆关住的出口翻到下面。但是这开非常困难，风快的机头，还向前滚动，继续向前滚动；巴朗丁已被越过，火车进入玛罗纳隧道，他们彼此还紧紧抓住，在煤上打滚，头碰到盛水箱的铁壁，避开每次他们伸展时脚腿会被烤焦的赤红炉门。

一会儿，杰克想到：如果他能再站起来，他将关掉蒸汽开关，他将呼救，使人们可以给他摆脱这暴怒的，因喝醉酒和嫉妒而发狂的疯子。他已衰弱，他的个子比较小，他现在已失望：找不到掷他出去的力量，他已失败，觉得跌下的恐怖之风已掠过他的头发。待他费了好大的劲，一只手向着开关摸索以后，另一个明白了，腰部挺直一下，把他像孩子似的重新抱起来。

"啊！你关掉开关，要火车停住……啊！你曾抢去我的女人……去吧，你应该滚到下面去！"

机头继续滚动，火车带着大的轰隆轰隆响声，开出隧道，在这样迅速的疾风里，被越过去，月台上站着的副站长甚至看不见这两个人趁捲去他们的雷声，正在机头上互相搏斗。

但是柏葛，借最后的兴奋和努力掷出杰克，后者感到空虚，非常恐慌，拼命抓住他的颈项，抓得那么紧，终于拖着他下去。接着是两声可怕的叫喊，互相混合，互相消失了。两个人，一起跌下，由速率的反冲，被拖到轮子底下，他们就在这拥抱里，在这可怖的，像兄弟一样过了那久共同生活地抱吻里，被压断，被切碎。当人们发现两具血淋淋的、紧紧抱住的尸体时，已没有头脚。

完全自由，再没有任何指挥的机头，向前滚动，连续向前滚动。最后，倔强和怪癖的家伙，能任意发展它的青年疯狂，简直还没有被驯服的牝马，脱出她的看守人之手，拼命向平坦的旷野里狂奔，汽锅里盛足水，炉子里装满煤炭，已全部燃烧；最初的半小时之内，蒸汽压力疯狂地升高，速率变成可怖的。无疑的，车长，因为疲倦，已沉熟睡去。士兵们的醉意因这样拥挤着，格外增加，发觉这粗暴的狂奔，他们突然快活起来，一起唱得更高。象霹雳一闪，人们掠过玛洛姆。经过车站时，已没有汽笛的叫声。这里笔直的奔驰，发狂"畜生"，低着头，一声不响，向障碍中间猛冲的跳跃。它滚动，无止境地滚动，仿佛因它喘息的尖锐声音，更加疯狂。

到卢昂，人们应该加水；看见这发狂的火车，这没有司机和火伕的机头，这些塞满士兵，高声唱着爱国歌曲的牲畜车皮，从这煤烟和火焰的眩晕里，疾驰过去，车站里的人因恐怖，而使脉管里的血都变冷。他们到战争里去，这是为着更快赶到莱茵河边岸，他们才这样毫不停留地跑过去。职员们都张口留下，摇动他们的胳臂。马上，发出普遍的叫声：这被放纵和没有驾驶的火车，将永远不会无障碍地穿过梅特维尔车站，因为那里，和一切大的停车场一样，时常被调配工作阻塞，轨道上停满车厢和机头。人们连忙扑向电报机，立刻发出通知。恰好，那边，一列货车占住轨道，它好象

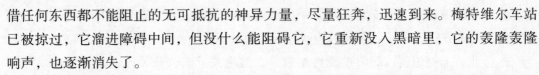

借任何东西都不能阻止的无可抵抗的神异力量，尽量狂奔，迅速到来。梅特维尔车站已被掠过，它溜进障碍中间，但没什么能阻碍它，它重新没入黑暗里，它的轰隆轰隆响声，也逐渐消失了。

但是现在沿途的一切电报机都"的搭的搭"响着，一切心都因人们在卢昂和梅特维尔看见这奇怪火车狂奔过去的消息吓得惊跳。大家都发抖：前面的一列快车一定会给它追到。它像大树林里的一只野猪，还继续它的奔跑，并不注意红的信号和爆裂筒。到奥阿赛尔，它几乎同一部调配机头碰碎；它激起崩·德·拉舒的恐怖，因为它的速率似乎没有变慢。重新，它又消失了，它滚动，它滚动，在黑暗的夜里，它向那不知什么地方，继续滚动。

机头在路上压死许多许多无辜的人，这都没有什么关系！它不是一点也不顾虑所流了的血，依然向未来跑去吗？没有驾驶员，仿佛是放纵给死神的耳聋和目盲畜生，它趁黑暗的夜色，向前滚动，向前滚动，而车皮里所载满的这些炮灰，这些士兵喝醉了酒，已因疲倦变得蠢头蠢脑，却依旧唱着他们的爱国歌曲。